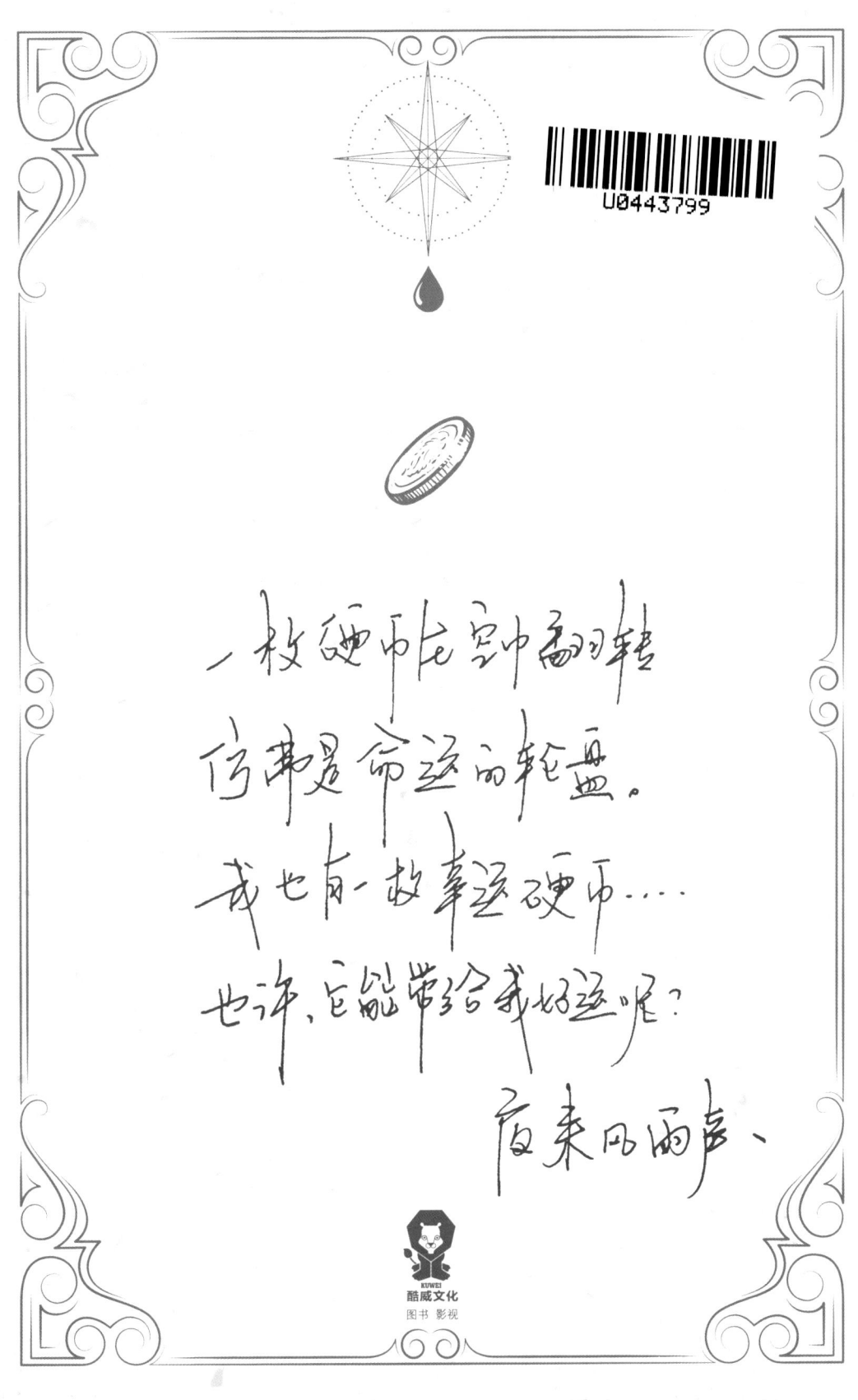

诡舍

真假 2 世界

夜来风雨声 著

江苏凤凰文艺出版社

图书在版编目（CIP）数据

诡舍. 2, 真假世界 / 夜来风雨声著. -- 南京：江苏凤凰文艺出版社, 2025.6. -- ISBN 978-7-5594-9459-7

Ⅰ. I247.5

中国国家版本馆CIP数据核字第2025AR6017号

诡舍2．真假世界

夜来风雨声　著

责任编辑	项雷达
特约编辑	代琳琳　杨晓丹　廖　琼
装帧设计	@Recns
责任印制	杨　丹
出版发行	江苏凤凰文艺出版社
	南京市中央路165号，邮编：210009
网　　址	http://www.jswenyi.com
印　　刷	天津旭丰源印刷有限公司
开　　本	680毫米×970毫米 1/16
印　　张	23.75
字　　数	438千字
版　　次	2025年6月第1版
印　　次	2025年6月第1次印刷
书　　号	ISBN 978-7-5594-9459-7
定　　价	49.80元

江苏凤凰文艺版图书凡印刷、装订错误，可向出版社调换，联系电话025-83280257

CONTENTS

目录

第一章 抬头的人　　001

第二章 天信　　075

第三章 玉田公寓　　089

第四章 灯影阁　　143

第五章 望阴山　　227

第六章 小黑屋　　262

第七章 三小只　　306

第八章 财贞楼　　334

番外 玉田往事　　373

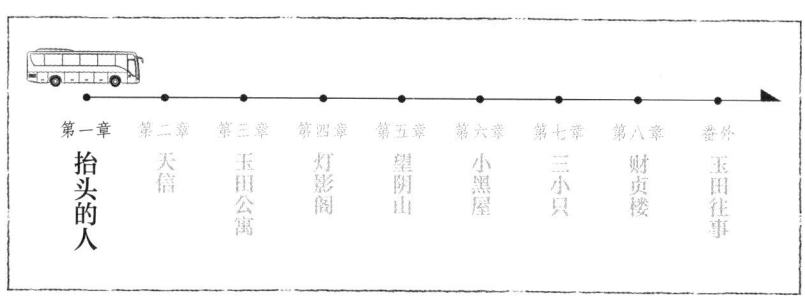

卜休："所以现在那只诡物已经觉醒了一个能力？它会先觉醒什么呢？"

唐仁："应该是'脚'吧？这样它跑得快，找我们会更加容易。"

方倪："我觉得应该是'手'，'手'的能力太厉害了，越早使用对它越有利……不对，也可能是'口'。"

冯宛铭："应该是'眼'。我们分散得很开，这只诡物没有远程锁定能力，很难找到我们。想想方倪他们刚才遭遇的事情，如果诡物不用'眼'也能锁定我们的话，它不会在任务开始前就用技能困住方倪他们。"

刘丰韵："不愧是冯宛铭大佬，一下就抓住了重点！"

牧云婴："我也赞同冯宛铭的分析，这只诡物一定会优先觉醒'眼'的能力，而这个能力的冷却时间只有一个小时。我们不知道它下一个目标是谁，所以从现在开始，除了方倪他们以外，所有队伍都不能在一个地方待太久，最迟每小时必须转移。另外，冯宛铭大佬，有什么新的想法也请及时跟我们分享！"

冯宛铭："……"

冯宛铭结束了在群里的发言，抬头看了一眼宁秋水三人，问道："大佬们，接下来该怎么办？"

良言盯着窗外的大雨，指尖轻轻敲击着茶几，语气带着几分沉重："我们还是先准备转移吧，不知道那只诡物下一个会盯上谁。"

他话音落下，目光有意无意地瞟向了葛凯。

站在诡门的角度上，如果由他设计，葛凯一定是最后一个被盯上的人。根据白潇潇透露的细节和当前的表现，葛凯心理素质非常强大，是个难缠的角色。想从他嘴里套出有用消息很不容易。

当然，诡门一向公平，不会让诡客轻易钻空子，也不会刻意针对谁。诡物选择下一个目标，必然是基于自身的仇恨。

"也不知道乐闻之前做了什么，竟然会这样离开。这诡物似乎是按照仇恨值在锁定目标，谁会是下一个呢？"

良言不动声色地掏出手机，按下按键，然后对站在窗边出神的葛凯说道："葛先生，不妨给我们一些建议吧，就当是救救你的队友。"

被突然点到的葛凯一愣，结巴道："我……我能提供什么建议？"

良言直截了当地问："那只诡物下一个会盯上谁？"

葛凯被良言的目光盯得有些发毛，咬牙道："你疯了吧！我怎么可能知道它下一个会找谁？"

良言微微一笑："你知道的，葛凯先生。难道你真的打算眼睁睁看着你的朋友们像乐闻一样出事吗？"

葛凯冷笑了一声："得了吧，这不过是你们的把戏。乐闻根本没事，你们随便做个模型，修张图就来糊弄我们，真当我们没见识？警员，我已经全力配合了，所有该说的都说了！你们再这么纠缠下去，可就是扰民了，知道吗？"

良言淡淡道："所以，你已经决定无视他们的安危了？"

葛凯眯起眼，刚要反驳，良言便轻轻按下手指，将刚才的录音发到了群里。

这一招是为了挑起他们之间的矛盾。

三个人，却只有一个秘密。看看谁会先撑不住。

葛凯还没有意识到良言的小动作，继续自顾自地抱怨着。这时，白潇潇轻轻扬了扬手机，笑着对众人说："我设了个闹钟，你们也设一个吧？"

几人点了点头。

"可今夜怎么办？"冯宛铭眉头紧锁。

良言答道："等。方倪往北走了一段，我们往南，离得远，那只诡物的第一项能力一定是开启'眼'，它的速度不会太快，至少比车慢。今晚到凌晨三点，我们基本是安全的。这段时间是我们宝贵的休息时间，各位先睡吧。我来守夜，凌晨三点后都起来，洗脸清醒，随时准备行动。明早回市中心，找辆车再说后续。"

众人对良言的安排都没有异议。

"我在客厅睡吧。"宁秋水说道，"白姐可以单独睡一个房间，冯宛铭你和葛凯一起，记住，睡觉时别关门。"

冯宛铭点了点头，跟着葛凯进了大床房，没一会儿便开始打瞌睡了。之前高度紧张的状态让他们都有些吃不消。

而白潇潇则靠在沙发上，眸子微微泛着光，似乎没有起身的打算。

"白姐，你不去休息吗？"宁秋水问道。

白潇潇眨了眨眼，说："你啊，还是叫我潇潇吧。咱们又不是第一次合作了，说起年纪，我还比你小呢，别这么见外。都一起喝过酒了，还叫'白姐'，听着真别扭！"

宁秋水回想起那晚的事，忍不住干咳一声："好……潇潇。"

白潇潇看着他的表情，嘴角微微上扬："我也守在这儿吧，来，给你腾个地方。"

她轻轻勾了勾脚尖，穿上鞋，坐起来让了个位置。宁秋水也不客气，直接坐在了良言旁边。

气氛变得有些微妙。

白潇潇盯着宁秋水，良言也盯着他。

"过来。"白潇潇语气认真。

宁秋水无奈地摸了摸鼻子，最终还是坐到了白潇潇身旁。

三人沉默了一会儿，直到葛凯房间里传来轻微的鼾声，白潇潇确认他们都睡着了，才低声道："我刚查了这个市区最近两个月的刑事新闻，秋水，你之前的猜测基本成真了。"

听闻此言，二人都看向了她，白潇潇指尖在手机屏幕上快速滑动，找出一则新闻放到二人面前。

那是一条一个月前的新闻，标题为《五名年轻人无视警告，潜入野生区采风，一人失踪》。

新闻配图简单，但二人一眼就认出了王振的侧脸。

"五人采风，一人失踪……失踪者名叫王丞秀，三十多岁，失业，靠写小说维生，每月收入仅六百块。"

白潇潇柔和的声音让二人陷入了沉思。

一个收入微薄、足不出户的人，怎么会被朋友无缘无故害了呢？难道……他做了什么对不起他们的事？

"至于其他的消息，实在查不到更多了。王丞秀本身就不是什么名人，加上市区总是有各种案件，相比那些直接影响市民生活的，像他这种无业人员的事情就不那么受关注了。"

白潇潇说得没错。虽然葛凯他们将这些诡异事件当成了警局在调查，但实际上，警局当时只是让他们做了简单的笔录后就放人了，并未深究。

"潇潇，之前不是看你在玩连连看吗？"宁秋水随口问了一句。

白潇潇翻了个白眼："那是做给葛凯看的。他当时站在我右后方，那个角度能看到我的手机屏幕。这事总不能当着他的面查吧？他本来就怀疑我们。"

宁秋水笑了笑，盯着新闻内容，陷入了沉思……

凌晨三点。

闹钟突然响起，惊醒了房间里熟睡的两个人。他们睁开惺忪的睡眼，忽然发现门口站着一个黑影，正静静地注视着他们。

冯宛铭吓得急忙伸手去开灯，还没来得及喊出声，就看到宁秋水站在门口，表情错愕。

"秋……秋水哥？"冯宛铭小心翼翼地问了一声。

宁秋水认真打量了他一眼："你刚才叫什么？"

确认是宁秋水后，冯宛铭长出了一口气："秋水哥，你知不知道，你刚才站在门口实在是太吓人了！"

宁秋水笑了笑："现在醒了吧？醒了就赶紧起来，洗漱一下，我们得准备转移了。"

冯宛铭点头，对葛凯道："一起去洗漱吧，免得出什么意外。那个洗手间的马桶是磨砂玻璃隔间的，也不会暴露你的隐私。"

葛凯一脸不爽，睡得正香时被吵醒，还被宁秋水吓了一跳，心里有些火气："我真是疯了，才陪你们胡闹！"

他骂骂咧咧地走向洗手间。冯宛铭急忙跟上，生怕出问题，然而，葛凯刚进洗手间就把门反锁了。

冯宛铭急忙拍打着门："葛凯，开门啊！我还在外面呢！"

"这些警员为了升职，真是无所不用其极。投诉电话是多少来着？"

洗手间里，葛凯并没有理会冯宛铭，而是拿出手机，想要拨打举报电话。然而，他很快发现了异常。

无论他怎么按电源键，手机都没有反应。看到这情形，葛凯不由皱眉。他摇了摇手机，仍然没有任何变化。

葛凯清楚地记得，自己在睡觉前已经充满了电。可为什么现在无法开机？手机难道坏了？

烦躁的情绪涌上心头，他的目光中透出一丝怒意，紧盯着手机屏幕，努力克制着想要把手机摔出去的冲动。

"连你也要和我作对？"葛凯咬牙低声道，但很快，脸上又浮现出一丝诡异的笑容，"没关系，再等几天……你就会知道得罪我的下场。新货马上就到，像你这样的二手货也该退休了！"

他说完正准备把手机放回口袋里，却突然察觉到什么，迟疑片刻，重新拿出手机，目光紧盯着漆黑的屏幕。

他皱着眉头，屏幕上映出了他的脸。然而，一种说不出的异样涌上心头。

葛凯莫名感到一阵不安，仿佛有什么人在暗中窥视自己。他下意识地看了一眼门口。磨砂玻璃门外没人。不是他们……那到底是谁？

他眼中闪过一丝疑惑，但那种被盯着的感觉不仅没有消退，反而越来越强烈。葛凯甚至感觉到那目光中透出的怨恨和阴冷。

他下意识地扫了一眼镜子。看到镜中的自己，又望向手机屏幕，脸色骤然大变。

葛凯终于意识到，问题在于那目光竟然来自手机屏幕里的自己。

这一发现让他差点儿把手机扔出去，尽管心生恐惧，但多年来根深蒂固的理性让他勉强稳住了自己。

"这不可能……我是不是太累了，紧张过度了？"他额头渗出冷汗，深吸了几口气后，咬紧牙关，将手机翻了过来。这一翻，让他忍不住惊呼出声："怎么可能！"

漆黑屏幕上的自己，眼中不仅充满怨恨，连嘴角也开始浮现出诡异的笑容！

这一次，葛凯再也忍不住，将手机扔了出去，随即慌乱地冲向门口，拼命扭动门把手，急切地想要逃出去。然而，当他试图打开门时，却发现门已经被自己反锁了。

急忙解锁后，门锁被顺利打开，可门却依旧纹丝不动。

"怎么会这样……怎么可能……"眼前的门毫无动静，葛凯一时间感到大脑一片空白，"难道是外面有人抵住了门，故意吓我？"

直到此时，葛凯仍在心里安慰自己。然而，门外的磨砂玻璃能映出人影。如果外面有人，他一定能看到模糊的轮廓，但此刻外面却空无一人。

手机屏幕上那诡异的注视越来越真实，冰冷的寒意遍布全身，心脏狂跳，仿佛要冲出喉咙。他回头望去，手机被扔到墙边竟巧妙地立了起来。而屏幕中的"自己"正一步步逼近屏幕。影像逐渐放大，最后，屏幕里只剩下一只眼睛，死死盯住他。与此同时，头顶的灯光也开始剧烈闪烁。

这一瞬间，葛凯想起了白天宁秋水他们提到的诡物能力。

"难道，真的是……"葛凯脸色发白，嘴唇颤抖。强烈的求生本能让他不甘坐以待毙，猛地敲击厕所的门，试图呼救。

砰砰砰！

无果后，他又开始用力撞击着门。

脆弱的磨砂玻璃此刻竟坚硬如钢铁，葛凯死死攥紧拳头，一次又一次撞击着门，眼中已布满血丝……

葛凯惊恐不已，丝毫没有意识到自己行为的危险性，依旧拼命撞门。

他别无选择，唯有继续。

头顶的灯光闪烁得越来越快，再加上手机屏幕上那只眼睛，以及宁秋水之前的话语，一切让葛凯的恐惧达到了前所未有的程度。自以为聪明的他，此时脑子里一片空白，脑中只剩下一个念头：逃！

一定要逃出厕所！

然而，随着葛凯疯狂撞门，他很快察觉到洗手间里的温度正在迅速下降。原本正常的室温，此刻已让他感到彻骨的寒意，身上甚至起了一层鸡皮疙瘩。

"呵——"

他隐约听到身后传来奇怪的声音，像是叹息，又像是呼气。

每当那个东西呼出一口气，寒意便更浓一分。刺骨的寒冷让葛凯稍微冷静了一些。他这才注意到，头顶的灯光不再闪烁了。

目光缓缓下移，葛凯看见……自己的腿旁居然还有一双脚！脚上的靴子上还沾着泥土。

这双靴子，他一辈子也忘不了。见到它的那一刻，葛凯心中再无一丝侥幸，剩下的唯有无尽的恐惧！

"不……"他嘴唇颤抖。

突然，一双惨白的手从他身后伸出，眼看就要落在他的肩膀上时，一把锋利的尖刀先一步刺穿了厕所的门！

哐啷！

清脆的玻璃碎裂声让葛凯瞬间回神，厕所门被猛地拉开，一只温暖的手伸出，拉住了他！

"别愣着！快跑！"宁秋水大喝一声，拉着葛凯连滚带爬地冲出了厕所。

白潇潇迅速收回了刻着"栀子"两个字的匕首。由于他们住在一楼，逃生相对容易，都不用走门，直接从窗户一跃而出。

凌晨四点，雨还没停。五个人狼狈地走在街上，一边准备拦车，一边朝北方前行。

"根据群里的消息，乐闻出事时，我们是离她最远的一组。真不知道你对它做了什么，让它如此恨你。"宁秋水带着几分讽刺说道，"我们身上的特殊道具只有一次使用机会，刚才潇潇的匕首已经因为你的愚蠢用掉了。这些道具对我们而言也十分珍贵，所以……"

说到这里，宁秋水忽然停下，拦在了依然惊魂未定的葛凯面前，认真地说道："我们没有办法对抗诡物，所以保护你需要承担巨大的风险。如果保护的对象是个自大又愚蠢、喜欢作死的人，那我们随时可能放弃这任务。毕竟除了你，还有两个目标，只要照顾好他们，我们也算完成了任务。"

葛凯听到这明显的威胁，紧握拳头，但他已经没有勇气再与宁秋水争论。不久前，厕所里发生的一切仍然历历在目。即便恐惧减弱了些，他也清楚刚才的事情绝非人力所能为。他之前的推测此刻显得愚不可及。

"可是你不是说，我们中任何一个人出了事，诡物就会觉醒更厉害的能力吗？"葛凯低声问道。

宁秋水点点头："对，我是说过。但我们不能因此不惜一切代价去保护你。人在做事之前总要考虑值不值得，不是吗？"

葛凯闻言，脸色苍白，片刻犹豫后，他放低了姿态："如果我全力配合，你们能保证我的安全吗？"

宁秋水耸了耸肩："不能。"

说完，便转身继续带着队伍向北方的市中心走去。

葛凯看着他的背影，表情阴沉，但当他再望一眼雨中的夜幕时，不由自主地打了个寒战，快步跟了上去。

"你们别生气啊，我会尽量配合你们的，也希望你们尽可能保证我的安全。事后，我会给你们一大笔酬劳。"葛凯换上一副讨好的表情，态度变得圆滑且世俗。

走在中间的白潇潇突然侧过脸，似笑非笑道："你觉得我们像是缺钱的人吗？"

葛凯一怔："我……"

白潇潇继续说道："你想配合我们，可以啊，那就告诉我们，王丞秀到底是怎么回事？"

听到这个名字，葛凯的脸色立刻变了，仿佛触及了某个禁忌话题。

"他的事……确实是一场意外。我们已经向警员说明了，也做了笔录，虽然警员可能不信，你们也不相信，但我说的都是实话！丞秀的遭遇跟我们有一定关系，但我们绝对不是施害者！"谈到王丞秀的遭遇，葛凯的语气不由得变得沉重起来，"而且，他的结局，纯粹是自找的。"

当他提起这件事时，大家都不再说话，竖起耳朵，认真聆听，生怕遗漏了任何一个细节。

"你们之前的猜测基本是对的。我们四个都认识王丞秀，关系也不错，不久前，也的确聚过一次。但那次活动不是我们发起的，而是王丞秀主动提议的。"

冯宛铭忍不住插话："喂，你可别胡扯啊。我告诉你，新闻上早有报道，失踪的那个王丞秀不过是个穷作家，每个月靠那点儿微薄的稿费勉强糊口，连吃饭都成问题，他哪有钱组织什么活动？难不成你们请他？"

提到这件事，葛凯的脸色愈发难看。

"是我们请的他。这次活动花费不大，主要就是吃吃喝喝，几百块钱而已，刚开始，王丞秀说他只是想散散心，顺便带我们几个朋友一起去野炊。但等我们跟着他到了那片无人区的封锁边线后，才发现事情跟我们想的大不一样……"

提到他们当初去无人区时，葛凯忍不住骂了一句："那个家伙……真是想钱想疯了！居然想做那种事！"

见他情绪如此激动，冯宛铭不禁问道："他想做什么事？"

葛凯哆嗦着从口袋里掏出一根烟，虽然在雨中无法点燃，但叼在嘴里也让他稍感安心。

"他想……当倒爷。"

几人闻言一怔。倒爷？这年头……还有做倒爷的？

葛凯看出了他们的疑惑，冷笑道："这座城市历史悠久，地底下有很多好东西还没被挖掘。你们知道以前有多少富人临终时，宁愿将积攒一生的财富带入土中，也不肯放手吗？一幅价值连城的画，上面记载的是艺术，是人文，可是被带入暗无天日的地底后，就彻底变成了废品。即便市区对那些发现了好东西但没上报，私自倒卖的人处罚相当严厉，每年依然有很多人冒险这么做。在这座城市里，倒爷已经形成了自己的小团体！"

白潇潇问出了一个让葛凯噎住的问题："你呢？了解得这么清楚，你也想这么干？"

沉默了一会儿，葛凯才答道："其实，换位思考的话，我如果是王丞秀，可能也会铤而走险。毕竟，他真的走投无路了。没有正经工作，还染上了赌瘾，欠了一大堆债，根本还不上。我们也是后来才知道，王丞秀哪里是为了什么采风，分明是马上要到还债期，找我们出来帮他出主意。"

几人面面相觑，白潇潇皱眉道："你们怎么认识的？"

"我们是大学同学，在社团里认识的。"

"哪所大学？"

"南城技工学院。"

"你们五个人全是技校的？"

"嗯。"

几人听到这个回答，若有所思。这些信息不难查证，如果他撒谎，很快就会露馅。这家伙是个自诩聪明的人，应该不至于在这种事情上撒谎。

"其实我们其他人也不是很富裕，但家境还算可以，日子勉强能过得去，那天，王丞秀拉着我们到了无人区的边境，告诉我们他想做倒爷，并且想拉我们一起……"

说到这里，葛凯的手指微微颤抖，不知是恐惧还是兴奋。

"他说，有钱要带我们一起赚。你知道吗，这就像是电信诈骗一样，他那个时候已经想钱想疯了，想疯了……疯了……"葛凯说着，竟然有些出神，语气也变得不那么稳定。

几人察觉到了他的异样。

"喂，葛凯，你没事吧？"冯宛铭试探性地问道。

"没……没事。"葛凯回过神来，眼神有些迷离。做了几个深呼吸后，继续说道："我们都有正经工作，虽然赚得不多，但是能维持生活的正常轨迹，自然不愿意跟他一起冒险。可是，我们错在不够坚定，王丞秀告诉我们，他已经独自去那个地方踩过点了，那里有座深埋已久的古迹，不属于市区的执法范围，如果是拿那里的好东西，没人会知道。里面的东西太多，他一个人搬不走，来回多了容易引起注意，刚好我们有车……于是，他叫我们一起去，到时候有多少好东西大家平分。"

说到这里，葛凯的语气彻底平静了下来："人都是有贪念的，你们懂的。于是，我们跟着他去了那个地方，结果发现了……意想不到的东西。"

冯宛铭很感兴趣，他平时就爱看探险类小说，此时能听到亲历者的叙述，自然比小说更有吸引力。葛凯沉默了许久，才缓缓说道："血尸！看见那东西时，我们所有人都吓傻了。大家拼命往外跑，最后，只有王丞秀留在了里面。我们不愿意提起这件事，就是因为这件事本来就违法，而且实在太离奇，没人会信的。"

他话音刚落，冯宛铭冷笑了一声："不信？只怕是你们这些家伙贼心不死，还想着什么时候再进去把里面的宝贝运出来吧？要是被警方发现，这些宝贝肯定会被上交有关部门。你们一个子儿也拿不到！"

葛凯的脸色有些僵硬，但他只是冷哼了一声："随你怎么说……"

大雨瓢泼，五人行走在街道上，偶尔有晨间的车辆经过，但他们不敢随便搭乘。这个时候路上的车几乎都是载货的大车和一些面包车，他们可不想再走方倪那队的老路。

好不容易熬到了清晨，虽然天色仍旧昏暗，但路上的车辆逐渐多了起来。这段时间里，宁秋水等人意外地没有再遇到那个诡异的身影。

他们搭乘了一辆便车来到市中心，找到一家宾馆，简单洗漱整理，然后去取回了他们的车。为了避免发生意外，这一次，葛凯在洗澡的时候，冯宛铭也跟他一起，二人来了一次"亲密的双人浴"。

"言叔，秋水，你们觉得那家伙说的话有几分可信？"白潇潇还在手机上努力翻找着信息，不过查到的内容似乎都对得上。

"他从一开始就在撒谎。"良言十分笃定地说，"这家伙的嘴里，根本没有一句真话。"

他打开手机，将群里的聊天记录翻给两人看，继续说道："昨天故意玩了一手离间计，通过葛凯的录音给其他两个人施加心理压力，然后三个人都讲了一个关于探险的故事，不过细节上有很大的出入，很多地方驴唇不对马嘴，根本对不上。"

"会不会有一个人说的是真的？"白潇潇脑中有些混乱，忍不住问道。

良言解释道："你们带他们离开米林小区公寓之前，他们曾经单独待了几分钟，应该是已经商量好了。不过时间不够，细节没来得及统一，才导致有漏洞。如果他们之前真的是去探险，而且在探险过程中经历了诡异事件，葛凯早就该意识到自己身处的世界有些事情是科学无法解释的，不可能像之前那样，对诡异现象如此排斥。

"纵观整个事件前后，在他没遇见诡物之前，葛凯都坚信我们是警员，之前他们遭遇的所有奇怪事件都是人为造成的。这说明他内心深处压根不相信这个世上有诡物，也从未经历过类似的事情。至于无人区外有没有他提到的地方我不清楚，但他们肯定不是去探险的。"

白潇潇认真思索着良言的话。的确是这么回事儿。可既然他们不是去探险的，那王丞秀是怎么出事的？

良言瞥了一眼厕所，又说道："目前可以确定的是，他们有组织、有预谋地进行了某种行动。无非两种情况，第一是复仇，第二是求财。一个失去了工作，天天在自己房间里写小说的人，同时得罪三个熟人的可能性几乎为零。非要我选择一个的话，我认为他们是为了求财。"

白潇潇愣住："求财？可是怎么看，王丞秀也不像是一个有钱人啊？"

良言沉默片刻，看了一眼沉思的宁秋水，继续分析："未必，也许王丞秀真的很有钱，或是不义之财，或是天降横财，也有可能是祖传之财……我们现在得到的信息太少，只能通过细节推测，无法确定。"

话音刚落，手机群里忽然弹出一条刺眼的信息。

唐仁：王振出局了！卜休也出局了！

见到这条消息，三人都是一愣。

王振是他们的保护目标之一，而卜休则是负责保护王振的诡客。

如果说王振的出局是一颗重磅炸弹，那么卜休的出局就是这颗炸弹的后续冲击！诡门的规则已经明示，抬头男在将四个保护目标全部淘汰前，不会对他们这些诡客动手。可是，为什么卜休也出局了？

今早凌晨三点时，抬头男还在追击他们，怎么忽然又转移目标了？三人立刻想到了一个细节，自从他们逃出酒店后，似乎就再没遇到过那只诡物了。他们原以为是诡门的限制让它没有办法一直处于追击状态。现在看来，并非如此，只是当时它换了目标。

但为什么呢？难道王振又做了什么让抬头男感到愤怒的事情？

很快，聊天群里就炸开了锅。

唐仁："良言，今早你们不是说诡物在你们那边吗？逗我们玩呢？"

宁秋水："诡物今早的确在我们这儿，还差点儿伤了葛凯，幸亏潇潇用诡器救了他，不然葛凯已经被淘汰了。"

文雪："不对啊，既然这样，为什么它会跑到我们这边来？它不是按照仇恨值来锁定目标的吗？"

宁秋水："你们确定卜休已经被淘汰了？"

文雪发送了一张图片。

文雪："他不是被诡物淘汰掉的，而是为了救王振，被路过的车撞了。看图说话，你觉得他还能复活吗？冯宛铭大神在什么地方？大神，快出来分析一下啊！"

白潇潇："他在洗澡。"

众人讨论了一阵，也没有分析出个所以然。让他们后怕的是，王振出事后，那只诡物又会觉醒一个能力！但具体是什么能力，他们现在还不知道。

葛凯和冯宛铭洗完澡出来后，立刻得知了刚才群里的消息，脸色瞬间苍白。

"大……大佬们，你们说……那只诡物会觉醒什么能力啊？"冯宛铭刚洗完澡，窗外的冷风一吹，他立刻打了个寒战。

面对这个问题，房间里一片沉默。

片刻后，宁秋水将衣服扔给他们，说道："先把衣服穿上吧，不出意外的话，抬头男的下一个目标还是你，咱们得赶紧撤离了。"

葛凯脸色更白了："它还会来？"

宁秋水望着窗外不停歇的雨，说道："五天时间，不死不休。"

葛凯回想起在酒店厕所里的经历，两腿直发抖。恐惧让他焦躁不安，甚至有些恼怒，忍不住对众人大声质问："你们不是这方面的专家吗？就没有办法阻止它吗？"

四人看他的眼神带着冷漠，尤其是宁秋水三人。事情发展到这个地步，葛凯依然没有讲实话，还在隐瞒。如果不是因为淘汰他的代价过于沉重，大家巴不得主动把这家伙送到抬头男手上。

宁秋水冷冷地说道："葛凯，今早我们已经说得很清楚了。人类无法真正对抗诡物。我们只能勉强限制它的行动，而且付出的代价很大！不要在这里对我们大呼小叫，这一切都是因你们而起，而你到现在还不愿意说出实情……已经没救了。我们也不打算从你嘴里问出什么了，把你的秘密带进棺材里吧。"

葛凯闻言，怒气瞬间上涌，咬牙道："该说的我都说了，你们还想知道什么？我承认我们在逃亡的过程中抛下了王丞秀，但如果不是他，我们也不会被卷入那场危险中，这能怪我们吗？"

说到最后，他几乎是在嘶吼，眼中布满了血丝。

良言推了推眼镜，似乎早就料到他会是这个反应，淡淡说道："你有没有撒谎，自己心里清楚。你不用绞尽脑汁骗我们，早告诉过你了，我们之所以要了解真相，不是为了抓捕你，而是这可能有助于我们找到那只诡物的弱点，这才是你们能活下来的唯一机会。接下来，你要么什么都别说，要么如实交代一切，撒谎对你没有任何帮助！"

顿了顿，良言淡淡补充了一句："还会让你看上去很蠢！"

葛凯被良言嘲讽后，出奇地没有愤怒，反而渐渐平静下来，目光犀利地审视着四人。

他们相处的时间并不长，但除了经历酒店厕所事件外，很多细节也能证明他们不是警员。葛凯至今没有告诉众人真相，最大的原因是他不想留下任何隐患。眼看美好的生活就要来临，如果在这个时候为了活命把这件事情说出去，那一旦宁秋水他们将事情说出去，后果将不堪设想。

作为当事人之一，葛凯清楚，他们做的那些事并非没有漏洞。只要警员找到王丞秀，再仔细调查，很快能定他们的罪。而他所做的事情过于残酷，即使最后活下来，后半生也将在牢狱中度过。葛凯无法接受这种结局，他已经没有了退路。

想到这里，他紧咬嘴唇，选择了沉默。见他如此，几人也只是微微摇头，没有多说什么。简单收拾后，他们穿上雨衣，准备前往下一个地点。

"王振那组向我们的西侧逃了。现在那只诡物要来找我们，我们得往东走，这样可以尽量避免它半路堵截。"良言看着地图，冷静分析，眉间带着抹不去的忧虑，众人的脸色也都沉重。

抬头男带给他们的压迫感实在太强了。从任务开始到现在，似乎无时无刻不在追击，没有所谓的法则，他们只能不断逃亡。

"可是牧云婴他们也在东边啊。"冯宛铭有些犹豫，"我们往东边跑，出了问题，他们岂不是也要遭殃？"

良言道："你的手机是摆设吗？"

冯宛铭闻言，拍了拍头，尴尬地笑道："不好意思，言叔，我糊涂了。"

几人一路向东，提醒牧云婴那组往北再西行。路上，众人开着新买的车，气氛很是沉闷。

"抬头男觉醒的第二个能力，应该是'口'。"宁秋水忽然说道。

车里的几人一怔，白潇潇问："口？怎么说？"

宁秋水摇头说："只是猜测，还不能确定。总之，你们留意一下，如果我猜对了，我会告诉你们原因。"

他说着，瞥了一眼车内的后视镜。葛凯独自坐在后排中央，面色苍白，神情恍惚，不知在想些什么。

"葛凯，如果再给你一次机会，你还会这么做吗？"坐在副驾驶的良言忽然问道。

葛凯被问得一愣，回过神来，沉思片刻，摇了摇头："不会。"

良言微微一笑："不，你会。"

葛凯一怔。

"赌徒最大的特点就是，输了之后后悔莫及，但从不吸取教训，下一次还会继续赌，直到倾家荡产，一无所有。可即便如此，他们也不会停手，还会去借，借不到就去抢。直到他们翻身的那天……可是世上，根本没有翻身的赌徒。"

葛凯听到这里，一股热血冲上头，他愤怒地想要起身抓住良言，却被白潇潇锋利的匕首抵住了脖子。

"不要乱动哦，刀可不长眼。"白潇潇柔和的声音透着寒意，瞬间让葛凯冷静下来。

冯宛铭连忙拉住葛凯，说："大家都冷静点，别冲动！"

他安抚众人，示意白潇潇收回匕首。白潇潇轻笑一声，匕首一翻转，便不见了。

坐在副驾驶位置的良言从始至终没有动过一下，平静且优雅。

"你在说谁？"葛凯的眼里布满了血丝。

"你刚才的反应，已经证明了我的猜测，看来你之前的话，也不全是假的。"良言淡淡道，"你好赌，欠下了很多债，还不上，这才动了歪念吧？"

葛凯冷笑道："我不知道你在说什么。"

"看来，的确是求财了。"良言眼镜上掠过一道光，"世上为了钱不顾一切的人很多，各有各的难处，我从不觉得他们活该……但赌徒例外。"

葛凯眯着眼，努力压抑内心的愤怒："我从不赌博。我有父母留下的房子，还在市中心，我也有一份稳定的工作和保险……还有一个爱我的妻子，我有什么理由去赌？"

良言平静道："我相信你说的这些……但全都得加上一个'曾'字。你曾有一套父母留下的房子，一份稳定的工作，一个爱你的妻子。但现在，这一切都已经被你输掉了。"

葛凯的脸色渐渐扭曲，几乎是从牙缝里挤出几个字："你就这么确定，我是个赌徒？"

良言沉默片刻，开口道："是的。本来我没有想到，但是你自己告诉了我。当你把事情推到王丞秀身上的那一刻，我就在想，或许你才是那个赌徒？而后来你的一系列行为，都印证了这一点。"

葛凯冷笑道："我的行为？我做了什么？我可一直按照你们的安排在做。"

良言忽然从车上拿出一根烟，递给葛凯："抽烟吗？我们没信心能保护你撑过今天……你喜欢抽烟，那就多抽几根，抽一根少一根……搞不好，这也可能是最后一根。"

葛凯迟疑片刻，还是接过了良言手中的烟。

良言微微一笑："你其实已经知道了，我们不是警员，对吧？但你仍然不愿意告诉我们真相。为什么？因为你们在处理王丞秀的事时，可能有些地方没处理好，很多细节疏忽了，如果我们把这些线索说出去，一旦他们找到关键证据，你的麻烦就大了。到头来，可能你会陷入比原来更糟的境地。可相反，只要你熬过这几天，我们一走，就没人再打扰你。你现在的行为不就是在赌吗？赌我们在不知道真相的情况下，还能保你无事。"

良言说到这里，目光已经瞥向后视镜，看到葛凯额头上滑落的汗珠……

"以前你赌钱，现在要赌命了，是吗？"

良言的话让葛凯陷入了沉默。在雨衣衣袖的遮掩下，众人看不见他的手正在轻微颤抖。那是恐惧，是后怕。这种恐惧不来自外界环境的威胁，而是源自内心深处灵魂和思维被看穿的恐惧。仿佛在良言面前，他变得透明，对方可以看透他的内心。他曾经做过的那些见不得人的事情开始一点点噬咬着他。

"你不懂，你根本什么都不懂……"葛凯的声音渐渐崩溃，仿佛变得癫狂，和之前的冷静形成强烈反差。他喃喃自语，重复着这句话，像是中了魔咒一样。

众人见状，不再继续刺激他。这一天的旅程，大家都格外沉默。每隔一小时，他们会在群里互相发消息，确认彼此是否安然无恙。除此之外，群里也是一片冷清。

在良言对路线的精巧安排下，直到晚上，宁秋水等人都没有再撞见抬头男。连续开了一天车，宁秋水已经有些疲惫，不得不休息。于是白潇潇接替了他的位置。

"油还够，应该可以撑到明天中午。"白潇潇说，"今晚咱们就不休息了，凌晨三四点再换冯宛铭开。"

众人对她的安排没有异议。现在抬头男盯上的就是他们，虽然对方还没有开启"脚"的能力，但是行动速度并不慢。在这种情况下，他们不能停下来。

良言定好了闹钟，每过一个钟头，闹钟会提醒他一次。然后他会根据特殊的方法，来改变众人行驶的方向。宁秋水稍微留意了一下，良言的这种对于方位的特殊转换，很有些门道。一般人的方向只有八个。东西南北，还有那四个角。但良言将其细分为二十四个。并圈定了其中十八个方向作为预判抬头男动向的依据。剩下的六个方向就是他进行无规则路线变换，和抬头男纠缠的筹码。这种方式会大幅度降低他们撞见抬头男的概率。

或许是良言的计算精准，又或许是运气使然，这一夜他们并没有遇到抬头男。然而，另一支队伍却感到焦虑。因为他们无法确定，抬头男是没找到宁秋水等人，还是……来找他们了？出于谨慎，他们也在远离宁秋水的方向，不断变换位置，以避风险。

到了第二天清晨，所有人都显得疲惫不堪。再这么下去，他们恐怕撑不了多久。之前的两队人马全都去找了牧云婴。在牧云婴的安排下，他们重新集结队伍，准备替换宁秋水他们继续第二天的周旋。接班时，良言特意向他们讲解了二十四个方向的细分法则。牧云婴点头表示理解，带着队友立刻开始行动。

"你们先休息吧，等休息好了再与文雪他们联系。他们现在负责寻找两队人的交汇地点。如果时间充裕，你们还可以去看看关珺，看看能不能从她那里得到有用的信息。"

宁秋水几人点头应允。随后，他在群里发了一条消息："有没有人的诡器失踪了？"

经过检查，大家确认都没有丢失。这是一个很重要的信息，说明在王振出局之后，抬头男并没有觉醒"手"的能力，觉醒的可能是"脚"或"口"。

"一路小心！"冯宛铭目送他们离去，总算松了口气，感觉肩上的压力轻了许多。然而，当他转过头时，却发现良言和宁秋水的神情依然凝重。

"你们怎么看着不高兴呢？我们已经顺利熬过了第一天，今天他们按照我们的方法走，应该也能躲开抬头男吧？"冯宛铭有些兴奋，昨晚的成功让他信心倍增。

良言摇了摇头："要是真这么简单，第七扇诡门的淘汰率就不会这么高了。昨晚我们没遇到抬头男，更多是因为运气好。但这个方法不仅依赖运气，还对使用者的判断力和预估能力有要求。我们的运气不可能一直那么好。只希望他们能合理利用诡器，顺利渡过难关吧。"

说完这番话后，几人拿出手机，打开地图，就近找到了一家旅馆，订了四间房。洗漱完毕，他们躺在温暖洁白的床上，很快便沉入了梦乡。

"车子快没油了，我们得去加油，大概会停留五分钟。这期间，你们要打起精神！"开车的牧云婴如是说道。她瞟了一眼后座上已经有些迷糊的葛凯，语气柔和："葛凯，你如果觉得困就睡一会儿吧。我们会尽力保护你的。你老这样也不是办法。"

葛凯听了，抬头看了她一会儿，才点了点头，放低座椅闭上眼睛休息。昨晚他确实累坏了，一边是难以释怀的过去折磨着他，一边是外界的威胁无处不在。长时间紧绷的神经终于稍微松弛下来，他不知不觉地睡着了。

他做了一个模糊的梦。梦里下着大雨，他明明穿了雨衣，但大雨还是让他湿透了。身体沉重，步伐艰难，几乎要摔倒。他站在原地不动，内心升起一股强烈的不安，仿佛有什么危险在靠近。

这时，熟悉的气息扑面而来，仿佛置身于山林中。他猛然惊醒，冷汗涔涔，眼前竟然是那片熟悉的密林，面前木牌上赫然写着"无人区，请勿擅闯"。那些被压抑的记忆汹涌而来，梦境中的细节开始变得清晰。

密林的路径上，几行杂乱的脚印延伸向前。葛凯鬼使神差地跟随着脚印，一步步走向密林深处，来到一座废弃的木屋前。这是过去的守林人留下的旧屋，随着城市的发展，他们的工作也被迫结束了。

葛凯站在木屋不远处，迟疑着没有进去。突然，一道雷鸣划破天际，他看见远处一个身影跌跌撞撞地跑来。

那是一个女人，当她靠近时，葛凯认出了她，竟是乐闻！她面色苍白，带着无法言喻的惊恐，似乎刚经历了什么可怕的事情。葛凯目睹乐闻跑进木屋，屋内隐约传来争吵声。这一幕，葛凯并不陌生，因为一个月前他曾亲眼见过同样的情景。

他的目光转向山林深处，内心挣扎。他知道，自己还没有出局。现在去或许可以挽回一切。可是，要去吗？回想起自己的所作所为，葛凯十分后悔。如果他没做这些事，现在应该可以安然待在家中，而不是像现在这样，惶恐不安，随时处于危险之中。

他再次回到了这里，难道这是上天给他一次弥补过错的机会？想到这里，葛凯心跳加速。他已经受够了这种提心吊胆的日子！他决定，现在就去救王丞秀，并亲自向他道歉！

打定主意后，葛凯跌跌撞撞地朝着山上走去。可是还没走几步，身后传来一个熟悉的声音："嘿！你干什么？"

他猛然回头，看见叫住自己的人……竟然是自己！那个"自己"满脸贪婪，眼神疯狂。

"你疯了吗？"另一个"他"怒道，"事情已经到了这一步，你筹划了一切，你就是幕后的那只'手'。现在只差最后一步，你的计划就将圆满成功，你也将得到你想要的一切！"

葛凯听到这些话，前进的步伐停了下来。

"不……这不是我想要的……"葛凯失神地摇头，目光悲伤，"这不是我想要的……我不想像乐闻他们那样……我只想活下去——"

他的话还没说完，对面的那个"自己"便打断了他，语气凌厉："可你还有退路吗？即便你现在救了他，他念在同学情分不揭发你们，但那些追债的人会放过你吗？你没钱没势，房子没了，妻子也离你而去，甚至很快连自己都保不住，要是不赢回这一切，就算你活下来，还能剩下什么？"

听着这些话，葛凯原本的决心开始动摇。他确实已经没有退路，家没了，钱没了，连身体也押上了。他唯一翻身的机会就在眼前！

他那迷茫的眼神逐渐变得清晰，贪婪与狠戾在眼中闪现。葛凯的脸上浮现出一抹诡异的笑容。

"还有四天，只要撑过这四天，一切都会改变！你说我在赌命？那就赌一把！用我这条烂命，换一个未来！如果这世上没有翻身的赌徒，我葛凯就做第一个！"他心中坚定了决心，走向那个"自己"，拍了拍对方的肩膀，"多谢你了！如果不是你，我的路就走窄了！"

二人对视，都流露出了炽烈的笑容……

"我去趟厕所，你们在这里稍微等一下，千万不要乱跑！"

加油站内，开车的牧云婴感到小腹传来一阵剧烈绞痛，俗话说人有三急，她实在没有办法，只能停下车，好在加油站里就有厕所。

"你们看着他，我去超市买点儿补给，今天可能没什么时间停下来吃饭了。"唐仁说道。

想到接下来可能要连续开一天的车，唐仁觉得有必要储备一些食物和水。正好趁着现在牧云婴去厕所，也不耽误时间。这里有两个人看着，应该不会出什么问题。

其余两个人守在葛凯身边，点了点头。他们心想，即便遇到了抬头男，手里还有两件诡器应对，况且还有人可以随时去开车。

大约过了一分钟，车外突然传来了唐仁的呼喊："你们两个快过来帮我搬东西，太多了！快点儿，我撑不住了！一会儿东西要撒了！"

二人探出头，听出声音从超市方向传来，虽然那边人多，但距离不算远。稍做犹豫后，还是有人下了车，不过他们留了个心眼儿，并没有全都过去。

"我去看看，你留在这里，有问题就立刻喊我。"章华对庆婉婉说，后者点了点头。

目送章华离开后不久，原本在熟睡的葛凯忽然醒了。他迷迷糊糊看着车里空出的座位，手机铃声突然响起。葛凯没有多想，直接接通了电话。他并未注意到，旁边的庆婉婉连看都没看他一眼，仿佛根本没有听见铃声。

"喂？"他睡眼惺忪地打了个哈欠。然而，电话里的声音让他瞬间清醒过来。

"小心你旁边的那个女人，她被调包了。"

葛凯闻言，整个人瞬间紧张起来。

旁边的女人被调包了？被谁调包了？难道是……

葛凯忽然意识到某种可能，他的心理防线险些崩溃。

他僵硬地转过头，看向庆婉婉，她恰巧这个时候将目光望向车外，侧着脸。而正是这个无意的动作，给了葛凯极大的心理压力。因为他记得，那只诡物也是那样，总是抬着头，无法看清它的正脸。

此刻，庆婉婉在葛凯的眼里，几乎与那可怕的诡物重叠在一起。他不由自主地轻轻挪动身体。而庆婉婉此时也隐隐感到不安，总觉得唐仁突然叫他们去搬东西有些突兀。而且她并没有看见唐仁本人，也没有听到旁边的手机铃声，因此注意力一时全都集中在小卖部方向，忽略了葛凯小幅度的动作。

就在这一瞬间，意外发生了！

当庆婉婉反应过来时，葛凯已经拉开车门，仓皇逃走。

"回来！"庆婉婉着急地大喊。

看到她追了上来，葛凯心跳加速，拼命奔向远处的街道。

他一边跑，一边回头看，发现庆婉婉也在疯狂地追赶，葛凯的心脏猛然收紧，这是动物的本能。无论是猛兽还是小动物，一旦看见有什么东西在追自己，第一时间都会变得十分紧张！那是一种自我防护机制。

葛凯无视了庆婉婉的呼喊，疯狂向人群密集的地方跑去。他的体力要比庆婉婉好，追逐了他一段时间后，庆婉婉被甩在了后面。

葛凯还在往前，跑着跑着，见身后没人追自己了，这才停了下来。他喘息着，一边庆幸自己逃过一劫，一边拿出手机，按下电源键。

屏幕没亮。

葛凯心中一沉，之前在洗手间的事情浮现在脑海。

他紧盯着漆黑的手机屏幕，额头开始冒汗。为什么会这样？他不信邪地用力揉了揉眼睛，可睁开眼时，屏幕仍然漆黑，毫无变化。

突然，葛凯记起那天在酒店厕所里见到的离奇景象……那双诡异的眼睛！此刻，那双眼睛正占据手机屏幕的每一个角落，仿佛这双眼睛的主人在屏幕背后死死盯着他。

葛凯惊恐万分，惨叫一声，将手机远远扔了出去，疯狂地向来路奔去。

此时，他的脑子完全清醒了，意识到自己为何会如此相信刚才电话里的声音。因为那是良言的声音。尽管之前与良言发生过冲突，但他们一行人确实将他保护得很好。而且良言仅凭细微的线索，猜出了他们的行动，这种洞察力给葛凯留下了深刻印象，潜意识中让他觉得安全。

可现在，他才意识到一个事实，自己根本没有良言的联系方式！想到宁秋水的推测，抬头男觉醒的是"口"的能力，葛凯立刻明白过来，自己被诡物骗了！

他的心里一阵冰凉，拼命逃向来时的路，但当他抵达加油站时，车子却消失了。

"牧云婴！"他大声地呼喊着，却没有任何回应。

四周积水映着昏暗的天空，雨声淅沥，景象一片空寂。

葛凯惊恐地在加油站里寻找，可哪里还有牧云婴等人的影子？他抓住了一名工作人员，试图描述车辆的模样，可对方只是诡异地笑了，笑容僵硬。

见到这个笑容，葛凯后背发凉，转身想逃。然而转过身时，他却愣住了。

周围的每个人都露出同样的笑容。葛凯惊恐万分，急忙逃向加油站外。即便穿着雨衣，滂沱大雨仍将他浇得湿透。

他越跑越远，周围逐渐变得荒凉，杂草开始在地上蔓延。葛凯忽然发现自己站在一片熟悉的荒林中，前方出现了一个熟悉的木牌。

只是木牌上的字，变成了"报应"。

看见这几个字，葛凯心底的惊恐几乎要溢出来。

"不！不要！"他大声喊叫，拼命逃跑。然而，面前出现了一个诡异的身影。它用尽全力地抬头，双手向天空伸展，似乎想抓住什么。

葛凯见状，双腿一软，跪倒在地，哀求道："不要伤害我！丞秀，我就是一时糊涂，不是有意的，求求你原谅我！那东西……那东西我不要了，不要了！"

他痛哭流涕。然而，面前的身影对他的哀求无动于衷，发出刺耳的摩擦声。它低下头，一张苍白的脸出现在葛凯面前。

"啊！"葛凯发出惨叫，随即倒在了街道旁，路人见状纷纷避让。

身后，庆婉婉等人终于赶到，看着倒在地上的葛凯，面色苍白。

当宁秋水四人苏醒的时候，天已经黑了。

他们醒来的第一件事就是打开手机，查看群里的消息。但不幸的是，他们很快得知，昨天他们费尽心思保护的葛凯，今天中午已经被淘汰出局了。

四人陷入一阵沉默。除了内心的焦躁和惊惧外，他们还有一些说不清的愠怒。有一种老子战战兢兢努力了好久，结果一放你小子手里就给玩砸了的感觉。不过现在众人都是在一条船上，一荣俱荣，一损俱损，所以他们也都知道，一定是出现了意外的突发状况。

群内，牧云婴带头道歉。葛凯的出局，对她的威信是一种巨大的冲击。之前宁秋水团队保护了葛凯足足一天半，现在群里不少人的心开始向宁秋水的小组偏移。

牧云婴将他们所遭遇的一切原原本本交代了出来。

白潇潇轻叹一声："果然还是出意外了。秋水，你说对了，抬头男觉醒了'口'的能力……"

冯宛铭有些震撼:"秋水哥,你之前是怎么知道的?"

宁秋水拧开了一瓶矿泉水,喝了一口,对二人说道:"四个人,对应四种能力。所以我当时突发奇想,诡物觉醒的能力……会不会跟这些人有关系?"

几人认真思考着宁秋水说的,冯宛铭不解道:"跟四个人有关系?有什么关系?"

宁秋水瞟了他一眼,耐心地解释:"诡物为什么第一个盯上了乐闻?因为它最恨她。所以,她才是那个直接伤害王丞秀的人。也因为这样,所以她才'看见'了更多其他人不知道的细节,比其他人更加恐惧和愧疚。"

听宁秋水如此一讲,他们隐约之间似乎明白了什么。

白潇潇幽幽地问:"秋水,你是根据仇恨值的顺序来判断的?"

宁秋水点头:"我们可以通过这种方式简单推测还原一下。乐闻是诡物最恨的人,因为是她亲手终结了它(亲眼看着它受害),所以它淘汰乐闻后,可能觉醒'手'或'眼',它选择了觉醒'眼'。王振是诡物第三恨的人(初始状态),诡物在他出局后,觉醒了'口',由此推断,王振可能是那个欺骗者或是散播谣言者,曾引诱它入局。葛凯是诡物第二恨的人(初始状态),他要比王振做得更多,但又不是直接凶手,所以他可能是主导一切的人,幕后黑手,欺骗者,诡物将他淘汰后,可能会觉醒'手'或是'口',但现在'口'已经觉醒了,因此……它在淘汰葛凯之后,将会觉醒'手'!"

几人听到这里,神色微变。但冯宛铭晃了晃手里的手机,疑惑道:"可是秋水哥……到目前为止,群里没有任何人失去自己的诡器啊?他们都认为诡物应该是觉醒了'脚'。"

一旁的白潇潇却似乎听明白了,道:"你错了,冯宛铭。"

冯宛铭一怔,看向她:"哪里错了?"

白潇潇解释道:"如果你是它,你会立刻使用'手'的能力吗?"

冯宛铭理所当然地回答:"当然了!"

白潇潇摇头:"如果我是它,我就不会随便使用。我们现在还剩十五个人,十五件诡器。除了用掉的,保守起见至少还有十二件诡器。'手'的能力冷却时间为一天,就算它最大程度使用,也只能偷走我们的四件诡器。如果它留着这一次机会……不用呢?"

听到这里,冯宛铭瞬间反应过来,背后渗出冷汗!他喃喃道:"如果诡物留着这一次机会不用,在关键时候,它就可以让一件对它影响最大的诡器……无法生效!"

白潇潇点头:"你总算明白了。这扇诡门内的诡物被诡器阻挡之后,会出现一段时间的'硬直'。否则前天晚上，那只诡物不会在制造的密闭空间被匕首破除后，站在厕所里傻愣着，完全不追咱们。它应该是被诡器阻止了一段时间，在这段时间里，它的仇恨目标因为某些变故发生了变化，于是它去找王振了。这说明诡器对于这扇诡门背后的诡物还是有一定程度的抑制作用，是我们赖以生存的保障。

"但现在的问题是，假如那只诡物觉醒了'手'的能力不用，就意味着……它下一次对最后一个目标关琯出手的时候，无论是否发动'手'的能力，我们都必须消耗两件诡器去阻止它！在这种情况下，它消耗我们诡器的速度等于直接翻倍了！毕竟它可以赌，但是我们不能赌！因为我们输不起！"

白潇潇已经解释得非常详细了。手里没有剑，和手里有剑不用是两码事！

"原本我还以为这个技能是个废物技能呢……没想到这么可怕！"冯宛铭直接傻眼了。

诡物只要有了这个技能，就能逼着他们快速消耗手里的珍贵道具……这扇诡门是真阴险啊！这还怎么玩？就他们手里那十几件诡器，一次消耗两件，能撑多久？

"那咱们怎么办？"冯宛铭内心绝望。他暗自懊悔不该进这扇门，这下恐怕真的要交代在这里了。

绝望之际，他将最后的希望放在宁秋水三人身上。经过短短两天的接触，他发现收留自己的这三个人不是一般地厉害！跟着他们……说不定能活下来！

"老冯，你在群里的威信不错，先给他们发个消息，把秋水刚才的推测全部发出去，让他们自己留个心眼儿，无论如何，不要让关琯太早出局！"白潇潇盼咐冯宛铭，同时嘱咐道，"记得要以你自己的名义，不要提我们。"

冯宛铭急忙点头，开始打字。白潇潇又将目光转向了良言，只见他眉头紧锁，若有所思。

"言叔，你怎么不说话了？"

良言沉默片刻，缓缓说出让三人后背发冷的话："我在担忧……人心。如果我们之中出现了'叛徒'，关琯可能很快会被淘汰。你们不要忘了，王振明明是抬头男的第三仇恨目标，却莫名其妙半途提到第二，我怀疑，这里面很可能有人在操纵！"

"不会吧？"冯宛铭一脸震惊，难以相信这种事会是人为的，"如果他们知道怎么提高目标在诡物那里的仇恨值，为什么不告诉我们？这样的话，大家就可以利用这个方式，让那只诡物一直在两个保护目标之间来回跑动……"

冯宛铭其实也没有那么笨，第一时间就想到了这个。

良言道："因为有人不想这么做。诡门的隐藏法则必须要见血，卜休的事很可能不是意外，大概率是被队友背叛所致。"

说着，他的眼神有些锋利："如果有人找到了刷诡物仇恨的方法，那么他谁也不会告诉，只需要偷偷降低自己在诡物那里的仇恨值就行了。到时候等其他人被淘汰，他就会获得隐藏法则的庇护，活下来的概率自然会大大增加！虽然这种法则在第七、第八、第九扇诡门里会被大幅削弱，但依然有很多前人靠着这种法则成功逃生。"

说到这里，良言看向冯宛铭的手机："人都有私心。诡器在这扇门里极为珍贵，几乎是我们活下去的唯一依仗。或许之前他们还认为可以靠着诡器一点点磨过剩下的三天时间，但你将诡物解封了'手'的消息透露出去后，他们的心态就会发生变化。只要不是傻子，应该都能明白一次消耗一件诡器和一次消耗两件诡器的差别有多大……"

良言拨弄了一下眼镜，继续道："保护关琯需要付出的代价太大，他们会开始计较得失。一旦有人选择偷偷离开，剩下的那群人就更难坚持保护关琯。毕竟这是最后一个保护目标了，如果出现纰漏，诡物在对关琯下手之后，很可能立刻就会将目标转向他们。别忘了，诡物是根据仇恨值来出手的，阻碍诡物攻击关琯的行为，必然会增加它的仇恨值。届时，关琯出局，周围那些拼尽全力去保护她的人，很可能就会成为第一批牺牲者！那些能想到这一点的人，心理自然失去平衡——凭什么我冒着生命危险保护任务目标，而你却藏在暗中，尽情享受着安宁？"

良言对人心的把控已经细腻到了极致。这种人，他见过太多了。

听到他的分析之后，原本还在奋力打字的冯宛铭不得不停下动作。这道理他明白。总结起来就是：人不为己，天诛地灭。大难临头，各奔前程。

宁秋水也补充道："也别觉得我们现在在诡物那里仇恨值比较低。它当时为了淘汰葛凯追了咱们一天一夜，到最后也没能成功……搞不好我们已经在它的目标名单前列了。"

宁秋水这话一出口，冯宛铭的脸当即就白了。内心的压迫感和危机感渐渐加重，化作一块块沉重的石头压在他的背上。

"那……那咱们怎么办？说也不是，不说也不是，不能真的干等吧？"冯宛铭慌了。

众人沉默了片刻，良言才开口道："我此前经历过三次第七扇诡门，里面的诡物虽然厉害，但并没有像这扇诡门的这么夸张，从任务开始到现在，它的狩猎一刻都没有终止过！这种情况下，我们就算足够团结，也很难拖到第五天。所以，很可能这扇诡门背后……还有其他的生路。秋水之前的推断可以发在群里，确保关琯暂时不能出局，我们现在立刻赶过去，务必要在她被诡物盯上之前，见她一

023

面！我有话想跟关珺说。"

几人点头。冯宛铭按照良言的指示，将宁秋水的推论发到了群里。这条消息立刻引起了轩然大波！他们随后联系上了文雪，找到了接头的地点。接下来，将由他们来保护关珺的安全。

众人一开始还有些不好意思地客套几句，表示宁秋水他们已经累了一天了，是团队的功臣，应该多休息一下。但当他们得知关珺一旦被淘汰，保护她的那些人很可能会成为诡物的第一目标时，立刻收起了那些虚伪的客套话。

在一番感谢后，他们如释重负地将关珺交给了宁秋水他们。事情出乎预料地顺利。不过这一次，众人的队伍里也加入了一个新人——文雪。对于她的加入，几人感到有些意外。

"你的选择简直就像是在送死。"冯宛铭一本正经地看着非得挤在自己旁边的女人。这个车子的后排愣是挤着坐了四个人。

文雪看向了他："你们的行为不也像是送死吗？"

冯宛铭不动声色地瞟了一眼副驾驶位置的良言，说道："我们不一样……我们这是向死而生。那只诡物对我们的仇恨实在太高了，我们不能眼睁睁看着关珺被它淘汰，否则……我们也会陷入更大的危机。"

文雪沉默了好一会儿，神情间似乎有着某种迟疑。但很快，她便做了决定。

"冯宛铭大佬，我有一个非常重要的消息要告诉你……"

冯宛铭被一个娇滴滴的姑娘突然叫了一声"大佬"，莫名感觉有些飘了。

"你说。"他道。

文雪说："你要先答应带我过这扇门。"

冯宛铭一听，那还得了？自己都是寄人篱下，全跟着三个大佬在混，哪儿来的本事带别人过第七扇诡门？

就在他沉默的时候，白潇潇却柔声道："冯大哥，你就同意吧，多带一个人应该也没什么问题！"

冯宛铭闻言急忙点头："好，我答应你。你刚才要告诉我什么特别重要的消息？"

文雪见冯宛铭同意带上自己，这才迟疑道："那个牧云婴有问题……卜休和王振的出局，很可能跟她有关系！"

文雪的这句话，着实让众人吓了一跳。

副驾驶位上的良言手指有节奏地轻敲着座位，平静地问道："她当时应该是负责保护关珺的人，而你们负责保护王振，相距很远，为什么说王振的意外跟她有关系呢？"

文雪沉默了一会儿，从兜里摸出了一部手机。上面还沾着已经变成褐色的血渍："这是卜休的手机，在他出事的半个小时前，跟牧云婴有过一次通话记录。他接完电话后，趁我们不注意，直接带着王振离队了。当时那只诡物正在追击你们，所以大家都没有特别警惕，没想到出了意外。"

说到这里，文雪将通话记录翻了出来给众人看了一眼，脸色奇差。她似乎想不明白，牧云婴到底跟卜休说了些什么，能让他突然做出这样奇怪的举动……

"事后你没有去问她吗？"良言望着窗外的雨，问道。

文雪摇了摇头："我想问，但是不敢。你也知道，那边全是她的人……这事儿要真是她做的，如果她发现我知道了，搞不好也会把我给处理掉！"

良言笑道："非常好的理由，简直无懈可击。"

文雪皱了皱眉："你不信？"

出乎她的预料，良言竟点了点头："不，我信。我相信王振的事背后一定有一只看不见的手在推波助澜。"

文雪面色苍白："所以除了诡物要对付我们，现在还要防着同伴是吗？"

良言反问道："何必问我们呢？你要不这么想，也不会来找我们，不是吗？"

文雪的脸色稍微好了一点儿："虽然我知道保护关珺是一件十分危险的事，但是比起明面上的诡物，队友的暗箭更让人防不胜防。"

冯宛铭用力点了点头："是这个道理！"

这时，良言将目光转向了坐在中间，一直瑟瑟发抖的关珺。两天不见，她整个人的精神状态发生了极大的变化，似乎被恐惧抽走了魂儿一样。

"马上要入夜了，关珺。"

"啊？"听到有人突然叫自己名字，关珺下意识地抬起头，眸子里迷茫了一会儿后才点了点头。

"嗯……"她的声音在发颤，"我会努力配合你们的，请你们一定不要抛下我，拜托了！事后无论你们要什么报酬，只要我给得起，我都会给！"

她的语气十分诚恳，和之前嘴硬的葛凯完全不同。

但良言的表情没什么变化："我不要报酬，我要知道真相。你们到底对王丞秀做了什么？"

提到王丞秀这个名字，挤在关珺身旁的两人明显感觉到她的身体猛地哆嗦了一下！

"我……我不知道……"关珺带着哭腔说道，"不是我，是乐闻。她是王丞秀大学时的女朋友，两人谈了一年，最后她嫌弃王丞秀穷，又没有上进心，于是跟他分手了。可是前段时间不知道怎么回事，两个人又好起来了……那天我们去到小木屋里，乐闻牵着王丞秀的手，说给他准备了惊喜，就在山上，然后两个人就过去了。后来，后来乐闻一个人回来，王丞秀不见了……"

或许是因为恐惧，又或者是不想回忆当天的事情，关瑁的叙述其实并不连贯，但众人能够听懂。

"……后山是一片断崖，乐闻比较瘦弱，哪怕王丞秀没有防备，想要在山林里对他下手也不是件容易的事。"

"我猜，我猜她可能把王丞秀推下了山崖！"关瑁说完之后，头顶忽然响起了雷声，她吓得尖叫了几声，立刻用双手抱住脑袋，瑟瑟发抖，"我……我其实……是被骗上贼船的，从头到尾，我什么都没做过……"

良言说道："可能正因为如此，它才最后一个找上你。"

关瑁抽泣起来："我没害过他，这一切都是葛凯主导的。他好赌，赌没了房子，老婆也走了，听说连自己身上的器官都赌掉了，催债的人马上就要上门，他实在没办法了，走投无路，所以才谋划了这一出……

"可他一个人没法做，非得拉着我们一起，还说事成之后跟我们平分那些钱，那些钱足够我们后半辈子随意挥霍了……如果出了问题，他一个人承担，绝不牵连我们！我当时就是一时糊涂，把车借给了他们。除此之外，我什么都没做，我发誓！是王振骗了王丞秀，是乐闻动的手！"

关瑁一遍又一遍地重复着，恐惧让她的精神几近崩溃。之前从文雪等人的手机聊天记录里，她看见了另外三个同伴的下场！关瑁害怕极了，不想像其他同伴一样走得那么惨烈。

"难怪你身上的能力是'脚'，搞了半天，是你借的车啊！"冯宛铭眼中闪着光，然后看着开车的宁秋水，由衷地震撼道，"哇，秋水哥，你真是我的神啊！这都给你猜到了，不能说是一模一样吧，简直就是毫厘不差！"

宁秋水认真开车，没有理他的奉承。

良言思索了片刻，想起了那只诡物的动作，像是抓住了什么，然后死死地抬头看着上面的人。

"难怪他一直抬着头，原来是因为这样……"

王丞秀当时很可能没有直接掉下去，而是在崖壁上抓住了植物或树木。不过乐闻显然没有给他一点儿机会，多半眼睁睁看着他摔下去才离开……

他忽然又想起了什么，对关瑁问道："王丞秀不是很穷吗？葛凯缺钱为什么要找他？"

关瑁抽泣着："他是很穷，平时还又脏又懒，大家都瞧不起他。可谁想到就是这样一个人……竟然买彩票中了大奖。他当时兴奋地发朋友圈，虽然几秒钟之后又删掉了，但还是被葛凯看见了……之后，葛凯约他出去喝酒谈心，借着酒劲儿从王丞秀嘴里套出了消息……"

"真是过分，那葛凯简直活该！"听完关珺的讲述，冯宛铭忍不住骂了一声。

远离赌徒，珍爱生命。

这家伙害了自己不说，身边的朋友也没逃过。

"你还记得当时王丞秀出事的地方吗？"

面对良言的提问，关珺点了点头。然而当她将那个位置告诉良言后，良言发现他们根本过不去。那个地点在市区之外。诡门没有开放那个区域，这也意味着生路不在那个地方。

"你们还有什么想问的吗？"

这时，开车的宁秋水忽然说道。车上的人没有回应，大家都陷入了沉默。

"看来是没有了。"宁秋水说着，突然转了个方向。

"宁秋水，你这是要去哪儿？"察觉到不对劲的文雪急忙问。

宁秋水平静地回答："警局。"

文雪怔住了："警局？我们为什么要去警局啊？"

宁秋水瞥了一眼后视镜里的关珺："刚才的谈话我录了音，等会儿要把录音文件和关珺交给警员。"

冯宛铭一愣："秋水哥，我们不是要保护她吗？把她交给警员，到时候诡物来了，她不是很危险？"

宁秋水反问："保护她？你打算怎么保护？我们这儿一共有五个保镖，四件诡器，一次用两个，能撑多久？"

冯宛铭被他的话噎住了。

此刻，坐在后排的关珺突然颤抖起来："不，不要！求求你们不要抛下我！你们要是把我交给警员，它，它一定会来找我的！求求你们了，你们想要什么都可以，只要我能活下来，之后彩票兑现的所有钱全给你们！"

文雪也皱眉道："她也没做什么，罪不至死，咱们就这么把她扔掉，会不会有些不人道？而且她要是被淘汰了，诡物就觉醒所有能力了，咱们之后怎么办？"

宁秋水淡淡道："为了保护她，用掉我们所有的诡器，回头诡物把她淘汰后，转身就能把我们所有人全淘汰，一个都跑不了。反正她最后还是要出局，我们根本拖不了多久，其他人也不可能给我们什么帮助，现在估计已经距离我们很远很远了。如果你想用自己的诡器去救一个注定要出局的人，我不妨碍你，你可以留在警局跟她一起。"

文雪闻言，脸色变得极其难看。后排的关珺则开始号啕大哭，不停地向众人求饶。但没有一个人理会她。她并不可怜。从本质上来讲，她将车借出去的那一刻，就等同于是给凶手递上了刀。帮凶也是凶，并不无辜。

宁秋水很快将她送到了最近的分局，众人把她拖进警局，交了录音证据，办完手续后便离开了。

"接下来我们怎么办，八仙过海，各显神通？"文雪面色凝重。

"不然呢？"宁秋水反问道，"根据仇恨值，诡物应该会优先来找我们，你自己打个车走吧，免得到时候受了牵连。"

文雪黑着脸离开了。目送她走远后，宁秋水也开车朝市中心驶去。

途中，良言忽然说道："你也觉得是她？"

宁秋水点头："肯定是她。"

坐在后排的冯宛铭满脸疑惑："秋水哥，言叔，你俩打什么哑谜呢？"

宁秋水道："害王振和卜休的人应该不是牧云婴，而是文雪。"

听到这话，冯宛铭更加不解，仿佛智商受到了打击。明明大家一直都在一起，为什么唯独他像个傻子？

"不是……秋水哥，你怎么看出来的？"

宁秋水回答道："文雪当时说卜休是接了牧云婴的电话才带王振离开的，可实际上她拿出'卜休的手机'给我们看时，那个最新的通话记录下面有两个很小的字。"

"哪两个字？"

"呼出。"

冯宛铭闻言，顿时屏住了呼吸，暗自惊叹道：好细节！

"所以，她撒了谎。那个电话应该是打给牧云婴的，而不是'接'的牧云婴电话。再者，众人都对关珺这个烫手山芋避之不及，唯独她敢往面前凑，为什么？因为她知道自己之前做了什么事，削弱了诡物对她的仇恨值，她肯定不会成为诡物的前几个目标。而那件事，多半和王振的出局有关。她可能先引诱王振做了什么，提高了诡物对王振的仇恨，然后又帮诡物淘汰了王振，从而降低了诡物对她的仇恨值，以上是我的猜测，具体和事实或有出入。"

冯宛铭震惊了，这个叫文雪的女人竟然这么歹毒可怕！

良言顺着宁秋水的思路继续说道："而文雪非要跟过来护送关珺的原因，就是她想利用这最后一个保护目标，故技重施，再降低一次诡物对她的仇恨值。或许在文雪的计划里，她在等诡物对关珺出手，之后我们肯定会同时打出两件诡器阻止它，这个时候文雪再偷偷作梗，阻拦我们，帮助诡物淘汰关珺。关珺出局后，那只诡物对我们的仇恨值就会到达一个峰值，大概率会直接对我们动手。可到那时，我们手里已经几乎没有诡器了，完全就是砧板上的鱼肉，任其宰割……最可怕的是，没人会知道文雪做了什么，因为诡物会在第一时间帮她抹去我们这些知情的人！"

宁秋水笑道："是的。不过，这个计划需要她身边有队友配合才行，否则凸显不出她的作用，诡物对她的仇恨值也不会发生改变。"

听到这里，冯宛铭差点儿没忍住破口大骂。这个该死的女人，简直一肚子坏水！

"所以，你才要临时将关琯转到警局里？"白潇潇开口道。

宁秋水一边打着方向盘，一边道："嗯。哪怕我被淘汰得快些，也不能让她在这扇门里过得太舒服。"

"说得好！"冯宛铭挥手，狠狠给了空气一拳。但很快他的神色就变得忧虑起来："可我们手里只有三件诡器，要怎么对付拥有四种能力的诡物呢？不出意外的话，它会第一个来找我们吧？"

短暂的沉默后，白潇潇幽幽说道："其实有个地方可能会比较安全。咱们或许可以去那儿碰碰运气……"

在眼前的绝境中，白潇潇的话犹如黑夜中的一束光，让众人振奋了些许精神。

"潇潇姐，什么地方？"冯宛铭问道。

白潇潇的眸中一抹精光闪过："米林小区。"

"啊？那地方不是……"

"嗯。"白潇潇从身上掏出了一串钥匙，"从关琯身上找到的。之前离开公寓的时候，关琯关的门，那个房间是她的。"

冯宛铭闻言，急忙摸了摸自己身上的诡器。见他这副惊慌失措的模样，白潇潇忍不住翻了个白眼："别摸了，诡器是私人的，你不给我权限，我就算拿到了也不能用啊！"

冯宛铭讪讪一笑，似乎意识到了自己的动作对于白潇潇的人品有些冒犯："不好意思，潇潇姐，我就是身上痒，身上痒……"

良言已用手机重新定位好地址，放在宁秋水面前："秋水，路线可能要稍微变动一下。那只诡物搞不好会猜到我们的目的地，抄近道去堵截我们。"

他接着转头看向冯宛铭，说道："冯宛铭，你把诡器准备好，集中精神，待会儿一旦诡物出现，你和我就同时使用诡器困住它！"

冯宛铭点了点头，将一捆假发从身上拿出，紧握在手中。那假发蓬松而长，隐约之间还在缓缓蠕动，宛如活物。上面弥漫着淡淡芳香，应该来自于一个女人。

宁秋水驾车在一望无际的公路上前行，偶尔会瞥一眼手机上的地图。大雨不断，整座城市笼罩在昏暗中。随着时间推移，四周的光线以肉眼可见的速度消失，宁秋水不得不提前打开了远光灯。

"你们不要盯着远光灯的位置看，待会儿如果我有什么异常状况，你们就想办法叫醒我。"宁秋水语气有些凝重。

他们已经知道了那只诡物可以对人进行心理干扰，只不过需要借助"光影闪烁"和"体感上的震动"。宁秋水选择的都是较平坦的路段，这样可以尽量避免车身颠簸。

远光灯的照射下，公路上添了几分莫名的阴森。行驶约十几分钟后，冯宛铭忽然出声道："不对啊，各位，这里明明是去市中心的路，为什么开了这么久，没见一辆车？之前在更偏远的地方，都能看见三三两两的车辆，怎么现在靠近市区了，反而还变冷清了呢？"

冯宛铭觉得不对劲，看向了车里的其他人。他不相信这三人没有注意到这一点。他们可都是人精。

"那只诡物盯上我们了。"

白潇潇冷冽的声音，让冯宛铭顿时背后一凉："不是吧……"

白潇潇道："不信你看后视镜。"

冯宛铭闻言瞟向后视镜，浑身一震。他看见车辆后方的公路上有一个黑影，一直跟着他们！那个黑影和之前他们看见的抬头者完全不一样。它完全恢复了正常人的模样，站在大雨之中，冷冷地注视着他们。

尽管距离略远，再加上夜幕和雨帘的阻隔，冯宛铭看不太清楚它的正脸，但隐约间仍能感受到那个黑影投来的怨毒目光！

它就像是要将他们这些车上的人逐一逼入绝境！诡异的是，无论宁秋水往什么方向开，无论速度多快，那只诡物始终如影随形……即使它看似没动，众人却始终无法拉开与它的距离。

意识到这一点的几人身上有过一阵浓郁的寒意。他们不是第一次面对这只诡物，但这次情况不同，这次他们面临的是被淘汰出局的威胁！

诡物来找他们，也就意味着他们需要保护的最后一个目标关珀……已经出局了！

现在的诡物，是已经开启了口、眼、脚、手能力的完全体！接下来，它要对他们这些绊脚石进行清理！

回想起之前那些人的遭遇，车上的四人脸色便有些说不出的冷冽。尤其是冯宛铭，面容格外苍白。人不会因为经历过险境，就对险境不再感到恐惧。

常常经历诡门的人或许会比正常人更加冷静和勇敢，但这并不代表他们不会畏惧诡物！

"现在怎么办？"冯宛铭慌乱地问道。

"不要慌。"良言语气仍然很平稳，"目前我们还没有被它侵入心神，应该没有满足它进行干扰的条件。大约还有不到十分钟，我们就会进入城市的中心，到米林小区最多也不过二十分钟的车程。着急的应该是它，而不是我们。等它出手，我们就用诡器应对。"

冯宛铭不太明白："它为什么要找机会，直接对我们出手不就行了吗？这家伙的'脚'不是有一个百米内随意瞬移的技能吗？"

宁秋水看了一眼后视镜，道："从目前它的表现来看，瞬移后它不能立刻动手，诡门可能对它稍微做了一些限制，不然它突然瞬移到人身后，偷走对方的诡器，再出手攻击对方，这套连招基本没人能招架。"

说到这里，宁秋水似乎想明白了什么，对着白潇潇道："潇潇，那只诡物……恐高？"

后排的白潇潇点头："对！"

旁边的冯宛铭紧盯后视镜中的黑影，慌乱道："……潇潇姐，现在可不是儿戏时间！你不能因为那只诡物曾被推下山崖，就觉得它恐高啊！"

白潇潇道："我认为它恐高和它曾经的遭遇没什么关系。当然，我也不能完全确定……但必须赌一把！不然就真的没机会了。先前诡门隐约透露过一些细节，都指向了它恐高这件事，只不过那个时候我没有特别注意，也是今天从关琯的嘴里得知了王丞秀掉下山崖的事时，才想到这一点。"

冯宛铭一愣："诡门隐约透露过什么细节？"

白潇潇回忆起了那天他们四人进入米林小区寻找保护目标时的情景。

"我们赶到米林小区的七幢时，那只诡物比我们先到了一步！当时有两部电梯，右边那部已经被它占据了，但它只是待在一楼，既没有上去，也没有动。后来我们在上面谈完准备离开，葛凯说他们要单独待几分钟。在这几分钟里，我一直在外面的电梯，发现右边那部电梯一直停在一楼，没有上来。直到我们要离开时，左边的电梯出了故障，我们只能用右边的电梯，电梯门打开，里面却没有诡物，一切如常！直到电梯下到三楼，才发生了意外！

"那时，电梯里的灯泡不停明灭，下方传来剧烈的撞击声，像是有什么东西在下面不停撞我们……那时候，我们的注意力被乐闻的崩溃吸引了，忽略了这个细节。现在想来，是不是那只诡物不敢上楼？它能接受的极限高度就是三楼？"

众人听到白潇潇这么一讲，觉得很有道理。那只诡物提前在米林小区七幢的电梯里等待，却没有上去，也没有对楼上的人下手，偏偏等到电梯下到三楼时才出了问题。

"而且，他的动作似乎也是一种诡门的暗示。它被诡门设计成用尽全力抬着头，与其说是王丞秀掉下山崖时在望着上面的人，倒不如说是他恐高，不敢看下面的悬崖！"

白潇潇将这些细节全部列举了出来，一旁冯宛铭脸上的惊慌失措渐渐转变为惊喜！

"哎，潇潇姐，你这么一说，好像真有这个可能啊！"

良言出声提醒："不要放松警惕，诡物还跟着！"

冯宛铭闻言，立刻收敛心神："好……好！"

车辆平稳前行，四人身后的那个黑影宛如老谋深算的猎人，静静审视着自己的猎物，毫不慌张。就在宁秋水驶入城区第三大道的时候，那个黑影忽然动了！后视镜里的雨幕中，他快速地朝着众人跑来，速度极快！这一幕，让众人的精神瞬间绷紧！最慌乱的冯宛铭回头朝着车后方看去。却什么也没看见……雨幕浇淋，车后竟空空如也。

没有人，也没有诡物。

"它不在我们后面？"冯宛铭的大脑一时陷入空白。明明后视镜中看见了诡物，为什么他一转头，诡物就不见了？

难道……它在车子的后视镜中？！

冯宛铭虽然没那么聪明，可有些事情跟智商没太大关系。和诡物打了那么多次交道，冯宛铭对于诡物的种种能力深有体会。他意识到这件事情也不过就是一瞬间，可当他回过头时，却发现自己动不了了！目光扫过后视镜，冯宛铭的眼中浮现出极大的惊恐。他看见车子的后视镜里，坐着宁秋水三人，可白潇潇身旁已经没有了自己的身影！

他……被诡物拉入了镜子的世界！

"该死！"他心中暗骂。

身上的强力诡器原本应该触发护主效果，可此时此刻却沉寂得可怕。冯宛铭瞬间意识到，他的诡器……被诡物偷走了！

一双冰冷苍白的手，轻轻按在了他的肩上。恐惧蔓延心头。他望向车里的其他三人。现在只有他们能救自己了。可是……他们真的会救自己吗？他们有义务来救自己吗？

眼下，他们手里也只有两件诡器了，多么珍贵不言而喻，怎么可能会浪费在自己的身上？将心比心。如果是他，他不会救。想到这里，冯宛铭的内心被绝望吞噬……

他死定了。

而此刻，坐在车里的三人也看见了后视镜里的冯宛铭。

白潇潇眸光微动，问道："要救吗？"

诡物似乎无法立刻动手，又像是在等他们做出抉择。

良言目光直视前方，平静道："别问我，这一次，让你们来做决定。"

白潇潇轻轻咬了咬嘴唇，她纠结的时候总有这个小动作。

"你很纠结？"宁秋水笑道。

白潇潇点头："要不……你来？诡器在你那里，我没有资格决定救或者不救。"

宁秋水的目光扫过车上放杂物的抽屉，那里有几枚突兀的一元硬币，应该是文雪他们队之前留下的。他们可能买了什么东西，找回一些零钱，顺手扔在了车里。

宁秋水单手掌控方向盘，另一只手摸出了其中一枚硬币。

"那就让命运来决定吧。正面救，反面不救。"

后视镜中的冯宛铭似乎听到了这句话，那双眼睛死死盯着宁秋水手中的硬币！

叮——

随着宁秋水指尖一弹，所有人的注意力都集中在飞舞的硬币上！那一刻，时间变得很慢。一枚硬币在空中翻转，仿佛是命运的轮盘。他会得救吗？后视镜中的冯宛铭注视着空中的硬币，呼吸停滞了。那枚硬币对他而言便是生的象征。就在硬币即将落下的时候，一只手却忽然出现，稳稳抓住了它，攥在掌心。

"正面，还是反面？"良言平静地开口问道。

宁秋水看都没看，便将硬币揣进兜里。

"正面。"他说道。

咔嚓！

就在冯宛铭还未反应过来时，良言已突然起身，拿着自己的玉镯狠狠砸向了头顶的后视镜！没有丝毫犹豫，后视镜应声碎裂。

所有人的视线模糊了一瞬，再次回过神来的时候，冯宛铭已经坐回到后排的位置上。他急忙摸向肩膀，那里除了水渍什么也没有。

"谢谢……谢谢！"冯宛铭激动得要哭出声。下一刻，车辆飞驰进入市中心的人流，而一个诡异的黑影却站在他们刚才驶过的公路上，冷冷注视着他们……

"快！"

几人一路狂奔进了米林小区七幢，在大厅等着电梯缓缓向下。他们也不知道诡器究竟能够制约那只诡物多长时间，但肯定不会太久。眼下，他们只能以最快的速度回到七幢1043号公寓。

刚才死里逃生的冯宛铭站在电梯口，看着不断减少的红色数字，心脏仿佛要从嗓子眼里蹦出来了。

"快啊，快啊！"他在心中暗自呐喊，不时还回头望向公寓楼外瓢泼的大雨，生怕那里会突然出现什么诡异的人影。终于，电梯到了一楼。他们急忙走了进去，然后摁下了"10"这个按钮。

电梯开始上行，直到数字3变成了数字4后，电梯里的四人才稍微松了一口气。如果白潇潇之前的推测没问题的话，那他们现在应该已经安全了。诡物不敢去到三楼以上的楼层。

电梯门在第十层打开，白潇潇拿出那串钥匙，试了几下便将1043号公寓的门打开，而后众人便直接走了进去。

砰！

最后进门的冯宛铭关上房门之后，长长舒了口气，说道："老天保佑，总算是安全了。秋水哥，言叔，刚才真是多谢了！"

他面带感激地对二人道谢，宁秋水却掏出了刚才的硬币递给他："拿好，这是你的幸运硬币。"

冯宛铭接过了宁秋水手里的硬币，感恩戴德地揣进了自己的兜里。

宁秋水来到客厅的沙发坐下，忽然想到了什么，闻了闻刚才抓过硬币的手指。

没什么味。

硬币一般也留不下什么味，但这并没有打消宁秋水的疑虑。因为车上的货物架里只有一元的硬币，没有其他任何纸币和其他数值的硬币。他们买车的时候是没有这些硬币的，后来和文雪那群人交班的时候，车里才出现了硬币。感觉很怪。这些硬币不像是商家找的零钱，反而像是特意放在那里的。

他喝了口水，偏头望向旁边坐着的良言。良言手里也有一枚硬币，是刚才下车时拿的。

他此刻认真地观摩着这枚硬币，目光出神，也在思索着什么。

"喂，言叔，你看啥呢？"冯宛铭这时候走了过来，随口问道。

良言抬眸看了他一眼，忽然微微一笑，将手中的硬币抛起，然后抓在了掌心，对着他笑道："猜猜是字'正'，还是花'反'？"

冯宛铭笑道："字。"

良言将手摊开,说:"错了,是花。"

他的语气突然出现了一种莫名的意味深长。冯宛铭当然没有听出来,不过旁边的宁秋水却直勾勾地盯着良言放在手心里的那枚硬币。

"秋水,看出什么了吗?"良言问道。

宁秋水摇了摇头,语气带着一些古怪和凝重:"那些硬币留在车上没有任何作用,所以应该不是被人故意留在那儿的,反倒像是某些人之前换了很多一元的硬币,但最后没有全部带走,这些硬币则是随意抛弃的几枚。不过……为什么要换这么多一元的硬币呢?"

他的确想不太明白。

良言见宁秋水皱着眉头沉思,便也没有再去打扰他了,就将这枚硬币放在了茶几上。

花色朝上。

不知道为什么,无论是冯宛铭还是白潇潇,总感觉这一幕似曾相识。就好像他们还在那辆车上,依然有人在抛硬币。只不过他们变成了镜中的人。而抛飞在空中的那枚硬币……是反面朝上。

夜幕降临,几人在公寓简单洗漱后,白潇潇直接来到客厅里吹头发。那嘈杂的呜呜声,反而让众人心里有了一种安定感。

"今晚咱们还是分组守夜,这里的沙发可以放平,大家全都在客厅里睡。两人守夜,两人休息,秋水已经把他身上唯一的诡器权限共享出来了,那只诡物的'手'技能已经发动过了,接下来二十小时我们身上的诡器不会被它偷走。如果那只诡物再出现,我们至少有一次逃跑的机会。"良言很快便分了守夜班次。

"那个言叔,群里有人在艾特我们,问情况如何了?我要回复吗?"冯宛铭倒还算比较懂事,没有自己瞎做决定,事先询问了一下良言。

"不回复,之后他们所有的消息我们都不回复,打电话不要接,也不要挂断,就装作我们已经被淘汰了。"

冯宛铭点了点头:"好,听言叔的。"

良言又对另外二人说道:"秋水,潇潇,你们守前半夜。待会儿凌晨三点钟的时候我们接班。"

二人应允。做完这些,良言和冯宛铭便躺到旁边的沙发上,戴上眼罩睡觉了。与其说是睡觉,其实也就是闭上眼睛休息。

宁秋水和白潇潇坐在了一起,但是谁都没有说话。贸然发声会打扰另外二人的休息。但随着夜深人静,宁秋水很快便察觉到了一种莫名的窥视感。对于这种感觉，宁秋水一直相当敏锐。毕竟他是做那一行的。危险感知是最需要锻炼的能力之一。

宁秋水觉得不大对劲，于是便四下里观察着。这种窥视不像是来自于诡物。因为他的身上没有那种明显的寒意。不过宁秋水并没有放松，很快他便在房间里的某个角落里找到了一个针孔摄像头。这个摄像头……竟然藏在了电视柜旁边的插座里！而对准的方向，也正是客厅！

"有人在监视这个房间？"宁秋水眯着眼。

一旁的白潇潇也发现了宁秋水这头的情况，她立刻找来了一些纸，然后将它们塞到了这个插座的孔中。

"会不会和文雪他们有关系？"白潇潇声音沉重。

宁秋水迟疑了会儿，点了点头："很有可能。"

二人的心里，充斥着疑惑。一堆奇怪的一元硬币，一个针孔摄像头，这两者之间有什么必然的联系吗？那些家伙……到底想做什么？

宁秋水想不明白，但总觉得这硬币的形状和某个物品的形状很相似。

他坐回沙发，目光锐利地盯着茶几上那枚良言留下的、花面朝上的硬币，心中不安的感觉越来越重。

"硬币……监视……"宁秋水轻声念叨着，想要解开其中的谜团。

白潇潇轻轻拈起桌上的硬币，仔细查看，这一动作恰好将数字"1"的一面露给了宁秋水。看到这个数字，宁秋水幡然醒悟！

"1……是……电梯！"

他惊呼一声，而后立刻叫醒另外两人，一同前往公寓外的走廊！

"怎么了，秋水哥？"

冯宛铭虽然困意浓重，但也知道他们现在的境况多么危险，那只诡物随时都会找上门来。

宁秋水目光如星，道："我们被人算计了！"

众人疾步来到电梯门口，盯着左右两部电梯。他们很快发现，右边电梯的楼层一直停在一楼没动，而左边的电梯则在缓缓上升，已经到了七楼。

"运气不错呢，居然赶上了。"宁秋水松了口气。

此时此刻，连良言都不知道宁秋水究竟在想什么。

"咱们先上楼，去十一楼。"

宁秋水看着左边的电梯不断向上，做出一个出人意料的决定。良言和白潇潇没有怀疑他，果断跟他上楼去了。冯宛铭见众人都走了，自己也不好单独留下来，只得跟在三人的身后。只是他觉得很奇怪，为什么宁秋水会忽然说他们被人算计了？

他们来到十一层后，左侧的电梯继续上升，最终停在了二十三层。此时，右边的电梯仍然停在第一层。

"秋水哥，接下来我们要做什么？"冯宛铭凑上前，他现在满脑子里都是疑惑。

宁秋水回道："等。等左边的电梯开始下降，右边的电梯就会上升。而左边电梯里，大概率就有准备陷害我们的那个人。俗话说来得早不如来得巧，我们的运气确实不错，要是我再晚一些发现问题，可能出现在电梯里的……就是那只诡物了！至于细节，待会儿再跟你们解释。"

身旁的三人都点了点头，十分警惕地看着左边的电梯。气氛有些莫名的紧张。

左边电梯在二十三层停留了一会儿，又开始下降，而原本一直停在一层的右边电梯竟真的开始缓缓上升！一切……都如宁秋水所说。

"我的天，这么神……"冯宛铭瞠目结舌。

左边的电梯停在了二十二楼，而右边电梯则一路上升至二十三楼。短暂等待后，左边的电梯再一次下降，就在这一刻，宁秋水快速按下十一楼的下行键。

"待会儿不管看见电梯里有几个人，直接拖出来，然后控制，必要的时候可以使用暴力手段！"宁秋水叮嘱道。

白潇潇略有些担忧地看了一眼楼层处的监控摄像头："电梯里应该也有监控吧，要是被看见了怎么办？一旦有人发现，可能会对咱们造成十分恶劣的影响！"

宁秋水摇了摇头："暂时顾不了这么多了，无论如何要先把今晚的事情应付过去，不然的话我们今晚就全得完！"

白潇潇打了个"OK"的手势，活动了一下关节。

随着左边的电梯停在十一楼，并发出"叮"一声脆响，宁秋水身旁站着的三人摩拳擦掌，准备随时动手了！电梯门缓缓打开，里面明亮的灯光透了出来。那里，果然站着一个人。而且还是个熟人——文雪！

电梯内外五人对视的一瞬间，文雪神情骤变，疯狂地按着电梯关门键。然而良言已经先一步跨出，用身体挡住了电梯的门。下一刻，白潇潇则抓着文雪的头发，将她强行拽出了电梯！

文雪想要大声呼救，引起周围邻居的注意，但白潇潇哪能想不到这一点？只见她直接将一团东西狠狠塞进了文雪的嘴里。

"呜呜呜……"文雪瞪着眼睛，虽然还能够发出声音，但已经很小了。

就这样，文雪被三人控制住了。宁秋水让他们先回房间，自己则走进电梯，目光落在那些按钮上，眸光微动。

果不其然，电梯里的每个按键都被贴上了一元大小的硬币，乍看之下就好像所有楼层都显示为一楼！

宁秋水随便拨开了一枚硬币，发现背后是用嚼过的口香糖粘的。这确实是非常不错的黏合剂。尤其是硬币要大电梯按钮一小圈，卡在了外面的边框处，如果直接将硬币用胶布胶水粘在外面，那根本就按不动按钮。可是如果是中间粘了一点儿口香糖，那就不同了，只需要轻轻摁动外面的硬币，口香糖自然会挤压里面的按钮！

宁秋水抬头，头顶显示楼层的位置也被一张很厚的纸板遮住了。

"……电梯里，诡物是看不见自己身处多高位置的，它只能凭借按钮上的数字和显示屏上的数字来判定，文雪将按钮数字全部变成'1'，又遮住了显示屏，是想自己去一楼把诡物骗到十楼来！"宁秋水目光锋利，他们上到十楼后，楼下的诡物不敢跟上来，所以只能停在一楼的电梯里。

不出意外的话，它起初应该是停在右边那部电梯里，但是刚才右边的电梯已经被文雪利用两部电梯上下运转的规则弄到了二十三楼，诡物不敢上去，所以只能离开电梯，在外面等着……而现在，文雪要做的事，就是下楼去把那只诡物运上来！

诡物看不见按钮的数字和头顶显示屏的数字，或许恐高的弱点就不会触发！

这个女人……算计得可真够精细的！

宁秋水将电梯里的口香糖和硬币全都收拾干净，一同带回了1043号公寓。进门后，他将这些粘着口香糖的硬币扔到了地上，并向众人说明自己的推测——他是如何察觉到文雪试图利用硬币"欺骗"诡物克服恐高症的。

"本来我也想不到这些，是那个硬币上的数字'1'提醒了我。"

听完宁秋水的分析，三人顿时感到后背发凉，紧接着胸口又涌起怒火。

"我有一个问题，她怎么知道这些硬币贴上去，诡物就一定会跟上来？"白潇潇皱眉问道。

宁秋水看了一眼躺在地上、被五花大绑、嘴里还塞着袜子的文雪："或许她也不确定，就是单纯地想试试，反正只要有我们在，诡物暂时不会对她出手！"

文雪的双眼满是怨恨，死死盯着众人。

"不过有一点可以确定……"宁秋水走到冰箱旁，拿了一瓶冰啤酒，"她能通过这种方式算计咱们，说明这个女人比咱们更早发现了诡物恐高这件事。不过她并没有将这件事告诉众人，还将这个生路设计成了陷阱，估计我们中招之后，她还会继续用这陷阱来坑害其他人！"

宁秋水仰头喝了小半瓶冰啤酒，感觉身上舒坦些了。其实他也有些后背发冷。如果今晚他没有及时发现文雪的阴谋，那他们必定凶多吉少！他们诡器已经基本消耗完了。可对于抬头男而言……游戏才刚刚开始！

"呜呜呜……"文雪疯狂地挣扎着，似乎想要说什么。

几人对视一眼，宁秋水蹲下身，对她说道："给你一个简单交流的机会，但如果你不珍惜，我会割掉你的舌头。"

说完，他轻轻扯出了文雪嘴里的袜子。后者大口大口呼吸着新鲜空气，神色有一些莫名的狰狞，语气里也带着嘲讽："可笑啊，你们真以为躲在十楼就没事了吗？实在是天真！你们以为这是第四扇，第五扇诡门？别傻了！要是躲在高处就能安全苟到最后，我还犯得着费尽心思折腾这么久？"

白潇潇冷冷道："谁知道你是不是想把我们所有人都淘汰掉，自己一个人离开这扇诡门，并拿到诡门赐予的诡器呢？"

文雪"呸"的一声，吐了一口唾沫在地面上："老娘差这件诡器？实话告诉你们，王振当时就是在这个房间里遭到了诡物的追击，然后卜休带他逃出去，半路上被淘汰了！"

什么？

听到这个消息，在场的四人皆是一愣！

"又在胡说八道，你这女人嘴里没一句真话！"冯宛铭怒斥。

文雪冷笑："这可是第七扇门，你们没有之前经历过第七扇诡门的老人吗？至少也该有经历过第六扇诡门的人吧？就因为诡物恐高，就以为躲在高楼层能万事大吉？做梦呢！既然事情已经到了这一步，我也不妨直说了，你们知道是谁淘汰了王振吗？"

几人摇了摇头。

文雪轻启唇齿，说出了一个让众人愣住的名字："是……乐闻。"

她话音刚落，冯宛铭立刻惊呼道："不可能！乐闻明明已经被淘汰了！"

他脸色十分苍白，惊惧中带着一丝难以置信："就算是乐闻化为诡物回来，她也不可能去找王振，他们之间根本没有什么过节！"

文雪冷冷说道："没有过节？只是你不清楚罢了。你们记不记得在王振出局后，那只诡物觉醒了'口'的能力？"

几人点头。就在文雪想要继续说下去的时候，门口却忽然传来了敲门声！

砰砰砰！

屋子里的众人瞬间神经紧绷。现在已是凌晨，这个点……谁会来敲门呢？

砰砰砰!

敲门声再次响起,声音和之前一样。

"喂,有人吗?麻烦开一下门,刚才我们在监控里看见你们绑了一个女人进去!"顿了顿,那个声音又说道,"再不开门,我们就报警了!"

几人蹑手蹑脚地走到猫眼处,观察外面。只见门外站着好几个身形高大的男人,还穿着保安制服。

屋内的人有些迟疑。如果让保安知道了房间里的情况,事情只怕不好解释。

房间里一时陷入了死寂。几人没想到,能够威胁到他们的不仅仅是楼下那只诡物,还有这些城市里的NPC。

"帮我解开吧,我不会乱跑,也不会乱说。不管我之前对你们做了什么,最后大家的目的都是活下来,我也不想鱼死网破。"关键时刻,文雪率先松了口,"帮你们解决眼前这个麻烦,算是我的诚意。"

几人看了她一眼,见良言点了点头,白潇潇直接拿出刀子,割开了文雪身上的绳子,然后迅速将绳子藏进了里屋的衣柜中。

随后,他们将门打开。门外的保安走了进来,手里还拿着电棍,认真数了数人数。

"老刘,看看,是他们吗?"

监控室里的保安认真打量了一下众人,目光最终停留在文雪身上:"哎,你不是⋯⋯?"

他虽然无法通过监控看清楚众人的脸,但是几人的体型和衣服他还是能够辨别的。

"对,我们之前有些小误会,不过问题已经解决了。"文雪冷静地回答道,顿了顿,她又补充了一句,"谢谢你,保安大哥。"

听到这里,几名保安松了口气,简单叮嘱了众人几句后就离开了。

关上房门后,文雪坐回沙发上:"开瓶酒吧,边喝边谈。"

她的脸上带着一股说不出的沉重:"提前说好,我愿意跟你们合作,不是因为我已经走投无路,而是我觉得现在的你们有资格跟我合作。"

宁秋水将冰箱里冷藏的酒全都搬了出来。

良言和白潇潇在诡门里一般是不喝酒的,他自己也只会喝一点点。冯宛铭倒是喝了不少,不过他酒量很好,几瓶下去,眼神是一点儿没变。

"说回刚才的事情吧⋯⋯"喝了一瓶酒之后,文雪的脸色稍微恢复了一些,"王振的确和乐闻有过节。他因为嚼了舌根,所以抬头男在淘汰他之后觉醒了'口'的能力。但他绝非只是欺骗了王丞秀,同样也骗了乐闻,他让乐闻去接近王丞秀,并在暗中帮助他们完成这个计划。王振虽然胆子不大,但他口才非常好,乐闻被说动了。于是她按照葛凯的计划行动,最终成功博得了王丞秀的信任,和他破镜重圆。"

文雪停顿了一下,扫了四人一眼,继续说道:"这件事情,关琯之前在车上和你们讲过一点儿吧!"

四人点头。听到这里,他们忽然意识到自己似乎遗漏了一个重要的细节。

看着他们的表情,文雪冷哼一声:"看来你们终于想到了啊……乐闻那个女人明明已经把王丞秀搞到手了,为什么还要帮助葛凯他们去害王丞秀呢?她要是选择保王丞秀,岂不是更能获得王丞秀的信任和宠爱?事后,这笔钱两个人分,哪怕她少分一点儿,至少没有任何后顾之忧。可她站葛凯的话,这笔钱要四个人分,而且一旦发生意外,还可能面临牢狱之灾,怎么看都是前者更优,可是乐闻却选择了后者。"

随着文雪的讲述,哪怕是一向反应迟钝的冯宛铭也立刻听明白了。他一拍大腿:"对啊!没道理的呀!明明可以两个人分钱,她为什么要选择四个人分?难道是……"

文雪冷冷地接过他的话:"没错,是王振利用口舌之计迷惑了她。作为幕后操纵者的葛凯早就预料到这一点,所以他让王振不断在乐闻耳边挑拨,使得乐闻对王丞秀极度怀疑,不敢给予丝毫信任!那四个人里,也就最后一个关琯稍微清白些,参与度没那么高,剩下的三个都不是什么好东西。乐闻职业不正当,王振是个诈骗犯,一直用假身份活动,平时有钱不敢花,怕被查出来,急需一笔天降横财来迷惑警方。至于葛凯,我就不必多说了,你们了解得比我更清楚。

"王丞秀中奖后有两个月兑奖期,不过他并没有立刻去兑奖,那个时候又被葛凯盯上,他们费尽心机,终于从王丞秀手中拿到了兑奖的彩票,并且做掉了他。乐闻最后也成了杀人犯,你说,她能不恨王振?"

从文雪的嘴里重新听到了这个相对完整的故事,众人的心里掀起了巨大的波澜!

"照你这么说的话,如果他们被淘汰后会变成诡物回来复仇,那我们岂不是死定了?"冯宛铭脸色苍白,别人不说,关琯肯定恨死他们了!

一旦关琯也化为诡物回来复仇,那两方夹击,仅凭着他们手中仅剩的一件诡器,绝无活路可言!毕竟王丞秀恐高,关琯可不恐高!

"还不能完全确定……我现在也很迷糊,毕竟到现在我还没有看到王振以及葛凯的踪迹。"

冯宛铭闻言还是有些不敢相信。这个女人实在太聪明，太会演，他上过当，不得不再三小心！

"既然这样，你为什么当时不跟其他人讲实话？"

文雪扫了他一眼，又看了看身旁的宁秋水三人，露出一个嘲讽的笑容："你真是蠢得可爱呢。不过运气也是真的好，假如你没有遇见这三个人，估计出局了都不知道是怎么回事！

"你不会真的以为那个牧云婴是什么好东西吧？进入这扇门之后，所有人都各怀鬼胎，她非但没有给我们提供任何实质性的帮助，而且我们找她的时候，她永远都不会及时回应。后来她终于同意和我们会合，这时候我们才发现牧云婴早就已经猜到了诡物恐高，他们早早去到了一座高塔上。不过，后来牧云婴似乎又发现了什么新的线索，将关琯这个烫手山芋抛给我们，去找葛凯了。

"葛凯出局后，这几个人就再也没有在群里出现过。还没发现吗，自始至终，这个叫牧云婴的女人都在拿我们当枪使！你告诉我，我凭什么在群里讲出自己的发现，给她白白捡漏？"

冯宛铭愣住了。从开局到现在，他们一直在尽可能地帮助葛凯逃离抬头男的追击，所以他们大部分精力都集中在对付诡物上，对于很多事情没有文雪了解得那么透彻。

这时，一直沉默的宁秋水开口道："为什么要害我们？"

文雪盯着地面上那些硬币，毫不避讳地说道："为了减少诡物对我的仇恨值。毕竟如果这扇诡门背后真的有五只诡物，那么其他四只也一定十分恨我们！"

冯宛铭皱眉："不至于吧，我觉得至少葛凯不可能恨我们，之前我们都那么用力保护他了……"

说到这里，白潇潇幽幽地开口了："不，老冯，她说的没错。如果那四个人真的变成了诡物，那它们一定会恨我们！"

冯宛铭瞪眼："为什么？"

白潇潇的语气带着一抹苦涩："因为想淘汰他们的是王丞秀，而王丞秀恐高，并不能上楼。也就是说，如果没有我们的干扰，他们根本不会被淘汰。这扇诡门的生路，从一开始就给了我们一条，但我们没能把握住，也不可能有人把握得住。因为那个时候，没有人会猜到抬头男恐高！"

冯宛铭面色一僵，偏头看了看宁秋水和良言。这两个人同样沉默不语，显然是默认了白潇潇所说的一切。

"总之，当务之急，就是弄清楚这扇诡门背后到底有几只诡物……"文雪话音刚落，门口竟又传来了清脆的敲门声！

咚——咚——咚——

众人循声望去，一种不祥的预感在内心弥漫。

这一次在外面敲门的……会是谁？

诡异的敲门声一下又一下地响起，不断刺激着房内众人的心脏！这敲门声和之前小区保安的敲门声完全不同，节奏感十分僵硬，就像是外面站着的……是一个机器人。

文雪的左手轻轻摩挲着食指上那枚不起眼的黄铜扳指，呼吸被压得很浅。他们的注意力，全都集中在了门口。

"小心……这个应该不是人！"

宁秋水低声提醒了一句，让良言三人站在了自己的身后。他的手里还有一件诡器，还能再勉强抵挡一次诡物的进攻。

"它应该进不来，而且，也未必知道我们在里面。"文雪压低自己的声音，目光闪烁不已，似乎有所猜测，"去看看，但不要随便开门。"

宁秋水走到门口，小心地将眼睛凑向猫眼，查看走廊的情形。由于声响，走廊上的灯光亮了起来，可依然给人极其阴森的氛围感，尤其是右边墙角忽明忽闪的"安全通道"标志，更是平添了几分诡异。

门外站着一名身材略显单薄，戴着眼镜的苍白男人。他低着头，宁秋水看不见他的正脸。但宁秋水却认识他穿的那身衣服——那是王振的衣服！

难道……门外站着的，是已经出局的王振？

一想到这里，宁秋水的心就沉了下来！看来，文雪这一次并没有欺骗他们。被他们保护的四个人一旦被淘汰，便会化为诡物回来复仇。所以这扇诡门背后，现在有足足五只诡物！

"这就是第七扇诡门的难度吗？"宁秋水感觉到掌心渗出了汗水。

他也时常感到紧张，但很少会如此紧张！

嘭——嘭——嘭——

王振再一次用力敲门，这一次的声响比之前大不少，而且……它似乎在抬头！

宁秋水汗毛倒竖，急忙蹲下，对身后的人打手势，示意他们全都蹲下。

"外面是谁？"

"王振。"

简短的对话让房间里的人脸色瞬间变得惨白。王振真的变成了诡物？一种令人窒息的气息，透过门缝悄然渗入房间。

"为什么王振会过来？就算他要复仇，还有那么多人，他为什么偏偏选中了我们？"蹲在宁秋水身后的良言思索着这个问题，目光忽然落在了文雪身上。

难道……是因为她？文雪之前那一队，确实负责保护过王振。后来王振被淘汰，对他们产生恨意也实属正常。

"它应该打不开门，暂时不要慌……"宁秋水如是说道。

冯宛铭在心里暗骂：这家伙有没有公德心啊？大晚上也不怕影响邻居休息！

不过随着宁秋水话音落下，他心里的确安稳了些。众人在这扇门里的世界也好歹度过三天了，知道这扇诡门背后的诡物行动并没有多少限制！一旦被找到，能动手，对方绝对不会多言。

此刻，那家伙没有直接进来，而是在外面不停敲门，侧面也证明了它没法进这扇门。

"开门……"一个女人的声音忽然从门外响起。

几人皆是一怔，这个声音他们很熟悉——竟然是文雪的声音！

他们下意识地看向房间里的文雪，后者面色古怪，但只是微微耸了耸肩。她并不担心自己被错认，两方此前才博弈过，文雪知道宁秋水四人里至少有三个聪明人。

冯宛铭见自己这队里三个大佬都没动，心里也没那么紧张了，但他还是不放心，想要起身去猫眼处看看，然而刚一动，便听前方的白潇潇冷声道："别动！"

冯宛铭的身体略显僵硬，低声说道："白姐……我想去猫眼看看，不开门。"

白潇潇蹙眉："你看得见它，它也能看见你！万一它通过眼神对视对你施加心理干扰呢？"

一语惊醒梦中人，冯宛铭的后背骤然漫过一阵剧烈的寒意：对啊……外面那玩意儿可是诡物！怎么能将它当作常人来看？他狠狠拍了自己脑门儿两下，心道自己怎么会如此糊涂。

外面再度响起文雪的声音："听见了吗？快开门，我这里有重要的线索！"

咚咚咚！

"快开门啊！快啊！快啊！"

王振在外面不停敲门，伴随着文雪清脆的声音，见房间里没有人回应，声音越来越狰狞和疯狂！房间里的众人承受着极大的精神折磨，直至十几分钟后，这声音才终于停止。门外的诡物，似乎暂时离开了。

此刻，瘫坐在地的几人才惊觉自己后背已经被汗水浸湿！冯宛铭低声骂了几句，勉强驱散了一点儿内心的恐惧，这才对着一脸沉思的宁秋水说道："秋水哥，我现在能起来了吗？"

宁秋水低声道："再等十分钟。"

冯宛铭点点头，他菜，但是听话。众人此前救过他，所以对于宁秋水，他目前几乎是无条件信任的。

又过去了十分钟，宁秋水对着文雪使了个眼神，示意这次她去看。文雪没有拒绝，大家都是合作关系，不可能什么风险都让宁秋水团队去冒。

她来到门口，深吸一口气，做好了心理准备。文雪的指尖再一次摩挲着那个扳指，然后缓缓起身，朝着猫眼看去。然而，这一眼却让她惊出了一身冷汗！

猫眼的另一边，竟是一只血红的瞳孔！

文雪和它对视的瞬间，忽然听到门外传来了一个狰狞的声音："找到你了！"

见此，文雪惊呼一声，急忙后退，险些摔倒。众人见状，也跟着紧张起来。

"它就在外面……像是来找我的！不过它暂时应该进不来。"文雪的面容苍白了不少，"为什么王振能够模仿我们的声音？难道和抬头男觉醒的能力有关？"

白潇潇忽然道："或许是因为抬头男淘汰了王振，并觉醒了'口'的能力，所以王振变成诡物后，也拥有了'口'的能力。"

"目前看上去应该是这样。"宁秋水说道。

这对他们来说无疑是一个至关重要的消息，几乎直接关系到他们的命运走向。

"虽然现在看来，我们要同时面对五只诡物，不过至少其他四只诡物的能力被诡门限制得十分严重。譬如王振，虽然它拥有'口'的能力，但是它不能直接闯入房间内。之前的乐闻似乎也是这样，那个时候倘若我没有开门，也许王振就不会被淘汰。"

说到这里，文雪的脸色又变得难看起来。她一直是一个对自己要求十分严格的人，这样的低级错误实在不应该犯。

一旁的冯宛铭听到这里，忍不住道："搞了半天，王振是因为你才被淘汰的啊？难怪它来找我们了！你算计我们的时候那么狡猾，当时怎么蠢得跟猪一样？这种低级错误，我都不会犯好吧？"

文雪冷冷瞥了他一眼，反讽道："是啊，你当然不会犯，毕竟你就是个谁都信的傻子！谁知道那些人发到群里的乐闻照片是真的还是假的？敢进这扇门的大部分都是人精，他们可比诡物危险多了！再说了，诡门的提示针对的全都是抬头男，我忽略这扇诡门里还有其他诡物的可能也不是什么很蠢的事好吧。"

冯宛铭给她说得噎住了。而这时，沉默了许久的良言突然开口说道："王振的能力是'口',可为什么它会来找我们?又或者说……它怎么知道我们在这个房间里?按理说,只有拥有'眼'的诡物,才能察觉我们所在的位置啊!"

随着良言提出了这个疑惑之后,在场的众人皆是心头一惊!

"对啊,为什么它会知道我们在房间里呢?"文雪喃喃,"会不会是……楼下的抬头男告诉它的?"

突如其来的一句话,让众人的心跳停住了半拍!一个抬头男已经很恐怖了,现在诡门背后的世界出现了五只诡物,相互之间还能够交流的话……有人忍不住打了个哆嗦。

今天才到第四天,他们还要足足撑上两天,大巴车才会到!可是现在,他们身上的诡器能用的基本用得差不多了,保护的目标不但全部出局,而且还化为了诡物回来复仇!

他们想不到接下来的两天应该怎么撑下去,难道只能开着车不停在城市之中逃亡吗?

"应该不是抬头男告诉王振的,它们彼此之间也有仇怨。"宁秋水说道。而后,他忽然抓住了文雪的胳膊,将她拖到了一个插座前,问道:"这里面有一个针孔摄像头,是你放的吗?"

文雪被宁秋水粗鲁的动作吓了一跳,但眼中的愤怒很快变成了疑惑:"针孔摄像头?不是我啊,我哪里来的时间在里面装针孔摄像头?"

宁秋水一听,眉头微皱。

不是文雪?

"坏了,看来用这个地方'钓鱼'的人,不止她一个……我应该早点儿想到的!"

他的目光变得锐利,在房间各处继续搜寻,仔细检查隐蔽的角落。最后,宁秋水在几个极其隐蔽的角落里又发现了监听设备!

"真是防不胜防啊……那群家伙真是有备而来,居然搞到了这种玩意儿。果然在诡门里,有些人比诡物危险多了!"

像监听器这种东西,是绝对不可能从诡门外带进来的。

"螳螂捕蝉,黄雀在后呀……"宁秋水拆掉了监听设备的电池,放到文雪的面前晃了晃,语气中带着淡淡的嘲讽。

文雪的脸色铁青:"肯定是牧云婴那个女人!我从一开始就觉得她不对劲!"

宁秋水缓缓道:"这下,咱们是真的麻烦大了。"

王振现在的仇恨已经锁定在了文雪的身上。它虽一时半会儿进不来,可文雪也出不去。而众人虽然暂时不会被门外的王振攻击,可是他们也没办法离开这幢楼，因为抬头男现在就在他们楼下守着！

并且不出意外的话，抬头男和王振会一直守在这里。他们几乎被困死在这个公寓里了！

"也没那么糟糕吧……至少我们现在还是安全的……"冯宛铭有些底气不足。

一旁的文雪双手抱胸冷笑道："也得亏你是这样的没头脑啊，不然还真不敢进这扇门。没错，我们现在确实是安全的，但你有没有想过，第五天任务结束之后，我们要怎么离开这个地方？"

冯宛铭想要回击，可是他绞尽脑汁也反驳不了文雪。

后者继续沉声说出了让他头皮发麻的事："而且你不要忘了，除了最废物的葛凯和乐闻之外，还有一个非常麻烦的诡物会来找你们！你们知道我说的是谁！"

听到这里，众人的脸色微微一变。文雪嘴里的那个非常麻烦的诡物，自然就是关珺。她几乎可以说是被宁秋水他们亲手推入深渊的。变成诡物的关珺，必然对宁秋水几人怀揣着极其浓郁的恶意！

当然最恐怖的是，关珺的能力是"脚"。它可以直接瞬移进入这个房间！

看着站在原地发抖的冯宛铭，文雪继续冷冷道："感受到那个叫牧云婴的女人的恐怖了吗？明明都没怎么跟她见过面，可不知不觉中，五只诡物里，除了最弱的葛凯和乐闻，其他三只诡物的仇恨目前都在我们身上。而我们，已经被彻底困死在了这个房间！"

听到这里，冯宛铭惊呼一声，眼中全是血丝："不可能！不可能！她怎么知道我们会来这个房子？这座城市的高楼那么多，我们随便找个地方也能躲，她怎么可能猜到我们会来这里？！"

靠在墙边一直沉默的良言，轻轻叹了口气道："你的想法其实没问题。我们回到这个地方的概率非常小。但她做了一件很特别的事，将这个概率提高了许多。文雪之前也是利用这一点来算计我们的。"

冯宛铭呆呆看向良言，声音沙哑："她做了什么事？"

良言沉默片刻，嘴里缓缓吐出了几个字："她把1043房间的钥匙留给了我们。"

"那个叫牧云婴的女人有一个非常厉害的团队，他们的计划应该是在带着最初的三人进入这个房间时就开始设计的。这么短时间内能察觉出这么多隐藏规则，并且融入计划里执行得如此周密，绝不是一个人能够完成的……"

良言的话音刚落，冯宛铭如同失了神般，僵硬地坐在沙发上，久久不语。这时，他才忽然想起来，牧云婴一开始保护的目标就是关珺。而且最初也是她带人去1043敲门的。

白潇潇知道 1043 号公寓是关珺的住所，她肯定也知道，于是便利用其他人的细心来做局！

对蠢人就要做蠢一点儿的局，对聪明人就要做聪明一点儿的局，这样才容易上钩。通常而言，人拿到工资会想存储或消费；收到一封信会想打开；同样，拿到一把钥匙，人们的第一反应就是用它开门或开锁，尤其是这扇门或锁关乎自己的安全。这是人很难避免的潜意识选择，哪怕疑心极重的人，也很少会去怀疑自己。

牧云婴他们确实成功了。

"没可能这么容易让他们察觉到诡门背后的规则……"宁秋水微眯着眼，脑海中闪过了一个特别的猜测。或许，那个叫牧云婴的女人在进入这扇门之前拿到过"信"。不然在这么短的时间里，先探明诡门背后的隐藏法则，又临时利用现有的条件做局，难度实在是太高了！

可如果对方在进入这扇门之前，先拿到过一封信的话，一切就会变得十分合理。

当然，也未必是牧云婴收到了信，她那个小团体里任何一个人收到信都有可能。宁秋水将这个猜测用手机打字的方式，分别私发给了白潇潇和良言。关于信的事情，他不想让更多的人知道。

二人了解情况后，分别对宁秋水轻轻点头。

"我们现在被困在这个房间里，关珺对我们的仇恨度极高，它的能力又是'脚'，等它找上门来，我们的处境只怕会非常难堪。"白潇潇深吸一口气，轻轻揉捏着自己的太阳穴，语气里透着疲惫。

事情已经陷入绝境之中。楼下的那只诡物只要不走，他们就无法离开这幢房子。如果现在强行利用诡器离开，那等到第五天大巴车来接他们时，抬头男一旦守在破旧大巴车附近，他们就几乎没有任何回归的可能了！

除非其他人愿意消耗诡器来救他们，但这可能吗？显然不可能。

宁秋水道："其实现在最不用担心的就是关珺……牧云婴那个团队正在暗中操控一切，目前局面基本已经被他们完全掌控了。在第五天来临之前，他们绝不会轻易让我们出局。哪怕是关珺想要回到这个地方，他们也一定会想方设法把关珺引开。

"毕竟，除了抬头男之外，其他的四只小诡物都只觉醒了相应的一种能力，本身力量也受到了诡门的压制，威胁不大。而且除了乐闻，另外三只小诡物都不知道我们的位置。王振之所以能找到这里，必然是牧云婴他们用某种方式给王振透露了消息。"

宁秋水说着，指了指房间里的一个插座，那里装有针孔摄像头。

由于曾经居住过，所以王振对于这间公寓的环境非常熟悉。只要牧云婴团队让诡物王振看到了宁秋水几人在房间里滞留的监控录像，它自然就会找过来。

"如果牧云婴他们不告诉关琯我们在什么地方，这么大的城市，关琯找到我们的概率很小。毕竟诡物的思考能力有限。他们需要我们持续吸引抬头男的仇恨，所以暂时不会让我们出局。不过，我们的情况也好不到哪儿去，我们现在就像被关在笼子里的小白鼠，随便他们揉捏。"宁秋水说到这里，也忍不住皱起了眉。

事情已经发展到了对他们极其不利的地步，这个时候想要反败为胜，机会渺茫。

此刻，他才感觉到了"信"的恐怖之处。虽然还不能完全确定牧云婴他们是否收到了"信"，但从眼下的情况来看，应该八九不离十。

"'罗生门'的那些家伙就是因为这个原因，才要对拿到信的人赶尽杀绝吗？信如此强大，几乎拥有预知未来的能力，它究竟是从什么地方发出的呢？"一个奇怪的念头在宁秋水脑中闪过，但很快被他压了下去。眼下，不是思考这些的时候。

就在这时，颓丧的冯宛铭突然对着不远处的文雪冷冷说道："你笑什么？"

文雪悠悠地道："我当然是在笑某些人，没点儿脑子，自命不凡，居然敢往第七扇门里乱闯，真不知道当时在想什么……"

冯宛铭眼皮直跳："我这是为了我……"

他想说什么反驳，但话到嘴边又咽了下去，只用冰冷如霜的眼神盯着文雪许久。

"你呢，你觉得自己聪明，还不是被困在了这个地方？你有什么资格嘲笑我？"

文雪耸了耸肩，神情轻松地清理着自己的指甲："仔细想想，我其实无所谓呀。毕竟找我的只是一个小诡物王振，它除了伪装别人的声音，什么本事都没有，各方面都受到了血脉的限制。等到第五天大巴一来，我只需要打开门，直接用诡器束缚住它，然后逃下楼就行了，只要我跑得够快，它追不上我。毕竟楼下最危险的那只诡物，现在盯着的是你们，而不是……唔！"

文雪话还没有说完，冯宛铭突然起身，一手揪住她的衣领，另一只手掐住她的脖子，双目通红："你想走？害了我们就想走？老子告诉你，第五天你哪儿都去不了！只要我们出不去，你就得留下来陪着我们！"

或许是他的力气太大，文雪很快感到呼吸困难，甚至眼前发黑！

一个人如果真的被紧紧掐住脖子，那么几乎都不是由于窒息死亡的。而是血液无法及时供给脑部，导致脑细胞大量死亡。

看见情况不对，宁秋水立刻上前，一把捏住了冯宛铭的手腕。他力气大得惊人，稍一用力，冯宛铭便痛呼一声，松开了手。

"咳咳咳……"文雪面色惨白，跪坐在地上，双手捂着脖子，剧烈地咳嗽起来。

"行了，你想教训她，过两天也不迟。这两天留着她或许还有用，不要着急动手。"

听到宁秋水这么说，冯宛铭稍微恢复了一些理智。他恶狠狠地瞪着跪在地上的文雪，冷笑道："我今天把话撂这儿，不管你多聪明，只要我出不去，你就会栽在我这个蠢蛋的手上！"

文雪低着头，一言不发，身体轻轻颤抖着，似乎是被刚才的经历骇住了。

"其实事情未必有我们想的那么糟糕……"

良言双手插在兜里，走到落地窗边，看着外面灯火通明的城市，眸子深处闪过一丝光亮。

宁秋水看了一眼良言的背影，问道："言叔有什么想法吗？"

良言从兜里摸出一枚一元硬币，轻轻抛了抛，然后任凭它落在掌心。他意味深长地说道："我也有一枚幸运硬币……也许它能带给我幸运呢？"

说完，他便把硬币揣回了兜里。

"把文雪绑起来吧，咱们还是按老规矩，该休息休息，眼下也做不了别的事情了。"

话音刚落，宁秋水就在文雪一脸茫然中，重新拿东西塞进了她的嘴里。

"呜呜呜！"

文雪剧烈挣扎，却毫无用处，很快被五花大绑起来。这一幕似曾相识。只不过这一次，没有 NPC 再来看她了，她也不会对众人再造成什么威胁。

至于诡器……大多数的诡器是不能对人触发的，只有极少部分的高等诡器对人有效。

"别用这种眼神看我们，某人不久前还想利用抬头男淘汰我们，我们现在没有让你出局，已经是以德报怨了。"宁秋水笑着捏了捏她的脸，只不过这种笑容让文雪感到一阵发寒。

那一瞬间，她竟然有一种身体被利刃刺中的恍惚感，冰冷刺骨，让她止不住地哆嗦着。

"把她塞到衣柜里，留条缝让她能呼吸，咱们还是分组守夜。"

安排好之后，众人便开始继续按照计划休整……

另一头，公路上徐徐行进的车子里，牧云婴一边开车，一边讨好地对后座上放肆亲热的男女笑道:"这次真是多亏了二位,要不是二位,这一扇诡门也不能过得这么轻松!"

车后面的男人缓缓抬起头,不悦道:"正在兴头上,能不能不要打扰我们?好好看你的路,虽然葛凯和乐闻能力一般,跑得也很慢,但它们终归是诡物,一旦撞见会非常危险。我可不想现在把诡器浪费掉。"

前排开车的牧云婴讪然一笑,虽然心里极为不爽,却一个字也不敢多说。她畏惧的不仅是对方的手段,还有对方的背景。透过后视镜,她清楚看到男人身边的女人,正是此前负责保护乐闻那队的队长方倪!

乐闻变成诡物后,第一时间找上她最憎恨的目标王振,接着就来找方倪。不过,虽然现在的乐闻拥有"眼"的能力,每过一个小时可以看见他们所在的位置,但是毕竟乐闻的力量被诡门大幅度限制了,所以光有"眼"的能力也没用,速度比起抬头男慢了太多,只要不是近距离接触,基本不会有太大危险。

开车行驶在公路上,他们静静地等待着最后一天的到来。一切都在计划之中。

宁秋水等人虽然敏锐地发现了房间里的监听设备和针孔摄像头,但发现时已经很晚了,他们为这些"小白鼠"打造的囚笼已经完工。宁秋水那群人就算真的铁了心想要跑,也至少得等到第五天大巴车来临的时候,他们才会选择消耗诡器鱼死网破。

毕竟诡器在后面的三扇诡门里实在是太珍贵了,现在用了,第五天大巴来的时候他们要是没有诡器,一旦抬头男堵在大巴门口,他们就全完了!

所以这几人料定,在大巴车来临之前,宁秋水他们一定会乖乖地待在1043号公寓里,而抬头男也会一直守在米林小区七幢的楼下。只要那只抬头男不在,他们就是安全的。没有了大诡物的干扰,小诡物很难对他们造成实质性的威胁!

"有信就是好啊……谁能想到,淘汰率如此之高的第七扇诡门会过得这么轻松?"后座的男人轻轻地在方倪耳边咬着,用只有方倪能听见的声音说道。

方倪对他抛了个媚眼,唇齿轻启:"宝贝儿,我的第七扇诡门马上也要到了,下一封信去哪儿找呢?"

男人嘴角微微一扬:"祁哥最近在龙虎山附近发现了一个人……下一封信就从他那里拿吧!"

"已经第四天了,言叔,再这么等下去的话……"

白潇潇看着仍站在阳台上的良言,显得有些担忧。他们昨天几乎什么都没做,一直在等。但令人焦虑的是,他们甚至不知道良言究竟在等什么。

到了第四天,白潇潇终于忍不住了。再这么等下去,等到第五日,他们就必须直面楼下的那只诡物。其间，白潇潇以为只要诡物一时抓不到他们，就会转移仇恨目标。不过现在看来，事情和她想的有一些出入。

他们站在公寓外的走廊上时，还能清晰地看到右边那个电梯出现了某种非自然的故障，总是在负一楼和一楼之间徘徊。这证明，那只诡物还在楼下守着，没有离去。

"别急，再给它一点儿时间。"良言的声音很平稳，听不出任何情绪波动。

沙发上，宁秋水和冯宛铭的目光也随之望了过来。

"言叔，咱们还有外援？"冯宛铭的神色突然兴奋起来。

这扇门目前幸存的人很多，如果良言真的找到了外援，那眼前的困境说不定会迎来转机。

良言把玩着手里的硬币，看向了宁秋水，唇角微扬："秋水，你觉得这一次的经历对你有所帮助吗？"

宁秋水盯着良言手里的硬币，笑道："帮助很大，学到了很多。"

良言手心翻转，那枚硬币仿佛凭空消失了，他的表情随之变得前所未有地严肃："带你和潇潇进来，也是为了告诉你们这个道理。从第七扇诡门开始，最大的威胁已经不再是那些诡物！后面三扇门的淘汰率之所以这么高，很大程度上，是因为诡客会进行疯狂的内斗！"

宁秋水若有所思，但语气仍旧带着疑惑："言叔，诡客内斗，总归需要一个理由吧？"

良言的目光深邃如水，却又透着坚韧："自古以来，所谓的战争，不过是大多数人为少数人的野心买单。而后三扇诡门，便是这样的战场。有人想成为'将军'，就必须有人沦为'炮灰'。你想追问理由，首先得有能力站在'将军'的面前。"

诡舍也有排名。宁秋水脑海中浮现出那排名第一的"罗生门"。就在他思索时，门口忽然传来敲门声。

房间里几人的心脏猛地一紧。良言揣在兜里的手轻轻摩挲着那枚硬币，目光幽幽："我要等的那个人应该到了。"

闻言，冯宛铭立刻来到门口，但他没有贸然开门，因为门外还有一只非常危险的诡物——王振。尽管目前它的目标不是他们，而是文雪，但它终归是只诡物，贸然放入，谁也不知道会发生什么。

跟在宁秋水等人身边几日，冯宛铭多少学会了一些谨慎。他将眼睛贴在猫眼上，看见门外站着两个人：一个是诡物王振，另一个竟然是葛凯！

葛凯的脸色惨白，双眼却红得吓人，透过猫眼死死盯着他！冯宛铭看到这疯狂且狰狞的目光，吓得脸色骤变，惊叫了一声"两只"，惊慌失措地后退，不料脚被沙发一绊，"扑通"一声跌坐在地上。

见他这副模样，白潇潇立刻上前，当她也看清楚了门背后的"人"时，脸上露出了意外之色："怎么会是它？我们的仇恨值在葛凯那里明明最小才对，为什么它会找上我们？难道牧云婴那队人发生了意外，已经……"

这个念头刚在脑海中闪过，白潇潇便立刻否定了它。四只小诡物的能力远远不如抬头男，在如此广阔的市区地图里，想要找到牧云婴他们几乎不可能。再者，就算找到了，也不可能那么轻易淘汰他们那么多人。毕竟那些家伙可全都是人精，手上还有好几件诡器。

就在白潇潇疑惑之际，良言缓缓掏出了兜里的那枚硬币，平静道："它不是来复仇的，而是来找我们帮忙的。"

听到良言的话，他们都是一怔。

"找我们帮忙，帮什么忙？"

良言看着一脸疑惑的三人，反问了他们一个问题："咱们之前和葛凯接触最多，你们知道他最恨的人是谁吗？"

冯宛铭想了一下，非常笃定地说道："那肯定是牧云婴他们！首先，牧云婴把他们带离安全的1043号公寓。后来，我们将他保护得那么好，一转交给牧云婴那队人，没过一会儿他就被抬头男淘汰了！要是我，我肯定恨不得把牧云婴他们也给淘汰了，让他们也不好过！"

白潇潇想了想，也挑眉道："按常理说，葛凯就应该是最恨牧云婴。难道我们忽略了什么细节？"

良言转头看向沉思的宁秋水："秋水，你觉得呢？"

宁秋水思考了许久，缓缓抬头，在众人的注视下吐出六个字："他最恨……王丞秀。"

听到这个名字，冯宛铭和白潇潇神色惊讶，良言却微微一笑："对，他最恨的人应该是王丞秀。"

冯宛铭满脸疑惑："他为什么会最恨王丞秀？明明是他自己先算计了王丞秀，结果才被变成诡物的王丞秀报复。"

良言道："因为葛凯和其他三人不同，他是幕后黑手，是计划一切的人，也是一名资深且疯狂的赌徒。他像以前那些赌场庄家算计他一样去算计王丞秀，最后王丞秀出局了！但在葛凯看来，王丞秀出局了就代表他输了，输了的人就应该认命，可王丞秀出局后却化为诡物回来复仇，让本该赢下所有的他最后一无所有。对于赌徒而言，这算什么呢？算出千，还是算玩不起？当然，无论算哪一种，都不重要了。毕竟这两种人……都是赌徒最恨的人！"

白潇潇这回听懂了，旋即想到了什么，瞪大眼睛道："言叔，你是故意让牧云婴他们接手保护葛凯的工作，然后趁机让葛凯出局？你早就猜到，他们四个出局后会变成诡物回来复仇？"

良言目光闪烁："当时的确有过这个猜测。毕竟，这已经不是第一次了。恰好咱们保护的这个人这么特殊，不拿来做个局实在是太可惜了。"

冯宛铭听得一头雾水，忍不住挠头："我还是不太明白，言叔……你为什么要让葛凯出局呢？"

良言轻轻摩挲着那枚幸运硬币，淡淡道："因为活着的玩家是赢不了诡物的。但是……诡物可以。"

他顿了顿，目光幽深："它不是一直输吗？我帮它赢一次。"

"言叔，你是想……利用葛凯对付抬头男？"宁秋水似乎洞察了良言的意图，语气中带着一丝不易察觉的震惊。

听到这话，一旁的白潇潇和冯宛铭也顿时怔住了。

良言走到猫眼处看了看外面，或者说，他是和葛凯隔着门对视了一下，让对方知道他就在房间里。

"换个词吧，我想让它'替代'抬头男。人类是没有办法和诡物对抗的，只有诡物才能对付诡物。后三扇诡门不会轻易降低副本难度，所以我们帮助葛凯解决抬头男后，它大概率会继承抬头男的所有技能和力量，甚至会更强。"

白潇潇在房间里踱步，思考着良言的计划。良言的想法疯狂而大胆。但如果他们真的能够做到这一点，整个局面就会完全向他们倾斜。他们不仅能彻底摆脱眼前的困境，还能够反将对方一军！

毕竟葛凯对他们几人的仇恨值最低，除了之前他们对葛凯完善的保护之外，再加上帮它解决掉最恨的抬头男"王丞秀"。在这种情况下，哪怕是最迟钝的冯宛铭也能想到，只要其他人没有被淘汰干净，葛凯就不可能对他们动手！

局势……将会瞬间逆转！

想到这里，他们三人的心跳都快了起来！

也是在这个时候，宁秋水和白潇潇才真切感受到良言身上那剧烈的压迫感。他竟然在无声无息间，布下了这样一手大棋！

"厉害的诡客总是会因地制宜，根据现有的条件做出最快的选择和计划。像我这样的人，你们在以后还会遇见不少，但未必都是同伴，你们必须做好和他们交手的心理准备。"良言对着发怔的宁秋水和白潇潇说道。

作为一个新人，宁秋水的潜力是毋庸置疑的，在良言心中，他甚至比白潇潇更适合接替自己。能顺利通过前几扇诡门的考验，并且获得白潇潇和孟军的认可，宁秋水的能力良言从未怀疑过。

但他最大的问题是……防诡物足矣，防人不足。

到了第七扇门，乃至第八扇、第九扇，诡物已经不再是最大的危险来源。真正可怕的，是那些一同进入诡门的同伴……

"可是抬头男那么强，葛凯出局后顶多也就觉醒了'手'的能力，它怎么可能是抬头男的对手呢？哪怕诡物真的能够对付同类，最后输的也一定是它吧？"冯宛铭表情古怪。

良言的计划是很不错，但问题就在于，由于诡门的干涉，葛凯和抬头男的实力差距太大了！他们也帮不上什么忙。难道说，要用仅有的最后一件诡器帮助葛凯对付抬头男吗？

"这就是为什么葛凯会来找我们帮忙。"良言眯着眼说道，"其实那四个小诡物里，真正危险的并不是拥有'眼'的乐闻或是'脚'的关琯，而是代表'手'的葛凯！它是一切的策划者，也是所有事件的起因。无论是狠辣还是谋划，葛凯都要比其他三人强很多！由于诡物同属一个阵营，它们应该能感知到彼此的位置，但是葛凯并不知道我们在什么地方，所以过来之前，它一定去找过拥有'眼'的乐闻。

"作为因葛凯而出局的人之一，乐闻对葛凯必定也心怀恨意，但它最后妥协了，算是侧面证明了葛凯的实力要比乐闻强不少。但即便如此，单论实力，葛凯和王丞秀比不了，但是你们不要忘了，王丞秀有一个致命的弱点……那就是恐高！如果我们能够将王丞秀骗到1043，那它很快就会通过窗外的景物观测到自己所在的高度，然后便会触发它的弱点'恐高'！

"在这种情形下，它或许能够淘汰咱们，但同为诡物的葛凯想要对付它……也变得容易多了！至于我们怎么才能将王丞秀骗到1043……文雪已经告诉我们答案了。"

说罢，良言拿出了兜里的那枚幸运硬币，将它放在了茶几上，字面朝上。

宁秋水盯着这枚硬币，陷入了沉思。这扇门到现在为止，已经快要结束了。回忆之前发生的一切，他对其他进入诡门的人防备心实在太弱。如果没有良言在，他们恐怕真的凶多吉少！但不管怎么说，此行收获颇丰。

"所以……我们接下来要怎么做？"

良言开口道："给文雪松绑，然后开门，王振会进来追击她。她身上还有一件诡器，不会轻易被淘汰，为了脱身，她会逃离这个地方，不会对我们的计划造成任何影响。"

说到这里,他看了一眼握紧拳头的冯宛铭:"我知道你恨她,如果条件允许,我也想让她出局。但咱们也不能太明显利用诡物去对付她,不然她之后依然有概率会化为诡物回来复仇!我们眼下的情况不容乐观,多一事不如少一事,而且留她在外面跑动,也能帮咱们再吸引一波仇恨。万一牧云婴几个人被淘汰得快,她还能帮咱们再拖一拖时间。毕竟一旦咱们的计划成功,大概率会出现一只更恐怖的诡物!距离任务结束还有接近两天时间,我们需要'炮灰'来保证我们的人身安全。"

听到良言的话,冯宛铭点了点头,深吸一口气,说道:"言叔放心,我不会乱来。"

良言看了他一眼,继续说道:"做完了这些,先让葛凯进屋子里藏住,潇潇拿上一笔钱,去敲附近邻居家的门,让他们重复之前文雪所做的事情。这些人看不见电梯里的抬头男,心里不会有负担,只要给的稍微多一点儿,他们哪怕不明白为什么,也会照做的。"

白潇潇眨了眨眼:"没问题,言叔!"

良言又看向宁秋水:"秋水,你身上有件诡器可以防身,到时候,你站在房间里,吸引它进来。等到它进房,我会在第一时间拉开窗帘,老冯你则去把门锁死!"

冯宛铭用力点点头,却又有些迟疑道:"言叔,我还有一个小问题。抬头男可是拥有'脚'的能力,它到时候想要逃跑,直接瞬移走不就行了?"

良言瞟了他一眼,淡淡道:"好问题,那你猜猜它为什么不直接从楼下瞬移到我们的房间里?"

"因为它恐高……"说到这里,他自己也反应了过来,喃喃道,"言叔的意思是……王丞秀在触发了'恐高'的弱点之后,没办法使用'脚'的能力?"

良言点头道:"你可以再大胆一点儿……王丞秀在'恐高'状态下,什么能力都没办法使用。这只是个推测,我不能完全确定,但八九不离十。是与不是……一试便知。"

安排好各自的工作后,宁秋水将被关在房间衣柜里的文雪放了出来。这个房间的隔音效果很好,刚才众人说话的声音不大,不必担心文雪会听见。

解开文雪身上的绳子后,宁秋水双手摁住她的肩膀,说道:"这里已经不需要你了。现在,我们需要你离开这里,走得远远的。"

文雪看了他们一眼,冷冷一笑:"现在想让我走?当我是傻子吗?王振就在外面守着,我现在把身上唯一的诡器用掉,那第五天怎么办?我可得提醒你们,我现在是你们翻盘的唯一机会……"

她的话还没说完，良言已经把门打开了。看到门外站着的那个诡物，文雪尖叫一声，第一时间掏出身上的诡器，毫不犹豫地朝着门口冲去！

"你们这些混账，这么做到底对你们有什么好处？等到了第五天，我一定要亲眼看见你们被诡物淘汰出局！"文雪恨得咬牙切齿，破口大骂。

在文雪和王振擦肩而过的一瞬间，王振伸出那只苍白的手想抓住她，却被她身上的光晕弹开。随后，王振站在原地，冷冷地注视着文雪，直到她进入电梯，离开了这层楼。

大约过了十分钟，僵硬的王振才慢慢动了起来，走到电梯前追了下去。

而葛凯则一步步走进房间，站在了良言的面前，一句话也没有讲。他身上冰冷的气息，让整个房间的温度下降了不少。

良言静静与他对视了一会儿，然后拿出那枚硬币，放在了葛凯苍白的手中，说道："这一次，你一定会赢。"

计划开始实施，白潇潇来到邻居们的门口，敲响了他们的门。这不是一个富饶的小区，住在这里的居民对金钱都有着不同程度的渴望，在糖衣炮弹的攻势下，很快便有人妥协了。

一个秃顶的中年男人看着自己的账户忽然转来一大笔钱，欣喜地拿着之前粘着口香糖的硬币，走进了电梯。

看着那个男人坐着电梯一层一层往下，房间里的四人神情各异，但都显露出不同程度的紧张。

良言的计划真的能够成功吗？一旦失败，是不是就意味着他们再无翻盘的可能？

在事情还没有发展到那一步前，没有人知道答案。很快，邻居按照他们的要求，带着抬头男上来了。

看着左侧电梯的数字不断上升，良言迅速用胶布将数字遮住，然后回到房间，来到窗边，目光死死盯住门外的电梯口。

房间里的人都非常紧张！虽然计划十分周密，可他们这么做是有风险的。一旦让抬头男晚一点儿发现它身处十楼的事实，那么宁秋水就有可能在拥有一件诡器护身的情况下被淘汰！

随着电梯门打开，里面先是走出一个中年男人，他对着房间里的几人点了点头，又笑了一下，表示自己的任务已经完成了，然后回到了自己的屋子。

随着一声"砰"的关门声响动，房间里的人已经将注意力全都集中在了那个电梯口。由于角度的限制，他们只能够看到电梯门，但看不见电梯里面到底有什么。但原本应该关上的电梯门，这个时候却一直开着。电梯里的灯光在阴暗的走廊里划出一个梯形区域，而走廊尽头的安全通道标志灯开始不自然地闪烁起来……

"小心，它就在里面！"良言出声提醒了一句，手心渗出了一些汗水。

无论多少次面对诡物，他们这些随时都可能被淘汰的人，很难不紧张。

躲在一旁的冯宛铭负责关门，他明显感觉到自己的双腿在打战。忽然之间，走廊上的灯亮了！

一阵诡异的气泡声响起，像是那种将死之人绝望时吐出的最后一口气！

下一刻，众人便看到走廊上出现了一个高大的黑影。正是抬头男！只不过在获得了所有能力之后，它不再抬着头。也正因为这样，众人才第一次看清它的真实模样。

苍白的肤色、狰狞的五官，以及深深凹陷的头部，像是被重物砸过。当众人对上它的目光，立刻感到如坠冰窟。

那是一种怎样的怨毒和愤怒？

有命拿钱没命花，这本是人生最遗憾的事情之一。更何况，它还是受到了人为的陷害？

众人眼前一阵恍惚，那只诡物已经进了他们的房间，距离宁秋水不足半步！它掐住宁秋水的脖子，而宁秋水却呆站在原地，一动不动。

并非他反应太慢或是被吓傻了，而是他现在根本动不了！

千钧一发之际，一旁的白潇潇想要扑上去撞开那只诡物，但身后的良言更快地大声呵斥道："蠢货！这里是十楼！"

说完，他猛地拉开窗帘！

窗外的光透了进来。抬头男在看到窗外光景的瞬间，发出了一阵号叫："啊啊啊！"

它松开宁秋水，双手遮在了自己的眼前，转身就想跑。然而冯宛铭已经连滚带爬地来到门边，纵然心里无比恐惧，还是将门紧紧关上了！

抬头男愤怒地直视冯宛铭，上前一步，想要扑向他。就在此刻，另一道冰冷的身影在房中出现，带着浓郁的怒意锁定了抬头男！

抬头男当然也感受到了这冰冷的气息，它回头一看，正对上葛凯那充满怨恨的目光！

此后的半个小时，1043公寓内发生了一场令人毛骨悚然的变故。

目睹这一切的四人，都在心理上留下了一定程度的阴影。当整个房间弥漫着刺鼻的气味时，葛凯才从一片凌乱的痕迹中缓缓站起身。

它走到良言面前，和良言静静地对视着，苍白的脸上带着几分迷茫。

"我赢了……"它喃喃说道。声音像是从极其遥远的地方传来，隐约而飘忽。紧接着，它嘴角扬起一个诡异的笑容，又重复了一遍："我赢了。"

说完，葛凯踩着满地的狼藉，一步步走到窗边，俯瞰着这座城市。

"我赢了！"这第三遍喊出的声音，已带着浓重的疯狂！

然后，葛凯的身影突然从房间内消失了。良言立刻跑到窗边，朝楼下一看。葛凯刚才发动了"脚"的能力，直接下楼去了。

如同他们的计划所预料的那样，葛凯对他们的仇恨值很小，除非其他的诡客都被淘汰，否则葛凯不会对他们动手。

"下一个遭殃的，应该就是牧云婴他们了吧？"坐在门口不停颤抖的冯宛铭，对着房间里的其他几人问道。他的脸色惨白，没有一丝的血色。显然刚才房间里发生的一切，对他的心灵冲击极大。

他从来没有见到过两只诡物搏斗的场面！

"是的，希望他们能够撑到明天结束吧。"良言转过了身子，表情并没有丝毫轻松，"秋水，你身上的诡器还在吗？"

宁秋水摸了摸黑衣夫人留下的相册，点点头："还在。"

当时王丞秀应该没有打算立刻对他动手，所以并没有触发黑衣夫人留下的相册的护主机制。

白潇潇去厕所拿了一把拖把出来，笑道："咱把这收拾一下吧，今晚还要在这里住呢。接下来就轮到那些家伙头疼了！"

冯宛铭冷哼道："他们是活该！咱们明明没有得罪他们，可那些浑蛋却一而再再而三地算计我们，想用我们的命去换他们的命，简直无耻到了极点！"

面对他的愤怒，众人倒也没有说什么，开始清理房间的狼藉……

夜，阴云。

市区北，桂云酒店。几人正舒适地待在一个豪华总统套房里，换上了一身干净的衣服，头发湿漉漉的，显然刚刚洗过澡。

"如果不是亲身经历，谁能想到这是第七扇诡门？"

"哈哈，有大佬带就是不一样，唐哥，还得是你呀！"

"我说句不好听的话，这一扇门我过得简直比过第三扇门的时候还要轻松些！"章华站起身，脸因酒气微微泛红，举起手中的红酒，先敬了一下唐仁，又对牧云婴举杯，"第二杯，一定要敬我的队长！牧姐，您可千万别推辞，就一杯！

要不是您和唐哥，我现在已经被淘汰了，哪还能坐在这个地方，喝着这么名贵的酒呢？以后啊，要是有用得着小弟的地方，只管招呼！"

他显然已经喝醉了，神情迷迷糊糊的，说话时也带着一种古惑仔的混混味道。

牧云婴脸上挂着假笑，当然也没有推辞，随便跟他一碰杯，稍微喝了一些。她的警惕心要比章华几人高多了。即便这时已经高枕无忧，可她还是没有太过于放松。万一真的喝醉了，一不小心睡了过去，而旁边的人又没有叫醒她，或是带她一起走，到时候万一被葛凯找到，她麻烦就大了！

牧云婴心里很清楚，其他三只小诡物的仇恨不在她这边，但是葛凯第一个想找的人，很可能就是她！

她只是简单喝了一些，然后便起身对其他人说道："我去洗个澡。"

乐闻是唯一能够知道他们位置的小诡物，但那个拉住乐闻仇恨的人，此刻正在往西边遛弯。关琯的仇恨，则是在宁秋水他们身上。剩下的葛凯和王振就已经无所谓了。这两个人没有"眼"的能力，根本就找不到他们在什么地方。

牧云婴仔细在脑海中将所有的情况重新确认了一遍，这才放心地来到厕所里，脱下衣服准备洗澡。

随着淋浴打开，厕所里立刻被升腾的白色水汽铺满。镜子面前笼罩上了一层薄雾。牧云婴洗着头发，大量的水从脸上滑过，她不得不闭上了眼睛。温暖的水让她放松了许多。手轻轻揉搓着头发上的泡沫，嘴里还哼着一首不知名的歌曲。可随着她揉着揉着，就感觉到了一丝丝的不大对劲。她总觉得好像有什么东西在扯着自己的头发……

这种诡异的感觉，让牧云婴瞬间醒了神！

她急忙抬起头，朝上面看去，又环顾了四周，什么都没有。外面的人有说有笑，畅聊的声音传入她的耳朵里，非常清晰，她甚至可以听到那些人在聊些什么。

难道是自己的错觉？这两天由于太紧张，导致她有些神经衰弱？怀揣着这样的念头，牧云婴再一次闭上了眼睛，继续洗头。可就在她闭眼的瞬间，那种撕扯感再一次出现，而且这一次要比之前更明显！

牧云婴察觉到了不对劲，立刻关掉淋浴喷头，想要离开厕所。然而刚跨出一步，她便发出了一声惊叫："啊！"

头上传来了剧烈的撕扯感和痛感。

牧云婴回头看了一眼，发现自己有几缕头发，不知道怎么回事，居然卡到了淋浴喷头的出水孔里！

那些头发并不多。按道理来说，她只要稍一用力，这些头发就会断掉。可是此时此刻，这些卡住的头发却如钢丝般坚韧，无论她怎么用力都纹丝不动。更可怕的事情是，牧云婴发现她的头发还在一点儿一点儿被吸入淋浴的出水孔里，就好像那个淋浴的喷头里藏着一只手，正在用力扯着她的头发！

怎么回事？

发现异常的牧云婴表现得还算冷静，并没有多少慌张。因为即便在洗澡的时候，她依然拿着诡器护身，以防出现意外。

她心里清楚，真到了极其危险的时候，她所佩戴的那条项链一定会有所反应。然而，就在这个念头掠过的刹那，牧云婴的手也触摸到了她自己的胸口，却发现原本应该悬挂着项链的位置，此刻竟空空如也！

怔了一下后，牧云婴像疯了一样，不停地摸索着自己的脖子，确认脖子上的项链真的不见了之后，她立刻低头，寻找着周围的区域。可地上干净得连一根毛发都没有，哪里还有项链的影子？

牧云婴终于慌了！

头顶传来的力道越来越大，将她不断地拖向那个淋浴的喷头。为了防止自己被吊起来，牧云婴不得不伸出手，将淋浴喷头取了下来。而后她直接跑到厕所门口，也顾不得自己赤身裸体，就要开门求救！

可诡异的一幕发生了。无论她如何用力，厕所的门就是打不开！

牧云婴见情况不对，立刻又疯狂地踢门！

她脚上的力气极大，嗓门也极大，可是无论她如何踢门，如何呼救，门外那些谈笑风生的人，完全没有注意到这头的动静。

牧云婴的心沉到了谷底。为什么会这个样子呢？进来洗澡之前，她已经再三检查过自己的诡器，确认没有遗失。这说明她的诡器消失，是因为来找她的那只诡物发动了"手"的能力！

而拥有这种能力的诡物，只有葛凯和抬头男。抬头男现在应该守在米林公寓里，不可能是它，所以只有葛凯了。可为什么葛凯能够进房间呢？

乐闻和王振都是不能够直接进入房间的，一旦门被锁上了，它们就会在门外徘徊守着。

葛凯能无声无息地进入房间，难道是因为"手"的隐藏属性吗？可就算是这样，它进门之后也应该正大光明出现在门口才对，为什么能够借助淋浴喷头来对她出手？

诸多的疑惑在她的心底浮现。牧云婴并不知道，此时的抬头男已经不再是原来的那个抬头男了。葛凯不但继承了原来王丞秀的能力，而且由于诡门背后的副本少了一只诡物，诡门为了平衡难度，又解开了葛凯身上的部分限制！

此时的她，脑海里有着数不清的疑惑等待解答，但已经没有多余的时间留给她了。

她的头发已经被吸入了淋浴喷头中。喷头死死地贴在她的头皮上，而那股恐怖的吸力仍然没有停下！非但没有停下，反而越来越大！

剧痛从头顶向全身上下的每一个角落蔓延，未知的恐惧驱散了牧云婴的理智。

她再也没有办法保持之前的从容，像个刚入局的新人一样，大声号叫着呼救，疯狂撞击着厕所的门！

可这么做根本无济于事。门外的声音可以传进来，门内的声音却仿佛被某种力量彻底隔绝，一点儿也传不出去。绝望的牧云婴只能在厕所里听着门外的欢声笑语，推杯换盏，内心满是无助与恐惧。

"不……我不能倒在这里！为了这一扇门，我付出了那么多，准备了那么多！凭什么？凭什么是我？我不甘心，我不甘心啊！"

牧云婴在意识到自己无法逃脱后，情绪彻底崩溃，跪坐在地上，疯狂地自言自语。

说着说着，她发出了一声凄厉的惨叫，伴随着骨骼碎裂的声音！她的双手死死抓住淋浴喷头，眼神呆滞，盯着地板。

头发被彻底卷入喷头，随着吸力的增强，渐渐地，痛楚将她的意识完全击垮。

淋浴喷头并没有因为牧云婴的淘汰而停下，它还在吸着——直到将牧云婴整个人彻底吞噬干净，才总算停下。

厕所里安静得仿佛什么都没发生过。

只有那升腾的白雾，似乎在昭示着，不久前这里曾有人存在过。

屋外的众人有说有笑，并没有人注意到厕所里的不对劲。

"话说那个家伙是真的蠢，好像叫什么冯宛铭……对，就是他！还是宁秋水他们那一队的，那一群人都是傻子。之前在群里被我故意阿谀奉承了几句，差点儿没把他们捧得飘起来了，还真以为自己当大哥了，要领导全队呢。"

"哈哈哈，唐哥你真会演，把人家骗得团团转，真是够坏的！"

"那是他们蠢，不是咱们坏！"

"唐哥说得是！"

直至过去了二十分钟，厕所里依然没有传来任何动静，唐仁才忍不住微微皱眉。他瞟了一眼厕所门口，不悦地大声叫道："牧云婴，你好了没有？洗个澡拖拖拉拉的，你搁里面泡温泉呢？"

厕所里，没有传来任何回应。

屋子里的几人立刻安静了下来。直到这时，唐仁才敏锐地发现了问题，那就是厕所里根本没有水声！

这个细节划过他的脑海时，让唐仁仿佛触电一般，瞬间就醒酒了！他立刻站起身来，朝着厕所走去，其他人也跟着他。

"开门。"他对身边醉醺醺的章华吩咐道。

章华也是酒劲上来了，不管三七二十一，心里升腾起了一股"我自横刀向天笑，几只诡物算个喵"的豪情，直接将手放在厕所的门把手上用力一转，厕所门便开了。

然而，原本应该有人的厕所，此时却空空如也……

几人盯着空旷的厕所，后背都有一种莫名的凉意。牧云婴那么大一个人，就这么凭空消失了？

"牧云婴！"方倪叫唤了一声。整个屋子里无人应答。她眉毛一挑："刚才你们有看见她出去吗？"

章华和其他几人都摇了摇头。

庆婉婉见气氛不对，缩了缩脖子，弱弱地问道："她会不会……被那个了？"

唐仁眉心皱成了一个"川"字："不可能！乐闻和王振都不可能进门，唯一有可能进门的是拥有'手'能力的葛凯，但它就算要进门，也会从正门走进来。我们不可能无所察觉。"

听到唐仁如此笃定的回答，几人悬着的心才放了下来。他们走进厕所，开始勘察。

"你们有没有闻到一股……很浓郁的味道？"庆婉婉声音发颤。

几人的脸色都变得有些难看。显然，他们都已经闻到了厕所里飘浮的那极度浓郁的气味。

但诡异的是，这个厕所十分干净，几乎和新的一模一样，连一丁点儿的污渍都找不到。所以，那股气味到底是从什么地方传出来的呢？

唐仁皱着眉，不知不觉间，他的手已经摸向了自己裤兜里的那串佛珠。心跳的速度莫名开始加快了。

他们开始在厕所里面排查情况。水槽、马桶，甚至连厕所里能翻开的柜子也全都翻开了，可是什么都没找到。

"真是奇了怪了……"章华满身酒气，满面疑惑，"那么大个人呢，就这么活生生消失了？"

这个时候，方倪目光忽然瞥见了洗澡用的那个淋浴喷头。这个喷头上，居然一点儿水都没有。可是牧云婴才进入厕所时，她分明听到了有水响动的声音。而且厕所里也的确还有一些残留的升腾的水蒸气。

迟疑了片刻，方倪还是把那个喷头拿了下来。她看着喷头，迎面便扑上来一股浓郁的气味，险些让她干呕起来！方倪蹙眉，鬼使神差地将鼻子靠近了喷头的那些小孔处……

"呕！"只是闻了一下，她便干呕了起来。随后，她脸色十分难看地指着这个喷头，对众人说道："是从这里传出来的！"

其他人立刻靠拢过来。

唐仁拿着淋浴喷头放在鼻子旁边，轻轻闻了一下，随即脸色骤变。他示意众人让开，然后把喷头对向了比较远的地方，打开了淋浴的水龙头。随着里面响起了一阵诡异的咕噜声，奇怪的液体便从淋浴喷头里涌了出来……

随着水流涌出，那股浓郁的味道又一次加重了。在场的人脸色都十分难看，死死地盯着唐仁手中的这个淋浴喷头，脑海里浮现出了一个令人不安的想法——牧云婴难道……不，绝对不可能！她那么大的一个人，怎么会？

"快走！"唐仁咬牙叫道。

虽然他也不清楚为什么会发生眼前这样的状况，但不得不说，这种情形已经完全超出他的预料！几人争先恐后地逃出了厕所，唯独喝醉了酒，认为"天大地大我最大"的章华留在了最后。

"唐哥，别怕，我给你殿后。我章华平生最是义气，你带我过门，我……"他迷迷糊糊的，还没有意识到事情的严重性，嘴里的话尚未说完，厕所的门便"砰"的一声地关上了！

这剧烈的声响让章华的眸子稍微清醒了一些。他的后背感觉到了一股莫名的凉意，很冷，就好像身后站着什么人一样。

章华吞了吞口水，缓缓转过了头……

门外的人听到章华的叫声，然后他便彻底失去了声息。见此情景，他们哪里还敢多作停留，直接夺门而出！

由于知道了抬头男恐高这件事情，他们之前特意留了个心眼，将酒店房间开在了最高的三十二楼。然而此刻，他们已经为自己的这个决定感到无比后悔，因为电梯上来的速度实在太慢了！

好不容易等到电梯抵达三十二楼，可随着电梯门打开，站在旁边的庆婉婉立刻发出一声尖叫！因为她在电梯门里看见了一个"人"——关瑁！

关瑁一出现，便直接对他们其中一人出手，好在那人用诡器挡住了关瑁的攻击。几人趁着关瑁被束缚的时间，迅速跑进了电梯，按下了一楼的按钮。

他们疯了一样跑出了这家酒店！

而在不远处的夜幕之中，还有两道诡异的黑影正站在路灯下，冷冷地注视着他们。

　　跑路的唐仁自然注意到了这两道黑影，他也清楚这正是王振和乐闻。看着它们朝自己快速地跑来，唐仁感觉自己头皮都快要炸开了！

　　巨大的恐惧笼罩住剩下的几人，他们迅速地钻进车里。唐仁启动了车子，开始了一场惊心动魄的逃亡之旅……

　　车行途中，他通过后视镜看着渐渐远去的乐闻和王振，脸色却变得越发难看。

　　"该死……该死！"他疯狂拍打方向盘，咆哮一声，面容扭曲，"那两只诡物，怎么会来找我们？难道它们可以违反规则吗？"

　　看见如此暴躁的唐仁，一旁坐着的方倪反而冷静了下来："阿仁，你先不要慌，冷静一点儿！至少现在最危险的抬头男还没有出现！"

　　听到方倪的提醒，唐仁喘着粗气，情绪稍微平复了一些："信呢？赶快拿出来，我看看！"

　　听到他的提醒，方倪急忙掏出了那封早就已经被看过好多次的"信"，递到唐仁面前。

　　唐仁一边开车，一边快速扫过"信"上的内容，思绪已经有些混乱了，宛如沼泽里的泥浆一般。

　　"浑蛋……都是按照信上的提示在走的，到底哪一步出了问题？"他的眼中渐渐被血丝填满。

　　然而，才平静下来的几人并没有注意到，车子内部后视镜里的座位上……多了一个"人"。

　　唐仁想不通，原本仇恨并不在他们这个地方的乐闻等诡物，现在居然全都来追他们了。为什么会发生这种事？难道说，其他人都已经……出局了？

　　这个念头在脑海里一闪而过，唐仁的心立刻沉到了谷底。不，不对。他们不可能这么快就被淘汰！

　　"快，给刘丰韵打个电话！"唐仁脸色难看，旁边的方倪立刻掏出手机拨通了刘丰韵的号码。

　　刘丰韵是负责吸引乐闻的人。当时在保护乐闻的那群人里，她因为多嘴引起了乐闻的反感，回头自然也就被乐闻盯上了。

　　电话接通后，那头立刻传来了刘丰韵的声音："喂，方姐，怎么了？"

　　听到这个熟悉的声音，车上的几人皆是一愣。刘丰韵没事？如果她没事，那为什么乐闻会追逐他们？莫名的诡异感，宛如藤蔓一样爬上了众人的心脏。

规则,是所有诡客在诡门背后赖以生存的保障。如果诡门背后的诡物连规则都可以无视,那他们要怎样才能够活下来?

"浑蛋……到底是哪个环节出了问题?"

这种极度反常却又找不出原因的感觉,让唐仁十分抓狂。他明明按照指引做了所有正确的选择,最后却得到了一个错误的结果!

此时的唐仁,和之前那个胸有成竹、胜券在握的男人判若两人。不但失去了风度,暴躁异常,甚至还隐约有些情绪崩溃的味道。

"喂,喂,方姐,你怎么不说话了?是不是出了什么状况?"电话那头,刘丰韵的声音略显慌乱。

方倪喉咙动了动,却一个字也没有说出口。她本想问"你究竟做了什么事情,让乐闻改变了自己的仇恨目标",但随后又想到了王振和关琯两只小诡物。如果真的是刘丰韵做了什么,导致乐闻改变了自己的仇恨目标,那王振和关琯呢?三只小诡物的仇恨目标都不一样,却在同一时间全都改变了目标,来找他们。

如果是人为导致它们的仇恨目标改变,时间上是不是太巧了些?

方倪渐渐意识到,让三只小诡物仇恨目标改变的原因,并不是它们的仇恨目标本人,而是一些非人力的外力!她挂断了电话,喃喃道:"不是刘丰韵……"

唐仁皱眉问:"什么不是刘丰韵?"

方倪语气凝重:"乐闻仇恨目标的改变,不是因为她……事实上,没有任何硬性的规则去规定这四只小诡物一定要对当前仇恨值最高的目标出手。它们这么做,不是被'强迫',只是受到了诡门针对抬头男的规则的影响。这次诡门的提示里,已经十分明确地写明了'它',而不是'它们'。根据任务的注解不难推测,那个'它'代指的就是抬头男。"

车内陷入短暂的沉默,众人面面相觑。唐仁抿着嘴,没有说话,但手上的方向盘却攥得更紧了些。

方倪继续分析:"所以,诡门给出的仇恨值规则,全都是针对抬头男的,而不是小诡物。小诡物或许会受到影响,但不会被强迫。它们现在忽然改变了仇恨目标,很可能是受到了外力干扰!而有能力干扰这些小诡物的,除了诡门的规则之外……只能是抬头男!"

听到了这里,车上的人皆是一怔。

"抬头男?可它现在不是正堵在……米林小区七幢吗?难道它长时间没有抓住仇恨目标,导致目标转移了?"

车辆在夜幕中飞快穿梭,方倪尽可能让自己冷静分析,但无论如何暗示自己,冷汗还是一滴滴地从鬓角滑落……

"应该是这样……我们现在的问题是，情况突发，我们掌握的线索太少，根本没有办法对眼前的突发情况进行有效分析！"

他们之前能够如此迅速地掌控局面，是因为唐仁手中的那封"信"，而不是靠着他们自己的脑子。现在出现了突发状况，"信"上的内容已经对眼前的困境没有了任何帮助。

失去了"信"的指引，从容不迫的唐仁完全像是换了一个人。他一边开车在夜幕中狂奔，一边在心底疯狂质问——为什么？为什么会出现这样的状况？组织里给他的"信"总是能让他抢占先机，并快速找到生路！这也是他为什么敢提前进入第七扇诡门。可是唐仁万万没想到，一直屡试不爽的"信"，在第七扇诡门里会遭遇意外。

上面给他的提示……居然失效了。

就在唐仁心烦意乱的时候，方倪忽然开口问了一个让车内所有人都背脊发凉的问题："庆婉婉，孙凤颜，你们中间坐着的那个人是谁？"

听到这话，原本就胆小的庆婉婉浑身一抖，忍不住哆嗦了一下！她和孙凤颜迅速朝中间看去，却发现那里根本没有人！

"方姐，大晚上的，不要这么吓人啊！这车上就我们四个人，中间哪来的其他人？"恐惧过后，庆婉婉莫名冒出了一股火气，瞪着眼对副驾驶位置上的方倪责怪道。

然而，方倪却缓缓抬起手，指着车内的后视镜，声音带着一丝莫名的颤抖："那它是谁？"

后排的二人顺着她手指的方向看去，猛地愣住了。他们看见，在车内后视镜中，庆婉婉和孙凤颜的位置间……还坐着一个人。

一个低着头，看不清面容的男人。

它静静坐在两个人的中间，可二人根本没有觉察，车内也看不见那个男人的影子！

"唐哥，快停车！它在镜子里！"孙凤颜花容失色，尖叫着喊道。

唐仁脸色极差，阴沉得仿佛要滴水："不能停！身后有诡物在追！"

这时，孙凤颜看见镜中的那个男人竟然缓缓将苍白的手伸向了她的脖子！关键时刻，她终于忍不住，对着唐仁大喊道："唐仁，快停车！它要过来了！"

听到孙凤颜失控，原本就心情糟糕的唐仁怒火中烧，直接开了锁："不想坐车自己滚！"

说完，他稍微放慢了车速。当然不是因为他多么好心，而是身后还有几只诡物在追他们，这个时候有个人跳车了，反倒对车上的其他人是一件好事。

至于车上有诡物这件事情，他当然也不会不放在心上，不过眼下至少得先将身后那几只小诡物甩掉再说！

果然，在镜中那只诡物的逼迫下，孙凤颜不得不跳车逃离！等她狼狈下车，在公路上滚了好几圈后，这才急忙站起来，一瘸一拐朝着夜幕远方的小树林逃去……

然而，怪异的事情发生了。原本应该跟着她追出去的那只镜中诡物，非但没有离开，还将手伸向了旁边的庆婉婉。后者意识到不对劲，想要学着孙凤颜的方法逃离，然而当她将手握在车门把手上时，却感觉到了刺骨的寒冷！

不对！庆婉婉立刻醒神！她的目光再一次看向车内的后视镜，却发现了一件十分恐怖的事 —— 后视镜里只有开车的唐仁和副驾驶上的方倪……根本没有自己！

这一瞬间，庆婉婉立刻意识到，她应该是被诡物拖入了镜子里的世界！

她缓缓侧过头，看向身旁坐着的那个苍白的男人。男人缓缓抬起头，对她露出一抹令人不寒而栗的笑容。

下一刻，庆婉婉发出了撕心裂肺的叫声！

车内仅剩的二人，只能从庆婉婉的叫声中，隐约推测她正在遭遇什么。

只是持续了短短的几秒，庆婉婉便消失了。这时，开车的唐仁看见迎面有一辆私家出租车行驶过来，他急忙将车停到路边，和方倪一同下车拦下了这辆出租。

一上出租，他就塞给了司机一大把钱，命令对方朝某一个方向一直开，不要回头！

出租车司机不知道发生了什么，但看到这样一大笔钱，他还是心动了，于是按照唐仁的要求，在公路上不断行驶。

路上，司机仔细打量着这对奇怪的男女，起初他以为对方是什么犯罪分子，但又发现二人身上没有任何武器。确认情况后，司机放松了不少，专心开车。

后排的二人仔细检查了出租车的后视镜，发现那只诡物没跟上来，这才缓缓舒了口气。

他们才刚安定不久，忽然响起的手机铃声，又让两人打了一个哆嗦！

唐仁看着手里的来电，呼吸声颇有一些沉重，眼中的血丝也变多了。

这个电话……是谁打来的？

迟疑了许久，唐仁咬咬牙，将手机屏幕点开，发现这是一通群组的语音通话。他稍微松了口气，接通后，一个陌生的声音传来："喂，我是良言，你们听得到我说话吗？"

唐仁略一迟疑，回道："听得到。良言，你们那边发生了什么事，为什么突然打电话？"

良言平静地回道："唐仁是吗？我看见你头像进群语音了，牧云婴现在还在吗？"

唐仁道："她已经出局了。"

良言沉默了一会儿，又道："你们那里现在还剩多少人？"

唐仁仔细回忆了一下，说："不多了。如果跳车的那个人没被淘汰，那我们应该还有四个人。"

良言问："你们撞到诡物了吗？"

唐仁点点头："刚才撞到了。"

良言接着说："赶紧远离之前保护葛凯的那些人。这里发生了一些突发状况，还剩最后一天了，如果你们不想被淘汰，就不要停下，开车，一直开！"

一旁的方倪耳朵灵敏，急忙拿出手机戴上耳机，也加入了通话："喂，良言，你刚才说你们那边发生了一些突发情况，具体是什么情况？"

良言淡淡道："……也没什么，只是帮葛凯解决了'抬头男'王丞秀而已。现在葛凯成了新的抬头男，继承了王丞秀所有的能力，而且变得比它更强！"

二人听到这话，大脑瞬间陷入空白，久久无法回神。抬头男……被解决了？怎么可能？葛凯为什么会这么做？他们究竟做了什么事情？

诸多疑问如潮水般涌入脑海，让他们无法思考。许久之后，唐仁才回过神来，瞪着眼，咬牙切齿道："混账东西，你们知道自己做了什么吗？你们……怎么敢做这种事！"

良言那淡淡的语气让唐仁恨得牙痒痒："有什么问题吗？"

"有什么问题？你知不知道你的行为给其他人带来了多大的麻烦？"唐仁情绪激动，几乎是吼着对着电话说道，把前面开车的司机吓了一大跳。

电话那头，良言喝了一口清茶，缓缓说道："原来你们也懂这个道理啊？我以为你们不知道呢……之前我们认真寻找生路的时候，你们却在暗中使绊子，非但什么忙都不帮，还故意帮诡物淘汰了几个保护目标，害得我们最后被困在了1043号公寓，险些出不来。那个时候，怎么没见您站出来，大声对着其他人义正词严呢？"

唐仁闻言，喉咙像是被什么东西堵住了。他涨红着一张脸，紧紧攥着拳头，沉声说道："少在这里给我们扣帽子，让那几个保护目标出局，对我们来说有什么好处？分明是你们这些自私自利的家伙在胡乱臆测罢了！"

良言并不介意他嘴硬，一边品着茶的清香，一边说道："唐先生，虽然未必是你，但你一定见过……"

唐仁闻言蹙眉："你在说什么？我见过什么？"

良言："信。"

听到这个字，不只是唐仁，连一旁的方倪也猛然一震，心头狂跳！对方……怎么会知道他们有"信"？难道对方的手里也有？想到这个可能，唐仁原本已经沉到谷底的心，此刻更像是被一盆冷水浇灌……凉透了。

"你在说什么，我怎么听不懂？"唐仁想起来祁哥交代给他的事，绝对不可以跟任何组织外的人透露"信"的事！

哪怕是让对方知道了，事后回到现实世界也一定要以绝后患，此前他敢把信拿出来给其他人看，是因为他知道那些人的详细信息，利用完他们后，回归现实他可以让这些人永远闭嘴。

否则，一旦被组织察觉一丁点儿风声……绝对不会放过他！

电话那头，良言对于他的回答也只是浅浅一笑："不承认也没关系……我不是来追问答案的。我打这个电话，只是将情况告知你们，免得你们被淘汰得太快……"

顿了顿，良言用一种很浅很轻的语气说道："另外，唐先生，我此前经历过一次第八扇诡门，三次第七扇诡门，数不清的低级门，遇见过不少拿着信的人。他们之中有相当一部分也同样用信去设局，甚至一度威胁到了我的安全，但不得不说，在这些人里，你们属于最弱的那一批……信的力量很强大，可是人如果不行，有信也没有用。好了，我就不再浪费你的时间了……祝你好运吧，希望你们不要出局得太快，不然我这边儿会很麻烦的。"

说完之后，良言就挂断了电话，留下了唐仁在原地铁青着脸，满腔怒火！

浑蛋！浑蛋！

他的内心大骂了两声，此刻，他巴不得对方马上倒霉，可他却又不得不按照对方的话去做！

"唐哥，咱们接下来应该怎么办？"方倪的声音颇为颤抖。

唐仁转头，五官扭曲："你问我，我问谁？"

方倪被他的语气吓了一跳，险些以为唐仁会对她发作。

"师傅，你这车多少钱？"沉默了片刻，唐仁稍微正常了些，勉强压下了内心的怒火，对着开车的司机问道。

司机怔住了片刻，而后下意识地回道："三……三十万吧？"

他有些心虚。三十万，是三年前的价格了。车在市场上贬值得非常快，再加上他这车又是二手的，能够十五万卖出去都得碰运气。然而，唐仁却根本没有还价。

"银行卡号给我，我直接给你转钱。然后我开车，你滚蛋！"

有诡门的力量进行中转，跨界转钱根本不是问题。司机心头一动，心想是财神爷到了，急忙将自己的卡号说了出来，确认钱到账之后，他就灰溜溜地带上自己的东西走了。

紧接着，二人便开着车一路向西……

最后一日，米林小区，1043号公寓。

良言对另外三人说道："简单收拾一下，我们要走了。"

四人的神色都较为凝重。虽然现在所有诡物的仇恨暂时不在他们这里，但有个前提是……其他人没有全部被淘汰。

半个小时之前，良言最后一次给方倪打了电话。

唐仁昨晚在开车逃亡的路上出事，场面极为骇人。当时他开车累了，换成方倪开车，而他自己在副驾驶位上小憩了一会儿，没过多久就睡着了。大概睡了半个钟头，唐仁忽然醒来，面无表情地对正在开车的方倪说了三次"救救我"。

还没等方倪反应过来，车内突然发生了变故——唐仁不见了，副驾驶位置空空荡荡。

然而，就在半个小时前，良言最后一次与方倪通话时，她也被淘汰了。电话中，良言听到那头传来一声惊恐的叫声，接着就再也没有声音了。

眼下，除了他们几人外，似乎就只剩文雪和孙凤颜了，情况不容乐观。

每隔半个小时，良言就会分别联系她们，确认情况，并尽可能帮忙出主意，协助她们逃脱追击。而白潇潇和宁秋水则负责观察周围的环境，防止诡物的仇恨目标忽然转移，来寻找他们。

良言的行为显然容易引发诡物的憎恨，但因为他对葛凯有大恩，所以即便仇恨值稍微提升一些，应该也没有什么大问题。这也是他没有让其他人参与进来的原因，他不想让其他人冒险。

现在已经是最后一天，大巴车随时可能会出现，只是不知道出现在什么位置。

冯宛铭紧张得不行。此前，良言联系其他人的时候，他一直都在旁边，眼睁睁看着诡门背后的人一个接一个被诡物淘汰，他感觉自己头顶悬着一把铡刀，随时会落下来。他的手心里全是冷汗。

"言叔，言叔……你说，他们能撑到大巴车到来吗？"

有了这几天的经历，显然冯宛铭也看出来了良言才是团队的核心，想逃出去，就必须依靠他。

良言很负责地回答："不一定。"

"那……他们一旦出局了，是不是就轮到我们了？"

"嗯。"

"那谁会第一个被淘汰？"

"可能是你。"

"啊？为什么？"

"因为你话太多了。"

冯宛铭立刻闭上了嘴。

他们来到一处人比较多的人民公园里坐着，紧张地等待着大巴车到来。

终于，到了中午时分，四人发现周围的浓雾升了起来……但这次雾气却没有之前遇见的那么浓。而且，久久没有听到大巴车的鸣笛声。

"看来……要我们自己去找大巴车了。"良言叹了口气。

"啊？还要我们自己去找？不是，这城市这么大，连个提示都没有，我们去哪儿找啊？"冯宛铭瞪大眼睛，人都傻了。

以往，他们只要完成了诡门背后的任务，大巴车都会主动开到距离他们比较近的位置。

"一般都在出生点。"良言耐心地解释道，"由于地图比较大，人会分得很散，所以大巴车就会直接去诡客们进入诡门的出生点等待。不过没关系，我们这儿距离那家咖啡馆很近。"

显然，良言早就预料到了这一点，所以提前选择了在这里等待。他们穿过一条长街，来到了咖啡馆外，果然在街道边上看见了那辆熟悉的大巴车。

见到大巴车，所有人的神情都振奋了起来！

"快！"

没有多说，几人立刻朝着大巴跑去。然而，就在半路上，文雪的声音忽然从身后传来："别过去！诡物藏在那里！"

清脆的声音响起，然而无论是良言还是宁秋水、白潇潇都没有丝毫停顿。就算诡物真的藏在车旁边，他们也必须搏一把，否则等所有诡物都到这里守点，他们就真的没有一丁点儿机会了！

"别回头！"

上车之前，宁秋水回头看了一眼犹豫的冯宛铭，大声喝道。

冯宛铭见三人安全上车，这才确认身后的声音是假的，于是也赶紧跑了过去。然而，就是这短暂的犹豫让冯宛铭失去了最后的机会。

当他的脚即将踏上车门口的梯子时，一只手忽然从他的背后伸出，掐住了他的脖子！

冯宛铭瞪大了眼睛，眸子里浮现出了无限惊恐！下一刻，他的视线开始偏转、翻滚……直到他看到自己的身体倒在地上，才意识到自己即将被淘汰了。

他倒在了最后一步，仅仅是因为几秒钟的犹豫。

然而，就在他倒下后不久，迷雾中又出现了两个身影，那竟是文雪和孙凤颜！

她们看见车旁守着的诡物，一时间站在原地，不知如何是好。关键时刻，良言从车上伸出了头，对她们喊道："赶快上车！它才动手伤了人，暂时无法对其他诡客动手！"

不是所有诡门都有这个限制，但根据此前唐仁和方倪的遭遇，良言推测出，诡门对诡物的行动间隔做出了一点儿调整。至少几分钟内，它是不能再去淘汰下一个人的。

于是，葛凯只能眼睁睁地看着文雪和孙凤颜上了车。

孙凤颜一上车就哭了，跪在地上对着良言道谢。她知道，如果不是良言每隔半小时就打电话重新指引她们逃亡的方向，她们恐怕早已被淘汰。

而文雪则狠狠瞪着良言，语气复杂地问："我之前要对付你们，为什么要救我？"

面对她的质问，良言平静地回答："你不想走，可以下车。"

文雪闻言，脸色更难看了。

"你是叫良言吧？可别指望我会感激你！下次遇见……哼！"她冷哼一声，走到距离众人较远的座位上，一边喘息，一边不自觉地打量着右前方的良言，其间喉咙轻轻动了几下，不过还是没有说什么。看到良言转头，她立刻移开自己的目光……

车子再一次发动的时候，车上仅剩的五人都有一种如梦似幻的错愕感。

这五日，实在是过得太漫长了。

面对冯宛铭的淘汰，宁秋水和白潇潇再一次在心头提醒自己，身处诡门，绝对不能有丝毫放松，哪怕是离开的前一刻！

城市中，葛凯站在迷雾里，目光带着浓浓的怨恨，盯着大巴车缓缓驶动，忽地竟然动了起来！

它一个闪现，出现在了大巴车的窗外。那张脸正对着窗内的良言，一双猩红的眸子看得人心惊胆战。

"你不服？"隔着车窗玻璃，良言冷冷道。

葛凯咧嘴，面容扭曲，神情疯狂："我会赢的！我会赢！我要赢！"

良言平静道："愿赌服输。"

听到这四个字，葛凯疯狂地咆哮了一声，居然伸出那只苍白的手，拉开了车窗，就要抓向良言！

见到这一幕，车内几人只觉得后背发凉！这是什么可怕的诡物，居然能进大巴车！宁秋水下意识地摸出了身上的诡器，然而就在这时，大巴车突然停了下来。葛凯那只苍白的手在即将触碰到良言身体的瞬间，被某种神秘力量禁锢住了。

车窗外，葛凯发出了一声恐惧的惊呼，像是看见了什么让它感到惧怕的东西！隐约之间，车上的几人在透明车窗上看见了一抹诡异的光影。

那是……一棵树的枝丫，上面挂着几片锈迹斑驳的叶子。

葛凯在看见这枝丫后，身体竟以肉眼可见的速度开始锈蚀，最终在极度不甘和恐惧的目光中化成了一地青铜碎片……

"那是……青铜树吗？"

第一次见到它的光影，车上的人震撼不已，他们确定自己刚才透过车窗看见的枝丫不是幻觉！

"应该是……"良言的神色要比其他人平静不少，显然已经不是第一次看见了，"后三门的诡物束缚较少，实力也比较厉害，一些诡物会去尝试挑衅诡门，不过……下场都很凄惨。即便是诡物，也无法对抗诡门。"

说到这里，他似乎想到了什么，神色微变，没有再继续说下去了。

随着葛凯的消失，大巴车继续驶动，众人坐在车上，没过多久便睡着了……

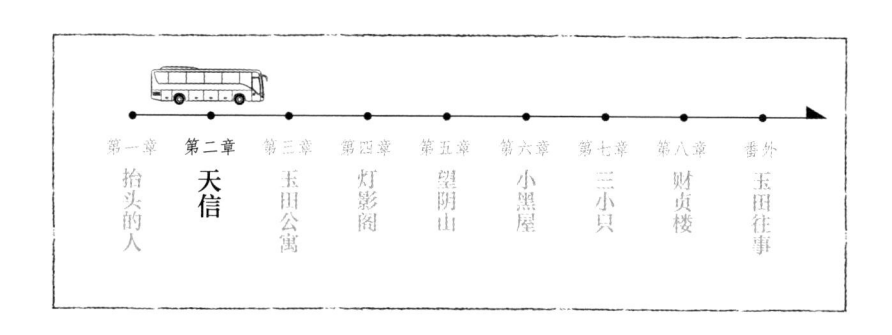

第一章 抬头的人
第二章 天信
第三章 玉田公寓
第四章 灯影阁
第五章 望阴山
第六章 小黑屋
第七章 三小贝
第八章 财贞楼
番外 玉田往事

再一次回到诡舍的时候，宁秋水三人看见诡舍里的所有人都在门口等着。直到确认他们三人一个不落地从车上下来之后，众人才松了口气。

刘承峰激动地冲上前，给了宁秋水一个拥抱："小哥，你居然真的回来了！厉害啊！"

都说第七扇门的淘汰率居高不下，但他们诡舍这一次的淘汰率却是零！原本早已做好心理准备的众人，此刻如何能不激动！

"回来就好！"靠在门框旁的孟军也松了口气，露出了一个勉强算得上是笑容的表情。

田勋和君鹭远更是满脸笑容，稚嫩的脸上终于不再紧张。

"大胡子今晚做了一桌好菜，咱们可得好好庆祝一下！"

他们二人年纪相仿，又都是孤儿，很快便玩到了一起。

回到别墅，众人一顿吃喝。饭后，田勋主动去洗碗，剩下的人坐在火堆旁，听宁秋水讲述他们这次在诡门里惊心动魄的遭遇。

火盆里的火光映照在每个人的眼中，他们听得很认真。对于这些人而言，这绝对是宝贵的经验！

不知不觉，已经到了深夜。众人畅聊了许久，终于觉得累了，于是便各自去休息。而良言却依然坐在火盆旁，盯着火堆出神。

宁秋水也起身，走之前，他对良言说："言叔，这就是信的力量。邱叔拿着这样的信，你觉得他真的会倒在一扇低级门中吗？"

良言沉默不语。他从前当然也遇到过拿信的诡客。毫不掩饰地说，在诡门的背后，信就是外挂。一个原本就是高手的诡客，再得到了信的指示，身上还有极强的诡器傍身，有可能会在低级门里翻车吗？

见良言陷入沉思，宁秋水起身离开了。良言这样的人，如果自己想不通，其他人是劝不动的。让他自己想想吧……

同时，宁秋水自己也觉得好奇。邱叔究竟收到了什么信？他为什么选择滞留在诡门背后的世界里？他要做什么？那些近乎外挂的信，又是从什么地方发出来的？意欲何为？

宁秋水回到自己的房间，躺在床上，脑子里乱糟糟的。他有太多疑惑了。闭上眼，之前葛凯消失时的样子又浮现在眼前。

它就像是……青铜枝丫上面凋落的一片锈蚀的树叶。

迷迷糊糊间，宁秋水终于睡了过去……

石榴城某座贫民窟内。

这里鲜有人光顾，四处破旧不堪，水管老化，墙皮脱落，一个穿着破旧背心的胖子四仰八叉躺在床上睡觉，鼾声震天。天还没亮，手机铃声忽然响起，把他吵醒了。他十分不爽地接起电话，原本迷糊的眼神瞬间变得锐利，几乎只用了一秒钟。

"祁哥？"胖子道。

电话那头传出一个沉稳的男人的声音："阿仁被淘汰了。"

胖子皱眉："阿仁被淘汰了？他进门的时候不是带着一封信吗？"

王祁说道："那可是第七扇门，敢进去的不是傻子就是高手。而且后三扇门变数太多，想要单靠一封信去主宰整个局势是不现实的。杨鸣，阿仁被淘汰了，他身上的任务现在落到你头上了。"

杨鸣嘿嘿一笑："放心，交给我。祁哥，你是知道的，我一直都对组织忠心耿耿……"

王祁说道："天亮之后，你去一趟龙虎山，最近就在那个地方守着，别乱走动，等我消息。"

杨鸣应允，王祁又叮嘱道："这一次要抢的信，是一封'天信'，很重要。找你，是因为相信你的身手和忠诚，懂吗？"

听到了"天信"两个字，杨鸣浑身猛地一震。

"又出现'天信'了？"

王祁"嗯"了一声："……你知道这件事情的重要性，对方非常警惕，机会稍纵即逝，一旦收到通知，务必用上你所有的看家本领，以最快的速度从他手上把信抢过来！"

杨鸣嘴角一扬，嘿嘿笑道："祁哥放心，这个世上……没人比我更懂抢信！"

杀手应该是什么样子的呢？

穿着一身帅气的风衣，嘴叼香烟，走到哪里都有人接应，总是能轻松化解危险，工作时是个冷面煞神，工作结束后便是个在花场里花天酒地万众瞩目的万人迷……

但真实情况是，他可能是你身边的任何一个人——路边修车的师傅、推小车叫卖的小贩，或是打电话跟自己老婆抱怨今天又没有接到客人的出租车司机。只要他们需要，只要他们想要，他们随时可以融入平凡的生活。

杀手首先要学习的技艺，不是过人的身手，而是伪装。伪装既能够帮助他们更快地接近目标，也能够更好地保护自己。杨鸣就是一个非常善于伪装的人。他偶尔会是商场或者餐馆里的服务生，偶尔会出现在富人才会出入的地方。但大多数时候，他会蜗居在贫民窟，一个脏乱不堪、臭气熏天的地方。

贫民窟的环境让他难以被人监视。就算有人不长眼睛想要监视他，很快也会神秘消失在这个贫民窟内。

接到任务后，杨鸣简单清理了一下身上的污垢，洗了个澡，然后穿上了满是油垢的衣服。他提着一个啤酒瓶，晃悠悠地出门了。当然，这一次他还专门带上了一件陪伴了自己二十多年的"老朋友"。他已经很久没有带上它了。这一次重新带上它，是因为杨鸣心里清楚"天信"的重要性，他不想有任何失误。

与"人信"不同，"天信"携带的信息是巨大的，影响的人也会非常多，而"天信"的持有者，通常也非常难对付。王祁以前跟杨鸣透露过，组织曾为了一封"天信"损失了两名已经过了第八扇诡门的超级大佬。杨鸣作为诡客，也才过了第五扇诡门而已，他非常清楚能从第八扇诡门出来的都是一等一的强者！

可即便损失如此巨大，组织非但没有任何惋惜，甚至还觉得赚大了！至于那封"天信"到底记载了什么内容，他就不清楚了，王祁也不清楚。

此地距离龙虎山并不远，山下的小镇一如既往，有不少来"求命"的人，甚至路边也有不少算命先生摆的摊位，常有客人光顾。

杨鸣随便找了地方坐下吃早饭。他吃得很慢，一点儿也不急。吃完后，他也没有扫码，而是掏出了一大堆纸币，确认了半天，交给了老板。

"八块五啊，数数，别一会儿又说我少给了。"杨鸣对着老板嘟囔道。

老板看了一眼，嘿嘿笑道："哪儿能啊！我们在这儿开了几十年店了，口碑好着呢，从来不欺客！"

杨鸣离开之后，像个来龙虎山闲逛的游客一样到处晃悠。直到中午，他忽然收到了王祁的短信，只有非常简单的几个数字："254，353。"

杨鸣看完，当场就把短信删掉了。

然后，他一头扎进了人群中，消失不见……

小镇上有一条罗安巷，巷内蜿蜒曲折，住的基本是这里的原住民，比较穷。巷子地形复杂，各种杂货店遍布其间，网吧也随处可见。

杨鸣穿梭在巷内。到了这个地方，手机上的地图定位就已经完全不准了，只能一边走一边问路。但他对地形有一种天生的敏锐感，没过多久，就到了自己要找的地方——是一家名为"玛卡巴卡"的网吧。

这家网吧的外面简陋至极，门上连个牌匾都没有，店主随便立了一块木牌作为标识。木牌上还插着很多奇怪的小卡片，上面的漂亮妹妹笑得很甜美，免费充当了网吧外的迎宾小妹。

杨鸣掀开门帘，一进去就闻到了一股极其难闻的味道。首先是脚臭，是那种穿着皮鞋闷了几天都没洗的老坛酸菜味，被这种脚穿过的袜子，一般都能自己立起来，有着钢铁般的意志。然后是方便面的味道、汗臭、烟味、酒味……饶是杨鸣在贫民窟里待过，进去的瞬间也有些难以忍受。不过，他很快就适应了过来。

杨鸣的目光在一阵缭绕的烟雾中扫过，很快便锁定了角落里的一个男人。那个男人与周围的人格格不入，正在电脑上玩着一款无聊的游戏。他有些心不在焉，似乎在等着什么，不时会抬头朝着网吧门口张望。

杨鸣走到前台，对着娇小可爱的女网管挑了挑眉："网管，开张卡。"

女网管瞥见杨鸣身上脏兮兮的背心，眼中流露出了厌恶的神情："证件。"

虽然心头不悦，但她还是很尽职尽责。

"没带，开临时卡。"

"充多少？"

"十块。"

"最低二十。"

"好吧。"

交了钱，杨鸣拿到了一张临时卡，然后优哉游哉地走到那名男人身后，手悄悄摸向腰间那把特殊的匕首。可就在他靠近男人时，一个年轻人突然出现在旁边。二人的目光对上，杨鸣心里觉得不对劲，想要直接出手，却听对方低声说："你也是罗生门的人？"

杨鸣下意识地怔住，将信将疑地看着眼前的这个年轻小伙，问道："你也是？"

年轻人回道："我不是。"

年轻人话音刚落，杨鸣的手掌立刻感觉到一阵剧痛。他骇然，低头一看，便发现自己的手掌已经被几根钉子钉在了腰上。杨鸣想要拔出，可腰间的疼痛感让他不得不停下。一瞬间，杨鸣的心凉了大半截！

钉子上有倒刺！这种钉子，市面上是买不到的，一般都是特制！对方……是个老手！

杨鸣想要转身逃跑，可对方藏在袖子里的钉枪又给了他膝盖两枪，他一下子没站住，朝对方倒去。但他还没有倒下，一记专业的手刀直接狠狠击中了他的脖颈。杨鸣眼前一黑，失去了意识。

黑网吧里光线不大好，再加上大家都在各玩各的，所以根本没人注意到这一切。

宁秋水收好了钉枪，抱着杨鸣自顾自地说道："你运气真好，我要再晚一点儿来，你人就没了。"

一旁的男人已经站起了身子，眼神复杂又惊讶地看了一眼宁秋水，又盯着他怀里的杨鸣，担忧道："这人怎么办？"

宁秋水回道："我去买瓶啤酒，往他身上浇一些。钉子是特制的，创口很小，只要不拔出来，暂时不会流血。我们一会儿就扶着他，装作他醉酒的样子，带他去人少的地方……"

男人点了点头："好……之后呢？"

宁秋水想了想，说道："我有一些问题要问他。"

男人蹙眉："问完之后呢？"

宁秋水不假思索道："再说。"

二人将杨鸣转移到了龙虎山人烟稀少的地方。

男人擦了一把额头上的汗水，对宁秋水说道："宁先生，真是多亏您了，要不是您，我这次恐怕凶多吉少！"

宁秋水用绳子将杨鸣牢牢地绑在一棵树上，随口问道："也不能这么说，毕竟之前你也帮过我。不过，我还是想要再确认一下，你就是'红豆'？"

男人点头："是的，我就是。"

宁秋水做完手头的事情，从头到脚认真打量了男人一番："叫什么名字？"

对方回道："无需称呼俗家姓名，道号'玄清子'。"

宁秋水点头。之前鼹鼠传来消息，说找到了红豆的下落，让他尽快赶去，因为有个可疑目标一大早去了龙虎山下的镇子，似乎也是冲着红豆去的。

不得不说，鼹鼠的信息一如既往地可靠，让宁秋水先一步找到了玄清子，并告诉了他情况，还让他协助布了一个局。这么做固然是有风险的，但他答应得很干脆。

玄清子看着被绑在树上的杨鸣，不确定地问道："咱们接下来就等他醒来吗？"

宁秋水道："人道流程是这个样子。不过，我对于敌人的耐心一直都不是很好。"

说完，他随便从地上捡来一根很细的枯枝，轻轻折断，然后对准杨鸣的手指甲缝，突然一下刺入！

一声惨叫立刻响彻这里，惊起了附近一群飞鸟。玄清子站在一旁，眼皮直跳。他从小在山上的命观里长大，几乎都没有下山走动过，哪里见过这样的场面？

"醒了啊？"宁秋水对面前的杨鸣露出了一个阳光的笑容。

杨鸣很快便适应了疼痛。他努力挣扎了一下，发现自己被绑得牢牢的，一只手还钉在腰上，稍一用力就会蔓延出一阵剧痛。

"你是谁？"杨鸣的声音有些颤抖。

之前事出突然，他没有精力想那么多，此刻在脑海之中过了一遍，杨鸣忽然想起了行业里也有一个很恐怖的家伙……就喜欢用钉枪。

"我问你，你别问。"宁秋水说道，"你是'罗生门'的人？"

杨鸣嘴角露出一抹苦笑："不是哥……你不会是找错人了吧？什么罗生门？我就是去上网的……"

他话还没说完，一阵剧痛让他闷哼一声，脸上的肥肉因疼痛而微微抖动。

"那就是了。"

宁秋水给杨鸣拍了照，然后抽出他腰间的那柄匕首，也拍了照。他将这两张照片发给了鼹鼠和白潇潇，让他们帮自己查查。白潇潇现实里的身份很不一般，虽然查消息速度不如鼹鼠，但也许可以挖出更深的东西。

做完这些后，宁秋水盯着杨鸣，问道："第二个问题，你们为什么要针对身上有信的人？"

杨鸣的呼吸有些沉重："如果我告诉你，你会放我走吗？"

他的话音刚落，小腿骨又被钉子钉穿。穿骨之痛，让杨鸣终于没有忍住，凄厉地哀号起来。

"别问问题，我不想再重复了。"宁秋水虽然语气十分平静，但给人的压迫感却宛如山一样沉重！

"是……是上面要！具体为什么，我也不清楚！"

宁秋水笑道："真不清楚，还是假不清楚？"

杨鸣咬着牙："真不清楚！"

宁秋水将钉枪对准了他的脑门，后者吓得急忙大叫道："我说，别冲动！事关一则重要的秘密，你不动我，我就告诉你！"

宁秋水拿开了钉枪："行，我不动你。说。"

杨鸣额头上全是汗水。刚才宁秋水举起钉枪对准他的额头时，他真的清晰感受到了害怕！杨鸣几乎敢确认，但凡他说得再慢一点儿，现在脑门儿上指定是插着几根钉子！

"他们……要信！"

听到了"信"这个字，宁秋水的眼神忽地变得锋利了起来，问道："要信做什么？"

"这我就真不知道了……严格来说，我并不算是罗生门的人，现在的我贡献值还不够，没有资格加入他们。"杨鸣说完，双目充斥着血丝，对着宁秋水咬牙道，"你说了你不动我！"

宁秋水与他对视了一眼："我说你就信？"

杨鸣一怔。下一刻，他的身体忽然软倒。一旁的玄清子见状，双腿忽地一软，便坐到了地上。

宁秋水瞟了他一眼："没见过这种事？"

玄清子脸色苍白，没有说话。

宁秋水忽然道："你不是'红豆'。"

走在前面的玄清子一怔，停在原地片刻，然后转过头露出一丝难看的笑容："我……我是！"

宁秋水摇头："你不是。不过你也不用紧张，他是谁对我来说其实没那么重要，我想见他，只是想了解更多关于信的事。你应该知道拿着信的人十分危险吧，所以为了保护他，你才冒充他出来，能让你这么做的，肯定是和你关系很好的人。他要么是你的师父，要么就是师兄弟姐妹……我今天救了你一命，也算是帮了他一个小忙，回头让他多跟我聊聊吧，认识我这样一个人，对他没坏处。"

玄清子也没有想到，自己会被识破得这么快。

"是因为我的语气暴露了我吗？"他问道。

玄清子想到，红豆之前和他们讲过，曾和一个什么都不懂的菜鸟联系过。也许，红豆嘴里的菜鸟，就是指眼前的这个男人？

宁秋水笑了笑："那只是其一。他是个非常谨慎的人，绝对不会像你这样大摇大摆地待在一个地方完全不动。"

听到这些，玄清子不自觉地打了个寒战，后退了半步。

眼前这个男人究竟是做什么的？为什么会如此流畅地说出这么多细节？

"你是谁？"玄清子吞了吞口水。

宁秋水摇头："我是兽医。行了……我得先撤了，估计你也不会让红豆跟我见面，毕竟我这样的人看上去实在是有些危险。回头跟他讲讲吧，让他自己做决定。我有很多问题想要问他。"

玄清子点点头，宁秋水转身便离开了。

他这一次来，主要是担心红豆可能遭遇不测。毕竟，从目前的情况看，红豆掌握了关于信的不少信息，而且也似乎愿意和自己分享一些。这对他而言，十分重要。

回到自己的住处，宁秋水很快便收到了白潇潇和鼹鼠的消息。结合二人提供的信息，宁秋水得知，这个名叫杨鸣的男人是一个比较有名气的地下诡客，代号叫"无光"，而"无光"也正是他从杨鸣身上搜到的那把匕首的名字。

杨鸣曾经用这把匕首解决了很多人。其中，不乏一些厉害的业内人士。事实上，在"玛卡巴卡"网吧里，宁秋水也明显感觉到了杨鸣身上传来的压迫感。

他不想受伤。所以，在交手时，他先是利用话术吸引杨鸣的注意力。然后趁机调整钉枪的角度，将杨鸣惯用拔刀的手摧毁，这样杨鸣对他就没有什么威胁了。

此外，鼹鼠还查到，杨鸣在今天凌晨跟某个人通过话，只不过那个电话号码被人用特别的手段加密过，他暂时还没有查出来。

宁秋水并不着急，过早打草惊蛇并不好。他打开了雎鸠的笔记本，静静等待着红豆联系自己。不过，红豆似乎今天非常忙，直到深夜才终于发来消息。

红豆："在？"

宁秋水："在。"

红豆："今天多谢。"

宁秋水："你去做什么了？居然有人主动站出来帮你吸引注意力？"

红豆："……我真不喜欢跟你聊天，但凡不小心透露什么，其他的就全被你猜出来了。"

宁秋水："我要是那么神，也不用等你这么久了。"

红豆："你想知道什么？我时间不多，挑关键的问，能说的我可以告诉你，不能说的，你也别追着问。"

宁秋水："为什么罗生门的人要抢信？"

红豆："你也是诡客吧？罗生门的人抢信，是因为没有带入诡门内的信，可以经过'特殊处理'变成进入诡门前的重要线索……近乎'上帝视角'的线索。你经历过诡门，应该知道这意味着什么！"

宁秋水："怎么特殊处理？"

红豆："不知道，我不是罗生门的人，只听说过处理信的方法非常'残忍'，但具体我不清楚。"

宁秋水："好吧，下一个问题，你今天去做什么了？"

红豆："天机不可泄露。你留言吧，我要先撤了，这地方感觉不安全了！"

电脑前，宁秋水微微一怔。红豆说完之后就消失了，他并不惊讶。看着这些聊天记录，宁秋水心里思绪万千。

罗生门的行为，是为了夺信。难怪在诡舍排名中，罗生门能排到第一！这些家伙的手段实在太极端了。可是，红豆说处理信的方法十分"残忍"……为什么会用"残忍"两个字来形容？

就在宁秋水沉思时，门口忽然传来几声不轻不重的敲门声。

"你的信。"一个淡淡的男声响起。

宁秋水一怔，回神的瞬间，他立刻冲到门口，看见从门缝中塞进来的信。他猛地拉开了房门，然而，门外和走廊上……哪里还有人影？只有落在地上的一封信，昭示着刚才的确有人来过。

他弯腰将信拾起来，这一次的信和之前似乎有所不同。宁秋水明显感觉到，手中的这封信质感很古怪，像是……某种动物的皮。

信封的表面还残留着温热。宁秋水迅速关上房门，回到房间内，又拉上了窗帘，房间的光线顿时就阴暗了下来。他打开灯，坐到沙发上，拿信的手指有些不自觉地颤动。

将信打开后，宁秋水轻轻挑眉，将信中的那张纸打开。看着纸上的内容，宁秋水怔在了原地。

那是……一幅画。

一幅非常诡异的画。画上，一个生锈的巨人摊开了自己的手臂，宛如道路一样延伸向了两方。手臂上有两个一模一样的人，一个人往左，一个人往右，都在疯狂跑着，他们到人身的距离一模一样。而宛如道路的手臂尽头，巨人的手掌紧紧攥住，里面好似藏着什么东西。

由于那两个人影画得实在过于潦草，所以宁秋水也看不清楚上面画着的到底是谁。又或者说……无所谓是谁。

看见这幅画，宁秋水立刻想起了红豆的那幅画。二者之间有异曲同工之妙，看上去都非常抽象。

"这封信的材料跟之前的信不太一样，上面的提示似乎也不是关于诡门内的副本提示……"宁秋水皱了皱眉。他的直觉告诉他，这封信非常重要，比以往所有的信都重要。

宁秋水看完后，立刻将信收了起来。他没有再将这封信的内容拍给鼹鼠，让鼹鼠帮忙调查。之前在龙虎山遭遇的事情，让宁秋水意识到和这封信有关的人，都会变得非常危险。宁秋水不想鼹鼠因为自己的事情而出现意外。

不过，他还是拍下了信上的内容，打算事后自己调查。

他想起鼹鼠提到过的那个江湖术士。如果能给他看看这幅画，或许会有一些解答。想到这里，宁秋水向鼹鼠询问上次他遇到那个江湖术士的位置。鼹鼠勉强提供了一些线索："……这事儿说起来也有点儿玄，我由于要长期处理信息，所以记忆力其实很不错，注意到了什么人后很难忘记他们长什么样。但那个江湖术士……我是真记不太清楚。只记得，他好像很瘦。你去龙虎山下碰碰运气吧。就在那座古镇的小公园里头。"

宁秋水见状，将画打印出来，又买了些纸笔。第二天一早，他就去了龙虎山下的小镇，在镇上唯一的公园里坐着，假装在画画。离开了信的包装，没人知道这幅画记载着重要的秘密。

宁秋水在公园里待了很久，画了几幅更加抽象的作品作为掩饰。然而直到正午，也没遇到那个所谓的江湖术士。就在宁秋水准备起身离开时，一个略显苍老的声音从旁边传来："小兄弟，这些画是你画的吗？"

宁秋水转过身，心头一动。发声的是位老人。戴着墨镜，穿着复古长衣，那张脸很平凡。

平凡到让人根本记不住。

这人不正是鼹鼠嘴里的那个江湖术士吗？

"有一幅不是。"宁秋水回道。

老人摸了摸下巴上的胡须，笑眯眯地说："小兄弟介不介意给我看看？"

宁秋水没有拒绝，将手中的几幅画递给了他。后者扫了一眼，一下就把那幅信里的画挑出来了："小兄弟，这幅画不是你画的吧？"

宁秋水笑道："是的。老先生这么厉害，一眼就能看出来，不妨算算，这是谁画的？"

他下了个套，奈何对方根本不上当，"啧"了一声说道："小兄弟不厚道啊……算命有三不算，为首的就是不能给死人算命，这画同时沾染'死机'与'天机'，显然是经死人之手而作，我要不知死活去算它一卦，搞不好今天晚上就要出事。"

宁秋水心头微微一动，看来这个江湖术士是真的有点儿本事在身上的。

"是我冒犯了……不过我有一事不解,还望前辈为我解惑。"

那老人摆了摆手:"当不得前辈二字,不知小兄弟想问什么?"

宁秋水指了指画:"还是想问这幅画,我天资愚钝,看不太懂,先生不如帮我解解?"

老人盯着宁秋水手中的画,仔细看了又看,神情有些说不出地凝重:"小兄弟确定要解画?"

宁秋水点头:"确定。"

老人欲言又止,张了张嘴,迟疑很久,似乎在认真地思量着什么该说,什么不该说。这幅画牵涉到的秘密实在太大了,已经达到了"天机"的程度。如果他妄语,说了什么不该说的,哪怕是一个字,事后只怕祸及己身!

终于,一番斟酌之后,老人徐徐开口道:"人为生,锈为死,臂膀乃是生死天秤,往左往右其实都是同一个人。这幅画有两个解释:第一,生死天定,规则不可更改,无论人在这个天秤上怎么奔跑,最后都不会影响结果。"

宁秋水听闻目光闪烁,问道:"请问老先生,第二个解释是什么?"

老人摸了摸自己的下巴,缓缓说出了一句让宁秋水心跳节拍突然停顿的一句话:"……如果有人能够在这个天秤上跑过自己,那他就能打破生死平衡!"

老人给宁秋水的解析玄之又玄,仿佛什么都说了,又好像什么都没说。但宁秋水也知道,这幅画既然跟迷雾世界和诡门有关,那就一定藏着巨大的因果。老人不敢说得太明白,也情有可原,毕竟人家又不是什么圣人。

宁秋水想给老人一些钱,但对方笑着拒绝了。他乐呵呵地说道:"我呀,早就退休了,现在给人解画,纯看缘分。"

说着,他双手背在身后,摇摇晃晃地离开了。宁秋水将画收好,再抬头时,老人已经不知去向。他回忆了一下,有些惊异地发现自己跟鼹鼠一样,已经不记得那老人到底长什么样子了。

"原来这个世上还真的有世外高人。"宁秋水有些自嘲地笑了,他以前从不信这些。

在外面待了一段时间,宁秋水觉得没什么事可做,便决定返回诡舍,准备看看下一扇诡门去哪里历练。经过了第七扇诡门之后,宁秋水深知在诡门中长时间保持高强度的历练是非常重要的。在诡舍中待得最久的那一批诡客,往往都是经常出入诡门的人。

至于罗生门的事,他想等鼹鼠查到了那个跟杨鸣通话过的人后再下手。杨鸣显然只是一个小角色,这种人的嘴里基本问不出什么有用的信息。然而,当宁秋水回到诡舍之后,才发现两个少年坐在一起看恐怖片。

窗帘一拉,灯一关,再加上迷雾世界的光线本就暗淡,一下子便让大厅里的气氛变得格外阴森。

"哟,秋水哥,你怎么回来啦?"田勋笑嘻嘻地打了个招呼。

宁秋水回答道:"外面的事情处理得差不多了,回来准备找找有没有合适的诡门可以历练。"

田勋眼睛一亮,说道:"哎,正好白姐的下一扇诡门要来了,要不你陪白姐去?"

宁秋水微微一怔:"潇潇的下一扇门来了?"

田勋扳着手指算了算日子:"对,应该是明天,明天是白姐的第六扇诡门。要是白姐的第六扇诡门过了,那咱们诡舍估计又会进来几位新人。"

宁秋水好奇道:"有人过了第六扇诡门,诡舍就会增加新成员吗?"

田勋解释道:"一般来说是这样,但如果你有精力的话,也可以自己去物色对象,毕竟鹭远的情况秋水哥你也清楚!"

宁秋水点了点头:"好,待会儿我跟潇潇打个电话。"

他走回自己的房间,给白潇潇打了个电话。

"喂?"电话那头传来了白潇潇轻微喘息的声音,同时还伴随着绳子规律击打地面的响声。不用想也知道,她正在跳绳。

"潇潇,田勋说你的第六扇诡门要开了?"

白潇潇停下了跳绳的动作,咕噜咕噜喝了口水:"小勋真的是……记得比我自己都清楚。怎么了秋水,担心我呀?"

宁秋水笑了笑:"我在外面的事情处理得差不多了,正好回到诡舍,准备物色一下新的诡门。既然你的诡门到了,不如就一起进去吧。"

白潇潇清了清嗓子,语气稍微严肃了一些:"你可要想清楚呀,我的下一扇门是第六扇诡门,虽然难度不如第七扇,但也不可小觑,进去的话是有概率出不来的……"

宁秋水道:"迟早都会轮到我的,正好这扇门进去,相互还能有个照应。"

白潇潇叹了口气,语气又柔和了一些,但又带着一种不易察觉的责怪:"你跟着我进去,我还真有些心理压力。到时候要是出了什么事情,我总觉得是我害了你……这样吧,如果你真的决定跟我一起进去的话,今晚来我家,我有些事情要跟你讲。"

宁秋水爽快地答应:"好。"

夜,迷迭香庄园。

宁秋水来到了庄园门外，白潇潇穿着粉色的小恐龙睡衣，已经等在了门口，比约定的时间倒是早了几分钟。

将他接进去后，二人并没有急着回到白潇潇的别墅，而是在安静幽邃的庄园中随意闲逛。不得不说，这里的夜晚非常有气氛，园林打理得十分美丽，走到哪里都能闻到一股清新的花香。

宁秋水走在后面，看着前方穿着小恐龙睡衣的白潇潇，她身后的尾巴一晃一晃，让他忍不住生出上前把尾巴抓住的冲动。

当然，宁秋水一直以来都是一个非常直接的人。所以当他想抓住这条尾巴的时候，他就真的去抓了。

白潇潇当然有所察觉，她讶异地回头看了宁秋水一眼，忍不住调侃："原来像你这么成熟的人，也会有幼稚的时候。"

宁秋水说："有点儿强迫症，有东西在自己面前晃，总是下意识地想抓。"

白潇潇白了他一眼，任凭他抓着自己睡衣的尾巴，就这么继续在庄园里面逛着，一时间也不知道是她带着宁秋水走，还是宁秋水在牵着她遛。与此同时，她也开始向宁秋水介绍起自己的第六扇诡门。

"秋水，我的第六扇诡门的主题是'寻凶'。"白潇潇低头看着脚下的路，缓缓道，"这扇诡门我们要住进一幢公寓楼里，在凶手将我们所有人淘汰之前……找到他并告诉楼主。"

白潇潇给诡门上的任务拍了照。

宁秋水看着她手机上的那张照片，瞳孔中浮现出思索的神色。

　　任务：五日内找寻到玉田公寓内的凶手，并告知玉田公寓的楼主王芳。

　　提示：凶手隐匿时会恐惧镜中的自己。

认真审视了这张照片，宁秋水说道："我了解了，明天诡舍见吧。"

说完，他似乎准备离开，却被白潇潇叫住了："喂，我家那么大的别墅，住不下你？"

宁秋水抬眸，和白潇潇对视了一眼："倒也不是，只是我……有些不方便。"

白潇潇的家确实很大，他也不是拘泥之人，毕竟之前已经在她家里过过夜了。不过宁秋水担心，自己会给白潇潇带去不必要的麻烦。

毕竟他现在是"信"的持有者。而且之前做的那些，未必就没有留下任何痕迹。一旦真的有罗生门的人找上门，白潇潇或许会被牵连。

白潇潇见他脸上写满了复杂心事，便没有再强留，送他离开了迷迭香。

第二日，两人来到诡舍。这里只有田勋和君鹭远两个人，其他三人都不在。
"白姐，秋水哥，一路小心！"
"今晚等你们回来！"
田勋和君鹭远都满眼担忧地看着二人。最近他们进的门风险极高，不是第七扇就是第六扇，很难让人不担心。

稍微寒暄后，白潇潇和宁秋水走上三楼。当那扇诡门被苍白的手推开时，白潇潇轻轻抓住了宁秋水的手，然后拉着他一同进入了诡门。

再一次睁开眼睛，宁秋水发现自己已经身处一个破败小区的外围。这里的建筑风格让他觉得仿佛回到了上个世纪七十年代——生锈的大铁门、皲裂的水泥地、地面下不经意间露出的水管一角，以及小区大门对面用铁棚圈出的停车场，无不显示着这里被岁月侵蚀的痕迹。

很显然，这座玉田小区是一座非常老旧的小区。

在不远的发霉的墙角，宁秋水看到一只老猫趴在那里，无精打采，一动不动。它的年纪似乎比这个小区还要更老，暮气沉沉，毫无活力，随时都会死去一般。

天色阴冷，寒风吹过小区，让因为同一个原因聚集在这里的十二个人都起了鸡皮疙瘩。他们很快聚集在了一起，找到了各自的队友。

宁秋水一眼就瞧见了白潇潇，她表情严肃，目光警惕地抬头观察那些房间的窗户。

两人相聚后，宁秋水问她发现了什么，白潇潇迟疑片刻，低声说："刚才……我感觉头顶好像有人在看我们。当然，我也不确定那是人。也许是我的错觉……总之，小心点儿吧。这扇诡门感觉会很危险，诡门给予的提示实在是太抽象了。"

宁秋水点点头。很快，小区外传来高跟鞋的声音，在这样空旷的地方，人走路的声音本来不应该如此清晰，但众人的注意力却被它一下子吸引过去了。

来人是一个中年女人，身形略显丰腴，卷发，嘴里叼着一根烟，看面相很不好惹。

最引人注意的，是她眼中的血丝，几乎布满了整个眼球。

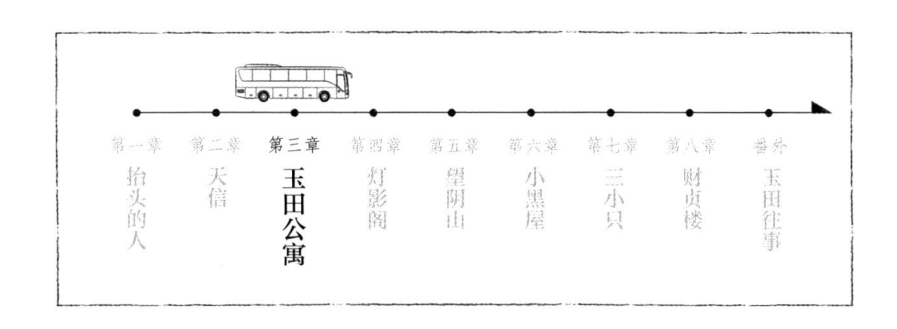

第一章 抬头的人
第二章 天信
第三章 玉田公寓
第四章 灯影阁
第五章 望阴山
第六章 小黑屋
第七章 三小贝
第八章 财贞楼
番外 玉田往事

"一……二……"中年女人扫视着众人,嘴里数着数字,确认人数没有问题后,她缓缓开口道,"好了,人都到齐了。各位,我就是你们'撬棍私人侦探事务所'的雇主,王芳。关于这次雇佣你们找凶手的事情,我希望大家按照合约要求,绝对不要对外声张。毕竟你们知道,这种事要是传出去,会影响我的生意。"

说到这里,王芳的眼神阴翳得宛如密布的阴云,藏于深处的目光锋利无比,格外骇人。被她视线扫过的众人,竟有一种毛骨悚然的感觉。

"各位如果找到了凶手,可以第一时间通知我,我的电话是186……另外,这几天各位就住在玉田公寓里吧,我已经为各位专门打扫好了房间,这是钥匙。"

她将十二把钥匙分发给了众人,然后便像是有急事一样,匆匆离开了小区。

众人各自拿到了一把钥匙,上面标注了对应的房间号。在场的人面面相觑,望着王芳离去的背影,许多问题都来不及开口询问。

无奈之下,他们简单交换了姓名和一些信息。在场的十二人中,六男六女,除了白潇潇,没人带新人进来历练,基本全都是老油条。

不过,宁秋水还是瞧见了一些端倪。这些人里,有些人神色淡定如常,有些人则显得要慌乱不少,眼神飘忽不定,左顾右盼,很不安定。看来,虽然都来到了第六扇诡门,但每个人的经历和心态大不相同。

由于在场的人都提防着彼此,因此也没谁真正愿意跟其他人敞开心窝子讨论离开的方法,更不可能会有"持信者"分享出珍贵的特殊线索。一番毫无意义的寒暄之后,大家用手机拉了一个群,然后便朝着公寓楼梯内走去。

这座公寓没有电梯,众人的房间号分别是301至312。上楼时,白潇潇与宁秋水走在最后。宁秋水见白潇潇神色有些异常，便轻声问道："还在想之前楼上的窥视感？"

白潇潇回神，与他对视一眼，摇了摇头："不。"

她望了一眼走在前方的诡客，压低声音对宁秋水说道："房间数不太对。秋水，以往类似的诡门，房间数目或多或少会比诡客的人数少一点儿，这样，诡客们就不得不几人结队住一个房间，变相地提升存活率。哪怕房间数和人数一样，也不会专门给每个人发一把写着门牌号的钥匙，诡客们对于住处的选择大都是自由的。"

宁秋水走在前面，声音也压得很低："无所谓，房间再多，该住一起的诡客们还是会住在一起……"

白潇潇幽幽的声音从他身后传来，有一种说不出的瘆人："问题就在这里。秋水，如果这一次，每个人只能住在固定的那个房间呢？"

宁秋水上楼的步子忽地顿住。他低头，看了看手心里那个写着数字的冰冷钥匙，竟有一种不寒而栗的感觉，好像在那个钥匙孔的背面，有什么奇怪的目光，正凝视着他……

"交换钥匙应该可行吧？"

他随口说了一句，言外之意，已经认可了白潇潇的猜想——他们这些诡客，晚上怕是只能住在手中钥匙对应的房间。

这种奇怪的规则也引起了宁秋水的注意，专门为他们这些诡客安排了对应的房间，有什么特别的用意吗？还是说，只是他多虑了，这是单纯为了增加难度而设置的？

想不明白，二人还是去了三楼，他们的房间在301号和302号，正好是最靠近楼道的两间。互相嘱咐了一句"小心"之后，便各自推门而入。

房间不像是专门打扫出来给外人住的，反倒像是不久前才住过人，宁秋水甚至能在房间找到一些证据——扔在盆子里还没有洗的衣服，窗台上晒着洗干净的红袜子和红内裤，桌面上放着一副老花镜……

"不久前有人住过，是因为这房间的主人出了什么意外吗？"宁秋水的心里第一时间掠过了这样的念头，但又隐隐觉得哪里不太对，因为他在房间里没有找到任何异样的痕迹。

他的目光落在桌子上，那里有两张纸。一张是报纸，上面记录着受害者的信息。另一张是画像，画中的人是个老者，画笔寥寥，唯一显眼的细节是他穿着红内裤，脚上是一双红袜子。

"这是301的原住户？"宁秋水扫了一眼，内心疑云重重，但他很快将目光转向那份报纸。

报纸上显示，受害者是一个戴着方框眼镜的年轻胖子，脸上坑坑洼洼，皮肤不太好。他住在他们楼上的407，报纸只提到胖子遭遇了不幸，却没有说明具体原因，也没有提到任何线索。

"真奇怪……"

宁秋水继续在房间里寻找更多的线索，忽然听到门口传来了敲门声。

咚咚——咚咚——

"谁？"

宁秋水嘴上应了一声，转身来到门口正要开门，但手还没触碰到门把手，动作就停住了。

一种莫名的危机感包裹住了他。或许是因为门外如此安静，安静得几乎没有任何动静。敲门的……是谁？白潇潇吗？

宁秋水拿出手机，给白潇潇发了一条消息。

很快，对方回复了，内容非常简洁："不是我，别开门。"

敲门声再次响起，这一次的力道远超之前，甚至让宁秋水面前的房门都跟着震动起来！

有些岁月的木门似乎已经快要支撑不住，冰冷的气息顺着木门的缝隙渗透进来，带着一股诡异而令人窒息的寒意，宁秋水只觉得身上的汗毛竖了起来。

刚进诡门，就触发诡物的行动规则了？第六扇门的诡物，这么嚣张吗？

宁秋水盯着面前的门，缓缓后退，直到屁股抵住了窗口边的桌子。他的手不经意间摸到了桌子上的那副老花镜。手与老花镜接触的那一刹那，他的身体忽地一震，脑海中浮现出之前在楼道里白潇潇说的那句话："如果这一次，每个人只能住进固定的那个房间呢？"

等等……住进固定的房间？为什么每个人都要住进固定的房间？

房间是楼主王芳特意打扫出来的，本身应该没有多大的差别，但……

宁秋水感受着手中老花镜的冰凉，似乎明白了什么。

每个房间里的人"身份"不一样！他的房间除了有一张记录受害者的报纸外，还有一张特别的画像。那张画像上的人戴着老花镜，穿着红内裤和红袜子，正好这三样东西房间里都可以找到。所以，那个"老人"就是属于301的"身份"。诡门给每个人安排了对应的房间，实际上是给每个人安排了对应的"身份"。

想到这里，宁秋水不再犹豫，立刻拿起桌子上的老花镜戴上，又取下晾着的红袜子和内裤胡乱套上。紧接着，他缓缓走到了门口。

敲门声停了下来，似乎也验证了他的猜测。静静等待了一会儿，宁秋水才缓缓低头，看向了猫眼。

他其实很紧张，手心不停渗汗。猫眼外，是走廊对面空旷苍白的墙壁。宁秋水看了一眼，没见到什么人影，但又觉得哪里不太对劲。

那苍白的墙壁上，似乎留下了一道道裂纹。可之前宁秋水上楼的时候，根本没有在房间对面的墙壁上看见裂纹，而且……还这么多。

隔着老花镜，他确实看得不清楚。于是，宁秋水将老花镜往上拨了一下，一瞬间，他整个人僵在原地，寒气从脚底升起，迅速弥漫全身！

猫眼外，哪里是墙壁？

分明是一个巨大而诡异的弧形物体，形状酷似一只眼睛，却没有瞳孔。它的表面布满细密的裂纹，像一张干裂的漆皮，中央泛着灰白色的光泽，仿佛有生命一般静静地盯着他。

短暂的对视间，宁秋水的身体一动不能动，仿佛待宰的羊羔。门外那骇人的"眼睛"凝视着他，似要将他生吞活剥。然而，好在契机未至，门外的恐怖家伙到底还是不甘心地转头离开了。

它一走，宁秋水顿觉身子发软。他扶着冰冷的门，轻轻喘息着，直到手中握住的手机发出振动声，他才缓过神来，划屏打开，看见白潇潇发来的消息："没事吧，秋水？我刚才给你打电话没打通。"

宁秋水打开门，小心探头看向外面的走廊，没有见到奇怪的影子，这才走了出来。他将自己的门锁上，来到隔壁302，敲了三下门："潇潇，你在里面吗？是我，宁秋水。"

屋子里传来脚步声，短暂的沉默后，门开了一条缝。白潇潇确认是宁秋水后，便让他进了屋。

"怎么了？"白潇潇锁好房门，转身去给宁秋水倒了一杯热水。

宁秋水坐在沙发上，好奇道："刚才敲门声挺大的，你没听见吗？"

白潇潇摇头："完全没有。"

她眨了眨眼睛，拿起手中的手机，又道："我刚才给你打了两个电话，都没有打通……不出意外的话，你刚才应该是被这座玉田公寓里的诡物盯上了。你在房间里做了什么奇怪的事吗？"

宁秋水喝了一口热水，颤抖的身体渐渐恢复了平静。

"没……估计就是运气不好。"他回道，然后将自己对房间和身份的猜测告诉了白潇潇，并向她要来了302房间的画像和报纸。

果然，白潇潇的房间里也有这两样东西。报纸上的受害者信息和他房间里的一模一样。不过白潇潇房间里画像上的人物变了。她所在的302房间，入住人的

092

"身份"是一名高中女学生，穿着校服外套，戴着粉色手表。

"难怪给了我们每个人一把钥匙，看来在这扇诡门中，诡客们晚上只能分开住了。晚上独处，只怕危险又会提升不少。"白潇潇说到这里，忽然从身上摸出一根染血的绳子，抛给宁秋水，"这件诡器威力不俗，面对诡物的攻击能够自动触发护主，不过只剩下两次机会了，你姑且先拿着吧。"

言罢，她望着宁秋水担忧的目光，笑道："别担心，我这儿好东西多得很。"说着，她拍了拍自己的裤兜，眸光促狭。

宁秋水见状，便收下了白潇潇给的诡器，嘴里忍不住道："你还真是……财大气粗。"

白潇潇翻了个白眼，而后看了一眼窗外，正色道："秋水，外面还没天黑，咱们还有一两个钟头的时间，要不去楼上看看受害者的房间？或许能找到什么有用的线索。"

宁秋水点头："好。"

在诡门里，一味地被动等待是不会有什么好下场的。这一点，二人都心知肚明。

他们出门去，沿着楼道朝上。不知道为什么，明明第四层楼的布局和第三层没什么不同，但那层楼的走廊就是要阴暗很多。很快，楼下又传来了脚步声，来了五名诡客，显然他们和宁、白二人有着一样的想法。

诡客们彼此对视了一眼，也没有多说什么，心照不宣地来到 407 房间门前。

望着面前紧闭的房门，略显丰腴的白净女孩闻菲疑惑道："奇怪，房东没给咱们留 407 的钥匙吧？她让咱们帮忙调查大楼里面的凶杀案，难道不应该保留现场证据吗？就算不保留，也至少让我们进入案发现场看看吧，这门锁死了，我们怎么调查？总不能冒着摔死的风险去翻窗。"

站在她身旁的高大男人微微蹙眉，迈步上前，用力拧了拧门把手，随后转身对着众人耸了耸肩，露出一个无奈的表情："锁了。"

白潇潇摸了摸自己光洁的下巴，对着他道："韩崇，你这么壮，撞下门试试。"

韩崇是与闻菲一同进门的，之前在小区楼下空地的时候，白潇潇很细心地观察了在场的人，这二人似乎关系匪浅，疑似情侣。

韩崇犹豫了一下，还是非常礼貌地回道："我知道你是担心我骗你们，但门确实是锁上了，你要是不信，你自己来试试。撞门就算了，我不敢。万一……"

他虽然长得人高马大，不过胆子似乎比较小，面对他的拆穿，白潇潇也不羞恼，迈步上前扭动了一下门把手，又用力推了一下，确实锁上了。她叹了口气。

这时，宁秋水说道："我试试撞门。"

众人纷纷让开，白潇潇的眼神虽有些犹豫，却没有阻止。宁秋水撞了两下门，感受了一下木门传来的震动感，立刻说道："撞不开，比正常的木门坚硬太多了，应该有诡门的神秘力……"

他话音未落，木门就被直接打开了，门后出现了一张熟悉的面孔，满脸愤怒："你们这群人……有毛病吧？没事撞我的门干什么？"

他见外面人多，气势稍微弱了几分，但手里仍紧紧握着一把菜刀，神色不善："我这段时间本来就没睡好，好不容易找医生拿了点儿药，想着睡会儿……怎么着，有事说事，要是没事，今天咱们没完！"

胖子的出现，彻底打乱了众人的计划。因为眼前这个胖子，正是他们房间里报纸上提到的那名"受害者"！

在场的人都愣住了。这是什么情况？胖子不是已经"遇害"了吗？难道站在他们面前的是诡物？

也不能啊……在诡门之后，人与诡物基本上是能一眼分辨出来的。可面前这胖子，面色涨红，眸光虽凶，却没有一点儿阴冷的气息，怎么看也不像诡物。

看着众人一脸震撼和疑惑地望着自己，胖子也有些不明所以，身上的怒意稍微消退了点儿，却语气依然不善："看什么看！听不懂人话啊？有事说事！"

被他这么一吼，总算有人率先反应过来，小心翼翼地用一种忐忑的语气问道："那个……哥们儿，你叫孙自豪是吧？冒昧问一句，你……是人，还是诡物？"

胖子看对方那无比认真的表情，又不像是在开玩笑，憋了半天，脸涨得通红，骂道："你有病吧！真是莫名其妙！"

他骂骂咧咧两句，随即狠狠地关上了门。

在场的几人面面相觑，先前开口的那名年轻诡客想要上前再敲门，却被一旁的宁秋水拦住："不管他是人是诡物，就刚才那个怒气值，你再敲，他可能就真的要砍你了。"

年轻诡客顿了一下，与宁秋水对视了一眼，最终讪讪地收回了手："也是……"

正说话间，不远处405号房的门忽然被推开。一个身材佝偻、头发花白的老太太走了出来，手里提着一堆垃圾，经过众人身边时，身上散发着难闻的气味。她没有理会众人，颤颤巍巍地朝着不远处的楼梯走去。

眼看她就要下楼，白潇潇忽然叫住了她："阿婆……"

阿婆的耳朵虽然不太灵敏，但还是向着白潇潇看去："姑娘，你在叫我？"

白潇潇上前，离她近些，说道："阿婆，请问最近玉田公寓有没有出过什么大事？"

阿婆面色疑惑，想了一下，说道："大事倒是没听说，不过五楼有对小情侣感情不和，好像是女方的母亲去世了，给她留了一笔钱，男方想要这笔钱去投资，两人因为这事吵起来，最后不欢而散，全都搬出公寓了……"

　　提起这些八卦，阿婆眼里的浑浊似乎少了点儿。但很快，她又恢复了之前的样子，自顾自地下楼去了。

　　阿婆走后，在场的人面面相觑。

　　"怪事，难道……凶手还没有开始行动？"说话的是一名穿着JK服饰的高挑女孩。她单手拨弄着耳边的马尾，声音是与可爱面容不太搭调的沙哑，这一份沙哑让她的声音多了些许磁性。她叫李若男，与国字脸、身材矮壮的男人王新亮同属一个诡舍。

　　"说不太通……"白潇潇的语气中透着猜疑，"假如凶手还没有行动，而王芳却能未卜先知，知道谁会出事，那她也应该知道凶手是谁，直接自己抓出来不就行了？"

　　李若男瞥了白潇潇一眼，缓缓踱步从她身边走过，沉默片刻后呼出一口气，淡淡说道："没意思，还以为能找到点儿有用的线索呢。结果线索没找到，疑惑倒是更多了。走吧，没必要浪费时间了。"她说着，兀自下了楼。王新亮看了一眼众人，也没说话，跟着离开了。

　　没有找到有用的线索，剩下的几人不是很甘心，趁着天黑前，又挨个儿敲响了四楼其他房间的门。这一层，除了胖子住的407房间，还住着五个人：刚刚离开的住在405房间的驼背阿婆；住在406号房在家打磨木制手办的花甲大爷；402是满身酒味、透着颓废气息的长发男摄影师；403是穿着酒红色长裙、关着窗帘放录音翩翩起舞的女人；以及404身穿白大褂、自称医生的中年男人。

　　所有人的描述几乎一致：这里没有出现过任何异常事件。

　　眼看太阳落山，外面天色彻底暗了下来，众人只得返回各自的房间。每个房间都准备了足量的食材，厨房供电供水，足够他们撑过五天。

　　宁秋水简单煮了一碗面，脑海中不断回想白天的事情，总觉得哪里不太对劲。他又拿起了报纸，目光落在某个角落上，忽然身子一震。紧接着，他放下筷子，看向手机上的日期："6月18日……可报纸上标注的时间是6月19日。这是……明天的报纸？"

　　宁秋水立刻打电话给白潇潇，将这个发现告诉了她。

　　"那个王芳，怕是真有未卜先知的能力。"他说道。

　　白潇潇的声音依旧冷静，但电话那头却隐约传来她啃手指甲的声音："但是动机说不通。秋水，你想，王芳为什么不报警，而是找我们这群私人侦探？因为她担心这件事传出去影响楼房的租金……那如果她真的未卜先知,最应该做的是什么?当然是提前找到凶手,直接阻止或处理掉他!别忘了,王芳嘱咐我们找到人后,第一时间通知她。这说明王芳也是个狠角色,她完全有能力自行解决问题!我总觉得,这次的事情绝不只是寻找凶手那么简单……"

白潇潇的分析条理清晰,宁秋水听后琢磨了一下,却觉得脑子一片混乱。他没想到有用的线索,嘱咐了一句"小心"之后,便挂断了电话。

诡客们之前拉的群里一片寂静,没有任何人发言。他可以肯定,除了他们之外,一定还有人意识到了这扇诡门背后可能隐藏着针对"身份"的淘汰法则,但也可能还有人没有意识到这一点。只是,群里没有任何一个人出言提醒。

宁秋水犹豫了一下,还是选择了沉默。因为他无法确定自己的推测是对是错。到目前为止,还没有任何诡客被淘汰,所以他的推测无从验证。如果事实恰好与他的猜测相悖,那么他的善意反而可能害了人。更何况,万一因为他的错误推测导致某人被淘汰,那些人再变成诡物回来复仇,麻烦就大了。

虽然这种可能性很小,但概率并不是零。这个风险,没有必要去冒。

夜幕笼罩,整个玉田公寓万籁俱寂,连虫鸣声都听不到一点儿。三楼的房间灯光一间间熄灭,而直到凌晨时,305 房间的灯仍然明亮。

房间内,一男一女坐在沙发上,神情忧虑。男人名叫谢越,国字脸,浑身上下都弥漫着一股严肃的气息;女孩叫成小芳,似乎天生有疾病,瘦得有些不正常,眼眶周围黑黑的,分不清是卧蚕还是黑眼圈。

"谢哥,咱们今晚真的要住在一起吗?"成小芳搅动着手指,语气中带着浓浓的不确定。她时而忧虑地看向谢越,时而望向门口,内心的不安不断侵蚀着她的骨髓。

谢越眼睛直勾勾地盯着烟灰缸,那里已经有了大把的烟头,可他还是又点了一根烟:"我也不确定。这扇门真的很怪,那个王芳给每人发了一把刻着房间号的钥匙,就像是要逼着我们这些外来客单独居住……这是第六扇诡门,我不清楚到底要不要听信第一个 NPC 的话。

"诡舍里前辈们的经历你也听过 —— 我们进入诡门,遇见的第一个 NPC 一定是重要 NPC,但究竟是善良的还是邪恶的,可不好讲……白天的事太奇怪了,407 的那个胖子明明没事,可王芳却说他遇害了。还给了我们每个人一张'明天的报纸',我现在已经开始怀疑,王芳是不是就是我们要找的那个'凶手'。贼喊捉贼,的确很难猜,不是吗?"

话匣子一打开,谢越的烟不知不觉就抽了一半。

成小芳低头看着手里的两张特殊画像，画像上能代表"身份"的衣物，她已经穿在了身上，而一旁的谢越也同样如此。她脑子里乱糟糟的，二人都是第一次进第六扇诡门，走得小心翼翼，总觉得脚迈在哪里都是错。

不过，二人也不是对这扇门完全没有信心。因为谢越进门之前，手中拿着一封信。

"谢哥，那封信，我想再看看。"

面对成小芳的索要，谢越没有拒绝，直接拿给了她。在这扇诡门中，他只能相信这个和他来自同一间诡舍的女人了。

成小芳已经过了前五扇诡门，第六扇还没有到来，此番是跟着进来提前历练的。接过谢越递来的信，她仔细查看，上面的文字寥寥无几，都是谢越之前告诉她的内容。

凶手会获得被他淘汰的人的一切，除去身外之物。

信上的提示很抽象，但既然能出现在信上，也证明了其重要性。

"获得被淘汰者的一切……"成小芳缓缓踱步，走到窗边，喃喃道，"这算什么提示？"

她一时半会儿琢磨不透信上的意思，转头想要询问谢越，却发现坐在沙发上的谢越偏着头，直勾勾地盯着门口，眼珠子瞪直，表情在房间灯光的照射下显得有些诡异。

这是在诡门的世界，成小芳格外警惕。她一只手已经摸上了诡器，压低声音问道："谢哥，你没事吧？"

谢越没说话，依然保持着之前的姿势，一动不动。

"谢哥？谢……"成小芳连叫了两声，谢越仍旧没有任何回应。她有些慌了，眼下外面的天已经全黑了，她没有胆量一个人离开房间。咬了咬牙，她拿出手机，在群里发送了一条消息："我这里好像出了点儿状况，怎么办？"

群里没有任何回应，不知道是大家装作没看见，还是她被什么奇怪的东西盯上了。心想着自己多半是躲不掉了，成小芳只能壮着胆子往前走，但凡出现任何异动，她便会第一时间用手中的诡器自保。

绕到谢越正面后，成小芳才发现，谢越的脸上浮现出一抹不自然的笑容。这种笑容就像是……应付的假笑。

头顶垂落的灯光错落着阴影，成小芳犹豫了一下，还是颤抖着对谢越伸出手，就在她的手指即将抵达谢越的鼻翼处时，异变陡生！头顶的灯，忽然熄灭！

房间瞬间陷入了伸手不见五指的黑暗，成小芳甚至觉得自己的心跳也在同一时间停滞了一样。

人类天生惧怕黑暗的环境，尤其是当你明知周围可能潜伏着一只诡物。她用尽全身力气攥紧了手中的诡器，那是一个玉镯子，几乎要被成小芳捏碎。毛孔开始不由自主地渗出汗水，黑暗的房间中，似乎只剩下了她自己沉重的呼吸声。成小芳在心里不断暗示自己冷静，诡器在手，她尚有犯错的机会。可这黑暗的环境就像是一只无形的巨手，不停挤压揉捏着她的心肺，好似要把她的内脏全部都挤出来一般！

短短一分钟的时间，成小芳决定不再坐以待毙，她拿着诡器，按照自己对于房间的记忆摸索，最终来到了房门口。房间灯的开关就在这里。手摸到墙壁后，她顺着门框向上移动，终于在熟悉的位置找到了开关。讲道理，她一点儿不觉得这有用。房间就算灯熄灭，也不会完全看不见，这一切显然都是诡物的把戏。但做点儿事，总比一直站在黑暗里一动不动要好。

啪！

随着她按下开关，头顶的灯泡猛地闪烁了一下，同时发出了"咔嚓"的声音，像是灯泡被烧坏了一样。就在成小芳诧异的时候，原本熄灭的灯泡突然又恢复了明亮。

突如其来的明亮让成小芳极不适应，可她还是下意识地环顾四周，很快，她便发现了一件让她毛骨悚然的事情——谢越，不见了！

刚才还端坐在沙发上的谢越，在经历了短暂的黑暗后，直接人间蒸发。

"谢越？谢哥！你还在吗？"成小芳如临大敌，警惕地对着房间呼唤了两声，却没有得到任何回应。

她咬着牙，几乎找遍了房间的每个角落，但既没有看见诡物的踪迹，也没有看见谢越。最终，成小芳颓然靠着沙发瘫坐，双目无神地盯着自己的脚尖。

没了。

这么一个活生生的人，突然就没了。

很诡异的是，谢越的诡器自始至终都没有触发过。她很清楚，谢越身上的诡器并不算弱，面对诡物的致命攻击有自动触发效果。现在诡器没能救下谢越，足以说明这扇门中的诡物……很棘手！

发愣片刻，成小芳忽然想到了另外一件事，那就是那只诡物攻击谢越，却没有攻击自己，是不是因为今夜是谢越来自己的房间，而不是自己过去？

如果是这样的话，之前谢越的推测就完全错误。他们想要活下来，必须得待在自己的房间里，穿戴上能证明自己"身份"的外饰。

想到这里，成小芳慌乱的心稍微安定了些。至少……这样看来，她并没有违规。但看着手机中那缄默的群聊，她有些咬牙切齿起来。绝对有人提前知道了关于房间与"身份"的秘密，而且不止一个，可群里的人全都心照不宣地没有说话。

既然无法分享有用的消息，那建这个群的意义在哪里？念及此，成小芳想都没想，直接怀揣着怒意与怨气退出了群聊。

终于熬到了第二天清晨。

诡客们简单吃了个早饭，便开始清点人数。昨夜有两个人失踪了，分别是住在305的谢越和住在308的陈瑶。

陈瑶昨夜一个人在屋子里，没有发出任何动静，所以没人知道她到底是怎么回事，住在304的闻菲看了一眼旁边站着出神的成小芳，问道："成小芳，昨晚我听到谢越好像去了你的房间。他人呢？"

众人的目光随着她的问题聚集到了成小芳身上，后者却只是淡淡瞥了她一眼，眸子里全是厌恶："怎么着，你这么关注谢越？那昨晚我在群里求救的时候，怎么没见你吭声？"

闻菲面色尴尬，还未开口，成小芳又输出道："可千万别跟我说你睡着了……还有你们。你们就是盼着别人出事，对吧？有人出局了，才能给你们提供线索……真是够恶心的。"

成小芳说着，面带怨气地扫视了众人一眼。

韩崇皱了皱眉，他轻轻拉过了闻菲，对着怨气极重的成小芳说道："你没必要这样指责我们。昨天大家都是第一天来到这里，对于里面的隐藏规则根本不清楚，谁也不敢保证自己的猜测是正确的。贸然说话，万一错了，害了谁，事后可能会被寻仇。换作是你，你会来担这个风险吗？再者，你昨天大半夜忽然发消息，那个时候正是诡门内最震荡的时候，天晓得给我们发消息的是不是人？万一不是人，我们贸然回复，只会给我们带来灭顶之灾。"

成小芳冷笑："说了那么多，都是借口！谢越的事，你们自己去猜吧，我是不会说的。"

韩崇还想说什么，但闻菲牵住他的手扯了一下。韩崇回头，见闻菲微微摇头，只得作罢。

闻菲是女人，也许她更懂女人。眼下，成小芳的内心早已被怨气和恐惧填满，哪里听得进去别人的话？

就在气氛僵持的时候，白潇潇忽然说道："成小芳，你没必要为一个失踪的人牺牲自己的利益。昨夜谢越出了事，我们没有回应你的呼救，的确有过失，但归根究底，他不是我们害的。能活到这一扇门，谁会轻易为了帮一个陌生人而置自己于险境？骂我们两句消气无所谓，但为此闹僵实在不妥。现在他出了问题，你把线索告诉大家，回头我们也许能用这些线索反哺于你。"

语言存在艺术，白潇潇的话显然比韩崇和闻非的讲述更柔和，也更容易让人接受。但成小芳只是淡淡瞟了她一眼，依旧一言不发。

见状，白潇潇也没有再继续说什么。最终，人群中有谁提议去楼上看看，众人这才稍微收拾了心情，朝楼上走去。

宁秋水和白潇潇走在最后，他看了一眼成小芳的背影，低声道："其实你没必要劝说她，她听不进去，怕是适得其反，会引起她的反感。"

白潇潇轻轻道："不会。她的怨念多是来自于自己的恐惧。昨天我观察过她和那个谢越，两人的关系并不算好，完全到不了亲密的程度。今天成小芳的表现也确定了我的猜测——如果她和谢越的关系很好，脸上不会没有半分悲伤。等她冷静下来，怨气会散得很快，我们也许能从她那里获得有用的线索。"

顿了顿，白潇潇回头看了一眼破旧的走廊："秋水，你刚才看过了谢越和陈瑶的房间吧？"

宁秋水道："嗯。没有人。太奇怪了，按理说诡物出手后，不会这么快清理掉痕迹。"

怀着疑惑，他们来到了407室，也就是那个胖子所住的房间。

为首的那名高大男人敲了敲门，谁承想力气太大，居然直接给门敲开了。众人这才发现，胖子房间的门并没有锁。

他们小心翼翼地走进房间，胖子人已经不见了。一番搜查之后，他们发现胖子的床上有一摊焦黑的痕迹，还有一些被烧毁过后的灰烬。但灰烬非常少，人手抓一把就没了。

"奇怪，房间里怎么没有人？那胖子不会是去上班了吧？"一名诡客如是说道，他自己当然也知道胖子不可能是去上班了，只是这么说着，缓解一下沉闷的气氛。不过没人搭理他，于是他自己也觉得没趣，不开口了。

宁秋水绕过了一些人，来到床前。他用一张纸裹着自己的手，轻轻刨动了一下床上的灰烬，眉头立刻皱了起来："看来，胖子已经遇害了。有谁带了报纸吗？就是昨天在房间里发现的那张。"

人群中，李若男从身上拿出报纸，说道："我带了。"

她走到几人中间，将报纸摊开。众人看着报纸上的内容，表情发生了微妙的变化。报纸上的日期已经变成了明天（6月20日），受害者也变成了住在405的"驼背阿婆"。

"怎么……这是……"

他们有些噎住，半天说不出话来。

"我今早醒来的时候专门查看过报纸，受害者和日期在那个时候就已经发生变化了。"李若男并没有隐瞒，说出了自己的发现，"看来，我们一开始的猜测基本没错。玉田公寓的楼主王芳具有未卜先知的能力。只是她似乎无法辨别'凶手'，这才需要我们的帮助。"

宁秋水最后扫视了房间一眼，带着白潇潇来到了屋外。

"怎么了？"白潇潇瞄了一眼房间里，暂时还没有人跟出来。

宁秋水摸着自己的下巴，目光略有些出神，他说道："有些地方不对劲。床上的那团灰烬，我在陈瑶的房间里也看到过，只不过是在厕所门口的地面。而且，胖子床上的灰铺得非常自然，说明有什么东西在他的床上燃烧过。但奇怪的是，他的床褥却完全没有事。那团灰……也无法辨别出到底是什么了。"

顿了顿，他又说道："除此之外，'凶手'几乎没有在房间里留下任何线索，至少我没有任何发现。"

他偏头看向了房间里那些聚集的诡客们，语气带着一种说不出的危机："我有种预感，这扇诡门和我们之前经历的诡门大不相同。"

白潇潇观察了一下第四层楼的其他住户，忽然走到405的门口，轻轻敲了敲门。门开了，一张慈祥却布满褶皱的脸从门缝中探了出来。

"姑娘，有事吗？"阿婆沙哑地询问门外的白潇潇。

白潇潇问道："阿婆，请问你昨夜有听到什么声音吗？"

阿婆仔细想了想，摇头道："昨夜老婆子我睡得早，没听见什么奇怪的声音。"

白潇潇见阿婆不像撒谎，仍旧不死心地问道："您再仔细想想，407房间那边，真的没有声音传出来吗？"

阿婆闻言，脸上的褶皱忽然舒展开，她笑着说道："姑娘，407房间根本就没有住人，怎么可能会有声音呢？"

此话一出，宁秋水和白潇潇全都愣在了原地。

"……等等，您刚才说，407的房间里……没有人？"

阿婆虽然面带笑容，但语气很认真："对啊。老太婆我在这里住了几十年了，哪家哪户有人，一清二楚！四楼一共就只有五个住户，分别是402、403、404、405、406。407什么时候住过人？"

面对阿婆的回答，二人一时间说不出话来。最终，白潇潇只能礼貌地告诉阿婆，他们可能是真的记错了。

阿婆将门关上后，二人相视无言。这时，其他诡客们也从407走出，望着站在走廊里沉默的二人，询问出了什么事。

白潇潇瞟了一眼人缝背后的成小芳，平静地说道："还不确定。但不出意外的话，这幢楼里除了我们之外，其他住户恐怕已经不记得407房间的住户了。在他们的记忆里，407房间一直都是空的。"

众人一怔，有人道："白潇潇，你在说什么……"

白潇潇将之前与阿婆的对话复述了一遍，一股莫名的诡异气氛立刻在走廊里弥漫开来。有人不信邪，去敲阿婆的房门，而还有一些人则去敲了其他住户的房门。

宁秋水二人来到402，敲了好几下，房间的门才被打开了一条很小的缝隙。一只眼睛从门后小心翼翼地打量着外面的宁秋水，而后又环顾了一下走廊："谁啊？"

由于402房间的窗帘拉开着，即便隔着一条缝隙，宁秋水也能看到那只眼睛的主人的一部分轮廓，以及房间内部的情景。那只眼睛警惕地打量着外面的走廊，似乎有些紧张。

宁秋水见状，心中微微一动，对他说道："我们是楼下的住户，这次来是想跟您打听一下，关于407的住——"

"住户"尚未说出口，门内的人已经变了神色，他急忙打断了宁秋水，语调带着一丝颤抖："啊！407啊……嗯，那里一直都没人住，你们如果想要用那个房间，直接联系楼主就好了，只要她同意就行。不用问我们，问我们也没用，钥匙不在我们这里。"

说完，他毫不犹豫地合上了房门。

宁秋水眸光烁动了一下，便听身边离得比较近的闻菲嘀咕道："这家伙……好像误会了我们的意思啊。"

宁秋水道："不是误会。他搞不好知道什么，只是不敢说……甚至不敢提。"

眼看宁秋水就要离开，闻菲支吾着问道："哎，那个……咱们不再问问吗？你不是说他知道什么……"

宁秋水叹了口气："他不说，你又不能把刀架在他脖子上……嗯，也许可以，你要不要试试？我不保证这样做是安全的。"

闻菲吃瘪，有些不甘地咋舌。

众人将这层楼的住户挨个儿询问了一遍之后，得到了一个共同的答案——407房间根本没有任何住户。当然，这是不可能的，因为他们清楚地记得昨天上来的时候，还被407的胖子骂过。

"所以，玉田公寓内除了我们之外，其他住户会被抹去关于遇害住户的全部记忆？"宁秋水站在楼梯口，望着眼前直直的破旧走廊，觉得有些荒谬，"这么做的意义是什么？是因为昨晚的动静太大，其他住户知道了一些重要的讯息，因此要抹除他们的记忆吗？不对……这个逻辑有些牵强。"

白潇潇靠在他旁边的栏杆上，双眸出神，不知道在想什么。因为调查不出什么有用的消息，所以诡客们慢慢自己就散去了。直到风吹过，白潇潇才回神，发现宁秋水在看她。

"怎么了？"突如其来的注视，让白潇潇莫名有些尴尬，姣好的面容上浮现出了一抹讪然。

"没，只是看你思考了这么久，是不是想到了线索？"

面对宁秋水的询问，白潇潇咳嗽了一声，偏头轻声道："没有。我本来还准备从407住户的私人生活恩怨着手来着，但现在看来是不行了，剩下的那些NPC连关于他的记忆都没有了，根本无从查起。"

她呼出一口气，拽了一下宁秋水的袖子，说道："走吧，秋水，先撤了。去公寓其他楼层再看看。"

中午吃过午饭，309的张黎华忽然给伙伴林宇发了消息。后者收到消息后，立刻推门而来。一进门，张黎华便示意林宇关上门，跷着二郎腿点了两根烟，一根递给了林宇。

"老张，怎么，有发现了？"

张黎华吐出一口烟，嘴角露出一抹淡淡的笑容："待会儿，咱们去402看看。"

"402？那好像是名摄影师的房间？"林宇眯着眼，之前他们查看的，是406的木匠。他还专门进门跟木匠聊了一会儿，但一无所获。

张黎华道："之前我在门口观察一下，宁秋水他们敲402房间的门时，那房间的主人躲躲闪闪，没给开门。我估计他可能知道些什么，说不定会成为突破口。"

林宇皱了皱眉："402……不能吧，大家不是在群里说了吗，所有住户都已经不记得407住过人。"

张黎华嗤笑道："我们当时那么多人在那儿，就算是有人发现了秘密，也未必愿意分享出来。你别忘了，诡门之中的生路可未必够得住所有人。诡门这头的世界向来残酷无比，要是我发现了什么重要的线索，我也不会轻易分享给其他人的。现在是中午吃饭的时间，我们正好趁此机会悄悄去看看。"

林宇闻言，也同意了同伴的提议。反正问问也没什么损失。他们出门左右一看，没有诡客出来，于是悄悄前往四楼，轻轻敲了敲402房间的门。

咚咚咚——

很快，房门开了，仍然只有一条很小的缝隙。缝隙背后，是一双有些紧张的眸子："有事？"

张黎华低声道："方便进去聊聊吗？不会占用你太多时间的。"

摄影师犹豫了一下，摇头道："不方便，有什么事你直接说吧。"

张黎华是老人精了，他早已经捕捉到了摄影师眼中的犹豫，于是将身体往前探了一下，压低声音道："这位兄弟，你知道关于407的事……对吧？"

407这个数字似乎有什么奇怪的魔力，在他脱口而出的时候，摄影师眸子里就浮现了一抹隐晦的惊惧，他想要关门，可门早已经被张黎华用脚抵住了。

"我不知道你在说什么，407一直都没有人住！"他语气有些紊乱，使足力气，然而根本没法将门关上。

张黎华脸上露出笑容，伸手按在了摄影师的肩膀上，低声安慰道："别担心，我们不是警员……放松点儿！"

摄影师见实在拗不过，只能低头将门打开，让他们进了房间。因为没关窗帘，所以摄影师的房间很明亮。明亮的空间，也让二人的警惕心稍微降低了一些。

坐下之后，摄影师给他们倒了两杯水，颓废的表情中带着一丝僵硬。

张黎华拿出自己的烟盒，递到了摄影师面前，问道："抽烟吗？"

摄影师伸手接过烟，忽然又想到了什么，夹烟的手一抖，立刻将其退还给了张黎华："不抽……不抽！"

他的怪异举动被张黎华尽收眼底，后者愈发确定眼前的男人应该是知道什么，便自己给自己点上一根烟。打火机上那小火苗燃起来的过程中，摄影师整个人身体绷得极紧。直到张黎华收回了打火机，摄影师才终于放松了些。

"其实，我们是407房间胖子的朋友。"张黎华跷着二郎腿，表情真诚，眼神显得深邃，仿佛要讲述一个故事，"也不能算是朋友，姑且算是认识吧……他欠了我钱，很多钱。我现在遇到了无法解决的困难，需要这笔钱救命。可就在我今天去找他要账的时候，却发现他不见了。于是我去问了这层楼的其他邻居，但他们都不愿说出胖子的去处，坚持说407房间根本就没住过人。"

摄影师抓了抓自己的头，声音有些沉闷："既然这样，你们为什么来找我？我不是告诉你们了，407房间已经闲置很久了。"

张黎华眯着眼："因为你跟他们不一样……你知道胖子去哪儿了。"

摄影师身体颤抖，否认道："我不知道。"

张黎华笑道："不，你知道。只要你告诉我，我保证，绝对不会再来烦你。"

摄影师闻言，缓缓抬头，那双漆黑的眸子隔着刘海的缝隙打量着二人："他……没有了。"

张黎华二人闻言，都是一愣："没有了？什么意思？"

摄影师暴躁地抓挠着自己的头发："就是……没有了！他没有了，从来没有存在过，明白吗？你找不到他了，因为你永远找不到一个根本不存在的人！"

摄影师突然的暴躁和嘴里的话，让二人有些毛骨悚然。

但张黎华还是硬着头皮，笑着问道："好端端的人，怎么会不存在呢？我一直记得，我们都记得啊……"

他话还没有说完，摄影师身子忽然一僵，眼睛瞟向某个房间。沉默片刻后，他问道："你刚才说'你们'？除了你们之外，还有谁记得407有过住户？"

张黎华眯着眼，他也看了一眼摄影师之前看的方向，反问道："那个房间有什么？"

摄影师耸耸肩："什么也没有。"

张黎华起身，想要朝着摄影师刚才看的方向走去，可内心忽然浮现出一股强烈的不安。这种直觉打消了他前去勘察的欲望。作为一名经常出入诡门的老人，张黎华的直觉十分敏锐，他也很相信自己的直觉。

而且，不知为何，明明这房间的窗户是打开的，可不知不觉间光线变暗了许多，以至于他甚至有些看不清楚房间一些比较隐蔽的角落了。

察觉到异常的张黎华一边默不作声地拿出了自己的诡器，一边给自己的队友使了个眼色，示意林宇走了。

"抱歉，我们唐突了。"

林宇和摄影师对视的时候，脸上写着尴尬，他刚起身走了两步，忽然听身后的摄影师冷冷地说道："你们……不是这座公寓原来的住户吧？"

这个问题一出，房间里的光线以肉眼可见的速度变暗，一股沁入骨髓的阴冷弥漫。

身后的这个声音与之前摄影师的音调、语气有着严重的区别。二人心道不妙，没有理会身后的声音，加快了速度朝门口跑去！

此时，走在后面的林宇更是觉得如芒在背，心里已经开始忍不住问候起了张黎华的家人！

"你们不是这座公寓原来的住户吧！"摄影师猛地激动了起来。

他站起身，朝二人追去，一把抓住了林宇的手，疯狂拉扯！林宇被他这突如其来的变化吓住了，一边慌乱地抽手，一边拿出了一串红木念珠朝摄影师的头上砸去。摄影师满头是血，但就是不松手。他对着林宇大叫道："你们不是这里的住户，你们不是！"

林宇见对方那副歇斯底里的模样，只觉得毛骨悚然，猛地一脚踹开了他，然后狂奔向了门口！

"快！"张黎华站在门口处，对着他大叫。

摄影师被踹开之后，以一种奇诡的姿势站在了房间里，侧目看着二人。透过他长长刘海儿的缝隙，门外的张黎华能隐约看见他脸上异常的笑容。

林宇冲出房间的那一刻，张黎华看见了摄影师张开嘴，对着他们说出了三个字，只是他并没有发出任何声音。

张黎华猛地拉上了房间的门，而后与林宇头也不回地冲回了自己的房间。林宇大骂了两声，胸腹处剧烈地起伏着，无声诉说着他方才的恐惧。

"张黎华，我真是服了你！这就是你说的去找线索？再跑慢点儿，我们就全部交代在那里了！"林宇惊魂未定，身体因恐惧而颤抖。

张黎华本来靠在门边出神，被林宇大声的质问唤醒。他脸上并无多少惊惧，而是反问道："我们不是找到了吗？"

愤怒的林宇一怔："你是说……402 的摄影师？"

张黎华点头："想想刚才发生的事，这个摄影师身上的问题实在太大了。就算他不是凶手，只怕也跟凶手有着说不清的联系。"

林宇的暴躁情绪在冷静思考中逐渐平息，他问道："之前你说摄影师家里的某个房间有什么，还想去查看……怎么，那个房间有什么问题吗？"

张黎华道："他心虚的时候，眼睛会朝着那个房间看。我猜，那个房间里恐怕有什么'东西'，可能是重要的线索。于是我就准备进去看看。不过后来的事你也知道了。"

林宇思索了一下，拿出了手机："那咱们现在打电话给王芳？"

张黎华阻止了他，他在林宇疑惑的眼神中摇了摇头。

"可以告诉王芳，凶手是 402 房间的摄影师，但不能是我们去说。"

林宇一怔："为什么？其他人可以，我们不行？"

张黎华嘴角泛起一丝意味深长的笑意："重点不是'我们'，而是我们现在没法百分之百确定凶手就是 402 的摄影师。虽然诡门的规则里没有明说我们'错误指证凶手'会付出什么代价，但这个代价绝对不低！"

在张黎华的指点下，林宇一下子就意识到了问题的关键："否则，我们就可以一个一个随便试了，公寓里根本没有多少人，很快就可以试出正确答案！"

张黎华："这只是其中一个原因。咱们这扇诡门是第六扇门，难度不低，我最担心的是……凶手不是以住户的身份出现的。你还记得诡门的提示吗？它藏在了一扇只能照出自己的镜中。镜子能照出的东西就多了，可不只是人。"

林宇点点头，知道自己该怎么做了："那我就把刚才经历的事，全部发到群里，到时候……也许就会有其他的诡客忍不住去揭发402的那名摄影师。"

张黎华眸子闪烁："嗯，另外……不要掺杂任何主观观点，不要劝说任何人去举报402的摄影师。这扇诡门里的人看上去都不像菜鸟，就算不是人精，警觉性也不会差，太刻意了只怕会适得其反。"

林宇立刻回应："了解！"

说着，他拿出手机，思索着该如何讲述他们刚才的经历。

与此同时，306房间的房门忽然被敲响。房间里正在出神的成小芳猛然惊醒。她下意识想问门外的人是谁，又担心发声会引来祸端，于是索性直接装死。

门被敲动两下之后，一个熟悉的女声响起："成小芳，可以开一下门吗？"

这个声音，成小芳并不陌生，正是白潇潇。她稍微舒了一口气，但一想到昨晚恐怖的经历，成小芳仍然拿出了自己的诡器。走到门口后，她先顺着猫眼朝外面看了一下，确认是白潇潇和宁秋水后才打开了门。

"什么事？"成小芳面色冰冷。

白潇潇面色诚恳："想跟你交换一下线索。关于谢越的事，你不想说，我们交换总行吧？"

成小芳犹豫了一下，还是缓缓将门拉开。与白潇潇说的一样，她之所以怨恨众人，是因为昨夜的恐惧，而不是她与谢越的关系有多好。现在对方主动找上门来交换线索，她也没有拒绝的理由。如果说之前对众人的愤怒是自我保护，那现在再油盐不进就是自寻死路。

二人进入房间后，成小芳立刻关上了房门。

"说吧，你们有什么消息可以交换的？"

白潇潇走到椅子旁坐下，对她说道："两条消息。第一，关于房间和身份的安排。王芳给每个诡客都指定了一个身份，这点想来你应该已经知道了。本来我们还不确定，但昨晚谢越去你房间后出了事，正好印证了我们的猜测。"

提到谢越，成小芳立刻回想起昨晚的经历。她有些抓狂，还未完全平复的情绪一下子又涌了上来。她用一种十分尖酸的语气讽刺二人道："怪不得昨晚你们一声不吭。呵呵，果然是打着坏主意，拿其他人去给你们探路！"

白潇潇眼底掠过一抹情绪，但语气依旧平静："问题就出在这里。昨天是大家第一天来这里，谁都不清楚规则。我们也不知道我们的猜测是避免被淘汰的生路，还是诡门布下的陷阱。昨天我们在群里乱说话，若是救了还好……但万一害了人，你知道后果。换作是你，你敢担这份风险吗？"

成小芳张了张嘴，一旁的宁秋水又及时补道："昨晚不吭声，不是想害你们，而是我们也怕。借谢越去印证猜测只是一个结果，不是我们的动机。毕竟这扇门的最终目的是寻找凶手，多一个人，也就多一分力量。大家没有恩怨，这扇诡门也没有拼图碎片，不存在多大的利益冲突，我们有病才去故意陷害你们。"

面对二人的诚恳解释，成小芳渐渐恢复平静："第二条消息呢？"

宁秋水说道："402房间的摄影师，还记得407的胖子。"

听到这个消息，成小芳一愣。早上调查时，她也在现场。随便查了三间房，得知四楼其他房间的租客都不知道407的胖子，她便认为所有租客应该都是这样，于是直接离开了。

"细说。"她来了兴趣。

宁秋水将当时摄影师的异常反应描述了一遍。成小芳听着，脸色渐渐变了，她冷冷地看着两人："也就是说，其实你们也不确定他真的有问题，这一切都只是你们的猜测？而你们将这些告诉我，表面上是要跟我交换信息，其实是想让我替你们探路，对吧？二位，好算计啊！"

宁秋水和白潇潇对视了一眼，眼中浮现出了一抹错愕。他们还真没想到这一层。这个成小芳竟能如此解读他们的信息。

一时间，白潇潇竟是笑了出来："成小芳，如果真的是想要找寻探路的替死鬼，我们也用不着来找你啊。本来你就对我们心怀恨意，警惕非凡，来找你去探路难道不是事倍功半？我们直接把故事添油加醋，编得像点儿，发群里广撒网岂不是更好？"

话音刚落，手机忽然振动了起来，一旁的宁秋水也有所感应，拿出手机查看。两人的脸色发生了微妙的变化。

成小芳注意到了，便凑上前来看，两人也没有避讳，将手机上的内容给她看。这下，成小芳的表情也变了。

群里，住在309的林宇讲述了他们在402房间的经历，瞬间引起其他诡客的注意，大家纷纷询问细节。这条意外的信息打消了成小芳对宁秋水和白潇潇的怀疑。

看来，真正想引导大家去402房间的，是林宇他们。

"我可以告诉你们昨晚发生了什么，但你们不能跟其他人说。如果我发现还有其他人知道这些事，咱们的交易就此结束。"

显然，她不想让这些信息被更多人知晓。看得出来，她的心结尚未解开。宁秋水二人点头答应，于是成小芳开始讲述昨晚在房间里的遭遇。

听完后，宁秋水第一时间意识到了什么，开口问道："成小芳，你有没有在房间里找到'灰烬'？"

成小芳目光幽幽："407胖子床上的那堆？"

宁秋水点头。"嗯！"

成小芳摇头："没有，我的房间很干净。今天早上，我还专门检查过，怕有什么不对劲的东西藏在房间里。"

白潇潇眉头微微皱起："谢越神秘失踪，407的胖子也是失踪，但胖子的房间留下了灰烬，他却没有。且谢越出事之前，身上的诡器没有自动触发……这么说来，他很可能并没有被淘汰，而是被诡物带走，藏在了某个地方。诡物没有直接动手，这也可以解释为什么他的诡器没有触发。如果是这样……事情就有些棘手了。"

听着白潇潇的分析，宁秋水和成小芳的表情都凝重了不少。纵观诡门背后的诡物，直接下死手的，反而是最容易对付的。它们的攻击机制简单，一击不成，往往会有真空期留给诡客，不会连续出手。而且部分高级诡器有自动触发效果，面对诡物的致命攻击，能够在第一时间做出反应。

"哎，你们说，如果谢越没有被淘汰的话，那只诡物会把他藏在哪里呢？那个402的摄影师有问题，他会不会知道什么？"

白潇潇眼前一亮，拍手道："嘶，他可能还真的知道什么！之前没想到这一点，走，咱们再去问问！"

他们也没闲着，拉着成小芳就要上楼。成小芳回想起刚才在手机上看见的那些消息，犹豫不决。白潇潇指着她说道："喂，想清楚啊，那是你室友，不是我们室友。刚才你还埋怨我们昨晚见死不救，现在你自己却怂了，有些双标了哈！"

成小芳没辙，只能跟着他们上楼。

他们敲了敲门，门内无人回应，但隔着门，三人隐约听到房间里传来了轻微的脚步声。

那个脚步声慢慢变大，逐渐靠近门口。三人都觉得脚步声音不太对，下意识地掏出诡器防身。

随着门内的脚步声停在门口，头顶的廊灯忽然闪了两下。他们神经紧绷，死死盯着门口，呼吸也不自觉地变得急促起来。

门后，会是人吗？

短暂的沉默后，面前的门传来了锁被扭动的声音，紧接着，门把手缓缓转动起来。这个缓慢的过程像是一只无形的手，将三人的心脏狠狠地拧紧……

终于，门开了。

与之前宁秋水敲门时不同，这一次，摄影师将门彻底打开。他站在门口，背对着阳光，面朝众人，脸上浮现出大片不正常的阴影，挂着一抹若有若无的笑容。

"你们，在找407的住户吗？"摄影师扫了一眼三人，开口问道。

这一刻，三人都有一种不寒而栗的感觉。成小芳胆子最小，加上昨晚的经历刺激，让她最先绷不住，想要用诡器砸向面前的摄影师。在她的眼里，眼前的摄影师无疑是一只极度危险的诡物。如果再不动手，恐怕就没有机会了。

关键时刻，白潇潇制止了她，并对着摄影师说道："你在说什么？407哪里有住户？"

房间内，站着的摄影师盯着白潇潇，目光久久未移。那双被刘海掩了一半的眼睛显得格外诡异，仿佛隐藏着一种让人难以直视的阴冷。

"那你们找我……什么事？"

白潇潇一时间沉默了下来，脑海中飞速思索着对策。这时，离门最近的宁秋水说道："之前有人来找过我们，说楼上有个人失踪了，好像是住405还是406的，我记不太清了。他们让我们帮忙问问，有没有看见楼上的住户。"

摄影师的目光僵硬地从白潇潇身上移向宁秋水，眼神中依旧没有丝毫温度。片刻后，他缓缓吐出三个冰冷的字："没看见。"

宁秋水闻言叹了口气："好吧，没看见就算了。打扰了。"

说完，他转身朝楼梯口走去。白潇潇和成小芳见状，紧随其后，没敢再在楼道口停留。

摄影师的目光落在三人身上，目送他们逐渐走出自己的视线范围，这才缓缓收回眼神。诡异的是，他始终站在原地未动，而面前的门却缓缓关上了。

砰！

一声轻微的响动，楼道里的廊灯闪了两下，随即恢复如常。

此刻，爬上楼梯的三人终于靠在墙边，大口喘着气。成小芳瞪大眼睛看着白潇潇，咬牙切齿地责问道："白潇潇，刚才你为什么拦着我？"

白潇潇抹了一把额头上的汗，冷笑道："我救了你的命！"

成小芳不忿地回击："救我的命？你差点儿害死我们！昨晚的事情我没有跟你讲明白？那只诡物一旦出手，我们很可能是没有反应时间的！想要对付它，必须得先下手为强！"

白潇潇反问道："然后呢？现在你倒是躲过了，可你惹到了它，今晚呢？你今晚往哪里躲？"

成小芳喉头一紧，却找不到话来反驳。

宁秋水附和道："刚才那家伙明显是在套咱们的话……看来之前群里林宇发的信息是真的，他们确实去过402了，而且在里面应该是惹到了什么不该惹的东西，多半就是玉田公寓里的凶手。昨晚谢越的出事和其他人的安全基本可以断定，王芳给咱们的'身份'对我们具有一定的保护性，想要不被凶手太早盯上，我们必须得伪装成玉田公寓里的住户，这一点很重要。

"其他正常的住户都不知道407的胖子存在过，就算我们之前询问402的摄影师，他也是支支吾吾，不敢说实话。可刚才他忽然反客为主，主动询问我们关于407的事，我严重怀疑，他应该是被诡物附身了，诡物在试探我们到底是不是这座公寓里的'原住民'。就像昨晚一样，这座公寓里正常的'原住民'是不会随意窜房的，谢越这么做了，所以他出事了。"

成小芳听到这里，后背早已经被冷汗浸湿。她嘴唇翕动，无法反驳，背靠着冰冷的墙壁滑坐在地："你、你们……确定吗？"

白潇潇看了一眼宁秋水，轻声道："确不确定，过了今晚就知道了。"

成小芳缓缓抬头，似有所感："林宇？"

白潇潇点头："还有跟他一起的张黎华。这两人多半已经被402的那只诡物盯上了。今晚，恐怕出事的人不止一个。"

成小芳想起昨晚的经历，下意识地吞了吞口水。她偷偷打量着二人，似乎想要说什么，但犹豫了一下，还是作罢了。

三人简单交换了一下夜晚的注意事项后，便各自回到房间，等待入夜。

当夜幕再一次笼罩玉田公寓时，张黎华和林宇分别待在各自的房间里，脸上写满了焦虑。按照计划，下午应该会有人来找他们了解情况，然后偷偷去楼上勘察。再不然就是给王芳打电话举报摄影师，但是没有。

自从他们在群里发了那些信息后，原本沉寂的群里确实多了一些热烈的讨论和分析，却也仅限于此。每个人都拿到了信息和线索，可大家心照不宣地选择了等待。

在这冗长的等待中，张黎华与林宇的耐心被渐渐消磨。一方面，他们无比好奇402的摄影师到底是什么情况；另一方面，随着夜晚的临近，张黎华内心的不安愈发强烈。他的脑海反复浮现出白天逃出402房间时，摄影师无声对他说出的那三个字。他很想知道，当时摄影师到底说的什么。

就这样，张黎华在一阵清醒一阵恍惚中熬到了夜色渐深。躺在床上的张黎华本来还在出神，忽地手机振动，将他惊醒。

111

他划亮手机屏幕，眼神还混沌了一会儿，才看清是隔壁林宇发来的消息。

"张黎华，你在敲门？"

看到这条信息，张黎华身躯一震，立刻清醒过来。他急忙穿上拖鞋，走到门口，将耳朵贴在门上，静静聆听着外面的动静，同时回了林宇一条消息："不是我……你的门外有谁在敲门吗？"

消息发出后，石沉大海，许久没有动静。而张黎华一直贴在门边听，外面也是异常安静。他眉头微皱，忽然觉得哪里不太对，目光缓缓下移，看见一张惨白的脸，居然正从门缝中挤进来，冷冷地凝视着他！

霎时间，张黎华如同疯了一样摸出诡器朝那张恐怖的人脸砸去！

这一动作过后，他一下子惊醒了，发现自己还贴在门口，只是刚才出神了。地上，哪里有什么苍白人脸？不过是白色瓷砖反射出了他的脸而已。

张黎华稍微缓了口气，一边深呼吸，一边查看手机。林宇没回消息。

他犹豫了片刻，又发了一条："喂，林宇，你还好吗？方便的话，我给你打个电话？"

林宇仍旧不回话，张黎华也没有再犹豫。他觉得林宇多半是遇到事儿了，于是直接给他打电话。

电话那头传来系统的提示声："对不起，您拨打的电话正在通话中，请稍后再拨……"

系统提示重复了三次，张黎华的眉头微微皱起。通话中？林宇给别人打电话了？他在给谁打电话？又或者……他其实根本没有打电话，只是诡物通过某种方式断掉了林宇的求救权利。

正当张黎华思索时，电话突然断掉了。他迟疑片刻，再一次拨通了电话。

确认林宇目前的状况，对他的处境很重要。但电话里传来的，依旧是林宇在通话中的提示。张黎华越想越不明白，都这个点了，林宇能打给谁呢？而且通话时间还这么长。他跟其他的诡客，好像……不熟啊。

电话挂断后，执拗的张黎华第三次拨通了同伴的号码。

这一次，电话接通了。

"喂……"电话那头传来一个模糊不清的声音，像是林宇，又有些不像。

张黎华急于询问的心情，忽然之间平复下来。不是因为这个声音太过模糊，而是因为刚才拨通电话时，他听到门外的走廊上传来了林宇的来电铃声！

没错，林宇的电话此刻正在走廊上！

他现在不是应该在房间里吗？为什么电话会出现在走廊里？

突如其来的怪异，让张黎华不得不朝最坏的方面去猜。但很快，门外的电话铃声距离他越来越近，张黎华也不得不做最坏的打算。

等等！

刚才他的电话打不通，对方一直显示占线……

林宇……他该不会是在给我打电话吧？

这个念头浮现的刹那，张黎华的手心一抖，手机差点儿直接掉在地面上，还好他眼疾手快接住了！

可同时他也不小心挂断了电话。张黎华紧靠着门，盯着自己的手机屏幕，思绪在这一刻好似凝滞了。

短暂的两秒过后，张黎华像是快要溺死的人，瞬间激发了全身的潜能，以最快的速度脱掉了鞋子，朝着窗边跑去！

他猛地掀开窗帘，毫不犹豫地将自己的手机扔向了窗外！

手机被忽然吹起的窗帘阻了一下，撞在了窗沿上，而后弹飞出房间。

手机坠落的那一刻，已经黑掉的屏幕忽地亮起。在张黎华的注视中，一个电话打了过来，虽然张黎华没有看清来电的号码，但上面显示的名字是林宇！

他转身拿出诡器，死死盯着门口。

林宇的手机铃声由远及近，已经到了他的房间门口。张黎华的额间已经全是冷汗，他如临大敌，盯着门口，一动不敢动。

大约过去了半分钟，门外的电话铃声消失了，整个世界万籁俱寂。

这时，张黎华发现了另外一件不对劲的事，那就是明明头顶的灯泡很亮，散发着甚至有些刺眼的光，可房间却十分阴暗，很多东西他都看不清了。

下午在402房间，他也有这样的感觉。

摄影师的房间向阳，通透明亮……唯独有一间，那里被锁上了，房间的门与墙壁轮廓似乎显得格外阴翳，连屋外的阳光都照不亮。之前摄影师慌乱时，眼睛看向的就是那一间。

张黎华想要去打开那扇门，可刚一靠近，房间里面的东西就察觉到了。他当时感知到了难以言喻的危险，倘若一意孤行，恐怕下场凄惨。

此刻，周围环境的变化让张黎华打起了十二分的警觉。短暂的等待之后，他居然主动在房间里搜寻起来。

别说是诡物，他连诡物的影子都没有看见。就在这时候，手机铃声又一次响了起来。

张黎华忍不住打了一个激灵，随后，他循着声音来到了自己的卧室门口。

没错，那个手机铃声正是从他的卧室传来，而且就在被褥下面。

张黎华紧紧攥住手中的诡器，一步一步朝着自己的床褥走去。

113

哗——

他猛地掀开了被褥，看见了一张苍白的脸！

他想也没想，直接将手里的诡器砸向了它！

房间响起一道惨烈的号叫，下一秒，张黎华被一股巨力弹飞了出去！他的背部狠狠撞在墙壁上，猛地咳出一口血。至于他的诡器……已经失效了。

他的诡器明明还有两次使用机会，怎么就突然坏了？

显然，房间里诡物的力量远超出他的预料。计划被彻底打乱的张黎华挣扎着从地上爬起来，此时此刻，他唯一的念头就是赶快逃出这个房间！

从刚才的情形来看，诡器的攻击应该生效了，能为他争取为数不多的时间。然而，张黎华连滚带爬来到门口之后，他发现门锁无论如何都打不开！

这绝对是自己卧室里那只诡物动的手脚。情况紧急，诡物过于可怕，他必须立刻做出决断，否则将会万劫不复！

不能跳窗！这边跳出去就到了玉田公寓外，违反规则肯定会被淘汰！门被锁住，窗户不能走……难道我今天真的要断送在这里了？

等等，冷静！这只是第六扇门，诡门不会对诡客这么苛刻的，肯定还有其他方法……

张黎华反复自我暗示，在如此关键的时刻，他强迫自己冷静了几分，紧接着，思绪飞速转动。忽然，他像是想到了什么，绝望的眼中浮现出一丝希望的光芒。

"王芳！打电话给王芳！那只诡物肯定就是凶手，只要我打电话给王芳，它就完了！"

想到这里，张黎华兴奋地去掏手机，却忽然记起，自己的手机在不久之前被自己从窗户上扔出去了……

回忆起手机飞出窗户的瞬间，张黎华顿时觉得浑身的力气被抽空。他背靠着墙，身体缓缓滑落，面如死灰："完了，全完了……"

其实，他的卧室里还有一部手机。可如今，他已经没有诡器了，要如何从诡物的手中抢到手机呢？

死寂的卧室内，再一次响起了沉闷的手机铃声。张黎华从门缝中看见，黢黑的卧室里，一个诡异的人影忽然站起，歪着头，转瞬间就移动到了门口。那张苍白的脸在客厅的灯光映照下，五官变得扭曲而骇人。

它对张黎华咧嘴一笑，做出了之前张黎华与林宇离开402之前，摄影师对他做出的嘴型。只不过这一次，张黎华听到了那三个字："找到了！"

下一刻，房间的灯光倏然熄灭。

第三日清晨。

睡醒的诡客们一个又一个地从自己的房间中走出。白潇潇一开门，就看见宁秋水双手插兜站在410门口。她怔了一下，立刻凑了过去，说道："早啊，秋水。"

宁秋水偏头看了她一眼，微微点头："昨天的猜测成真了。林宇和张黎华，这两个人跟谢越一样，都失踪了。"

白潇潇好奇地朝房间里张望了一眼，问道："进去检查过了吗？"

宁秋水摇头："还没，我才醒。"

见这里似乎有情况，其他诡客也聚了过来。众人进入房间后仔细搜查，依旧一无所获。诡客们心里都有数，基本都是奔着"灰烬"去的，可房间干净得仿佛从来没人住过。

"没有灰烬……那是不是说明人还活着，只是被藏起来了？"

一时间，房间内开始了讨论。

这一批诡客性格较为稳重，彼此间没有太多敌意，讨论显得有条不紊。就在众人讨论时，宁秋水似乎注意到了什么。他独自走到窗边，手指轻触窗沿上的一处痕迹。

白潇潇跟了过来，问道："怎么了？"

她也看见了窗户上的痕迹，但看不出什么。宁秋水眉头轻皱，又看了看周围，但没有再找到任何痕迹。

"这不是打斗留下的。但确实有东西撞过窗框。昨夜风大，这窗户拉得很严实。初步推测，可能是张黎华当时想把什么东西扔出去，却被风卷起的窗帘挡了一下，然后撞在了窗框上。不过这只是我的推测，可能和事实有出入。"

他说着，又朝窗外看去，但外面的街道十分干净，什么也没有。

随后，宁秋水他们又去了409。经过简单搜查后，接着来到405房间。根据昨天报纸上的内容，今天的受害者是405的驼背阿婆。

果然，当众人走到405门口时，阿婆的房门虚掩，里面已经空无一人。与407的胖子一样，阿婆的床上留下了一摊灰烬。

"嘿……真是奇怪了！"李若男抿着嘴唇，蹲在床边，凝视了那堆灰烬许久，但脑海中一片空白，根本联想不到任何线索。

这种无力感逐渐让她感到烦躁，最终交织成了恐惧。她用力拍了拍自己的脑袋，突然站起身，朝外面走去。路过门口时，她忍不住啐了一口，发泄着心中的压抑。

调查结束后，众人无处可去，只得两三成群回到各自的住处，讨论和思考这扇诡门的生路。他们房间的报纸内容已经更新，明天的受害者是403的舞女。

白潇潇双手插兜，靠在沙发上，开了两瓶冰箱里冷藏的汽水，把一瓶递给了宁秋水。

"已经第三天了。但似乎……我们在生路的探索上没什么进展。"

宁秋水喝了一口白潇潇递来的汽水，冰冷的口感密密麻麻蔓延向身体深处。他盯着茶几上的手机，忽然道："诡物不找其他诡客，而去找楼上的那些住户，也许是因为我们在三楼。"

白潇潇闻言，眼睛一亮："有这个可能，也许门后有规则，凶手必须从高层逐步向低层出手。这种解释反而能够说得通。"

紧接着，她想到了一件很恐怖的事，忽地掩嘴道："等等！那名凶手不会从玉田公寓顶楼一户一户淘汰下来吧？"

宁秋水和她对视了一眼，昨天他们去楼上简单看过，也有其他诡客为了寻找失踪的谢越与张黎华等人去楼上排查过，整个玉田公寓四楼往上根本没有住户。他们也根本找不到户主王芳所在的位置，好像王芳根本不住在这里。

"从目前仅有的线索来看，只怕凶手真是这么干的……"

意识到这一点，二人都有些毛骨悚然。

凶手从楼上一路横扫下来，那得解决多少住户？它跟这幢大楼的住户到底有什么深仇大恨，要这样清理？

"我觉得不太对……"宁秋水双手拂面。

白潇潇问道："哪里不对？"

宁秋水说："哪里都不太对……这里的住户不对，凶手不对，王芳也不对。所有的事情，都有着一种说不上来的撕裂感。这之间似乎毫无联系，凶手像是毫无理由地行动，好像它就是一台清理大楼住户的机器。而失踪了这么多人，王芳这两天根本没来过公寓楼里，也没有打电话询问我们关于大楼里的事，像是一个局外人，高高挂起。她又为什么要专门给我们安排大楼住户的身份呢？这些线索太散乱了，按照我们之前的思考方式，完全无迹可寻。"

他说完，灌了两口汽水，有些恍惚地看向窗外。

今天的阳光也很好。

到了中午吃饭的时间，诡客们之间的气氛越来越沉闷。今天已经是第三天，马上就要到第五天了，可他们别说找到凶手，甚至连凶手的影子都没见到。

到了现在，其实众人多多少少知道402的那名摄影师有问题，可谁也不想当出头鸟，毕竟张黎华和林宇的下场就在眼前，教训深刻。

大家都在等，等谁先沉不住气去 402 查看情况。

白潇潇伸了个懒腰，朝厨房走去，问道："中午想吃点儿什么？"

宁秋水回神，笑道："都行。"

厨房很快传来忙碌的切菜声，宁秋水仍在脑海中整理那些已经找到的线索，但始终无法将它们全部串成一条清晰的线。

不久后，热腾腾的菜端上了桌，二人还没来得及动筷，门口就响起了敲门声。

二人对视一眼，宁秋水的手机突然响了，是成小芳打来的。她在门外。宁秋水松了口气，给她开门后，成小芳走进屋里，面色怪异地看了二人一眼："你们还有心情吃饭？"

白潇潇翻了个白眼："能吃一顿是一顿，到了现在，天晓得还有没有下一顿饭。你要不要吃点儿？"

面对白潇潇发出的邀请，成小芳本想拒绝，但实在耐不住饭菜的香气，还是给自己盛了一碗。

"找我们什么事？"宁秋水问道。

成小芳的脸上浮现出纠结的神色，渐渐又变成了恐惧："昨天晚上……它来找我了。"

二人夹菜的动作一顿。

"谁？"

成小芳咬牙，额头上渗出了一层细密的汗珠。

"还能是谁？当然是这幢大楼的凶手！昨天晚上，它就站在我的床边，一直盯着我！"

提起昨晚的事，成小芳的手抖得厉害，几乎拿不稳碗筷，呼吸声也异常急促。

听到她的描述，二人也觉得惊险无比。成小芳说，昨天那只诡物进入她的房间后，就站在床头一直盯着她。理智告诉成小芳，那个时候绝对不能有任何动静，于是她在极度恐惧中熬到了它离开。

"你们说得没错……确实不能暴露我们不是这幢大楼里的原住户，否则就会遭到对方的攻击。如果昨晚我用诡器对付它，今天你们可能就看不到我了。"

比起诡物的强大，真正让成小芳感到害怕的是，这只诡物的智商并不低，它甚至知道钓鱼执法。如果它不能准确判断出对方是不是大楼的原住民，那就想办法让对方先自己暴露。而成小芳是幸运的。因为昨天她在与宁秋水和白潇潇一起行动的过程中了解到，想要不被诡物攻击，最好的方式就是不要让它认为自己不是大楼里的原住民。

所以，昨晚在那样高压的环境下，她硬生生忍住了先下手为强的冲动。

"的确很吓人。"白潇潇安慰了一句,"不过,至少说明这样的方式是正确的,它对我们出手的限制很大。到目前为止,我们都不是它的主要目标。"

她津津有味地吃着自己炒出来的菜,对于寻找凶手表现得好像不是那么关心。成小芳看了一眼旁边的宁秋水,对方也是埋头吃饭,一言不发。见二人这个状态,她有些急了:"不是……你们怎么回事?我们是不是诡物的主要目标这很重要吗?重要的是诡门留给我们的任务时间只剩下最后两天半了!时间已经过去一半了啊!你们不急吗?过了第五日,我们就会迎来最终的清算,到时候——"

她话还没有说完,就被宁秋水打断:"我们其实已经找到了很多线索,但现在的问题是,这些线索根本没法串成一条线。对于寻找生路,似乎毫无帮助。其他诡客在群里聊了不少内容,最后问题都指向了402的摄影师,可大家都在等……"

成小芳一怔:"等什么?"

她退群了,所以对于群里的事情并不清楚。

宁秋水用筷子敲了敲碗,笑道:"等你这样的出头鸟,去帮他们探路。"

这句话让成小芳不禁回想起第一天夜里,谢越出事,她在群里求救时,所有人都没有开口说话。那些人,那时候……不也是在等吗?

成小芳愤怒地说:"一群浑蛋!都这个时候了,不好好团结起来寻找生路,还在玩这种小心机……真该把他们全扔到诡物面前!"

白潇潇不动声色地挑出一部分米饭,扔进了垃圾桶。刚才成小芳讲话时,唾沫星子喷到她碗里了。

嫌弃。

"喂喂喂,你们俩怎么这么平静?难道你们也在等?"成小芳看到二人这若无其事的模样,眉毛一挑,显得有些恼怒。

宁秋水将碗稍微拿远了些,嘴上说道:"要去墙的那头,总得找个洞。但现在,我们连一条裂缝都没有找到。你急,我们也急,其他诡客也急。但急有什么用?事已至此,先吃饭吧。"

成小芳沉默着,忽地放下碗筷,语气严肃了许多:"如果……我能为你们提供几条关键的线索呢?"

宁秋水含糊不清地说道:"那得看多关键了。如果你提供的线索恰好能和其他的线索关联起来,也许就能找出些蛛丝马迹。"

成小芳点点头,像是下定了决心,深吸一口气,说道:"好,你们听好。谢越手中有一条绝对准确且与生路密切相关的线索。那就是——凶手会获得被他淘汰的人的一切,除去身外之物。"

宁秋水眸光微动:"获得……被淘汰的人?"

成小芳冷冷地补充:"不仅如此,我刚才又去了一趟谢越的房间,这次在地上发现了灰烬。和楼上的一模一样。"

听到这里,宁秋水和白潇潇对视了一眼,动作停了下来。

"去看看。"

在成小芳的带领下,他们来到了谢越的房间,果然在地上发现了一堆灰烬,没有被动过的痕迹。和楼上的几乎一模一样。这绝对不是人能伪造出来的。

"看来,我们的推测出了一点儿问题。"宁秋水双手抱胸,沉思道,"那只诡物并不是不对我们动手,而是……淘汰我们的过程会比较缓慢,需要一天的时间。延时伤害加上难以察觉的攻击,这意味着我们的诡器作用会大打折扣。不过,这灰到底是怎么来的?太少了,什么东西烧了会只剩这点儿?"

白潇潇眯着眼睛:"秋水,陪我去趟楼上。"

宁秋水也没问为什么,点了点头。

成小芳跟在二人身后,语气迟疑:"等一下,你俩,你俩不会又要去敲402的门吧?"

上楼时,白潇潇头也不回地说道:"你害怕了?不是你说的不能坐以待毙吗?"

成小芳的话堵在胸口,一时间也没法反驳。一方面,她不想做其他诡客的替死鬼,不顾自身安危去造福别人;另一方面,成小芳觉得这扇诡门最可怕的地方就是温水煮青蛙,再这么等下去,全都得完蛋。

上楼后,白潇潇径直越过了402,朝着其他房间走去。路过404时,白潇潇停下,敲响了房门。一股消毒水的味道从房内传出,非常刺鼻。

开门的是一名头发花白的中年医生,戴着老花镜,神色看起来很不错。他慈眉善目地看着门外的三人,问道:"有事吗?"

成小芳抱着手臂,忍不住说道:"我早问过了,他啥也不知道。还以为你有……"

白潇潇没有理会她的碎碎念,直截了当地对医生说道:"医生,请问你认识王芳吗?"

医生笑道:"当然。很早以前,王芳睡眠很差,她常做噩梦,来我这里开过很多次药。"

白潇潇接着问:"那您还给大楼里其他住户看过病吗?"

医生摇头:"我只给王芳看过病。"

白潇潇不依不饶:"那么,大楼里其他住户生病的时候,没有来找过你吗?"

医生脸上依然带着慈祥的微笑:"我只给王芳看过病。"

白潇潇皱眉:"为什么?"

医生重复道:"我只给王芳看过病。"

无论白潇潇接下来问了什么,医生的回答始终如一。见此情形,白潇潇只得告别医生,继而来到406,那里住着一位木匠大爷。

成小芳已经闭上了她的嘴,虽然她不知道刚才的对话到底有什么意义,但却隐隐明白,白潇潇在挖一个很重要的秘密。之所以没去403找舞女,是因为403距离402实在太近了,凶手大概率藏在402房间,白潇潇并不想离402太近。

敲开了木匠的门后,白潇潇依旧围绕王芳展开询问。木匠告诉三人,王芳结婚时定制的家具都是由他亲手打造的,后来孩子出生,也是他给孩子做的玩具。当白潇潇问他有没有给玉田公寓里的其他住户制作过家具或是玩具时,木匠表示,他只给王芳打过木具。

这种回答,与方才的医生如出一辙。

最后,当白潇潇询问木匠是否认识大楼里的其他住户时,木匠说:"认识,都是些老朋友了。"

站在一旁的宁秋水还想要问什么问题,木匠却忽然收起了脸上的笑容,对着三人道:"你们该走了。"

说完,他一下子关上了房门。

三人不明所以,这时,宁秋水的余光瞥见,402房间的门不知道什么时候打开了。

他下意识朝402看了过去,正对上一只极为阴冷的眼睛,以及一侧微微咧开的嘴角。然而,对视的瞬间,那只眼睛又消失了,房门也无声合拢,仿佛什么都没有发生过。

宁秋水只觉后背发凉,那藏在402房间里的诡物,不知已经趴在门口观察他们多久了,是否已经盯上了他们?

"先回去。"他说着,带头朝下方走去。

到了楼梯口,成小芳才道:"我觉得我们像个笑话,明明知道凶手就藏在402,可到现在没有任何一个诡客敢给王芳打电话揭示真相!"

宁秋水压低声音说道:"来到这扇诡门的诡客未必都是聪明人,但大多都很谨慎,不会轻易当出头鸟的。虽然王芳告诉我们,找到凶手直接给她打电话就行。但你想想,能够解决诡物的王芳,有可能会是正常人吗?如果你给她打电话,却没有找到凶手,或是正确的凶手,你想过后果吗?"

成小芳这次少见地没有还嘴。打错电话不需要付出代价吗?显然,诡门不可能给予这样的安排。若是可以随心所欲地尝试，事情反倒变得出乎寻常地简单了。诡客们之所以迟迟不敢给王芳打电话，就是担心承受不住这未被命运标出的价码。

疑心太重，顾虑就多。

但成小芳觉得憋屈，觉得不甘心，她道："你说得对，但咱们难道就这么一直等着吗？再这么等下去，不会有结果的。"

白潇潇想了想，缓缓开口："其实还有一个非常冒险的方法，但不到万不得已，我不推荐。"

成小芳立刻追问："什么方法？"

白潇潇看了她一眼："钓鱼执法。等诡物来袭击我们的时候，我们利用诡器反制住它，接着利用那点儿空隙时间打给王芳。根据这扇门诡物的警惕和能力来看，这个方法成功的概率很低。"

成小芳垂头丧气，三人回到宁秋水的房间，宁秋水给她们一人倒了一杯水，然后压低声音说道："我们被402的那只诡物盯上了，今晚可能会有麻烦！"

两人齐齐一惊："你怎么知道？"

"刚才木匠让我们离开的时候，我看见402房间的门开了一条小缝，里面有一只眼睛。那只眼睛，我在刚到公寓的第一天也见过，它布满黑色血丝，很像诡物的眼睛。"

成小芳拿杯子的手一抖，瞪大眼睛道："你认真的？"

宁秋水点点头，说道："应该不是幻觉。"

一瞬间，成小芳的脸色变得极为难看。很快，她又转头看向白潇潇，窗外照入的一抹阳光落在她的发丝间，照出了些许肃穆："白潇潇，你之前问那些事……"

白潇潇回过神来，解释道："是秋水先前的话启发了我，我们之前找不到任何线索，可能是我们的思维走入了误区。我们太将重心放在'凶手'与'受害者'身上了，却反倒忽略了'王芳'这个同样极为重要的角色。这么一打听，果然问出了门道。"

成小芳回忆起刚才的对话，点了点头："提起王芳的时候，他们的反应确实有些怪……"

宁秋水摸着下巴："……我好像渐渐明白了。"

"你明白什么了？"两人齐齐看向他。

宁秋水语气平静："整个玉田公寓里的住户，彼此之前虽然知道，但没有交集，可他们都跟王芳有关。再者，消失的住户会彻底被抹除，其他人甚至不会记得他们的存在。兴许，连王芳也不记得了。我需要打电话给王芳确认一下。"

说着，他准备拨通王芳的电话。白潇潇犹豫片刻，还是没有阻止宁秋水。如果不瞎指认凶手的话，给王芳打电话应该没什么事。

铃声只响了一下，便被接通了。电话那头传来一个陌生的声音，正是王芳。

"找到凶手了？"王芳的声音带着一种莫名的冰冷，光是听到，就让人不寒而栗。

宁秋水倒也实诚，说道："还没有，但快了，打电话给你想要确定一件事。"

王芳问："什么事？"

宁秋水说："407和405有住户吗？"

王芳的回答十分果决："没有。那是两个空房间，一直都没有住人。"

宁秋水听到她的回答，竟是笑了笑，点点头："了解了。我会尽快寻找到凶手的。"

王芳的语气中带着警告："你最好快点儿，留给你们的时间已经不多了！如果五日之内你们还没有找到凶手，我就得重新'预约'新的私家侦探了……"

宁秋水无视王芳的威胁，挂断了电话，对白潇潇和成小芳道："看来我的猜测没错，王芳也不记得了。"

成小芳震惊道："那只诡物那么厉害，不仅让公寓里的住户消失，还能抹掉其他人对他们的记忆？王芳不应该比它更厉害吗？她怎么会中招？"

宁秋水语气幽深，话里的内容却有些耸人听闻："你说得对，玉田公寓里的那只诡物肯定不可能是王芳的对手，至少正面绝对不是。按理说，王芳不可能和公寓里其他原住户一样，被凶手抹去了有关消失的住户的记忆。除非……"

见宁秋水卖了个关子，成小芳急道："你倒是快说啊，除非什么？"

白潇潇似乎明白了宁秋水的想法，在一旁冷不丁地开口道："除非，消失的那些住户本身就是王芳的记忆。或者说，大楼里的原住户……都是！"

成小芳瞳孔倏然缩紧，嘴角扯动了一下："你们……在说什么？我们现在在王芳的……记忆里？"

白潇潇没有跟她继续解释，转而看向了宁秋水："倘若是这样，玉田公寓中的一切，就不是针对那些原住民，而是凶手在针对王芳！它在一步一步剔除王芳的记忆！因为失去的记忆太多，导致王芳意识到了不对劲，可凶手伪装在王芳的记忆中，王芳却没办法自己找出它，所以……才需要向我们求助！这么一来，似乎所有的事情都解释得通了！"

听到这里，成小芳说道："既然这样的话，凶手肯定就是伪装成了402的那个摄影师！不，不对……但就算不是他，也一定就在他房间里的某个地方！诡门的提示已经说明了，凶手藏起来的时候会害怕'镜子'。咱们只需要叫上王芳，去402房间将光照不到的地方挨个儿翻遍，再用镜子对着每个角落照一照，一定能抓住凶手！"

她兴奋不已，似乎已经抓住了生路的希望。

宁秋水瞟了她一眼："你打电话吗？"

成小芳的脸色顿时僵住了："我，我不敢……不过我有一个好办法。那就是把我们的猜测与分析全部告诉其他人，他们肯定会有人忍不住的，毕竟留给他们的时间已经不多了。"

宁秋水笑着说道："那不就是张黎华那两家伙的做法吗？"

成小芳正色道："这不丢人。找寻凶手，大家都得出力不是吗？凭什么线索是我们提供，风险也是我们去冒？"

宁秋水耸了耸肩："怎么说都是你有理……那就这么着吧。"

他拿出手机准备在群里发消息，一旁的白潇潇对成小芳道："要不要把你重新加进群？"

成小芳冷笑一声，拒绝道："还是算了吧，我自己退的，现在又进去，显得我很没有骨气。"

白潇潇开玩笑道："你确定不进群？万一遇见了危急情况……"

提到这事，成小芳顿时就怒了。她一下子站起，"呸"了一口，骂道："拉倒吧！真遇到危险，我还指望群里的人？我直接给王芳打电话不好吗？"

见她坚持，白潇潇也不再多说。消息发出后，成小芳见暂时没什么动静，便回自己的房间了。她走后，白潇潇看着宁秋水盯着手机屏幕出神，握住了宁秋水的手腕，问道："秋水，在想什么？"

手腕传来的温暖让他瞬间醒神，而后说道："你说，消失的那些人……他们的手机去哪儿了？"

白潇潇蹙眉："手机……"

宁秋水道："是的，刚才成小芳说，诡物会获得被它淘汰的人的一切，除去身外之物。但消失的人，没有留下一部手机。"

白潇潇回答道："手机算是身外之物吧。诡物拿不走的话，大约是诡门清理痕迹的时候，一同清理掉了？"

宁秋水陷入了沉默。

不久后，他们将了解到的所有线索发到了群里，群里的人都认为他们的分析非常有道理，但大家却为谁打电话给王芳这件事吵了起来。

李若男："说了那么多，其实就是想要我们去试探凶手到底在不在402吧？你自己怎么不去？"

闻菲："他们已经去过了，其实一人出点儿力，这扇门兴许难度会低很多。"

李若男："你就不怕他们是骗我们的？"

王新亮："我赞同若男的想法，要是他们真这么确定402有问题，早就去了，还用得着在群里发这么多东西给大家？这摆明了是个局，就跟张黎华和林宇他们一样。别忘了，这俩家伙是怎么被淘汰的，就是因为去了一趟402。那里就算真是凶手的藏匿处，也绝对有意想不到的危险！"

徐梓萌："……其实之前我也去楼上的402敲过门，不过没有进去，那个摄影师看我的眼神实在是太可怕了！"

李若男："看看，宁秋水这家伙明摆着给我们下套呢！"

闻菲："不去，就这么干等着吗？马上第四天了，越到后面，消失的住户越多，留给我们的线索也就越少。非要等到最后一刻，才做困兽之斗，殊死一搏？"

李若男："你不想做困兽，你清高，那你去咯。你在群里说什么？我们又没人拦着你。"

韩崇："大家现在是一条船上的人，你说这话？"

李若男："怪我？我逼你们了？大不了你们也跟我一样等着呗。"

303号房间内，闻菲隔着手机屏幕，狠狠骂了李若男几句："无耻！简直无耻！"

她白白胖胖的小脸，是真给气成了红皮鸭子。

坐在旁边身材高大的韩崇，面色也十分阴沉。他咬牙切齿道："……真是够恶心的。"

来到第六扇门的人怎么会对寻找生路无动于衷呢？

"这扇诡门留给我们的操作空间不多，试错成本巨大，谁更能沉得住气，谁就是赢家。"顿了顿，他深吸一口气，压下了内心的烦躁，"李若男和王新亮的做法虽然很恶心，但到了现在，比拼耐心就是活下去的关键。谁先沉不住气，谁就输了。"

看见韩崇这样，闻菲却反驳道："我不认为这是一扇比拼耐心的诡门。如果大家都这样，怨气只会越来越大，谁也不想让其他人坐收渔翁之利，那就谁也不会出手。等到最后，无计可施，一团混乱，就只能听天由命了！崇哥，你还记不记得之前孙玉前辈告诫过我们，想要在诡门之中活得更久，就要多防人，少害人，多看看与自己有关的利益得失，少与人意气相争？"

韩崇望着闻菲那认真的模样，犹豫了好一会儿，最终还是点了点头："主动出击可以，但得等等。我们去整合一下其他人，多一个伙伴，在遇到突发情况的时候，也多一份保障。"

下午，两人开始串门。他们先找了徐梓萌，又去问了成小芳。劝说徐梓萌并制订计划花费了他们不少时间，直到天黑，韩崇才敲响了宁秋水的房门。门打开后，看到了正在吃饭的宁秋水和白潇潇。

见到他们时，后者显得有些惊讶。韩崇和闻菲说明了来意，宁秋水没有急着同意，而是先问了一下人数。

闻菲有些饿了，干脆坐下盛了一碗饭，说道："307的徐梓萌，还有成小芳。"

白潇潇闻言，有些讶异道："成小芳也同意了？"

闻菲点点头："说服她花了不少工夫。虽然她一直很犹豫，但最后还是同意了，看得出来，她其实自己也挺想去的，就是胆子小了点儿。不过也有前提条件。"

白潇潇问道："什么条件？"

闻菲道："她说，去可以，电话得我们打……她最多帮忙找一面镜子，到时候去402帮忙照照。诡门不是给予了提示吗，凶手在藏匿的时候会害怕镜子，有一面镜子的话，事情就会简单不少。你们呢？要一起吗？"

白潇潇思索了一下，觉得可以去看看，但宁秋水却摇头拒绝："不了……明天你们未必能在402里找到凶手。对方藏得很深，我们留下，可以为你们添一层保障。"

韩崇语气嘲讽："真是够虚伪的回答。连胆小的成小芳都去了，你不去，不会看不起自己吗？"

宁秋水淡然道："激将法没用，我们不吃这套。而且，我觉得我们提供的线索已经够多了。"

韩崇盯着宁秋水看了半天，见对方心意已决，知道继续劝说也没有意义，于是起身离开。临走时，他还撂下了一句话："如果你们改主意了，随时可以联系我们。"

他比了一个打电话的手势，然后关上了门。

他们走后，一直沉默的白潇潇才开口问道："秋水，我们真的不去看看吗？就算没有找到凶手，也可能发现很重要的线索。毕竟不是我们打电话，现在有人愿意身先士卒，我觉得这是一个很好的机会。"

宁秋水微微摇头："不急，我先给徐梓萌打个电话。"

他拨通了徐梓萌的电话，一番交谈后，似乎在确认闻菲他们有没有说谎。接着，他对徐梓萌说了一句话："明天，帮我确认一件事，这关系到你们所有人的存亡。"

听到这话，徐梓萌的语气也跟着严肃了许多："你说！"

宁秋水道："你听好……"

他跟徐梓萌讲述完后，挂断了电话。一旁的白潇潇目光幽幽："你在怀疑……"

宁秋水伸出食指，在唇边做出了一个让她噤声的动作："没那么简单的，从王芳对我的回复来看，我们已经不是她请来的第一批帮手了。无论之前的人是不是诡客，至少凶手到现在都没有被剔除，足以看出它藏得有多好。"

白潇潇赞同宁秋水的想法，但有一点她不理解："既然这样，为什么我们不直接跟过去？在现场的话，确认起来难道不是更加准确吗？"

宁秋水摇头："太危险了。我们没有试错的余地。难道你指望我们出事后，等李若男和王新亮来救我们吗？明天他们去402，倘若没有找到凶手，王芳肯定会对他们进行'惩罚'，至于这个'惩罚'到底有多重尚未可知。

"目前看来，牵连他人的可能性很小，但绝对不轻……比起这个，我其实更担忧'凶手'那边。不管有没有给王芳打电话，只要跟着一起去的，必然都不是这座公寓的原住民。在这场与凶手躲猫猫的游戏中，几乎等同于自爆身份。倘若他们没有抓到凶手，接下来就要面对凶手的报复。

"千万不要被凶手前几日的表象蒙蔽，我思来想去，王芳既然专门为我们制造了一个身份来保护我们，那代表在这扇诡门里，凶手极为危险，甚至很可能没有行动次数的限制！它发现了多少人不是原住民，很可能就会淘汰多少人！直到我们之中只剩下最后一人，触发诡门内的隐藏法则……"

宁秋水喝了一口凉白开，语气中透着一丝迟疑："其实我也不确定我的猜测是否正确，所以，我不想去赌，万一我也猜错了，那事情就没有回转余地了。"

白潇潇眼波流转，带着惊讶道："秋水，你现在真的完全不像是一个新人。你成长的速度实在是太快了！有时候，我甚至会产生一种错觉……你好像天生就属于诡门背后的世界。"

宁秋水失笑："或许吧。"

夜幕降临，众人全都回到自己的房间，默默等待着明天的行动。似乎是因为今夜无人违规，所以，诡物竟然没有找上他们。

到了第四日时，剩下的诡客一人不少。他们先是照例去了楼上，勘察了一下受害者的房间，那里依旧是除了一团灰烬，什么都没有。

这一天，李若男与王新亮似乎是有些急了，但他们着急的方式和众人不太一样，二人并没有选择主动和众人一起寻找凶手，而是直接消极怠工，随便看了两眼受害者的房间就离开了。

这就是摆明了告诉众人：我们已经认命了，懒得动弹了，你们要找生路就赶紧找，别指望我们，不然大家就一起拖到第五天，一起出局。

其他人看着这俩家伙，恨得牙痒痒，但又没办法。他们不想被淘汰，谁都不想。跟谁过不去也没必要跟自己过不去。真要是因为这两人把自己搭进去，那才是真的不值当。

宁秋水和白潇潇在搜寻结束后，也离开了四楼，很快这里只剩下了四人。闻菲与韩崇对视一眼，后者点点头，拿出手机，打给了王芳。

电话几乎是秒接。王芳冰冷的语气中带着几分急迫，询问是否已经抓到了凶手，韩崇告诉她，已经找到了，凶手就藏在402号房间里。

话音刚落，脚下的地面忽然开始颤抖，像是地震一般。众人见情况不对，急忙靠着墙壁，这时徐梓萌惊呼一声，指着不远处的墙壁。众人望去，看见空白的墙壁上居然流出了鲜血！

那些鲜血一字淌出，完事之后向着两边蔓延，最终在边缘处又缓缓渗下，成为了一扇门的形状。

紧接着，一张满脸横肉的苍白面容从门中挤了出来，正是王芳。

她的身躯像是嵌在墙壁上，从里面一点点挤出来的过程格外骇人。但这个过程很快，大约半分钟后，王芳就站在了众人面前。

她的眼神如同野兽，时而混沌，时而充满威慑力："它在哪儿？"

王芳直勾勾地看着韩崇，看着那个给自己打电话的人。

韩崇指着402房间："就在里面。不过进去之后，我们得先找找。"

王芳冷冷地注视了韩崇一会儿，微微点头。她走到402房间门口，直接一脚踢开了房门！

房间里的摄影师见到王芳，整个人都显得很恭敬。他的眼神飘忽，似乎在害怕什么。

一进入房间，韩崇先是拿出诡器防身，紧接着直奔房间里那个最黑、看上去最让人心悸的房间。成小芳紧紧跟在他的身后，手里还拿着一面巴掌大的小镜子，对着房间四处照着。

"你……你们要做什么？"摄影师见他们朝那个小房间走去，急忙阻止。

这个房间正是之前张黎华想要打开却未能进入的地方。当时，这间屋子散发着极为浓郁的心悸气息，他没敢逗留，于是作罢，选择了离开。显然，诡物当时就是在那个房间里面躲着。而现在，有了王芳这坚实的后盾，他们再也没有什么顾忌了。

韩崇没有理会摄影师，直接推开了房门！

门被推开后，发出了一声叹息般的声响，光线随即照入漆黑的房间。

当众人看清了这间小黑屋的内部之后，全都愣在了原地，甚至有种毛骨悚然的感觉。小黑屋里的墙壁上，密密麻麻挂满了黑白色的人像照片。它们全都面向外，脸上挂着僵硬的微笑，像是在嘲讽着屋外的人。

"怎么会……"韩崇瞪大了眼。

闻菲也惊呼道："不对啊，这里面怎么会只有照片？凶手去哪里了？"

她一把抓住旁边的摄影师，大声质问道："你把凶手藏在了什么地方？快说！"

摄影师被她揪住衣领，虽然面色慌乱，但嘴上就是不承认："什么凶手？我不知道什么凶手……这里本来就只有我拍摄的一些照片……"

闻菲盯着他的眼睛，怒骂道："你放屁！"

这时，王芳也发话了，语气带着十足的诡异："凶手在哪儿？"

她一出声，众人这才惊觉，王芳不知何时已经站在韩崇的身后。韩崇似乎感受到从她身上传来的冰冷气息，不由得咽了咽口水，强迫自己冷静，说道："肯定就在这屋子里！我确定！给我们点儿时间，一定给你找出来！"

王芳咧嘴："你最好快点儿，我的时间……不是……很多了……"

韩崇知道不能再等下去了，现在是箭在弦上，不得不发！他立刻发动起了自己的三名同伴，开始仔细搜寻每一个房间。三人虽然没有直面王芳，但同样也被对方身上弥漫出来的气息整得心惊肉跳。成小芳拿着镜子，快速且仔细地照着房间里的每一寸，韩崇在旁边愈发急躁，然而最终仍是搜寻无果。

眼看凶手没找到，成小芳面如死灰，直接靠着墙壁蹲下，哀号道："完蛋了，完蛋了！我就不该跟着你们来！我更不该信宁秋水那个浑蛋！"

王芳宛如一尊雕塑一样站在韩崇的身旁，不但用瘆人的眼神盯着韩崇，嘴里还在一遍遍地质问道："凶手在哪里？凶手在哪儿？凶手在……"

她的声音阴冷刺骨，仿佛直击韩崇的灵魂。后者在她一遍又一遍的念叨中逐渐失了神，最后也站着不动了。

"找不到凶手……那就跟我走吧……"王芳忽然笑了起来，然后一只手拖着韩崇，朝门外走去。

闻菲见状，大喊道："放开崇哥！"

她拿着诡器紧跟着追出了房间。然而王芳速度极快，带着韩崇快速消失在了墙壁上的门后。等闻菲赶到时，墙上只剩下一片血渍。任凭闻菲如何尖叫着用诡器撞击，也无济于事。

最终，闻菲号啕大哭，扒拉着墙壁，无力地跪坐在地。她的双手在刚才捶打墙壁的过程中骨折了，剧痛让她的手不停抖动，可闻菲仍是时不时用手砸一下墙壁。

直到徐梓萌走过来，拉住她安慰道："别哭了，闻菲……韩崇未必出事，或许只是被王芳关起来了，当务之急是赶紧整合有用的消息，找到凶手！只要我们速度够快，或许还能救下韩崇！"

闻菲本来听不进去安慰的话，但一想到韩崇也许还有救，愣是止住了哭声。她无视双手的剧痛，攥紧拳头，带着怨气哽咽道："走，去找宁秋水！"

几人像疯了一样，气冲冲地来到宁秋水的房间门外，不停敲打着他的房门。然而，宁秋水根本不开门。

"宁秋水！开门！别装死，我们知道你在里面！"闻菲愤怒地尖叫，她担忧韩崇心切，到了后面甚至开始撞门。可不管她怎么捣鼓，宁秋水就是不开门。

闻菲还在无力地敲门，连成小芳也看不下去了，忍不住上前帮忙，对着房间大骂道："宁秋水，你这个浑蛋！分析了半天，分析了个屁！那房间里毛都没有，凶手根本就不在里面！现在韩崇被王芳带走了，你总得给个交代吧！"

房间内，宁秋水打开手机，看着收到的信息，对身旁的白潇潇说道："看来，我们的猜测成真了。"

他没有丝毫犹豫，直接拨打了王芳的电话，然而电话那头却传来冷冰冰的提示音："对不起，您拨打的电话已关机！对不起，您拨打的电话已关机！对不起……"

铃声响了三次后，宁秋水挂断了电话，额头上竟然渗出了冷汗："还好……我们足够谨慎。王芳一天只能被电话召唤一次。如果我们露出了马脚，那恐怕很难撑过今晚。"

宁秋水其实也有些后怕，因为他根本没有想到这一点，他的注意力全都集中在凶手身上。这次之所以选择不跟过去，只是单纯地出于谨慎。他跟徐梓萌说的话也足够隐晦，尽可能避开了自己的真实目的，以防徐梓萌暴露出什么关键信息。

"看来……我们得等最后一天了。"白潇潇的语气里带着一丝担忧，"虽然我们没有跟过去，但如果你的猜测成真，我们所有人的身份都未必瞒得住，因为我们在很早的时候就已经全部暴露了。"

宁秋水仔细揣摩了一下，说："不一定。还记得成小芳告诉我们的那个线索吗？"

白潇潇的眼神微微一亮："聪明反被聪明误？"

宁秋水点头："嗯。它一定觉得自己将所有人玩弄于股掌之中，隐藏得很好。所以，它不会一下子把今天自爆身份的人淘汰光。那么做反而容易暴露它自己，反正只剩最后一天了，它只要再藏一天，就赢了。安静等等吧。明天……自有分晓。"

白潇潇深吸了一口气,脑海中复盘了整个过程。如果这次没有带上宁秋水,她觉得以自己的能力,过这扇门只怕要凶险不少。光是整个玉田公寓"原住民"是王芳的"记忆"这一点,就够她喝一壶了。

门外的人见宁秋水始终不开门,只当这家伙是在逃避问责。最终,纵然内心不甘,也只能无奈散去。唯有闻菲还跪坐在门口,迟迟不肯离开。

夜里,白潇潇开门时看到门口失神坐着的闻菲,眼中闪过一抹同情,蹲下身子在她耳畔道:"回去吧。明天我们会再努力找找凶手的,这次我们自己打电话给王芳。如果韩崇还没被淘汰,等明天真相大白的时候,也许还能回来。"

顿了顿,她又补充道:"王芳毕竟不是凶手,她也许只是囚禁韩崇……"

闻菲缓缓抬头,无神的眼中浮现一缕希望,追问道:"真的吗?明天……真的能找到凶手?"

白潇潇呼出一口气:"尽力而为吧。最后一天了。住在311、312的那两位'太爷'估计也急了。公寓就那么大,大家一起寻找,估计有戏。"

闻菲抬头,盯着白潇潇许久,最后还是难看地笑了笑:"其实,我们这些去找过凶手的人,躲不过今夜了吧?我们已经暴露了自己的身份,凶手不会放过我们的。"

她艰难地在白潇潇的搀扶下站起身,转身朝自己的房间蹒跚着走去。

"我不怪你们,虽然你们真的很无耻,但诡门内就是这样。"她打开了自己房间的门,最后看了一眼白潇潇,不甘心地说道,"怪我们运气不好。"

望着闻菲回房,白潇潇呼出一口气,也回到了自己的房间。

而此刻312房间内,李若男和王新亮都在,只不过后者的表情也十分凝重:"可恶……一群没用的废物!今天看他们信誓旦旦地找来了王芳,还以为他们真的找到了凶手!结果没想到……"

过了今夜,就是他们寻找凶手的最后期限了。如果明天还没有找到凶手,他们这些诡客将面临最终的清算!不急?怎么可能不急!

王新亮抓着头,说道:"明天还剩最后一天,不行的话,我们也去帮忙吧,直接把整幢大楼全都搜一遍。反正这座公寓也没有多少层!"

李若男盯着有些抓狂的王新亮,嘲讽道:"现在知道急了?他们可是对我们积累了不少的怨气呢,现在狗急跳墙了想要加入他们,丢人吗?"

王新亮猛地指着李若男,咬牙道:"李若男,你在这里嘲讽谁?当初消极怠工,去给其他诡客施加压力,逼迫他们寻找凶手的计划可是你提出来的!现在你在这里高高挂起，讽刺我狗急跳墙？你现在嫌丢人了？你要面子，还是要命？"

李若男面色冷冽，将自己的手机直接抛在了桌面上："就算是要合作，我也不想跟一群蠢货合作。闻菲、成小芳、韩崇、徐梓萌，全是没用的东西！这么多天了，不但没找到凶手，连线索都是宁秋水他们挖出来的，最后还被宁秋水他们当枪使了。跟这种人合作，结局只会更糟。"

王新亮眯着眼："你的意思是找宁秋水他们？"

李若男摇头："我们不用主动去找他们，谁主动，谁的气势就弱了。那四个傻子本来就是他们利用的对象，那智商，他们肯定看不上。而且今天他们去闯402，身份全都暴露了，凶手不会放过他们的，今夜大概率会斩草除根。所以明天他们一定会主动来找我们合作的，到时候我们强强联手，一定能找到蛛丝马迹。"

王新亮觉得有些不安："如果他们不找我们呢？"

李若男冷笑道："他们一定会的，除非他们有把握自己找到凶手，那样对我们就更加有利了！"

顿了顿，她又分析道："别看他们找到了那么多线索，他们也怕被淘汰，而且是非常地怕！否则，他们也不会想方设法引诱其他诡客去帮他们探路。说白了，还是自己没把握，也不敢去赌。既然知道他们怕被淘汰，那就好拿捏他们！"

王新亮自己的脑子一片混沌，时间的压迫使得他思绪紊乱，好在李若男的分析让他稍微放下了些心。不管怎么说，还有最后一天，而且今天天已经黑了，就算要做些什么，也只有等明天天亮了之后再说。

李若男回到了自己的房间，众人也怀揣着忐忑的心情，等待着第五日的到来，像是待宰的羔羊。

一夜过去。到了第五日，剩下的诡客们仍然第一时间从房间里走出，可这一次，让所有人惊讶的事出现了。昨夜……公寓里的凶手竟然只袭击了一名诡客——闻菲。

那个白白胖胖的女人消失在了自己的房间里。至于成小芳和徐梓萌，二人都没有被诡物袭击。可是诡物并不是一天只能对一个人出手。因为在第一天就有两个人消失。幸存下来的人都很讶异，为什么凶手选择放过成小芳和徐梓萌？

吃过早饭，他们来到楼上，说是调查，其实基本就是走个过场。因为谁都知道，根本查不出什么东西。

不远处，李若男二人有意徘徊了一会儿，似乎想要等宁秋水二人过来搭话，但后者根本没有多看他们一眼，犹豫片刻，李若男还是离开了。她不信宁秋水二人不急。

"咱们就这么回去了？"王新亮跟在李若男身后，呼吸有些急促。

走在前面的李若男冷笑道："我倒要看看，他们到底能装到什么时候，都第五天了……等着吧，他们会来求我们的！"

王新亮回头看了看走廊远处的宁秋水他们，对方从始至终根本就没有瞧过他们一眼，那种无视似乎也激怒了他，他咬着牙，闷头随李若男下楼了。

四楼走廊上，成小芳凶巴巴地看着宁秋水，质问道："宁秋水，你昨天为什么不开门？你知不知道，韩崇被王芳带走都是因为你？"

宁秋水摊手道："这种事怎么样也不应该怪在我的头上。不过话说回来，经过一夜的思考，我们已经锁定了凶手。"

成小芳眸光一亮："真的？凶手在哪里？"

宁秋水道："402。"

成小芳先是一愣，随后斩钉截铁地说道："不可能，绝对不可能！昨天我们已经将402全部搜查了一遍，几乎每个角落我都拿镜子照过了，根本没看见所谓的凶手！张黎华他们之前提到的那个房间，其实是摄影师用来装照片的地方，里面除了一大堆没用的黑白照片，什么都没有。"

宁秋水微微摇头，十分确定地说道："并不是，402还有一个地方你们没有搜过。"

成小芳见宁秋水这般执拗，冷笑道："我已告诉过你，我们每一个角落都搜遍了。不信你问徐梓萌。或者你自己打电话给王芳，反正我是不会打。上一个被你骗去打电话的人已经被王芳给拖走了，我才不上当！"

宁秋水点头："好，我自己给王芳打电话。另外，你昨天的镜子还在吗？一会儿也一起拿过去。"

成小芳拍了拍自己的兜，说道："在里面。你打吧，我倒看看402到底还有哪个地方我们没有搜过的。"

见状，宁秋水拿出了手机，拨通了王芳的电话。这一次，电话接通了，里面传来王芳愠怒且急躁的声音："找到凶手了？"

宁秋水平静地回答道："是的，我找到了。"

得到肯定答复，四楼的墙壁立刻出现了痕迹，并伴随着强烈的震动！很快，王芳便从墙壁里面钻了出来。

在宁秋水的带领下，他们再次来到了402。推开那间小黑屋，里面的布置和昨天一样，全都是黑白照片。成小芳无语地来到宁秋水旁边，拿着镜子对房间的每个角落都照了一遍，然后说道："我早就跟你说过了，这里我们昨天已经搜遍了，什么都没有。"

她话音刚落,王芳便逼近几步,用十分没有耐心的声音质问道:"凶手在哪里?"

宁秋水没有被王芳的气势吓住,而是转头看着成小芳:"你确定房间里的每一个角落,你都用镜子照过了?"

成小芳瞪大了眼:"不然呢?不信的话,我再给你照一遍?"

站在宁秋水旁边的白潇潇摇头,笑道:"不,有一个地方你还没照过。"

成小芳一怔,脱口而出:"什么地方?"

宁秋水直视着成小芳的眼睛,一字一顿道:"你自己。"

此话一出,成小芳脸上的表情顿时僵住了。

那不是不理解的错愕,而是一种谎言被揭穿之后的手足无措。

"你、你在开玩笑吗?"成小芳嘴角抽动了一下,"这镜子就在我身上,我已经照了不知道多少次了……"

宁秋水点头:"我相信你。"

听到这话,成小芳暗自松了一口气,不想宁秋水话锋一转,说道:"既然这样,那就再照一次吧。用你的双目直视镜面,反正这也不是什么很过分的要求,对吧?"

成小芳才放下的心一瞬间又猛地揪紧了。她直勾勾地盯着宁秋水,但很快,这抹神色随着王芳的目光移过来之后,瞬间消匿得无影无踪。

"神经病……我冒着风险来陪你一起找凶手,你却怀疑到我的头上来了?我看你真是脑子坏掉了!跟你过来真是浪费我的时间……"她情绪激愤,说完,转身就朝门口走去。然而,她刚转身,便发现房门处竟然变成了一堵墙。

成小芳背对着众人停住脚步,气氛一时间显得格外诡异。

"你确实很聪明,居然想到了伪装成我们之中的一员。我们也真的被你骗到了。而且我更没有想到,你不但能篡改他人的记忆,甚至还能'剥夺'。从我们相见到现在,你的每一步伪装都堪称完美……"宁秋水徐徐道来。

"可是你做得最蠢的一件事情,就是选择了主动和我们接触。在这个过程中,我们发现了一件特别奇怪的事,那就是……你从来没有拿出过自己的手机。我承认你真的很聪明,你在我们之中制造了矛盾,导致成小芳做出了退群的举动,而后你就伪装成了成小芳。这样,你就有一个合理的理由不去看手机了。自然也不会有人怀疑你身上没有手机。"

成小芳缓缓转过身,盯着宁秋水,强装镇定道:"你在胡说什么?我只不过是把手机放在了自己的房间而已……"

宁秋水当着她的面,直接拨通了成小芳的电话号码。这个号码是大家第一天

133

相遇的时候互相留下的。然而,手机里却传来机械的语音:"对不起,您拨打的电话已关机……"

对此,成小芳辩解道:"大概是晚上睡觉的时候不小心按到了。你要是不信,可以跟我去我的房间里看看……"

宁秋水不置可否,笑道:"哦,对了,还有一件事情,也让我对你产生过怀疑。那就是之前你说晚上诡物在你旁边盯了你一晚上,却没有对你动手。后来,为了打消我们的疑虑,你还直接带我们去看了谢越房间的灰烬,又告诉我们谢越拿到的重要线索,通过这两点来获得我们的信任……其实,你当时要是不多嘴,说晚上诡物在你床边,我可能还未必会联想到你有问题。就是在那天晚上,你把成小芳调包了,对吧?"

宁秋水讲完,成小芳的刘海儿不知什么时候垂落下来,遮住了她的脸颊。她脸上的阴影越来越多,有一种说不出来的阴森感。

"当然,直到昨天我也不能完全确定。所以昨天我没敢亲自去402,而是选择让徐梓萌帮我看看,她说你从始至终都拿着那面镜子,哪里有需要你就第一时间去哪里。你这么积极,不就是担心其他人也带了镜子拿出来使用吗?那样的话镜子就有可能会照到你身上,从而被人发现端倪。"

成小芳在王芳的注视下,身体剧烈颤抖,她不甘心地做着最后的挣扎:"难道我积极帮忙寻找凶手也有错?"

宁秋水将手伸到了自己的兜里,而后对成小芳说道:"喂,你看这是什么?"

成小芳下意识地一抬头,才发现那竟然是一面镜子。她看见了镜中的自己,忽然发出惊恐的大叫声。随后,她的皮肤开始快速裂开、剥落,露出干瘦的原型。

它发出一声愤怒的嘶吼,朝着宁秋水二人扑来。

与此同时,房间里的灯光熄灭,四周陷入了绝对的黑暗。

短暂的两个呼吸后,熄灭的灯光再一次亮起。那只诡物已经被王芳单手牢牢钳制,它的身体在她的掌控下微微晃动,显得无力而绝望。王芳那双寒光凛凛的眸子紧盯着它,嘴里一遍又一遍地重复道:"找到你了……找到你了!"

被王芳制服的诡物用嘶哑的声音说道:"没用的……就算我被除掉,很快还会有其他的人进来……你迟早……会被'清空'!你……"

它的话还没有讲完,王芳竟然一把提起它,目光如刀般锋利,冷冷地注视着它扭曲的形体。随着一声低沉的咒语从她口中响起,四周的空气仿佛凝固,扭曲的人形挣扎得越发剧烈,但无形的力量却将它死死束缚。

它痛苦地嘶吼,身体渐渐被一种黑色的气息覆盖,似乎在被某种力量彻底分解。它的形体越来越模糊,直至化作一缕轻烟,被吸入了宁秋水掌中的镜子之中。

做完了这一切的王芳，身体发生了某些特殊的变化。她再回神的时候，宁秋水发现，昨夜消失的闻菲不知什么时候出现在了房间里。

她双眸无神，似乎已经成为一具行尸走肉，肤色也白得吓人。过了好一会儿，闻菲才逐渐恢复。回过神来后，她先是面色惊恐地对着面前的空气惨叫了几声，随后宛如一个失心疯的病人，不断挥舞着手中的诡器，大喊着："不要过来，不要过来。"

"闻菲，冷静点儿，凶手已经被抓住了！你安全了！"白潇潇呼唤了闻菲好几声，她才如梦初醒，跪坐在地上，大口大口地喘息着。

宁秋水对着王芳道："凶手已经帮你抓住了，之前那个叫韩崇的人是不是可以放回来了？"

此时此刻，王芳的气势依然凌厉，但少了几分冷意："我不确定他现在的情况，你们可以去他的房间看看。"

听到这话，闻菲的脸色即刻变了，一个箭步冲出房门。玉田公寓里的凶手被抓后，那扇消失的房门又出现了。徐梓萌有些畏惧地看了看王芳，也跟在闻菲身后离开。现场只留下了宁秋水和白潇潇，他们似乎还有疑惑。

"这里是你的记忆世界？"宁秋水直截了当地问王芳。

王芳坦然答道："是的。"

宁秋水好奇地问："外面到底发生了什么事情，为什么会有人要把你的记忆一点儿一点儿地消除呢？"

王芳面色迷茫，低着头思索了很长时间，直到她的手中出现了一张照片和一份病历单。王芳将照片和病历单递给宁秋水，嘴里低声念叨着："白墙……灯……铁床……信……制信……我好像……在找第九局求救。"

很快，她的眼神在公寓外传来的一声响亮鸣笛声中变得冰冷。

"你们该走了。"王芳不再回答他们的任何问题。

见状，他们虽然还有很多疑惑，也只能离开。王芳跟在他们身后，将他们送出了公寓楼。值得一提的是，被王芳带走的韩崇虽然伤痕累累，但还留着一口气，没有被淘汰，最终被闻菲和徐梓萌搀扶着上了大巴车。

"谢谢。"王芳居然郑重地向两人道谢。

一直沉默的白潇潇临上车前，回头看了一眼玉田公寓，语气复杂地说道："王芳，祝你好运。"

虽然他们抓住了凶手，但白潇潇心里清楚，外面的人恐怕还会想方设法往里面塞其他的"人"。毕竟，这一切都与"制信"有关。

早先，他们只听说制信的过程极为残忍，但并没有亲眼见过，而现在，他们似乎亲身参与了制信的一环，领略到了其中的诡异。

要让一只诡物将一个人的记忆一点儿一点儿地吞噬？仅仅是窥见这个过程的冰山一角，白潇潇便感到毛骨悚然，浑身寒意直冒。

最终，在王芳的注视下，他们离开了公寓，登上了大巴车。

大巴车并没有发动，因为上面少了两个人——李若男和王新亮还没到。

白潇潇对着车上的其他人疑惑道："你们没有看到李若男和王新亮吗？奇怪，他们应该早就下来了才对啊！"

车上众人互相摇头，韩崇身上的伤势在大巴车的滋养下很快恢复如初，他感激地向宁秋水二人道谢，然后与闻菲紧紧拥抱在了一起。

这时，徐梓萌忽然指着公寓楼的三楼窗户，惊道："你们快看！"

众人朝着那边望去，赫然发现李若男与王新亮站在各自房间的窗户前，面色惊恐，用力地敲打着窗户，似乎在向他们求救。

窗户上出现了一些裂痕，宁秋水一眼看出那裂痕大约是诡器造成的。不知道是他们的诡器威力不足，还是王芳的力量太强，二人始终没能打破窗户从里面逃出来。

"发生了什么？他们怎么会被王芳锁在公寓里？任务……不是完成了吗？"徐梓萌掩着嘴，眸子充满骇然。

难道，公寓里还有其他的诡物？

白潇潇道："这座公寓是王芳记忆世界的化身，我想，她一直在暗中看着我们。这两个人最后被王芳锁在了里面，大约是因为他们消极怠工吧。王芳请他们来寻找凶手，可他们自始至终都选择冷眼旁观。可能因此触怒了王芳。别忘了，那可是一位连诡物都能轻松对付的狠角色。她也许恩怨分明，但千万别觉得她是个善茬儿。更何况，寻找凶手这件事情，关乎她的生存。"

徐梓萌瞪大眼睛，后背冒出冷汗："什么都不做，也会被淘汰？"

白潇潇叹了口气："或许吧，诡门世界的规则，我们只能窥其一角。以上只是我的一些猜测。他们二人到底为何被困在公寓里，可能只有王芳知道。"

大巴车等待了很久，直到王芳本尊出现在窗口，将二人从那里拉走，车辆才开始徐徐启动。

"其实我还有一件事情没搞明白……"闻菲靠在韩崇的肩膀上，眸子里掠过一抹疑惑，"受害者房间里的灰，到底是怎么回事？"

徐梓萌笃定地答道："是照片。"

闻菲怔住："什么照片？"

徐梓萌此刻没有了存亡危机，思绪也开始变得清晰起来，开始复盘她所知道的一些线索："昨天我们第一次去402的时候，我偷走了一张照片拿回去用打火机点燃，留下的灰烬和之前我们在四楼看到的一模一样。再加上凶手最早是隐藏在402房间的，所以我猜测，它可能和摄影师之间达成过某些协议，从而获得了类似摄影师的能力，可以将人封印进照片里。由于我们是诡客，身上有特殊的规则保护，所以我们和楼上的那些住户不同。诡物将我们封印进照片里没办法直接烧掉。不然的话，我们的房间也会留下灰烬。"

说到这里，她看了一眼宁秋水："其实回来之后，我就隐约猜到一点儿了。诡物之前肯定是藏在402房间的，后来我们没有在里面找到它，那它很有可能换了地方。再加上宁秋水让我注意的事情，我第一时间便想到了成小芳，但又觉得不像……可是后来成小芳的镜子自始至终都没有照过她自己，让我起了疑心。所以回去之后，我试着拨打了王芳的电话，然而对方已经关机了。"

说到这里，她呼出了一口气，用一种带着歉意的语气对宁秋水二人说道："我以为你们不跟我们一起，是想拿我们当炮灰，没想到……抱歉。"

她顿了一下，又带着几分佩服道："我是真没想到，你们连'王芳一天只能找寻凶手一次'这种可能性都想到了。"

宁秋水与身边的白潇潇对视一眼，失笑道："不，我们还真没想到，之所以选择留下，只是单纯的谨慎罢了。"

随着大巴车缓缓前行，众人也越来越困。临睡之前，闻菲对宁秋水和白潇潇说道："秋水哥，潇潇姐，回去之后你们来找我吧。这扇门你们帮了我和崇哥，我有东西想给你们……算是报答了。"

回到诡舍，宁秋水发现"病历单"和"照片"都带了出来。这两样王芳赠予的礼物果然都是诡器。他将"照片"递给白潇潇，可后者并没有接。

"这扇门可是靠着你过的，我怎么好意思拿诡器？"她笑着对宁秋水眨了眨眼睛，"而且我身上的诡器不少，你留着吧。"

听她这么说，宁秋水便将诡器收了回来。

二人一同下了大巴车，看到君鹭远和田勋在门口等着，一看二人平安归来，两人脸上都露出了笑容。

"我就说嘛，以秋水哥和白姐的本事，怎么可能会有事！"田勋扬起下巴，对一旁的君鹭远说道。

君鹭远只是瞟了一眼田勋紧紧抓着衣服的小手，笑了笑，没有说话。田勋似乎也意识到了，急忙松开手，迎上前去："白姐！秋水哥！"

二人已经习惯了田勋的热情，亲昵地揉了揉他的头。

回到诡舍后，他们照例坐在大厅里，听二人讲述诡门背后的事情。宁秋水拿出那张病历单，上面密密麻麻记录着王芳接受过的所有"治疗"。这些内容让田勋和君鹭远感到头皮发麻。

与其说是治疗，倒不如说是疯狂的洗脑和折磨。

"难怪王芳身上戾气会那么重……正常人若是受到这样的折磨估计早就崩溃了！"

四人在温暖的火盆旁待到半夜，然后各自回房休息。

翌日，宁秋水吃过早饭，向众人道别，乘大巴车回到迷雾外的世界，按字条上的地址找到了闻菲。很快，他便到达了约定地点。闻菲换上了一身宽松的T恤，拉着一旁壮硕的韩崇。相比在诡门内，二人在门外看上去亲昵了很多。

见到宁秋水，闻菲好奇道："咦，那位姓白的姑娘没跟你一起来吗？"

宁秋水道："嗯，今天我一个人来。"

闻菲点点头，环顾四周，然后低声说道："你先陪我们去吃个饭，逛会儿街，然后再去我那个地方……"

看得出来，闻菲要说的事情并不简单，非常谨慎。

来之前，宁秋水已经让鼹鼠调查过闻菲，知道她不是罗生门的人，于是他耐心地跟着对方晃悠了好一会儿，直到下午才一同回到闻菲的家中。

那是一座普通的公寓楼。进门后，闻菲松了一口气，说道："随便坐吧，我去取信。"

不一会儿，闻菲拿来了一封信。宁秋水接过信，立刻感受到它的触感和自己之前收到的几封信完全一样。

他有些震惊地看向二人："这是……可以在诡门里拿到线索的信？我能查看上面的内容吗？"

闻菲摇了摇头："不能。这封信不是我的，它属于诡舍里的一位前辈，他在出局前托付给了我，我其实并不想要，因为它太危险了，可是那个老人对我有恩，我没有办法拒绝他，于是就把这封信藏在了自己的家里。"

闻菲这话听上去像是借口，不过宁秋水对她的信任程度还算高。至少在诡门的副本里，她是一个比较重感情的人。

"那位前辈似乎一早就预料到自己会被淘汰出局，于是提前写好了一封书信，里面详细介绍了很多关于信的事情……"

说着，闻菲从电视柜下方的暗格里摸出一封信递给了宁秋水。那个地方设计得十分精细，在暗格没有打开的时候，完全跟其他柜子的平面一模一样，看不出任何破绽。

"你切记不要急着查看信上的内容，因为它不属于你。"

闻菲说完之后，宁秋水点了点头。

一旁一直观察着他的韩崇疑惑地问："宁哥，你……知道信的事情？"

宁秋水微微一笑："这不是显而易见吗？你们并不是我遇到过的第一个持有信的人。"

韩崇点了点头，呼出了一口气，有点儿如释重负："既然这样的话，我也就放心了。你应该知道这封信的危险程度。这段时间我已经隐约感觉到有人盯上了菲菲，本来还在纠结要不要把这封信直接送人处理掉……如果你要拿走的话……千万要小心！"

宁秋水无所谓地摆了摆手："放心，我心里有数。"

告别二人，宁秋水很快驱车回到了石榴市。其间他在城市里许多的"眼位"上绕了好几圈，确认没有人跟踪自己才回到家中。

他取出那份前辈留下的文件，上面介绍了很多关于信的细节，这些内容是宁秋水之前完全不了解的。原来，他们收到的这种神秘信件，分为两种类型：

一种最常见的，称为"人信"。"人信"或多或少包含着关于诡门背后关卡生路的提示，对通过诡门至关重要。尤其是到了第七扇诡门之后，手上有没有信，完全是两码事。这一点，宁秋水之前已经深刻感受到了。

到了第七扇诡门，他们只允许带入一件诡器，且那件诡器只有一次触发机会，容错率极低。如果这个时候有一封信，存活概率将大大提升。

当然，信也不是万能的。越到后面的关卡，人信能给予的提示也就越少。不过，如果条件允许，也有人能带最多三封人信进入诡门。这样，就能获得更多、更详细的生路提示。然而，信是非常稀有的存在，哪怕是人信也极为难得。所以罗生门的人，尤其是那些知晓信的秘密的人，往往在前几扇诡门都不会轻易使用信。他们会储存三封夺来的人信，留着过后面高难度的诡门。

比如宁秋水之前遇见的唐仁。

与其他诡舍不同，罗生门之所以有这么多活过第七扇、第八扇诡门的老人，就是因为他们手里存着不少人信，专门应对这样的关卡。

有趣的是，文件中提到，正常情况下，未在诡门内使用过的人信，除拥有者，其他人是无法查看的。哪怕这封人信的持有者出局了，其他人查看也无效——人信会直接作废，上面不会出现任何有用的信息。但通过非常特殊的炮制手段，可以让人信换一个主人。不过，这种制信的方式以及原理他并不清楚。

留下这份文件的前辈提到，只有诡门内部的某个"精神病院"能够制信。至于具体细节，他并未明说。

而在人信之外，还有一种信件名为"天信"。这种信件由特殊的材质制成。作用与人信不同，天信上往往镌刻着很多极其抽象晦涩的图画或文字。

任何人都可以阅读天信。不过，只有经过至少一次第七扇门的人，才可能以极小的概率获得天信。

关于天信的内容，猜测和争议都非常多。

一些知情者认为，天信记载了关于迷雾终点的真相；也有人认为，那是第九扇门的线索。

太多的说法，没人知道谁对谁错。不过毋庸置疑的是，根据人信的作用推断，天信也一定记载着极为重要的信息！所以，拿到天信的人往往也十分危险。

毕竟，罗生门这样的组织会疯狂追寻这些信件，并不择手段地获取。

宁秋水看着这些重要信息，心情久久没有办法平静下来。

王芳之前提到过，有人派诡物进入她的记忆世界，目的是制信，这是不是意味着……她给我的病历单上的那个医院就是制信的地方？

他们为什么会帮助罗生门炮制信呢？

二者是怎么联系上的？

难道说……

忽然，一个恐怖的念头浮现在宁秋水的脑海中——既然诡门外面的人可以通过某种方式滞留在诡门内部，那是不是意味着那边的人也可以通过什么方式……来到外面的世界？

这个念头一冒出来，宁秋水顿时倒吸了一口凉气。

若真是这样，那就太可怕了！

毕竟诡门内部不知潜藏着多少诡异莫测的存在！这些家伙要是来到了现实世界，到时候会发生什么可怕的事情，他可没法想象！

这个念头，自从在宁秋水的脑海中出现之后，就再难抹去了。他想要将诡门里的事情告诉洗衣机。但眼下的问题是，没有被诡门选中的人，根本就没有办法记住有关诡门的一切。除非他们也是信的拥有者，就像君鹭远那样。事情仿佛走入了死局。

很快，宁秋水便又冷静了下来。

诡门背后的诡物不可能想出来就出来，不然的话，外面的世界早就已经乱套了。

很明显，诡门内外一定存在着平衡，无论是外面的人想进去，抑或是里面的人想出来，都必须遵守相关"条款"。不过他还是有点儿不安。

于是宁秋水联系了白潇潇，来到了迷迭香庄园。

"怎么了，秋水，这么着急？我还真是很少看见你这样。"白潇潇给宁秋水倒了一杯清茶，坐在了他的对面。

"潇潇，能联系上言叔吗？我有非常重要的事情想跟他说。"

白潇潇见宁秋水神色严肃，也没有询问，直接拨打了电话，联系上了良言。他们运气确实不错。大部分时间良言都是在诡门中度过，他不是在接单，就是在接单的路上。看来经历了上次的第七扇诡门之后，良言没有再急着去第九扇诡门，而是认真地思考着好友的去向。过了那段钻牛角尖的阶段，他现在越来越明显地感受到，邝很可能并没有被淘汰，而是留在了诡门的那头。

夜晚，白潇潇的大别墅里，她和宁秋水、良言、孟军四人坐在客厅里。

宁秋水将自己的发现和白天的事情跟他们一一详细讲述，三人听完之后都没有说话。

良久——

"你所说的诡门背后的世界是一个整体，这件事确实不少前辈们都有所猜测……邝在离开前，也跟我聊过。"良言突然开口，语气带着些许凝重，"不过事情倒也没那么糟糕。规则永远是一视同仁的。诡门内部的人想要出来，也绝非简单的事，就算出来了，肯定也有重重束缚。否则，世界早就乱套了。不必过分担忧。"

良言说完，白潇潇端着茶杯浅抿了一口："门内的人为什么要制信给罗生门呢？从我们上一扇门的经历来看，制信的代价很大，门内的人和诡物都不是傻子，不会无条件去做这样费力不讨好的事，所以这里面必然有一场交易。仔细想想，对于门内的那些诡物而言，还有什么比外面的世界更吸引它们的呢？"

白潇潇言罢，良言陷入了思索："我知道你们想阻止罗生门，但罗生门不是普通的组织，想要对付他们很难，至少以我们诡舍目前的实力来说，远远不够！倘若邝还在，我们还能陪他们玩玩，现在邝离开了，咱们连跟他们过手的可能都没有。"

宁秋水问道："外面的世界也不行吗？"

良言叹道："你知道，罗生门最可怕的地方在哪里吗？那就是他们在外界同样有着强大的统治力，这让他们可以不断收集那些信，并将其留存到第七扇门使用。这样一来，他们的存活概率大幅度增加。正因为那些信，他们才敢去接第七扇门的单子，而且成功保护单主的概率超过百分之五十……"

宁秋水很机灵。良言说到了这里，他已经明白了。现实世界，越是有财有势的人，往往越害怕失去一切。一旦被诡门选中，他们就会疯狂地在论坛寻求帮助和庇护。而谁能最稳妥地保护他们呢？当然是排行第一的罗生门。

"……事实上，到了罗生门这种级别的组织，普通的金钱他们已经很难再瞧得上眼了。他们要的是……权力。想要他们的保护？可以，加入他们。这就是为何罗生门越来越强壮，越来越可怕！他们累积了几十年的财富和权力，其他的诡舍根本不可能轻易挑战。"

"言叔，你们知道罗生门的统治者是谁吗？"宁秋水问道。

良言思索了片刻，说道："如果是最初的创立者，我们倒是听说过一些，那是一个很厉害的家伙……听说一个人过了第九扇诡门，并拿到了最后一块拼图碎片，进入了迷雾终点。"

宁秋水闻言一怔："一个人进入第九扇诡门？"

良言点头："嗯，传闻如此。他走后，罗生门听说分裂成了好几个阵营，相互合作，又相互制衡。总的来说，里面很乱。这么多年来皆如此。"

"如果是这样的话，我们也不是完全没有机会。因、内、反、死、生五间，也许可以派上用场。"

听完宁秋水的话，良言讶然一笑："你还读过兵法？"

"以前师父教过我一些，略知一二。"宁秋水说完之后，又道，"如果你们知道和罗生门有关的人，可以和我联系，我想跟他们聊聊。"

几人点头。白潇潇的秀眉却是一挑："……会不会太冒险？"

宁秋水笑着安抚道："我不是亲自动手，而且计划的实施也需要很长的时间，我一直很谨慎，不会贸然行动。"

听到这里，白潇潇也不再多说什么了。她了解宁秋水，对方不会主动去做没有把握的事。

"需要帮助的话，随时可以跟我讲。"顿了顿，白潇潇又说道，"我在石榴市有相当一部分……嗯，地下资源。"

宁秋水有些讶异，但也只是讶异了一瞬。有能力住进迷迭香的人，肯定也不会简单。

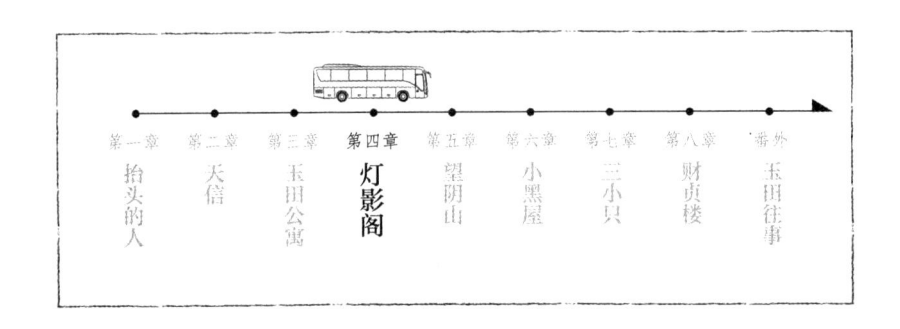

第一章	第二章	第三章	**第四章**	第五章	第六章	第七章	第八章	番外
抬头的人	天信	玉田公寓	**灯影阁**	望阴山	小黑屋	三小贝	财贞楼	玉田往事

接下来的几月，宁秋水照例刷了几扇门，他没有遇见有拼图碎片的诡门，重心也放在了和罗生门有关的事情上，进门的频率没有先前那么高了。值得一提的是，白潇潇度过了自己的第六扇诡门后，他们的诡舍也的确迎来了六名新人。

他们在第一扇门淘汰了一个。后面两扇门又淘汰了三个，最后只剩下了两个人幸存下来。

一个叫云裳，是个非常温柔貌美的女人，脸上总挂着公式化的柔和微笑，对谁都保持着距离，让人捉摸不透。另一个叫余江，是个憨厚老实的男人，最喜欢的事是钓鱼，经常往诡舍后院的鱼池里添些肥美的大鱼。

有一天，刘承峰回了诡舍，一看这么肥的鱼，那还了得？诡舍的伙食一下子好了起来。

"我的鱼呢！"余江某天带着新钓的鱼回到诡舍，正要再欣赏一下自己曾经的战果，却发现池子里的鱼没了大半！

"它们淹死了，不过我们给它们举行了隆重的葬礼，都走得很安详。"君鹭远用一根鱼刺剔着牙。

余江盯着君鹭远手中的鱼刺，发出了一声惨烈的吼叫："啊啊啊……你们吃鱼为什么不叫我？"

君鹭远心虚地笑了笑："下次……下次一定！"

闲聊嬉笑之余，快乐舒适的日子很快便结束了。宁秋水和大胡子的第四扇门终于到来。冬天也悄然而至，伴随着纷飞的雪。

诡舍里，宁秋水侧卧在床上，重新翻看着闻非给他的文件，他突然发现了一个之前忽略的信息。那就是能收到天信的人，都至少度过了一次第七扇诡门。那岂不是说明……那个叫红豆的人，也过了第七扇诡门？

说起红豆这个人，对方最近似乎没有主动联系过他了。

也不知道他究竟在做什么，更不知道他是否平安。

随着二人的第四扇诡门即将到来，宁秋水难得看见大胡子在诡舍里常驻了几天。众人为了他这口手艺，也都齐聚诡舍，一到做饭的时候，他就忙得不亦乐乎。田勋似乎对"吃"有着执念，疯狂跟着大胡子在厨房里忙碌，企图学会徒弟，饿死师父。但奈何厨道艰难，最后清秀的小脸变得蓬头垢面，也只学会了一道番茄炒蛋。

"田勋，吃完去把碗洗了，等我回来教你做菜。"

田勋一听这话，眼睛一下子就亮了："好，保证完成任务！"

吃完之后，宁秋水和刘承峰就直接上楼去了。

"秋水哥，大胡子，注意安全啊！"君鹭远站在楼下喊道。

宁秋水低头，看见众人的目光或多或少都带着一些紧张。无论是前几扇门，还是后面的门，那头都是可怕的诡物。一旦进入，总有淘汰的风险。经过这么长时间的相处，大家的感情升温了不少，自然担忧他们的安全。

"放心。"宁秋水对着他们笑了笑。

来到三楼，诡门上出现了几行字：

任务：在灯影阁度过五日，并找到离开的方法。

提示：夜晚不要出门。

"就这么简单？"刘承峰一怔，表情有些错愕。

一旁的宁秋水道："本来就只是第四扇门，肯定不会给太多提示。"

刘承峰恍然："对噢！"

他的话音刚落，诡门被推开，二人眼前一晃，便失去了意识。

再一次恢复意识时，宁秋水发现自己已经站在一座古阁的门口。四下环顾，古阁伫立于深山之中。虽然有一条泥路通往外界，但并没有车辙痕迹，显然此地人迹罕至，鲜有外人来过。

头顶浓云汇聚，遮住了阳光，山间雾气弥漫，为眼前这座古阁平添了几分神秘感。古阁门外，一个穿着灰色布衣的苦行者正低头扫地，神色平静，似乎完全没有注意到门外的众人。

宁秋水很快便找到了刘承峰。后者站在灯影阁前，抬头看着那块已经陈旧不堪的牌匾，神情十分凝重。

"怎么了，大胡子？"宁秋水悄然来到刘承峰身边，开口便将他吓了一跳。

"小哥，你走路都没声音的，吓死我了！"刘承峰拍了拍胸口。

"发现什么了吗？"宁秋水问。

刘承峰脸色古怪："也谈不上发现什么，就是总感觉这地方怪阴森的，好像有很多眼睛在盯着我们……"

他说着，也望向了那片迷雾，看向古阁的内部。雾虽然不是非常浓郁，但在几十米开外，也能够完全遮住人的视线。

随着其他几人陆续找到队友，大家一同来到古阁门口，那个扫地的苦行者总算抬起了头。他的脸上挂着如沐春风般的微笑，神色恬静："诸位客人是来阁内参观的吧？请稍等，我去通报一下阁主。"

说完，苦行者双手合十，对众人鞠了一躬，然后转身朝古阁内部走去。

"我过了那么多扇诡门，还是第一次看到把任务地点设置在古阁里的……"一个剪着齐刘海儿，神色有些张狂的男人双手抱胸说道，"话说这种地方，不应该是诡物避之不及的所在吗？看来，这群人不过是徒有其表……中看不中用！"

站在他身旁的胖胖男子穿着笔挺的西装，面带和善的笑容："老柴，你少说两句吧，到时候被听见了可不好，毕竟咱们还要在人家的地盘上待几天呢！"

被称为老柴的男子冷笑一声，瞪了他一眼："我怕什么？"

大约过去了五分钟，一名年轻的苦行者和另一位老者走了出来。老者扫视了一眼在场的八人后，脸上立刻浮现出一抹欣喜的笑容："好好好，各位客人一定是来灯影阁参观的吧？这灯影阁啊，也是方圆几十里地有名的古阁，正所谓心诚则灵，各位少安毋躁，在古阁小住几日，相信到时候一定会有所收获。"

说着，他便领着众人进入了古阁。

"这……小哥，你觉不觉得那老者脸上的笑容……有点儿让人发毛？"刘承峰抖了抖身体上的寒意，压低声音在宁秋水耳边问了一句。

宁秋水竖起食指放在唇边，示意他这个时候不要乱说话。

随着众人踏入了古阁，走了大约几十步后，宁秋水回头望了一眼入口处，却发现那里的大门已经缓缓关上了。

嗡——大门闭合的声音传来，众人都听到了动静，也纷纷回头看向古阁的门口。此时，走在最前面的老者微微一笑，平静地说道："各位客人不必惊慌，此乃深山，偶有风吹异动，实属正常。这边已经为诸位准备好了住宿的地方，法华啊，接下来的几日，就由你照顾这几位客人吧！"

一旁的年轻苦行者点了点头："好。"

灯影阁虽然建在深山老林，但其规模却一点儿也不小。弯弯绕绕，大型建筑不少，光是钟楼就有三座。只不过，这三座钟楼上却没有敲钟的人。整座古阁冷清得可怕。

"老人家，你们灯影阁还有多少人啊？"之前被胖子称作"老柴"的男人问道。这人胆子挺大，虽然这位老者身上多少透露着些诡异的气息，但他似乎并不害怕。

听到这个男人的问题后，老者双手合十，转过身答非所问道："山不在高，有仙则名；水不在深，有龙则灵。心诚者永远是少部分人，否则，岂不是人人都能成圣？"

老者脸上的笑容更加深了些，众人甚至隐约觉得他的脸上带着一种说不出的红润。

"喏，诸位请看，那里就是为诸位打扫出来的住处。"走在前面的老者忽然抬手指着前方。

众人顺着他手指的方向看了过去，见到一座修建得较为精致的宅子，房屋一字排开，共有六间平房。

"山里的条件简陋，这里只有六间比较好的房间了，只怕诸位要稍微凑合一下……法华，我还有事，接下来的几日，你要好好照顾几位客人！古阁里的某些规矩，你也要和客人们讲清楚。"

小苦行者立刻双手合十，恭敬回应："我明白。"

老者交代后，便急匆匆朝一个方向离去。他的步伐有些着急，像是有很重要的事情要去做。等他走远之后，小苦行者才对众人温声说道："各位客人，我叫法华，是灯影阁中最下等的苦行者，平日里负责清扫。"

顿了顿，他又说道："当然，现在也负责敲钟。这边的房子已经为诸位提前打扫干净了。古阁没有早餐，只有午餐和晚餐，正常情况下，我们是不提供荤菜的，毕竟这里是修行之地……再过小半个时辰就到晚餐时间了，届时请诸位移步隔壁的食宅，一同用膳。另外，由于深山之中不通电，没有办法为电子产品充电，所以还请各位委屈一阵子。每天戌时，我会为各位房间提供一盏红色灯烛，足够燃到第二日卯时。"

小苦行者徐徐地交代完后，跟众人暂且告别，说自己要去钟楼准备，到点之后便要敲钟了。八人目送他远去，便开始分起了房屋。

"这是第四扇诡门,想必各位之前已经经历过至少三扇了。接下来的五天,希望大家能够精诚合作,争取以最快的速度找到生路,这样我们可以将损失降到最低!"说话的是一个非常漂亮的女人,名叫沈薇薇。

她和另一名相貌平平看上去有点儿体虚的男人段曾天是一对情侣,同属一个诡舍。

沈薇薇语气轻柔,像是一名温柔的邻家女孩,很容易给人好感。

"选房间的话,我们抓阄决定?"

"你们先选吧,这房间来来回回都一个样儿,住哪儿都无所谓……诡物要真盯上你了,你就算住天上也没用。"柴善不耐烦地摆了摆手,那语气实在是有点儿欠揍。

沈薇薇的男朋友忍不住了:"狗嘴里吐不出象牙,能不能说点儿吉利的话?"

柴善原本就是一个脾气暴躁的人,一听有人骂自己"狗",还是一个一脸阳气不足的小白脸,这哪里忍得了?

"哟哟哟,说吉利的话有用吗?说吉利的话就不会有人被淘汰了?瞧你那一副肾气不足的样子,回头啊,说不定诡物就先找你,自己小心点儿!"

"你这家伙……"

"哎哎哎,想干什么?还想跟哥动手?瞧瞧哥这肱二头肌,你配吗?"

眼看着两人越吵越凶,宁秋水摇了摇头,打断了他们,带头选了个最靠右边的房间,说道:"好了,从左往右数,我们住六号房吧。各位记住自己的房号,不要到时候走错了……以免被人误会。"

说完,宁秋水就和刘承峰率先走进了六号房。

有了他们带头,剩下的人也不争辩了,各自选择了一个喜欢的房间。虽然灯影阁的苦行者为他们准备了六间不错的精致小屋,但事实上他们只用了四间,分别是一号、三号、四号和六号房。每间房都住了两个人。

他们都明白,在诡门背后的世界里,落单是一件非常危险的事。

进入房间后,宁秋水照例检查了一下这里。刘承峰还在房间里找到了一些破旧的经文。这些书被人翻过很多遍了,刘承峰随便翻了翻,忽然从一本经文中滑落出了一张纸。他好奇地捡起地上的纸,脸色一变:"小哥,你快过来看!"

宁秋水闻声走到刘承峰身旁,纸上密密麻麻,全都用红色的朱砂写着歪七扭八的两个字,看上去有一种说不出的诡异和疯狂。

"成圣?"宁秋水微微一怔。

他迅速和刘承峰检查了其他的书。房间里还有一些野史杂谈,这些书同样破旧不堪，也不知道被人翻看了多少次。

"这些苦行者，知道经书不爱看，就给我们准备了这些野史……"刘承峰嗤笑了一声。

话音刚落，一声悠扬的钟声从灯影阁内传来。

当——当——当——

钟声在古阁中回荡了许久，直到声音消散，门口传来了小苦行者的呼唤："诸位客人，饭菜已经备好，请收拾一下，随我一同去食宅吧！"

在小苦行者的带领下，众人一同来到了食宅。刚一进门，他们就闻到了一股香味。肉糜的香味。闻到这股味的刘承峰，神色瞬间变了。而随行的其他几名诡客，反倒是眼神微亮："哎哟，好香啊，这是什么味儿？"

柴善撸起袖子，第一时间走到饭桌前，看了看粥里漂浮的肉块，笑道："法华小师父，你不是说古阁的饭里没有肉吗？怎么，这粥里是灵芝啊？"

面对他的冷嘲热讽，法华并没有生气，而是十分诚恳地说道："也许是因为阁内照顾各位的缘故，提前去市场里面囤积了一些肉类。"

柴善嗤笑了几声，坐在了座位上，对法华道："看你态度不错，我不拆穿你。"

说着，他拿起勺子尝了一口肉粥，眉飞色舞道："你们这粥做得可以啊！香，太香了，哎，你们也坐下尝尝！"

其他几人看着柴善的眼神就像是在看傻子。他们实在不明白，如此张扬、愚蠢的家伙是怎么活到这一扇门的？

"哥们儿，小点儿声，这房间里还有几个苦行者呢……"

众人陆续坐下。宁秋水闻了闻肉粥，老实说，真的很香。熬粥人的手艺甚至在刘承峰之上。他盯着碗里的肉粥，想起了法华说的那句话，目光又瞟向了不远处小苦行者的那碗粥。他的粥里只有青菜，没有肉。

宁秋水对着小和尚笑道："小师父，麻烦帮我盛一碗青菜粥吧，我最近在戒荤腥。"

法华先是一愣，随后点了点头："好的。"

他刚一起身，刘承峰便高声说道："那个小师父……也给我盛一碗吧，我最近减肥呢！"

他也找了一个理由。当然，想要喝青菜粥的也不仅仅只有他们二人。另外几个人也跟着宁秋水选择了青菜粥。

有人是因为从众，也有人是因为记得小苦行者之前的叮嘱，觉得这肉粥出现得有些诡异，所以没敢随便下肚。吃下去容易，想要吐出来就难了。

倒是柴善，一边大口喝着肉粥，一边摇头咂嘴道："说你们蠢，你们还真不信……都是经历过几扇门的人了，没发现吗，诡门可不会在我们睡觉和吃饭的地方动手脚！"

段曾天冷笑道："你没遇到过，就是没有？才过几扇门呀你，就这么嚣张？"

柴善用那双竹筷敲了敲碗，发出了叮当的清脆声："我就吃，能怎么样？我这也没中毒呀！"

见到他那副张狂的模样，众人都默不作声，选择了埋头吃饭。他们可不在乎这样的人到底会不会出事。他们只希望，这种人被淘汰的时候，可千万别牵连到了他们！

"真服了，哪来的蠢货啊？老段，差不多行了，懒得跟这种人废话。"这时候，宁秋水听到身旁的沈薇薇忍不住低声骂了一句。

段曾天附到她耳边小声笑道："薇薇，我逗他玩儿呢。咱们这个队伍里其他人看上去都有点儿精，正好这个家伙傻乎乎的，不如激他一下，让他去给咱们探探路……"

沈薇薇闻言，眼光轻轻一闪，而后埋头吃饭，不再多说什么了。

宁秋水倒是有点儿意外。看来这人也不像表面看上去那么没用。这两人说话的声音非常小，如果不是宁秋水的听力极好，根本不可能听到他们说话的详细内容。

争执结束后，食宅里就显得比较安静了。吃饭的时候，宁秋水简单扫视了一下，发现这个食宅里面除了他们，一共有五个苦行者。先前出来迎接他们的那个"阁主"，竟然没有来吃饭。而那五名苦行者时不时会抬头看他们一眼。那种眼神……多少带着点儿诡异。

每当他们的目光落到自己身上，宁秋水就能清晰地感觉到自己浑身上下的汗毛都竖起来了，非常不舒服。

很快，他们吃完了饭。食宅里的其他苦行者起身离开了，法华开始收碗筷。

宁秋水来到了法华的身边，低声问道："小师父，怎么没见阁主过来吃饭呢？"

法华收拾碗筷的动作一顿，他抬头看了宁秋水一眼，迟疑了片刻，说道："也许阁主是在辟谷，我不太清楚。我平日里只是扫扫地，撞撞钟，其他的事情知之甚少……"

见他这么说，宁秋水又换了一个问题："那小师父，灯影阁一共就只有你们六位苦行者吗？"

法华摇了摇头，脸上流露出了羡慕的神色："灯影阁以前一共有二十四名苦行者。不过后来大师们都成圣了，留下来的人都是资质相对比较愚笨的，没能够悟得真经圣法。说来惭愧，我在门口扫地也有十年了。古书诵读皆已烂熟于胸，可是对于真经之法却没有丝毫涉猎，可能是我资质愚钝吧……"

法华倒是比较坦荡，说到"成圣"的事情，他倒是有艳羡之色，不过也仅限于此。说完了这些，他没有给宁秋水继续开口的机会，端着餐具就离开了。

走到门口的时候，法华对食宅里的八人说道："各位客人，深山之中天黑较早，或有野兽乱窜。时间已晚，各位客人若是想要参观古阁，明日不迟，现在还请诸位客人早些回到自己的房间休息吧。今夜所用灯烛，法华稍后便为诸位客人送到。"

说完，他便出门去了，身影消失在了阴暗的夜幕中。

夕阳西下，门内尚有火烛数盏，照得一片光明。而门外早就已经是一片黑暗了。相隔数十米的地方，他们甚至有些看不太清楚自己的住处了。那六间房屋黑漆漆的一片，让人不安。

"小哥，回去吗？"大胡子见宁秋水坐在原地，完全没有要起身的意思，随口问了一句。

"等。"宁秋水说道，"等法华拿着烛火出现，我们再过去。"

他们虽未动，其他人却动了。

"我先走咯！哎呀，吃饱喝足，回去美美睡上一觉，明天早上见！"柴善打了个哈欠，又拍了拍自己的肚皮，然后自顾自地走入了黑暗中。

他的室友是鲁南尚，那个看上去慈眉善目、十分温和的胖子。看见柴善离开，鲁南尚也只能硬着头皮跟上去。

看着两人消失在黑暗里，另外四人也有点儿坐不住了。

"那个，你们有谁想回去吗？一起呗？"一名看上去颇为胆小的麻花辫女生梅雯弱弱地问道。她盯着外面的黑暗，神色里充满了忌惮。

"食宅里面有两盏蜡烛，你们可以拿一盏回去。"宁秋水接了话。

"你们不回去吗？"沈薇薇有些好奇地看着二人。

宁秋水笑道："吃饱了，坐一会儿。"

几人面面相觑，沉默了片刻，他们拿着其中的一盏蜡烛，朝着住处走去。看着他们的身影全都消失在黑暗中，刘承峰翻手盖住了掌心的一枚铜钱，叹了一声："今夜……要见血了。"

"你给他们卜了卦？"宁秋水好奇地看向一旁的刘承峰，他很少看见刘承峰给人算卦。

"没有。"

"那你这么确定今晚会见血？"

"我只是觉得这么说会比较有气氛。"

"……"

忽视了刘承峰的胡言乱语，宁秋水安静地坐在食宅里等待着。

繁星与明月皆隐于阴云之后，距离众人离开食宅才过去了几分钟，黑夜便彻底笼罩了这片深山。屋外几乎伸手不见五指，好在没过多久，端着六盏火烛的法华便如约而至了。

宁秋水见状，也拿起了食宅里的蜡烛，和刘承峰一同前往自己的住所。法华将手里的红色蜡烛递给了他们，二人才走进了自己的屋中。宁秋水拿着红色蜡烛在房间里又一次仔细搜寻了一遍，确认没有任何遗漏后，才将蜡烛摆放在窗边的桌子上。

红蜡烛的火苗扑朔迷离，虽然房间里面并没有风，但火苗依旧左摇右晃，仿佛随时都会熄灭。本来这种变化倒也没什么，但是由于蜡烛的晃动总是会带着房间里各种阴影的变换，导致人在闭上眼睛后，总觉得房间里有什么东西在飘动……这种变化给人的感觉非常不好，让人很难静下心来休息。

"起雾了……"宁秋水没有上床，而是站在窗边，看向外面漆黑的楼阁。夜幕降临之后，山间那雾气也开始愈发浓郁。

"这古阁是真的奇怪，大晚上的，外面连一盏灯都没有。月黑风高，什么都看不清楚，现在又起了雾，天晓得今天晚上会有什么东西在古阁里走动……"刘承峰低声骂了一句。

他还记得自己第一次进入诡舍，那个不信邪从大巴车跳入迷雾的胖子，最终惨遭不幸。似乎在诡门背后的世界，迷雾就和危险挂钩。

外面吹来的阴风，让窗后桌台上的烛盏晃动不已，宁秋水神色微动，立刻将窗户关上了。这些房间都是老式的窗户，不是由玻璃打造的，而是一层薄薄的窗户纸。不过好在窗户纸虽薄，也能够挡住窗外的风。

"小哥，这蜡烛咱们就要让它这样烧一整晚吗？"刘承峰指着桌上的红蜡烛询问道。

宁秋水反问了一句："有什么问题吗？"

刘承峰目光一闪："红色，不是大吉就是大凶。"

他已经说得相当明显了。这蜡烛并不是普通的照明蜡烛，如果不是用来辟邪，就是用来招灾！

"姑且先留着看看情况，我们有试错的机会。"宁秋水说完之后，直接给大胡子扔去了一个黑色的相册。那是黑衣夫人留下的东西。

大胡子看着手里的这本相册，咧嘴一笑："行，听小哥的。其实我觉得那小师父看着不像坏人……但我也不敢打包票，毕竟这灯影阁里处处都透露着诡异。"

两人躺在床上，闭上眼睛休息。而与此同时，住在一号房的段曾天气喘吁吁地从女朋友身上翻身下来，看了一眼秒表计时器，脸色欣喜不已："好好好，老中医的方法果然有效，这一次多了足足五秒！哎呀……"

他满脸的成就感。

沈薇薇一脸平静地穿上了衣服："赶紧睡吧，明天还要参观古阁。现在咱们对这座古阁一无所知，我心里不安定。"

段曾天嘿嘿一笑，上床一把搂住了黑暗中的沈薇薇："放心，今晚就算是真的要出事，那也肯定是那个柴善！小师父都已经提示得那么明显了，古阁里平时根本就没有肉，他竟然还敢吃！真是不知道他怎么活到第四扇门的！"

沈薇薇盯着窗台旁边的那盏烛火，心里隐隐泛起了一股不祥的预感，但是她也没有说什么，轻轻点了点头，便闭上了眼睛。或许是由于起雾了的原因，外面风很小，基本没有任何声音。到了接近凌晨时，屋外传来一阵极其微弱的脚步声。这脚步声很轻，相比屋内的那如雷般的鼾声，几乎可以忽略不计！但心绪不宁、一直没有睡着的沈薇薇还是敏锐地察觉了。

她立刻翻身坐起，目光看向了窗外。这不看不要紧，一看还真让她发现了什么。只见一个人形的上半身的黑影正站在窗外，静静地盯着他们！霎时间，沈薇薇为数不多的困意立刻消失得无影无踪！

屋外站着的是谁？是人吗？就在她犹豫到底要不要叫醒自己男朋友的时候，屋外的那个黑影忽然动了。只见他伸出一根手指，轻轻地点在了窗户纸上。紧接着，那层薄薄的窗户纸就被捅破了。

屋外的黑暗仿佛一汪深水，无声无息地透过窗上的小孔似乎要流进来一般。

沈薇薇浑身颤抖，眼睛也急忙闭上。她很害怕从那个窗孔忽然看见一只血红的眼睛。说不定门外站着的就是古阁里的诡物，如果看见自己没有睡觉，说不定会猛地冲进来把她淘汰掉！

闭上眼睛的沈薇薇并没有看见，有一个狭长的小竹管顺着窗户纸上的孔洞伸了进来，然后对准他们桌上的红蜡烛，吹了一口气。下一刻，他们房间的烛火熄灭了。

嗒嗒嗒——

屋外的黑影完成这一切后，蹑手蹑脚地离开了。

听到屋外那黑影的脚步声渐行渐远，闭上眼睛的沈薇薇总算是敢再一次将眼睛睁开，只不过这一次，房间里面已经被黑暗彻底填满。她几乎什么都看不见。

身旁的男朋友仍然睡得跟头死猪一样。沈薇薇急忙将段曾天摇醒："天哥，醒醒！"

段曾天被迷迷糊糊摇了好一会儿，总算是睁开了眼睛："怎么了，薇薇？"

沈薇薇将刚才的事情和段曾天说了说，后者立刻清醒了过来。他小心翼翼地走下床，来到窗边，认真查看了一下烛火，脸色铁青："肯定是有人故意陷害咱们！他故意吹灭了咱们的蜡烛，肯定是想看看这个蜡烛是否是触发条件之一！"

沈薇薇："那会是谁呢？"

段曾天声音冰冷："还能是谁？肯定是柴善！真是个混账玩意儿！"

沈薇薇看了一眼窗口的那个孔洞，外面黑漆漆的，隐约还能感受到一缕阴风吹入。她打了个寒战："那咱们怎么办？"

段曾天沉默了片刻，说道："这样，薇薇你跟我一起，我们去隔壁二号房。那个房间没有人住，但是我看小师父之前来给我们送红蜡烛的时候，手里一共有六盏，所以隔壁应该也有。"

他心里有点儿后悔，自己就是平日里烟酒不沾，否则身上但凡有个打火机或是火柴，也不至于陷入这般被动的局面。

沈薇薇很快便同意了他的提议。两人都觉得，小师父留给他们的那盏红蜡烛应该有着特殊的作用。如果他们不赶快将房间里的这盏红烛点燃，漫漫长夜，还指不定遇上些什么。

二人一合计，立刻起身推开了房门。走的时候，段曾天还是带上了房间里那一盏已经熄灭的红蜡烛。

门外，雾浓光黯。寂静的小长廊上，响起了二人的脚步声。他们走到隔壁房间门口，隔着一层薄薄的窗户纸，没看见里面有任何光影闪烁。段曾天心里掠过了一股不祥的预感。

他小心地将房门推开。

吱呀——

轻微的响动过后，房间里的景象映入了二人的眼帘。里面一片漆黑，哪里来的火烛？站在门口的段曾天一怔。怎么会……之前小师父来送火烛的时候，他还特意数过，那个托盘上面装着六盏火烛，正好对应他们六个房间。

难道……剩下的两盏火烛不是给他们用的？念及此，段曾天的心里一凉。

沈薇薇站在他身后，轻轻扯了扯段曾天的衣服："天哥，咱们要不还是回去吧……"

段曾天四下看了看，将二号房间的房门关上。雾越来越浓了，甚至已经将他们的视野压缩到了不足十米的范围。

"再往前面走点儿……其他人的房间里总有蜡烛燃着的吧，只要借用一下他们的蜡烛，我们手里的这一盏就有用了！"

突然变浓的大雾让段曾天感觉到了浓郁的不安。反正都已经出来了，不如再咬咬牙，将事情办了，至少今夜他们可以休息得安心些。他话音落下，沈薇薇忽然松开了扯住他衣服的手。段曾天以为沈薇薇害怕了，下意识地就牵住了沈薇薇，朝着三号房走去。

来到了三号房门口，这一次，隔着薄薄的窗户纸，里面的确有火光闪烁。段曾天心头一喜，急忙敲了敲门。

咚咚咚！咚咚咚！

时候已晚，为了确认能够惊醒门内的人，段曾天敲门的力气不小。然而无论他怎么敲门，门内……就是没有任何动静。夜雾的阴冷还在不断侵蚀着他的内心，也侵蚀着他一鼓作气的勇敢。

"喂，快开门啊！别装死……别装死……"

段曾天内心的不安越来越烈，不停祈祷着。敲门的手已经觉得痛，可门内的人还是不开。

"梅雯，单宏，你们听到了吗？麻烦开一开门！"终于，段曾天忍不住了，对着门内大叫，"开一下门，拜托了！我的蜡烛被人吹熄了，用一下你们的蜡烛点一下亮！开门啊，求你们了！"

他的声音越来越急，越来越慌乱。不只是因为外面的浓雾太冷。而是段曾天发现了一件特别恐怖的事——他牵着的那只属于自己女友的手……特别冷。冷得刺骨。那绝对不是活人的温度！

这个时候，段曾天才猛地记了起来，刚才沈薇薇松开他手的时候，他下意识地去抓住了沈薇薇……就是那个时候……就是那个时候！

"你……好像……发现了……啊……"耳畔，传来了一个冰冷的带着笑意的诡异声音。

那个声音古怪且怨毒。段曾天的身体瞬间僵硬。他不敢转过头去。手里，只能死死地攥着那盏烛火。他原本有一件诡器，是一个戒指，但是刚才沈薇薇松手的时候，顺便把那个戒指扒拉掉了。

段曾天对于这个"死心塌地"跟着自己的漂亮女友一直很上心，所以根本没有在意。反正两个人都在一起，谁拿着都是一样的。不过现在……情况不同了。

他想要松开牵着的冰冷的手。然而，对方的手却宛如钢钳一样，死死攥着他。

"你别怕……我是圣……来拜我吧……嘻嘻嘻……"那个诡异的声音说着奇怪的话，不停缭绕在段曾天的耳畔，越来越近，仿佛要钻进他的脑子里。

段曾天缓缓侧过脸，看见了一张这辈子从来没有看见过的恐怖面容！

"啊啊啊！"凄厉的惨叫声在走廊疯狂回荡。

此时，已经回到了一号房的沈薇薇听到这惨叫声，蜷缩在被褥中，瑟瑟发抖！她用力捂住了自己的耳朵，死死咬着嘴唇。手中的那个戒指已经出现了明显的裂纹。

事实上，在刚才回一号房的过程中，她已经遇见了一次"那个东西"。诡器救了她一命。所以，她安全地回来了。可她的男朋友段曾天就没那么好运了。听着这回荡不休的惨叫，沈薇薇不敢想象段曾天在外面究竟经历了什么可怕的事情……

她的脑海里，此时只有一个念头——那就是淘汰了段曾天……就不要再来找她了！

"别来找我……别来找我！求求你……"沈薇薇整个人在被子里蜷缩成一团，嘴唇咬得发白。

段曾天的惨叫声不知何时消失了。可门外……却出现了一个脚步声，由远及近。

嗒……嗒……嗒……

听到那脚步声，蜷缩在被子里的沈薇薇浑身发冷。

来了……它来了……果然还是逃不掉吗？

"别进来……别进来……别进来……"

沈薇薇在心里疯狂地祈祷着。屋外的脚步声由远及近后，最终停在了她门口。沈薇薇蜷缩在被子里，脑子里一片空白，完全不知道该做什么。

这只诡物来找她，说明她的那个倒霉男友段曾天已经出局了。所以，她手中属于段曾天的这枚戒指也失去了作用。只要外面的诡物要对她下手，那她就一定没有逃生的可能！

心脏狂跳，仿佛要直接弹出嗓子眼儿！

沈薇薇一只手死死抓着盖在自己身上的被褥，努力将自己的喘息声压到最低。她尽可能凭借自己的听力去感知门外的状况。然而，几分钟过去，沈薇薇始终没有听见门外传来任何动静。

黑暗中徒留死寂，能听到的也只有她自己的心跳声。

咚——咚咚——

在这仿佛计时一样的心跳声中，沈薇薇的恐惧没有那么浓烈了。她深吸了一口气，缓缓将自己的眼睛睁开了一条缝，被褥也拉开了一个小空间。

嗯……自己四周很是静谧，感觉没什么奇怪的东西。视线逐渐推远，一点点朝着窗户口而去。就在视线触及窗户的一瞬间，沈薇薇的心跳猛地一滞！

虽然窗外没什么光，但多少也有一些，所以她理所应当地看见了窗口那个站着的黑影！对方……根本就没走！那个东西一直站在窗户背后打量着她！

得知真相的那一刻，沈薇薇险些双目泛白，直接晕过去。但她到底经历了几扇诡门，心理承受能力没有那么差，没能晕过去。僵硬的视线，终于还是落在了窗口的小洞上。

沈薇薇呼吸一室。那里……居然有一只眼睛。一只熟悉的，但却带着浓郁怨毒之色的眸子。这只眼，正是她的男友段曾天的眼！

视线相对时，沈薇薇的内心被前所未有的恐惧填满，她惨叫一声晕了过去。

翌日清晨，钟声响起。古阁中的迷雾仿佛收到了某种指令般褪去了，一切又变得清晰起来。

走廊上传来了惊呼声："快出来，有人出事了！"

听到这声音，众人纷纷从房间里走了出来。刚一出门，他们便感受到了一股诡异而沉重的氛围。走廊的青石地板上，躺着一名玩家。他的皮肤不知为何消失不见，地面上依稀可见暗褐色痕迹，像是已经干涸的血迹。

见到这一幕，许多人捂住嘴，面露惊恐。

"天哪……皮肤没了？而且，像是被完整剥掉的。你们昨晚……有听到求救声吗？"

面对这个问题，众人纷纷摇头。倒不是他们撒谎，而是昨晚他们的确没有听到任何惨叫和求救声。

看到这具身体，沈薇薇忍不住又想起昨晚窗外的那只眼睛，眼神一阵恍惚。她确定了，隔着窗洞偷窥自己的就是已经出局的男友段曾天！

它……是在恨自己偷走了他身上的戒指吗？如果他变成了诡物，今夜会不会回来复仇？

想到这个可能，沈薇薇就忍不住浑身发抖。似乎是发现了她的不对劲，宁秋水走过来，伸出手按在了她的肩膀上。被这么突如其来地触碰，让沈薇薇吓得尖叫了一声，看清身旁的人是宁秋水后，才终于缓和了一些。

"没事吧？"宁秋水问道。

沈薇薇摇了摇头。宁秋水又问："出事的这个人是你的男友？"

因为他们这一次进入诡门的人并不多，宁秋水清楚地记得每一个人。沈薇薇还没有点头，柴善却先笑了起来："我昨天说什么来着？瞧他那一副肾虚的模样，诡物肯定先找他啊！"

他的语气中没有丝毫的兔死狐悲之感，反倒充斥着嘲讽和幸灾乐祸，让人听着十分不舒服。沈薇薇抬起眼，看向柴善的目光中充斥着愤怒。

她抬手一指，咬牙切齿道："段曾天就是被他害的！"

在场几人的目光一下子集中在了柴善的身上，后者不慌不忙，摊手道："你可拉倒吧。我可没能力把他的皮肤这么完整地剥下来。"

沈薇薇面色冰冷苍白，跟众人讲述了昨天晚上发生的事情："……就这样，如果不是因为他昨天晚上故意弄熄我们房间的红烛，也不会发生后面的事！"

说着，她还专门带着众人来到了她的房间门口。窗户上果然有一个细小的孔洞。见到那个孔洞，柴善的脸色微变。

"昨天就你和段曾天发生过冲突，不是你是谁？"沈薇薇说着，身体都因为气愤而颤抖了起来。

面对沈薇薇的指责和众人的怀疑，柴善并没有丝毫的惊慌："你的故事讲得很生动，但似乎没有任何一个证据能够确切证明凶手就是我吧？而且，也不能排除这是古阁里的诡物干的啊。"

看着柴善那副得意扬扬的样子，沈薇薇尖叫了一声，几乎想扑上去给他几爪子，却被宁秋水拦住了。

"第一，你跟他打架不能解决任何问题。第二，你打不过他。"

宁秋水平静的话让沈薇薇稍微冷静了一些。

"其实……昨晚我们那里也有情况。"脸色十分和善的胖子鲁南尚开口说道，"大约到了凌晨，屋子外面一直有人影在晃荡徘徊，它似乎很想进来，还推了好几次门……如果不是我们及时醒来，一直堵在门后，只怕它就真的进来了！"

他话音刚落，人群里那个看上去特别胆怯的女孩梅雯也颤声道："我们也是！那个东西……一直在撞门。而且……"

她回忆起了什么可怕的事情，情不自禁地打了个哆嗦："而且屋外那个人当时在嘀咕着什么，声音很小很模糊，但我记得它的声音。那是……灯影阁阁主的声音！你们呢？"

宁秋水的冷静能给人很大的安全感。梅雯发问后，刘承峰倒是悠然答道："挺好，昨晚睡得很香。如果不是你们今早把我们吵醒，我估计能睡到中午再起来直接吃饭。"

众人听完之后，脸色都有些奇怪。

有人问："你们完全没有听到门外的动静？"

刘承峰摇了摇头。这时，法华敲完了钟，从远处徐徐走来，见到众人围在这里，他略有一些讶异："诸位客人，大清早怎么围聚在此地？"

柴善冷笑道："你瞎啊？地面上这么大个人，看不见？"

法华闻言，目光扫过地面，竟然没有丝毫惊讶。

"果然还是出事了……"他喃喃一声。

声音虽然不大，但众人都听见了。

"什么意思？你一早就知道我们会出事？"沈薇薇一脸激动，男友走后，她浑身上下似乎都充斥着怨气。

法华脸色凝重，但并没有回答沈薇薇的问题，而是扫视了众人一眼，认真问道："我昨日里嘱咐诸位的话，诸位客人可都照做了？"

沈薇薇喉头一动，本来想说自己全部照做了，可事实并非如此。

"你就告诉我们，寺庙里到底什么情况！你一定知道的，对不对！你一定知道！"她挤开了宁秋水，来到了法华面前，双手抓着法华的肩膀用力摇晃！

法华被她摇得头晕目眩，好不容易挣脱了她的手："女客人，清净之地，请您不要这样……"

法华双手合十，目光惊恐，嘴里不停诵念着"罪过罪过"。

站在一旁的柴善忍不住了，不耐烦道："啰里吧唆的！你直接告诉我们古阁里究竟什么情况就行了！"

面对众人的质问，法华叹了口气："我也不知道古阁里究竟出了什么问题……"

"你放屁！"柴善直接破口大骂，没有给他留一丝一毫的面子，"你在这里住了这么多年，你能不知道？"

法华如实相告："当真不知。"

柴善冷笑了一声："如果你不知道，刚才为什么要说'果然出事了'？"

法华沉默了许久，缓缓吐出一句让众人后背发凉的话："因为，诸位客人不是来到灯影阁的第一批客人。"

他说完这话，大家的表情都不大好看，只有宁秋水轻笑着指着地上那名没有皮肤的玩家说道："法华小师父的意思是，像这样的情形，以前还出现过很多次？"

法华点了点头："寺庙里晚上不太安全，希望诸位客人不要到处乱跑。"

说完后，法华便开始清理地上的痕迹。众人当然没有留在这里陪他一起，白天的时间是珍贵的，他们需要趁相对比较安全的时段去探索整座古阁。

"薇薇姐，你要不跟我们一起吧，你一个人的话，实在是太危险了！"梅雯看向沈薇薇，目光中饱含关心。

沈薇薇点了点头。在诡门背后的世界，抱团一定比单独行动要安全得多！

"行了，也别愣着了，咱们呀，赶快在古阁里溜达溜达。大门肯定是出不去了，看看哪里有没有什么隐藏的秘密通道，可以离开古阁。"柴善打了个哈欠，似乎团队里少了一个人，对他而言不是什么大不了的事情。

他跟那个面色和善的胖子先行离开了。

"小哥，我们去哪里转转？"刘承峰看向宁秋水。

宁秋水想了想说道："先去大殿转悠一下吧，然后去钟楼……"

刘承峰点了点头，跟在宁秋水身后，指尖一直把玩着一枚铜币。

哪怕是在白天，古阁里也十分寂静。偌大的古阁里，根本看不见任何人影。更诡异的是，这里似乎连虫子都没有。

"小哥，我总觉得有点儿怪……"

宁秋水不回头："哪里怪了？"

刘承峰三步并作两步走上前，低声道："古阁里的诡物，为什么要把玩家的皮肤扒掉？"

宁秋水没有正面回答这个问题，只是说道："还记得我刚才问法华的那个问题吗？"

刘承峰回忆了一下，发现宁秋水的问题比较微妙。

"在我们之前，还有人进入过灯影阁，最后他们之中也有人在这里被淘汰，也被扒掉了皮肤……这不是一种意外。"

很快，他们来到古阁的主殿，殿内香火缭绕，圣像数尊，白色的明烛三百盏。香殿的左右两侧分列八尊圣像，正殿上有两尊，皆是金骨铜皮，身披圣衣。

殿中央摆放着蒲团、贡位和香炉，却没有木鱼，应该是给外来的游客供奉所用。二人在殿里转悠了一圈，刘承峰语气中带着淡淡的嘲讽："修建得这么富丽堂皇有什么用呢？还不是没有香客。有一个词怎么说来着，金玉其外，败絮其中。"

宁秋水闻言，目光落在那些香炉和贡位处，那里的确没有什么东西，甚至和整座豪华的大殿相比，还显得颇为寒碜。除此之外，似乎没有什么其他发现了。

这里实在是足够空旷，说话甚至能够听见回声。没有什么小角落，可以用来藏秘密。

二人逛了一圈，的确没有发现什么异常之后，就准备离开。可当他们跨出大殿的门槛时，刘承峰却忽然打了个寒战，他回头看了一眼殿内，总觉得好像有什么东西在偷窥自己……是那些圣像有问题吗？

刘承峰目光扫过圣像的脸庞，但它们的眼睛都直勾勾看着对方，并没有瞥向他。不是圣像……那又是什么东西在看他呢?

两人前往钟楼的途中,刘承峰将这件事情告诉了宁秋水。后者点了点头,表示自己也感受到了。

"我总觉得那些圣像有什么地方不太对……"宁秋水一边说,一边露出思索的神色,"继续待在那个地方,可能会有危险,咱们还是去钟楼再看看吧……"

两人来到最近的一座钟楼,刚刚踏入楼梯口,忽然听到上方传来一声女人的惊恐惨叫:"啊!"

二人对视了一眼。

"是沈薇薇!"

钟楼并不算高,不过三层楼,两人很快便上了顶层。钟楼中央伫立着一口大铜钟,从上面残留的岁月痕迹来看,应该有些年头了。

高台上,只看见三人:沈薇薇,单宏和梅雯。

单宏站在高台的一角,眼神惊异地看着高挂的铜钟内部,而沈薇薇和梅雯就在里面。

"还愣着干什么,赶紧救人啊!"刘承峰见单宏像个傻子一样愣在原地,忍不住催促了一句。

他上前将两位女生从铜钟内拉了出来,沈薇薇和梅雯都面色惨白,浑身发抖。

"怎么了?吓成这样?"

沈薇薇一只手捂着自己的脖子,另一只手用力抓住刘承峰那壮实的胳膊,目光惊恐:"有……有诡物!"

刘承峰闻言,面色一僵:"哪里有诡物?"

沈薇薇颤声回答:"钟里!"

刘承峰狐疑地看了一眼巨钟内部,小心地探头进去,并没有发现里面有什么诡物,反倒是看见了一些刻痕。

"小哥,你来看看!"他对着外面的宁秋水招了招手。

宁秋水也钻了进去,目光落在刻痕上,用手指轻轻摸了摸。

"快逃……"他嘴里喃喃,随后却浮现出了一抹神秘的笑意,"我知道了。"

两人弯腰退出铜钟。刘承峰问:"沈薇薇,你刚才和梅雯到底在钟里经历了什么?"

沈薇薇嘴唇颤抖着开口:"刚才梅雯发现钟里有刻字,但是太黑了,她看不太清楚,于是让我去看看。我寻思说不定我能够看到,就进去了……可是就在我和雯雯看字的时候,一个恐怖的东西忽然袭击了我们!"

二人一听，顿时来了兴趣。

"恐怖的东西？什么恐怖的东西？"刘承峰问。

沈薇薇摇了摇头："我也没看清楚，它咬了我的耳朵，然后又袭击了雯雯的嘴，不过好在刚才雯雯拿出诡器把那只恐怖的东西逼退了！"

先咬耳朵，再咬嘴？

沈薇薇的叙述，让二人的表情变得有些古怪。似乎是担心二人不信，沈薇薇有些着急："是真的，不信你们看看我的耳朵！"

说完，她急忙展示自己耳朵后面的伤口。宁秋水上前看了一下，发现她的耳朵后面的确有一道非常深的牙印。牙印处还在不断向外渗血。而后宁秋水又查看了一下梅雯的嘴唇："看来，你们真的是被什么可怕的东西袭击了……快走吧，这个地方不安全了。"

沈薇薇和梅雯面色苍白，点了点头。

走的时候，单宏路过了宁秋水的身旁，想要跟他说点儿什么，只是嘴唇嗫嚅了一下后，还是默默离开了。

目送他们远去，宁秋水回头发现刘承峰还在铜钟里面看着那刻字。

"别看了，这字是才刻上去的。"

钟内的大胡子一怔："小哥，你怎么知道的？"

宁秋水说："这里风吹日晒，山间雾多潮湿，钟体易锈，你看这地上的锈块儿就知道了，小师父撞钟震动时留下来的。里面真要有刻痕，很快就会被锈渍侵蚀，摸上去不可能这么干脆利落。"

大胡子一听这话，脸上流露出若有所思的神色。

"而且不出意外的话，沈薇薇耳朵背后的那个咬痕应该是梅雯留下的。"

刘承峰眼睛一瞪："她去咬的沈薇薇，那她嘴上怎么会有伤痕？"

宁秋水沉默了片刻，平静地解释："自己咬的。她应该是先在钟里面随便刻了点儿字，然后假装发现了什么，吸引沈薇薇去钟里，这样单宏的视线就被隔绝了。至于她为什么要咬沈薇薇，我也不太清楚。不过给她查看伤势的时候，我都分别摸了一下二人的手，确实是活人的体温……而且单宏应该是发现了什么，不过他没说，或许他也不确定。那几个人身上多少藏着点儿秘密。"

宁秋水站在钟楼的高台上，向古阁四周眺望，还是没什么人影。

"这座古阁真的是空得可怕，不只没什么游客，连苦行者也没见着几个。昨天出来迎接我们的那个阁主也神秘失踪了。"

刘承峰撇嘴："那老光头，一看就不是什么好东西。昨天出来迎接我们的时候，嘴都笑歪了，那眼神就好像是饿了很久的狼，突然看见了肉一样……哎，那不是法华吗？他在干什么？"

大胡子正说着，目光忽然扫到了远处的一个人影，发现正是那个叫法华的苦行者。他的步伐有些慌乱，像是在寻找什么……

"过去看看！"

没有犹豫，二人立刻跑到法华所在的区域，撞到了他。

"小师父，你在找什么呢？"

法华神色难看："……不见了。"

"什么不见了？"

"那具没有皮肤的客人身体，不见了！"

昨夜被淘汰的段曾天的身体消失了。

"没有阁主的允许，我不敢随意动段客人的身体，所以打算先去拿一块布盖住，等阁主回来后禀明，再将段客人移送到阁外安置，结果就在我去找布的这点儿时间，门外段客人的身体不见了！"法华的脸上写着惊慌和疑惑。

"前后大约多久？"

"不到一刻钟！"

宁秋水眼神微微一动："带我去看看。"

法华立刻带着二人来到他之前找布的房间。门口地面上还有些拖痕，看样子他并没有撒谎。

"看段曾天的体型，大概一百二十斤，普通人想要搬动并不难。如果不是他自己'跑'了，那应该是有人在跟踪你，趁你进屋找布时，趁机把段曾天带走了。小师父，你之前有没有听到门外有什么响动？"

法华闻言摇摇头："没有。我当时忙着找布，没太注意外面。只是古阁里平时也没见过野兽，谁会带走客人的身体呢？"

宁秋水没有回答，而是蹲下身子，在门口仔细查看，许久之后，他轻笑了一声："小师父，你把地扫得太干净了，没什么灰尘，那人连个脚印都没留下。不过既然身体被人带走了，你也就别跟着瞎掺和了，说不定是沈薇薇想要自己处理她男朋友的事。"

听到宁秋水的话，法华迟疑了一会儿，还是认真叮嘱道："好吧……如果宁客人在参观古阁时看见了段客人的身体，请一定要及时告知我！"

宁秋水点头，而后他们便看见法华心事重重地离开了。

"小哥，你干吗撒谎骗他？"

面对大胡子的疑问，宁秋水道："他找不到段曾天的。不过小师父的反应很有意思，从他的表情来看，他似乎在担忧什么……"

顿了顿，宁秋水的语气也变得微妙了起来："玩家在诡门背后被'原住民'淘汰或不明不白地消失，是不会变成诡物的，所以小师父在担忧什么呢？"

刘承峰盯着法华离去的方向，若有所思："他临走前还专门提醒我们，找到段曾天的话一定要告诉他。看来如果找不到，可能会发生一些……非常不好的事。"

很快到了午饭时间。宁秋水和大胡子来到食宅，这一次他们甚至还没走进去，就闻到了一股浓郁的肉香。二人的神情有些微妙。

坐下后，二人面前已经摆好了两碗散发着浓郁肉香的粥。宁秋水按照惯例向法华要了两碗素粥。

"哎哟，今天这粥更香了啊！"柴善那欠揍的声音远远传了过来。他推门而入，神色十分迷醉。

"法华小师父，麻烦……给我也盛一碗素粥吧！"沈薇薇的脸色看起来很不好。看着面前粥里那白花花的瘦肉，她莫名想起了昨夜被淘汰的段曾天，鼻翼间缭绕的肉香也没有那么浓重了，反而让她有些反胃。

"喊，有些人就是不懂享受！这么香的肉粥不吃，真是暴殄天物！"柴善咂嘴感叹。

沈薇薇面色一冷，下意识回击道："行啊，你这么喜欢吃肉粥，我的这份送给你，让你吃个够！"

柴善闻言表情微僵，随后有些不自然地回道："我吃一碗就够了，你以为谁都跟你一样，像猪那么能吃？"

二人吵了两句，忽然坐在沈薇薇身旁的梅雯放下了手里的空碗，眼睛直勾勾地盯着沈薇薇碗里的肉粥。

"薇……薇薇姐，这份肉粥你不吃的话，就给我吧！"

沈薇薇闻言看向了身旁的梅雯，莫名被她的眼神吓了一跳："梅雯，你……没事吧？"

梅雯缓缓抬起头，似乎也意识到了自己的神情不大对，尴尬一笑："没事，就是早上没有吃早饭，所以有点儿饿。"

沈薇薇迟疑了片刻，还是将面前的这碗肉粥推给了梅雯。

"谢谢！谢谢！"梅雯面带感激，然后端起这碗肉粥，狼吞虎咽起来。

宁秋水看着梅雯的模样，目光微微眯起。他记得第一天梅雯吃饭时的样子，十分文雅，远没有现在这么急。一个将文雅刻进骨子里的人，绝对不会因为一顿饭没吃就变成这样。

似乎沈薇薇也察觉到了梅雯的不对劲，看着梅雯那狼吞虎咽的模样，她忍不住站起身，端着碗走到宁秋水身边坐下。

梅雯也不介意，专心吃着碗里的肉粥。

"几百年没吃饭了？这副模样。"柴善嘲讽了一句，"我吃饱了，回去睡觉了。"

他放下碗，自顾自地站起身，离开了食宅。

刘承峰看了他一眼，低声问宁秋水："小哥，梅雯什么情况？"

宁秋水看着梅雯喝完了粥，又觉得不够，用勺子不停刮蹭着碗壁上的残余，说道："不知道，但肯定不正常……而且昨天吃饭的时候，食宅里还有五名苦行者，现在只剩下四名了……搞不好明天或者今天晚上还会减少。"

刘承峰一听这话，背后一阵发凉。看着桌上的肉粥，他实在没法说服自己不多想。

"会不会是因为碗里的肉粥？"刘承峰问道。但很快，他又否定了自己的这个猜测："不不不，不对……如果是因为碗里的肉粥，那柴善没道理还保持着正常。"

宁秋水盯着柴善的那个空碗，语气意味深长："这还真不好说。"

宁秋水微微眯起眼睛，因为如果他的推测成立，那就说明那个叫柴善的人……非常希望他们出事！

在诡门背后，最恐怖的往往并不是诡物，而是那些利用诡物陷害同伴的人。

"……沈薇薇说的有可能是真的，昨天晚上柴善也许真的跑到了他们门口，用什么东西戳破了窗户纸，把他们房间的蜡烛吹灭了。"

似乎是听到了自己的名字，旁边的沈薇薇终于忍不住了，见宁秋水和刘承峰低声说着悄悄话，她却什么也听不到，不免有些着急。她总觉得，二人好像在说很重要的事。

"没什么……我吃饱了，要不要出去转转？"

面对宁秋水的邀请，沈薇薇甚至有些发愣："我，我吗？"

宁秋水看了一眼坐在梅雯旁边，始终一直不发一言的单宏。

"单宏，你吃完了吗？要不要一起出去散散步？"

有些失神的单宏回过神来，迟疑片刻后点了点头。

"对了，梅雯，看你比较饿，要是没吃饱的话，这几碗肉粥也留给你了啊！"

梅雯一听，眼睛顿时亮了起来："真……真的？"

"嗯。"

"那我就不客气了。"

她话还没有说完，手已经伸向离自己最近的一碗肉粥，继续埋头吃着，一边吃还一边赞叹："真好吃啊……真好吃……怎么吃都吃不够……"

踏出门口的四人听到这个声音，不禁打了个冷战。

"之前在钟楼，你想跟我说什么？"远离食宅后，宁秋水问单宏。

后者一直低头看着面前的路，听到了宁秋水的话才抬起头，语气带着一抹恐惧："还记得之前在钟楼里，沈薇薇和梅雯说遭到了袭击吗？"

宁秋水点点头。单宏颇有些心悸地回望一眼，确认身后没有人，才道："其实那个时候，我因为担心她们出什么意外，蹲着身子盯着她们的……"

说到这里，单宏瞟了一眼沈薇薇，跟她解释道："我不是想要偷窥你们。"

沈薇薇摆手，示意没有关系。

单宏这才继续道："我看见，梅雯张开嘴……咬了沈薇薇！"

他话音落下，沈薇薇身子猛地一震，后背渗出了冷汗！

"你，你认真的？"

单宏面色凝重，点了点头："钟内光线很暗，我看不清细节，但是我的确看见梅雯当时靠近你，然后一口咬在了你的耳朵上！她当时的状况很怪，脖子用力朝前伸直，已经拉伸成了完全不正常的长度，差不多是正常人脖子的五倍！所以你后来尖叫转身时才没有察觉，因为她的身体离你很远，脖子恢复后，她离你至少有两步的距离。"

听完单宏的描述，沈薇薇更觉毛骨悚然，被咬的耳朵伤口开始隐隐作痛，周围肌肤的汗毛都竖了起来。

"当时……当时你怎么不说？"沈薇薇咬牙道，语气带着愠怒。

单宏摇头："我当时以为自己看花眼了，还没细看呢，她就咬了你，然后你的尖叫声惊扰了梅雯，她几乎瞬间就恢复了正常……"

大胡子闻言，带着怪异的眼神看向了宁秋水："小哥，又被你说中了。还真是梅雯咬的沈薇薇。"

几人惊愕地看向宁秋水，后者耸了耸肩："只是看着牙印很像，所以随便猜了猜。"

沈薇薇面色惨白："为什么梅雯会变成这样？难道是因为她吃了肉粥？"

其实今天中午梅雯的异常，大家都能看出来。

"柴善那家伙也吃了肉粥，没见他出事啊？"刘承峰撇了撇嘴。

提到肉粥，宁秋水忽然想到了什么，看着众人问道："你们有没有看见鲁南尚？他今天中午没有来吃饭。"

提到这个胖子，在场的几人全都陷入了沉默。

"说起来，他不应该是跟柴善一起的吗？"

"嗯，我今早也是看他们一起走的。"

"鲁南尚应该和柴善走得最近，我看柴善没什么异常，他应该知道鲁南尚去了什么地方……也许他不舒服呢？"

宁秋水沉默了片刻，抬头说道："我们回去看看。"

几人迅速朝鲁南尚和柴善的四号房走去，到房门前，轻轻敲了敲门。门内没有回应。

"咦……柴善不是说自己回来睡觉了吗？"宁秋水嘀咕了一声，然后推门而入。

"我们这样会不会不太礼貌？"沈薇薇站在门外有些迟疑，没有立刻进入鲁南尚和柴善的房间，身后却传来了一道巨力。

"走你！"刘承峰一把推着她进了房间。

进入房间后，沈薇薇就没有刚才那么拘谨了，主动在房间里探索起来。但这个房间和他们的房间一样，非常干净，什么都没有。

"话说……我们进来到底是为了找什么？"搜索了一圈后，沈薇薇一脸茫然。

其实不只是她，单宏也不清楚他们为什么要进入这个房间。至于刘承峰……他根本没想过这个问题。宁秋水进了，他就进了。

"这夜壶里面有东西。"宁秋水忽然说道。

众人一听，脸色顿时变得很奇怪。

"不是，小哥……这个我要给你科普一下，夜壶是晚上用来装屎尿的，里面有东西很正常……"大胡子话还没有说完，就见宁秋水提着夜壶走到门口。

"里面没有排泄物。"宁秋水平静道，"我们的房间根本不透风，如果夜壶里有排泄物，味道会很大。你们刚才进来有闻到房间里有排泄物的味道吗？"

几人摇了摇头，但还是对宁秋水手中的夜壶感觉十分抵触。后者将夜壶带到光亮处，用树枝搅了搅，神色微变。

"小哥……你这口味有点儿重啊！"沈薇薇面色奇差。

宁秋水无视了她的话，若有所思地盯着夜壶："难怪柴善没事……"

见他似乎有所发现，刘承峰立刻凑了过来："小哥，怎么说，他俩便秘吗？"

宁秋水翻了个白眼："差不多得了啊！你看看这是什么。"

刘承峰借着屋外的光，认真看了看，神色骤变："这是……肉？"

宁秋水点头："嗯。"

他直接将夜壶里的肉全部倒在了地面上。另外两人围了上来，盯着地上的肉，眼中浮现了震惊。

"怎么会？这是柴善把肉粥里的肉吐了出来？"

166

宁秋水眼神幽幽："我搅动过肉粥，对于里面肉粒的分量有个大概了解，夜壶里的，差不多就是两碗的分量！那个柴善……压根就没吃肉粥里的肉！肉粥里的肉粒比较小，但是颗粒分明，量也不算多，他估计吃的时候直接含在了嘴里没有下咽，只喝了粥，没有吃肉。"

宁秋水看着夜壶里吐出的这些肉粒，如果是分成两批来储存的话，含在嘴里完全没有任何问题。

"这家伙真是个浑蛋！居然骗我们！"沈薇薇看着地上的那些肉，气得咬牙切齿，一改先前淑柔的模样，甚至那张姣好的脸已经因为愤怒而变得扭曲！说着，她转身就要离开。

"你干什么去？"单宏问了句。

沈薇薇冷声回道："老娘要找到他，问清楚这夜壶里的肉是怎么回事！"

单宏摇头："你是不是气傻了？就算你找到他，就算他真的承认了这一切，你又能怎么样？杀了他？你敢吗？"

单宏的三连发问，宛如一盆冷水，让怒火攻心的沈薇薇冷静了下来。

"行了，夜壶给他们放回去吧。咱们把这儿清理一下。"

几人一阵忙碌，做完了这一切后，正要离开，却看见不远处走来了一个胖胖的人影。那人影走近后，他们才看见，这人正是中午没有来食宅吃饭的鲁南尚。他满面红光，一只手还捂着胖胖的肚皮，似乎很是满足。

"哟，你们也都在啊！"见到众人，鲁南尚露出了他招牌式的笑容。

宁秋水问道："鲁南尚，中午怎么没见你去食宅吃饭？"

他咧嘴一笑。"不饿。我寻思在寺庙里到处转转，说不定可以找到些什么线索。"

宁秋水闻言道："那你找到了吗？"

鲁南尚摇摇头，叹了口气："没。"

他说完之后，也没有继续给宁秋水提问的机会，直接开门进入了房间，然后用力将门关紧并反锁。

"你们刚才有没有看见……"单宏声音迟疑。

"看见什么？"沈薇薇看向他问道。

单宏盯着鲁南尚的四号房门，招了招手，示意众人跟着他来到院子里，这才不确定地说道："刚才鲁南尚笑的时候，我好像看见他的牙缝里……有头发。"

沉寂了一会儿，沈薇薇吞了吞口水，眼皮在跳："你……你认真的？"

单宏深吸一口气："我也不太确定，只是好像看见了。"

或许是忍受不了心底的那种酥麻感，沈薇薇抓了抓头发，声音有些不耐烦："又是好像……你就不能看清楚些吗？"

单宏无奈："这我也决定不了啊！建议你们离鲁南尚远一点儿吧，那家伙身上的感觉不大对……"

他正说着，梅雯从不远处的食宅中离开，朝着这头走来。她的身影瘦弱，却莫名带给了众人极大的压迫感！

沈薇薇耳朵上的伤口开始灼热，她不自觉地躲在了单宏的身后，用一种审视的目光看着梅雯。

梅雯面色红润，脸上带着祥和的笑意："你们都在啊……真是谢谢你们的粥了，我中午吃得很开心。我有些困，先睡了啊！"

梅雯主动跟众人打招呼，说完之后，忽然嗅了嗅空气，自顾自地说道："哎，什么味道，好香啊……"

她一路走到四号房门口，贴在门口一直闻，像是十分迷醉，那诡异的行为让众人觉得后背隐隐发凉。

四号房，正是鲁南尚刚才进去的房间。可那个房间，刚才众人也进去过，根本没有闻到什么味道。梅雯贴在门口闻了好一会儿，才恋恋不舍地回了自己的房间。

"她……她刚才在闻什么？"沈薇薇声音支吾。

几人沉默，没有人回答她的话。但刚才梅雯的诡异行为他们都看在眼里，相比起刚才在食宅之中，梅雯身上的怪异正在加重！

宁秋水心头微动，拿起了附近地面上的一根小竹枝，走到三号房，捅破了窗户纸。他的动作十分轻微，几乎没有发出任何声音。完事后，宁秋水在三人紧张地注视下，将眼睛对准了那个小孔。借着这个小孔，他看清楚了房间里的情况。

只不过……里面的情景让宁秋水情不自禁愣在原地。

先前口口声声说自己困了的梅雯并没有睡觉，而是站在床边，背对着门口，低着头。宁秋水注视了她足足有五分钟，她一动不动。直到身后不远处传来了一个响亮的声音："喂喂喂，你们干吗呢？偷窥人家是吧？被我逮到了啊！"

听到这个熟悉又不招人喜欢的声音，门外的所有人都忍不住皱起了眉。声音的主人正是柴善。随着他的声音出现，宁秋水忽然发现一直站在床边没动的梅雯竟然缓缓转身了！

他立刻移开了自己的眼睛，后退几步，来到了院子中。柴善走上前来，一副"我就是正义使者"的模样，用一种审视的目光看着他们。然而，知道他的恶劣行径的几人压根没有惯着他。

刘承峰走上前去，一把揪住柴善的衣领，将他提了起来！

"哎哎哎，你干什么？被我发现了恶劣行径想要杀人灭口啊？我可警告你……"他话还没有说完，三号房间的门忽然被推开了。

梅雯那张脸从门后的黑暗中突然出现，将离得最近的刘承峰和柴善吓了一大跳！他们清晰地看见，梅雯的眼睛里布满了细密的血丝，在眼白中纵横交错，显得十分诡异！

刘承峰清楚记得，刚才梅雯回来时，眼睛还是正常的，只是过去了短短的几分钟，怎么就变成了这副模样？

"谁……在偷看我？"几乎是从喉咙里挤出的几个字，梅雯说完后，嘴角处还挂着一抹诡异的笑容。

见情况不对，刘承峰立刻说道："就是这小子，刚才跑到你窗户口偷窥呢！被我们抓了个正着！"

柴善一听这话，当场愣住了。不对啊！偷窥的人是你啊！这怎么能赖我身上？

"你放屁！别在这儿血口喷人！明明是你在偷看，被我回来的时候撞见了，现在恶人先告状？"

刘承峰无视了柴善在那里喷口水，对着梅雯说道："喏，他们看见了。不信你问他们。"

梅雯的视线随着刘承峰手指的方向看向了宁秋水等人。他们点了点头。

"没错，柴善确实在你的窗户上戳了一个孔洞，偷看你睡觉。"说完之后，宁秋水一手扶额，上前一步，痛心疾首地说道，"……柴善啊，我知道你这性格在现实生活中肯定不招女孩子喜欢，但咱们追求女孩子讲究一个光明正大，不管怎么说，偷窥都是不对的！做错了，咱们就要承认，也不是什么大不了的事，以后改就是了！"

柴善瞪大眼睛："你……我……"

梅雯短暂地犹豫了一下，随即走到刘承峰面前，对柴善露出一个笑容："下次不要偷看了。"

她笑得很诡异。那是一种让人看了会不寒而栗的笑容。或许是被吓到了，又或许是对众人的诬陷感觉到恼羞成怒，柴善猛地一把拨开了刘承峰的手，骂道："我都说了，不是我偷看的！听不懂人话是吧？还有你们，给我等着！"

骂了梅雯几句后，柴善又对其他人撂下狠话。随即打开四号房的门。然而，在看到房内的鲁南尚后，他立刻又将房门关上了，动作十分流畅。接着，他又打开了五号房间的门，走了进去，"砰"的一声把门紧紧关上。

梅雯却依然站在三号房的门口，目光直勾勾地盯着那边。许久之后，她才僵硬地转过身，回到了自己的房间。

看见她这副模样，刘承峰颇有些幸灾乐祸地看向单宏，调侃道："今晚你还敢睡三号房吗？"

单宏打了个哆嗦，连忙说道："我去二号房睡吧……"

发生了这样的事，众人都觉得有些不太妙，于是下午也没有再到处乱跑了。

晚饭时间如约而至，没吃过肉粥的人见到梅雯的状态后，也不敢有丝毫尝试肉粥的念头，随便匆匆吃了一点儿素粥，便回到了自己的房间。

在沈薇薇的请求下，单宏还是选择跟她一同住在一号房。既然沈薇薇都不在意，那他也乐得有个同伴。更何况这个同伴还是一个大美女。

夜幕很快来临，周遭万籁俱寂。山间清冷的薄雾再一次蔓延进了古阁，带来阴冷和潮湿。

法华如约带着六盏蜡烛出现。他依次敲开了六间房的门，无论里面有没有客人，都会在窗台旁的桌面上放上一盏蜡烛。

六号房内，宁秋水看着桌上的那盏红色蜡烛，神色微动，转头看向刘承峰，问道："大胡子，身上有没有火柴？"

刘承峰点点头。他刚说有，便看见宁秋水直接吹熄了桌面上的蜡烛。

"火柴给我。"

咻！躺在床上的刘承峰随手一抛，一盒火柴便到了宁秋水的手里。

刺啦——

随着火柴划动并发出明亮的光芒，原本熄灭的红烛被重新点燃。宁秋水确认没有问题后，再一次吹熄了蜡烛。

"不是，小哥，你干啥呢？"刘承峰被宁秋水这一套小连招整蒙了。

"我只是在确认火柴能不能点燃这蜡烛。"

"为啥？"

"因为今夜我们不能一直点着这根蜡烛。"

宁秋水接下来的话，让床上的刘承峰差点儿没有直接跳起来。

"这个蜡烛，比昨天晚上的红色蜡烛短了四分之一左右。"

"真的假的？"他急忙从床上下来，走到窗边仔细一看："还真是短了一点儿。"

宁秋水淡淡说道："相信我，我的眼睛就是尺。如果只是短了四分之一，问题还真不大，但剩下的两个夜晚一旦这根蜡烛再短下去，我们的麻烦就大了。"

刘承峰懂了宁秋水的意思："小哥,你是想把这根蜡烛留着明天或是后天用?"

宁秋水点头："我先去二号房,把那根蜡烛拿走。到时候我们一人一根。"

"我们一起去吧。"

"不,你留着,看房间。"

"也行,那小哥你速去速回。"

现在大概是晚上八点,时候尚早,法华前脚刚走,出现危险的可能性不大。宁秋水径直来到二号房,推门而入,将里面的红色蜡烛拿走,回到六号房。

"一切顺利。"宁秋水说道。

紧接着,他便直接吹熄了手中的红色蜡烛。现在,他们有两根蜡烛了。

"那……今晚咱们还要睡觉吗?"

宁秋水看了一眼时间："睡。等到十二点我们再点燃蜡烛,然后凌晨六点吹熄。"

大胡子点头："好。"

与此同时,五号房间内的柴善也同样发现了蜡烛的问题："……是我的错觉吗,这蜡烛怎么感觉要比昨天的短一截?"

他拿起蜡烛仔细端详,没过多久,眼神便坚定了不少："确实短一些。这么说的话,这根蜡烛根本烧不到明天早上的安全时间。我得去二号房看一看,三号房和四号房的人,因为吃了肉粥都已经变得不正常了,那两个房间一定是不能去的。一号房那个女人长得很漂亮,单宏指不定会跟她住在一起。这样的话,一号房和二号房就有一个房间是空出来的,我可以去碰碰运气……"

想到这里,柴善立刻打开了门。他并没有拿走房间的蜡烛,而是将蜡烛藏在了房间里的一个桌子下面。

外面的光线非常阴暗,如果他拿着蜡烛在外面晃荡,房内的人很容易发现他,而且跑起来容易将蜡烛弄灭。根据他的经验判断,零点之前,在外面撞上诡物的可能性非常小。而且他要做的事情不会花费太长时间。

从五号房间里出来后,柴善优先来到了宁秋水所在的六号房。他的目光藏着怨恨。白天发生的事情还历历在目。可当他走到六号房的门口时,却发现了一件很奇怪的事情 —— 那就是这个房间里根本没有烛光。

他原本还在思考着怎么把房间里的烛火给他俩弄熄,结果还没有等自己动手,这个房间就已经黑了。难道是那两个人将蜡烛藏了起来?还是说他们全部搬到了一号房?

柴善的心里怀揣着疑惑，犹豫了片刻，他还是伸出手指，戳了戳六号房间的窗户纸。里面的确是一片漆黑，几乎什么都看不见。

柴善的内心警觉，他立刻离开了窗户旁边，然后向左朝着二号房走去。然而，当他来到二号房的时候，又发现二号房间内也是黑漆漆的一片，没有任何灯光。

柴善目光一凝。不对劲！太不对劲了！

他知道法华的行为不会轻易变动，每天晚上都会给每个房间放上一盏蜡烛。然而，现在二号房和六号房的蜡烛都不见了。这让他的脑子一时间陷入了混乱。他将目光落在一号房间里，那里是有烛光闪烁的。窗纸上还有昨天他用小竹筒戳开的小洞。柴善将眼睛贴在了小洞上，看着一号房间的内部。

烛火已经被他们移到了床边，看来有了第一夜的经历，他们都对彼此有了戒备心，想要再通过同样的方式来解决他们，已经是不太可能了。不过这个房间里也只有两个人和一盏烛火。剩下的两个人以及两盏烛火去了什么地方？

难道他们拿着烛火离开了自己的房间，去其他地方住了？想到这里，柴善的神色古怪。不会真的有人这么蠢吧？

就在他疑惑的时候，一道阴风从走廊尽头吹了过来。柴善打了个哆嗦，浑身上下都有些凉意。出来许久，他没有拿到自己想要的东西，内心那种不安的感觉却越来越重。

古阁的迷雾再一次变得浓郁起来。柴善感觉到了危险的逼近，不再犹豫，转头朝五号房间走去。可是在他路过三号房的时候，却又有些迟疑。柴善犹豫了一会儿，还是走到窗户旁边，伸出手指轻轻戳破窗户纸，然后隔着那个小孔朝房间内部看去。

在窗户旁边的桌子上，静静燃烧着一盏红色的蜡烛。但是无论柴善怎么调整角度，都没有看见这个房间里住着的那个叫梅雯的女人。

"怎么她也不见了？"柴善脑子里一团糨糊。

站在原地犹豫了一会儿，眼看着四周的浓雾已经朝这头蔓延了过来，柴善心一横，咬牙推开了三号房间的门！

想象中恐怖的事情并没有出现，那个叫梅雯的女人既没有躲在门后，也没有趴在天花板上。这个房间里的确空空荡荡，一个人也没有

柴善心头一喜，拿走了桌上的红烛，然后匆匆跑回五号房。欣喜不已的柴善并没有注意到，他转身后，房间的墙壁上随烛火摇曳的影子……有两个。另一个披头散发的影子，就贴在他后背上，跟他紧密相连。

跑回自己的房间后，柴善长长呼出了一口气。他看着桌上的两盏蜡烛，嘴角

露出了满足的笑容。有了这两盏，今晚他肯定能熬过去了。而反之，其他人没有足够的蜡烛照到明天清晨雾气褪去，那就很有可能会出事！

出事的人越多，他就越开心。只要其他人全都出局，那他就安全了！

为了防止其他人来他房间偷蜡烛，也为了防止门外的诡物撞门而入，他直接将房门锁死，然后舒服地躺在了床上……

"不知道今夜又有哪个倒霉蛋会被淘汰出局呢？你们也不要怪我，我的确是喝了那肉粥，只不过没有吃里面的肉而已！小师父已经提醒得那么明白了，你们还要去吃，出了事也只能怪你们自己蠢！"

柴善嘴角扬起笑意。在一盏明晃晃的烛火照耀下，他心安理得地沉沉睡去……

半夜，柴善做了一个混乱无比的噩梦。

这个梦十分古怪，但又极其真实。他梦到那个叫梅雯的女人，端着一碗热腾腾的肉粥送到他面前，一步一步地朝他走来。

"喝粥啊，你怎么不喝粥呢？你不是最喜欢喝这肉粥了吗？快喝啊……快喝！"

他当然不敢喝这碗肉粥，可是身体根本动不了，只能眼睁睁地看着梅雯走到自己面前。随着那张脸越来越近，他竟发现梅雯脸上出现了数不清的、密密麻麻的裂纹！那些裂纹处渗出了黏稠的猩红液体，很快，充满裂纹的皮肤便宛如石块一样，一片一片掉落在地。而被鲜血浸透的皮肤下面，竟长着一张苍老的脸！

那是……灯影阁阁主的脸！褶皱遍布，十分狰狞，惨白的眼睛里溢满了疯狂："快喝，快喝呀，把这粥喝光，我就能成圣了！"

…………

倏然间，梦醒了。柴善惊叫了一声，猛地从床上坐起。他浑身上下都被冷汗浸湿，大口大口喘着粗气："原来是梦呀，吓死我了……"

他拍了拍胸口，脸色刚有所好转，却又发现了什么可怕的事情，身体立刻变得极其僵硬！

柴善缓过神来，才发现房间里黑得可怕。原本应该燃烧的红烛，不知道为什么熄灭了……发现这一点的柴善，大脑立刻变得一片空白。

"我房间里不应该燃着一盏红烛吗？为什么突然熄灭了？"他坐在床上不敢妄动，黑暗消磨掉了他所有的勇气。他目光望向一旁熄灭的红烛，又看向门和窗口："窗户关得很严实，门也是，外面的风根本吹不进来。难道……"

脑海里忽然闪电般划过了一个念头，一个让他毛骨悚然的念头。蜡烛……是不会自己熄灭的。除非有人吹熄了它！自己没有梦游的习惯，难道房间里还有另外一个人？

他不自觉地咽了咽口水，很快又发现了另外一件诡异的事情。那就是他的床很冷，是那种完全不正常的冷。按理说，他在床上睡了这么长的时间，他睡的地方至少应该是暖和的。手不自觉地按向自己的床褥，触感有些说不出地滑腻，那不是正常的触感。

柴善知道那是什么东西，他太熟悉了。视线下移，落在了他躺过的床铺上，目光瞬间被恐惧填满。他之前哪里是躺在床褥上？分明就是躺在了一张皮上！

那张皮被拉成了规则的长方形，覆盖住整张床，从款式和纹路中依稀能够辨认出，这是梅雯的皮！

就在柴善目不转睛地盯着身下那张皮肤时，诡异的事情发生了——皮肤表面突然浮现出梅雯的脸！那张脸眼神空洞，嘴角却咧开，露出一个诡异的笑容："你不是喜欢偷看我吗？现在，我让你看个够……"

柴善盯着那张诡异的脸，发出一声歇斯底里的惨叫！他宛如一只被踩住尾巴的野狗，从床上猛地弹了起来。

黑暗之中，柴善一只手紧紧攥住红蜡烛，另一只手拿出了身上藏着的诡器，目光死死盯着床上！

那皮肤仿佛活了一般，表面微微鼓动，梅雯嘴中还发出疯狂的笑声。这笑声像是两个人的声音合成的，柴善既听到了阁主的声音，也听到了梅雯的声音。

"嘻嘻嘻……你不是喜欢看吗，现在我身上已经没有衣服了，你怎么不看了？"

诡异的声音在柴善耳边不停回荡，他心里发寒，不由自主地后退。眼看着床上的皮肤竟然一点儿一点儿站立起来！

黑暗中，当那张带着梅雯脸的皮肤浮现起来时，柴善感觉自己的灵魂都要被冻结了！他心头最后的一丝理智也被恐惧淹没，他想也不想，转身便撞开了房门，拼命朝一号房间跑去！

他知道一号房里是有人的。如果他们开门，自己一定可以借着烛光活下来。

房外，阴冷的浓雾已经铺满了整个走廊，里面洋溢着寒气和潮湿，几乎要从柴善的每一个毛孔里钻进他的骨髓中！他知道，这迷雾里绝对有不对劲的东西。

可是，柴善不敢停。房间里的皮肤已经摇摇晃晃，从门口一步一步走了出来。在浓雾的遮掩下，那皮肤虚虚实实，显得更加可怖！

柴善像疯了一样，拼命逃向一号房间。房间内微弱的烛光依稀能够透出窗户纸，柴善见状，绝望的心底忽然生出了一丝希望，用力敲击着房门！

砰砰砰！

"开门！开门！"他一边敲门，一边大声地呼救！

见房间里没有任何动静，柴善咬着牙直接开始踹门，甚至是撞门！然而，原本脆弱的木门，此时此刻竟变得格外坚硬，无论他怎么撞击，门都纹丝不动！

柴善也不是傻子，一下就明白了其中的端倪。他立刻来到被戳破的窗户纸旁边，对着里面大喊道："我找到生路了，快放我进去！"

这一声，还真的惊动了房间里的两人。他们醒了。柴善见状，内心狂喜，继续大声道："赶快给我开门！不然我完了，你们谁都别想找到生路！"

听到"生路"两个字，一号房间里熟睡的两人立刻坐起身，走到窗边。

"是你！"

确认窗户外面站着的人是柴善后，二人都没有给他好脸色。

"别废话了，赶紧开门！"柴善的语气十分焦急，边说边不时向右边看去，好像那里有什么可怕的东西。

"怎么，自己房间的蜡烛被人吹熄了？要跑到我们房间来避难？"沈薇薇冷嘲热讽，语气中充满了报复性的快意！

她已经认定柴善就是在第一晚偷偷跑到他们房间外，搞了小动作，把他们房间的蜡烛吹熄了，最后才导致她的男朋友不明不白地被剥走皮肤，自己也险遭淘汰。现在情势变了，虽然她也不清楚柴善究竟遭遇了什么，会忽然选择离开自己的房间。但有一点可以肯定，他一定遇见了非常可怕的事。现在给对方开门，很有可能会遭遇他们无法预料的危险。

"别废话了！赶紧开门，我找到生路了！再不开门，这条生路就跟我一起断了，到时候大家都别想落个好下场！"

柴善的神色极度狰狞，奈何无论他怎么威胁，门内的两人就是无动于衷。

"装什么呢？你要是真的找到了生路，能跑来跟我们分享？"

"我说的都是真的！你们难道就不会动脑子想一想？要是我没有去寻找生路。今夜我出来干什么，找死吗？"

眼看着四号房间的诡物已经离这里越来越近，柴善几乎是硬撑着内心想要疯狂逃离的冲动在和他们沟通，因为柴善仅存的理智告诉他，一旦他现在跑入了迷雾里，那么必然凶多吉少！

沈薇薇冷笑了一声："谁知道你今晚是不是又偷偷摸摸地溜出来，想要把其他人房间的蜡烛吹熄？"

柴善额头上渗出了豆大的汗珠，但还是语速飞快地说道："就算第一天晚上真的是我做的，同样的手段，怎么可能连续两天晚上都生效！你们是傻子，可别把其他人也当傻子！"

二人面面相觑，似乎是有点儿被柴善的话说动了。难道这个家伙今天晚上真的去寻找生路了？不过即便有所怀疑，二人还是没有立刻打开房门。

"你先把生路告诉我们，我们再开门。"单宏一只手按在了门后，语气不容商量。

而此刻，梅雯的皮肤已经来到了二号房。距离柴善，不过十步之距。后者一咬牙，立刻胡诌道："逃离古阁有一条密道，藏得非常深！你们给我开门，过了今晚，明天一早我就带你们过去！只要顺利度过这五天，我们就能从密道直接离开这座古阁！"

单宏点了点头："多谢你提供的信息，但是我们不会开门的。"

他平淡的语气让柴善当场就破了防！

"你给我等着，你们给我等着！"柴善咬牙切齿地咒骂着房间里的二人，然后头也不回地转身逃向了迷雾！

"小哥，到点了。"

六号房间内，刘承峰对了一下时间，然后掏出火柴，将蜡烛点燃。明亮的光芒闪耀，瞬间驱散了房间内的阴暗。烛火幽幽，在二人的眸中微微晃动。

"嘶……大晚上的，还怪冷。"刘承峰双手搓了搓自己的手臂，上面已经生出一片鸡皮疙瘩。

"外面已经没声了……"宁秋水走到窗户旁，隔着窗户纸上被柴善先前捅出来的小孔，观察着外面，"柴善那家伙，应该是已经逃入迷雾里了。"

他们的房间在最右侧，距离一号房最远。好在半夜时，柴善从他们隔壁逃出去的动静很大，外面又一片死寂，所以哪怕是柴善在一号房外叫嚣着，宁秋水也能够勉强听到一些动静。

"啧啧，大半夜逃入迷雾里……这生死难测啊！"刘承峰的语气里带着些幸灾乐祸。

他向来嫉恶如仇，柴善这种心机歹毒的人落得什么惨烈下场，他都不会觉得可惜。

宁秋水思索了片刻："他今晚还真不一定会出事。"

把玩着铜币的刘承峰微微一怔："这都能活？"

宁秋水分析道："这扇诡门每天应该有淘汰人数的限制，我们要活五天，只有八人，根据我们的人数来推测，每天最多可能只有两人会被淘汰。当然，这只是我的猜测……倘若成立的话，我认为今晚被淘汰的，应该是梅雯和鲁南尚。"

刘承峰浓密的眉毛扬了扬："梅雯我能理解，她喝了那么多肉粥，昨天白天也怪怪的，像是着了魔……不过鲁南尚只是没来吃饭，他为什么也会出事？"

昨天，鲁南尚中午和晚上都没有来吃饭。

宁秋水说道："我们第一顿饭，鲁南尚吃了肉粥。昨天中午他回来，单宏说在鲁南尚的嘴里看见了头发这件事你还记得吗？"

刘承峰点头。

宁秋水继续说道："他没看错。鲁南尚的嘴里真的有头发。"

刘承峰闻言瞪大眼睛："不是吧？小哥你确定你没看错？"

宁秋水摇头："绝对不可能看错。或许，从他们吃掉了肉粥里的'肉'后，就已经不再是玩家状态了。之前法华安置段曾天的时候，段曾天的身体莫名消失不见，很可能就是被鲁南尚偷走了……而且，从法华的反应来看，他应该是猜到了段曾天的身体被偷走后会发生什么。在我们之前，灯影阁还来过几批游客，可能类似的事情发生过不止一次，所以法华当时才嘱咐我们，一旦找到了段曾天的身体，一定要第一时间通知他。"

刘承峰听到这话，后背上蔓延过了一阵冰冷。他原本以为梅雯是众人里最不正常的那个，可是现在看来，鲁南尚才是。一联想到昨天中午鲁南尚吃饭的时间到底去做了什么事情，刘承峰就忍不住打了个哆嗦。

"柴善虽然也喝了肉粥，但是没有吃掉里面的肉粒，整个人几乎没有受到影响，至少表面上看不出来。这说明了一件事，那就是真正影响到他们神志的，是肉粥里来源不明的'肉'。"

回想起食宅里不断减少的苦行者，刘承峰后背上的寒意越来越重，甚至一路爬向了他的天灵盖。之前在房间里看见的字条，野史中的典故，以及消失的苦行者……种种线索全都指向了一个真相！

"小哥，你说肉粥里的那些肉会不会跟古阁里减少的那几名苦行者有关？"刘承峰问出了这个问题。

然而，还没有等到宁秋水的回答，他们的房间门口就传来了敲门声。

咚——咚——咚——

十分连贯的三下。这突兀的声音，在死寂的黑夜里宛如利刃一般扎破了沉默。

"谁？"窗户旁边的宁秋水问了一句。

"是我。"门外的黑影回答。

声音确实有一点儿熟悉。在脑海之中过了一遍，宁秋水立刻记起，那是鲁南尚的声音。

"有什么事吗？"

鲁南尚开口道："呃，是有一点儿事儿，想跟你们商议一下，可以先开个门吗？"

宁秋水和刘承峰对视了一眼，后者立刻中气十足地说道："不好意思啊，我们也想给你开门，但现在房间里出了点儿意外情况，开不了门。"

门外的鲁南尚一听这话，显得有些疑惑："意外情况，什么意外情况？"

刘承峰清了清嗓子："我们在大号。"

他说完之后，门外沉默了一会儿，随即传来鲁南尚有些尴尬的声音："那我等你们，你们拉完之后，给我开个门……"

刘承峰道："好，没问题！我们解决完，马上就过来给你开门！"

他说完之后，门外就没了动静。

宁秋水示意刘承峰把那盏红色的蜡烛拿给他，后者蹑手蹑脚地端着蜡烛走到宁秋水的身旁，将蜡烛递到了他的手中。然后宁秋水给他打了一个手势，刘承峰会意，又回到床边，拿过房间里的夜壶放在屁股底下，直接坐在了上面。

时间一分一秒地流逝着，大约过去了半个小时，房门外的鲁南尚似乎已经失去了耐性，又一次敲起了房门。

咚咚咚！这一次，他敲门的声音变得急促了很多："好了没有啊？都过去半个小时了，还没拉完吗？"

刘承峰不耐烦地大声说道："哎呀，催什么催，蹲个坑都要催！我便秘，平时在家蹲坑的时候都是六个钟头起步，你等着吧，拉完我就过来给你开门！"

六个钟头。

那已经到清晨第一道钟声响起，迷雾退散的时间了。

门外的鲁南尚一听这话，立刻就急了："你蹲个坑要六个钟头？"

他一改平日里那副笑盈盈的老好人模样，爆了句粗口。刘承峰一边看着宁秋水蹲在了窗户下面，一边漫不经心地说道："嗯，是啊。这还是短的……后边儿要是不来气，我有时候睡觉都在马桶上睡。"

门外的鲁南尚似乎听出了刘承峰是在胡诌，他在房间外的走廊上走动了起来，来到了先前被柴善戳过一个小孔的窗户，缓缓俯下了身子，将眼睛对准了那个小孔，观察着房间里的情况。

他一下就看到了坐在床旁夜壶上的刘承峰，后者也看见了他的眼睛。在窗户下方红烛烛光的帮助下，刘承峰一下就发现鲁南尚的眼睛周围血不太对劲，像是被什么东西侵蚀过一样。

"你不是说在方便吗？"门外，鲁南尚的语气已经带着几分寒意。

刘承峰直视他："对啊。"

"方便你不脱裤子？"

"我喜欢拉裤兜里，有一种回家的感觉。"

"那你坐个屁的夜壶，赶紧过来开门啊！"

"你不懂，坐在夜壶上丹田才好发力。"

"……"

鲁南尚要疯了。他疯狂向前挤动，将眼睛努力地贴近窗子上的小孔，像是想要从那里挤进来一样。可是下一刻，他便发出了一声惨叫。

因为躲在窗户小孔下方的宁秋水，突然一下将红烛抬了起来，凑到了它的眼珠上！被红烛上的小火光一闪，鲁南尚的眼睛似乎受到了重创，猛地缩回了窗外。

他惨叫了几声过后，似乎适应了，然后开始疯狂地撞门！

砰！砰！砰！

房门口传来剧烈的撞击声，而且对方的力道极大，整个木门在发出巨大响动的同时还会不断震动，那感觉就像是门随时会被撞碎一般！

坐在夜壶上面的刘承峰也不装了，立刻站了起来，堵在了房门后面。

"开门……快开门！！"鲁南尚一边疯狂地撞门，一边大吼着。他的声音除了愤怒和急躁之外，还有几分不易察觉的慌乱和恐惧。

刘承峰死死地抵在门后，感觉自己的身体都要散架了一样。他的身体素质虽然不如宁秋水，但他块头大，体重接近两百斤，一般人还真撞不过他。然而，对方的撞击即便是隔着一扇坚固的门，也险些将他弹飞！

只是承受了第一下之后，刘承峰便断定门外的那个鲁南尚绝对不是"人"。

"快开门！我真的有非常要紧的事情！"

刘承峰一边死死抵着门，一边骂道："你真当你道爷是傻子？今天道爷要把你放进来，刘承峰三个字倒过来写！"

胖子一听这话，撞得更狠、更急了。然而，无论他怎么用力撞击，那扇木门就好像是焊在了门框上，根本撞不开！

就在双方僵持时，宁秋水拿着那盏红烛靠近窗户上的小孔，借着微弱的烛光和月光，他看见门外撞门的竟是一个血淋淋的没有皮的人！

从体型和声音判断，门外的那个家伙就是鲁南尚无疑了。不过，让宁秋水感到奇怪的是，被剥掉皮肤的鲁南尚这个时候似乎还没有被彻底淘汰，也没有变成诡物。他有着十分清醒的理智，能跟人正常交流。而且，他和第一天夜里被淘汰的段曾天一样，长着头发的头皮……被留了下来。

"……全身的皮肤都被剥掉了，偏偏留下了头皮。"宁秋水喃喃，"这些皮肤有着特殊的作用吗？"

鲁南尚撞了接近十来分钟，似乎累了，又或者他的身体已经支离破碎，没有

179

办法再支持他继续撞门了。他终于放弃，坐在门外，带着哭声求救道："求你们帮帮我吧……天亮之前，如果我还没有找到自己的皮肤，我就彻底完了！我不想被淘汰，我真的不想……"

门后，宁秋水与刘承峰对视了一眼。宁秋水心有所感，开口问道："你看见是谁剥了你的皮肤吗？"

鲁南尚语气惊恐："……我做了一个很可怕的梦，梦见有人将我拖进了古阁，那里的圣像好像全都活了过来，围着我一直在笑。其中有个人披着一件血红的圣衣，拿出剃刀说要给我剃度。我当时太害怕了，没敢拒绝他们，结果那个披着血红圣衣的人就拿剃刀朝我走了过来！当时我昏昏沉沉的，等我回过神来的时候，已经、已经被扔到了外面！迷雾之中，有个披着血红圣衣的人告诉我，如果我想活下来，那就必须在天亮之前找到一张可以披在身上的皮！"

听到这里，刘承峰直接隔着门大骂了一句："敢情你大晚上的来我们房门外敲门，是想要我们的人皮呀！我怎么刚进来的时候没看出你这么坏呢？"

鲁南尚声音带着浓郁的恐惧："哥，我真的是已经走投无路了！我明明什么都没做，为什么，为什么死的会是我？"

站在窗边的宁秋水平静地回答道："不，你做了，你在第一天的那顿晚餐里吃了不该吃的肉粥。"

听到了肉粥两个字，鲁南尚明显愣住了："肉，肉粥？不可能呀，不可能是肉粥！柴善也吃了肉粥的，为什么他没有事？"

宁秋水缓缓说出了实情："他的确吃了肉粥，但是他并没有吃肉粥里面的肉，回头直接吐在了房间的夜壶里。你跟他住在一个房间，难道都没有发现吗？"

鲁南尚闻言，当场便傻眼了："怎……怎么会这样……"

"他是故意这么做的，目的就是诱使其他的人也跟着吃下肉粥，上当的不只有你，还有那个叫梅雯的女孩。"宁秋水说完，将蜡烛对准了窗户口的那个小孔，晃了晃外面傻傻出神的鲁南尚，"那个家伙不久前逃入了迷雾里，不出意外的话，今晚被剥皮的不止你一个人，如果你能赶在梅雯之前先找到他，或许你就能活下来。距离清晨的第一声钟响大概还有不到五个半的钟头，你是要继续坐在这个地方等死，还是去碰碰运气？"

鲁南尚闻言，那双充斥着惊恐和血丝的眼睛里，忽然溢出了一道光芒：疯狂，怨恨，还有……狰狞。他头也不回，直接站起了身子，拖着那撞得破破烂烂的身体走进了迷雾之中……

目送他远去后，躲在门后面的刘承峰才终于长长地舒了一口气，他揉捏着自己的半边身子，抱怨道："小哥，你是不知道，刚才门外那玩意儿力气是真的大呀……就我这小身板儿，差点儿没给他撞散架咯！"

宁秋水没有搭理他，低头思索着什么。

"小哥，你想什么呢？"刘承峰好奇地询问。

宁秋水抬起了眸子，冷不丁地开口道："大胡子，你说那些被剥掉的皮肤，如果翻过来……是不是就像一件圣衣？"

听到这话，刘承峰登时便打了个哆嗦。回想起了刚才鲁南尚的发言，他立刻便懂了。

"小哥，你的意思是古阁里的那些东西想要咱们的皮……是为了做圣衣？"

顿了顿，宁秋水又自顾自地说道："出家人讲究六根清净，所以古阁里的那些东西剥皮的时候才留下了有头发的部分。这些家伙……脑回路还真是诡异啊……"

刘承峰听得后背发冷，脑海里浮现出了一幅幅可怕的画面。那一瞬间，他的脑海里划过了一道闪电，有什么通了。

"圣家仙家都讲究香火功德，那些东西煮粥给我们吃，是在模仿圣祖'割肉喂鹰'啊！难怪肉粥里的肉吃不得，那都是古阁里诡物的肉！"

宁秋水点头道："没错。鹰一旦吃了肉，便是成全了它们。它们身上有了功德，便认为自己算半个圣了，可它们显然并不满足，还要一件全新的圣衣……"

这些想法在脑海之中出现的时候，刘承峰莫名想到了第一天他们在房间里找到的那张纸。他很快来到书架旁边，将那张纸重新翻了出来。

看了看纸上的字迹，刘承峰突然发出了一道惊呼："小哥，你快看！"

宁秋水将手中的红蜡烛移到他的旁边，借着烛光，他发现那张纸上写着的"成圣"的字迹，竟然变得越来越鲜艳了！

字迹歪歪扭扭，深浅不一，行走于纸上时，仿佛一个浑身上下都被打断了骨头，姿势诡异的人！其中的癫狂和病态，几乎要从纸上溢出！

"先放回去。"宁秋水拿着那张纸走到书架的抽屉旁，将纸放了进去。

就在他转身的时候，眼神却忽然一凝。他看见，在他们房间窗户口的那个小孔里，出现了一只眼睛！与宁秋水对视的那一瞬间，那只眼睛的主人竟然转身就跑。黑影划过，他一下便跑入迷雾之中，消失不见了。

宁秋水走到窗户旁边，隔着小孔朝外面查看，但也只能隐约看到迷雾里有一个模糊的人影渐行渐远。

他皱起了眉头，那只眼睛给了他一丝熟悉的感觉。可以肯定的是，眼睛的主人一定是他们这几天见到过的人。但是由于对视的时间太短，所以宁秋水也没有办法分辨出这只眼睛的主人到底是谁。

"他是谁？为什么要来我们的房间外面偷看？"宁秋水心头疑惑，由于房间外的迷雾过于危险，所以他并没有贸然开门。

一夜过去。

翌日清晨，第一道钟声响彻古阁之中，回荡于每一个角落，驱散了晨雾。

宁秋水推门而出，直接来到隔壁查看房间。房间里没有柴善的声音，床旁放着两根红烛，一长一短。他没有犹豫，直接将这两截红烛收入囊中。

经过了两晚的尝试，宁秋水已经非常确定这些苦行者提供的红色蜡烛具有避开诡物的作用，十分珍贵，不要白不要。

完事后，他又在房间里仔细搜寻了一番。这一次，他在床角落里摸到了一张字条。上面也有朱砂的字迹：上参诸圣，下备香火。

这字条上的字迹和他们房间里的字迹并不相同，但字里行间全都洋溢着疯狂！

宁秋水心念微动，他立刻依次搜索了四号房、三号房和二号房。果然，每个房间里都有一张朱砂笔写下的字条。按照顺序依次排列下来，分别是——

摘下心脏，熬成汤粥。剥下皮肤，制成圣衣。鹰食我肉，我取鹰皮。

上参诸圣，下备香火。成圣。

将这些字条上的字迹全都罗列了出来，无论是宁秋水还是刘承峰，都看得心惊肉跳！

他们敲开了一号房间的房门，在那个房间里拿到了最后一张，也是第一张字条。

行祂所行，得祂所获。

宁秋水并没有藏着掖着，把所有的字条都展示给了一号房的二人看了一遍。这并不是什么珍贵的秘密。二人看完之后，都感觉到后背蔓延过一阵浓郁的冰冷。让他们产生这种感觉的，不仅仅是文字本身的内容，还有上面透露出的疯狂！

"古……古阁里的那些家伙是将咱们当成了'鹰'？"沈薇薇面色惨白。但很快，她又想到了一件事："可，可是阿天明明没有吃那碗肉粥，为什么他会被剥掉皮肤，而且还是第一个？"

刘承峰冷笑道："这你都想不明白？没看到第五张字条吗？后来成圣的人做完了前面的事情，还要上参诸圣，下备烟火，得先经过前面已经成圣的人的同意，后来者才可以成圣。这古阁里不知道已经有多少尊'圣'了，人家嫌弃身上的圣衣穿久了想换一件新的,还需要理由吗?"

顿了顿,刘承峰又盯着面色煞白的沈薇薇,咂嘴道:"我一个外人都能看出,你根本不喜欢他,可那个傻子却真的干了傻事。你之前跟我们讲过第一天晚上发生的事情,段曾天被剥掉了皮肤之后,曾在窗户外面偷窥过你……你知道他为什么要看你吗?"

沈薇薇僵硬地抬起头:"为什么?"

刘承峰说:"因为他在想,要不要进来把你的皮肤扒掉,去换他的皮肤……只要他在天亮之前找到了一张新的皮肤,他就不会被淘汰。而且那个时候,你们的房间已经没有红烛保护了,如果他真的想要害你,恐怕第一夜出事的人就是你,而不是他。可惜啊,那个傻子最后居然选择让你活下来……说实话,这种情况在诡门背后还真的挺少见的。大家都一味地想着怎么让自己活下来,很少会有愿意献出自己的生命去成全他人的人。"

沈薇薇听完后,似乎又想到了什么,身体在轻微地颤抖。她沉默了许久,最后还是没有说话。被她藏着的那个戒指,变得有些烫。

如果第一夜,她没有从段曾天的手指上扒掉这个指环,那段曾天应该不会出事。她知道段曾天喜欢自己,可她没有想到,段曾天居然愿意为了自己放弃生命。在外面的世界,她见过了太多渣男,甚至包括她的亲生父亲。

沈薇薇向往生死相许的爱情,却一点儿也不相信生活中遇到的男性,她认为他们不过是垂涎她的美色,想要将她骗上床罢了。所以她同意段曾天的追求,只是因为她看中了段曾天手上的诡器和在诡门背后不错的心理素质。对于绝大部分的诡客而言,能在第四扇门到来之前就弄到诡器的,少之又少。她想借着段曾天在诡门背后活得久一点儿,将对方当成了一个活命的工具,却没想到上天给她开了这样的一个玩笑。

她最向往的爱情,就这样被她亲手毁掉了。在如此冷漠残酷的世界里,她还有可能遇到第二个段曾天吗?

那一刻,沈薇薇有一种怅然若失的窒息感。就在众人沉默的时候,屋外的死寂被一道脚步声打破了。

站在门口的宁秋水直接打开了房门。然而,看清了门外的人后,他却愣住了……

房间外面走动的,从体型上来看,这人竟是柴善!

清晨的晨雾还没有完全褪去,钟声过后,空气中弥漫着几分潮湿和阴冷,让人不自觉起了一身鸡皮疙瘩。

此时此刻，他们看见那个没有皮肤的身影站在门外的走廊上，都感觉到一股寒意从脚底升起，除了宁秋水之外，其他人都下意识地退到了房间的角落里。

"我……它……它还没被淘汰？"单宏声音打结。

门外的身影路过他们房间门口的时候，也发现了他们。

"是你们，是你们！"它一步一晃，跌跌撞撞地朝房门口走来，发出凄厉的哀号，"是你们告诉它我的位置，是你们害得我变成这样！把皮肤还给我！把皮肤还给我！"

柴善的声音中充满了绝望与怨毒，听得房间里的众人头皮发麻。

"很抱歉，我们不知道你在说什么。"门口的宁秋水很淡定地回答道，"昨天晚上我们睡得很香，根本不知道发生了什么事情。"

柴善歇斯底里地喊道："就是你，就是你……是你害得我变成诡物！你们一个也别想逃掉！"

他一边叫喊着，一边跌跌撞撞地向宁秋水冲来，似乎想找宁秋水拼命。然而每走几步，他的步伐就会变得更加虚浮。当他终于来到了众人门口的这条廊道时，便失去了所有的力气，直接栽倒。

咚——

柴善失去了生息。当众人确认他已经被彻底删档后，鲁南尚也出现在了不远处。只不过，他似乎要比柴善更加虚弱，还失去了一条手臂。他看了一眼门口的宁秋水，用尽全身力气，只说出了四个字："小心梅雯。"

而后他和柴善一样倒在了地上，失去生息。

看着地面上的两具身体，宁秋水皱起眉头。按照他的设想，昨晚出事的应该是梅雯和鲁南尚。可从鲁南尚刚刚的叮嘱来看，梅雯似乎没事。她的情况……有点儿特殊。

"又多了一项危险吗？"宁秋水自言自语道。

原本古阁内的诡物已经够麻烦了，而现在，除了古阁的诡物之外，还发生了一些意外情况。看着鲁南尚不翼而飞的左手，宁秋水感觉到事情正在朝着一种不好的方向发展。

"他……他为什么左臂不见了？"单宏不知何时走到宁秋水身边，看着地面上的两具身尸，胃部一阵翻滚。

这场面……实在是太恶心了。不过好在有了第一夜的经历，他到底有了心理准备，没有真的吐出来。

"可能和梅雯有关。昨天她就已经很不正常了，昨晚还不知道究竟经历了什么，你们多留一个心眼吧。"

由于早晨比较冷，再加上梅雯的事情搞得他们有些紧张，所以他们哪儿也没去，只是待在了各自的房间里，等待着午饭时间的到来。

第二道钟声响起。

当——当——

法华结束撞钟后，便来到众人的房间门口，叫他们去吃饭。

沈薇薇面色苍白地指着地面上的两具身体，说道："小师父，你说我们吃得下去吗？"

看着地面上的两具身体，法华的神色忽然变了。宁秋水敏锐地捕捉到了这一点，主动开口道："法华小师父，我不饿，中午我跟你一起安置他们吧。毕竟就让他们躺在这个地方，也是对他们的不尊重。"

法华怔了片刻，沉默着点了点头。

宁秋水对着三人使了个眼色，刘承峰耸耸肩，直接朝食宅走去。沈薇薇和单宏有些犹豫，不过最后也只是叮嘱了宁秋水几句，也朝着食宅走去了。

宁秋水力气很大，一手拖着一具身体，看得法华都是一怔。

"法华小师父，昨夜你为什么要来我们的房间外偷看？"去工具房的路上，宁秋水突然开口问法华。

昨夜他无法确定那只眼睛的主人，但是今天再一次看见的时候，宁秋水便确定了。昨夜来偷看他们的人正是法华！

见被宁秋水拆穿了，法华也没有丝毫惊讶，低着头看路："我……担心客人们的安全，所以过来看看。"

宁秋水抬头看着前面法华的背影，追问道："只是这样？"

法华道："只是这样。"

宁秋水又道："是不是这样的事情古阁以前发生过很多次？"

走在前方的法华听到这话，居然停下脚步，再回头时，神情已经变得极其严肃："宁客人，如果可能的话，请一定要在天黑之前帮我找到梅雯客人……否则，今夜会发生非常糟糕的事情！"

"会发生特别糟糕的事？小师父可否说得再具体一点儿？"

法华迟疑了许久，只说出了七个字："她是被选中的人。"

他似乎有所顾虑，只说了这么多。宁秋水见他不愿意细讲，也没有继续追问，心里却在暗暗思量着："被选中的人？"

为什么说梅雯是被选中的人？被谁选中？用来做什么？

思索之中，他们来到了杂物间。法华拿出了一把铲子，对宁秋水说："宁客人，我们去把二位客人的身体安置了吧！"

宁秋水点了点头："好。"

他跟着法华，在古阁里转悠了一圈，找到了一处废弃的静谧之地。

"小师父，你上一次不是说，要把他们送到古阁外面吗？"

法华点头，又摇了摇头："原计划是这样的，但现在古阁出不去了。"

宁秋水心头一动："出不去了？为什么？"

法华没有解释，好像没有听见这句话，只是说道："……就在这个地方吧，宁客人，虽然算不上什么风水宝地，不过也算是让尘归尘，土归土了。"

说着，他便弯腰开始挖坑。宁秋水注视着这位年轻的苦行者，心里合计着待会儿得去大门口看看。

法华挖了大约有十多分钟，勉强算是挖出了一个坑，而守在旁边的宁秋水却感觉身上有些不舒服，就好像某个地方有人在看着自己一样……

他四下里张望了一番，最终目光落在了右侧拱门旁的一棵枝繁叶茂的大树下。宁秋水看见那棵大树后藏着一个人。

对方露出了半张脸，直勾勾地盯着他们这头。由于隔得太远，宁秋水没办法完全看清楚那张脸。他只觉得那张脸很怪，既有点儿像是梅雯，但又不完全像。不过宁秋水可以确定，对方的脸上带着一种说不出的贪婪，哪怕隔着这么远的距离，他也能够清晰感受到。

在宁秋水发现了他之后，那人对着宁秋水露出了一个诡异的笑容，而后收回了窥视，转身朝拱门跑去了。那个笑容……竟让宁秋水的身上生出了鸡皮疙瘩。

"客人，好了，来帮一下忙吧！"法华简单刨了一个比较浅的坑，便让宁秋水帮忙将两个人的身体放进去。

"这么浅的坑，恐怕埋不住人。"

法华："夜长梦多，先埋了再说。"

宁秋水将两人的身体放了进去，法华填土，完事之后，他向宁秋水表达了谢意，然后心事重重地离开了。望着法华的背影，宁秋水若有所思。

回到食宅，众人已经吃完了饭离开，只有刘承峰坐在那里等着他。

"这回苦行者没少，肉粥也没有了。"

从刘承峰的嘴里，宁秋水得到了一个新的消息，只不过对方的语气里带着浓郁的疑惑。前两天发现的规律，到今天突然断了。

"感觉今天应该会比较安全。这扇门倒是挺人性化的，竟然还有中场休息。"

宁秋水有些无语地看着大胡子："还中场休息，你以为诡门是做慈善的呀？我跟法华聊过一点儿，他的意思很明确，如果今天白天我们不能帮他找到失踪的梅雯，那今夜会非常难熬……"

刘承峰一怔："梅雯？嗯……不过这座古阁一共就那么大，算上小师父，我们一共有五个人，想要找到梅雯应该不难。"

宁秋水道："不好讲，现在的梅雯还不知道能不能算是'人'。第一，就算咱们找到她，也未必能够制服。第二，哪怕白天她无法对我们造成任何威胁，可她也能在古阁中随意跑动，想要在这么大的地方抓住一个移动的目标，恐怕也不容易。"

刘承峰听到这里，蹙眉道："这的确是个大问题。咱们先去跟另外两个人会合一下吧。他们吃完饭后，已经回到了自己的房间里。"

宁秋水："不急，我们先去一趟古阁的大门看看。"

他们来到了古阁的大门处。两扇门像是被某种神秘的力量禁锢住了，无论他们如何用力，也没法推开丝毫。

"小师父之前说安置玩家身体的时候想要出去，然而今天他却告诉我，古阁已经出不去了……"

刘承峰听出了宁秋水这番话的言外之意："连小师父也出不去了？"

宁秋水"嗯"了一声："从这三天的情况来看，小师父显然是帮助咱们逃离古阁的重要NPC。但现在就连他也不知道怎么离开古阁了，看来古阁里的诡物正在变强！"

刘承峰却道："不过……小哥你不觉得很奇怪吗？小师父明明也是古阁里的一员，而且已经在这里住了这么多年，按理说，怎么着也不应该被古阁里的其他人排挤啊。那些苦行者不让咱们出去好说，为什么连小师父也跟着受到了牵连？难道是因为小师父晚上给咱们递蜡烛？"

古阁里有诡物想要害他们。小师父目前不知道算不算是人，但他显然是属于诡客这一阵营的。

"也许吧……不过我感觉事情没有这么简单。"

确认门推不开之后，宁秋水就准备和大胡子回去他们的住处。然而，当他们转过身时，宁秋水立刻感到脖颈处爬满了密密麻麻的鸡皮疙瘩。

在远处小路尽头的阁楼墙角，一个怪异的人影露出了半个身子，正用一种十分贪婪的目光窥视着他们。对于这道目光，宁秋水再熟悉不过了。就在刚才，这个家伙才在树后偷看过他。

只不过宁秋水最开始以为他是在看地面上的玩家或法华。然而现在，宁秋水才忽然警觉，对方……居然是在看他！

第二次相遇，宁秋水没有丝毫犹豫，确认诡器在身上后，他朝着那个偷窥者追了过去！刘承峰反应过来的时候，宁秋水已经跑出十几米了。

"小哥，你等等我！"他对着跑在前面的宁秋水大声喊道。

宁秋水头也不回，一路狂奔。偷窥者见宁秋水朝自己追来，脸上再一次露出了诡异的笑容，消失在了墙后。

等宁秋水追到那人影刚才所在的位置时，已经完全见不到它的踪影。宁秋水低头看了看，眉头一皱。刘承峰也很快赶到了这里。

"哎哟，小哥你慢点儿……咋的了这是？"宁秋水将刚才的事情告诉了他，刘承峰听完之后表情微变，"这……是挺吓人的哈。俗话说得好，不怕贼偷就怕贼惦记，不过……"

他说着，指了指地面："这儿可都是土石地面，人从这里走过，地面上肯定会留下脚印，为什么这里什么痕迹也没有？"

宁秋水沉默，他刚才也发现了这个问题。而且在他从安置被淘汰玩家的空地回到食宅时，也经过了之前偷窥者躲藏的树下，可根本没有看见任何脚印。

难道……对方不是人？那家伙偷窥自己做什么？

宁秋水回忆了一下自己这三天所做的事情，不觉得自己做出了什么出格的事。摇了摇头，他对着蹲在地面上查看的刘承峰说道："行了，大胡子，咱们还是先回去吧。"

"别急，小哥……有东西！"刘承峰的声音忽然变得十分严肃。

已经准备离开的宁秋水微微一愣，随即转头看向刘承峰，目光闪烁："大胡子，发现什么了？"

刘承峰用力吸了吸鼻子："有肉的味道。"

"肉？"

"嗯，肉粥里的肉。"

"我怎么没闻到？"

"我鼻子天生就要比其他人灵一些，信我小哥，刚才那家伙……八成就是给我们熬肉粥的那个人！"

听闻此言，宁秋水似乎明白为什么大胡子的表情会这么严肃了："真是奇怪，给我们熬肉粥的人为什么会盯上我，我又没有喝他的粥……"

宁秋水的心里多少有一些疑虑。现在距离天黑至少还有五个钟头，不过他已经能够隐约感受到法华嘴里所谓的"糟糕的事"了！无论如何，一定要尽可能在今天天黑之前找到失踪的梅雯！

他们迅速回到住所，来到了一号房间，见到神色凝重的沈薇薇和单宏。看见宁秋水和刘承峰出现之后，他们稍微松了一口气，脸上的神色没有那么糟糕了。

"你们终于出现了，呵……我还以为你们已经遇害了呢，刚才还和沈薇薇商量要不要在古阁里找找你们。"单宏一边说着，抹了一把额头上的汗水。

"古阁里白天还算安全，那些诡物似乎白天的力量受到了限制。不过按照前两天天黑的时间推算，我们大概只剩五个多小时。接下来，我要跟你们说一件非常重要的事情，关系到我们所有人的存亡。"

一听宁秋水这么说，沈薇薇和单宏的表情立刻变得十分严肃。

"你说！"

宁秋水说道："虽然不知道是什么原因造成的，但是古阁里的那些诡物力量正在变强。而且梅雯的身上发生了一些我们无法理解的事情，如果在今天天黑之前，我们没有帮助法华小师父找到梅雯，那今天夜里只怕会发生一些我们无法预料的危险！"

他将部分事情详细地说给二人听，当然，也包括那个诡异的偷窥者。

"那个偷窥者会不会就是梅雯？"沈薇薇的声音中带着一丝惊恐。

如果是她在偌大的古阁中忽然发现远处角落有个人在偷看自己，那她一定会吓得浑身发冷！

"目前还不清楚，但大概率是。"

"那个小师父会不会有问题，我的意思是……咱们是不是太相信他了？"

宁秋水看向单宏："他是站在我们这边的，如果他要害我们，前两天有太多机会了。而且古阁里的诡物和其他苦行者对他也非常排斥，非要选的话，我选择相信他。另外，虽然现在是白天，但我不确定古阁里白天是否就一定安全。所以咱们还是分成两组，切记在古阁中找人，千万不要落单！"

沈薇薇高举手臂："最后一个问题，如果我们找到人了，要怎么联系小师父呢？"

他们彼此之间倒是容易联系，手机到现在基本没用过，电量几乎是满的，互相加一个好友即可。但是小师父在古阁白天也神出鬼没的，有时候一转眼他就不见了。

宁秋水思索了片刻，忽然道："有一个方法，我不确定管用，但是可以试试……"

"什么方法？"

"敲钟。"

沈薇薇翻了一个白眼："你敲钟她听不到啊，她要听见你敲钟了，肯定就跑了！"

宁秋水摇头："不一定。但你记住一点，不要跟她对视。如果梅雯真的是之前窥视我的那个人，那她只要察觉到你发现她了，她就会直接逃走。反之，她就会一直盯着你。总之，为了今晚的安全着想，大家试一试吧！最后，无论找不找得到梅雯，只要到了晚上七点，全部都回到我们住的地方集合。"

众人点头。很快，四人便分成了两组，开始在古阁中搜寻起来。

宁秋水他们再一次来到了大殿之中。和之前不同的是，这一次，大殿中的那些圣像发生了一些微妙的变化。

他们进入殿内的时候，能够明显感觉到很多恶意的凝视！其实早在他们第一次来到这个地方的时候就已经察觉到了，不过那个时候这种感觉很轻、很淡，远没有现在这么浓烈。

随着二人在殿内到处走动，他们发现那些披着鲜艳的红色圣衣的圣像，居然全部缓缓转过了头，盯着他们！眼神之中，带着一种说不出的饥渴和贪婪！

"我的天，这真的假的啊？"如此诡异的一幕，让刘承峰目瞪口呆，他感觉自己全身上下的毛孔都在向外冒着寒气！

滴答——

圣像身上披着的红色圣衣居然开始缓缓渗出了鲜血，一道一道顺着金色圣像的身体滴到了地面上！

"好痛……好痛啊……"凄惨又怨毒的呻吟声不断在大殿内回荡，而且不止一道。那些声音全都是从圣像的圣衣上传出来的！

就在二人愣神的时刻，这些圣像的身上又传来了震动。所有的圣像都齐刷刷地看向了他们，那张原本祥和的脸，竟然变得越来越狰狞，越来越扭曲！最可怕的是它们的嘴角，几乎快要拉到耳朵旁边了……

"快走！"宁秋水大叫着立刻朝着大殿外面跑去，刘承峰也不甘示弱，紧随其后！

他们一口气冲出了大殿，再回头看时，却发现大殿里所有的异常景象都消失了。一切又在须臾之间恢复了平静。

刘承峰面色苍白，啐了一口，骂出了一句不知道是哪个地方的方言："难怪我第一天在这里感受到有什么东西在盯着我！这些圣像不会全都是……"

宁秋水站在殿外，盯着殿内的那些圣像，语气平静："……不出意外的话，这些圣像应该就是灯影阁过往已经'成圣'的那些苦行者。看来我们之前的推测并没有问题……随着时间的推移，它们身上的某种限制正在被一点儿一点儿解开！

走吧,这大殿里藏不了人,已经没有待下去的必要了……"

刘承峰点了点头。走的时候,他仍然心有悸地回头看了一眼。隐约之间,他想到了什么,追上了宁秋水:"小哥,你还记不记得我们在第五个房间里找到的字条?"

宁秋水点头:"上参诸圣,下备香火……怎么了?"

刘承峰道:"这句话的意思,显然是'想要成圣的人'要准备一些香火供奉给那些'已经成圣的人'。而香火无论是在道家还是在圣家,都有很多种解读。其中有一种就是代表着'贡品',而这座古阁位于深山,平日里根本没有香客前来供奉,所以贡品是什么呢?"

他越细想,越觉得不对味。旁边的宁秋水转过了头,低声说了一句让刘承峰打了个寒战的话:"搞不好,剩下还活着的人就是那些准备给'诸圣'的贡品!我想,这才是小师父为什么这么急切地让我们帮他找到梅雯。现在的'梅雯',一定是一个十分关键的角色!"

二人说着,路过了一座钟楼。看着一旁高高的钟楼,宁秋水心里忽然生出了一个计策:"大胡子,咱们换个方法。"

刘承峰摸了摸自己的下巴:"什么方法?"

"待会儿我站在上面,钟楼的视野非常开阔,能够看到的地方很多,这也代表着古阁里能够看到钟楼上的地方也很多……这么大的古阁,与其我们去找她,不如让她来找我们。她不是喜欢偷窥我吗?到时候我就用余光扫一扫,假装没有看见她,你带着我的诡器去找她……咱们用手机交流。"

刘承峰的眼睛一亮:"这个方法可行!"

宁秋水给了刘承峰一把红色的剪刀。这东西,还有至少一次的使用次数。

"看见了直接下死手。"他说道。

刘承峰嘿嘿一笑:"小哥放心,让我逮到,必然要给她一些颜色瞧瞧!"

计划好后,宁秋水直接来到了钟楼上。由于地势高,四周没有遮拦,所以这里的视野相当开阔,几乎能够看到古阁里一半以上的地方。

他故意埋着头,不去认真地查看四周,只是细细去感受,是否有人在偷偷地看自己。视线是不存在重量的,如果是一个普通人在偷窥他,哪怕是宁秋水这样身经百战的人,将危险感知磨砺到了极其敏锐的程度,也无法做到完美感知。但古阁中的偷窥者和普通人不同,它的视线所掺杂的东西非常多,几乎有如实质,能够让宁秋水明显感知到。

静静地等待了大约半个钟头,宁秋水心有所感。他的右后方脖子那片区域,起了一片明显的鸡皮疙瘩。

他拿出手机，给刘承峰发了一个大致的方位，然后缓缓移动自己的身体。余光去寻找远处的细节，显然是天方夜谭。但是如果那个东西有着明显的特征，那就不同了。像是你身处于绝对的黑暗，哪怕周围有那么一点点的光明，即便你没有直视它，也能让你的余光锁定它的大致方位！而此刻那个偷窥者的目光，便是宁秋水余光看见的光点！

"大胡子，你的西北方向，那座禅房的第三个柱子后面……记得绕过去，从屁股后面给它一剪刀！"

刘承峰看着手机上的短信，眼里闪烁着兴奋的光芒。

好啊！好得很！

按照宁秋水的指示，刘承峰很快便绕到了目标位置。他小心翼翼地从另一堵墙的后面探出半个脑袋，查看那个偷窥宁秋水的人。

这一下就形成了螳螂捕蝉，黄雀在后的情景。不过，刘承峰从后面观察那个偷窥者时，他发现了一件诡异的事——那个在偷看宁秋水的人，竟然披着一张被剥下的皮肤！

那张皮肤应该是属于梅雯的。刘承峰蹑手蹑脚地接近他，动作悄无声息，十分轻柔。

偷窥者聚精会神地看着钟楼上的宁秋水，眼中流露出一种难以言喻的渴望，像是一名饥肠辘辘的食客，正看着桌上的饭菜。或许是由于注意力过于集中，并没有发现身后不断接近自己的刘承峰。

直到一个声音忽然从他的耳畔响起，让他当场参毛了："喂，你在看什么，有那么好看吗？"

偷窥者几乎是当场弹跳了起来，他回头一看，然而，迎接他的却是一把血红的剪刀！

扑哧！

刘承峰下手可没有轻重，这剪刀直接扎向了偷窥者的胸膛，随着利器割开皮肉的声音响起，红色的剪刀触发了诡器的效果。

神秘的力量涌入了偷窥者的身体，让他惨叫一声，而后那双眸子立刻露出了怨毒的神情！

"你什么眼神，吓唬谁呢？"刘承峰瞪大眼睛，上去又是一剪刀！

这一下刺入，红色的剪刀当场便碎裂了。但是第二次攻击仍然对他造成了伤害。殷红的鲜血在他胸口弥漫。偷窥者怪叫了一声，并没有反抗，转身就跑。

刘承峰当然不愿意放过他，紧随其后，也正在此刻，宁秋水敲响了钟楼之上的铜钟！

当——当——

听到这铜钟响起，偷窥者跑得更快了！他似乎在忌惮什么。

刘承峰死命跟着他追出一段路，奈何实在是跑不过他，最后还是追丢了。他喘着粗气骂了一句："什么鬼东西，挨了两剪刀跑得居然这么快……血也没流多少！"

刘承峰第一剪刀直接扎的对方心脏位置，但很快便想到对方很可能是阁主，心脏已经煮成了肉粥，那个地方根本就是空的，于是他第二剪刀扎向了偷窥者的肺腑。但这两下显然都没有对偷窥者造成实质性的伤害。最终，刘承峰只能垂头丧气地回到钟楼的下方。

"小哥，没抓到，给他跑了！"

看见刘承峰这副模样，宁秋水没有责怪他。对方毕竟不是人。哪怕白天能力受到了限制，也不是他们这些普通人能够对付的。

"没关系，预料之中。"

宁秋水说着，刘承峰看见他身边站着另外一个人，正是法华。

对方不知道是什么时候来的，表情依然严肃。他向刘承峰询问了之前发生的事情。在得知刘承峰拿着一把特殊的剪刀扎破了偷窥者身上的皮肤时，法华稍微松了口气："没关系，他的圣衣破了，至少今夜……"

宁秋水似乎听懂了小师父在说什么，接道："至少今夜他成不了圣，对吗？"

听到这里，法华猛地抬起头，双目中溢满了震撼的神色："宁客人，你……"

"我为什么会知道？小师父，如果我没有猜错，我们所住的房间其实是古阁里苦行者居住的房间吧？只有在客人来到灯影阁的时候，他们才会让出这些房间……"

法华哑然。他呆呆地看着宁秋水，没想到眼前的这个男人居然能够猜到这么多关于古阁的事情……

宁秋水继续道："成圣的过程、方法，你的师兄们已经完完全全地记载在了经书之中。"

宁秋水并没有在这件事情上做出任何隐瞒，继续追问道："所以……没有一件好的圣衣，就无法成圣吗？"

法华沉默了片刻，用力且笃定地点点头："对。根据古阁里已经成圣的前辈们所描述的，想要成圣，一定要功德，圣衣，香火。三者缺一不可。现在，他选择的那件圣衣已经被刺破，其他的三件圣衣被他摒弃，在新的圣衣制作完成之前，他是成不了圣的。"

宁秋水思索了一下，好奇道："法华小师父，我有一个问题。如果灯影阁内……有苦行者成圣了会怎么样？"

法华盯着宁秋水，语气意味深长："古阁内会同庆。"

"同庆？"

"嗯，诸圣会为刚成圣的苦行者接风洗尘，一旦同庆，全阁上下所有的戒律规则都会失效。这一天，无论是圣还是苦行者，都不必再敲钟，诵经，食素……"

光是听到这句话，宁秋水和刘承峰便感觉到后背一阵发凉。在灯影阁度过了快三日，他们已经发现，古阁内全都是一群妖魔鬼怪，根本不是什么苦行者！

成圣，是它们的执念。它们可以为此做出任何疯狂的事！

古阁里对苦行者定下的规矩，其实是一种束缚，也是对他们这些诡客的一种保护。一旦灯影寺阁有人成圣，规矩失效，那他们……会面临怎样恐怖的清算？

到时候，只怕剩下活着的四个人里，至少还要再淘汰三个！

"二位客人不必如此担忧……至少今日，无人成圣。"法华双手合十，沉重的语气带着一丝安慰。

刘承峰消化着法华所说的这些话，忽然抬头问出了一个问题："小师父，古阁'成圣'的这个传统，是从什么时候开始的？"

煮心熬汤，扒皮为袈……这种恐怖且诡异的手段，完全和成圣扯不上半毛钱的关系。刘承峰真的很好奇，这种掏心剥皮的成圣方式到底是哪个天才玩意儿想出来的？

对于他的这个问题，法华倒也没有避讳，缓缓说出了关于灯影阁从前的事："是从第一任成圣的慧普法师开始的。我的师父是古阁里负责劈柴担水做饭的苦行者，年纪也很大了，他死前曾跟我讲过一个关于慧普法师的秘密……传闻慧普法师从小便与圣法有缘，十岁出家，一辈子钻研经文跟圣法，然而直到将死的时候，他也没有参悟大道，结成舍利，证得圣位。或许是承受不了打击，又或许是无法接受这一点，慧普法师晚年开始变得越来越疯癫……听老师讲，慧普法师为了能够成圣，把能用的所有手段几乎都用了一遍！可是他所做的这一切，仍然没有能够让他成圣，直到慧普法师老得动不了了，只能躺在了床上，靠着苦行者们为他诵经喂粥续命的时候，他做了一个疯狂又可怕的决定……他要模仿圣祖'割肉喂鹰'的事迹，把自己的肉喂给古阁内的苦行者……而负责做这件事情的，就是我的师父。"

听到这里，刘承峰已经起了浑身的鸡皮疙瘩，说道："他有病吧？这哪里是割肉喂鹰啊,这哪儿是哪儿啊?就算是模仿,他也应该把自己的肉割了,喂给山林里的野兽才对吧?"

法华深深地看了刘承峰一眼:"刘客人所说没错。我师父当年也是这么问慧普法师的,但刘客人知道慧普法师是怎么回答我师父的吗?"

刘承峰被法华的这个眼神吓住了,他摇了摇头,问道:"怎么回答的?"

法华缓缓开口,说出了一句恐怖的话:"法师说,把粥熬香一点儿,只要吃了这粥……他们就是山林里的野兽。"

平平淡淡的一句话,让宁秋水和刘承峰汗毛倒竖!

"所以你的师父最后真的照做了?"

法华沉默了很久,点了点头:"听师父说,慧普法师当时没有叫痛,自始至终都在笑,直到他死的时候,脸上都挂着疯狂又诡异的笑容……最后,粥熬出来了。"

看见法华的表情,宁秋水已经猜到了结局,但他还是问了一句:"有人喝了吗?"

法华:"除了我师父,所有人都喝了。那一日,慧普法师成圣,全寺同庆。大殿第一尊金像落位,梦中传下'成圣'法门。"

刘承峰瞪大眼,眸子里满是不可思议:"真的假的?这也能成圣?"

宁秋水摇了摇头:"显然,他成的不是圣,至于究竟是什么东西,可不好讲。"

灯影阁问题的根源找到了。可以说,现在所有苦行者成圣的执念,都是受到了慧普法师的影响。

顿了顿,宁秋水似乎想到了什么:"所以小师父,我们吃的肉粥是你熬的?"

一旁的刘承峰也立刻反应了过来,神色震惊。法华的师父以前就是干这个的,现在他师父死了,理应是他来接过这个担子。

面对宁秋水的询问,法华叹了口气,却并没有遮掩:"我有罪,但此乃阁主的嘱托,我不可不听。方圆数百里地,只有这一处古阁,若是他们将我赶出去,那我就无家可归了。"

宁秋水摇了摇头:"无需道歉,你之前给过我们提醒,站在你的立场上,已经仁至义尽。"

法华眸光闪烁,双手合十,感激地对着宁秋水鞠了一躬:"客人愿意原谅法华,法华感激不尽!"

宁秋水又说道:"别整这些虚的,你要真感激我们,就告诉我们怎么离开古阁?"

法华闻言,面容露出了一丝苦涩:"我也不知道。古阁的大门被他们关上了,我推不开。如果我找到了离开古阁的方法,一定第一时间通知二位客人。"

宁秋水点了点头:"既然如此,多谢了。"

夜晚很快降临。四人齐聚在食宅里面,吃着素粥。蜡烛的灯光昏暗,莫名为食宅增添了几分诡异。今日,天黑得很快。还不到六点,夕阳就要落山了。

四人坐在一张桌子前喝粥,气氛非常沉默,谁都没有先开口说话。宁秋水和刘承峰还好,脸上的神情没有太多变化,但单宏和沈薇薇就顶不住了,得知了关于古阁的一些隐秘后,他们现在只感觉浑身上下哪儿都不舒服,好像古阁里总有一双眼睛在盯着他们……邻桌的那些苦行者,看他们的眼神也不大对劲。

如果说之前是一种贪婪的审视,那么现在就变成了憎恶!他们似乎在憎恨几人破坏了"同庆",害得他们今天要继续吃素念经。不过这些苦行者很快便离开了,他们有自己的作息时间,并且严格遵守着。

等他们走后,食宅里变得空旷了很多。相比起第一天的八个人,现在只剩下了一半。幽暗又空旷的空间,让几人都很没有安全感。

"有一个问题困扰了我们很长时间……"沈薇薇揉了揉自己的太阳穴,声音充斥着烦躁。

"你说。"宁秋水身子微微后仰,躺在了椅子靠背上。

"成圣的不应该是两个苦行者吗?第一天和第二天分别有阁主和另外一个苦行者消失,如果说今天大胡子刺破的是其中一个人的圣衣,那另外一个人应该可以成圣呀?"

沈薇薇二人倒也不是完全一无是处,事实上,他们也有自己的考虑。

"哎……你这么一说,我们好像还真的把那个家伙忽略掉了!"刘承峰一拍大腿,音量陡增。沈薇薇提出的这个问题,让他感觉到了一阵后怕!

宁秋水徐徐开口:"你们的担忧不无道理。理论上来说,这一次成圣的的确是两个苦行者,一个是阁主,另一个就是第二天消失的那个苦行者。不过应该是中间出了一些我们不知道的岔子,导致另一个苦行者也没有办法成圣。否则,刚才那些苦行者不会用那样的眼神看我们。至少今夜,我们不会面临这一扇诡门最恐怖的清算。但是仍然不可以掉以轻心!"

沈薇薇脸色煞白,咬着嘴唇说道:"要不今天晚上我们都住一个房间吧?把其他房间的蜡烛全部都拿到一个房间来,我们一次点两支!"

这一次,宁秋水没有拒绝她的提议。剩下的这两个人虽然看上去也不能完全信任,但至少也没有表现出什么害人之心。大家抱团取暖,的确要安全一些。

他们一同回到了一号房间,静静等待着法华给他们送红色的蜡烛。然而,今夜他们等了足足两个小时也没有等到法华。

那个每天晚上都会按时给他们送红色蜡烛的小师父……突然消失了。

"这都几点了，为什么他还不来？"

一直等待，也没有等到法华小师父，单宏忍不住有些着急了。他一边看着手机上的时间，一边焦躁地在房间里来回踱步。

有了前两天晚上的经历，他们很清楚，小师父送给他们的那盏红蜡烛是他们能够安全度过夜晚的关键道具。而今夜没有蜡烛了。

黑暗是寺庙里那些诡物的舞台，没有了蜡烛，他们要如何抵御？

"你们昨天还有剩下的蜡烛吗？"宁秋水随口问了一句。

二人全都摇了摇头。

"昨天的蜡烛比之前的短了一截，根本不够。我们烧到后面蜡烛熄灭了，天还没有亮，好在没有出事情……"沈薇薇说完后，用带着讶异的眼神看向宁秋水，"难道你们有剩下的？"

宁秋水"哗啦"一下从兜里掏出了一大堆蜡烛，看得二人目瞪口呆。

"你们真是我亲哥……话说，你们哪儿来这么多蜡烛呀？"单宏又是震惊，又是激动。

"还能哪儿来的，其他房间拿的呗。这些蜡烛也够咱们两天点的了，就剩最后两晚了，点上吧。"刘承峰说着就掏出了火柴，"呲啦"一下，明亮的火光从火柴的尖端迸发而出，点燃了一根烧了大半的红色蜡烛。

宁秋水拿着这根蜡烛在房间里转了半天，能找的角落他都找了一遍。

"小哥，你在找什么呢？"刘承峰问道。

宁秋水缓缓说道："在找房间里有没有隐藏的诡物。你忘了昨天晚上，柴善突然自己从房间里跑出去了？"

这个细节，刘承峰还真的没有留意，只是经过宁秋水的提醒，他才猛然惊出了一身冷汗。的确，房间里有烛光的时候，那些诡物没有办法悄悄进入，它们唯一闯入的方式就是撞门。但如果有什么东西在他们进入房间之前就已经先在房间里藏好了，那今夜岂不是凶多吉少？

"有什么地方不太对……"宁秋水目光在房间的角落里肆意搜寻着。他有一种不安感，浑身上下都觉得毛毛的："哎，大胡子，再点一根蜡烛，你们也帮忙找一下，我总觉得房间里有东西。"

能从混乱地带活下来的人，对于危险的敏感程度要远远高于普通人。一旦有什么可以威胁到宁秋水，他就会变得特别警觉！

刘承峰对宁秋水向来十分信任，听到这话，他立刻点燃了手里的另外几根蜡烛，发给了旁边的两个人。

"都拿着，自己找找！"

二人接过了刘承峰递过来的蜡烛。似乎是火光给了他们安全感，让二人的脸色看上去没有先前那么苍白了。他们拿着蜡烛在房间里到处寻找，最终，沈薇薇的声音从一个床边的角落里传来，带着一丝颤抖："你们……你们快过来看！"

房间里的其他三人闻言，立刻来到了沈薇薇所在的角落。这个地方非常隐蔽，因为是床尾和窗户的夹角，外面还拦了一个木柜子，平时根本无法注意到。

靠着蜡烛微弱的光芒，他们看见在那个黑漆漆的角落里，有一个夜壶。夜壶本来并不是什么值得注意的东西，但这个位置太奇怪了。他们就算用过夜壶，也不会将夜壶直接藏起来。那么，为什么夜壶会出现在这个地方？

在诡门背后，任何一件诡异的事情，都很容易让人精神紧张。宁秋水示意几人让开，自己用脚将夜壶勾了出来。

烛光下，眼前的夜壶居然被盖上了盖子。宁秋水小心地将盖子掀开，一张惨白的脸竟然出现在了夜壶之中。

一旁的三人先是被吓得后退了一步，但好歹也有心理准备，很快便稳住了紧张的情绪。刘承峰上前一步，对着夜壶里那张脸说道："不是，这房间那么多地儿，容不下你吗？你要藏在这地方？都做诡物了，咋还这么埋汰呢？"

他这一说，属实把夜壶里的那张脸激怒了。它表情骤然变得极其痛苦起来，不停地挣扎蠕动，像是要从罐子里出来！

"这玩意儿，说它两句还不乐意听了。"

他话音未落，夜壶表面出现了一条又一条裂纹，这些裂纹上渗出了黏稠的液体，并且随着液体渗出之后，房间里的温度也开始不断下降。

唰！屋外出现了一个黑影，站在窗外，一动不动。

房间里，众人手上点着的烛火不断晃动，仿佛随时要熄灭一般！

"它是不是要出来了，咱们要把它扔出去吗？"本来已经被刘承峰的发言驱散了一部分内心恐惧的沈薇薇，再一次紧张了起来！

宁秋水看了看窗外的黑影，眼神锐利了不少。他在思考：把夜壶扔出去，还是不扔？如果不扔的话，夜壶里的那张脸马上就要出来了，它出来之后会不会发生什么可怕的事情？如果扔的话，那他们就必须要打开门或者窗户，然而门外站着的那个黑影给了他们非常浓重的压力！

他们，似乎已经到了命运攸关的时刻。

"呃啊……"那张脸发出了一声凄厉的哀号。

夜壶的壶壁开始碎裂，老旧的铁质碎块掉在了地上，一片一片，仿佛凋零的落叶一般。

情况属实危急，另外两个人由于身上没有诡器，一时半会儿完全不知道该做什么，六神无主地傻愣在了一旁。

眼看着夜壶里的那张脸即将脱困，宁秋水对单宏说道："你把夜壶抱起来，扔出去，一会儿我开窗！"

单宏听到宁秋水喊他的名字，愣住了，结结巴巴地说："啊？我……我？"

"没时间了，赶快！"

单宏低头盯着夜壶里那张苍白恐怖的脸，猛然间想起这不是第二天消失的那个苦行者吗？

他打了个寒战，被那张脸上的狰狞神色吓住了，他慌忙摆手，后退几步："不……不！它要出来了，我现在抱住它，不是找死吗？"

他这副模样，让旁边的沈薇薇都忍不住皱起了眉。咬了咬牙，沈薇薇眼神一横，压下内心的恐惧和恶心，猛地抱起夜壶，朝着窗户口跑去！

"开窗！"她尖叫道。

沈薇薇也不知道自己到底是哪里来的勇气。或许是出于对自己被淘汰的男友的愧疚，又或许是因为她对宁秋水的信任，这一次，她不再胆怯。

宁秋水迅速打开了窗户。沈薇薇闭上眼睛，用力将手中的夜壶抛向窗外。

她不敢去看那个站在他们门窗外的黑影。

哐当——

夜壶落地的声音响起，咕噜咕噜滚出了老远。

就在沈薇薇松了一口气，想要朝着房间里面退去的时候，一条冰冷的苍白手臂却猛地从窗外伸了进来，抓住了她的手腕！

被抓住手腕的沈薇薇用尽全力尖叫了一声！

她拼命想要向后退去，但抓住她手腕的那只手十分有力，仿佛是一双钢铁铸成的镣铐，无论她怎么挣扎，都没有丝毫作用。

更可怕的是，对方正在用力将她往窗外拽！

沈薇薇本就体重较轻，也不像白潇潇那样经常锻炼，哪里拗得过窗外的那个黑影？她一个趔趄，直接朝着窗外扑去，要不是身体紧紧卡在窗框里，估计现在已经被拖出了房间！

沈薇薇无比惶恐，对着身边的宁秋水大声求救："救我！！"

宁秋水没有犹豫，掏出了阮婆留下的那本古书。这本书还有最后一次使用机会。他用力将古书砸向了手臂的主人，那本书上立刻渗出了浓浓的血迹，还伴随着阮婆凄厉的咆哮声。

阮婆生前恶事做尽，自身也承受了太多的痛苦，浓郁的怨气似乎给了她格外强大的力量。

窗外漆黑一片，站在窗边的宁秋水根本看不清窗外发生了什么。房间里的四人只能听到窗外传来一声惨叫，紧接着抓住沈薇薇的那只手便松开了。

沈薇薇吓坏了，根本站不稳，连滚带爬地跑回房间，身体不停抽搐着。站在窗边的宁秋水已经趁着这个间隙关上了窗户，并将一盏燃烧的烛火放在了窗前的柜子上。

刘承峰抱着沈薇薇，感受着对方在他怀里一直抽搐个不停，忍不住说道："瞧给这姑娘吓的，都开始痉挛了。"

她抖了好一会儿，才总算平复下来，颤声对着刘承峰说了一声"谢谢"，随后坐到床上。

"你刚才看见什么了？"宁秋水瞥了她一眼，问道。

沈薇薇回忆起刚才发生的事情，脸上的恐惧神色没有丝毫消退，咽了咽口水道："我看到了一张很老、很恐怖的脸。它的眼神真的好可怕！好像要直接将我吃掉一样……"

宁秋水问道："是我们第一天见到的那个阁主吗？"

经过宁秋水的提醒，沈薇薇这才猛然惊觉，点头道："对！就是他！"

宁秋水冷笑道："这家伙，真是想成圣想疯了啊……鹰食我肉，我取鹰皮，我们现在没有吃它的肉，它却已经忍不住想要我们的皮了。"

他话音刚落，门外突然传来了剧烈的撞击！

砰！砰！

震耳欲聋的撞击声几乎让整个房间都晃动了起来。

"大胡子，堵门！"宁秋水对着刘承峰急喊道。

刘承峰脸色一黑，立刻朝门口跑去："得，又是我……"

他两百来斤的体重往那里一顶，房门顿时就显得稳固许多。

砰！门外的阁主似乎急了，加重了力道，这一下实在太狠，差点儿没给门后的刘承峰撞飞！

房间里的火烛也猛烈地摇曳了一下，好似受到了未知的影响。

"烛火刚才差点儿熄了！"单宏惊恐地叫了一声。

"你废什么话！我们眼睛瞎的啊？赶紧过来帮我顶着！"刘承峰回头一看那小子躲在房间里面那么深的地方，气就不打一处来。

沈薇薇一姑娘都敢跑到窗口去扔夜壶，这一大老爷们居然躲在后面看戏，要不是现在他走不开，高低得过去给他两脚！

单宏见刘承峰那要杀人的目光，虽然害怕，但还是只能硬着头皮跑过去，战战兢兢地帮他一起顶着!

砰砰!砰砰砰!

阁主在外面疯狂撞门,震动一下胜过一下:"你们……为什么……不让我成圣?为什么?我这几日好饭好菜地招待你们,你们为什么不珍惜,为什么?我到底哪里得罪了你们?你们要这么害我?"

它在外面,时而号啕痛哭,时而疯狂大笑:"开门……开门!我就差一件圣衣了,就差一件圣衣了……再给我一件圣衣就好!求你们了……开门啊!开门!让!我!成!圣!"

阁主嘴里不断冒出些疯狂的言语,到了后面,已经带着十足的怨恨和癫狂:"我成了圣,你们难道不会沐浴在金光中吗?我成了圣,你们难道不会跟着鸡犬升天吗?我成了圣,一定不会亏待你们!圣位,我们共享!我是圣,你们也是!"

它实在太吵,刘承峰忍不住了,大声骂道:"就你这样的,还成圣?你顶多成狒狒!"

阁主听到这话,忽然停下了撞击房门,声音蔓延着一股凄凉:"他们都能成圣,为什么我不行?你知道我等这一天等了多久吗?好不容易轮到我了……我等了这么多年,好不容易……求求你们,赐我一件圣衣,让我成圣吧……"

它说着,居然跪在地上,对着房间里的四人磕起了头。

哪!哪哪!

它用自己的头一次又一次撞击坚硬的青石地面,声音听得房间里的四人脑瓜子疼。他们几乎可以想象,此时此刻房间外,那场景是多么令人不寒而栗……

随着阁主猛烈地磕头,房间里的人心里逐渐弥漫出了一股怜悯。

这回,竟是刘承峰最先感觉到了不对劲,他察觉到其他三人的神色开始变得缓和甚至有些迷茫,立刻大声提醒道:"别信它的鬼话!这家伙正在影响我们的精神!它是想趁机扒了我们的皮肤!"

三人受到的影响并不深,被刘承峰这么一提醒,顿时清醒了不少。互相看了一眼,发现彼此脸上依然残留几分恍惚,不禁背脊发凉,冷汗直冒……

诡物磕头,若非报恩,活人受不得。

然而,他们虽然清醒得了一时,却没有办法一直保持清醒。对方对他们精神的影响一直存在,并且随着外面的阁主不断磕头,这种影响还在继续加深!

没过多久,单宏的眼神最先变得迷茫:"不行,它真的好可怜啊,我们要不帮帮它吧?"

刘承峰瞥了他一眼:"行啊,你自己出去。"

单宏闻言,竟然真的站起了身子,朝着门口走去。见他行尸走肉一般的动作,刘承峰吓得头皮都炸了,急忙一把拉住他:"你这倒霉玩意儿,还真是说干就干!自己死就算了,别拉着我们一起下水!"

要是真让他出去,给外面的阁主做成了"圣衣",让阁主成了圣,那他们麻烦就大了!眼下,必须竭尽全力阻止古阁里的苦行者成圣!

"是啊……它真的好可怜,等了这么多年就为了成圣,我们要不就成全它吧?"沈薇薇也如此说道,那双眸子的光采时隐时现。

"大胡子,有什么办法解决吗?"宁秋水神色凝重。

他的意志力显然要比二人高很多,可再这么下去,他也不知道能坚持多久。

刘承峰神色古怪,说道:"有一个蠢办法可以对付诡物磕头。"

宁秋水道:"什么办法?"

刘承峰干咳了一声:"磕回去。"

"……"

说着,刘承峰立刻走到床边,将床上的被褥叠成了三层,放在地面上,然后拉着单宏和沈薇薇跪在面前,对着还没有完全失神的他们说道:"磕头!"

二人倒也没有被完全控制,对着门外的阁主也"咄咄"磕起头来。

一时间,一诡物四人,开始隔着一扇门疯狂地磕起头来。就这样,不知道过了多久,门内的几人都感觉自己脑袋发晕,脑浆仿佛要摇匀了,才听宁秋水说道:"行了,别磕头了……它已经走了。"

三人迷迷糊糊地抬起头,眼前一阵发黑,好一会儿才终于缓过神来。

"走了?"刘承峰眼中有着血丝,不敢置信地说道,"那不能啊,刚才不还挺嚣张的吗?来,继续磕啊,这才哪儿到哪儿呢?我能磕上一整天!"

宁秋水见他这副上头的模样,忍不住以手抚额。诚如刘承峰所说,这的确是个蠢办法,虽然管用,但是有点儿副作用——上头。

大约过去了十来分钟,三人基本都恢复了正常。他们看着窗外那片漆黑,面色凝重,却沉默不语。

没人知道,今夜是否还会发生什么意外。虽然已经到了深夜,可他们却没有丝毫困意。

"你们说,我们真的能够活着离开这里吗?"单宏的声音带着浓浓的恐惧。

与刚进古阁时的模样相比,现在的他判若两人。那时候,单宏还算比较冷静,面对很多异常也有自己的判断和应对措施。而现在,他的勇气似乎已经到了尽头。

宁秋水看着单宏的模样,并不觉得惊讶。人对于情绪的压制能力是有限的。有些人面对突发状况,看似冷静,实则是一鼓作气。如果接二连三这样,那他很快就会因为无法压抑恐惧情绪的滋生而崩溃。反倒是一些对于情绪没有多少克制能力的人，在被恐惧摧毁之后，对恐惧产生了抗体。白潇潇和刘承峰就是典型的例子。

某些时候，接受和适应恐惧，反而要比抗拒更好。

"没问题，只要度过了今天晚上，我们就只剩下最后一个夜晚需要度过了……"沈薇薇强作镇定地安慰道，但她自己的声音却带着颤抖。

"你也在害怕，对吧？"单宏偏头看向沈薇薇，又看向一旁低头坐着的刘承峰，"大胡子，你怕吗？"

刘承峰没有作声。

"大胡子？"单宏接连唤了几声，他都没有答应，这让单宏心里慌了。他小心地伸手拨弄了一下刘承峰，发现这个家伙居然睡着了。

单宏听着刘承峰发来的轻微呼噜声，有些无语："这种情况下都能睡着？该说他心理素质好，还是心太大呢？"

单宏叹了口气，又将目光移向了宁秋水。在他的眼里，这个人是目前看上去最靠谱的。从始至终都没有表现出丝毫慌乱，身上似乎也有不少诡器。

单宏虽然没有开口询问，但是心里猜测，宁秋水应该是过了后面几扇门的大佬，带着刘承峰一起过门。想到这里，他的心里才稍微安定一些，没有那么恐惧了。

"秋水哥，今夜……应该安全了吧？"单宏问道。

宁秋水瞥了他一眼，摇了摇头："还不好说。而且，怎么活过今天晚上和明天晚上，不是我们要面临的最大问题。我们目前真正的问题是，要怎么找到离开古阁的方法。如果到了第五日，我们还不知道究竟怎么才能够离开古阁，恐怕……到时候会出现两种非常麻烦的可能。"

二人闻言，心都沉到了谷底："什么可能？"

宁秋水道："要么，这一切继续下去，直到我们被寺庙里的这些诡物淘汰。又或者……诡门解开对所有诡物的限制，提前触发清算。"

听到这话，单宏和沈薇薇的脸上都露出了恐惧的神色。

宁秋水没有再继续说下去，而是在思考一个问题——法华小师父去了哪里？

他绝对不会无缘无故地消失。出事的可能性也不大，毕竟法华已经在这座古阁里生活了很多年了。

宁秋水在脑海里搜索着各种可能性，忽然想起了法华小师父白天对他们说过的一句话，心中顿时灵光一闪！

难道……那个小师父去寻找离开古阁的方法了？

对于这座古阁，小师父了解的肯定要远多于他们。如果他愿意帮忙寻找古阁的出路，那他们活下来的可能性就会大大提升！继续拖下去，指定要玩完。

就算他们带再多的诡器进入这扇诡门，每个人也只能触发三次。纯粹凭借诡器，他们能挡住古阁背后的诡物多久？

"我们的蜡烛今天烧完，明晚可能不够了……刚才诡物在外面撞门，似乎加快了蜡烛的燃烧。"沈薇薇声音幽幽，她抱着双膝坐在房间的一角，有些披头散发。

宁秋水和单宏的目光落在了燃烧的蜡烛上。的确，蜡烛的燃烧速度变快了，应该和刚刚阁主撞门有关。这也侧面印证了红蜡烛的重要性。

"你们之前去过古阁的厨房吗？"宁秋水问道。

沈薇薇和单宏都摇了摇头。古阁虽然有食宅，但厨房却并没有人看见过。毕竟，小师父每次来叫他们吃饭的时候，饭菜都已经端好放在食宅里了。

窗户口，那个黑影虽然已经不在，但偶尔烛光闪过，也会让人神经绷紧，疑神疑鬼地看向窗户处。屋外的黑暗，似乎要和寒冷一同沿着窗户口的小孔渗入房间。

沉默了好一阵子，沈薇薇忽然开口道："其实，第二天我看见小师父去到了古阁里西侧的一个很隐蔽荒凉的位置。"

宁秋水闻言，眸光轻动："法华？"

沈薇薇点头："我不确定那个地方是不是厨房。"

宁秋水道："明天去看看。"

"为什么要去厨房？"

"那里或许有更多关于法华和他师父的线索，我想看看。"

沈薇薇没有拒绝，也没有拒绝的权利。如果不是因为宁秋水还在这里顶着，她都不知道该怎么办。或许是受到了规则的影响，又或许阁主的确是磕头磕晕了，它没有再出现，众人迷迷糊糊，勉强算是度过了第三夜。

清晨六点钟的时候，晨光如约出现，驱散了古阁内弥漫的浓雾，但钟声却没有响起。

四人在房间里等待了很久，大约到了九点钟时，阳光已经几乎洒满了古阁的每一个角落，宁秋水几人才从房间里出来。

"小师父今天怎么不敲钟了？突然一下没听到他敲钟的声音还怪不习惯的嘞！"刘承峰睡眼惺忪，打了个哈欠。

四人一路在沈薇薇的带领下，朝着古阁的西侧角落走去。那个角落实在过于偏僻，四周全是碎砾杂草，地面上还残留着大量已经干涸的血渍，甚是触目惊心。沿着血渍一路走，空气里弥漫着难闻的味道，和人有关。

在荒地上，有一条小路蜿蜒向前，通向了一座简陋小屋。宁秋水来到了小屋子前，缓缓推开门，里面传出了一股浓郁的香味——正是肉粥的味道。

"法华？"

"小师父？"

他们尝试性地唤了几声，但是房间里并没有回应。法华不在。

这个小房子里，有灶台，有堆砌的柴禾，还有……一张床。

"不是吧，这小师父居然睡在这里。"刘承峰吐槽了一句。他摸了摸厨房里的床，上面比较干净，枕头旁边还有几本经文。显然，这张床是有人睡的。这里也不仅仅是一个厨房。严格来说，是柴房、厨房、卧室三合一。

"不应该啊……古阁里那么多空着的房间，小师父为什么要睡在这个地方？"单宏满脸疑惑。

"有两种情况。第一，小师父受到古阁其他苦行者的排挤，只能睡在这里。第二，厨房有什么重要的东西，需要他守着。"宁秋水说完之后，目光在房间里扫视了一圈，"都找找看。"

虽然外面已经天明，但是这个房间的采光并不好，有些地方还是比较阴暗。好在刘承峰身上总是备着火柴。随着火柴的光芒亮起，他似乎发现了什么，偏头对着床边的宁秋水叫道："小哥，你过来看看！"

宁秋水闻言，来到刘承峰旁边，他又点燃了一根蜡烛，贴近地面，二人立刻看见地面上出现了三行黑色的字迹：

师父说，成圣是灯影寺里最大的谎言。

寺中根本没有圣。

一切，都是慧普法师的执念。

"慧普法师？"宁秋水目光微动。

小师父说过这个人，是灯影阁"圣"的起源。

"没有圣？有意思……要是没有圣的话，寺庙里那些苦行者最后变成什么东西了？"宁秋水的目光忽然落在了不远处小和尚睡觉的床上。

那里摆放着经书。宁秋水走过去拿起经书翻了翻，其中夹杂着一张特殊的竹纸。上面写着：我是它嘴里的第一颗牙，你是第二颗。如果你不想成为肉，那就要帮它吃肉。

这张纸很老旧了。泛黄的痕迹，全是岁月留下的伤痕。看着这张纸，宁秋水脑海里浮现的第一个人就是法华的师父。字条上的线索透露出了很多事情。

"牙和肉……这是小师父在古阁里的生存法则吗？古阁里的那些诡物没有攻

击他，难道就是因为这个原因？"

一瞬间，宁秋水的脑海里闪过了很多念头。他翻转纸张，发现背面还有一行字：牙，要怎么开门呢？

这行字的墨迹较之正面要新鲜得多。背面的字迹和前面的字迹也完全不同，显然一个是法华写的，而另外一个来自于他的师父。

"昨天晚上，小师父果然去寻找开门的方法了吗……只是不知道他到底找到没有，现在又在什么地方……"

宁秋水正想着，单宏突然有些扭捏地走了过来，开口说道："那个不好意思，有没有人可以陪我去上一下厕所啊？"

三人都盯着他，单宏面色有些发红，干咳了两声："哎，这个人有三急呀。我自己一个人去，太危险了！"

"我陪你去吧。"宁秋水给刘承峰使了一个眼色，示意他和沈薇薇站在一起，不要乱走动。

单宏嘿嘿一笑："好，好。多谢了，秋水哥。"

二人来到了离得最近的一个茅房，宁秋水站在外面，对他说道："快点。"

单宏点了点头："好。"

他立刻走进茅房，解下裤腰带，开始释放自己。也不知道吃了什么不该吃的东西，他肚子里咕噜咕噜的，很是难受。他蹲在坑位上，用尽全力。

整个茅房里几乎没有一丝透气的地方，全由木头和瓦片搭建而成，一些地方还铺着许多干杂草。唯一的光源就是五步之外的门口。这让整个茅房不但显得格外阴暗，而且潮湿，空气之中也全都是难闻的粪便气味。说实话，对稍有洁癖的人而言，蹲在这样的厕所里非常难受。单宏也不例外。

此时此刻，他只觉得浑身都不对劲。就在他用力释放的时候，突然有什么东西从他的头顶滴落了下来，冰冷而黏稠。单宏被液体滴中的瞬间，身体明显僵住了！

人在什么时候最脆弱呢？当然是在……的时候。单宏无法接受自己在这样的环境下被淘汰出局！

刚才头上滴下来的那滴液体到底是什么？有什么东西在自己的头上？

那一瞬间，单宏的脑子里闪过了无数的可怕念头！他僵硬地伸出一根手指，擦了擦自己额头上的那滴液体，然后放在鼻子前闻了闻。紧接着，他的脸色变得无比苍白——确认了，的确是血的味道。

为什么头顶上会滴血呢？他僵硬地抬起头，瞳孔骤然缩紧！虽然茅房里面的环境十分阴暗，但是熟悉了这样的阴暗之后，他也能够勉强看清楚黑暗中的东西。

单宏抬头时，发现有一具没有皮肤的玩家身体，正高高地挂在了自己的头顶上！这一幕，直接让他一泻千里。紧接着，他发出了一声惨叫，裤子都没来得及穿，便跑出了茅房！

看见单宏慌不择路地冲出来，宁秋水有些无语。

"单宏，你搁这儿遛鸟呢？"或许是跟刘承峰待的时间变久了，宁秋水的嘴也毒了起来，"还有，你这屁股是不是没擦呀？"

空气之中弥漫着一股不太好闻的味道。

单宏窘迫无比，却还是一只手指着茅房，对着宁秋水慌张地说道："秋……秋水哥，茅房里有东西！"

宁秋水闻言，目光一凝："什么东西？"

单宏的嘴唇毫无血色，哆嗦着回答："是……被淘汰的玩家！挂在房梁上！"

被淘汰的玩家？可是昨晚没有人被淘汰啊……为什么会有玩家的身体被挂在房梁上呢？

"谁的身体？"

单宏摇头："不知道，他的皮肤被扒下来了，而且里头太黑，我认不出来！"

宁秋水瞥了一眼单宏那两条直哆嗦的大腿，说道："你赶紧收拾一下，然后跟我进去，咱们把那具身体放下来。"

单宏一听，菊花一紧："不……不是吧？咱们还要进去？可，可是里面有危险啊！"

看着他那副被吓破了胆的样子，宁秋水摇了摇头："你一个大老爷们，怎么胆子还不如沈薇薇？古阁的白天没那么危险，而且我们是两个人，出事的概率更小。留给我们的时间已经不多了。"

单宏闻言咽了咽口水，又抹了一把额头上的汗，咬牙道："行！跟秋水哥你干了！"

他随便找了点儿树叶，擦了擦身上的污秽，然后就跟着宁秋水一同进入了茅房。宁秋水找来了一些垫脚的东西，把那具身体从房梁上取了下来。

他们将身体搬回了厨房，刘承峰和沈薇薇还在讨论着地面上用木炭写下的黑色字迹。看见宁秋水搬了一具没有皮肤的身体回来，二人都被吓了一跳！

"小哥，你这什么情况？咱们昨天也没人被淘汰呀，这具身体哪里来的？"

宁秋水摇了摇头："我也不清楚。"

他将身体放在门口，四人观察了一阵子。

"有什么看法吗？"宁秋水问其他三人。

三人的脸色其实都不好看，因为他们都隐约猜到了这具身体是谁的。

"没有皮肤，无法进一步确定，但是从体型上来看，应该就是法华小师父了！"沈薇薇深吸一口气，勉强让自己镇定下来。

刘承峰则指着这具身体头皮的位置说道："我也比较认同这是法华小师父的身体，我们头上有头发，而古阁里的那些诡物在剥玩家皮肤时，通常不会动头发。但这一次它们居然连头发一起剥掉了，显然这具身体本身就没有头发。恰好昨天晚上和今天早上法华小师父都不在。再加上体型高度吻合，多半是他了……"

刘承峰的话说得已经够保守了。其实，他已经有了十足的把握，确定这具身体就是法华小师父。只是，小师父现在多少成了众人心中的一根定心柱，刘承峰担心，另外两人在知道这个真相后会情绪崩溃。

不过，二人倒也没有他想得这么糟糕。

"这么说，小师父昨天晚上就已经出事了？是在天黑之前的事，所以他才没有来给咱们送蜡烛？"单宏看着地面上那具身体，脑子里一片空白，除了恐惧，剩下的就只有疑惑。

小师父出事了，那谁来给他们送蜡烛呢？他们倒是也有一些存货，只不过这些存货想要度过今晚，恐怕有些难度……

"小师父不是昨天晚上出的事。"宁秋水开口，声音十分笃定。

他伸出手捏了捏身体的肌肉，活动了一下身体的关节，然后又查看了血液的黏稠程度。

"他出事的时间不会超过两个小时。小师父是在今天早上遇害的。"

听到这个推断，其他三人都是一怔。

"不超过两个小时，那岂不是说他是在清晨六点之后才遇到不测的？可是古阁里的诡物怪一般过了清晨六点就不再活跃了……"

宁秋水仔细查看了这具身体，忽然像是发现了什么细节，喃喃自语道："是的……他身上的皮肤是被诡物剥下来的。手法完全不同。诡物剥皮肤几乎不会留下任何多余的痕迹。可是眼前的这具身体上，遍布着数不清的各种刀痕。对方为了剥下完整的皮肤，甚至连部分肌肉也一同削掉。这不是诡物的手法，小师父身上的皮肤……应该是被人剥下来的！"

宁秋水说完，房间里的几人顿时感觉头皮发麻！

被诡物剥掉皮肤和被人剥掉皮肤，完全是两回事。前者看似恐怖，实际上并没有感受到多大的痛苦，之前鲁南尚已经说得非常明白了。然而，被人剥掉皮肤……在非麻醉的情况下，到底有多痛？

在场的众人全都打了个寒战。

他们盯着地面上的那具身体，莫名的寒气从脚底升起……

忽然之间，他们想到了厨房门外那片空地上残留着的大片没有干涸的血渍。原本还以为这些血渍是他们这些受害者留下的，现在看来，应该都是法华小师父的血。

望着地上到处都散落的血迹，几人脑海中情不自禁浮现出画面：法华临终前究竟承受了怎样的痛苦……

"我有一个问题……"单宏忽然颤声道，"按理说，古阁里除了我们四个之外已经没有人了才对。其他苦行者不都是诡物吗？而我们昨晚四个人都在房间里待着，所以，到底是谁剥了小师父的皮肤？总不能是他自己剥的吧？"

单宏的疑问让众人陷入沉默。的确，古阁里除了他们以外，哪里还有活人？那几个苦行者，一看就有问题。如果不是诡物所为，又是谁剥去了法华的皮肤？种种疑惑，浮现众人心里。

"身体怎么办？"沉默许久后，沈薇薇开口问，"就这么放着吗？"

宁秋水沉吟片刻，道："把身体搬回我们的房间。"

"搬回我们的房间？不怕他变成诡物攻击我们？"单宏不乐意，他觉得这么做很危险。

"让你搬你就搬，别磨叽。要是怕晚上出事，今晚自己去隔壁睡。"刘承峰没好气地撑了一句。

单宏愣了一下："隔壁也没蜡烛啊！"

刘承峰随手扔给他一把锤子。单宏一头雾水："什么意思，威胁我啊？"

"威胁你大爷，给你锤子，让你去凿壁偷光。"

单宏看着手里的锤子，咽了咽口水："大胡子，这玩意儿你哪儿来的？"

"你管我哪儿来的，用完还我，赶紧的，现在就去凿墙！"

单宏双手握着锤子，迟疑了片刻，还是小心翼翼地还给了刘承峰，叹了口气道："那，那还是算了吧，我去搬身体行了吧？"

他十分不情愿地将法华的身体拖回了他们所住的房间。

到了正午，该吃饭了。

然而，今日食宅里既没有法华莱送饭，也不看到那几个古怪的苦行者。他们似乎是知道了法华已经不在，没有人给他们做粥了，索性直接不知躲到了什么地方，不出来了。

这下，偌大的食宅里，彻底空寂了下来。

四个人坐在食宅之中，眉头紧锁。这是第四扇门。按理说，生路不会这么隐蔽。他们要怎么打开古阁的大门呢？

"大门推不开，翻墙也翻不了……咱们下午要不试试挖地道吧？"单宏瞳孔里带着些血丝。

他们上午又去了一趟大门口，那里的房门依然是紧闭的，无论怎么用力都推不开。旁边的墙壁也翻不了，那里有一股类似空气墙的神秘力量，会将他们直接弹回来。

眼看着第五天马上就要到来，他们却还没有找到离开古阁的方法，浓烈的焦虑感开始逐渐演变成绝望。

单宏直勾勾地盯着远处的古阁围墙。他们距离自由，只有一墙之隔。

"一样的道理，你翻墙出不去，挖地道就能行了？"

单宏听着刘承峰略带嘲讽的语气，眼中的血丝越来越浓郁："这也不行，那也不行，那你说怎么办？等死？"

刘承峰冷冷地瞥了他一眼："都已经第四扇诡门了，还这副样子，就算你活下来，你也活不过下一扇门。"

单宏闻言，情绪越来越崩溃："是，我是废物！可我就想安安稳稳活着，我有什么错？明明外面有那么多人，它为什么非要选我呢？"

刘承峰叹了口气。这家伙已经彻底被恐惧侵袭，短时间内估计走不出来了。

"别那么杞人忧天……诡门不会给我们必败的故事。"到了现在，宁秋水看上去仍旧十分从容，"过了今夜，明天下午就能回去了。"

单宏似乎被某个词语刺激到了，情绪激动："回去？怎么回去？我们现在连古阁的大门都出不去！"

沈薇薇皱眉道："你在这儿吵吵嚷嚷个什么劲？是我们不想出去吗？大家不是还在这儿想办法吗，我们还有时间。"

单宏双拳紧攥，面色难看："你们不去挖地道，那我自己去！翻墙翻不出去，挖地道肯定成！"

说完，他居然直接走了，刘承峰想要拉住他，却没有成功。

"行了，随他去吧。"宁秋水这一次，出奇地没有制止。

刘承峰望着渐行渐远的单宏，瞪眼道："现在放他走，会不会太危险了？要是他出事了，怎么办？眼看阁主差一步就要成圣了，如果他成圣……"

他话音未落，宁秋水却反驳说："他成不了圣了。或者说，其实这扇门从一开始就注定了阁主没有办法成圣。"

房间里的二人都怔住了，他们看向宁秋水，眼神复杂。不过，他们的想法却不同。刘承峰想的是，小哥难道又有了什么重要的发现？而一旁的沈薇薇想的是，这家伙不会被吓傻了吧？

"为什么会这么说？"沈薇薇想听听宁秋水的想法。

宁秋水道："为什么不反过来想想呢？阁主成圣之后会发生什么事？"

沈薇薇若有所思："全寺同庆，我们所有人都会出局，哦不……应该能活一个。"

宁秋水点头："就是这样。从小师父嘴里得知了和成圣有关的事情之后，我就在想一件事——我们一共有八个人，理论上来讲，阁主只需要一个人的皮肤，它就能够成圣了。如果它不挑挑拣拣，那只要我们之中有一个人中招，对于其他七个人而言就是必败的局面！一人成圣，全寺同庆。除了被诡门隐藏规则庇护的那个人能够活下来，其他人一定会被淘汰。而诡门不会设置出这样的故事……至少第四扇门绝对不会。"

宁秋水说完，看着若有所思的二人，继续说道："还记得我们的任务是什么吗？"

刘承峰一拍大腿，说道："这指定不能忘啊，我们的任务是……来，沈薇薇，你告诉小哥，我们的任务是什么？"

沈薇薇面色古怪："在灯影阁里活过五天，并且找到离开灯影阁的方法。"

说完，她立刻领会了宁秋水话语里的含义，喃喃自语道："我们在这扇诡门里，需要防备和面对的危险，是古阁的那些苦行者成圣之前做出的事，而不是他们成圣之后的事……诡门对它们做出了限制，导致它们在这五天之内根本不可能成圣！这才是阁主会对皮肤挑挑拣拣的真正原因。那根本就不是阁主的本意！"

想通了这一点，沈薇薇变得格外激动起来！阁主是什么，是一个癫人，一个为了"成圣"可以不择手段的人！这样的人巴不得原地成圣，面对圣衣，哪里还会挑挑拣拣？说到底，是诡门对于它的影响，才导致阁主做出了这样的行为。

"这么说的话……咱们根本不用担心'成圣'的问题？"刘承峰有些疑惑。

宁秋水："理论上来说，是五天之内不用担心。如果我们能在第五天找到离开的办法，成圣的事情就不用我们管了。"

刘承峰感叹道："所以现在最大的问题还是要怎么离开这座古阁。老实讲，我还是比较能够理解单宏的。到目前为止，我们是真的没有发现任何关于离开这里的线索。马上就要到第五天了。小哥，你有什么想法吗？"

宁秋水道："找不到很正常，我们对灯影阁一点儿也不熟悉，人家在这里蛰居了这么多年，能给你两三下找到离开的方法就有鬼了……这种活，显然得古阁里的自己人去干。"

刘承峰眉头一挑："法华小师父？"

宁秋水点头："嗯。之前试探他就是这个原因。我思索了很长时间，总觉得离开古阁的方法我们自己是找不到的,得靠这个苦行者。而他的遇害,显然也和这有关。"

沈薇薇搓了搓自己的脸,愁眉苦脸道:"但问题是,现在小师父已经没呀。而且没得不明不白。咱们根本指望不上他了。他也没有给咱们留下什么有用的线索。"

宁秋水冷静地分析道:"法华没你想的那么简单。你不会真的以为他是和我们一样的正常人吧?"

沈薇薇闻言浑身一震:"小师父难道不是正常人吗?"

宁秋水拿出了红色的蜡烛,在她面前晃了晃:"正常人能做出这种东西?但凡你之前仔细观察过,就会发现整个古阁里的蜡烛全都是白色的,只有他给我们的那些蜡烛是红色的。这些红蜡烛显然不是古阁里的,是他做给我们的。所以小师父只是正常,但不是'正常人',这一点并不难想通,他在古阁里活了这么多年,如果是人的话,早就被做成圣衣了。"

听到这里,沈薇薇只觉后背一阵凉意。她一想到就连那个小师父也不是人,便觉得后怕。

但凡那个小师父生出了害他们的心思……

"不过他既然不是人,为什么会被剥皮肤?"

宁秋水回道:"他的皮肤,还真的未必是其他人剥的……"

沈薇薇瞪大眼:"自己下的手?"

宁秋水:"大概率。"

一旁的两人面面相觑,愣是没明白。

"他把自己的皮肤剥了做什么?"

宁秋水沉默了许久,才低声说:"我也不太清楚,但小师父一定有他的想法。或许,今夜就会有答案。"

时间飞逝,天色很快又阴暗下来。

今夜,没有了小师父送饭,几人一天没吃东西,都觉得饥肠辘辘。尤其是拿着铁铲走进食宅的单宏。他身上到处都有尘土的痕迹,眼中布满血丝。

原本就已经破旧的铁铲,更是出现了几处崩裂,足以看出下午单宏到底铲得有多用力!

"挖得怎么样?"刘承峰饿着肚子,也没有奚落他的精力了。

单宏眼神麻木,神情疲惫,许久才像是听到了刘承峰的话,摇了摇头:"出不去……我挖了三个地方,都没用。而且……"

他说到这里,像是回忆起了什么恐怖的事情,眼神恐惧:"而且,下午的时候,那个阁主出现在远处，一直盯着我看。每当我发现它，它就会藏起来，然后过一会儿又出现在另一个地方，继续偷窥我……"

刘承峰啧啧道："真是太阳从西边出来了！你胆子这么小，居然没跑路？"

单宏脸色难看："我倒是想跑，能跑哪儿去？我当时寻思，如果找不到出去的路，反正都是出局，不如趁着白天它们不敢做事的时候……"

虽然嘴上这么说，但他浑身都在颤抖。

虽然食宅里已经没有饭菜了，但他们还是习惯性地坐在这个地方，直到外面的天色彻底阴暗下来。宁秋水这才拿出了红色的蜡烛，等刘承峰点燃后，四人一同前往睡觉的地方。

今天他们还是睡的一号房。例行检查了一下房间的各个角落。宁秋水忽然发现，他们的枕头底下多了一张纸。上面留着一行熟悉的字迹：今夜子时，东阁钟楼见。我带诸位出古阁。带上红烛，至少同时燃两盏，红烛若不够，可以自身鲜血覆烛。

"这是……法华的字迹？"宁秋水目光锋利。

他拿出了白天从厨房找到的那张纸，仔细对比，确认了，这就是法华的字迹。

"肯定是假的！"单宏眼中的血丝经过了这么长时间，竟没有丝毫消退，反而越来越浓，"诡门给我们的提示已经很明确了，晚上不可以离开房间！一定是那些诡物，想把我们骗出去！你们可千万别上当！"

说着，他就想要出手抢夺宁秋水手里的那张纸："快把这张纸给我，我要把它扔出去！"

众人似乎陷入了生死存亡的抉择之中。是选择相信字条上的话，还是继续留在房间里面，撑过今夜？

今夜的选择，很可能将会直接决定他们的命运！

"快给我！"单宏双目暴凸，眼白早已经被血丝覆盖，对着宁秋水低沉地咆哮着。他的反应极大，甚至显得冒犯。

但宁秋水并不是小孩子，不会因为对方冒犯的语气就失去冷静。

单宏的精神已经不正常了，但是他的话不无道理。诡门在提示里已经明确地告诉了他们，不要在夜晚的时候出门。根据以往的经验，诡门给他们的提示，基本都是包含着比较重要的规则。一旦触发，没有特殊情况，就只能靠着诡器才有可能活下来。

单宏已经冲到宁秋水面前，伸手去抢。然而，他哪里抢得过宁秋水？手腕被宁秋水捏了一下，剧痛刺激了他的大脑皮层，让他的神志恢复了不少。

单宏感受着手腕上传来的巨力，神色惊恐。宁秋水的体格其实比他壮不了多少，但力气大得离谱。

"痛……痛！快松手！"

宁秋水松开手，瞥了他一眼说道："我一向很不喜欢别人从我手里抢东西。不要有下次了。"

单宏咬着牙，捂住手腕，上面已经出现了一道明显的青色痕迹："我只是不想看着你们冒险！诡门的提示向来是不能违背的，否则下场会很惨！"

宁秋水反问道："这是你过的第几扇门？"

单宏说："第四扇。"

宁秋水点点头："好，那我告诉你，无论是诡门上的提示，还是夜晚不要出门这一条规则，都并非一定要遵守。有一个经常刷门的老玩家跟我讲过，一些门里是存在特殊情况的。"

单宏闻言，似乎是感受到了宁秋水想要离开的意图，大声反驳道："可那也只是少数情况，不是吗？而且你们也不能断定，这字条就一定是真的！现在出去，不就是赌博吗？非要赌，为什么不能选择一个概率大一点儿的情况去赌呢？"

宁秋水仔细打量着单宏，忽然笑道："你很害怕我们离开这个房间？"

单宏咬牙道："这还不够明显吗？如果你们相信了字条上的话，就一定会离开，而且……还会带走所有的蜡烛！我不想跟你们这群家伙去送死！"

宁秋水从兜里摸出了两根蜡烛，扔给单宏："不多不少，够你用几个钟头了。我们三个人用三根蜡烛，你一个人用两根，有问题吗？"

单宏看着手里的两根蜡烛，它们已经燃烧了很多，就算他省着些用，想要撑过今晚也很勉强。

"我要那根长的。"他指着宁秋水手中的蜡烛。

一旁的刘承峰忍不住了，当即撸起袖子，瞪眼骂道："你小子真是贪得无厌！给你留蜡烛，你还不知足？你事怎么那么多？做事的时候没有你，分肉的时候，你小子是一点儿不迷糊啊！"

单宏不服气，冷冷道："这蜡烛不也是你们从其他房间里拿的吗？上边也没写你们名字啊！"

砰！

刘承峰一拳砸在他眼眶上："写没写？"

单宏被这一拳打得晕头转向，摇摇晃晃。眼看着刘承峰又举起了沙包大的拳头，单宏怕刘承峰下手没轻重，真给他一拳打死了，急忙道："写了……哥，写了！上面确实有你们的名字！我就要这两根！"

刘承峰闻言，冷哼一声，板着脸退开，脸色黑得像块煤炭。

宁秋水淡淡瞟了单宏一眼，摇了摇头："那就这样吧。"

单宏转过身去，一手捂着脸，眼中满是怨恨。他低声嘟囔着："走吧……都走吧……对呀，我为什么要拦你们呢？你们全走了，我不就能活下来了？好心当成驴肝肺，你们这些白眼狼，快去死吧！"

之前他被恐惧蒙蔽了心智，只担心着队友抛下自己，并带着蜡烛离开。可经历了刚才的事情，他突然反应过来，如果其他人全都出局了，他的处境反而会变得格外安全。

既然这样的话，不如就让他们走吧。

单宏并不认为其他三人可以在外面雾气弥漫的古阁里活过一个小时。而他手上的蜡烛足够他支撑至少三个小时。念及此，他变得安静了许多。

房间内，宁秋水手握那张字条，静静等待着凌晨的来临。理论上来说，过了今夜的凌晨，他们就已经活到了第五天，可以离开古阁了。

只不过，今夜也是最危险的一夜！

宁秋水有极大的把握确定手中的那张字条是真的。但他不能完全确定，今夜外出寻找小师父是否真的就是生路。一旦猜错，今夜凶多吉少。

"小哥，你紧张吗？"刘承峰忽然问出了这么一个问题。上一次问这个问题的时候，还是在他们过第一扇门时。

宁秋水微微一笑，没有掩饰："有一点儿。"

"你也不能确定这是生路？"

"人的感觉会出错。但有时候，直觉就是这么玄妙的东西，不是吗？你是算命的，用你们的话来讲，直觉算什么？"

刘承峰认真道："算命。"

宁秋水笑着摇了摇头。刘承峰会算命，但是他算出的结果不能够随便告诉外人。而且他告诉过宁秋水，哪怕是再厉害的算命者，也不能百分百保证算得准确。

"你们是一个诡舍的？"这时，沈薇薇插入了他们的话题。

"嗯。"

"经常一起过门？"

"那倒也不是，小哥常在诡门里晃悠，我平时很少进门。"

沈薇薇有些讶异地看了宁秋水一眼，心想，难怪这家伙看上去那么镇定，原来是经常在诡门里闯荡。这也让她更加坚定了要跟着宁秋水一起离开的决心。

沈薇薇的想法比较简单。在古阁这种诡异而疯狂的氛围中，她宁可倒在寻找生路的过程中，也不愿意什么都不做，眼睁睁看着自己一点儿一点儿滑向深渊。

她找不到什么共同话题跟宁秋水他们闲聊，这个问题结束后，房间里又陷入了沉默和死寂。

时间缓缓流逝，直到子夜来临。房间外，突然破天荒地响起了敲钟声。

当——当——当——

钟声，从古阁的东边响起。和之前小师父撞钟的节奏一模一样，仿佛成了一种引导和指引。

"时间到了，该走了。"

宁秋水拿起红烛，让刘承峰将三根点燃，又给单宏点了一根。说实话，他是一根蜡烛都不想给这个家伙留。单宏看他们的眼神简直像极了一只彻头彻尾的白眼狼。这些红色的蜡烛都是他们搜集来的，有一些甚至是之前宁秋水晚上冒着生命危险从其他房间里拿到的。在诡门背后，他们没有义务给单宏留下一根蜡烛。

身上多备两根蜡烛，遇见突发状况总比没有好。把这两根蜡烛留给他，已经算是牺牲了他们自己的利益。可单宏非但不满足，甚至因为他们留下的蜡烛比较短而对他们生出了憎恨的情绪。这要是让他来，单宏一根蜡烛都别想得到。

开门后，迷雾弥漫了整座古阁，阴冷侵入骨髓，佐以黑夜的幽邃，雾气中若有若无的叹息声，更让人汗毛直竖，头皮发麻。

三人手持火烛，紧紧靠在一起。

"不要分散。"宁秋水提醒，带着他们一路东行。

刘承峰回头看了一眼几乎被浓雾遮盖的房间，叹道："小哥，你还是太善良了。要是我，一根蜡烛都不会给他留！"

宁秋水看着前方的路，说道："千万别夸我，我对不起善良这两个字。之所以给他留蜡烛，只不过是希望他不要那么快被淘汰出局。"

二人闻言皆是一怔。

"古阁夜晚不知道有多少害人的诡物，目前已知的就有两个：'阁主'和'第二天消失的苦行者'。他如果被淘汰得太快，诡物都会来找我们，非常麻烦。反之，如果他还活着，并且处于落单的状态……那被盯上的概率一点儿不比咱们小。"

宁秋水平静地说出这些话，听得刘承峰和沈薇薇莫名打了个寒战。刘承峰想起了自己刚才还夸宁秋水善良，此时此刻竟然有一种莫名的荒谬感。宁秋水算不算善良他不知道，但他肯定多少沾点儿天真。而沈薇薇则觉得，这个男人的心机实在太深沉，算计人的时候让人毫无察觉。如果他想对付谁，对方很可能连被淘汰时发生了什么都不明白。

她开始庆幸自己没有得罪这个家伙，不然还指不定是什么后果。

走进迷雾深处，周围的一切开始变得模糊起来。大雾遮挡了他们的视线，并且走得越远，雾就越浓。

"秋水哥，你分得清方向吗？"沈薇薇的声音带着迟疑，她一边警惕地看着四周，一边继续说道，"我听说国外做了一个很有趣的实验，人在……"

她话还没说完，宁秋水就说道："你的担心是多余的。雾很浓，但不是完全没有参照，没那么容易迷失方向。而且我们队伍里有一个'方向感'非常好的人。"

沈薇薇闻言一愣："方向感非常好的人，你指的是这个大块头？"

刘承峰没好气地回应："我叫刘承峰，你可以叫我名字。"

沈薇薇有些尴尬地道歉："不好意思，我没有恶意。"

三人继续前行，没走出多远，忽然听到身后传来一个声音："薇薇……"

这个声音让沈薇薇当场停住。她的心跳莫名慢了一拍，因为这声音正是她男朋友段曾天的！

"薇薇……"那个声音再次响起，这一次明显更清晰了！

沈薇薇下意识想回头，手中红烛的烛火却忽然晃动了一下，正是这一下晃动，引起了沈薇薇的警觉！

"喂，你们有没有听到身后有什么声音？"保险起见，沈薇薇忽然对前面的两人问了一句。然而，走在前方的两人却并没有回答她的话。

沈薇薇有点儿慌了。

不对劲呀……

她盯着前面的两个人，目光逐渐下移，落在了他们的脚上。这一眼，让沈薇薇后背直接渗出了冷汗。

她发现，走在前面的两人……是踮脚走路的！而且踮得很高，乍一看，就像是宁秋水和刘承峰两个人脚尖完全绷直，仅靠着鞋尖最前面那一点点的接触，支撑着自己的整个身体！

二人走路的姿势怪异极了。走着走着，他们的膝盖也不弯曲了。看见这一幕，沈薇薇终于确定走在前面的两个人已经不是宁秋水和刘承峰了。

她吞了吞口水，停下了脚步。然而，随着她停下后，走在前面的那两个"人"也跟着停下了。

"怎么了？钟楼就在前面，怎么不走了？"宁秋水的声音从前方传来，缥缈中带着一丝说不出的诡异。

沈薇薇看着二人的背影，内心恐惧加剧。前方的两个人高高踮起脚尖，站在原地一动不动，像极了两具被吊在空中的人偶。

她一步一步地缓缓后退，咬牙道："不……钟楼不在前面。"

像是回答"宁秋水"的话，又像是说给自己听的。然后，她头也不回地转身跑进迷雾深处！

就在她逃入迷雾不久后，"宁秋水"和"刘承峰"忽然一百八十度转过了头，死死盯着她逃走的方向。倘若沈薇薇还在，她一定能够看到，这两个人根本就不是刘承峰和宁秋水，而是早已被淘汰的"鲁南尚"和"柴善"。

片刻后，一只苍白的手从迷雾中伸出来抓向二人，再轻轻一抽，他们的皮肤就这么滑了下来，留下了两具光溜溜的身体……

沈薇薇不清楚，她到底是什么时候跟丢二人的。明明从始至终，前面两个人的身影都没有离开过她的视线。可她就是这样，忽然跟丢了。

沈薇薇百思不得其解，这种荒谬感带给了她巨大的恐惧，也让她再一次深刻认识到了诡门背后诡物的手段！

纵然恐惧，她却不敢停下脚步。沈薇薇担心，只要自己稍一停下，刚才那两只诡物就会追过来。但她也不敢跑得太快，生怕将手中红烛的火苗晃熄了。她的身上没有火柴，一旦火苗熄灭，基本等同于断了生路！

就这样，她慌不择路地穿行在迷雾中。跑着跑着，耳畔又传来了段曾天的声音："这边儿！"

沈薇薇惊惧地朝声音发出的方向看了一眼，她本想直接转身逃跑，但转念又记起了刚才发生的事情，她忽然觉得段曾天并不是要害她。

之前刘承峰跟她讲的那些话，一时间萦绕在她的耳畔。如果段曾天想要害她，第一天晚上她就已经淘汰出局了。

念及此，沈薇薇也顾不得那么多了，直接朝着声音的方向跑去！

"被分开了……"

与此同时，宁秋水也在迷雾中快速移动。他走在最前面，按理说本不应该那么快发现问题。奈何他常在生死之间徘徊，对于声音的感知足够敏感。有些眼睛看不见的东西，耳朵却可以听见。

跟在自己身后的脚步声由重变轻，段落感消失，转而变成了蜻蜓点水一般的声音，这个过程十分突兀，宁秋水第一时间就注意到了。所以，他跑得很快，甚至就连身后的两只诡物都没有反应过来，他就已经先一步逃入了迷雾之中。

先往东南，甩掉诡物之后，再往东北。这是宁秋水的计划。但宁秋水很快便发现，迷雾里的古阁发生了一些特别的变化。他们身在迷雾之中，方向感正在逐渐变得混乱。而且，迷雾深处不时传来奇怪的脚步声，仿佛隐藏着某种危险。宁秋水手中的红烛火苗不断闪烁，似乎随时都会熄灭。

"好疼啊……好疼……是你，是你害得我变成了这样！把你的皮肤还给我吧……"柴善的声音在迷雾四周回荡，不断刺激着宁秋水的神经！

透过朦胧的雾气，宁秋水看见了一具没有皮肤的身体，正死死地盯着他——正是柴善！

他没有丝毫迟疑，转身就逃。然而没有跑出多远，宁秋水便又看见更多的玩家身体，一具又一具，全都站在雾里，带着贪婪的眼光注视他，仿佛要将他生吞活剥！

"你逃不掉的……来吧，来跟我们一起……"

它们虽然脚下没动，却在不断逼近宁秋水，各种诡异的呻吟，引诱声越来越清晰！

宁秋水手中的火苗摇摇欲坠，似乎受到它们的影响，随时会熄灭。而他，已经被层层叠叠的诡物围困在了中间！

见自己退无可退，手中的蜡烛也即将燃尽，宁秋水果断咬破舌头，一股腥甜的血液弥漫在口腔中。而后，他将鲜血吐在了蜡烛上，红烛上的火苗立刻稳定了许多，光芒大放！

周围围困他的诡物被这光芒照到后，发出了不甘心的吼叫声，缓缓退入了迷雾深处。与此同时，灯影阁内的钟声再一次响起。

当——当——

浑厚的钟声传来，红烛的火苗更加稳定。宁秋水没有丝毫犹豫，直接朝着钟声响起的方向跑去！

"别跑啊……别跑……"柴善怨毒又疯狂的声音在身后响起，"你害得我变成了这样，现在，该把皮肤还给我了！"

宁秋水一边跑一边问道："谁剥了你的皮肤？"

柴善狞笑："你想知道是谁吗？跟我走吧，我带你去看！"

宁秋水笑道："不了，我要回家，你自己留在这里玩吧。"

一听这话，原本还摆出一副要猴姿态的柴善，忽然间情绪失控，怒吼道："你该死！老子变成了这个样子，你们也别想跑！"

见到身后的家伙彻底破防，宁秋水笑了笑。

一人一诡物在雾中狂奔，渐渐地，宁秋水看到前方远处的空中出现了一盏红色的明烛。它飘浮在半空中，那上面燃烧的微光很淡，却能够照亮很远的地方！

见到那根蜡烛，宁秋水知道，自己只要跟着这盏蜡烛跑就行了。他加快了步伐。事到如今，宁秋水也没有精力去管刘承峰和沈薇薇了。

诡门即是如此，每当有诡客以为自己能力出众可以驾驭它时，它就会用现实给予诡客沉重的一击！

在诡物面前，无论人拿着多少诡器，都无法对抗它们！

稍有差池，小命就会交待！

身后追赶的柴善见到了空中的那根蜡烛，发出一声凄厉的咆哮声。这声音充满了不甘，歇斯底里的语调让宁秋水几乎能够想象到柴善怒发冲冠的表情。

但无论它多么愤怒，的确被那根蜡烛阻止了。

宁秋水能够感觉到，在烛光的照耀下，身后传来的脚步声开始逐渐变得缓慢，被甩在了后面。他一路狂奔，前方不远处总算是出现了钟楼的影子。

"小哥，快！"刘承峰的声音从钟楼的上方传来。

宁秋水抬头一看，发现这家伙居然比自己先到。

"有点儿东西啊，大胡子！不愧是算命的，果然不简单。"宁秋水笑道。

他走入了钟楼下方的楼梯，正要准备上楼时，身后却传来了一个女人的惊呼声："等等我！"

二人看去，目光中流露出了一丝惊讶，这个女人正是沈薇薇。无论是宁秋水还是刘承峰，都没想到她竟然还能够活着。

沈薇薇的模样极为狼狈，双唇泛白，一只手掌上鲜血淋漓。她的脖颈处甚至还残留着一道青红色的掌印，可见之前的情况有多凶险！

她快步冲入钟楼之中，回头再看时，只见迷雾中茫茫一片，什么也看不清。

"天哥！天哥……"

沈薇薇朝迷雾中大声喊了几句，但是并没有人回应她。

沈薇薇的叫喊声让二人立刻明白了她为什么能够活着来到这里。

"什么沸羊羊？"刘承峰面色古怪地说道，但语气之中并没有嘲讽的意味。相反，他还挺佩服这种人。

"行了，上去吧。"宁秋水带着二人一路来到钟楼的上方。

法华小师父已经在此地等候许久。只不过他的状态却有一些诡异。法华没有肉体，只有一张完整的皮肤，就这样静静地站在地面上。眼眶中没有眼球，只有两个晃动的火苗。

面对这样的场景，三人都没有觉得骇人。因为他们知道，法华并不会伤害他们。

"小师父，你怎么变成这样子了？"

法华微微一笑，双手合十："我找到离开古阁的方法了。"

宁秋水目光一闪，问道："什么方法？"

法华答道："古阁被慧普法师封锁了，它的力量超出想象地强大，像是紧紧咬着牙关的嘴，而我只是其中的一颗牙齿，没有能力推开阁门，救诸位客人离开这个地方。后来，我回到了自己的住处，翻开了师父当年留下的一些东西，突然生出了一个想法……"

说到这里，他还特意卖了个关子，笑意盈盈地看着宁秋水："宁客人这么聪明，能猜到吗？"

宁秋水仔细地思索了一下，说道："你的做法是成为'蛀牙'？"

法华脸上的笑容僵滞了片刻，见状，宁秋水笑道："看来我猜对了。"

法华叹了口气："若当年进入古阁的游客有宁客人这般敏锐，只怕也不至于全部葬送在此处。"

宁秋水摇了摇头，晃了晃手里的蜡烛："在绝对的力量面前，小聪明是没用的。我们能活下来，还是靠你啊，小师父。不过，我有些不明白，你为什么要救我们？"

法华站在钟楼上，朝大殿方向望了一眼，说道："法师快要醒了，还有一点儿时间。宁客人想要知道答案，我便给客人一个答案。之所以想救各位客人，是因为如果不是我煮的那肉粥，各位客人也不会出事。我心中有愧，既对不起当年师父的教导，也对不起自己的本心。心中有所执念，如此搏上一把，也不过是为了还清心头夙愿。"

提到肉粥，三人的脸色都有些怪异。

"所以你想尽办法要让自己成为一颗'蛀牙'，这样慧普法师就会自己把你吐出去，是吗？"

法华点头："这应该是唯一的方法了。"

一旁的刘承峰和沈薇薇听得满脸疑惑，虽然每个字都听得懂，合在一起却难以理解。

"不是，什么蛀牙不蛀牙的？你们到底在说什么？"刘承峰挠头问道。

宁秋水解释道："小师父是想要另类'成圣'，和慧普法师分庭抗礼。后者为了防止出现竞争对手，会主动将小师父驱逐出古阁。"

"啊？"刘承峰一脸蒙。

宁秋水继续道："正常成圣的流程，你还记得吗？"

刘承峰点头："鹰食肉，献皮，再予以供奉。可是小师父也没做这些啊？"

宁秋水指了指他手上的红烛："不一定非要是肉，血也可以。"

二人看着手中的红蜡烛，顿时明白了这东西到底是什么做出来的。

"我们靠着小师父的血才能够安稳地活下来，他的行为无异于'割肉喂鹰'。

而后，小师父又剥掉了自己的皮肤，要将它做成圣衣，如此也勉强能算是满足了第二个条件。只不过从这里开始，他的行为和古阁里成圣的'公式'出现了偏差。这种行为你可以理解为小师父对'权威'的一种挑衅。"

沈薇薇问道："那最后一个呢？小师父不准备贡品吗？"

法华小师父双手合十，缓缓鞠了一躬："我的血肉就是贡品。它们不会接受这个贡品的，因为一旦它们接受，我就会成圣。成圣的法则是慧普法师传下的，所以只要通过这种方式成圣的人，都会受到慧普法师的绝对控制。但是由于我在步骤里做了一些小动作，导致不会受到这种控制。一旦我成圣，古阁里其他的几名师兄也会如法炮制。到时候，灯影阁就会出现一股慧普法师无法掌控的力量。而这，是慧普法师绝对不愿意看到的！所以，它们不会接受我的'贡品'，并且会将我驱逐出灯影阁。届时，我便可以将诸位客人一同带出这里。"

他这么一说，旁边的二人便听明白了。

宁秋水问道："出了古阁，你要去哪里？"

法华小师父沉默。他从小被师父收养，是在古阁里长大的。离开古阁之后，他将无家可归。

"法华……你可知罪？"忽然，一道宛如从天际传来的威严声音落入众人耳中。

正在出神的法华，注意力也被拉回现实。他看向灯影阁大殿的方向，目光已经没有了以往的那种崇敬，只剩下平静和失望。

"法华不知。"他开口道。

话音刚落，大殿的方向便传来了震耳欲聋的雷霆之声！

"圣门乃正统大道，你为了成圣偷奸耍滑，留下污点，坏我正统，其心可诛！但我圣有好生之德，慧普圣祖愿意给你一次机会，倘若你重新来过，走正统大道成圣，我等既往不咎！"说这话的并不是慧普法师，而是另外一个成圣的人。

法华小师父似乎能够隔空与它对视，平静的眼神中无悲无喜。他缓缓张嘴，吐出了几句让空气都变得凝滞的话："我要成为佛祖。我要像慧普法师那样开道统，设圣坛，届时谁才是正统大道，不如让寺院里的其他几名师兄自己来选。"

此话一出，宁秋水都能嗅到空气中蔓延的寒意。

"竖子尔敢！慧普圣祖一生钻研圣法，呕心沥血，创立无上成圣法门，供给后来者无限便利，常言道吃水不忘挖井人，你踩着圣祖留下的道统，非但不知感恩，还要偷奸耍滑，剽窃圣果，简直不知廉耻，不可饶恕！"

"没错！"

"其罪当诛！"

大殿内，慧普尚未作声，其他的圣已经暴跳如雷，争先恐后地斥责法华。

面对这些圣的斥责，法华脸上毫无慌乱之色。他知道，走到如今的地步，它们已经很难对自己做什么了。又或者说，从他剥掉了自己皮肤的那一刻起，他就已经死了。

诡物几乎是不可能被杀死的，至少寺庙里的那些圣杀不死他。

众圣的咒骂声此起彼伏，在这喧嚣声中，一道低沉而且威严的声音忽然响起："你和你的师父一样冥顽不灵。当年，吾就不该存有怜悯之心，收留你在灯影阁中。"

这道声音正是来自慧普法师。

它端坐在大殿主位上，身上金光灿灿，一双眼目穿透迷雾，落在法华身上。

法华身躯笔直："法师，让我带他们离开，或者……让我成圣。"

他的语气平静，但其中威胁的意味已经毫不掩饰。那具原本被宁秋水他们收敛在房间里的身体，这时候竟然站在了大殿门外。那是法华小师父的身体。

殿门口，诸圣拦路，不让这具身体进入殿内。一旦小师父的身体走入殿中，就意味着诸圣接受了他的"香火"。他会成圣。而且是一尊和他们不一样，不会被慧普法师控制的圣！

"你想要离开灯影阁，吾不拦你，但他们不行。"慧普的声音带着愠怒和不可挑衅的威严。

法华轻笑一声："法师，恐怕你没有选择了。留给你的时间已经不多，如果你不做出选择，那我就只好成圣了。"

殿门口的身体正在一步步逼近殿内。殿内的那些圣像看似狰狞强大，在面对小师父的身体时，竟然无法阻止。此刻，还没有到诸圣完全复苏的时间。它们阻止不了法华，只能眼睁睁地看着法华的身体朝大殿走来。

大殿内，诸圣发出了愤怒的咆哮。

"法华，此地不是你放肆的地方！"

"不知天高地厚，再在灯影阁撒野，你必后悔！"

"……"

眼看法华的身体即将踏入大殿，殿内的诸圣都坐不住了。它们祥和的面容开始变得扭曲，眼中渗出了一行行的鲜血，身上鲜艳的圣衣也开始变得破败斑驳，上面隐隐浮现出扭曲挣扎的人脸……然而，无论它们如何愤怒，也阻止不了法华的步伐分毫。

终于，在法华身体的右脚即将迈入殿内时，慧普法师开口道："罢了，你带他们走吧。上苍有好生之德，你虽对不起吾，但吾毕竟和你师父有些渊源，今日还你一愿，也算了结当年因果。"

听到这话，刘承峰忍不住啐了一口："呸！前面才说法华的师父冥顽不灵呢，现在就颇有渊源了，什么东西，这么虚伪……"

他话音刚落，立刻感受到殿内有许多双阴翳的目光投来。刘承峰感觉遍体生寒，立刻住了嘴。

"门已经打开了，你们走吧。"慧普淡漠的声音之中，带着一丝不易察觉的不甘。

不过，它到底还是开了门。法华的皮肤示意三人跟着他，一同朝灯影阁的大门走去。穿过重重迷雾，宁秋水甚至听见里面传来了柴善等人不甘心的吼叫声。

迷雾深处传来一双双怨毒的目光，十足地阴冷，落在三人身上，可却无法再带给他们丝毫的压迫感。就这样，他们走到灯影阁的大门口。

原本紧紧锁上的大门，此刻已经敞开。

宁秋水三人快步离开这里，而法华却在踏过门槛的时候，忽然回头望了一眼，和大殿内那道阴翳的目光对视上。

法华开口道："对了，慧普法师，我师父当年去世之前，有一个问题一直想当面问你……"

慧普冷冷道："什么问题？"

法华道："他想问问你，你究竟是想要成圣，还是想要成全自己心底的欲望？"

这个问题一出，整座灯影阁内变得鸦雀无声。

这句话像是一柄利剑，直击慧普灵魂深处。许久后，慧普的声音从大殿中央传来，语气带着一抹狂躁和愠怒："欲望？你知道你在说什么吗，我可是圣祖！"

法华见状，叹了口气："师父说的果然没错，你从来都没有成圣。一切都是你的执念。'成圣'二字，害了灯影阁所有人。"

慧普听闻，大笑几声，笑声中夹杂着难以言喻的狂躁和绝望："执念？对！这就是我的执念！我穷尽一生，阅尽无数圣经圣藏，参透古今秘法，未做一件坏事，为何不能成圣？我到底哪里配不上一个'圣'字？"

顿了顿，他又愤怒道："你和你那该死的师父一样讨嫌！若非他当年一句'无圣'乱我圣心，我何故会变成现在这副模样？再者，这世上又有哪个苦行者不想成圣？"

法华道："我师父就不想成圣。"

"你觉得，你师父很清高？"

"不，我觉得师父很清醒。"法华没有急着离开，反而看向殿内的那尊圣像，语气平静，"苦行者就是苦行者，成不了圣。世人嘴里的那些圣，也是苦行者。

圣经有云：空即是色。法师，你太执着了，执着于根本就不存在的东西，走入了歧途。"

慧普法师闻言，身上金光大作，似乎是要用实际行动来反驳小师父："这是歧途？看见我身上的这些光了吗？你跟我讲，这是歧途？你才当苦行者多少年，就来教训我了？"

它用尽全力释放金光，想要这圣光弥漫到灯影阁的每一个角落。然而，没过多久，这些金光就在快速变暗，变得橙黄，甚至最后……变成了狰狞的血红色！

霎时间，整座灯影阁都被笼罩在恐怖的红色光芒之中。迷雾溃散，里面那些玩家身体在这血光之下，开始变成了一个个扭曲的怪物，生长成了可怖的模样！

慧普也在这一刻，发出了诡异的笑声："桀桀……圣啊……圣啊……如果连我都成不了圣，那说明这世上是真的没有圣了……想来，人欲便是天道吧……如果此前世间没有圣，那我正好做第一尊！"

漫天的血光洒落，无数诡物哀号。很难想象，这种情景竟然会出现在一座古阁里。

古阁里传出了凄厉的惨叫声。一条又一条尖锐的触须从血光中伸出，贯穿了一具又一具玩家的身躯！一双巨大而布满血丝的眼眸飘浮在大殿的正上方，俯瞰着一切。这双巨大的眼眸满含怨毒和愤怒，古阁内，无论是苦行者、玩家，还是殿内的其他身披圣衣的圣，在看见这双眼睛后，全都显露出莫大的惊恐！它们疯狂地逃窜，争相朝着寺庙的大门涌去！

门外的三人还隐约看见单宏手持蜡烛，一脸惊恐地在灯影阁中奔跑着。

可惜，他并没有跑出多远，便被一根触手击中，随后被拖入了头顶那双巨型眼眸的瞳孔中。他的眼中充满了恐惧，却连惨叫都没有来得及发出，便彻底消失了。

法华的皮肤先一步踏出了古阁的大门，将门缓缓关上。

"唉……"他叹了口气，"难怪当年师父有那么多话不愿意跟法师说，他陷得太深，已经无人能救了。"

宁秋水笑道："自作孽不可活。小师父，之后你打算去什么地方？"

法华摇了摇头，目光沉重："我从小在灯影阁长大，现在安身之地没有了，未来之事，我不知道。只是可惜，灯影阁已经彻底堕落，慧普完全堕入魔道，未来还不知道会做出什么事情，到时候只怕生灵涂炭。"

宁秋水闻言，心里忽然闪过了一个特别的念头，对小师父说道："你想完善地解决这件事情吗？"

法华先是一怔，随后点头道："宁客人有方法？"

四周的浓雾已经围了过来，大巴车的鸣笛声也如约响起，宁秋水对着法华说道:"你四处打听一下,一个叫'第九局'或是'第九警局'之类的组织,他们专门负责处理这些事情,也许可以帮到你。"

法华闻言,双手合十,对宁秋水诚恳地鞠了一躬:"多谢宁客人指点。"

宁秋水摆摆手:"有缘的话,我们还会再见……也许吧,我要先走了。"

说着,他和刘承峰走入迷雾中,上了大巴车。隔着车窗,他们看着灯影阁上方的那双恐怖巨眼,内心再一次对诡门背后的世界充满敬畏。

这地方……实在是太诡异了。不仅仅存在诡物,还有许多他们根本无法理解的存在。

"八个人,活下来仨,感觉比第一扇门好多了。"刘承峰感慨道。

这扇门虽然看上去有些吓人,实际上并没有想象中那么危险。诡门为了平衡难度,还会专门设置一些会帮助他们的NPC。

"这扇诡门里的人一点儿也不像NPC,你们有没有觉得,他们就和我们一样,都是有血有肉的人……"坐在前面的沈薇薇忽然开口,她的目光一直盯着灯影寺,心里却没有多少活下来的喜悦。

手上的指环冰凉。很像她在迷雾里迷路的时候,突然牵她的那只手。沈薇薇紧紧捏着那个指环,直到掌心传来一阵痛意,她才怅然若失地松开了手。

"有没有可能,你所谓的那些NPC就是一个又一个活生生的'人'?只不过在诡门的背后,'人'存在的形式有很多种,可以是跟我们一样,也可以是奇形怪状的诡物。"

听到宁秋水的回答,沈薇薇陷入了沉默。半晌后,她开口问道:"也就是说,他们会一直活着……在这个世界里?"

宁秋水指了指天上的那双眼睛:"段曾天应该活不下来了。你的运气很不好。"

沈薇薇紧紧咬着嘴唇,许久之后才自嘲地松口气:"不,我运气很好,是我自己不珍惜。也许,这就是惩罚吧……"

大巴车发动,三人在车上很快便沉沉地睡了过去。

第五章 望阴山

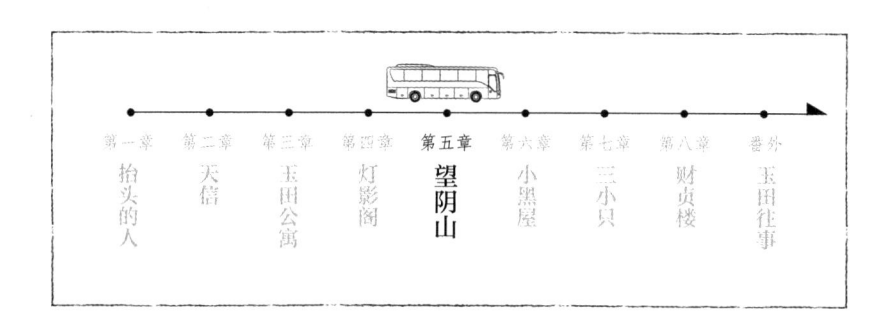

第一章 抬头的人　第二章 天倍　第三章 玉田公寓　第四章 灯影阁　第五章 望阴山　第六章 小黑屋　第七章 三小贝　第八章 财贞楼　番外 玉田往事

　　再一次回到诡舍时，已经很晚了。推开门，诡舍里竟然只有白潇潇一个人。

　　"你们回来啦？"白潇潇盘腿坐在了松软的沙发上，对着二人露出了一个温柔的笑容。

　　"今天怎么没看见田勋？以往这个时候，那小子都坐在这里看电视啊！"刘承峰大大咧咧，进门就先咕噜咕噜灌下了一瓶王老吉。

　　"那小子和君鹭远去刷门了，不出意外的话，他们也快回来了。"

　　宁秋水眉头一挑："他俩去刷门了？第几扇？"

　　自打他进入这个诡舍以来，这还是第一次听说田勋去刷门。

　　"第五扇。"白潇潇轻声答道。

　　她话音刚落，刘承峰便瞪大眼睛："第五扇？我要是没记错的话，这应该是君鹭远第二扇门吧？这小子胆子这么大？"

　　白潇潇似乎并不太担心二人："有田勋带着他，没问题的。"

　　这时候，宁秋水像是想起了什么，问白潇潇："田勋自己过第几扇门了？"

　　白潇潇伸出修长的手指，慵懒地答道："第八扇。"

　　二人都愣住了。田勋那小子……居然过到第八扇门了？这家伙不声不响的，居然这么猛？

　　"你们呀，可千万别小瞧他……咱们诡舍里除了言叔之外，最能打的就是他了。只是田勋太善良了，不太适合迷雾世界的生存法则。言叔跟他讲过很多次，但他每次都是左耳朵进右耳朵出。到后来，言叔索性也懒得管了。"

　　白潇潇话音刚落，门外忽然传来了脚步声。两个身形稍矮的少年推门而入。

"白姐,你是不是又说我坏话?我听见了哦!"田勋嘻嘻一笑。

他看上去没有受到丝毫影响。只不过,站在他身后的君鹭远脸色却十分苍白,像是才经历过什么极其可怕的事情……

看到君鹭远这副模样,宁秋水忍不住调侃道:"怎么回事儿?上次在黑衣夫人那扇门里都没有见到你这么大反应。"

君鹭远闻言,面色又苍白了一些:"我差点儿就回不来了……"

众人围坐在炉火旁,开始分享他们在诡门中的经历。

刘承峰从白潇潇口中得知,钓鱼佬余江下午去现实世界里钓鱼了。不出意外的话,今晚应该不会回来。

听到这话,刘承峰立刻撸起袖子:"烤鱼!"

他大手一挥,脸上欣喜不已。

余江是个资深的钓鱼达人,对于打点和地域挑选都有独到的见解,所以他拿回来养在诡舍后院里的鱼个个肥硕鲜美,平日里在市场上都不常见。

养鱼的老渔民开塘是有讲究的,通常很少会喂饲料,这样在肥沃的泥塘中自然长大的鱼味道更加鲜美,成本也更少。而余江选择的打野区域,也和这差不多。

小鱼钓了放生,大鱼留着。

刘承峰杀鱼的动作娴熟,没过多久,几条大草鱼就被穿上了铁签,放在了火盆的上方。金龙鱼油刷在切好的肉缝中,很快便滋滋滋地冒着香气。

"烤鱼也要刷油?"

众人盯着火盆上方的鱼,忍不住吞了吞口水。刘承峰这手艺,感觉什么菜都会,放在外面,妥妥得是一位厨师长。

"刷油,火候容易掌握,皮有焦香,脆且酥。不刷油,容易煳,火候稍有差池,皮已经煳了,肉还没有熟,影响口感。"大胡子念叨着,手上继续烤着鱼,目光却落在了君鹭远身上,"鹭远儿,赶紧的,说说你们在诡门的背后到底遇见了什么。"

君鹭远点了点头,缓缓开口:"我们经历的是两幢镜像大楼。每个人对应着对面大楼的一个NPC,要想方设法使自己对应的NPC活下来,否则对面大楼的NPC出事了,自己也会以相同的方式被淘汰!而我对应的那个NPC,最后意外坠楼了……"

几人闻言,脸上出现了好奇的神色。

"那你怎么活下来的?"

君鹭远看向田勋,目光中带着感激:"得亏田勋最后使用了一件诡器帮我拖延了时间,否则……"

听到这里，白潇潇面色微变。她侧目看向田勋，语气凝重中带着一丝责问："小勋，你又用了'沙漏'？"

田勋有些心虚地挠了挠头："那个……"

"你忘了言叔是怎么跟你说的？"

"哎呀，我知道啦。白姐，也不是经常用……而且这不是没办法吗？"田勋耸了耸肩，像是在描述一件无关紧要的事，"总不能眼睁睁看着鹭远被淘汰吧。而且，沙漏现在只用了两次，没问题的。"

白潇潇沉默了。君鹭远也是他们诡舍的一员，所以她实在没法说出那句话。而且，事情已经发生了，她现在说什么都无济于事。只不过，旁边的几人也听出了端倪。

"什么沙漏？"烤鱼的刘承峰问道。

田勋似乎并不想在这件事情上多言，摆了摆手："没什么啦……大胡子，你小心点儿，鱼要煳了。"

刘承峰低头一看，急忙翻转起手里的鱼。

见他不愿意多说，其他人也没有再继续追问。过分追问别人的隐私并不礼貌。

君鹭远则若有所思地看了一眼田勋，脸色有些沉重。他不傻。从白潇潇质问的语气之中，能够听出田勋为了救他应该是付出了很大的代价。只是目前他还不知道这种代价到底是什么。君鹭远已经欠了自己的姐姐很多，他不想再看见其他人为了能让自己活下来而付出巨大的代价。

气氛沉闷了一会儿，大门忽然被推开，余江乐呵呵地走了进来，鱼竿扛在肩膀上："哟，兄弟们都在啊！正好，给你们看看我今天下午的战果！嗨，本来今天还以为要奋战一整晚呢，没想到这才半夜，就已经大丰收了，看来我在钓鱼这行，真是遥遥领先！"

他兴奋地走进来，却发现众人看他的眼神有些不大对劲。拘束中又掺杂着一些腼腆。

"你们怎么了？"余江蹙眉，而后鼻子嗅了嗅，"哎呀，什么东西这么香？背着我吃啥呢？"

几人立刻指向还在烤鱼的刘承峰，后者干咳了两声，尴尬地笑道："我说这鱼生病了，你信吗？"

余江眯着眼："你是兽医？"

刘承峰一听这话，像是抓住什么救命稻草，立刻指向了宁秋水："他是兽医！"

余江看向宁秋水："鱼病了……是这么治疗的吗？"

宁秋水沉吟片刻："嗯……虽然它表面上看上去是死了，但换个说法，它永远健康……好吧，我编不下去了。我们就是在吃鱼，正好你来了，那就一起吃吧！相信大胡子的手艺，不会让你失望的。"

余江冷哼一声，坐到沙发上，将钓鱼的装备卸到了一旁："那就让我看看刘大厨师到底有什么……哎，你别说，你还真别说，这小料一撒，挺香的哈！"

刘承峰见火候差不多了，立刻撒上了独家秘制的蒜蓉小料，在火焰的高温催化下，一股诱人的香气顿时弥漫在房间的每一个角落。余江本来出去晃悠了一大圈就饿了，现在被这香味一刺激，倒也顾不得烤的是自己钓回来的鱼，眼睛直勾勾地盯着刘承峰手上的鱼，几乎要泛出绿光。

"别急，还差一点儿收尾工作。"刘承峰对待食物的态度很是认真，看着余江那几乎要扑上来的表情，十分警惕地用胳膊肘挡住了他。

终于，他在嗞嗞作响的油声中，将烤得金黄酥脆的几条鱼放到一旁的铁盘上，再撒上葱花。

"我来！"余江拨开人群，力拔头筹，张嘴便咬，"嘶哈……烫……嘶哈……好好好……"

几人也开始了享用。宁秋水正吃着，手机忽然振动起来。他以为是鼹鼠打来的，没想到手机屏幕亮起的那一刻，显示的来电居然是……良言。

接通电话后，里面传出良言压制不住的激动声音："我收到信了！"

宁秋水瞳孔骤然一缩："上面写的什么？方便说吗？"

"说不清楚……和第九扇门有关，而且……你们现在在哪里？"

"诡舍。"

"那我明天一早就回来，给你们看！"

信上的内容似乎比较复杂，良言在电话里一时半会儿也说不清楚，于是决定第二天一早就来诡舍当面给他们看。

宁秋水挂断电话后，表情有一些轻微的奇怪。从他见到良言的那一刻开始，他几乎就没有见到过良言这样激动。宁秋水很好奇，良言究竟在信上看到了什么，能让他这么激动。

怀揣着这样的疑惑，宁秋水吃完了手里的鱼。

饭后，大家陆续散去，回各自的房间休息。白潇潇却叫住了宁秋水："秋水，后天陪我进扇门。"

宁秋水抬头，看着坐在沙发上的白潇潇。她明眸泛光，他迟疑了片刻，还是点了点头。

"怎么，你有事？"白潇潇似乎看出了宁秋水的犹豫，如是问道。

宁秋水耸了耸肩："……言叔刚才给我打了个电话，说他拿到了信，明早会来诡舍找我们。"

他相信良言的识人能力，对于白潇潇和孟军都很信任。白潇潇表情变了，眉眼之间严肃了不少。

"这样的话，好吧……入门的事情再看，不行的话，我明天再给那个'客人'找个下家。"

随后，二人又闲聊了一会儿，聊着聊着便带着些腻歪。不过，由于明天早上还要见言叔，所以他们见时间差不多便各自回房休息了。

翌日清晨，刘承峰以观里有事为由，先一步踏上了回家的大巴。余江又去钓鱼了，田勋去看望他的妹妹，君鹭远去祭奠他的姐姐，偌大的诡舍里，忽然只剩下宁秋水和白潇潇。

他们吃过早饭，便坐在沙发上，一边看着电视，一边等待着良言的电话。

电视上播放着一部老式的肥皂剧，白潇潇抱着一个抱枕，不知道什么时候，把头蹭到了宁秋水的肩膀上，津津有味地看着电视。宁秋水有点儿不自在，却没有躲避，任凭她靠着。白潇潇身上还有点儿香味。是那种淡淡的奶香，怪好闻。

时间很快过去，来到了上午的十点钟。白潇潇都有一些犯困了，眯着眼打了好几个哈欠，险些没在宁秋水的肩膀上睡过去，可是良言的身影却迟迟未到。

宁秋水感觉到了一丝不对劲，坐在身旁的白潇潇轻轻推搡了他一下，柔声道："秋水，给言叔打个电话吧，问问他到哪儿了。"

宁秋水点点头。电话拨通，提示音一遍又一遍地响起，电话那头却一直没有人接。

宁秋水内心的不安感越来越重。他连续给良言打了好几次电话，可是始终没有人接。

"怎么回事？"一旁的白潇潇已经坐直了身子，神情也变得严肃起来。

"不知道，言叔没有接电话。"宁秋水盯着手上的手机，脑海里闪过许多念头。

其中被他列为重点关注对象的，自然就是罗生门。无论良言在门内究竟是一个怎样厉害的大佬，拥有多少诡器，到了门外，他始终是一个普通人。

一颗子弹，一把匕首，一根绳子就能要了他的小命。

"不应该呀，这个点言叔应该已经醒了才对……"白潇潇疑惑了片刻，立刻拨了一个电话。

电话那头传出了孟军的声音："喂。"

"孟军，言叔昨天跟你在一起吗？"

"没有，昨天我一直在军区……怎么了？"

"我们给他打电话一直没有人接。"

"他可能是在刷门。"

"不……"白潇潇如实将情况给孟军说了一遍，后者没有任何犹豫，告诉他们去一个地点会合。

路上，宁秋水也跟鼹鼠发了消息。后者很快便帮他查到了良言那个电话所在的位置。

离开迷雾世界后，宁秋水又让鼹鼠查了一下良言手机位置的周边情况。确认没有问题后，他打了一辆的士，又通知孟军，随后赶往目标地点。

这里，是石榴市西部一片废弃的郊外。没有人迹，只有一座孤山。而良言的手机静静地躺在孤山上。捡起地面上的手机，三人都有些疑惑。

"言叔的手机为什么会在这个地方？"

宁秋水在四周认真地检查了一遍："没有重物拖拽的痕迹，也没有打斗之后留下的痕迹。这里土质湿软，超过两百斤的人路过时肯定会留下较深的脚印，而且很难完全复原。所以也不太可能有人抬着言叔来这里的时候，手机无意掉落……"

白潇潇和孟军看向他的眼神中多了一些好奇。宁秋水勘察环境时的动作和判断看上去十分专业。这绝对不是普通人能模仿出来的。看来，他这个"兽医"并不像表面上看上去那样简单。不过二人也没有多问，眼下，他们的重心还是放在良言的手机上。

"如果这样，那这个手机为什么会出现在这里？"白潇潇直勾勾地盯着宁秋水手里的那个手机，眼里充满了疑惑。

"我能想到的唯一一个解释，就是言叔故意将手机放在了这里。"宁秋水目光幽幽。

纵然鼹鼠神通广大，也没有办法查到昨天有什么人来过这样鸟不拉屎的地方。

"故意将手机放在了这里？他将手机放在这里做什么？有什么事情直接发个消息不是更好？"孟军对于宁秋水的这个猜测持质疑态度。

"你说的没错，拍照、发信息，或者说打个电话……不需要花费多少工夫。"宁秋水仔细地思索着，"除非，他循着某些线索先来到了这个地方，然后发现了一些特别的事情，并且遇到了非常紧急的状况……情急之下，他将手机留在了这里。但这个解释未免过于牵强……"宁秋水尽可能复原当时的场景，但说出来的话，自己都有些不信。

良言到底去了什么地方？他的手机又为什么会出现在这座山头？

"等等……这座山……"白潇潇像是突然想起了什么，表情变得古怪起来。

"你听说过这座山?"孟军见白潇潇神色不大对劲,询问了一句。

白潇潇认真在四处勘察了一下,嘴上说道:"我不确定,你们帮我找找,看看附近有没有一座残碑。应该就在山上,被埋在了土里……"

二人闻言,立刻分头寻找起来。此地很怪,虽有一座小山,却和远处的山完全隔开了。它是一座孤山。山上荒草遍布,偶有几座野坟,碎石嶙峋。一些塑料垃圾散落其间,似乎是人们祭拜逝者时遗留下的。

石榴市原来是一座很大的市区,后来改建,政府根据人口密度以及经济优化,将市区的范围缩减了三分之一。这座山以前有村民居住过,随着市区改建,村子也跟着拆迁了,多年没有人迹。一些偶来此地散心的市民,常在山上看见一些古怪黑影,像是野兽。毕竟荒废多年,他们也不敢深入山中,没谁闲得无聊,去调查那些黑影到底是什么。

随着三人分开寻找了一会儿,孟军忽然发出了叫声,示意二人过去。宁秋水和白潇潇立刻循声找去,看见孟军站在一块被黄绿枯草覆盖的小深坑前。手里的强光手电照向坑内。

"看看,是不是那块石头?"二人顺着他手电晃动的光芒看去,深坑里的确躺着一块残破的、类似于石碑的石头。

石头上有半个古怪的符号,略有一些模糊。但他们并没有直接深入查看。原因是,这块石头的周围,遍布着各种毒物!

蜘蛛、蜈蚣、蝎子、蛇……看得三人头皮发麻!

"这荒山上哪里来的这么多毒物?"

如果数量不多,倒还好说。他们只需要扔点儿火进去,随着烟雾升腾,里面的那些毒物就会逃离。可深坑里,毒物太多了……密密麻麻,让人后背凉飕飕的。

一般而言,这些毒物的攻击性都很强,几乎不可能和平共处,也不知道这座深坑里到底有什么神奇之处,居然能让成百上千的毒物挤在一起,而不相互攻击。

似乎是被孟军手里的强光手电筒照久了,洞穴里的毒物感受到了一股明显的侵略感,盘踞的毒蛇开始缓缓蠕动,将蛇信子和头,对准了洞穴的外面,似乎随时都准备进攻。而密集的蜘蛛、蜈蚣等毒虫也跟着爬动起来,斑斓五彩的身躯,昭示着这些蜘蛛有着剧烈的毒性!

"退。"宁秋水第一时间向后退去。

蚂蚁或许不能咬死大象,但这些毒物要是真的蜂拥而出,绝对可以要了他们的命!

"潇潇,你看清楚了没?"三人退到了一个安全的位置,宁秋水问道。

白潇潇的神色有些复杂,迷茫中带着一丝震撼:"八九不离十,应该就是那块碑。不出意外的话，这山应该就是'望阴山'了。原来……栀子说的是真的……"

望阴山。二人是第一次听到这个名字。白潇潇随手折了一根树枝，脚在地面上轻蹭，一块平坦的泥尘区域出现在了众人面前。而后，她用树枝缓缓画出一个非常古怪且十分复杂的符号。

二人低头认真盯着，发现这个符号竟然与石碑上的图案相似。

"这个符号，来自诡门背后的世界。"白潇潇轻声说道。

二人猛地抬头，眼神震惊。

"诡门背后？"

白潇潇点头："对！"

她转头看向孟军，语气严肃："军哥，你还记得当初邱叔带栀子过第八扇门的副本吗？"

孟军似乎想起了什么，脸色一变："第八扇门，栀子……是……望阳山？！"

他说出这个名字后，似乎意识到了什么，后背顿时渗出一层冷汗。

一旁的宁秋水听到这两个名字后，也是眉头一皱。只要不是傻子，都能够听出这两座山有着极大的关联。本来也不算什么大事，但可怕就可怕在，两座山分别处在两个世界——诡门内外的世界！

无论怎么想，也不该有联系。一个诡物遍地、妖魔横生；一个唯物主义圣剑高悬上空。

"当初，栀子在过门后，跟我透露了一个特殊的细节……"白潇潇回忆起了当初的那件事，声音轻微颤抖着，"望阳山上的骨女告诉她，望阳山上常有诡物会去外面的世界游荡，骨女说，此方有座望阳山，彼岸有座望阴山，望阳夜不收诡物，望阴夜不留活人！"

此言一出，二人不由自主打了个寒战。

"这不能是真的吧？诡门背后的那些东西，怎么可能随便出入诡门？"孟军的呼吸微微急促。饶是他身为一名军人，见过、经历过太多事情，此时脑中也是一片空白！

"是的……"白潇潇苦笑，"起初，我跟栀子都没有把骨女的话当真。栀子在殉情的前一个月跟我讲，她找到望阴山了，就在石榴市西边的一座孤山上。那里和望阳山一样，有一块残碑。那个时候她伤心过度，精神已经不太稳定了。我的注意力全都在她身上，所以并没有把这事放在心上。结果没想到这件事竟然在今天应验了。"

二人听完之后，表情越发凝重。孟军问道："潇潇，栀子她还跟你讲过什么吗？"

白潇潇沉默了许久，缓缓抬头，看向一个方向："如果你们不怕的话，今夜带上诡器，我们来这里。或许那时，我们就知道言叔去了什么地方。不过，你们应该知道这么做的风险。言叔消失在了这座山上……我们很可能也会。"

孟军和宁秋水对视一眼，竟没有半分犹豫。

"那咱们赶快回去准备吧，今晚迷迭香庄园外见！"

众人的诡器平时并不会都带在身上。

诡门内部自不必多说，哪怕是稍微麻烦一些，带在身上肯定还是有必要的。但在诡门外面没有了诡物的纷扰，身上多戴一个戒指和一个手镯之类的东西，倒也无伤大雅。但若是一本书或是其他什么比较麻烦的道具，一直携带难免会有些不方便。

因此，众人要么是将这些诡器放在了自己的住处，要么索性就直接扔到了诡舍里。只不过由于外面的世界并没有诡物，所以他们也不知道这些诡器离开了诡门之后还能不能生效。白潇潇对此心里没有把握。

但是言叔是他们诡舍的顶梁柱，对他们也有莫大的恩情，就这样看着他不明不白地消失，众人都很难接受。宁秋水率先回到诡舍，他路过别墅的某个地方时，忽然停住了脚步，缓缓抬头，那是属于他们诡舍的拼图。

拼图上少了三个碎片，而良言个人收集到的碎片……正好三个。

宁秋水的心沉了下去。看来良言多半是真的出事了。只是现在不知道他是被删档了，还是去了另一个世界。

他回到自己的房间，从枕头底下拿出了黑衣夫人的相册，又拿出了一个病历单和一张照片。完事后，他静静地等待着夜晚的降临。估摸着时间差不多了，宁秋水便急匆匆地出了门，乘坐大巴赶往白潇潇的庄园门外。孟军已经提前在这里等候了。

"军哥，潇潇还没出来吗？"

宁秋水问了一句，孟军点头："她在换衣服，咱们在外面稍微等等。"

没过多久，白潇潇换上了一条紧身牛仔裤和褐色卫衣。她身段窈窕，更喜欢穿一些偏成熟妖媚风的衣服，这种略有点儿社恐的穿搭平日里根本见不着。但这种社恐穿搭有一个特别的好处，那就是一方面既能把自己裹得比较严实，不容易被山里的虫子叮咬，另一方面还不怎么会影响行动。

"好了，时间差不多了，你们的诡器都带上了吗？"白潇潇随口问了一句。

二人点头。

"行，咱们出发！"

她带着二人来到庄园外专门的停车区域，捏了捏手里的车钥匙，一辆黑色的冷酷超跑立刻亮了灯。

"居然是极速K系列的限量版……"宁秋水惊讶了一句。

白潇潇打开车门，回头白了他一眼："没看出来啊，你一个兽医，对车还有研究？"

宁秋水和孟军上了后座，笑着回应："谈不上研究，只是恰巧对你这辆车有点儿印象。当时我也有一个朋友想要买你这辆车，他甚至想要花三倍的价钱，奈何人家根本不卖，原来是被你买走了。"

白潇潇"扑哧"笑了一声。发车的同时，语气中还带着一抹调侃："那你那个朋友还真是倒霉……不过没关系，无论是他买还是我买，你不都可以随便坐？"

油门一踩，整个车子宛如一道黑色的闪电穿透了夜幕，向着西边驶去。

到了望阴山脚下，白潇潇把这辆超跑随便停在了路旁。公路上，伫立着一盏好几年前修的路灯，灯外灰尘遍布，遮住了大半灯光。三人站在路灯下，借着星月洒落的微弱光辉，朝着望阴山上看去，发现宛如妖魔生长的层林之中，确实有什么黑影在闪。

这一刻，三人都感到手心渗出了汗。

门内和门外是不同的。对于他们而言，诡门背后的世界无论再怎么真实，始终都是"副本"。他们会将那里当成一场残酷的逃生游戏。

但在现实世界不同。一旦这里真的出现了诡物，其中的恐怖性将会远远高于诡门内部！毕竟在诡门，诡物不但要遵守相应的规则，而且还会被他们的诡器限制。可在外面的世界，天晓得他们的诡器还能不能生效？

"不慌……我有个兄弟从警也有好多年了，处理过不少所谓的'灵异案件'，最后真相大白时，全都是人为作祟，故弄玄虚。如果这个世上真的有诡物，他这么多年肯定已经碰见过了。"孟军说的是事实，但更像是在安慰自己和同伴。

上山前，孟军从背包里拿出了三个强光手电，分给了宁秋水和白潇潇。

"手电电是满的，队里专用，能一直亮一个星期。光照有三种模式，背后有一把锋利的合金微型匕首……"他详细地跟二人介绍了手电的用途，却发现宁秋水调整手电模式和功能的时候非常熟练。

孟军的眸光闪动，但没有多问。他早就看出宁秋水身上藏着秘密。不过这个世上藏着秘密的人实在太多了，只要不是敌人，他也没必要非得追根究底。

三人一前一后沿着小路上山，紧贴而行，警惕着周遭的一切，神经高度紧绷。

和白天上山的那条路一样，他们原路而行。然而，当三人走到山腰位置时，宁秋水忽然盯着一棵树，低声说道："不对劲。"

二人急忙停下脚步。

"秋水，什么不对劲？"白潇潇问道。

宁秋水的语气里带着一抹说不出的严肃："山上……多了些东西。"

二人一听，后背的鸡皮疙瘩顿时就起来了。此刻风冷光幽，密林在黑夜里本就会变得格外可怕，再加上山间疑似有诡物，二人的心脏都跳动得厉害。他们一手握着手电筒，另一手紧紧攥着一件诡器。

孟军问："多了什么东西？"

二人到底胆子也在诡门背后练出来了，不至于吓得头脑空白，第一时间向宁秋水询问情况。

宁秋水打着手电筒，往来时的路照去，来去好几遍，才呼出了一口气："我看错了，没事。"

二人闻言，也才松了口气。

"真是的，秋水，别搞啊！大晚上的，真的好瘆人！"白潇潇狠狠瞪了他一眼，三人继续朝着山上走去。

走了大约几十步，宁秋水才又低声道："刚才，我们来的路旁多了一棵树。我确认了好几遍，没数错。白天下山的时候，我专门沿途做了一些标记。"

走在前面的二人身体猛地一震，回头时，目光紧张。

宁秋水继续道："而且那棵多出来的树的树皮纹路很奇怪，看上去……像一张人脸。"

若是其他人说出这话，二人大概率会怀疑对方是不是看错了或是记错了，但他们跟宁秋水进过诡门，对于宁秋水的谨慎和细心深有感触，对方绝对不会在有心的情况下犯这种错误！

"也就是说……之前市区的传言是真的？那些来这里散步的居民们，晚上是真的看见了山上有黑影？"

一想到这里，二人身上的鸡皮疙瘩是一片接一片，消都消不下去。

诡门背后的诡物已经出现在现实世界里了？那岂不是意味着，他们的现实世界以后也会沦为和诡门背后一样的恐怖混乱世界？

或许他们是被诡门诅咒的人，早已经在诡门背后见识过了各种可怕的现象。可是他们从来没有想过，有一天现实世界也会变得和诡门世界一样！

上山的步伐，开始变得沉重，变得有些忐忑。某些真相，如果永远不揭开，反而会更好。

"它没有追上来，走吧。我还做了其他标记，上山再看看……"宁秋水的语气反而变得格外沉稳。

他走在最前面，沿着上山的小路攀行，严格核对自己留下的标记，与白天的记忆一一对比。很快，宁秋水就发现，越往上走，出现的"人面树"就越多。后面甚至不需要他用电筒的光源提醒，二人自己就能发现。

但好在人面树也不是真长着一张人面，只是上面树干的裂纹纹路很像一张人脸，不过配合上幽邃黑夜，显得诡异至极。

"它们……应该不会动吧？"白潇潇的声音中带着十二分的不确定。

二人只是"嗯"了一声，没有给予她一个准确的答案。又走了大约十分钟，宁秋水停下脚步，手电光束在周围仔细地照明，最终才说出了一句话："不是树的问题……"

二人看向他。

"不是树的问题？但那些树……的确有问题，我们白天上过山，有些地方我也留意过。"孟军蹙眉。

"是山出了问题。"宁秋水指着来时的路，又指着路旁大石头上的一个特殊的标识，解释道，"那段路按照我们的速度，白天走最多十分钟，但晚上我们走了快半个钟头才到。这座山很古怪。通过用时和路上的细节来推测，它至少变大了三倍不止，可我们的感官上好像没有任何察觉……站在山下，它似乎还是那么大。山上有什么东西……欺骗了我们的眼睛。路上的那些树应该不是突然变出来的，而是原本就长在这座山上，只不过白天的时候我们看不到它们。"

宁秋水通过细节推测，认为是山的问题，而不是树的问题。

他指着几乎已经被浓雾遮掩的山顶，继续说道："发现了吗？我们走了这么长的时间，但是山顶离我们还是有这么远的距离，几乎没有变动过。要是白天，这会儿早就已经到山顶上了。而且这是我做的最后一个标记，它原本的位置在山顶下方，那个石碑深坑旁边不到五十米的距离。深坑距离山顶很近。可现在，它却在山腰上。"

诡异的情形让二人都有一种错梦感。

"真奇怪……"白潇潇呼出一口气，忽然像是看到了什么，将手电筒的光束打向了宁秋水的身后，瞳孔忽然缩紧，"秋水，军哥，你们快看！"

二人顺着白潇潇手指的方向看去，在迷雾遮掩的一条土路尽头，出现了许多黑影，正朝着山顶而去。

"这么晚了，怎么山上还有人？"

孟军声音泛冷："只怕未必是人。"

宁秋水表情严肃，对着二人打了个手势，缓缓跟了上去。他们本就是来冒险的，心里早就已经做好了准备，没有过多的犹豫。

随着他们缓缓沿着小路又往上走了好长一截，勉强和那些黑影拉近了距离，这才发现，那些黑影竟然是一个又一个纸人！

它们身体轻薄，双脚虽然沾地，可与其说是在用双脚走路，倒不如说只是飘得离地很近。这些纸人抬着血红的大轿，前后各四人，旁侧又分别有两纸人点上两盏红灯笼，轿前还有两纸人，持纸做的铜锣与锤，每走七步，敲一次，有金属击打声。

"这什么情况？"

三人觉得情况不大对劲，暂时停了下来，没有继续跟着红轿子。不知道为什么，每当他们离那顶轿子近些，心里就会浮现出一种极度不安的感觉。仿佛轿子里坐着的，是什么非常危险的东西。

之前离得最近的时候，宁秋水甚至能够听到轿子里传来心跳的声音，非常重的心跳声。宁秋水不知道到底是什么东西的心跳声会这么重，但可以肯定的是，绝对不会是人类！

他压制住了自己的好奇心，让自己不要去想那顶轿子里坐着的到底是谁。

"我开始有点儿后悔了，早知道今晚上这么古怪，就应该把大胡子也带上……"宁秋水像是调侃一般地吐槽了一句。然而，话音未落，当他转过身时，面色却骤然大变！

他发现，一个提着灯的纸人不知什么时候站在他们身后，正对着他们森然地笑着。

它的脸色惨白，脸上有着圆圆的腮红，咧开的嘴巴也红得有些瘆人。甚至在手电筒的照耀下，他们能够看到纸人的嘴角滴落着红色的液体。

"你们也是骨女大人邀请的客人吗？"纸人竟缓缓开口，声音沙哑而冰冷。

三人站在原地没动，也没有人回答它的话。

寒意仿佛浸入了骨髓，浑身如坠冰窟，他们很想把手上的诡器拍向这个纸人，但理智阻止了他们。他们并不确定手上的诡器在外面的世界到底有没有用。一旦诡器没用，而他们又惹怒了眼前这个诡异的东西，只怕凶多吉少。

见到三人没有回答，纸人非但没有放过他们，声音反而变得更加尖锐："你们也是骨女大人邀请的客人吗？"

再一次提问。

只不过这一次，纸人脸上的笑容又变得浓烈了许多，浓烈得有些不正常……

骨女。

对于这个名字，三个人都不算陌生，因为就在白天的时候，白潇潇还专门说起过。

骨女，是望阳山里的诡物，出现于第八扇门，而且不是以BOSS的身份出现的。

眼看着这个纸人就要对他们下手，白潇潇赶忙说道："对，我们也是骨女大人邀请的客人。"

听到这话，纸人脸上的表情显然有些狐疑："骨女大人好像很少邀请活人做客……既然你说你们是骨女大人邀请来的客人，那不如就跟我们一起走吧，正好我家大人今晚也要去。"

它话音刚落，白潇潇又道："不了，感谢你的邀请，但我们还有一个朋友没来，我们在等他。"

纸人闻言，朝着山下看了一眼："这么晚了还没来？八成是困在山里了。望阴山里晚上可不太喜欢活人。"

白潇潇露出了一个笑容："多谢关心，我们再等他一会儿，如果他还没到，我们就直接去骨女大人那里了。"

纸人冷冷看着三人许久，似乎也在考虑三人嘴里话的真假性。但最终它还是没去赌，而是离开了。从纸人的行为来看，它非常忌惮那名叫骨女的存在。倘若他们三人真的是骨女邀请的客人，它贸然对他们下手，它就完蛋了。虽然这种概率非常小，但它并不想去冒险。

确认纸人已经离开后，三人急忙朝着回头的路走去，来到了一处相对隐蔽的位置，小心藏身。夜风一吹，他们都感觉到手脚和后背一阵冰冷。汗水早已浸透了衣服。

"原来……这个世上真的有这种东西！"

他们的眼神中都带着难以言喻的震撼。片刻后，宁秋水问白潇潇："潇潇，栀子有没有告诉过你，骨女到底是什么人？"

白潇潇秀眉微凝，陷入了回忆。许久后，她缓缓说道："没有具体提到过，可能连栀子自己都不清楚。但她跟我讲过，骨女不是望阳山上普通的诡物，它的身上……有'官'。"

宁秋水眉毛轻动："官？"

白潇潇点头："我也不大清楚那到底是什么，听栀子当时的描述，'官'似乎代表诡门背后的某个组织留下的类似身份令牌一样的东西。"

孟军道："从刚才纸人的反应来看，骨女也的确不是什么普通角色。"

顿了顿，他又补充道："他们抬着的轿子里面的那个'人'也一样。不知道它们大晚上齐聚望阴山到底要做什么……不行，我得赶快把这件事情告诉军方！"

孟军说着，就要掏手机，然而却被宁秋水阻止了。他抬头看向宁秋水，目光疑惑："怎么了？"

宁秋水反问道："你觉得他们会信吗？"

孟军冷冷道："不会。但如果他们亲眼过来看见，自然就会信了。而且，我可以录像。"

白潇潇也伸出手轻轻按在了他的肩膀上："军哥别急，我知道你担心国家的安危，但现在情况没这么糟糕。望阴、望阳山肯定已经存在很多年了，以前还有村落和居民用来进行畜牧业，然而始终没有听到这里传出过什么民间灵异传说。这足以说明两种可能：第一，那些诡物从来都没有侵入我们世界的想法，或者它们做不到。第二，它们不但能够害人，还能够篡改所有人的记忆。以上两种情况，无论是哪一种，你都没有着急的必要了，此事完全可以从长计议。"

在她的劝说下，孟军缓缓放下了手机："总不能就这么干看着！"

宁秋水说道："咱们今夜还是想着怎么活下去吧……刚才我们往回走的时候，下山的路又变了。"

听到这话，二人立刻警觉起来，拿着手电筒在四周不断照射。的确和刚才上来的时候有些差距。但又不是天差地别。

"这座山……还在变大。"宁秋水认真地查看了周围的细节，"随着夜入深后，望阴山正在一点点恢复它的原貌。如果说我们上到这里可能只花费了一个钟头，那现在下山，可能就是两三个钟头，甚至更久……而且，下山路途上的地貌也发生了变化，会出现一些障碍……譬如那座庙宇。"

宁秋水说着，用手电筒晃了晃远处。迷雾时隐时现的位置，不知道什么时候又出现了一座破败的庙宇。那庙半边墙塌了，露出的不是石块和木头，而是一些模糊不清、诡异交错的暗色纹理。

而隔着残破的墙体，三人看见庙内有一只手正拿着某种雪白的木鱼槌，一下一下敲击着面前的圆形物体……即便距离那里有百步之距，三人还是能感觉到身上升起的寒意。

"庙里那玩意儿敲的……是什么东西？"

"不知道，看不大清楚。"宁秋水关闭了手电，"目前我们所处的这条下山的路，也就是我们比较熟悉的下山路，必须要从那座破庙的门口穿过。说实话……我不觉得庙里的那东西会比刚才的纸人安全。"

孟军神色难看，不发一言。白潇潇则目光闪烁，轻声道："不知道言叔昨晚到底经历了什么……"

宁秋水："相比于此，我更加好奇他拿到的那封信上的内容。昨夜，他给我打电话的时候，语气十分激动，告诉我这封信上的内容和他的第九扇门有关。但……"

说到这里，他看向了二人，语气变得微妙了不少："言叔对于自己能不能过第九扇门显然不是那么在意，不是吗？你们跟他接触的时间比我长，应该更清楚。比起他的第九扇诡门，或许某个人更能引起他的情绪波动。"

二人浑身一震，异口同声道："邙？"

宁秋水点头："对。我昨晚其实想了很久。我觉得，那封信要么就是邙给他的，要么就是透露了和邙有关的信息。也只有这样，才能让言叔连一夜都忍耐不住，选择跟着信上的线索独自来到了望阴山！"

听到这个久远的名字，孟军和白潇潇的呼吸声都变得急促起来！

邙……难道真的还活着？

既然已经不太可能离开，三人便索性硬着头皮继续往上走。

跨过宁秋水之前做下的最后一个标记后，剩下的路变得格外陌生。他们无奈之下，只能跟着先前红轿子走过的路前进，这么做多少安全点儿。

红轿子里坐着的人显然不是什么简单角色，它路过的地方，或许会驱散沿途的一部分诡物。可走着走着，他们觉得有些不对劲，身后竟传来了粗粝的敲木鱼的声音，而且越来越明显。

那声音仿佛不是在敲木鱼，而是在敲他们的颅骨！

几声过后，三人都能明显感觉到自己头顶传来的剧痛！眼前也是一阵发黑……

"快走！破庙里的那个东西出来了！"

三人心里都有数，那座庙宇里的诡物显然已经发现了他们，并且跟了上来，甚至已经对他们发起了攻击。当然，这不是最糟糕的。最糟糕的是，他们身上携带的那些诡器……完全没有发挥作用，没有帮他们抵挡来自身后诡物的攻击！

这意味着，现在的他们身处这座山中，没有任何安全保障！三人已经没有了选择的余地，望阴山中的危险远远超过了他们的预期。他们沿着前方的路狂奔，忍着头颅传来的剧痛，勉强和身后的那只诡物拉开了距离。

好在身后那只诡物的速度并不快，追了他们不过十分钟，就彻底消失在了身后。三人担心出现意外情况，又继续朝山顶走了一段路。

"好了……它确实被甩掉了。"孟军拿着手电筒对着身后的路仔细地照射了一会儿，总算是缓了口气。

三人靠在一棵大树下，喘着粗气。经历了刚才的事情，他们现在全都口鼻溢血，意识时而恍惚。

"刚才，咱们要是再跑慢一点儿……是不是就全都……"白潇潇声音不大，与其说是在询问自己的同伴，倒不如说是自言自语，让自己保持清醒，"你们没事吧？"

"没什么大碍，恢复一会儿应该就没事了。"宁秋水回答道。

破庙里的那个东西敲击"木鱼"的声音，似乎能直接对他们的精神造成伤害。但精神和肉身不同，只是遭到了部分不算太严重的伤势时，似乎恢复得很快。

三人靠在树下坐了片刻，身上那股恍惚感如同潮水一样褪去。这时，宁秋水才发现白潇潇不知什么时候抓住了他的手，而且抓得很紧。

他看了一眼身旁胸口起伏的白潇潇，问道："感觉好点儿没？"

白潇潇对他笑了笑，松开了手："还有点儿晕，不过好很多了。"

她话音刚落，宁秋水表情立刻变了，孟军似乎也察觉到了什么，一只手抓着宁秋水，一只手抓着白潇潇，拖着二人往后退了好几步！

借着手电筒的光，他们才发现刚才靠着的那棵树上竟然悬挂着一颗又一颗长满了树叶的头颅！这些头颅的头发极长，垂落下来，几乎要搭在他们的肩膀上！

"人头树上人头果，人头树下你和我……"那些头颅全都睁开了眼睛，露出了狰狞的笑容，唱着诡异的歌谣。

那歌谣的旋律很简单，像是唱给孩子们听的，可嘴里吐出的歌词，却让三人遍体生寒："嘻嘻嘻！来陪我们玩啊！快来吧！这里好久都没有来新人了！"

头顶传来的各种吵闹声，让三人刚刚恢复一些的神志又开始变得混乱。他们咬着牙，互相搀扶着，弯腰穿过树下，继续朝着山上走去。

树上的头颅见他们要离开，似乎有些着急，全都叽叽喳喳地说道："别走啊……别走……陪我们玩玩吧……大家都在这里，可好玩了……别走……别走！"

起初只是规劝，见三人越走越远，它们撕下了面具，开始狰狞地咆哮。

走出大约两三百米，三人总算听不到那些声音了。他们身上的力气像是被抽走，脚步十分虚浮。

"这……到底是什么鬼地方……"孟军的额头上全是汗水，眼中布满血丝。他不敢想，这座山上到底还有多少奇怪的东西。

良言孤身来到这个地方，真的能够平安无事吗？

似乎察觉到孟军的脸色不对，一旁的白潇潇问了一句，孟军摆摆手示意自己没有问题。

"你脸色很不好……"白潇潇道。

孟军沉默了片刻，咬牙怒骂道："良言那个蠢货……居然一个人来这个地方！就一晚上的时间，他就不能等等？实在不行，可以直接给我打个电话啊！"

他狠狠一拳捶在了地面上。这一拳力道极大，若非有老茧，拳头指定是血肉模糊。

"或许，他觉得时间来不及了吧……而且，站在他的立场上，也一定不希望我们为他涉险。"宁秋水说道。

其实后半句，是他补充出来安慰孟军的。良言当时做出这个选择的时候，多半压根就没有考虑过他们。不然的话，他必然会留下一些线索。这对于良言来讲，绝对不难。

所谓关心则乱，良言当时肯定是被邙的事情整得已经有些失去理智了。

"哎，别说了，你们快看……"白潇潇两只手分别抓在二人的肩膀上，对着前方点了点头。二人侧目看去，发现路上似乎出现了一个莫名有些熟悉的身影。

"对面小丘上那个影子……像不像大胡子？"

白潇潇说完，二人都点了点头。只看身形的话，确实很像。不过，这山上怪事太多，他们也不敢乱去认熟，更何况对方的身旁还有一个蹲着的黑影。

二人站在了一块黑色的石碑面前，不知道在做什么……

休息了一会儿，他们还没有离开，宁秋水三人觉得恢复了不少，可以过去看看。倘若真的是刘承峰，那他们或许还能结个伴儿。

众人都知道刘承峰是知命人，在这里，诡器没用，那知命人……或许有用？

三人一路小心翼翼地匍匐前行，这段路上杂草枯树没那么多了，掩体也少，再加上月色撩人，倘若他们移动得太快、太明显，还真会被对方察觉。

如果是大胡子也便罢了。倘若是他们认错，那免不了又得面临一场逃亡。

他们缓步绕行到了那两人的背后，发现站着的那人的确很像刘承峰！

不……不是很像，几乎是一模一样！

随着三人从身后接近他们，已经可以确定，站着那个家伙就是刘承峰！

"大胡子，你怎么会在这个地方？"宁秋水压低声音问了一句。

前方石碑前的两个人瞬间回头。站着的那个的确是刘承峰。只不过他的皮肤看上去格外苍白，在月光的映照下，甚至能够看到他皮肤下面的血管。刘承峰穿着一身道袍，而一旁的那个人身材纤瘦，脸上还戴着一个由铜钱编织的面具。他跟刘承峰一样，肌肤同样是不正常的苍白，二人周身弥漫着一股冰冷的气息。

看见宁秋水出现，刘承峰的脸上非但没有露出喜色，反而像是遇到了什么麻烦的事情。他脸色骤变，急忙拉着旁边那个戴铜钱面具的人，匆忙逃向另一边。

三人没有反应过来是怎么回事，甚至第一时间先看了看自己身后，以为那里是不是有什么可怕的东西。然而，在清冷的月光下，身后不过是些薄薄的暮雾，除此之外，什么都没有。

"吓我一跳，我还以为咱身后有东西呢。"白潇潇吐槽了一句。

宁秋水摇了摇头："刚才那个人……感觉不像大胡子。"

孟军皱眉道："他们长得一模一样，你也看见了。"

"确实长得一样，身材也一样。但他的皮肤苍白，眼里的神色也和大胡子不同。"宁秋水望着已经跑远的二人，迟疑了片刻，还是没有追上去。

虽然那个人和刘承峰长得一模一样，可他觉得对方应该不是刘承峰。但现在的问题是，如果对方不是刘承峰又是谁呢？难道是山里的诡物吗？

一路上，他们遇到的诡物几乎都迫不及待地想对他们发起攻击，而这回倒好，对方一看见他们却直接跑路了。而且，宁秋水还有一件事没有告诉身旁的两个人。刚才他离得最近，看得也最清楚。他觉得刘承峰身旁那个戴着铜钱面具的人……跟自己很像。对视的一瞬间，他甚至感觉到对方冰冷的目光中，藏着某种躲闪和回避。

太多疑惑浮上心头，却没有答案。

"先过去看看那道碑。"宁秋水伸出手，将二人从低洼处拉了上来。三人一同来到了那座巨大的黑石碑面前。

石碑上刻着一些他们能看懂却又看不全懂的文字，从上到下、从左至右，密密麻麻写满了内容。宁秋水仔细看了又看，才发现石碑上的文字像是两方的对话——

阳：赐一字，阴山添望，藏树七九八六，山石十万万斤，诸般混沌。

阴：谢赐，已虫穴蔽之，五毒俱全，此山作废，无甚人迹。

阳：来者可追，藏东宫，西陵，南水，北丘，一切安好，求百货，五杂。

阴：物已备齐，记得查验。

阳：吉，觅得良田一处，尚陋，可用式，然力不足，且藏中池。

阴：勿急，城由砖砌，身为木成。

阳：诸事筹备，欠香钱几两，贡品三旬，静待时日。

阴：已备，查验。

诸如这样的信息还有很多，几乎刻满了整座石碑。值得一提的是，为了节省空间，文字使用了偏古文的表达形式。其中大部分内容，都是"阴"给"阳"送货，且看起来送的都是很平常的东西。当然，如果两方言语没有经过什么特别的加密的话。

从这些文字中，三人得知了一件有意思的事：望阴山的真名并不是"望阴山"，而是"阴山"。那个"望"字，是有人赐字，专门添上去的。

当然，这不仅仅是一个名称的改变。在阴山变成望阴山之后，它上面很多树木、土石以及一些诡物之流的东西，全都藏进了那个"望"字里。只有在夜晚降临的时候，它们才会从"望"字里现身，重新回到这座山上！

"须弥芥子……"

三人的脸上多少都带着一些震撼。对于诡物的能力，他们早就已经在诡门见识过 —— 强大而可怕。但这种强，也仅限于和他们这样的普通人相比。然而，当真正看到类似小说中描写的能力出现在眼前时，他们还是被深深地震撼了。三人难以想象，究竟是怎样强大的诡物，才能够将十万万斤的山以及山里的各种诡物藏进一个字里！

这种……似乎已经不属于"诡物"了吧？说是神也绝不为过！

"交流互为阴阳，刻字的字迹不是同一个人，但是同一边的字都是同一个人刻的，这说明一直是两个固定的人在交流。而其中一个人，应该就是给阴山赐字的那个家伙。我实在不理解，这么强大的存在，他和这边的人联系是为了什么呢？就为了一些莫名其妙的、并不珍重的货物？"白潇潇伸出指尖，轻轻地抚摸着石碑上的划痕，目光迷惘至极。

她忽然想到，刚才刘承峰和那个戴铜钱面具的人离开时，手上还提着一个黑色的塑料袋。那个袋子很软很薄，就是市面上常见的劣质垃圾袋，肯定装不下什么沉重尖锐的东西。而根据黑石碑上最后的一次交流来看，袋子里装着的应该是一些日常杂物，比如小镜子、茶杯、纸笔之类。

如果说"阴"代表的是阴山，也代表他们这头的人，那"阳"代表的便是诡门背后的人。它们要这些东西做什么呢？而且……还不是第一次要了。

宁秋水三人在望阴山里遇到了刘承峰和一个戴着铜钱面具的人，不过，对方见到他们之后，直接跑掉了。

山丘的黑石碑上，还有两方联络的证据，以及一些让人心惊肉跳的内容。

"我们这头负责联络望阳山的……是大胡子？"白潇潇回想起刚才的事情，不确定地说道，但她很快又否定了自己的猜测。

因为她比较相信宁秋水的判断,而且刚才虽然离得远,但刘承峰的行为举止是能看清楚的。如果是外面那个跳脱的刘承峰,绝对不会看到他们后直接转身就跑!显然,他们刚才看到的那个"刘承峰"有问题!

孟军站在黑色石碑前,盯着上面的内容看了许久,忽然幽幽地问道:"喂,你们说,那头的那个家伙要这些东西……会不会是用来做诡器的?"

他的猜测让二人的眼神都有了变化。仔细一想,似乎有这个可能,而且可能性不小。但这个想法倘若是真的,背后的牵扯,就有些让人不寒而栗了。

他们之前得出的一个结论是:诡器通常和一扇诡门背后的故事中的重要角色有关。结合孟军的猜测,倘若诡器真的是被制作出来的,那恐怕就不是人变成诡物后的怨念污染了道具变成了诡器,而是诡器反过来吸收并污染了那些怨念。甚至,那些人之所以会变成诡物,很可能就和他们拿到的诡器有关!

一张巨网,将他们所有人笼罩其中。他们,包括诡门背后的一些人,似乎都成了某只巨手中的棋子。

"这里藏着的秘密太多,我们能力有限,想要深挖,纯属找死。"宁秋水对于这件事情,反而没有太多的关注。

每个人的好奇心都很重,只是有些人懂得收敛,有些人不懂。如果宁秋水是前者,那他根本活不到现在。

"现在,找言叔也不现实了,估计我们今夜自身都难保……不过这地方好像很特殊,不知道是不是因为这个巨大的黑石碑,周围好像都没什么脏东西。"宁秋水仔细看了一下周围,心里浮现出了一些想法,"……这石碑只有在夜晚才会出现,并且出现时才能留字。这代表'阴'那个人也是在夜晚上山的。而山上的诡物无差别攻击,他能安全来去,至少证明有一条路或某个区域相对安全,否则他不可能来阴山这么多次都安然无恙。而且,交流的方法有很多种,用纸、信、手机……或是当面说都更好,为什么一定要通过这块石碑来交流呢?"

宁秋水走到石碑前,用手电仔细照了又照。黑色的石碑上,只能看出斑驳的岁月痕迹,除此外,无其他特殊之处。

"肉眼凡胎看不出来……石碑交流很麻烦,可他们还是选择了这种方式,这说明他们不能用其他的方法交流。这样的话,也正好可以解释刚才的'刘承峰'为什么看见我们转身就逃。要么,他是真的大胡子,将我们当成了'阳'那头的人。要么,他是假的大胡子,它就是'阳'那头的人。如果是后者,那事情可就太有意思了!为什么诡门背后也有一个刘承峰?他旁边那个戴着铜钱面具的人,跟我很像,会不会就是诡门背后的我?如果这样,岂不是我们这个世界的每个人,在诡门背后都有一个一模一样的复刻品?又或者说,我们才是那个复刻品?"

一时间，宁秋水的脑海里涌现出无数念头。看着他出神，二人倒也没有去打扰他，只是在附近查看有没有什么潜在的危险。

黑石碑所在的小土丘给了他们一处不错的容身之地。至少在半个小时内，这周围没有出现任何异常，三人紧绷的神经也稍微放松了一些。

他们靠着石碑，面向三个方向坐着，一边守岗，一边闲聊对于刚才情况的猜测。争论半天，也没个定论。聊着聊着，他们的声音忽然停住了，猛地从地上站了起来。远处又出现了一个黑影，身材高大，正朝着这头走来。

"这地方也不安全？"

握着手电筒的三人，手心都在渗汗。他们紧紧盯着远处的那个黑影，但很快便发现对方似乎……不像诡物。

那人的手上也提着一盏灯笼，停在了距离他们大约五十步远的地方，小心地打量着他们。看到他们手上的手电筒后，对方似乎认定了他们不是诡物，于是大步走来。

宁秋水总觉得这个身影有些熟悉。等对方终于走到距离他们比较近的位置时，宁秋水瞳孔微缩，低呼道："玄清子道长？"

对方脸上的神色也很惊讶，没想到居然会在这个地方看到宁秋水。

玄清子，这位知命人曾经冒充过红豆，在龙虎山下的小网吧里差点儿被罗生门的人直接干掉。幸亏当时宁秋水及时赶到。

"你们……怎么会在这里？"玄清子一脸疑惑。

宁秋水反问："你呢？你为什么在这里？"

玄清子沉默了片刻，说道："我，我陪师叔上来散散心。"

"散心？"

"嗯……顺便驱赶一些诡物。之前观里有人说看见这山上有诡物，我们就寻思上来做个法什么的……"玄清子有些支吾，明眼人一看就知道他在撒谎。

其实他一直都不会撒谎。但宁秋水没有拆穿他，只是相互介绍了一下。

"对了，你师叔去哪里了？"宁秋水问道。

玄清子指了指身后："师叔很快就到……所以，宁先生，你们为什么会来这个地方？"

宁秋水笑了起来："我们也是来山上散心的。"

二人对视了一眼，玄清子沉默了。片刻后，他苦笑道："宁客人，这山很危险，以后晚上别来了。"

宁秋水回应道："本来也没准备来的，只不过今夜有不得不来的理由。"

他话音刚落，不远处便传来了一个极其熟悉的声音："看到没师侄，那两个混账东西又在碑上留了啥玩意儿？"

这声音，三人实在是熟悉得不得了。那不就是刘承峰？

果不其然，声音出现不久后，刘承峰就出现在了众人视线内。他边走边提裤子，刚才去做什么了不言而喻。看到三人后，他的脸色先是一僵，随后变得格外古怪起来。

"哎哟，你们仨怎么在这里？今年真是见了鬼了！过去的二十几年，都没有今年遇到的怪事多！"

宁秋水反问道："我们也很好奇，你怎么会在这里？"

刘承峰瓮声瓮气道："我怎么会在这里……嗯，对啊，我为什么会在这里？师侄，我为什么会在这里？"

一旁的玄清子闻言，脸色顿时一僵，随后嘴角抽动了一下，说："师叔，你忘了，我们是来……驱赶诡物的。"

刘承峰恍然大悟："噢！小哥，我们是来驱赶诡物的。"

宁秋水没忍住，翻了个白眼："你这也太敷衍了吧？"

刘承峰干咳两声，有些心虚地看了看三人："那咱们就……坦诚点儿？"

三人点头。

"嗯。我们先说吧……"宁秋水将良言在这山上消失的事简单交代了一番。

刘承峰听完后，脸色有些凝重。他掐指一算，鼻血立刻喷了出来。

"我的天！"刘承峰吓得惊呼，随后竟直接跪在地上，口中大声说着，"无量天尊。"

好一会儿，他才起身，脸色惨白。

"大胡子，你没事吧？"

"师叔，没事吧？"

四人围上来，神色担忧。

刘承峰摆了摆手："没事……良言的事没办法解决了，算都不让算。"

见他这样，几人心头多少有些惊讶。这家伙原来真的会算命！不过惊讶之余，他们也从刘承峰的表现中察觉到了事情的严重性。

良言的事……不让算？什么意思？

"能说详细点儿吗？"

刘承峰瞥了一眼孟军，没好气道："就是字面意思，他身上牵扯着些事……我没那本事，算不得。刚才那一下就是老君爷的警告，再算，轻则折寿，重则原地暴毙！"

孟军闻言，腿没站稳，后退了半步。

刘承峰见他如此关心良言的安危，忍不住好奇地问道："他又不是你爹，你咋那么关心他？"

孟军沉默了许久，道："我跟你们不同，他对我有大恩。如果不是他，我的妻子和女儿已经死了不知道多少次了。我没法看着他去送死。"

刘承峰语气没有先前那么尖锐了，叹了口气："我理解你的心情，你也算是一个有情有义的人。但良言的事，我确实帮不了你。"

孟军神色低迷地点了点头，随后又问道："那你呢？大晚上来这个地方做什么？"

刘承峰指着那座黑色的大石碑："说出来你们可能不大信……其实我自己也不知道我来这里做什么。它让我做什么，我就做什么。"

几人看向那座石碑，气氛沉闷了好一会儿。

"它是谁？"

刘承峰摇头："我不知道，不认识。"

孟军蹙眉，语气带着一些质问："不认识你照它的话去做？如果它是想要借着你的手来到这个世界呢？诡门内的诡物有多可怕你又不是没有见到过！"

刘承峰瞟了他一眼，说："你们走到这里，应该看见了阴山上的一些'状况'了吧？那些诡物，要来的早就已经来了，你以为这是我们能决定的吗？民间那么多都市传说，你不会认为都是假的吧？这世上，总有些真话，只能借着说假话的口吻讲述出来。"

孟军闻言，脑门上青筋暴起，反驳道："不可能！绝不可能！它们不可能想来就来……不然，我们的世界早就乱套了！"

刘承峰嗤笑："这一点，你还真说错了。很多诡门里的诡物，还真是想来就来……我知道的，就有好几个。但是，我们这里的绝大部分人是看不见它们的。而且它们过来，通常也不会攻击人。"

几人闻言，脸上的神色愈发怪异起来。这感觉，就像是半夜三更坐在荒野里，听神棍讲故事。

"那它们过来干什么？"

刘承峰摇头："我哪有资格知道？喏，今夜山顶上，有一场特别的'宴'。设宴的主人叫骨女，她就可以随意出入'阴山'。但她来这里的目的我不清楚，十几年前，师父手贱算了她一卦，结果第二天出了意外。他住的地方离最近的公路有一里远，周围的土路弯弯绕绕，旁边就是悬崖。撞到我师父的司机说，他那晚喝醉了，不知怎么回事儿就开到了我师父住的地方，发现刹车失灵……这事你们信吗？司机喝醉酒，又刹车失灵，能精准地开过那么多凶险的山路，又准确地绕过了村口的好几座泥巴房子，恰好撞在我师父睡觉的地方？天晓得他怎么开过去的……可这就是事实。"

刘承峰说到这里，觉得自己扯远了，顿了顿又严肃道："总之，诡门内的世界十分复杂，我们通过诡舍看见的不过冰山一角。我之所以要按照石碑上的指示去做，是有原因的，但现在不能告诉你们。"

他指了指石碑："至少，要先征得它的同意。"

"石碑？"

"不，我的意思是在石碑上留字的，代表'阳'的人。不然我如果告诉你们就是在害你们。"刘承峰的表情很少这么严肃，三人也知道他不是在撒谎。

"那……要怎么做呢？"宁秋水问道。

刘承峰打量了三人几眼："你们确定要来蹚这趟浑水？我可跟你们说清楚，一旦入了它的'眼'，可就出不去了！"

"从我们被诡舍选中的那一刻起，不就已经没有退路了吗？说句不好听的，到了第九扇门大家很可能都会淘汰出局，既然这样，为什么不在活着的时候多满足一下自己的好奇心呢？"白潇潇已经是铁了心一条路走到黑。

"大胡子，你不用担心这些，我们都要知道真相。"

宁秋水知道孟军也有不得不继续的理由。

"好吧，那我今天请示一下它们，明天如果它们同意了，我就跟你们讲讲诡门背后的一些我所知道的事情。"大胡子说完，拿出了一柄特制的黑色小刀，在石碑上开始刻字。

阴：吾友两三，欲求真相，可乎？

"今晚的事情不可以对任何人讲，自己回去嘴巴都闭紧一点儿。如果可以，明天我会解答一些你们的疑惑；如果不行，我会挑一些我能说的告诉你们，剩下的就要靠你们自己去猜了，那是你们自己的事，和我无关。'宴'开始后，阴山会变得特别特别危险，现在趁着时间还没到，你们赶快随我下山去！"刘承峰的语气非常严肃。

他四下里瞧了瞧，确认没问题，便带着三人往一个相反的方向走去。他手上拿着一个特殊的铜盘，上面有三个珠子，在铜盘上不停滚动。

路上，孟军还是很担心良言，不过刘承峰告诉他，良言的事情他们已经管不了了。不让算只有两种可能，第一种是良言已经被删档了；第二种则是良言此刻已经出现在了诡门那边的世界。无论是哪一种，他们现在都管不了。

有了大胡子的带领，下山的路程变得安全了很多，他们没有再遇见什么诡异的事情。

分开的时候，宁秋水似乎想向刘承峰询问些什么，但是刘承峰的态度非常坚决，他告诉宁秋水，明天那头传回消息之前，他不可以妄议关于阴山上的任何事情。既然大胡子已经这么说了，宁秋水也不好再问。

耐心等待到第二天晚上，刘承峰给他们打了一个电话。三人齐聚迷迭香庄园。这是刘承峰第一次来这里，被这边的景致狠狠地震撼了一把。

来到了白潇潇的别墅中，四人坐在大厅，刘承峰照例给自己开了一瓶肥宅快乐水："先跟你们讲一下吧，对方同意了。我可以给你们说一些关于诡门背后的事情，这可能会对你们的三观造成难以想象的冲击，在此之前，你们务必要做好心理准备。"

众人很难从刘承峰脸上见到如此严肃的表情，纷纷忍不住对他接下来说的话感到好奇。

"别卖关子了，你直接讲吧，大家都不是小孩子了。"孟军向来喜欢直入主题。

刘承峰又看了另外两人一眼，确认他们也没什么意见后，这才徐徐道："我先问个问题，昨天晚上你们在山上石碑那儿，有没有看见什么人？"

三人点了点头："我们看见了两个人，一个戴着铜钱面具，看不清楚面容；另一个……就是你。"

刘承峰苦笑道："诚如你们所见，但那个人并不是我。虽然他跟我长得一模一样，名字也一样。而且，诡门背后……也有跟你们长得一样，名字也一样的人。"

听到这句话，三人脸上的惊讶神色倒是没有想象中的那么重。事实上，昨晚他们其实也隐约猜测过类似的情况。

"所以，诡门世界和我们所在的世界的确是有关联的？"

"嗯，对。"

"那我们这边的世界每一个人在诡门内都有一个对应的、一模一样的人？"

"嗯。"

这两点，大胡子十分笃定，然后他又补充道："不一定都是人。"

三人露出了思索的神色，刘承峰继续说道："我们所在的世界和诡门的世界并非是简单的镜像关系，也并非互为表里，更不是一个代表过去，一个代表未来……两个世界的关系十分复杂，和你们想的那些基本搭不着边儿。诡门背后的'我'也没有跟我详细说明过，但是有一点……"

说到这里，刘承峰眸子轻轻一抬，看了看宁秋水："如果你们谁的手里收到了什么奇怪的信，那这封信一定是诡门背后的'你'寄出的。"

听到这话，其他人的目光不约而同地落在宁秋水身上，后者的脸上写满了好奇："如果两个世界没有时间上的关系，那诡门背后的'我'为什么会知道我的下一扇诡门到底会经历什么？难道'它'可以未卜先知吗？"

刘承峰道："这我就不清楚了，或许你经历的诡门事件就是它们设计的，当然这只是我的猜测。而且，能够寄信的存在，在诡门那边绝对不是什么省油的灯，普通诡物没办法做出信这种东西，它们顶多用某些特别的方式将做好的信炮制一遍。再者，你们拿到的诡器其实本来就是属于我们这个世界的东西，所以才能够带出诡门。诡器也是它们做的。之前，诡门背后的'我'找我要那些东西，其中有一部分就是拿去制作诡器。而这些诡器做出来，也的确是给我们用的。"

大胡子越说，三人就越发迷惑。他们实在想不通诡门背后的那些家伙到底想干什么。还专门给他们做诡器？是怕他们被淘汰？还是这诡器里藏了什么秘密？

"有关于它做这些事情的动机，或是那个世界的真相，你们就别问了，我自己都没搞明白。不过，根据我了解到的一些细节，诡门内外……应该有个世界是假的。"

三人闻言，瞳孔微震。有一个世界是假的？

看着他们的目光，刘承峰摇了摇头："最后，别问我哪个世界是假的。我不知道，也不想知道。好了，能说的基本都说了，至于信不信，那就是你们的事了。还有什么问题没？没有的话，我就要回去了……唉，手头要处理的事还很多，头都给俺整大了。"

刘承峰向众人透露了一件令人震惊的事情：诡门内外……有一个世界是假的。

刘承峰不想弄清真相是正常的反应。试想，有一天你突然发现自己所生活的世界是被虚构出来的，里面你认识的所有亲人、朋友、伴侣……甚至连你自己，全都是虚假的影像，那会是多么恐怖的一件事。

"多谢你了，大胡子，你先回去吧。"

刘承峰也没有再多说，推门准备离开，走到一半时忽然回头扫了一眼房间内的三人："另外，你们现在也没法置身事外了。有时候它们会主动找上你们，让你们帮忙去做一些事，而你们……不能拒绝。不过你们也不用太担心，至少到目前为止，诡门世界的那个'我'还没有让我做过什么无法接受的事，只是让我帮他们收集一些东西。"

三人点头表示明白，只是目光各有不同。

刘承峰站在门口仔细思索了一下,又说道:"还有一个小细节你们需要记住,它们会将诡舍称作'神祠',到时候免得你们找不到地儿。"

说完他就离开了。

房间里,三人脸色古怪。诡门背后的人,将诡舍称之为……神祠?

思绪沉浸,宁秋水想到他的第一扇诡门里那个红衣女诡物已经挣脱了地缚灵的限制,想来强大无比,可即便这样,它也不敢靠近来接他们回诡舍的大巴。

和良言一同经历的诡门中,那只抬头诡物似乎想要挑战权威,然而不过片刻便被毁灭了。

这么看来的话,诡舍的确有着难以想象的强大力量。

只不过,神祠是供奉神明的地方,怎么会让他们这些凡人去住?

"想不通就别想了。"白潇潇伸了个懒腰,声音悠悠,"看你俩那表情,快着魔。我要去睡个回笼觉。秋水,过几天我要去接单子刷门了,你陪我去吗?"

看着白潇潇的眼睛,宁秋水点点头:"好。"

刷门这种事,他实在没有拒绝的理由。

告别了迷迭香庄园,宁秋水又回归了自己的新住处。这地方自从鼹鼠给他安排了之后,他还没有住过几次。

打开了电脑,宁秋水查看了红豆的信息。之前,他隐约怀疑红豆就是刘承峰。但今天见到刘承峰之后,这种感觉却淡了不少。

红豆收到过天信,这证明他至少通过一次第七扇诡门的考验。而大胡子之前一直不在诡舍,没有办法过门。而且大部分诡门开启的时间,田勋这家伙都在诡舍里,如果大胡子回来,他肯定能看见。

不过已经无所谓了。

有了玄清子这一层关系在,宁秋水联系红豆就方便得多。彼此有信任,能联系,那线索和信息就能共享。

聊天那一栏里,红豆却给他留了一行信息,很简单的信息:"罗生门来了许多人,就在石榴市,他们在找你。"

宁秋水目光一凝,罗生门的人来找他了?

他打开手机,联系上了鼹鼠,后者的声音带着些意外:"棺材,你活了?"

宁秋水无语:"这么盼着我出事?"

鼹鼠嘿嘿一笑:"找我什么事?"

宁秋水道:"最近找我的人很多?"

电话那头传来了一声"喊",鼹鼠漫不经心地说道:"找你的人什么时候不多了？你得罪了多少人，心里没数吗？"

宁秋水："把最近找我、查我的人的信息全部发给我。"

鼹鼠："OK。"

一分钟后，宁秋水收到了一份详细整理的资料，上面写着密密麻麻的信息。

宁秋水来到了窗户旁边，将窗帘拉上，然后打开灯坐在里屋认真仔细地查看起了上面的资料……

是夜。

城季小街38号，一个穿着卫衣、戴着兜帽的男人走进了一家书屋。

老板坐在收银台前，百无聊赖地查看着手里的报纸。他是个中年人，脸上的小胡子很有些像电视里演默剧的人。他的眼睛总是会很快向旁边瞟过，看一眼能够俯视整座书店的监控。

但这个过程之中，他的身体不会有丝毫的移动，稳得像块石头。

倘若有人站在他这边，就一定能够看见在柜子下面的键盘旁边还放着一把黑色的手枪。他就那样明晃晃地放在那个地方，甚至都没有想过要掩藏。

石榴市这边儿的居民是不能够随便携带枪械的，想要持有枪械需要向上级提交报告，每个月还要接受警司的定期检查。

但男人显然无所谓，但凡有人想要查他的枪械，他有很多种方式可以在对方的眼皮子底下让这把枪消失。

如果失败了也没关系，他可以让查枪的人消失，反正他不会在石榴市久待。

书店的老板很快便注意到了刚才进来的那个戴着兜帽的年轻人。对方似乎并不是过来看书的。他在书店里面晃悠了半天，似乎是在找什么东西。

书店的老板顺手将键盘旁边的手枪摸了过来，然后藏进了袖子里，带着一脸讨好的笑容来到了那个穿着卫衣、戴着兜帽的年轻人身边。

"呃，小伙子，我看你在我这店晃悠半天了，想看什么书？我给你找！"

年轻人回头看了一眼书店老板，笑着说道："我不是来找书的。"

"我们这是书店，你不来找书，你找什么？"中年男人说着，藏在右手袖子里的那把枪已经悄无声息地拉开了保险。

年轻人似乎完全没有意识到这些，他挠了挠头："我是在找有没有拖把。"

"拖把？"书店老板也愣是被他说蒙了，"拖把应该去杂货店，我这里不卖拖把。"

他的精神仍然高度紧绷和集中。任何一名神秘组织的成员都无法避免一个问题：在你解决别人的同时，也有人想要解决你。如何避免这种危险呢？当然是不放过任何一个可疑的细节。很多时候你觉得有问题，那可能是真的有问题。

年轻人盯着中年老板叹了口气，丝毫没有察觉到对方的敌意："我知道这是书店，但是刚才在外面有个人给了我两百块钱，他说让我来这个书店里晃晃，看看有没有拖把之类的东西……"

书店老板一听，握枪的手变得稍微僵硬了些。他小心地背靠在了书架，然后缓缓侧头朝着书店外面看去。书店外并没有人。

他稍微松了口气，然而刚回头，一把钉枪已经放在了他的额头上。书店老板的瞳孔一缩，额头上已经开始渗出了冷汗。

"你才入行啊？别人说什么就信什么，完全不留个心眼子，怎么活到现在的？"

刚才穿着卫衣、戴着兜帽的那个年轻人，脸上那稚嫩的神色一扫而光，取而代之的是一个让人不寒而栗的笑容。

"你是谁？"书店老板其实心里已经有答案了。

"你们想解决的人。实在不好意思，前段时间有点儿忙，没能来招呼你们……"

话音刚落，书店老板动作迅捷，第一时间偏头轻抬手腕，试图对宁秋水发动攻击。然而，他显然低估了眼前这个对手的实力。

就在他偏头的瞬间，对方已经握住了他的手腕，身体也随之发生了快速的移动。他的攻击被轻松化解。

紧接着，握枪的手传来剧痛，一根带着倒刺的钉子穿透了他的手掌，将他钉在了身后的木质书架上。书店老板闷哼一声，倒也还算硬气，没有大叫出声。然而，接下来宁秋水又将他的另一只手掌也钉在了书架上。他这回没忍住，叫了几声。

书店里的人被吓到了，当场跑了出去。

"我知道你们这次来了很多人，你的同伙我自己会去找，我就不问了。我问一个我想知道的问题……你知道罗生门里有哪些比较重要的角色吧？"

书店老板冷笑一声："你觉得我会说吗？就算我说了，你会放过我吗？"

宁秋水盯着他的眼睛，眉头一皱："不说算了。"

说完，他抬起了钉枪，对准书店老板的额头。书店老板似乎也没想到宁秋水这么干脆，瞳孔猛地一缩："等——"

三个字没来得及说完，一根钉子就已经深深嵌入了他的额头。他的身体开始抽搐，很快便彻底僵直，不再动弹。

宁秋水拔出了他身体里的三根钉子，带到洗手间里的洗漱台处，认真清洗了一下。接着，他简单地处理了现场，给洗衣机报备了一下，便直接离开了书店。

宁秋水难得一整天都在外面晃悠。其实，从混乱地带回来之后，他处理对手的频率小了很多。今天有种难得的尽兴感。

晚上九点钟时，宁秋水准时赶到了最后一个地点。玫红小区门外的一座公园门口。他的手上还拿着一些纸，厚厚一沓，不知道上面到底有什么。

过了大约十五分钟，一个扫地的大爷从远处缓缓走了过来。夕阳即将落下，他的身影显得佝偻又单薄。路过宁秋水身边的时候，宁秋水的一句话让他直接停了下来："同行一向就是这点好，很守时。"

扫地的大爷停下脚步，偏头看向宁秋水，那双原本浑浊的眼睛立刻变得清明起来，还有一种神秘组织成员独有的锋利。

他还没有开口说话，宁秋水就将手里的那些纸递给了他："看看？"

扫地大爷低头一看，纸上全都是打印的照片。而那些照片里的人，竟全是他们这一次行动的同僚！

望着照片中的画面，扫地大爷感觉寒意从脚底升起。不声不响之间，这次一同行动的搭档竟然只剩下了他一个。

"这一次行动之前，上面就已经告诉过我们，我们要解决的目标非常危险。不过人为财死，鸟为食亡，做我们这一行的，失败了也怨不得其他人。可惜的是，我们不是输在专业技能上，而是输在了情报……说实话，我不服。"

宁秋水有些惊讶地抬眸："你要跟我皇城PK？"

大爷挺直了腰，声音也变得年轻起来："对。就在这里，扔掉所有的武器，来一场纯纯的真男人肉搏。敢不敢？"

男人眸中战意炽烈。下一刻，一颗钉子钉进了他的腿里。他双膝一软，跪倒在宁秋水的面前。

"你不知道我会功夫吗？还打不打？"宁秋水问道。

男人咬了咬牙，摇头："不打了。"

"服不服？"

"服了。"

"行，现在跟你聊聊正事。"宁秋水俯视着他，"你们是罗生门的人吧？我想要知道罗生门内一些重要的人的信息。如果你能为我提供一个正确的名字，我可以考虑放过你。"

男人沉默了很久，才开口："我们运气都很好。他们都不是罗生门的人，但我是。你收到'天信'的事情，罗生门已经知道了。最近有几个大人物一直在争，有人对你动手，也只是试探一下。罗生门的力量超乎你的想象，他们如果真的想对付你，会派出更恐怖的人物。他们有着完善的情报网，会神不知鬼不觉潜入你的家里把你干掉，会埋伏在你可能出现的任何角落里，静静等着你……"

宁秋水目光闪烁，但没有开口说话。

那人继续说道："你再厉害，也是肉身凡胎，不可能事事都能觉察先机，总有一个比你厉害的人会出现，轻而易举地解决了你。"

宁秋水问道："有名字吗？"

男人摇了摇头："我不知道，知道了也不能说。如果说了不该说的，被他们抓住，我还指不定会遭遇什么。我唯一能告诉你的是，罗生门中的一位大人……很可能住在迷迭香。我有一个小团体，是专门负责信息收集的。由于提前就有准备，他们找到了地下通缉令发出的起点地址代码，就在那个特殊的庄园。他是这一次要对付你的人。"

得知有人盯上了自己，而这个人住在迷迭香时，宁秋水脑海里第一时间想到的竟然是白潇潇。毕竟，住在那里的，他只认识这一个。

"之前，我收到的第二封信，说白潇潇不能被淘汰在我的第二扇门里，难道和她的身份有关？诡门背后的我也许知道白潇潇的身份，甚至知道白潇潇会在那扇门里遇见危险，所以让我救她，是因为她有什么特别的作用吗？这么想来，似乎白潇潇是罗生门的人也不是不可能。"

做宁秋水这一行的，从心底里来讲，几乎不会有什么绝对信任的人。他们唯一相信的，就是钱和利益。

宁秋水自从师父离世后，唯二信任的，就是鼹鼠和洗衣机。洗衣机是师父留给他的正统关系网，而鼹鼠则是他的生死之交。当年二人但凡少一个，另一个人也不可能活到现在。

至于白潇潇，究竟是不是真的想要对付自己，宁秋水心底存疑。他知道，之前白潇潇肯定是不想对付他的，甚至还因为他和刘承峰险些在祈雨村被淘汰出局。单从这一点来看，他觉得白潇潇不像是罗生门的人。至少不是那种会为了夺信伤害他人的人。

"你的资料我已经上传给了警方，在警员彻底处理现场之前离开石榴市，这是你唯一的机会。"宁秋水对那个男人说道，而后在对方的惨叫声中，拔出了嵌在他腿上的钉子！那钉子带有倒刺，不算很大，但拔出来时绝对会产生剧痛！

"好了，你走吧。"

男人咬着牙，脸上的肉因为疼痛不断地抽搐着。他撑着自己的膝盖，站起了身子，朝着远处一瘸一拐地走去……

宁秋水瞧着他的背影，耳畔已经传来了警笛声。他微微耸了耸肩，离开了这里。

这片街道早就已经没有人了，从男人发出惨叫声的那一刻，仅剩不多的行人就已经全部跑路了。

回到自己的住处后，他照例给洗衣机汇报了一下自己的工作。罗生门这样的组织，本属于威胁到居民正常生活与公共秩序的不稳定因素。他们出手解决这些问题，往往是被默许的。毕竟，如果警方介入，搞不好会造成不必要的伤亡。而像他们这样的专业人士，在这方面像是一把利刃，的确好使。

稍做休息后，白潇潇忽然发来一份诡门邀请。上次的那扇门被推掉了，但白潇潇又难得地等到了一扇新的门，而且还是有拼图碎片的诡门。

第五扇。

这个人，居然是丰鱼介绍给白潇潇的。

之前，在"古宅惊魂"那扇诡门里，丰鱼建立了对他们诡舍的信任，这一次朋友过第五扇诡门，索性直接推荐给了他们。

拼图碎片出现的诡门，难度往往会比正常的门更高，但机遇也更多，倘若能够把握住，便能大赚特赚。

宁秋水打开了白潇潇的邀请，里面写着关于那扇诡门的信息。

任务：活到周五下午放学，并离开血云书院（任务开始时为周一）。

提示1：在书院期间，请务必遵守书院的规定。

提示2：书院总是有学生消失，他们去了哪里？

提示3：书院的时间很珍贵，请争分夺秒。

"血云书院？"

宁秋水光是看着这扇门的提示，就能感受到其中的危险。他很少听说诡门会给这么多的提示。看来，受到拼图碎片的影响，诡门的难度提升了不少。

沉默了一会儿，宁秋水还是接受了白潇潇的邀请："潇潇，有个事想问问你。"

白潇潇回复道："你说。"

宁秋水："你说，罗生门的人不是有很多抢来的信吗？他们为什么不让组织里的大佬带着信进入有拼图碎片的诡门刷门？这样的话，拼图碎片应该很容易凑齐吧？至少……对于他们来说。"

白潇潇很快给予了明确的答复："不知道。但他们不这么做，一定是因为不能，而不是不想。我猜，可能信和拼图碎片是不兼容的，拿着信进入有拼图碎片的诡门，可能会导致一些无法预料的事情出现。"

宁秋水点了点头："懂了……这扇门是明天开对吧？我这边没什么其他的事，

到时候一起吧。另外，我想先跟那个丰鱼的朋友聊聊。"

白潇潇闻言，没有废话，直接将对方的联系方式发给了他。

宁秋水拨通了号码，对面接通后传来一个甜美的女生声音："喂，是秋水哥哥吗？"

宁秋水听着这声音，眉毛微微一挑："你认识我？"

对方嘻嘻一笑："是鱼哥说的啦！他之前从那扇诡门回去之后，就一直跟我讲，你多么多么厉害，像个救世主一样完成了那扇诡门的任务。他还叮嘱我，过第五扇门的时候一定要找你帮忙。而且知道这个号码的人并不多，除了潇潇姐，剩下的要么是你，要么就是你们诡舍的人，很好猜啦！对了，我叫杨眉。"

对方的语气轻快随和，显得非常好相处。宁秋水跟她聊了一会儿，主要是为了简单确认一下她的性格和基本状况。

等到第二日，宁秋水坐上迷雾中的大巴车，回到了诡舍。

白潇潇已经在诡舍的大厅里等了他许久，嘴里含着什么东西，见到他之后便吐了出来，扔到了垃圾桶里。

"你吃的是田勋那小子最喜欢的溜溜梅？"

见宁秋水这么眼尖，白潇潇干笑了一声，脸色微红："偷偷吃两个，他不知道。主要是闲得无聊，嘴里想嚼点儿什么。"

说着，她低头看了看时间："嗯……差不多了，你诡器什么的准备好了吗？"

宁秋水点了点头："带上了。"

稍等片刻，二人便来到三楼。上楼时，看着拼图碎片少了三个，白潇潇微不可察地叹了口气："对了，秋水，你怎么突然问起了罗生门的事？"

宁秋水答道："好奇。你比我懂得多，所以就问你了。"

白潇潇闻言若有所思。

二人来到三楼，看见红色的木门被推开，而后眼前一花……

龙虎山，白玉观。

"师叔，你真把那些事情跟他们讲了？"玄清子看着正在清点货物的刘承峰，问道。

"他们迟早会知道的。'彼岸'的秘密正在一点儿一点儿地浮现，其实有些事情我已经有了猜测，但越是往深处琢磨，就越是感觉后背发凉。你师父当年为了寻求一个真相，不惜拼上自己的老命，可最后在得知真相之后，却精神崩溃自杀了。"

玄清子帮着清点货物，脸上带着浓郁的好奇："师叔，我们的世界……真的是虚假的吗？"

刘承峰摇头，没有给出明确的回答："天上白玉京，十二楼五城，仙人抚我顶，结发受长生。"

玄清子失笑道："这不是唐朝的一个诗人留下的吗？而且这跟刚才的问题好像没什么关联吧？"

刘承峰的气质和在外面的吊儿郎当完全不同，从始至终都显得极其沉稳又严肃，仿佛换了一个人。

"师侄，从小到大，你应该听过很多神话传说吧？"

"嗯，师父和观里的师叔们讲过，不过那些都是民间编造的……"

"如果……我们也是被编造出来的呢？"

玄清子愣住了。他手中的一个大理石手镯掉在地上，摔得四分五裂。

"越来越多的细节已经指向了这一点。"刘承峰语速缓慢，但是坚定，"诡舍是神祠。诡门每一次打开，就是因为'神'回应了它们。对它们来说，我们就是'神'。"

玄清子反驳道："我们是神？被虚构出来的神？可我一点儿也没有感觉到属于神的力量，反而在诡门的那头被诡物压得连气都喘不过来，我们哪里有神的样子？"

刘承峰反问道："诡物是不是可以随便解决诡门背后世界的原住民？"

玄清子点头："能，只要它比那里原住民的实力强，就能够随便解决掉他们。"

"那诡物可以随便解决掉你吗？"

玄清子怔住："我……"

刘承峰："你总是下意识地认为，我们是受到了诡门规则的庇护，可诡门连自己那边的原住民都没有庇护过，又怎会庇护我们这些外来者？所以，有没有一种可能，所谓的'保护规则'其实是属于'我们'的一部分？是我们作为'神'的基本权力？无论诡门背后的诡物到底有多强，只要你没有触发它的行动法则，它就无法对你出手。从这个角度来看，你是不是比诡门的大部分原住民更强？"

玄清子脸色木然，有些僵硬地点了点头。而后，他盯着地面上摔碎的那个石手镯，沉默了很久很久。

他虽然面无表情，可是心里早已经翻江倒海……

如果说他们是被虚构出来的"神"，那诡门背后的那个世界，究竟需要他们来做什么呢？

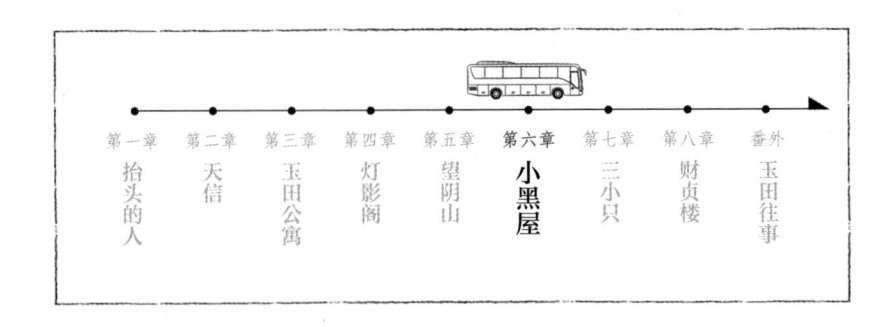

第一章	第二章	第三章	第四章	第五章	**第六章**	第七章	第八章	番外
抬头的人	天信	玉田公寓	灯影阁	望阴山	**小黑屋**	三小贝	财贡楼	玉田往事

睁开眼，明亮的灯光晃得宁秋水有些难受。他花了好几秒才适应过来。

环顾四周，他发现自己在一间教室里。头顶挂着三行白炽灯，每行三盏。周围都是学生，一共八列，每列六人。

白潇潇在他右边那一列的后方两个位置。每个学生的课桌上都堆着厚厚的书籍，其中最显眼的是学生手册。

讲台上，一个穿着黑色衣服的中年男人正坐在那里，似乎在守着自习。他穿得非常正式，甚至还打了领带。

宁秋水目光快速扫过男人身后的黑板那面墙，很干净。干净得就只有一个黑板，甚至连课表都没有。

整体环境很像他之前看过的一部讲述东南亚书院的怪异电影。

"干什么呢，干什么呢！"似乎是教室里抬头到处乱看的学生比较多，坐在讲台上的那个中年男人发现了，立刻拍了拍讲台，声音十分严厉，"现在是自习时间！距离下课还有三十分钟，这就坐不住了？就你们这样，还想参加市考？出去就是丢我们书院的脸！还有不到百天就要参加市考了，上次誓师大会你们发过的誓都忘了吗？赶紧给我低头看书！下午数学测验，不及格的后果自负！"

中年男人冷哼了一声，坐在下面的学生立刻埋头看起书来。

宁秋水也打开了自己座位上的书籍，不过他没有去看数学书，而是第一时间翻看了学生手册。

这本手册上记录的东西才是真正关乎他们命运的东西。翻来手册，上面记录着密密麻麻的规矩。其中有五个规矩被专门用红笔勾画了出来。

第一条：在书院的每场考试中，成绩不可以低于及格线，否则将被关入小黑屋。

第七条：尊师重道。在书院期间，不可以顶撞老师，否则将被关入小黑屋。

第九条：和睦相处。书院内禁止与同学发生任何肢体冲突，一经发现，将立刻予以严肃处理。

第十一条：上课期间务必出现在自己的座位上，不得无故缺席或擅离，违者将严肃处理。

第十三条：非周五放学后，不得以任何理由离开学校，违者将严肃处理。

这五个规则，其中有两个是被关小黑屋，剩下三个是严肃处理。根据宁秋水个人的感觉，被严肃处理的多半就是直接没了，诡器估计也不好使。而被关小黑屋的，有可能还有一线生机。

有了之前诡门的经历，宁秋水知道诡器不是在什么情况下都能保护他们的。在"黑衣夫人"的那扇门中，如果小主人的画中世界随着小主人的消失一同消失，而他们那个时候还没有逃离画中世界，那无论身上有多少诡器都没用。除非是极其强大的诡器，但那种东西宁秋水没有。

他牢牢地将这些规则记在了心里，然后打开了数学书。书上记着密密麻麻的笔记。对于学东西或者记东西，宁秋水一直很有天分。毕竟他是兽医，每当出现新的病患时，他就需要记住一大堆的资料。这些资料关乎他的安全，马虎不得一点儿。

书上的东西就是一些初中的简单数学，哪怕没有念过书，只要稍微有一些逻辑思维，很快就能学会。大概过了半个小时后，下课铃声并没有响起，反倒是坐在讲台上的那个中年男人仔细看了看手表，然后对台下的学生们说道："好了，下课了，赶紧去吃饭。吃完饭后，回来继续学习。"

说完后，他率先离开了教室。

这时，宁秋水忽然意识到了一个比较有意思的问题：教室里不但没有下课铃声，甚至连钟表都没有！

守自习的中年男人离开之后，宁秋水发现教室里居然没有挂钟，也没有课表。乍一看似乎没什么特别，但仔细想想，总觉得有些不对劲。

他看着周围逐渐起身去食堂吃饭的同学，随手拉住了一个："哎，刘春同学，咱教室为什么没有课表和挂钟啊？"

被称作刘春的高高胖胖的男生看了宁秋水一眼，眼神中带着一丝疑惑："为什么要有课表和挂钟？"

宁秋水答道："这样的话，我们就知道下一节课上什么，可以提前准备啊。"

刘春摇了摇头，挣脱了宁秋水的手，说道："课表只有老师那里才有，老师每天会自己安排的，我们只需要按照要求完成学习目标就好了。至于挂钟，那就更没所谓了。大家都在争分夺秒地学习，谁有闲工夫去注意时间呢？"

说完，刘春伸手按在了宁秋水的肩膀上，语重心长地规劝道："宁秋水，市考只有不到一百天了，别想这些有的没的，好好念书吧。血云书院可是市区里最好的书院，别到时候给书院丢脸。"

书院里，每个人都穿着专门的院服，胸口处写着名字和编码，所以即便不认识，也能准确喊出彼此的名字。看来，这里崇尚的教育理念，和现实世界可谓天差地别。刘春说完之后便离开了教室，似乎格外珍惜时间。教室里的其他学生也差不大多。没过多久，教室里就只剩下了十三人。

大家彼此交换了一下眼神，立刻便确认了都是诡舍里出来的人。

"十三个人……果然啊，有拼图碎片的门，人都不会少。"一个烫着卷发的男人开口，语气带着浓郁的调侃和挑衅。

这个男人名叫曾参，他接着说道："既然大家都是来抢拼图碎片的，废话也不用多说了。剩下的五天，大家各凭本事吧！"

他话音刚落，另一个戴眼镜、身材矮小的男生怯怯地举起了手："那个……我说明一下，我不是为了拼图碎片才进这扇门的。拼图碎片我可以不要，你们拿走就行。我进这扇门是因为轮到我了……你们懂我的意思，我不会跟你们抢拼图碎片，所以也希望你们不要为难我。"

众人看向他，这个男生的名字叫杨一博文。杨一是姓。

"行了，别装了，都是过第五扇门的人，再装下去可就没什么意思了。"曾参不耐烦地说，"你样的人我可见多了，表面上假装自己是头猪，背地里那可是吃人的老虎。"

杨一博文有点儿急了，他急忙摆手，用一种诚惶诚恐的语气说道："我是认真的。我真的只是过门，绝对不跟你们抢拼图碎片，我发誓！而且我也不会给你们造成任何麻烦！"

他似乎在之前的诡门之中被什么人害过，体会到了人心险恶，此刻竟有些杯弓蛇影，生怕参与进众人对拼图碎片的争斗中。

此时，他对面座位上，一名娇小可爱的女孩站起来说道："哎呀，行啦！你要是不想卷入无谓的纷争里，离其他人远点儿不就行了？这里的时间很紧，别忘了诡门给咱们的提示，赶紧去吃饭吧，下午还有考试呢！"

这个女孩正是杨眉。她不想将时间浪费在这种无谓的纷争里。说完之后，她直接走到门口，同时看了白潇潇一眼。白潇潇向宁秋水使了个眼色，三人便一起离开了教室。

其他人也陆续从教室里走出，三三两两地朝食堂走去。

"秋水哥，没想到你还长得挺清秀的，跟电话里声音不大一样啊。"杨眉嘻嘻一笑，走到前面转了一个圈圈，又伸了个懒腰。

宁秋水笑着回道："长相和声音不符，那不是很正常的事？"

杨眉噘嘴："哎，这一次诡门的难度有些超乎我的预料，居然让十三个人进来……没想到我这么倒霉，第五扇诡门就遇上了拼图碎片。丰鱼那家伙也是，我俩可真是倒霉到一块儿去了。早知道就不跟他谈恋爱了，霉运这种东西居然也会传染……"

宁秋水有些讶异地看了她一眼："你和丰鱼是情侣？"

杨眉点头："对呀。那小子可真没礼貌，上次居然拿着花堵在我办公室门口跟我表白，哼，当时就应该直接给他个下马威，让他颜面扫地！"

杨眉似乎将自己撞上有拼图碎片的诡门归咎于丰鱼的霉运，不过语气里倒也没有多少责怪的意思。

"丰鱼没跟你一起？"宁秋水问。

"跟我一起干什么？这扇门这么危险。"杨眉话锋一转，语气忽然变得阴森了一些，对二人问道，"对了，我有一件事情想问你们，刚才在教室里的时候，你们有没有看见一个人？"

二人同时问："什么人？"

杨眉压低声音道："其实我也不太清楚，他就站在教室后面，像是被罚站的学生。但是教室里没有空位置，我担心他可能不是人，所以当时没敢回头看，只是低头看了看他的脚。他的脚很奇怪，一只脚没穿鞋子，上面很脏，好像有很多灰尘。"

听到这话，宁秋水和白潇潇脸上的表情微微一变。

"我当时倒是回头看了一眼，但是没注意到教室后面有什么人。"宁秋水说道。

听到他这么说，杨眉的脸色顿时变得有些僵硬："不会真遇到什么奇怪的东西了吧？看来我真的是被丰鱼那家伙传染霉运了，这才刚进诡门呀！"

她搓了搓自己的手臂，上面已经爬满了许多的鸡皮疙瘩。杨眉没有告诉二人，当时那个家伙离自己很近，几乎就贴在她后背上。

他们的教室在三楼。下楼之后来到食堂，食堂里倒是挂着一个巨大的挂钟，钟上的时间嘀嘀答答地走着，而且声音很大。

食堂里都是些埋头吃饭的学生，几乎很少有人交流。这个地方人多，但并没想象中那么嘈杂。大家吃饭的速度都很快，似乎想着赶快把饭吃完就回教室继续学习。

头顶的那个巨钟不停传来被放大的嘀嘀嗒嗒的声音。三人吃着饭，耳畔那个声音一直在响，白潇潇抬头看了一眼巨钟，忍不住道："这书院可真奇怪，教室不装钟，偏偏食堂里装一个……吃个饭都好像有人在催你。"

"赶紧吃吧，吃完回去了。"宁秋水说道。

三人简单地吃了午饭，随即匆匆回到了教室。

他们回来的时候，教室里的人几乎已经坐满了，全都埋头认真学习着。宁秋水扫视了一圈，并没有发现杨眉之前提到的那个诡异黑影。

"为什么会盯上杨眉？"宁秋水在心里思索。

他们才刚进入这扇诡门不久，杨眉就算有心做什么，估计也没机会。所以，问题出在哪里？

由于教室里面并没有班主任，所以宁秋水索性在教室里晃悠起来。

"秋水，过来看看。"白潇潇的声音忽然从教室后面的黑板报方向传来，宁秋水走到她身边，顺着她手指的方向看去。

黑板报的一角上贴着一个本子。确切地说，那不是一个本子，而是由很多张纸一层一层累积起来的。

宁秋水伸手翻了翻。这个本子上记录的是每一次班级考试的排名、分数和日期。吸引二人注意的是，最近两次考试中，数学和物理测试的第一名……都是杨眉。

更有意思的是，大概在一个月前，这间教室里一共有五十名学生。但现在，只剩下了四十八人。

宁秋水认真地翻阅了这本子上的名单，对比了一下，找到了少掉的那两名学生的名字。

其中一个叫郑少锋，学习成绩非常好，连续考了三次班级第一；另一个叫黄婷婷，成绩很差，和郑少锋的情况完全相反，一路翻过去，她的名字常常出现在倒数第一。这两名学生都在一个月前的某次考试中消失了。

"奇怪……"宁秋水目光一动，就在这时，在门口一直帮宁秋水望风的白潇潇突然小跑回座位上。

"秋水，来人了！"路过宁秋水身旁时，她低声提醒了一句，后者也立刻回到了自己的座位。

他刚坐下，一个熟悉的黑影就踏入了教室，正是之前守着他们自习的中年人。不出意外的话，这个男人应该就是他们的班主任。

"后面那几个，还在那里徘徊什么呢？都几点了，赶紧回座位上学习！要是下午考试没及格，有你们好果子吃！"

中年男人的声音非常严厉，那几名不停徘徊的学生顿时如同惊弓之鸟，迅速回到了座位，低头投入学习。随后，中年男人坐到讲台后，将夹在胳肢窝下的一大沓白色试卷放在了桌上，开始整理。

他注意力非常集中，宁秋水试探性地挥了挥手，发现中年男人没有注意他，于是揉了个小纸团，悄悄扔给了白潇潇。

白潇潇接过纸团，看了一眼，秀眉微蹙。她和宁秋水对视了一眼，微微摇头。宁秋水用手指轻轻点了点自己的脑袋，然后对着她投去了信任的目光。白潇潇沉默了片刻，将字条重新揉搓成了一个小纸团，然后捏在手里。

其间，她一直在观察讲台上的中年男人，最后抓到了一个间隙，将纸团扔给了坐在最后排的杨眉。

杨眉低头，刚刚捡起纸团，忽然有人举起手："报告老师，有人偷偷传字条，影响我学习了！"

听到这个声音，杨眉的后背猛地绷紧！她僵硬地侧过头，发现举报她的不是别人，正是之前的那名叫曾参的诡客。

"曾参，你什么意思？"杨眉手中紧紧攥着纸团，心脏狂跳。她已经感觉到讲台上那个男人的目光落在了自己身上。

曾参冷冷地看了她一眼，说道："现在是大家学习的时间，你们在那儿传字条，动作那么大，不知道会影响同学吗？"

见到曾参这模样，杨眉哪里还不明白对方这是想要借他们的行为去试探班主任的底线。她一时间内心愤怒无比，却又无可奈何。

咚咚咚——

男人的脚步声传来，他冷着一张脸走到杨眉面前，伸出手："拿出来。"

杨眉感觉到对方身上那种令人压迫的气息，身子不自觉地微微颤抖。即便如此，她还是咬牙假装听不见。

"我再说一遍，拿出来！你想被关小黑屋吗？"班主任的声音愈发冰冷。

杨眉从"小黑屋"三个字里感受到某种严厉的威胁，最终不得不交出手里的字条。她的脸色苍白无比，等待着最终的审判。

班主任打开字条看了一眼，眼神微微眯起："这字条，谁给你的？"

杨眉不吱声。眼看状况不对，白潇潇主动站了起来："是我，老师。"

班主任回头，看了一眼白潇潇："不要打扰其他同学学习。有问题，来讲台找我，我给你讲。"

说完，他扬了扬手里的字条："这种东西，我不想看见第二次，明白了？"

白潇潇点头，神色恭敬："嗯，明白了。"

中年男人说完，瞟了白潇潇一眼："书拿上，上讲台来。"

说着，他随手把字条塞进了自己的衣服兜里。看着他转身，杨眉和曾参都有些意外。这就完了？上课抓到传字条的，就这么原谅了？

曾参盯着中年男人的背影，嘴角浮现出一个怪异的笑容："刀子嘴，豆腐心吗？看来，他虽然表现得很凶，实则并没有想象中那么可怕。不过也对，这可是我们遇见的第一个NPC，身上肯定藏着重要的信息，没道理对我们那么残酷。"

白潇潇拿着书跟在中年男人身后，回头对满面忧虑的杨眉做了一个"放心"的表情。而此刻，白潇潇也在心里舒了一口气。除了她，没人知道刚才发生了什么。

走在前面的班主任之所以没有惩罚她，不是因为对他们宽容，而是因为她留了个心眼子。她扔给杨眉的，并不是宁秋水给她的小字条。而是她自己偷偷写的，上面是一个很普通的数学问题。即便被发现，她也有正当理由。遇到数学题不会，问全班第一很正常。

白潇潇之所以这么做，就是想看看……有没有曾参这样的人。对她而言，这是个不错的反馈。放了线，现在钓了条鱼上来。

接下来……就是要怎么处理掉这条鱼了。

班主任在讲台上给白潇潇讲完了那道题，顺便批评了她几句，然后就让她下去了。

和白潇潇的预测差不多，虽然她的行为是违规的，但本质上并没有违反班主任对他们的要求——努力学习，所以处罚都是从轻的。

下来的时候，她给了杨眉一个眼神。后者会意。教室里依然一片沉寂，众人埋头看书，少有人东张西望。

杨眉一边复习桌上的数学，一边时不时抬头瞟一眼讲台上的男人。然而没过多久，她又感觉到后背有种说不出的凉意。

就好像身后站着什么东西，一直盯着她看。这种感觉让她很不舒服。她下意识地将目光下移,朝身后看去。

又是那双脚。

一只脚上的鞋子不见了,从脚背到小腿上全都脏兮兮的,布满了灰尘沙砾。只不过这一次,这双脚似乎离她更近了,所以杨眉看得也更清楚。这双脚的膝盖处有明显的血渍,而且膝盖呈现出一种不规则的扭曲,应该是碎了。

她的后背莫名渗出了冷汗,额头也如此。因为对方所站的位置离她很近很近,不出意外的话,此时对方的上半身只怕跟她的后背快要贴到了一起。

杨眉感到有些不可思议,她想不到自己究竟做了什么事情,为什么会被诡物盯上?

不过她倒也没有特别慌张,因为她的手上还有一件诡器。真到了万不得已的时候,这件诡器能够派上用场。

不过似乎是因为没有触发法则的缘故,她身后的那只诡物暂时并没有对她动手。杨眉只觉得此刻每一分、每一秒都很难熬。她也不知道具体的时间,毕竟教室里没有挂钟,而且他们进来的时候诡门似乎故意扣留了他们身上和时间有关的东西,譬如手机、手表等。

好不容易熬到了讲台上的班主任开口:"好了,数学测试时间要到了,测试时间一共是两小时。卷子我已经整理好了,把相关的书籍全部收入抽屉里,我不想看见有人作弊。"

说着,他便直接开始发卷子了。

这时,白潇潇突然举起手:"老师,我有点儿内急,想上厕所!"

中年男人瞟了她一眼,眉头一皱:"我不是警告过你们,白天的时候少喝水,学习时间每一分每一秒都很珍贵。要是可以不上厕所,你们就又能省下不少时间来看书,毕竟时间就像海绵里的水……"

他话还没有说完,杨眉也举起手,神色痛苦:"老师我也想去一趟厕所,我应该是中午吃坏肚子了,现在要是不去的话,待会儿可能会影响到考试!"

站在讲台上的班主任看了她们一眼,心里似乎很不愉快。不过似乎杨眉刚才的话让他有些触动,也许是真的担心肚子痛会影响她们考试发挥,他同意了。

"五分钟的时间,快去快回。"

白潇潇和杨眉立刻跑出了教室,一路奔向厕所,一进门,耳边便响起了嘀嘀嗒嗒的声音。二人发现厕所里也有一个挂钟,这个声音正是来自秒针的移动。

"这书院可真有意思,除了教室,哪儿都有钟,秒针走动的声音还贼大,像催命一样。"白潇潇语气里带着一抹嘲讽。

一旁的杨眉脱下裤子,哗啦啦地释放了自我。她虽然肚子不痛,但的确有些尿意。

"潇潇姐，你之前想跟我说什么呀？"杨眉好奇道。

白潇潇看着她，微微摇头："不是我想跟你说什么，是秋水递了张字条给我，让我想办法交给你。"

杨眉闻言一怔，脸上流露出惊讶的神色："我的天，潇潇姐……所以我手上的那张字条是假的？"

白潇潇从裤兜里掏出另一个纸团递给她："天晓得进诡门的都是些什么人，总得留个心眼，防人之心不可无呀！这不就钓到了一条鱼？"

杨眉接过纸团，一边打开一边说道："那曾参可真不安好心，居然拿咱们当实验品，去试探班主任的底线！"

说着，她打开了字条，看见上面的内容后，愣在了原地。字条上面写着：这一次考试分数控制在 60 分以上即可，不要上 90 分。

控分。这就是宁秋水留给她的字条。杨眉没有看懂，也不明白为什么要控分？

她一脸疑惑地望向白潇潇，后者对她轻轻点头："你可以相信他……你最好相信他。至于原因，回头你可以自己问他。"

听了白潇潇的话后，杨眉点了点头："好，我尽量控分！"

虽然不知道宁秋水让她控分是为了什么，不过白潇潇既然这么说了，她还是决定照做。一来，她信任丰鱼；二来，她真的很害怕自己身后的那个家伙。

二人很快便回到了教室，坐回了自己的座位，等待考试开始。见到她们回来后，班主任开始发试卷，并警告道："这一次的考试题目并不难，但我希望各位不要作弊。再一次强调，一旦被我发现作弊……后果非常严重！"

班主任严肃地说完话后，又扫视了一圈教室，这才坐回讲台前。

有了之前的经历，二女回到座位时特意留意了一下四周，仔细检查是不是被人塞了什么东西。天晓得会不会又有人往她们的座位上藏点儿小字条，然后在考试途中举手打报告。

好在这种事情并没有发生。

众人拿起笔，开始答题。诚如班主任所说，这张试卷上的题目非常简单，有一部分甚至是小学的题目。想要及格非常容易。不过想要考到 90 分以上又颇有难度，因为最后一页那道大题……很复杂。

这道题目 12 分。

整间教室非常安静，只有学生们唰唰唰写字答题的声音。每个人都有自己的想法，其中相当一部分诡客正在思考最后一道大题如何尽可能多拿分。毕竟，他们的班主任作为血云书院重要的NPC，十分看重学生们的学习。如果能考到更高的分数，是不是也意味着在书院里会更加安全？

毕竟，经历过学生时代的人都知道，成绩好的学生在学校里总是会有一些隐藏的"特权"。成绩差的学生玩手机被没收了，那可能就只有期末才能拿得到。而成绩特别好的学生只要跟老师求一下情，说不定当天就能拿回来。抱着这样的心思，大部分人都想着怎么才能考到更高的分数。当然，也有一部分直接放弃了。更有甚者，像宁秋水这样的，索性开始控分。

由于教室里没有挂钟，大家看不到时间，只能凭感觉来判断。不过好在试卷上的题目其实不算多，众人只用了不到一个半小时，就基本写完了。

"好好检查！"坐在讲台上的班主任见到下面已经有人开始睡觉，冷哼了一声。

又过去了一段时间，没有任何铃声响起，班主任低头看了看手机上的时间，然后开口道："考试时间到，停止作答，卷子从最后一个开始往前传。"

哗啦啦——

按照他的要求，学生们开始传卷子。很快，他便将全班的卷子全部收集，并且整理成册，用一个夹子夹住。

"接下来，你们上自习，继续看书。我在上面改卷子，有什么问题可以直接上来问我。"说完后，班主任就直接坐在讲台后，拿起红笔开始写写画画。

他改卷子的速度很快，要比正常人快两到三倍不止。不到二十分钟，他就把卷子全都改完了。然后他站了起来，脸色有些不太好看："这次考试总体还算不错！只有一个同学不及格。刘春，你给我站起来！"

好巧不巧，被喊到名字的正是宁秋水之前认识的刘春。

他颤颤巍巍站了起来，脸色惨白，神色中带着巨大的惊恐："老……老师……"

班主任站在讲台上，拿着他的卷子，冷冷盯着他："考试不及格，会接受什么样的惩罚，不用我多说了吧？"

刘春一听这话，竟然直接跪在地上，声音带着恐慌："老师，我求你了，我求你了，别关我小黑屋！我这一次只是没发挥好，再给我一次机会吧，我一定能及格的！我发誓我会加倍努力学习，不吃饭不睡觉也要把成绩提上来！求你了老师……"

班里的其他同学向他投去了同情的神色。而诡客们，却有些被刘春的表现给震住了。血云书院的小黑屋到底有什么名堂，居然能把一个学生吓成这样？

虽然刘春已经跪下求情，但是站在讲台上的男人却没有丝毫的心软："下课之后，你跟我来。"

啪！

刘春六神无主地瘫坐在椅子上，魂儿早就已经不知飞到了什么地方去了，嘴里还在低声念叨着："我不去小黑屋，我不去……我不要去小黑屋……"

大约过了十几分钟，班主任告诉众人课间休息五分钟，然后他走到教室门口，喊了一声："刘春，你跟我来。"

刘春浑身猛地一震，他想求饶，然而看到班主任那冰冷的眼神之后，他嗫嚅了几下，最终还是默默站起了身，宛如一具被抽走了灵魂的躯壳，跟在班主任身后离开了。

他们走后，班级里立刻传来了窃窃私语的声音。宁秋水也随便拉了一个离自己比较近的学生问道："喂，钱鑫，为什么大家都那么害怕小黑屋呀？"

被称作钱鑫的女生听到"小黑屋"三个字，当场打了一个寒战："你怎么会不知道小黑屋？那个地方……是书院专门用来惩罚违反规则的学生的地方。"

宁秋水敏锐地捕捉到了一些信息："有人在那里出过事吗？"

钱鑫不说话了，紧紧咬着嘴唇，低头继续看书，仿佛没有听到宁秋水的话。她的沉默，就是宁秋水想要的答案——血云书院有一个专门用来惩罚学生的小黑屋，而且里面还出过事。

至于书院到底是怎么惩罚那些学生的，宁秋水就不得而知了。

五分钟后，班主任准时出现在教室门口，但是刘春已经不见了踪影。

"这节课我们讲卷子。先说一下成绩吧，首先我要严肃批评杨眉同学。上两次测试，你的成绩非常不错，都是班级第一，但这一次却退步严重，考到了全班的后十名！甚至差点儿不及格！"

说到这里，班主任的脸色已经透出几分难以形容的压迫感。杨眉不敢抬头看，只觉得班主任的眼神像是一把刀，要在她身上剜下肉来！

"希望你赶快调整自我，否则下次考试若是不及格，刘春就是你的前车之鉴！"他的语气很冰冷，而后话锋一转，又带着一丝赞扬看向了曾参，"接下来值得表扬的，是曾参同学。上一次的数学测试，他在班级排名三十名之外，而这一次却跃居第一名！大家鼓掌！"

教室里立刻响起了许多掌声，而曾参的脸上也浮现出了笑容。

"接下来，请曾参同学给大家分享几句。"

曾参站起来，扫视了一圈教室里的学生，用非常诚挚的语气说道："学习就是这样，努力就会有收获。我这次能考到第一名，除了努力之外，还离不开老师的辛苦栽培，在这里，我要感谢老师！"

说着，他居然走到过道上，对着讲台上的男人深深鞠了一躬："老师，您辛苦了！"

看见他这副模样，坐在最后一排的杨眉差点儿忍不住翻了个白眼。

这个人……真会拍马屁啊！

班主任作为他们遇到的第一个NPC，重要性不言而喻，他要么知道一些关乎真相的隐秘，要么就对众人完成任务有着极大的帮助。这是经验。

可其他诡客也没想到，这个叫曾参的家伙居然这么能拍马屁。为了和班主任搞好关系，先是举报杨眉和白潇潇上课传字条，又声情并茂地演了这一出。

只不过，即便他如此卖力，讲台上的男人只是微微点了点头，神情并没有任何的变化："好了，你坐下吧，接下来讲卷子。"

曾参的表情微微一僵，眼神之中多少带着些阴郁，但是他并没有表现出来，而是乖乖地坐回到自己的座位上。

"居然没有任何表示吗……这个NPC怎么这么难攻略？"他心里想着，忽然感觉到背后有点儿不太对劲，好像有人在戳自己。

他回头一看，坐在他身后的那个人只是抬头看着黑板，双手交叠。

"……错觉？"曾参嘀咕了一声，转过头去，却在这一刻，他的表情僵硬了。

他看见一双惨白的手正悬在他面前，离他的刘海仅有一线之隔，晃啊晃啊……

看见那双手的刹那，曾参后背一凉，脑子里出现了一瞬间的空白。很显然，这双手并不是属于人类的手。

是诡物吗？诡物为什么会盯上自己呢？

当然，虽然他这个时候脑子里一片空白，但是有了前几扇门的经历，他还是下意识地拿出了自己的诡器——一支钢笔。

钢笔的笔尖还在往外渗出红色的墨水。曾参紧紧攥着这支钢笔，一旦出现了什么意外，这支钢笔能够保护他。

有了诡器作为底气，曾参胆子变得大了一些，他缓缓地抬起头，想要看看那双手的主人是谁。可当他抬起头后，手中的钢笔没注意竟然被直接抽走了！

曾参后背一凉，回过神时发现班主任不知道什么时候站在了他的面前。而他手里的那支钢笔，现在正被班主任握在手中："学习，最重要的就是戒骄戒躁，不要因为自己考了第一名就扬扬自得。现在是自习时间，看书，不要玩笔。"

曾参瞪大双眼，却已经不太能够看得清楚班主任的模样。原因是当班主任夺走了他手中的那支笔后，从他头顶上垂落的那双手……试图捂向他的眼睛。

曾参感觉到了危险，但是他的心态还算不错，即便到了这个时候也没有完全失去理智，没有直接去抢班主任手里的钢笔，而是对着班主任说道："老师，我没有玩笔，我只是想用这支笔……来演算！学生学习用笔很正常的吧？"

他的语气有些凌乱，但是也勉强表达出了自己的意思。

班主任背着手，冷冷盯着他，他似乎看不见曾参头上的那个家伙，也看不见捂着曾参眼睛的那双苍白的手："学校给你们发了中性的签字笔。我跟你们讲过很多次了，学习是争分夺秒的事情，钢笔要定时注墨，要去洗，会浪费时间。你要是想用钢笔，以后毕业了随便用。"

不管他讲什么，班主任似乎认定了这支钢笔就是会浪费他的学习时间，愣是没有还给他。

在诡物的威胁下，恐惧逐渐发酵成了愤怒，曾参终于忍不住了。他拍案而起，愤怒地抓向了班主任："老子可是考了第一名，第一名！用个笔写字，你也不同意！这支笔到底跟你有什么仇？我到底跟你有什么仇？把笔还给老子！"

他说着，夺过了笔，还连着踹了班主任两脚。拿到笔的一瞬间，捂着他眼睛的那双手立刻缩了回去。而他手中的钢笔滴落红色墨水的速度也变快了。

没过多久，红色墨水不再继续滴落，那双苍白的手臂依然悬在他面前，但是似乎保持着距离。

"什么情况，连诡器都没有办法逼退它吗？"曾参心头一凉。

他手中的这支钢笔，其实还算是不错的诡器了，然而，也仅仅是能够轻微阻拦一下这双苍白手臂，并没有真的将它赶走。这只诡物的怨气到底有多大？

曾参再次抬起头，想认真看清楚那只诡物的模样，也做好了被吓的准备。可他到底还是没能看见。因为就在他抬头的一瞬间，班主任的手猛地掐住了他的脖子！

被掐住的瞬间，曾参感觉浑身上下的力气都被抽走了！

他瞪大眼睛，死死盯着面前的班主任。突然，他想起学生手册上有一条特别的规定："第七条：尊师重道。在书院期间，不可以顶撞老师，否则将被关入小黑屋。"

班主任并没有想要伤害他，所以他手中的诡器也没能触发。只不过，班主任的力气大得惊人，宛如提着一只小鸡仔一样拖着曾参离开了教室，径直朝走廊的尽头走去……

这一次，甚至听不到他的惨叫声。

刘春在路上好歹还能发出一些惨烈的求饶声，然而曾参连声音都发不出来，只能绝望地看着自己离教室越来越远……

也正是这个时候，他才终于看见了之前教室上方那双垂落的苍白手臂的主人！对方似乎也察觉到了他的目光，缓缓转过头，眼神穿透玻璃落在他的身上，露出了一个意味深长的诡异笑容。

那张面目模糊的脸配上这样的笑容，让曾参如坠冰窟。

教室里，其他的诡客脸上各有不同的神色。

杨眉和白潇潇似乎明白了宁秋水的用意。他们虽然看不见教室里的那只诡物，但是如果比较细心的人，一定会察觉到一个不对劲的地方——曾参对班主任的态度在短时间内发生了巨大的变化。

显然，这种变化受到了外界的刺激，而这种刺激是什么已经不言而喻。

"考班级第一名的，会被诡物盯上？"白潇潇目光幽幽。

如果说在血云书院里，大家对于成绩都有着近乎疯狂的执念，那成绩越好的人应该越受到学校的器重，为什么会被诡物盯上呢？

"那只诡物是之前这个教室里的学生吗？它到底要做什么呢？是嫉妒，还是其他什么？"对于那只诡物的行为动机，白潇潇产生了一丝兴趣。

由于班主任不在教室里面，白潇潇向宁秋水扔去了一张小字条。宁秋水看完后，迅速写下几个字，又扔了回来。

字条上写着："一个月前，这个班级失踪了两个人，分别是当时的第一名和最后一名。一个叫郑少锋，一个叫黄婷婷。"

郑少锋，黄婷婷。

白潇潇不是什么恋爱脑，但是她也有过青春年少时的悸动。两个人几乎在同一时段失踪，说他们两个没什么关系，她反而不太相信。

没过多久，班主任便走了回来。曾参已经不见了，不用想，他肯定被关到了小黑屋里。至于他还能不能活着出来，众人心中多少有些好奇。毕竟谁也不敢保证自己之后会不会被关进那里。

无聊的自习终于结束，外面天已经黑了。教室的灯很亮，亮得有些刺眼，和窗外的黑暗形成了鲜明对比。

"今天的自习就上到这里。饿了的同学可以去食堂吃个晚饭，然后晚上的时间自己安排，不要偷懒，好好看书，明天早上还有考试。"

班主任说完便离开了。

他走后，教室里的学生总算松了一口气。白天一直不说话，不交流的那些人终于叽叽喳喳地交谈起来。见到他们这样,宁秋水心里也猜到大概这段时间是属于他们的。

宁秋水随便找了几个同学,询问起关于郑少锋和黄婷婷的事。不过一提到这两个人,班上同学的脸色都发生了变化。他们似乎非常不愿意提起这两个人。宁秋水和白潇潇分别问了好几位同学,得到的答案都一样——不知道。

"不知道"似乎可以回答这个世界上的绝大部分问题。但看他们的表情,绝对不是不知道这么简单。他们应该是不愿意说。

很快,班上的学生陆陆续续离开了教室,白潇潇坐到宁秋水旁边,轻声叹了口气:"每次遇见这种情况,就让人有些头疼。这些家伙明明知道些什么,但就是不跟你讲。"

杨眉也凑了过来:"秋水哥,今天下午多谢了……不过你怎么会知道考第一会出问题啊?"

宁秋水摇了摇头:"我不知道,但是'枪打出头鸟',在这种情况下,考第一和考倒数第一的人都不安全。反倒中间那部分是相对安全的。毕竟诡门不会一次性淘汰大部分人,所以站在人群里,的确是一种有效避免危险的方式。当然,这只是其一。其二是我在教室后面黑板报上发现的成绩单。进入诡门之后,你到现在应该什么都没有做,那只诡物盯上你一定是有其他的缘故。我在那张成绩单上发现,你已经连续考了两次第一了,这或许是一个比较特殊的理由,现在看来我蒙对了。我们的教室里有一只诡物,而那只诡物要针对的……就是考了班级第一的人。"

杨眉皱起眉:"它针对第一名,为什么呀?是嫉妒吗?"

宁秋水摇了摇头:"恐怕没那么简单。其实我也很好奇,大约在一个月前,班里失踪了两个人,而这两个人恰巧是这个班级的第一名和最后一名。血云书院对于学生的成绩十分看重,甚至采用了一些极端的惩罚方式。但第一名的那个学生……到底是怎么回事?会跟黄婷婷有关吗?"

听到这里,杨眉忽然想到了什么,说道:"我之前观察它脚的时候,发现了一个细节,不知道有没有用。就是它的膝盖好像碎了,还有一只脚没有穿鞋子,上面沾了很多灰尘……感觉像是坠楼导致的。而且它应该是个男的。"

一旁的白潇潇眉毛一挑:"坠楼?我们的教室在三楼,如果它是膝盖先着地的话,很难会有什么严重后果吧,除非它跑到顶楼去跳……"

白潇潇的分析没有问题。如果是三楼的高度,只要不是头朝下,想要直接造成致命伤害,还是有点儿难度的。

"我们班上的学生不敢提这件事情,多半是书院下达了强制要求。如果那是只男诡物，很可能就是郑少锋。他没有理由跳楼，除非是为了殉情……但这根本说不通，为了喜欢的同学殉情，怎么想都很离谱。"

三人没有头绪，困意渐渐涌上来。他们离开教室，白潇潇忽然提出要去厕所，二人便陪她过去。

到了厕所，白潇潇却没有如厕，而是看了一眼厕所里的钟表。

"噫……"她嘴里发出了轻轻的疑惑声。

而后，她又走近了一点儿，仔细确认过后，从女厕所出来。

"怎么了？"二人问。

白潇潇回答："钟表的时间不对。现在外面天已经黑了，而且我也有些犯困，感官上来推测，现在大概是晚上十一点，可是钟表上显示的是下午六点。我在厕所里站了一会儿，钟表的时间流逝速度好像比正常的速度更慢。"

二人听到这里，神色都发生了轻微的变化。宁秋水直接走进女厕，仔细看着上面的挂钟，确如白潇潇所说。

"走，去一趟食堂。"

他们记住了时间，立刻来到学校食堂，食堂里面也有一个大挂钟。这里有不少的学生正在吃饭，甚至还有些边吃边看书。食堂上方的挂钟时间和厕所里的挂钟时间基本一致。

"不对呀，时间怎么会过得这么慢？如果现在是下午六七点，我不可能这么困。难道……"

白潇潇忽然想到了一种可能 —— 书院的时间和正常的时间流逝速度不一样。

也就是说，正常周五的放学时间和书院里的周五放学时间是对不上的。只有其中一个"周五的放学时间"可以离开书院。

简单在食堂吃过晚饭后，三人按照校牌上的指引回到了宿舍。

书院是男女混寝，这一次进入诡门的十三名诡客全都被分在了同一层的六个宿舍里。其中，白潇潇和杨眉被分到了一个宿舍，而宁秋水的舍友竟然是白天被拖进了小黑屋的刘春。

让宁秋水有些意外的是，他进入宿舍后，看见刘春正坐在宿舍里的板凳上，背对着门口，身体微微抽搐着。也不知道他刚才到底在小黑屋里经历了什么。不过刘春现在的状态非常不对劲，宁秋水小心地靠近他，手中还拿着一张照片。

"喂，刘春。"他停在距离刘春大概两步远的地方，喊了一声，但后者仿佛没有听见，还在哆嗦。

"刘春！"这一次，宁秋水将声音提高了一些。

刘春的身体猛地一震，缓缓回过头，脸上的表情扭曲至极，已经完全失去了正常人的样子。

　　"……我跟它们说我是来打扫卫生的……还好，还好班主任给了我一张字条……我已经很努力地学习了，我明明，明明已经这么努力，为什么还是不及格？再给我一次机会……再给我一次……我一定能及格！"

　　最后的几句话，刘春几乎是吼出来的。然后，他又低下头，继续看着腿上的书籍。宁秋水注意到刘春的脖子和手臂上有很多瘀青痕迹，那不是鞭打或是重物撞击留下的，而是像被什么东西触摸过……

　　宁秋水又走近了一点儿，确认对方不是诡物后，拍了拍他的肩膀："喂，刘春，你说班主任给了你字条，什么字条？"

　　刘春从身上摸出一张字条，随手扔给了宁秋水。这张字条被他揉成了一团，上面有黑色的字迹。宁秋水打开看了看，字条上的内容让他一怔："刘春同学负责小黑屋的清扫。"

　　这张字条是班主任留下的。从刘春的话中不难听出，是这张字条救了他。

　　"有意思……看来班主任也不是我们想象中那么糟糕。"

　　刘春因为考试不及格，按照书院的规定，会被关进小黑屋里进行惩罚。正常情况下来说，他能从那里出来的可能性不大。但是班主任显然没有想象中那么绝情，在他进入小黑屋之前给他留了一张字条，也正是这张字条让他活了下来。

　　"虽然严格执行着学校的规章制度，但多少还是有点儿关心学生的吗？这样的话，曾参也许也有机会……"

　　想到这里，宁秋水离开宿舍，前往曾参所在的房间。他向里面的同学询问了一番，却得知曾参没有回来。宁秋水在房间里等了一会儿，直到这个宿舍里的同学要睡觉了，他也没有看见曾参的影子。

　　"没回来，看来是真的出局了。小黑屋里这么恐怖吗……有诡器都撑不过去？"

　　曾参进小黑屋的理由和刘春是不一样的，后者是因为考试不及格，而曾参是因为顶撞老师。或许是因为这个原因，班主任帮助了刘春，而任由曾参自生自灭。

　　宁秋水回到自己宿舍时，刘春还在魔怔般地看书，丝毫没有睡意。见他这副模样，宁秋水忽然开口道："刘春，明天早上有个语文考试，我可以帮你及格。"

　　听到这话，刘春忽然抬起头，用布满血丝的双眼死死盯着宁秋水："你帮我，你怎么帮我？作弊的事情可不能干！"

　　宁秋水耸肩："当然不是作弊，我可以指导你一下答题方法，语文试卷的答题是有公式的。"

刘春闻言，面色一喜。他因为之前数学成绩不及格，已经变得有些神经质，尤其是小黑屋带来的心理阴影让他几乎崩溃。所以刘春大概已经忘记了，自己前几次的语文测试成绩都在 80 分以上。而这，也是宁秋水有底气说能帮他及格的原因。

他压根没什么答题公式，只要给刘春树立一下自信心就可以了。毕竟刘春语文成绩本来就不错。

"那，那你赶快告诉我吧……求你了！"

刘春语气焦急，但宁秋水一点儿也不急："我可以告诉你，但是你也需要告诉我一些事情。"

刘春问："什么事？"

宁秋水举起三根手指："我要知道三个问题的答案。第一，郑少锋和黄婷婷为什么突然消失了？第二，小黑屋里到底有什么？第三，书院什么时候放学？"

听到这三个问题，刘春和班级里的其他学生一样，都陷入了沉默。他们似乎非常忌讳提及班级里消失的那两名学生。

看着他纠结的模样，宁秋水继续发起攻势，扬了扬手里的字条："你可想好了，为什么班主任救你？那是因为他相信你，他相信你不是一个差生。你要辜负他的期望吗？"

看着那张字条，刘春咬着牙，脸色一狠："我可以告诉你，但是你必须保密，以后都不能提这件事！"

宁秋水目光一亮："放心，我口风一向很紧。"

刘春长长地呼出一口气，然后走到宿舍门口，直接将门反锁。

"我先回答你的第三个问题吧。书院周五放学，那段时间可以离校，但校门打开的时间非常短，错过之后就没办法离开了。第二个问题，小黑屋里有什么……"提到这个问题时，刘春的目光里透出深深的恐惧，身体也开始发抖，"小黑屋里……关着书院里'不听话'的学生。"

宁秋水皱了皱眉："嗯……最后一个问题，郑少锋和黄婷婷为什么会突然失踪？"

听到这两个名字，刘春抖得更厉害了。

提到郑少锋和黄婷婷，刘春的表情发生了巨大的变化。

"应该没了吧……"刘春的情绪有些不稳定。

"应该？"

"我，其实我也不确定，但郑少锋应该是真的……不在了。黄婷婷，黄婷婷大概……"

他的表现吊起了宁秋水的胃口："这两个人到底什么情况？"

刘春陷入了回忆："黄婷婷以前是班上的优等生……上学期的时候，班级里的大部分第一名都是她拿的。那个时候，郑少锋成绩很差，总是在及格线徘徊。后来一次考试，郑少锋没有及格，本来他要被关进小黑屋，是黄婷婷给他求情。她跟老师说会帮助郑少锋提高学习成绩，下次考试如果没有及格，她会跟郑少锋一起进入小黑屋里，然后班主任同意了。"

说到这里，刘春语气有些复杂："书院有书院的规定，没及格的学生就是要被关进小黑屋。那次班主任虽然破例放过了他们，但是书院却没有放过班主任……隔天我们换了一个新班主任，非常严厉，也就是现在这个。至于之前的班主任去了哪里，没人知道。我们再也没有在书院见过他。你们这些新来的同学应该不清楚。其实上学期我们班有五十六个人，但现在……只剩四十八个了。"

虽然跟这一扇门背后的故事没有太大的关系，但是宁秋水还是忍不住多问了一句："书院敢这么对学生，你们的家长不管吗？"

刘春的眼神有些躲闪，他支支吾吾地说道："……我的妈妈跟我讲，学习成绩不好的孩子，就和垃圾桶里的垃圾没有区别。血云书院是市区里最好的书院，能够从这里毕业的孩子，学习都是最顶尖的，以后也能成为栋梁之才。"

听到这话，宁秋水失笑："好吧，我们说回正题。那个故事的后续是？"

刘春继续说道："后来期末考试，郑少锋的成绩果然提上去了，甚至超过了黄婷婷，成了年级第一。期末总结的时候，书院给了他表彰，可郑少锋并没有看见之前的班主任。等到开班会的时候，黄婷婷向我们现在的班主任询问，但现在的班主任却没有回答她，只是让她好好学习，不要辜负老师。那件事情过后，黄婷婷似乎受到了某种打击，她一蹶不振，成绩飞速下滑。班主任找她谈过几次，但都没有效果。大概一个多月前，黄婷婷的成绩突破了历史新低，没能及格。于是按照规定，她被送进了小黑屋。也正是那天，郑少锋出了状况。下午自习课的时候，他直接跑出了教室，然后从书院的顶楼坠下……没人知道是因为什么。"

宁秋水想了想，问道："他跟黄婷婷的感情很好吗？"

刘春迟疑了片刻，摇头："他跟黄婷婷的关系确实不错，但还没有到那种地步。而且当时黄婷婷被关进小黑屋时，郑少锋并没有为她求情，甚至没有任何表示。所以他坠楼的事，应该不是与黄婷婷有关。那天过后，书院里开始发生怪事……每次考试，年级第一总会出现意外。"

提到"意外"两个字时，刘春的眼中浮现出恐惧："我知道的，有四个学生，在上课时突然倒下。他们的样子很奇怪，跟郑少锋出事时的样子，几乎如出一辙，像是经历了剧烈的挣扎。当时很多人都看见了。书院为了压下这件事，制定了院规，不允许任何人在学校内提起，只能假装没有发生。但事情并没有因此结束，反而愈演愈烈。最近几次考试，班级第一的'杨眉'还跟班主任反映，说她总是看见有人在自己身后，那个人有一只脚没有穿鞋子，而且每一次出现都会离她更近……"

刘春说到这里，整个人都在发抖："他知道，我们也知道，那就是郑少锋……它回来了……回来了！"

听到这里，宁秋水的眉头一挑。

郑少锋的事显然很蹊跷。在他看来，郑少锋坠楼的原因可能有两种：第一，是因为黄婷婷，但这种可能性现在基本可以被排除了。毕竟，黄婷婷被关进小黑屋的时候，他甚至连求情都没有，说明他自己是默许这件事情发生的。第二，就是他害怕自己的年级第一被人抢走，所以干脆选择这种极端的方式。这样其他人或许可以成为书院新的年级第一名，但是没有办法再超越他了。

这种理由虽然看上去很奇怪，但在功利性如此强的书院里，似乎也不是不可能。不过，宁秋水仍旧认为这种可能性很小，原因是郑少锋出事的时间很特殊。他是在黄婷婷被关进黑屋的那天出事的，看上去就像是跟黄婷婷约好了一样。如果是第二种理由，那他估计在这学期开学或是上学期期末时就已经行动了，而不是等到现在。所以郑少锋出事的原因，成了一个仿佛无法解开的谜题。

当然，这好像跟他们的任务"在书院里活过五天，并且在周五放学之后离开书院"没有多大的关系。不过宁秋水知道，一扇诡门的生路往往就藏在背后的故事里。不违反院规，不考到第一名就能够活下来……但事情真的有这么简单吗？显然不可能。

因为当午夜到来的时候，整座书院里响起了可怕的钟声。尖锐、持续，像是一把利刃，要穿破人的耳膜！也正是这个钟声，让刘春的脸色变得极其惨白。

"刚才没有跟你讲……这个钟声，就是在黄婷婷进入小黑屋之后才出现的！每当钟声响起的时候，书院里就会发生可怕的事……"

"可怕的事，什么可怕的事？"宁秋水问道。

刘春立刻走到窗边，关好窗户，又将窗帘拉上，接着走到门口，确定房门锁严实了。做完这些后，他背靠着房门，紧张地抵住，身子不住地发抖。

"小黑屋里的那些'不听话的学生'出来了……"

宁秋水闻言，眉头一皱："它们要做什么？"

刘春张了张嘴，但是由于恐惧，他半晌都没有再说出一个字。

寂静的走廊上，突兀地传来一道脚步声，紧接着是第二道、第三道……这些脚步声格外杂乱，每一下仿佛踩在人心上，让宁秋水不由自主地心跳加速。

嗒嗒嗒——嗒嗒嗒——

有什么东西来到宿舍外，而且不止一只。仅仅是听到这脚步声，宁秋水就感觉到一股强烈的危机感。

小黑屋里关着的不听话的学生……出来了？那些学生到底是什么情况？是已经变成了诡物，还是别的什么？

宁秋水向刘春询问，但刘春只说那个地方向来黑得吓人，一点儿光也没有，他也不知道那里究竟有什么。他只知道，进小黑屋的学生……很少有能出来的。

"薛帆……薛帆……"宿舍外，忽然传来一道冰冷的声音，不停地念叨着一个名字。

宁秋水仔细回忆，这个名字不正是他们这次进入诡门的诡客之一吗？他做了什么？为什么会被盯上？

宁秋水走到门口，将耳朵贴在门上，静静地聆听着外面的动静。走廊上那些凌乱的脚步声，最后全都停在距离他右侧约三米处，紧接着传来急促的敲门声。

咚咚咚！咚咚咚！

"薛帆……"冰冷的声音还在持续念着他的名字，哪怕屋子里没有任何回应。即便隔了一个房间，宁秋水还是能够明显听出那个声音绝对不是由人类发出的。

"怎么会这样……为什么会这样……"刘春似乎也不明白到底是怎么回事。他六神无主地盯着宁秋水，"前段时间不是这样的……它们只会在外面徘徊，不会叫我们的名字，更不会直接找人……"

刘春的话引起了宁秋水的警觉。不知道是由于他们这些诡客的进入，还是由于时间的酝酿，导致半夜出现的这种情况愈演愈烈。之前那些从小黑屋里出来的"人"，只会在外面游荡，而现在已经离他们越来越近了，甚至直接来到宿舍门外敲门！

两人站在门口，屏息聆听右侧的敲门声。没过多久，门外的"人"似乎觉得厌烦了，失去了所有的耐心。

"电锯。"伴随着淡淡的声音，门外居然真的响起了电锯的嗡鸣声。随之而来的，是让人头皮发麻的刺耳噪声，房门被破开了。

"啊啊啊！"

隔壁房间传来尖叫声，紧接着有什么东西从隔壁冲了出来，和外面的"人"发生了一些争斗。但争斗很快便结束，只听一阵急促的脚步声朝走廊尽头逃去，尽管步伐跌跌撞撞，但是速度却不慢。

宁秋水根据声音在脑海中快速还原着隔壁的情况："薛帆冲了出来，靠着诡器暂时拦住了外面那些东西，不过，他逃亡的脚步声有些不对劲，应该是受了伤，要么伤在身上，是重伤，要么伤在腿上……但无论是哪种情况，都不乐观。诡器拦不了这些家伙多久，今夜是它们的狩猎时刻，薛帆危险了。"

这个念头在脑海中出现不久，门口沉寂的声音再度躁动了起来，一群"人"跟着跑了出去。很快，它们的脚步声也消失了……贴在门上的刘春两只手死死捂住自己的嘴巴，不让自己发出一丁点儿声音，双腿打战。

"喂，你对薛帆这个人有什么印象吗？"宁秋水瞟了刘春一眼。

刘春摇了摇头。他现在脑子里一片空白，就算知道什么也暂时记不起来了。

宁秋水想了想，忽然将手按在门把手上，缓缓拧动，门开了。外面的冷风刮过，仿佛透入骨髓，令他不自觉地打了个寒战。他小心翼翼地朝隔壁宿舍走去。

隔壁的房门锁被电锯彻底破坏，和他刚才猜测的差不多，地面上有明显的血迹，而且不少。

薛帆受了伤。勘察完这些之后，宁秋水直接走入薛帆所在的宿舍。在房间里另一名学生惊恐的注目下，问道："薛帆的书包在哪里？"

那名学生多半将宁秋水当成了小黑屋里的"人"，颤颤巍巍地将薛帆的书包扔给了他。

宁秋水接过书包，打开后认真翻动了一下，最后找到了一张数学试卷。这张数学试卷正是今天测试的那张，分数栏醒目地写着一个鲜红的"92"。

"92分……是因为考的分数过高导致的吗？小黑屋里的那些东西到底想干什么？淘汰成绩好的学生？但问题是，小黑屋不是书院用来惩罚成绩差的学生的地方吗？"

宁秋水的脑海中，许多猜测一闪而过。

"刘春说，小黑屋的异变是从黄婷婷进入那里之后才开始的，难道是她做了什么手脚？"

事情变得愈发荒诞起来。就在宁秋水思考的时候，门外又响起了脚步声。只不过这一次的脚步声与最初的有所不同。这次的脚步声非常沉重而缓慢，一听就不像年轻人发出来的，反倒更像是一个迟暮的老人，艰难地前行着。

"又回来了吗……不对，不是它们！这一次又是谁？"

宁秋水勘察隔壁宿舍的时候，房间外又传来了一阵脚步声。这一次，脚步声和之前的并不相同，而且这声音是从他们那个方向传来的。

宁秋水所在的宿舍是靠西侧方向的第一间。通过听声辨位，他判断那个脚步声只要再往前走大概十米，就会到达宁秋水的宿舍。宁秋水并不知道现在外面到底是什么情况，也不敢贸然地伸出头去看。

短暂的犹豫后，他将目光落在宿舍里的另一名学生身上，直截了当地问："外面是谁？"

那名学生忙不迭地朝床上爬去，语气慌乱："宿管……是宿管来查房了！"

听到"宿管"两个字，宁秋水心头猛地一沉。要是宿管查房时发现他不在宿舍，会不会触发某种淘汰规则？

一般的诡门，诡物通常不会盯着一名诡客。在被诡物攻击之后，一旦用诡器抵挡过一次，短时间内遭受第二次攻击的可能性比较小。但这扇诡门不同，拼图碎片影响了诡门背后的诡物。所谓的难度变高，也可以理解为规则对诡物的束缚变小。

刚才发生的事情就是证明。薛帆用诡器抵挡外面的诡物并逃跑，可诡物恢复行动的第一时间就去追他了。现在也完全可能发生一样的事情。

"不能当着对方的面回到宿舍里……"宁秋水侧目看向了窗户。

他所在的位置是二楼，这个高度很安全。想到这里，他立刻走到窗边，拉开窗帘，然后翻了出去！

幸好宿舍不大，距离也隔得比较近，以宁秋水的弹跳能力，跳过去抓住窗沿并不难。然而，当宁秋水翻出窗外后，却看到远处昏黄路灯下站着两个黑影。

一高一矮，看起来像一对男女。他们静静站在路灯下，目光仿佛穿透了夜色，直直地看向宁秋水这边。虽然距离很远，宁秋水仍能感受到那目光中透出的压迫感，令他浑身起了鸡皮疙瘩。

不过，他现在没有精力去管这些了。危险已经近在咫尺，他必须赶在宿管查房之前，先回到宿舍。他深吸一口气，气沉丹田，纵身一跃，身体宛如一只灵动的野猫，在黑夜中划过一道模糊的残影，轻巧地挂在自己宿舍的窗台外面。

然而，这时他才发现，窗户之前被刘春锁上了！

砰砰！

宁秋水敲动窗户，敲动的频率和之前那些小黑屋的"人"有着明显区别。他默数着时间，如果超过三秒钟，对方还没有来开窗，那他只能冒险破窗而入了。

好在刘春还算够意思，只是沉默了片刻，便慌乱地跑过来查看窗户。他低声说道："快，宿管来了！"

刘春咬着牙一把将宁秋水拉进房间，二人连忙爬回自己的床位，假装睡觉。他们前脚刚上床，后脚房门外就传来了钥匙开锁的声音。

咔——

轻微的响声过后，门被打开，一股寒意渐渐在房间里弥漫开来。宁秋水本想睁开眼睛看看门口到底是个什么玩意儿，然而下一刻，那个沉重的脚步便朝宿舍里面走来……

噔！噔！

走路的时候还伴随着明显拖拽的摩擦声。

宁秋水没有贸然睁眼，他一只手紧紧握着诡器，尽量放平自己的呼吸，让自己看上去像是睡着了。

房间里的脚步声先是来到了刘春那里，也不知道宿管到底在看什么，大概过去了半分钟，他又走到了宁秋水这边。

这一次，那股浓郁的寒意更像是一只又一只的蚂蚁狠狠撕咬着他的身体，鼻翼之间还能闻到一股腥味。

不过，宁秋水的心理素质可不是一般人能够比拟的。自始至终，他的呼吸节奏都没有乱过。

宿管确认了他们的身份后，便慢慢地朝门口走去。这回宁秋水睁眼了，只是微微露出了一条缝隙。由于刚才他才从窗户进来，导致窗帘是拉开的，借着月光宁秋水看见在房间里走动的，是一个身材非常高大的人。

他穿着很厚的棉袄，整个人都裹得严严实实的，一只手拿着笔，另一只手拿着表格，脖子上还挂着钥匙串。总体看上去似乎没什么异常，但他的腰间却绑着一圈又一圈的锁链，铁链上面还有类似荆棘的刺，密密麻麻地扎在了他的上半身，腥味就是从这里散发出来的。

"血云书院到底发生了什么？怎么感觉这里的教职工看起来都不太正常……"宁秋水蹙眉。

宿管走后，刘春那边才终于长长地呼出了一口气："呼——还好我聪明，要是我刚才不给你开窗户……"

他话还没说完，宁秋水便道："他不会再来了吧？"

刘春愣了一下，然后点头："今晚不会了。"

"谢谢你啊，刘春。"

"小事……对了，你那个答题的方法可以告诉我吗？"

"嗯。"

刘春仍然挂念着明天的考试，宁秋水简单给了他一些不算建议的建议。虽然听君一席话，有如听君一席话，不过刘春却感觉醍醐灌顶，信心一下子提升了很多："好……好！"

他兴奋地攥了攥拳头，突然听见宁秋水问出了另一个问题："咱们书院……什么时候变成这样的？"

刘春"啊"了一声，看向宁秋水的表情多少带着点儿僵硬。

"……怎样？你真的一点儿都不觉得书院奇怪吗？"

刘春被宁秋水的眼神盯得有点儿心虚，躲躲闪闪地支吾道："还、还好吧……"

宁秋水问："其他书院也是这样吗？"

刘春揉捏着床上的被子，说出了让宁秋水不寒而栗的话："估计……也快了吧……毕竟，越来越多的父母想要自己的孩子成为人中龙凤呢……"

家长希望自己的孩子成为人中龙凤，于是，越来越多的血云书院正在逐渐涌现。但是，由于学院采用完全封闭式管理，外面根本什么都不知道，那些家长知道自己的孩子在学院中到底受到了怎样的对待吗？

他们应该不知道，或者说，有一部分学生的家长根本不在意。正如刘春的母亲所说，如果她的孩子成绩不好，未来不能成为社会的栋梁，那跟垃圾堆里的垃圾有什么区别呢？

怀揣着这样的想法，只怕这些家长知道了自己的孩子在学院里受到了虐待，也只会睁一只眼闭一只眼。反正他们将自己的孩子当作"毛坯"一样送进去，只要学校能够将这个"毛坯"打磨成他们想要的"精装"模样，那就够了。至于这个"毛坯"中间到底经历了什么事情，它有什么样的想法，无人在意。

"所以你的母亲也是这样想的，对吧？"宁秋水问道。

刘春点了点头："我们要是现在不好好学习，以后就没有一份好的工作，就没有办法对这个社会做出贡献。"

宁秋水问道："谁跟你讲的这些？"

刘春的表情有些讶异："不从来都是吗？难道小时候你的家里人没有这么跟你讲过？"

宁秋水："我是孤儿。"

刘春闻言，脸上竟然抑制不住地浮现出了羡慕的神色："那可真好……啊不，我的意思是，很抱歉听到这些。"

这个家伙明显是没忍住说出了真心话。

宁秋水躺在床上，一会儿后又问道："你会这么对你的孩子吗？"

刘春思考了许久："会吧……"紧接着，他又补充了一句，"所以我不打算要孩子。毕业之后，我打算搬家。"

宁秋水："搬到哪里去？"

刘春："随便吧，离我妈远一些。你呢？"

宁秋水笑道："我要成为社会的栋梁。"

"那你可要努力了，以你现在的成绩只怕还不行。"

"总有其他的办法，不一定非要学习成绩好才能对社会做出贡献，关键是……你想还是不想。"

刘春闻言，目光闪烁着光："要是我妈能像你这么想就好了……"

他翻了个身，准备睡觉。明天还有考试。他可不想去小黑屋。那个地方……太可怕了。

书院太可怕了。

第二日一大早，他们便被铃声吵醒了。

宁秋水不知道自己睡了多长时间，但的确困得很。天还没亮，刘春急忙翻了个身，虽然一只眼睛还没有睁开，但是身体已经从床上下来了。

"快！秋水！快！赶快走！"

宁秋水看着刘春焦急的神情，心里顿时涌上一阵不祥的感觉，也急忙翻身下床。

"怎么了？"

刘春说道："铃声只会响几分钟，铃声结束后宿管就会出来查房，一旦被他发现还有学生滞留在宿舍里，就会遭到严厉的体罚！之前隔壁班有个学生生病发烧了，早上没能起来，由于没有校医室给的假条，后来直接被宿管带走，至今再没出现……"

宁秋水心头一凛。两人简单整理了一下，立刻从宿舍跑了出来。宁秋水来到白潇潇的房间门口，正要敲门，却看见白潇潇和杨眉已经从房间里出来了，头发略有一些凌乱，神色惺忪。

"咦，你醒了啊？潇潇姐才说来叫你呢！"杨眉道。

宁秋水点头："快走吧！宿舍不安全了。"

走廊尽头靠近宁秋水宿舍那边，宿管的房门已经缓缓推开，沉重的脚步声再次响起，浓重的压迫感伴随着脚步声一同蔓延了过来，几人不再犹豫，转身就走。

来到食堂吃早饭，四人看了一下时间，清晨四点。

"我总感觉晚上的时间过得很快，但是白天很慢。"

喝豆浆的时候，杨眉揉了揉自己惺忪的睡眼，虽然她睡觉的时间不长，但如果按照书院的时间来计算，也不至于这么困。

刘春一边喝粥，一边解释道："书院的白天比较慢，晚上会很快。"

三人看向他。杨眉问道:"为什么会这样?"

刘春理所当然地回道:"这样的话,我们就有更多的时间学习了啊!"

三人哑然。

本来以为书院的时间比外面的时间更慢,是这一扇诡门留给他们的陷阱,不过现在看来,事情没有那么复杂。白天和夜晚的时间流逝速度不同,单纯就是书院为了压榨学生们的休息时间而整出来的幺蛾子。

"天啊,这学院要不要这么变态啊!"杨眉吐了吐舌头,吐槽了一句。

白潇潇也道:"我们上学那会儿虽然也很卷,不过还没有卷到这样的地步。血云书院也不知道之前到底经历了什么,居然变成了现在这样子。"

宁秋水掰开了手里的包子,随手递了一半给白潇潇,说道:"问题并不在书院身上。书院的病态只是表象。迫害不是问题的根源,买卖才是。"

白潇潇咬了一口包子:"不管怎么说,如果每天还是固定二十四小时,那至少我们捕捉周五放学的时间会容易不少。"

一旁的刘春瞪眼:"放学?你们想干啥?"

宁秋水侧目一笑:"当然是放学。"

刘春吞了吞口水,目光中带着惊恐:"你们疯了吧?要是被你家里人知道,你就死定了!"

宁秋水伸出手拍在了刘春的肩膀上:"我昨晚跟你说什么来着?"

刘春闻言一怔,随后用一种极其羡慕的语气说道:"你是孤儿……我真羡慕你。"

说着,他又心虚地补充道:"我也不是说我妈不好……反正就是真羡慕你。"

白潇潇蛊惑道:"你也可以跟我们一起。"

刘春立刻摆手,眼睛都瞪圆了,低声道:"不行……我不行的。我妈要是知道了,她非得扒了我的皮不可!"

白潇潇对着他眨了眨眼:"不回去不就行了?"

刘春:"不回去我去哪儿?"

白潇潇:"哪儿都好……至少比在书院里好。你可以去拧拧螺丝,或者学点儿其他的。想试试吗?走之前,我可以给你一笔'投资',以后你有钱了还我。"

似乎是被白潇潇的话触动了,刘春的眼神有一些直,喉咙一直在不自觉地吞口水。

"看看这书院……真要命啊。"白潇潇打了个哈欠,把最后一小块包子塞进嘴里,然后混着豆浆吞了下去。

"走吧,先上课去,食堂里的同学都在走了,估计再不去教室就要接受处罚了。

至于跟我们一起走的事……你可以慢慢想。"

去教室的路上,白潇潇塞给宁秋水一张泛黄的字条。宁秋水看向她,白潇潇低声说道:"郑少锋之前的宿舍里找到的,藏在一个很隐蔽的位置。"

宁秋水点点头,表示明白。

回到教室,这里已经坐了一半的学生。宁秋水回到自己的座位上,打开了白潇潇递来的字条。他发现这张字条似乎被火烧过一部分,这才留下了黄色的痕迹。字条上写着:"3月21日——"

只有一个日期。宁秋水盯着这个日期,忽然转头问一旁的刘春:"今天多少号了?"

刘春仔细想了一会儿,才答道:"大概4月28日吧?不对,也可能是26日……书院不允许学生带日历和手机,我记不太清了。"

4月28日。

这个数字在宁秋水的脑海里渐渐化开,变成了一摊水,然后凝聚成了一幅画面。

"差不多一个月的时间……这么看的话,完全对得上。"他瞥了一眼教室外面,没听到班主任的脚步声,便又问道,"还有一个问题,郑少锋坠楼的那天……是不是在3月21号?"

刘春一听到郑少锋的名字,嘴角又忍不住抽动起来。不过,有了昨天晚上的经历后,他反而变得没那么忌讳了。

"如果今天是28号的话,那郑少锋就是在3月21号坠楼的。"刘春十分笃定。因为从那天起,学校开始发生各种奇怪的事情,所以这段时间他记得非常清楚。

"你认识他们的字迹吗?"

面对宁秋水的这个问题,刘春摇了摇头:"不认识。他们两个人写字没什么特点,而且之前我跟他们也没什么接触。"

说到这里,刘春的表情变得有些迟疑:"嗯……不过,他们的东西现在应该还没有被扔掉,应该存放在六楼的杂物间里。那里可能还能找到他们之前用过的书本。"

六楼杂物间。宁秋水默默记住了这个位置。他坐的位置靠窗比较近,属于第二列,班主任倒也没有立刻考试,来了之后先给了他们时间自习。

这期间,宁秋水目光偶尔瞟过窗外,发现了有一些奇怪的"人"。那是一个躲在草丛里的人。

他很黑。黑得像被染上了墨汁一样,又好像是在烈火之中被灼烧成了焦炭。对方一直幽幽地盯着他们这幢教学楼,至于到底盯着什么地方,宁秋水不太清楚。

他的目光在某个时刻与对方交汇,那个黑影似乎也知道宁秋水在看他,直接对着宁秋水露出了一口大白牙。然后,他消失了。就在宁秋水眨眼的时候,消失了。

宁秋水收回目光,心里逐渐蔓延出了一股不安感。他觉得从他们进入书院开始,书院在发生某种不好的变化。

"宁秋水,现在是自习时间,你不看书,对着窗户外面看什么?"坐在讲台上的班主任不知道什么时候站在了宁秋水的面前,双手背在身后,严厉责问他。

面对班主任的责问,宁秋水没有丝毫慌张,他指着窗外刚才出现黑色人影的地方,如实回答道:"老师,刚才那个地方有一个黑色的人,一直在看我们这边。"

听到这句话,班主任严厉的表情骤变。他蹲下身子,顺着宁秋水手指的方向看去,确认那个地方什么都没有后,先是皱了皱眉,接着问道:"你确定那里刚才有一个黑色的人?"

宁秋水点头:"嗯。"

两人目光对视。片刻后,班主任似乎觉得宁秋水并没有说谎,然后起身朝门外走去。

"考试的事情暂时延后,下节课上自习。不要大声喧哗,不要四处走动,要上厕所速去速回。"

他交代完之后,匆匆离开了。

教室里传来窃窃私语的声音,坐在前排的一个女孩转过头:"大家不要说话,保持安静。"

这个女孩名叫谢娟,是班级的纪律委员。当然,她也是一名诡客。如此尽职尽责,当然是不想惹麻烦,万一到时候班主任回来发现班上的纪律有问题,第一个找的就是她。

在她的提醒下,教室里很快便安静下来,不时会有一些目光看向宁秋水。

过了几分钟,班主任还是没有回来。刘春凑过来低声问宁秋水:"秋水,真的啊?"

宁秋水:"嗯?"

刘春:"我说你刚才跟班主任讲的那些,是真的?"

宁秋水点头。刘春脸色微微苍白,似乎想起了什么不好的事情。

"怎么了?"

"没……没怎么……"

"有什么想法?"

"嗯……"刘春没有直接回答宁秋水的问题,而是撕了一张小字条,唰唰唰写下几个字，递给宁秋水，"可能是小黑屋跑出来的学生，你跟他对视过，要千万小心，他能找到你！"

宁秋水看完字条上的内容先是一怔，随后又看见刘春十分严肃地对他点了点头。

时间一分一秒地过去，教室里逐渐出现了一些骚动，有人朝着教室门口走去。纪律委员询问原因，那些人说肚子痛，需要去厕所。谢娟倒也没有阻拦他们，只是记录了下来。

大家都是诡客，其他人出去寻找生路，对她来说也算是一种帮助。只要对方不是什么恩将仇报之人，她现在帮他们，其实就是在帮自己。

当班上的人陆续离开后，宁秋水也站起了身。

"你肚子也不舒服？"谢娟目光幽幽。

"嗯。"宁秋水点头。

谢娟叹了口气："速去速回。"

他离开了教室，然后一路来到了六楼，找到了那个杂物间。里面堆积的东西实在太多了，不过宁秋水是有明确的目标，所以找起来也不算太麻烦。没过多久，他就找到了郑少锋和黄婷婷的书包。

宁秋水拍掉上面的灰尘，打开书包，随便翻出了一些书籍。

"是黄婷婷的字迹……"宁秋水简单对比了一下，立刻确定了书页上的笔迹与白潇潇之前找到的那张字条一致，说明那张字条确实是黄婷婷写给郑少锋的。

"这么说……两人是事先约好的？一个被关进小黑屋，一个……"

看着书本上的字迹，宁秋水的目光明灭不定。他站在原地有一会儿，直到头顶上有什么东西滴落的时候，才终于回过了神。

一双惨白的手，不知道什么时候从他的头上垂落了下来，在他的眼前缓缓晃动……

到目前为止，这扇诡门背后出现的诡物只有郑少锋一个。小黑屋里的那些不听话的学生到底是不是诡物，目前没有定论。但宁秋水可以肯定的是，现在盯上他的肯定是诡物。并且他已经被对方完全锁定了。

那种独属于诡物的冰冷气息，顺着那条手臂向外弥漫开来，瞬间便包裹住了他的全身。

但宁秋水已经不是第一次遇见诡物了，他的经验已经十分丰富。在进入这个杂物间之前，他就已经将黑衣夫人的相册紧紧捏在了手里！倘若诡物真的对他出手，诡器就会被触发，他也能够借此逃出杂物间。

"是郑少锋吗？"宁秋水表情平静，开口询问，"你跟黄婷婷到底是怎么回事？3月21号那天，黄婷婷被关入了小黑屋，而你坠楼了，你们是约定好的吗？我在你住过的宿舍里找到了一张没有完全烧毁的字条，上面有黄婷婷留下的字迹……"

他说了不少，但是头顶那双手臂的主人没有任何回应。那肤色惨白的手臂只是在他面前晃来晃去，动作迟缓而机械。

宁秋水并不焦急，继续说道："你们想做什么？是受了什么冤屈吗？需要我帮忙吗？"

然而，那只诡物仍然没有回应，也没有继续接近宁秋水。这种反常让宁秋水有些摸不着头脑，以往的时候诡物一旦出现，要么就是触发了某些特殊的剧情，要么就是对他们动手。还从来没有像现在这样，出现了之后却什么都不做。

难道，是因为它想对自己动手，但是被自己的诡器阻拦了？

想到这里，宁秋水直接抬头看去。目光所及，一个浑身扭曲、头部似有重伤，还在滴血的身影飘浮在半空中。它那低垂的眼球并没有看向宁秋水，而是一直盯着房间外面。

宁秋水顺着它的目光朝外面看去，发现房门外不知道什么时候站着一个人。那人穿着清洁工的服装，脸上挂着诡异的笑容，目光牢牢锁定在宁秋水身上："你是哪个班的学生？我记得现在是上课时间吧？你不好好学习，到处乱跑做什么？"

他说着，竟然直接走了进来。

宁秋水没有逃跑，但也没有站在原地等待。他第一时间遮住了胸口的校牌，上面记录着每位学生的基本身份信息。宁秋水觉得这种信息不能被对方知道，至少校牌不能落在对方的手上，否则对方要是拿着校牌去举报，他就麻烦了！

书院的学生手册上，记录着一条不能违背的规则："第十一条：上课期间务必出现在自己的座位上，不得无故缺席或擅离，违者将严肃处理。"

这一条规则被特别用红笔标注，从后面的"严肃处理"四个字不难看出，后果非常严重。一般上课期间，只能在班主任的允许下去一趟厕所，若是出现在其他的地方被发现……

宁秋水看着不断朝自己走来的清洁工，心沉到了谷底。他一只手紧紧握着校牌，另一只手拿着相册，准备随时出手。奇怪的是，清洁工似乎完全没有看到他头顶的那只诡物，还在不断地朝他逼近。

当两人的距离只剩下半个身位时，宁秋水猛地一拳朝对方打去！这一拳，出其不意，腰马合一。

砰！清洁工结结实实地挨了一拳，却没有后退。不是宁秋水这一拳的力气不够大，而是他被一双苍白的手抓住了！被那双手触碰到的瞬间，清洁工似乎才终于看见了那只诡物，他眼中原本的狰狞和贪婪忽然变成了恐惧："是你……是你！"

他似乎认出了这只诡物，身体剧烈挣扎着，但无济于事。

"我去什么地方跟你有关系吗？"

宁秋水确认这个清洁工应该不是诡物。他扭动了一下脖子，将诡器放在左手上攥紧，然后举起右拳，狠狠地朝清洁工的太阳穴打去！

砰！砰！砰！

清洁工嘴里想要发出惨叫，然而下一刻嘴里就被塞进了一个纸团。

"真是不好意思……我不能让你去告我。而且我也不相信你，所以今天不能让你顺利离开。"宁秋水的眸子里闪过了一丝冷意。

他在出拳的时候，能明显感觉到清洁工不是人类。正常的人哪怕再强壮，也不可能扛得住他对着太阳穴的蓄意轰拳。但清洁工足足挨了十几下，才终于停止了挣扎。

清洁工倒下后，宁秋水依然保持警惕。他注意到那只诡物的手已经松开了清洁工，悬浮在一旁，冷冷注视着这一切，眼中闪烁着诡异的光芒。

宁秋水缓了缓呼吸，将地上的刀轻轻踢到一旁，没有进一步动作。他转过头看着飘浮在空中的诡物，对视的瞬间，这只诡物甚至后退了半步。

"你是郑少锋？"

诡物冷冷地盯着他，没有说话。

"你不淘汰我？"

"……"

"为什么坠楼？"

"……"

"黄婷婷怎么样了？"

"……"

"你们是不是约定好要做什么事，跟小黑屋的变化有关系吗？"

随着宁秋水一个接一个的提问，那只诡物似乎有些不耐烦了。最终，它扯下了自己的一根手指递给了宁秋水，然后消失了。

宁秋水看着手里这截冰冷的血肉模糊的手指，若有所思。

疑似郑少锋的诡物非但没有对他动手，反而还给了他一根"手指"，这让宁秋水的心中涌现出一种奇怪的荒谬感。

从先前杨眉的描述来看，宁秋水遇见的这只诡物和她遇见的那只应是同一只，都是郑少锋。但郑少锋要淘汰她，要淘汰曾参，却对自己示好。这是为什么？

"是因为我解决了清洁工？还是其他……？"

宁秋水心头满是疑惑，不过他没有在此地久留。出来的时间已经比较久了，还有一个地方宁秋水想要去看，他的时间很珍贵。

从杂物间离开后，宁秋水径直来到天台，检查了一下四周靠近边缘的位置。没有争斗的痕迹，没有反抗的迹象。地面的灰尘很厚，只有两个人的脚印，一个是他自己的，另一个应该是郑少锋的。这否定了他的另一个猜测。

"看来，郑少锋的确是自己掉下去的。两个人一个进小黑屋，一个坠楼，还约定好了时间……动机很奇怪啊……他们究竟想要做什么呢？"

宁秋水蹙眉，怀着疑惑离开了天台。

路过六楼的时候，宁秋水在杂物间门口停住片刻，目光落在地面上，他的瞳孔骤然缩紧。原本干燥的地面上出现了一行水渍。细细观察，发现地面的水渍来回两道，而空气中的腥味已经很淡了。

他缓缓走到杂物间门口，透过门上的玻璃朝里面看了一眼，确认里面没有人后，才打开了门。清洁工的身影已经不见了，地面上的确有被打扫的痕迹。

只是目前还不知道究竟是清洁工自己恢复行动清理了现场，还是郑少锋把现场打扫干净了。

回到教室后，班主任还没到。其他出去的学生已经全都回来了。宁秋水坐回自己的位置，随口问刘春："刘春，刚才教室里有人来过吗？"

刘春瞟了教室门口一眼，摇了摇头："没呢……话说你干啥去了，这都一个多钟头了吧？"

宁秋水拿出了兜里的校牌，重新别在校服上，笑道："上了个厕所。"

"你逗我呢，上厕所这么久？"

"便秘。"

"哦……便秘的话，可以用笔捅一下。"

"用笔捅？谁跟你说的？"

"我妈以前就是这么跟我爸讲的。"

"家父健在？"

"仙逝了。"

这时，门口传来脚步声，两人停止了无意义的话题。班主任匆匆走进教室，先是扫视了一圈教室里的学生，确认没有少人后，这才走到讲台上。

"复习好了吧？别说我没给你们机会，这次谁要是没及格……"班主任的语气透着威胁，令班上的学生神情一凛。

说完，他用力在衣服上擦了擦手，又仔细确认了手上没有其他的脏东西，这才开始翻卷子。班主任的这个细节让宁秋水神情微僵。发卷子之前为什么要先擦手？手上有什么脏东西吗？

没看出来，难道是手上有水渍？联想起刚才在六楼遇见的事情，宁秋水的脑海里闪过了一个诡异的猜测——杂物间的痕迹，会不会是班主任清理的？

这个想法在他脑海中只是一闪而过，毕竟班主任完全没有这么做的动机，而且他也不应该出现在那个地方，所以可能性不大。那班主任刚才擦手，是在擦什么东西呢？

正当宁秋水疑惑时，试卷已经分发下来了。试卷很干净，并没有什么异常。

班主任按照惯例重复了一遍考试需要注意的事项，然后坐在讲台后。不过今天他似乎没有心思监考，而是一直在看手机，似乎在等待谁的消息。

考试结束后，班主任当场批改试卷。不过这次的速度比较慢，因为他总是会时不时看一下手机。等他改完试卷，已经到了中午吃饭的时间。

"这一次考试还不错，我们班上没有不及格的学生，不过也没有优等生。大家考得都很一般，最高分才82分。希望大家继续努力学习，调整心态，争取考出好成绩。马上要到吃饭时间了，今天提前放各位去吃饭。出去的时候声音小点儿，不要惊扰到其他班的同学。"

班主任说完后，将试卷交给了学习委员，让他分发下去，然后自己匆匆离开了。

宁秋水拿到了自己的试卷，上面写着67分。旁边的刘春考了79分。他欣喜不已，拿着试卷不停地亲吻，又对宁秋水表示感谢。

宁秋水只是敷衍地回应了一下，有些意外地看了看其他的诡客们。这一次班上的成绩整体偏低，说明了一件事情：这些诡客们也发现了成绩高会被诡物盯上，都在刻意压分。这并不奇怪，奇怪的是NPC们考的分数也很低。

宁秋水67分，居然没有排进班级的后十名。除了刘春，大部分的NPC学生分数都在75分以下。

"是诡门的未知力量影响吗？玩家中分数最高的那个人，一定会成为班级里分数最高的人……这样说的话，岂不是死局？"宁秋水立刻意识到了问题的严重性。

今天才是第二天，如果不出意外，第三天、第四天和第五天还会有两到三次考试。而已经发现考最高分会被诡物盯上的诡客们，一定会拼了命地压分，尽可能接近及格线。但分数这种东西，说白了，没有人能够绝对控制。越是朝着及格线去压，就越有可能不及格！

而一旦成绩不及格，所面临的危险恐怕不比考第一名低！

"这是想让我们相互竞争吗？把同伴淘汰出局，才有可能活下来。"宁秋水眸光微动。

下一刻，便突然听到教室里有一个胖胖的男人愤怒地拍桌，声音沙哑地骂道："你们这些狗东西……压分也压得太过分了吧！我都压到82分了，居然还是第一名！"

一旁有个女生嘲讽道："你都已经发现分数考高了会出事，还考这么高，怪谁？"

胖子正欲回击，却似乎看到了什么，身体开始剧烈地颤抖，眸子里面溢满了恐惧。他一把推开了课桌，连滚带爬地朝着教室门口逃去！

"不……不要来找我！不要！我下次一定不会考这么高了，再给我一次机会吧！"他快速地朝着外面跑去，然而刚离开教室没多久，便传来了一声极度凄厉的惨叫："啊……！"

还在教室里面的诡客们面面相觑。其他的学生已经去吃饭了，除了在场剩下的诡客们，就只有刘春一个原住民还跟着宁秋水。他们来到了教室门口，看见了倒在地上的胖子。

这个胖子名叫程海。整个人以一种诡异的姿势趴在了地上，一只鞋掉在了远处，给人的感觉就像是从高空摔了下来。

看到程海的样子，众人都陷入了诡异的沉默。程海就这么倒在他们眼前，没有一点儿多余的挣扎。他没有诡器，所以也没有办法抵挡那只突然出现的诡物。

众人看着程海躺在地上扭曲的身体，原本略有些放松的心又揪紧了。

宁秋水侧目瞟了一下身旁的刘春，发现他的脸色变得特别难看。

"喂，你还好吧？"

"嗯……啊？"出神的刘春回过了神，"还好。"

"是不是觉得他的样子非常像郑少锋？"

宁秋水没有丝毫避讳这个问题，直接说了出来。刘春听完之后，脸色先是白了一下，随后沉默着点了点头。

四人去食堂吃饭了。

路上，宁秋水忽然对着刘春说了一句："刘春，你之前去小黑屋的时候有没有看到过一个没有变黑的人？"

正在低头看路的刘春听到宁秋水的这句话后，挠了挠头："没有变黑的人？我，我没有太注意……小黑屋里面实在太黑了，什么都看不见。"

宁秋水又换了一句话："把你当时在小黑屋里面具体的经历跟我讲一遍，越细越好。"

刘春想着宁秋水大抵是想知道小黑屋里面到底是个什么情况，于是便将自己之前的经历详细地讲述了出来："总之，他们看过那张字条之后，就放我离开了……"

不过，他的讲述并没有给宁秋水提供什么有用的信息。这小子胆小得很，到了小黑屋里尿得跟孙子似的，那地方本来就黑，他还不敢睁大眼睛看，出来之后讲的东西也是东一遭西一遭。

但宁秋水却注意到了刘春所说的那张字条。那张字条现在还在他的身上。宁秋水拿出来字条一看，眼睛闪过了一道光。

走在旁边的白潇潇问了一句："你不会想要去小黑屋里看看吧？"

宁秋水和白潇潇对视，对方似乎猜到了他的心思。

"如果能拿到班主任给的字条的话，也不是不行。"

杨眉捂着脸："秋水哥，你疯了？人家刘春是运气好才拿到了班主任给的字条，谁知道下一次你进小黑屋的时候，班主任还愿不愿意保你？要是班主任不愿意保你，你直接这么进去，那跟送死有什么区别？"

白潇潇也点头："杨眉说得对，这种事情你最好还是想清楚，从长计议。"

宁秋水笑了起来："放心，我又不是草履虫。"

杨眉一怔："草履虫，那是什么？"

走在宁秋水左边的刘春举起了手，一脸兴奋地说道："哎哎哎，这个我知道！我以前在生物杂志上看到过，草履虫是单细胞生物。"

宁秋水点头："是的，只有草履虫才不会过脑子，想到什么就做什么。"

四人来到食堂，吃饭时忽然有一个女孩端着餐盘走了过来。宁秋水抬头一看，居然是他们班的纪律委员谢娟："有事吗？"

谢娟在白潇潇旁边坐下，压低声音问道："有什么有用的信息吗？我从其他人那里了解到了一些比较有用的线索，大家可以互相分享。"

白潇潇离她最近，眸光微微闪烁："想从我们这里拿到线索，你首先得给我们提供一条。"

谢娟犹豫了片刻，说道："好吧……今天早上陈彬趁班主任离开时溜到了校长的办公室。那个地方暂时没有人，陈彬在校长的办公室里找到了一封特别的文档，文档上面记录着昨天晚上从小黑屋里逃出来的学生，以及关于那些学生的一些信息……"

所有的诡客昨天晚上都在同一层宿舍楼里，所以昨天晚上经历的事情，他们都心知肚明。

"昨晚，小黑屋里的学生是逃出来的？"白潇潇问。

谢娟点了点头："是的。听陈彬说，文档上面提取出来的重要内容有三个。第一，那些学生并不是普通的NPC。第二，他们在小黑屋里被'染色'之后非常听话。第三，这些逃出来的学生有一部分并没有回到小黑屋，而是一直滞留在了书院的角落里。离开小黑屋的被'染色'的学生非常危险，他们很可能会对其他学生构成威胁！"

白潇潇问道："等等，你说的被'染色'是什么意思？"

谢娟声音严肃："字面意思。进入小黑屋的学生有两种，一种是未被'染色'的，这种学生可以活着离开小黑屋。另外一种会被'染色'，被'染色'的学生就会永远留在小黑屋里，成为小黑屋的一部分。"

她顿了顿，看向几人："我的消息说完了，现在该你们了。"

宁秋水消化了一下她说的话，回道："好吧，你听好……一个月前，我们班失踪了两个人，分别是郑少锋和黄婷婷……"

他将郑少锋和黄婷婷的事情告诉了谢娟，后者深深地看了他们一眼，说了句"合作愉快"，端着餐盘离开了。

她走后，杨眉低声问道："秋水哥，潇潇姐，她说的是真的还是假的？"

二人不答，却不约而同地看向了正在吃饭的刘春。

刘春被这目光看得浑身不自在："你们看我做什么……我对小黑屋又不了解，说起来我也就进去过一次。不过，小黑屋里的那些学生确实有些奇怪，当时，有个人拿我的字条，我碰到了他的手……"

提起那一刻，刘春忍不住颤抖了一下。杨眉立刻凑上来："怎么样，他的手是不是很冷？"

刘春伸出手掌，手指有一个地方比较红，但由于在不易露出处，很难被旁边的人察觉："恰恰相反，他的手很烫，像是被火烤过一样。我只是短暂地跟他接触了一下，这只手就被烫伤了。"

三人都盯着他的手。

"被烫伤……染色……难道说……"

他们似乎明白了什么，不由自主地打了个寒战！

书院的小黑屋，真的只是普通的惩罚之地吗？还是在暗中隐藏着更骇人的真相？

光是想到这一点，三人就感觉后背泛起了一阵鸡皮疙瘩。书院为什么敢这么肆无忌惮地处罚学生？

背后的理由只有一个——那就是他们的父母对这些孩子们的处境也并不关心。他们把自己的孩子送进书院，想要得到的是一件成功的"商品"，一件可以用来炫耀、证明自己成就的"产品"。

虽然我不行，但是我的孩子行，而孩子代表着未来，所以我的未来比你行。这是一种很常见的攀比心理。常听到刘春这样土生土长在这里的孩子，可以这么自然地从嘴里说出"从来便如此"。

虽然在外面的世界也有类似的情况出现，不过大部分的父母更多还是希望孩子长大之后能够活得不要那么累。毕竟读书只苦十几年，读不好很可能就要苦一辈子。

人的寿命太长了，痛苦可以肆无忌惮地将一个人折磨到崩溃和疯狂。但在这扇诡门里，这些学生的父母显然并不是为了自己的孩子好，他们都已经完全不在意自己孩子的处境了，只希望书院能够帮他们培养出"合格的产品"。

"刘春，一会儿吃完饭你带我去小黑屋外面看看。"

刘春闻言瞪大了眼睛："不是，你真去呀？哥，你疯了吧？那地方其他学生都避之不及，巴不得离远点儿，你还主动往上凑！"

宁秋水拍了拍他的头："你没听说吗，小黑屋里面已经有一些不听话的学生逃出来了。我们过去看看，说不定能够发现些线索。而且……我们又不进去，你怕什么？"

刘春吞了吞口水，他实在是对那个地方讳莫如深："那……那行吧。不过我事先说好啊，你们到时候自己过去，我是不会进去的。"

四人吃完饭后，刘春带着他们朝小黑屋走去。路上，他千叮咛万嘱咐，让他们一定不要打开小黑屋的铁门。

到了小黑屋所在的位置，几人发现所谓的小黑屋的确是一个距离教学楼很远、很偏僻的大房子。房子周围倒是有不少树木，光秃秃的，上面只有零星几片还没有完全掉落的枯叶。地面上的落叶已经堆积得到处都是，不过这里并没有人来打扫。整个铁房子孤零零地立在空地上，给人一股非常不舒服的感觉。

房子只有一层，但高度却有正常的三层楼那么高。四周弥漫着一股说不出的诡异感，刘春到了这里，说什么也不愿意再往前走了，让宁秋水三人自己过去看。

三人来到这个铁皮房子的大门前，立刻感受到从里面传来的惊人热浪。

"还真的是'染色'……"白潇潇轻掩着嘴，眼中满是震撼。

她知道书院对学生的态度非常不好，但是没有想到书院居然真的会将"不听话"的学生当成弃物一样处理！猜测和亲眼见证是完全不同的。前者顶多算是细思极恐，而后者，面临的是最直接的心灵冲击。

宁秋水也终于明白，为什么小黑屋里的人会是黑色的了。

"这所书院的院长疯了吧？学生只要考试不及格，就会被丢进小黑屋……"杨眉感觉到双腿发软，她无法想象，如果自己是这座书院里的学生，该有多绝望！

"物极必反，他们做了这么多丧尽天良的事情，现在开始遭遇反噬了。"看到小黑屋的这一刻，宁秋水隐约抓住了什么，"黄婷婷、郑少锋，小黑屋……等等！"

他脑中灵光一闪，想起在食堂的时候，谢娟告诉过他们，在小黑屋里被"染色"的学生非常听话。既然学生听话，他们就不会随便打开小黑屋的门逃出来，而是继续成为书院的"刀"，帮助它们继续折磨那些无辜的孩子。但现在的情况却是，小黑屋里已经不止一个学生逃了出来。

"被'染色'的学生化成的诡物，碍于书院的束缚，在小黑屋里执行着严格的命令，这是规则，没有那么容易违背……想要违背规则，首先就不能被规则束缚。困在里面的学生是没办法开门的，只有外面的人才可以。这么说……黄婷婷没有被关在小黑屋里？"想到这里，宁秋水的心脏猛地一滞，"这个黄婷婷和郑少锋到底想要做什么？"

这个已经被他强行压下去的疑惑，再一次浮现出来！

砰！砰砰砰！

就在宁秋水疑惑之际，铁房子里突然传来剧烈的敲打声。这个声音是从门口传来的，似乎门背后有什么东西想要出来。敲击声越来越急，三人意识到不对劲，杨眉更是连连催促："秋水哥，这个地方太危险了，咱们赶紧跑吧！毕竟我们的身上可没有班主任给的字条，真要是被里面的东西抓住了，那就死定了！"

宁秋水给了白潇潇一个手势，示意她先带着杨眉往后退。急促的敲门声还在继续。宁秋水盯着那铁质的门，心里涌出一股荒谬感："里面的东西能出来吗？为什么要敲门？目的是什么？"

一般来讲，诡物敲门都是站在门外往门内敲，因为它知道门内有人，想要让屋里的人给它开门。但是这种从门内往门外敲就显得很诡异。因为铁屋附近，正常情况下根本就没有人。所以屋子里的那只诡物敲门是敲给谁听的呢？难道它知道外面有人？

忽然，宁秋水脑子里划过了一道闪电。他对着面前的这扇铁门大喊道："谁？"

随着他发声，铁门内的敲门声反而消失了，安静得像一片死寂的荒原。

"果然，里面那个东西敲门是为了确认外面有没有人……或者说，是为了确定这里附近有没有属于学校的教职工。如果让它们知道外面没有人，恐怕这扇门就会再次被打开，又会有里面的不听话的学生逃出来……"宁秋水感觉到后背渗出了冷汗。

被困在这个房间里的那些学生显然没有办法推开铁门，唯一可能推门的，就是黄婷婷。

不过，宁秋水有一点想不明白：这个房间里的温度应该非常高，黄婷婷是怎么在里面一直待着的？

随着小黑屋安静下来后，宁秋水围着小黑屋绕了一圈。这个小黑屋除了一个烟囱之外，就只剩下了一扇门可以通往外界。烟囱一直在冒黑烟，那个地方里面的学生应该是出不来的，不然刚才里面也不会通过敲门来试探外面有没有人。

"周围的园林全是枯树，有被削过的痕迹。在修建这个小黑屋的时候，就已经计划要用来关学生了吗？小黑屋没有其他的出口了，而且各个方位的温度看起来都很高。房间往上走一点儿，就是烟笼和蒸笼，上面就算用隔板建一层，也不可能待人，唯一的方法就是藏在地下……但藏在地下也没用，她总要出来开门。以房间里的这个温度，哪怕没有烟雾，不到半分钟也能让人丧失意识。"

宁秋水盯着眼前的铁皮笼子，脑海里不断推演着黄婷婷可能在里面长时间待着的情况。

"正常方法肯定不行，她怎么都不可能在这种环境下坚持……"

小黑屋里面的温度并非全由火引起，其中还有一部分是由这个屋子里曾被高温侵蚀的诡物散发的。这些诡物的周身带着难以散去的炽热，小黑屋不知曾经困住过多少学生，房间仿佛成了一个由怨念与诡物构成的炙热牢笼。

宁秋水不由自主地想到了刘春。他看了一眼刘春，脑海里某个断裂的线索突然连了起来。

"刘春也能从小黑屋里出来……这么说，刘春拿到的那张字条很可能有着特别的力量。难道……"宁秋水忽然想起了一个十分容易被忽略的细节。

之前，刘春告诉他，黄婷婷因为学习成绩下降的原因，曾被班主任叫过去谈了几次话。

"……黄婷婷也拿到了和刘春一样的字条？"

这个念头在宁秋水脑海里浮现的那一刻，整个事情就开始变得有意思起来了。黄婷婷和刘春一样，都是因为成绩不及格被关进小黑屋。但跟刘春不一样的是，黄婷婷所做的一切很可能是她谋划好的。

可黄婷婷怎么就能够确定，她进小黑屋的时候班主任一定会给她一张保命的字条呢？

最大的可能是，班主任也是黄婷婷计划的参与者之一。

想到了这里，宁秋水的心情更加沉重。他发现事情比自己想象的要复杂得多。班主任身为书院的教职工，应该是站在书院那边，但事情的真相似乎和他们看到的有一些出入。

不过到现在为止，他们还不清楚班主任和黄婷婷、郑少锋三个人到底想要做什么。把小黑屋里面关押的这些黑色的诡物全部都放出来吗？

小黑屋的门再一次传来了敲门声。不过，这次宁秋水没有回应，他直接带着两人朝教学楼的方向跑去。

他们走后，房间里又响了大约三分钟的敲门声，直到某一刻，声音突然停止。

铁皮门发出刺耳的摩擦声。锈渍斑驳的门被缓缓推开，露出一双白皙柔软、没有任何烧伤迹象的手。门后，出现了一张诡异漆黑的脸，盯着教学楼的方向，眸中充满了浓郁的怨毒……

宁秋水等人回到了教室。

大部分学生已经开始午休，或是继续看书。少部分的诡客仍然在学校里面徘徊，他们似乎发现了什么线索，迟迟未归。

下午上课时间到了，班主任罕见地迟到了。教室里还算安静，宁秋水看了一眼刘春，问道："以前这班主任迟到过吗？"

刘春摇了摇头："左老师自从代替董老师教我们班后，没见他迟到过，这还是第一次。"

宁秋水皱起了眉，还想再问什么，却看见教室门口走进来了一个人。见到这个人，所有的诡客都愣住了。

因为这是一个本不应该出现的人 —— 曾参。

那天因为顶撞老师，他被班主任送进了小黑屋。不出意外的话，他的身上是没有字条的。

曾参面无表情地走回自己的座位，埋头看起了书。

杨眉和白潇潇离他都比较近，看见门外没有班主任的身影，杨眉对白潇潇打了个手势，用唇语说道："潇潇姐，怎么回事？"

白微微摇头，示意自己也不清楚，并且让她小心一点儿。

眼前的曾参，明显和之前不太一样了。之前的曾参嚣张跋扈，一副看谁都不爽的样子。可现在，他却异常沉默。杨眉离他比较近，近距离观察曾参那张脸的时候，总是会感觉到他好像在笑 —— 一种皮笑肉不笑的笑容，很是瘆人。

没人知道他还是不是人，所以诡客们都十分识趣地保持着缄默，和他隔开了一段距离。

大约五分钟后，班主任回来了。他的脸色不太好，比之前看上去苍白了很多，一只手也一直揣在裤兜里。男人把手揣在裤兜原本是很常见的动作，但班主任没有这个习惯。

"受伤了吗？发生过争斗，和谁？是和从小黑屋里逃出来的那个黑色的人吗？小黑屋里的学生应该和黄婷婷是一伙的，班主任可能也是黄婷婷计划中的一环。但看他现在这个样子，难道他并不是黄婷婷那边的人，只是被黄婷婷利用了？"

宁秋水认真打量着讲台上的班主任，一只手摸着下巴。班级里该回来的人已经全部回来了，甚至还多了一个本不该回来的。

按照惯例，班主任先扫视了一遍班级人数。当他的视线触及曾参的时候，明显愣了一下，但是没过多久又移开了。

"下午自习，大家好好复习一下物理，明天早上考试。有什么不懂的问题，可以上来问我。"

班主任说完之后，坐在讲台后，埋头看起了手机。

下午很快过去，宁秋水借着问问题的机会，上去查看过一次班主任的情况。

他的确受伤了。揣着手的裤兜隐约能看见有血迹渗出。虽然裤子是深色的，但宁秋水还是轻易地辨认了出来。

时间在沉闷的气氛中流逝得很快。到了放学的时间，班主任像往常一样起身离开。只不过今天他走到门口时，停顿了一下，转身用一种非常严肃的语气提醒众人："今夜书院可能会出现一些意外情况，如果同学们今夜遇见了什么危险，可以第一时间去敲宿管的门，我会提前跟他打好招呼。"

说完，他就在班上学生们还怔神的时候匆匆离去。

教室里的学生们面面相觑，脸上浮现出迷茫的神色，互相攀谈着，但很快他们又成群结队朝着食堂去了。

天大地大，干饭最大。

教室里立刻只剩下了一群诡客，空荡荡的。然而，即便班主任已经离开，教室里的气氛还是很冷。这是因为——曾参还坐在位置上。

不少目光都在偷偷打量他，而曾参似乎完全不在意，只是直勾勾地盯着窗外那些正蜂拥前往食堂的学生。

他的嘴角，一直挂着诡异的笑容。

这时，坐在曾参右后方两个身位的一名男生站了起来，小心地朝他靠近了一些，试探性地问道："喂，曾参……你还好吗？"

这个男人叫肖帅,是曾参的室友。

原本曾参的淘汰对他而言已经够糟糕了,遇见了麻烦只能一个人担着,可现在发生了更糟糕的事——淘汰的室友也成了麻烦。

肖帅想着,与其等到晚上一个人直面曾参,还不如现在趁着人多赶紧把情况了解清楚,至少心里有个准备。实在不行还能提前联系宿管,看看宿管能不能帮忙。

被肖帅叫唤了一声,曾参并没有任何回应,还是那样直勾勾地朝外面看,整个人都透露出一股诡异阴森的味道。肖帅一想到晚上要跟这样的家伙住一个房间,就头皮发麻。于是,他又提高了自己的音量:"喂,曾参,我叫你呢!没听到?"

这回,曾参似乎终于意识到肖帅是在叫自己,僵硬且缓慢地转过头,看向了肖帅。

看见曾参那张脸的时候,肖帅饶是有心理准备,还是没忍住后退了半步。虽然曾参的五官没有发生任何变化,但看见曾参的那一瞬间,肖帅心头立刻涌上了一股直觉——眼前的这个家伙不是活人!

难道,曾参变成了诡物?

"不可能啊……"他嘴里嘀咕着。

诡门背后,只要不是明确被诡客所害的诡客,哪怕是真的变成了诡物,也绝对不能够对其他诡客造成干扰。

"你刚才说什么?"曾参开口问道,声音和之前一模一样,唯一变化的,是语气之中多了刺骨的阴森。

肖帅感觉自己手脚冰冷,但一想到教室里还有这么多诡客,底气一下子又足了:"我刚才说你还好吧?在小黑屋里,有没有遇到什么可怕的事情?"

曾参闻言微微低头:"可怕的事情……"

他的声音僵硬又遥远,像是在回忆什么。过了好几分钟,他才露出了一个灿烂、洁白无瑕的笑容:"没有,小黑屋里很温暖呢。那里没有老师,也没有考试。"

不知为何,听到这话的时候,肖帅居然打了个寒战。

"我要去吃饭了,你们要去吗?"曾参缓缓转头,扫视了一圈教室里的众人,最后目光停在了宁秋水身上。

无人回应他,除了宁秋水:"正好我也饿了,不如就一起吧。"

听到宁秋水这话,教室里的诡客们都是一愣。不是……这哥们疯了?正常人都能够看出曾参有问题吧?你不躲着也就算了,居然还主动往上凑?

宁秋水给白潇潇和杨眉使了个眼色后,就独自跟着曾参离开了教室。

他走后，刘春才凑到二女身旁，低声问："我们要不要跟过去？"

二女有些惊讶地看着他，杨眉开口道："你也发现不对劲了？"

刘春挠挠头："啥不对劲……我饿了算吗？"

白潇潇和杨眉闻言，同时翻了个白眼。得，还是高估他了。

刘春不理解她们的表情："咋，你们不饿吗？"

白潇潇点头："饿，走吧，吃饭……不过，你不要去打扰宁秋水，他有很重要的事。"

刘春连连点头："嗯嗯！"

对白潇潇，他还是很有好感的，毕竟对方说要给他钱。

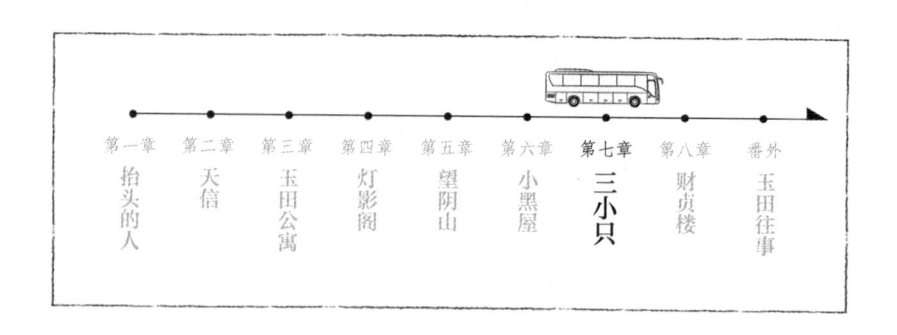

第一章 抬头的人
第二章 天信
第三章 玉田公寓
第四章 灯影阁
第五章 望阴山
第六章 小黑屋
第七章 三小只
第八章 财贞楼
番外 玉田往事

食堂内，宁秋水打了饭，和曾参坐在了一个角落里。曾参似乎不是很饿，打的基本都是素菜，吃了两口就放下了筷子，认真地观察着周围。宁秋水在他的旁边大快朵颐，忽然问道："过去很久了吧，这地方变了没？"

曾参脸上仍然挂着微笑，可眸子里的冰冷却越发明显："变了不少。"

"你不吃饭了？"

"没胃口。"

"是因为看见了书院？"

曾参转过头，凝视宁秋水很久："你跟他们不一样。它给了你一根手指，所以现在你是'我们'的人。"

宁秋水心头猛地一动。曾参的这句话里，透露出了巨大的信息！

"所以……曾参的确被淘汰了？"

面前的曾参咧嘴一笑："是的。他染色失败了。"

宁秋水眯着眼："你们要做什么？"

曾参声音很冷："我不能告诉你。"

"你不是说，我是你们的人？"

"如果你成功染色，就会知道一切。"

宁秋水沉默了片刻，继续吃着餐盘里的食物，冷不丁地冒出了一句："可是，黄婷婷不就没有染色吗？"

他此话一出，曾参的表情立刻发生了变化！身上冰冷的气息弥漫，似乎想要起身，可宁秋水居然抓住了它的手！

"别装了，你不是小黑屋的人。"

宁秋水平静道："小黑屋的人是滚烫的，穿不了曾参的皮肤。郑少锋，我说的对吗？"

宁秋水在食堂里，当面点出了曾参的真实身份。

眼前的曾参根本就不是之前进入这扇诡门的诡客，而是穿上了他的玩家皮肤的郑少锋。

"我知道你很急，但是你先不要急，现在距离回宿舍的时间还有一会儿。我有时间，你也有时间。小黑屋里的温度非常高，正常人直接进去，不可能活下来，除非他带着班主任的字条。但带着班主任字条进入小黑屋又不会受到淘汰。因此，我能想到的只有一种情形——班主任没有给曾参字条，但黄婷婷保护了他。他不是在小黑屋里被淘汰的，甚至很可能逃了出来，然后被早就已经守候在暗处的你解决，而你这样做，是为了得到他的皮肤。毕竟，在曾参考到了班级第一的时候，你就可以对他动手了。只要第二次考试的名次没有出来，他就一直处于被你盯上的状态。他身上可能有点儿让你头疼的东西，但那个东西不可能一直保护它。我很好奇的是，你和黄婷婷到底做了什么，居然能够说动班主任，让他加入了你们的计划……"

面对宁秋水的长篇大论，曾参眼神冰冷了许久，却开口问了一个问题："你为什么对那个清洁工动手？"

宁秋水回道："我不解决他，他就会解决我。我不想被淘汰。"

曾参冷笑道："进入了这座书院，你想全身而退？"

宁秋水一笑："书院周五放学，只要校门打开，我就能出去。"

曾参："出去了又能如何？你的父母能送你进来一次，就能送你进来第二次。"

宁秋水道："我没有父母。"

曾参闻言，盯着宁秋水片刻，嘴里竟然说出了和刘春一样的话："真羡慕你。所以，你为什么要进来？"

宁秋水："进来之前，我以为这里是育人的地方，没想到它是吃人的地方。"

曾参："既然这样，周五你自己离开就行，别再继续调查黄婷婷了。"

宁秋水摇头："我必须弄清真相，只有那样，我才可能活到书院周五放学。"

曾参的语气充满厌恶："看看外面的世界，你就算离开了书院，不过是进入了一个更大的书院。你能逃到哪里去？"

宁秋水回道："如果我告诉你，我能够逃出去，你会不会嫉妒我？"

曾参言简意赅："会。"

宁秋水笑了起来："你应该逃不出去了，但黄婷婷没有变成诡物，她也许可以？"

曾参："你在威胁我？"

"你觉得我能威胁你？"

面对宁秋水的反问，他沉默了。不得不说，黄婷婷对于郑少锋而言的确是一个非常重要的人。提到她之后，郑少锋竟然开始认真思考了起来。

而宁秋水盯着他，心里莫名地浮现出了一丝荒谬感："我之前见过很多诡物，你跟它们都不一样，我很好奇……为什么你变成诡物后还拥有和人一样的神智？"

听到这句话，曾参竟然抬起了头，冰冷的目光之中掺杂着许多震撼："你见过……很多诡物？"

宁秋水："对，你是第一个能够和正常人一样沟通的，其他的诡物……很恐怖。"

曾参闻言，居然笑了起来："原来……她嘴里的'可怕下场'指的是这个？不过，这个代价也不是不能接受。实话告诉你吧，从我成为'诡物'之后，我的意识每天都在被'抽走'，而且这个速度正变得越来越快。不用多久，我就会变得和它们一样。"

宁秋水心头一动。变成诡物之后，不会立刻失去意识，而是被慢慢"抽走"？

他很想跟郑少锋好好促膝长谈，毕竟不是什么人都有机会可以跟有神智的诡物交流的。但很可惜，他没有这个时间，郑少锋也没有这个心情。

"你想知道真相，我可以告诉你……但你要去帮我做一件事。"

宁秋水问道："什么事？"

曾参："今天晚上，去宿管的房间里拿一把钥匙，开三道锁。"

宁秋水蹙眉："为什么是我？"

"那是书院赐予的钥匙，变成诡物的学生不能碰，黄婷婷不能出现任何意外。本来今夜应该是和我住同一个房间的那家伙去的，但是他运气不错，居然让我在这个时候遇见了你。"

宁秋水："多少人？"

"就你跟我。"

"要做什么？"

"十四年前，书院里有三个学生因为打架斗殴被宿管囚禁在了地下室，折磨了很久，最后在里面变成了诡物。我们要把这三只诡物放出来……它们会去找宿管。"

宁秋水这回听明白了："原来，你们要对付宿管。"

曾参："只有它们能解决宿管。这三只诡物，是书院里怨气最大的了。"

"这就是你们计划的第一步？"

曾参没有再回答。它虽然是诡物，但是神志很清醒，而且很聪明，没有被宁秋水套出任何有用的信息。

见它不说，宁秋水又问出了另外一个问题："我怎么能够确定，它们三个获得自由之后，不会第一时间先攻击我？"

曾参冷冷道："我可以保护你，但是我没法保证你的安全。不过你只要第一时间逃出去，它们就不会找你麻烦了，毕竟……宿管才是它们真正的复仇目标。"

宁秋水与曾参对视了许久，忽然笑道："听上去怪有意思的，我很久没有主动干过这么危险的事情了。"

曾参："这么说……你同意了？"

宁秋水伸出了手："交易愉快。"

一人一诡物一握手。

"你的手真冷。"

"嫌冷，你可以去跟小黑屋的那些诡物握。"

"那还是算了……什么时候行动？"

"今夜到点，我会来找你。"

一人一诡物在食堂里商量了今夜的事，然后回到了宿舍，静静等待入夜。

下课后，外面的天会黑得很快。一旦入夜，时间就会快速流逝。书院不会给这些学生太多休息的时间。

夜幕降临，窗外漆黑如墨，阴云密布，星月的微光也黯淡了许多。宿舍外，树枝肆意伸展着枝丫，宛如跳舞的魔鬼。如果有人仔细观察，就会看见那些树木下面站着很多只漆黑的黑影，冷冷地盯着宿舍楼。它们的目光中透着浓重的怨毒，让人不寒而栗。

宁秋水拉上窗帘，叮嘱了刘春一些注意事项，刘春点头应下，牢记在心里。

"你放心去吧，秋水哥！这里交给我！"刘春嘿嘿一笑，双脚一蹬，缩进了被子里。

时间来到午夜，门外突然响起了敲门声："砰砰砰！"

听到这声音，宁秋水开门，看到曾参站在门外。

"准备得如何了？"曾参问道。

宁秋水比了个"OK"的手势。曾参点点头。没过多久，走廊上传来了密集的脚步声，伴随着各种撞击声和含混的叫嚷。

此时，原本已接近宿管查房的时间。宿管似乎从它的住处苏醒了，听到这些声响，怎么可能容忍？

伴随着一道急促的推门声，沉重而恐怖的脚步声忽然响起。

咚！咚！咚！

脚步声刚一出现，走廊上立刻传来了嘈杂的嬉笑声："嘻嘻……让我看看，这么晚了，是哪个不守规矩的小东西还没有睡觉呀？"

这样的声音先是一个，而后变成了三五个，最后像是很多人都在一起叫嚣着。宁秋水听着这些，总感觉这话像是宿管才会说的，而事实也确实如此。这些走廊上的"学生们"彻底激怒了宿管。

它咆哮了一声，愤怒地朝着走廊上的学生们冲了过去。那咆哮声和可怕的脚步声让人心惊胆战，整幢宿舍楼都好像在震动！

宁秋水站在宿舍里，听着外面传来的撞击声和搏斗声，手指微微抽搐，脑海中不由浮现出许多生死关头的记忆，肾上腺素随之飙升。

"我要杀了你们这些兔崽子！"宿管的怒吼声回荡在走廊上，外面的争斗愈发激烈。

到现在为止，宁秋水都没有去开门。因为宿管和那些学生的交锋距离他的宿舍实在太近了。现在开门，很可能会受到波及。

直到那些学生将宿管引走后，曾参才打开了门："就是现在！快，我们去宿管的房间！它很快就会感知到，那些从黑屋出来的学生们能为我们争取一点儿时间，但绝对不会太久！"

宁秋水没有犹豫。事情都已经走到了这一步，没有后退的理由了。他和曾参直接出门，门外的走廊已经是一片狼藉。地面上满是杂乱的痕迹和污渍，黑影化作的学生们已经失去了踪影，只留下模糊的迹象，令人不寒而栗。

宁秋水跨过地上的污渍，与曾参一同来到宿管的宿舍门口。房间里弥漫着一股令人作呕的气味，昏暗的角落里隐约可见一些锈迹斑斑的铁器，形状诡异，让人不由自主联想到它们的用途。墙上留有斑驳的划痕和深浅不一的印记，像是某种挣扎的痕迹。整个房间笼罩在一种难以言喻的阴冷气息中，仿佛连呼吸都会被压迫得停滞。

尽管没有确凿证据，但宁秋水隐约猜到这些痕迹背后隐藏的秘密。血云书院，果然是一个病态之至的地方。

"还记得我告诉过你那把钥匙的样子吗？快找！我们的时间很紧，一旦它回来，我们就完了！"曾参的语气充满焦急。

它现在拥有较为清晰的意识，自然不想再被摧毁一次，它还有没有做完的事情。

一人一诡物在宿管的房间里翻箱倒柜，然而找了半天，却始终没能找到那串钥匙。

"不对啊……我之前潜入过这里，它一般会将钥匙放在这些柜子里，每天只是调整一下位置。为什么今天不在了？"曾参愈发焦急，沉重的脚步声隐约出现在走廊尽头！

那脚步声宛如催命音符，让人从头凉到脚。宿管的战斗力是毋庸置疑的，外面那些痕迹就是证明。宁秋水可以肯定，曾参这样的小诡物，就算是再来十个也不可能打得过宿管。

"等等……"宁秋水忽然想起了什么，对曾参说道，"快！找一找它的床和门后、衣柜这些地方！它刚才被声音吸引出去，可能来不及换位置，就随手扔到能藏东西的角落了！"

曾参急忙照办，门外的脚步声越来越近，还伴随着小黑屋的诡物被压制的声音。

嘎嘣 —— 嘎嘣 ——

宿管似乎正在处理什么。就在它即将走到门口时，宁秋水终于在宿管那恶臭扑鼻的被褥角落里找到了钥匙！

"逃！"宁秋水想也没想，根本没有回头看，直接朝着窗户撞了过去。

砰！想象之中的碎裂声没有响起，他反倒摔倒在地，半边身体瞬间麻木。他惊讶地看向那扇窗户，发现上面映出了一个高大而恐怖的影子 —— 正是站在门口的宿管！

"仅仅是一道影子都可以让窗户变得如此坚固，这是什么级别的诡物？"宁秋水被宿管猩红的眸子注视着，感觉到了一股致命的危机！

"我上去拖住它，你趁机逃出去！"曾参倒是还算靠得住，没有独自逃走，反倒是怒喝一声，朝着宿管扑过去。

宁秋水起身，想要伺机而动。然而，只是片刻，就见曾参被宿管单手掐住，皮肤被活活撕了下来！

郑少锋发出惨叫，显露出真实的面貌。

"你……不是……这幢宿舍楼里……的学生……"宿管盯着郑少锋，露出了一个诡异而恐怖的笑容。

下一刻，它张开了狰狞的大口，露出密布的尖牙，仿佛随时会将郑少锋彻底吞噬。就在这千钧一发之际，一柄巨大的斧头猛然劈向它的颈部！

嘭！斧刃深深嵌入它的肩颈处，迫使它收回了动作。宿管缓缓转头，看向宿舍里不知何时站着的一个高挑瘦削的黑衣女人。她脸上带着一抹诡异的笑意，与它对视。

"还有一个……"宿管的语气没有丝毫惧意，反而透出一种兴奋和期待。

突然出现的黑衣夫人，打断了宿管的动作，让郑少锋逃过一劫。宿管将郑少锋像垃圾一样扔到了旁边。

这时，郑少锋才看见宁秋水手里拿着一本黑色的相册。那个相册正不断往外渗出暗红色的液体，整个相册已经完全被染红，上面传来了强烈的怨念。

黑衣夫人和宿管在狭小的空间内大战了起来。宿管强大，黑衣夫人也不是好惹的，手中的镰刀变成了巨斧，狂乱地挥舞着，不断在宿管的身上留下狰狞的伤痕。

宁秋水和郑少锋瞅准时机，一个滑步溜出了房间。出门的那一刻，宁秋水险些被宿管身侧的冰冷气息冻结。好在关键时候，郑少锋拉了他一把，将他拉出了房间。

"快！夫人能为我们争取的时间不多！"宁秋水说道。他深知，出现在房间里的只是黑衣夫人残留于诡器之中的怨念，不可能真的存在多久，很快就会消失。

这个相册，已经是他目前拿到的最强诡器，居然可以短暂地让诡物重现人间。若非有这件诡器傍身，刚才的情况自是凶多吉少。

"它是你的朋友？"路上，郑少锋的眼睛泛光。

宁秋水当然知道他打的什么主意："别想，我可没能力控制它，只是曾经……从它那里收到了一个赠品，关键时候可以帮我一些忙。"

郑少锋闻言，非常惋惜地叹了口气。黑衣夫人的战斗力它看在眼里，倘若有这么一个强大的存在可以帮忙，那它们的计划成功率会大大提升。

一人一诡物快速逃到宿舍一楼东侧尽头一间被锁上的杂物间。门锁是一块黑铁，表面已经油光锃亮。宁秋水拿出钥匙串，仔细寻找了一番，将钥匙插入门锁中，扭动两下，门便开了。

"快！"郑少锋直接冲了进去，它的身上还套着曾参的小半截皮肤，血肉斑驳，让人不寒而栗。宁秋水没有犹豫，紧随其后。

郑少锋掀开房间角落里随意堆放的毛毯，露出一个钢铁打造的陷阱门。门上同样有一把锁。宁秋水继续埋头认真试着钥匙，可头顶已经隐约传来了沉重的脚步声——咚咚咚！那个脚步声非常急促，愤怒之中还夹杂着一丝慌乱。

郑少锋焦急无比，它的听觉比宁秋水更为敏锐，此时脑海里甚至浮现出了宿管不断下楼的画面。

"快啊……快！"它催促道。然而，宁秋水的动作依然不慌不忙。

那些经常徘徊在生死边缘却能化险为夷的人，往往都有一个特性，那就是越危险越冷静。他知道情况很急，但是他先不要急。并且这类人，运气也都不错。

钥匙串上一共有十把钥匙，一把已经拿来开了外面的门，所以实际只有九把。宁秋水才试到第八把钥匙，锁就开了。

"竟然不是第九把……"他自己在心里吐槽了一句。

终于打开了这扇陷阱门，浓郁阴森的气息夹杂着潮湿发霉的恶臭扑面而来，让宁秋水的胃部一阵蠕动。他忍着呕吐的欲望，沿着潮湿的台阶一路下行，来到一个地下室。

房间内的灯光沿着入口照进了地下室内，四周寂静得可怕，房间内到处都是刑具，空气中弥漫着潮湿发霉的恶臭。在三面墙壁上，各有一个固定的特别刑具，刑具连接着铁链，铁链上绑着三具身体，显得异常凄惨。

"已经成这样了还要绑着它们，多大仇？"宁秋水望着三具身体沉默不已。

"主要还是为了压制它们的怨念。"郑少锋站在宁秋水的身旁，解释道，"一开始宿管或许只是沉溺于惩戒那些违规学生，可是连它自己都没有想到，这三名学生怨念的强度会随着时间越积越深，最终强大到了这样的程度。它已经不敢解开它们的束缚了。它马上就要到了，给它们开锁吧！结束这场长达十四年的闹剧。"

宁秋水没有立刻按照郑少锋的话去做，虽然他也听到了宿管逼近的脚步声，可还是问道："我有一个问题，这三只诡物这么强大，解决完宿管后，它们会不会对书院里的其他学生不利？"

郑少锋摇头道："不会。它们的怨念只针对书院的教职工。只要学生们不主动招惹它们，它们不会随便对学生下手的。"

宁秋水晃了晃手里的钥匙，开始开锁："所以黄婷婷的计划是要清除血云书院里所有的教职工？"

郑少锋面露迟疑："她没有跟我明说过，但我觉得应该是。"

宁秋水眉毛往上挑了挑："你连她的计划都不知道，就付出这么多？我一直觉得你不是个傻子，但你好像把我当成了傻子。"

郑少锋说道："但她让我看见了唯一拯救班主任的可能。"

宁秋水："姓董的那位？"

郑少锋："你调查过我，那就一定知道只有他了。"

头顶的声音越来越近，郑少锋的语气和神色已经明显变得焦急。可宁秋水只是试着钥匙，却迟迟没有打开镣铐："我很佩服那位班主任，居然敢为了自己的学生去挑衅书院的规则。但我不认为，血云书院的学生会给予他相应的回馈。"

郑少锋闻言一怔，随后嘴角竟然泛起一丝笑意："是因为这座书院里的学生太过懦弱了吗？即便生存受到威胁，也只是默不作声，不敢反抗？"

宁秋水伸手指了指周围的那些刑具："他们都在沉默中被迫害。"

郑少锋语气变得很犀利："但总有一个人会站出来，只不过那个人恰巧是他，也恰巧是我。"

宁秋水："还有一个问题，黄婷婷究竟给你看到了什么，让你愿意如此牺牲？"

郑少锋没有回避宁秋水的问题："她带我去看了董老师。即便他已经变成了诡物，书院还是没有放过他，可怕的力量将他束缚在了此地，日夜承受着煎熬。人的力量过于渺小，她告诉了我一个方法，只要我配合她完成一件事，就可以拯救董老师。

"我知道你的疑惑，人的付出往往无法获得相应的回报。赌徒或许能一夜暴富，但一直辛勤劳作的农民可能一生清贫。董老师愿意冒着极大的危险保护学生，不代表他的学生也会选择同样回报他。可对我来说，从小到大，生活一直黯淡无光。突然出现了一束光，却又稍纵即逝，我真的很想抓住它。飞蛾扑火，这个词很贴切，我就是那只飞蛾。"

郑少锋说着，头顶传来的脚步声已经来到了门口。一种可怕的冰冷伴随着浓烈的压迫感弥漫进来，宁秋水甚至能够听到宿管沉重的喘息声。

郑少锋回头看了一眼，眼神中带着难以言喻的焦灼和凝重："你快找钥匙，我去帮你拖住它……"

它的话还没有说完，宁秋水便在它满脸震惊的注视下，以极快的速度打开了束缚三具身体的锁："不用了，钥匙已经找到了。"

锁被解开后，静谧的地下室依然安静得可怕。宿管的双腿已经出现在了石阶上，每一步踏下，身上冰冷的气息便更浓重几分，那种诡异的震动仿佛直接敲打着宁秋水的心脏。直到宿管那高大而狰狞的身影出现在他们面前，宁秋水才对郑少锋说道："不是我怀疑你……但就是说，有没有一种可能，那三位哥们早就挂了？"

他解开墙壁上的锁链有一会儿了，可郑少锋嘴里的那三只可怕的诡物却迟迟没有动静。

宁秋水相信郑少锋不会骗他。但从眼下的情况来看，他觉得，即便是诡物也存在判断失误的可能。一旦郑少锋判断失误，那他手里的关于黑衣夫人的诡器就必须再触发一次，而根据他的观察，手里的这个诡器最多还能使用一次。

这是他最大的保命依仗，能留则留。如果没了，他就只能再去找白潇潇借。那对白潇潇的生存又是一个很严重的干扰。

"我的判断不会出错，地下室的怨气越来越重了……"郑少锋的语气变得安稳了不少，没有了先前那种慌乱感。

宿管的目光扫过墙边被打开的三把锁，那双猩红的眼眸似乎燃起了冰冷的怒火，它发出低沉的咆哮，就要向两人冲来。

宁秋水和郑少锋见状，都被吓了一大跳。宿管的实力实在太可怕了，估计不比巅峰时期的黑衣夫人弱多少，真要动手，拿下他们也就是两三下的工夫！

"嘻嘻嘻……"千钧一发之际，一道冰冷而诡异的笑声从地下室的角落响起。

这个声音，带着说不出的怨毒，竟然让宿管的动作停了下来。

二人循着声音望去，角落里一个矮胖的黑影隐约显现出来。那影子少了一条手臂，模糊不清，正以一种怪异的姿势舒展着肢体。

"洋洋，阿明……你们怎么还没醒呢……"低沉而断断续续的声音响起，"大灰熊又来找咱们了……好像有两个同学……帮咱们把狗链解开了……那今天……我们可以不用当狗了吧。"

它断断续续地说着诡异的话语，宁秋水听在耳里，后背忍不住浮现出一片寒意。

地下室里，这十几年到底发生了些什么事情？这三个被囚禁在地下室里的诡物，到底遭遇了怎样的对待？

"呜呜呜……哈哈哈哈……"一个又哭又笑的声音又从另一个角落响了起来。这次是坐在墙角的一个黑影，它双手抱着自己的膝盖，声音沉闷："那今天……让大灰熊当狗吧……我要它的眼睛……不不不……我要它的心脏！"

宿管如临大敌，朝着身后的石阶退去，声音依旧冷冽："不听话的学生……就应该……好好接受……纠正！"

话音刚落，它的身体突然僵住了。最后一个黑影出现在了宿管的身后。它一个字也没说，但那双泛着幽绿的眼睛已经表明了它想要说的一切。

那是一个看上去很腼腆的男孩子，矮矮瘦瘦，双手背在身后，脸上挂着微笑："大灰熊……你这么急着离开吗？这可……不像你啊……今天……也陪我们玩一会儿吧……"

宿管挥拳朝它砸去，然而小男孩只是笑着，随即在宿管眼前消失不见。宿管转头看向周围，另外两个小男孩对着它嘻嘻笑着："别看我们呀……洋洋不在我们这里！"

而此刻，被称为"洋洋"的男孩声音也在地下室里幽幽地响了起来："大灰熊，我们今天玩的第一个游戏是躲猫猫喔……你猜猜我现在在哪里……"

宿管那双狰狞的红眼中浮现出惊恐的神色，它四处寻找着洋洋的身影，可对方似乎凭空消失了，无论它怎么找，也捕捉不到任何痕迹。

"嘻嘻，笨蛋……我在你的眼睛里啊……"阴森的笑声骤然响起，下一刻，宿管发出痛苦的吼叫。

宿管捂住自己的眼睛，粗大的手指试图探进，就在这时，幽幽的笑声再次响起："我已经不在那里啦……猜猜这一次，我又在哪里？给你一个提示……我在你的思想无法触及的地方哟……"

思想无法触及的地方？

同在地下室里的宁秋水和郑少锋都愣住了。

宿管再次在地下室里寻找了起来，确认其他地方没有后，它居然开始对自己展开了一种奇怪的"排查"。

宿管用粗大的手指一下下地敲击自己的胸口，像是在试图寻找隐藏的线索。它的动作看上去笨拙而机械，每一次敲击都发出低沉的回响，令人心底发凉。

这场景让宁秋水不由得屏住呼吸，只觉得一股寒意直冲头顶。

宿管的动作越来越急躁，它似乎陷入了某种混乱，嘴里喃喃自语着："在哪里……到底在哪里……"

"笨蛋灰熊，我在你的脑子里啊……像你这样的傀儡……脑子里根本就没有属于自己的思想呵……"

冰冷的声音落下，宿管的身体猛然一僵，僵硬地停在原地。随后，它头部的动作变得异常怪异，像是被某种力量牵引着，一点儿一点儿地转向背后。突然间，从它的后脑处浮现出了一道模糊的光影，凝聚成一只苍白的手臂，那手臂缓缓地探出，指向了前方。

"找不到我吗？"那声音轻飘飘地响起，却带着森然的寒意，"因为你从一开始就没有真正的自由……傀儡就是这样，可笑又无助……"

宿舍地下室里的三小只被宁秋水解开了身上的锁链，同时也摆脱了书院对它们的束缚。脱困之后，它们对赶来的宿管实施了报复。

地下室里的宁秋水和郑少锋目睹了这一切，只觉得汗毛倒竖。一人一诡物想要离开地下室，然而地下室的门却突然"砰"的一声关闭了。宁秋水和郑少锋站在门前，感受到两道冰冷且怨毒的目光落在了他们身上。那目光中蕴藏的怨念连郑少锋都觉得恐怖，身体僵硬。

"嘻嘻，你们怎么不陪我们玩游戏呀！"清脆的笑声回荡在地下室里，也回荡在宁秋水和郑少锋的耳畔。

郑少锋感觉，如果自己还是一个人的话，这时估计手脚都已经酸软了。这三只诡物的怨念实在太可怕了，已经到了不正常的地步！它估计，这三只诡物身上的怨念和力量不仅仅属于它们自己，还掺杂了这些年从书院汲取的一些能量。

"是我们解开了你们身上的束缚，帮助你们脱困，现在你们转手就要攻击我们，是不是有些过分了？"宁秋水眯着眼说道。

"呀……这么说的话……你们还真是我们的大恩人呢！"阿明笑着，身影一摇一晃地朝着二人走来。

"可惜……我们不得不这么做……不过，如果你们赢了游戏，我们也会给予相应'补偿'哦……"另外一边的那个学生也开口说道。

郑少锋对它们口中的补偿丝毫不感兴趣，它只想赶快离开这个危险的地方："如果我们没有赢会怎样？"

"呀，如果你们输了……就只能陪这只笨笨大灰熊永远留在地下室里哦！"这一次，开口的竟然是洋洋。它的半个身子从宿管的身体里钻了出来，脸上还挂着笑容。

郑少锋闻言，身体冰凉。宁秋水看着它们三只诡物，忽然开口问道："你们刚才说，你们不得不这么做……是因为有某种'力量'在操纵你们吗？"

洋洋的嘴角露出一个古怪的笑容："你可以这么理解呢！"

说着，它整个人突然消失。

"接下来……游戏就开始了哟！游戏一共有三次，成功找到我两次就放你们离开，如果三次全都找到，我就会给予你们'补偿'。每次我藏起来后，你们有一分钟的时间找到我。第一个提示……我藏在一根柱子与好些梁里，周围无门也无窗。"

洋洋说完之后，整个人就噤声了。而阿明和小童则带着怪笑盯着宁秋水和郑少锋，一动不动。黑暗中，它们的眼神是如此瘆人。

郑少锋已经飞速在房间里寻找了起来，奈何找遍了所有角落，也没有找到洋洋。此时，时间已经过去了半分钟。它焦急不已，对着站在原地没动的宁秋水说道："宁秋水，你也别闲着啊，赶紧找找！"

宁秋水想了想，忽然指着角落里的一把伞："它藏在伞里。"

郑少锋愣了一下，虽然疑惑，但还是按照宁秋水的指点，撑开了那把伞。伞刚打开，洋洋那张扭曲的脸立刻出现，上面布满狰狞的疤痕！

"呀……被你们找到了呢！"洋洋语气中带着一丝兴奋。

紧接着，它又消失了。

"第二次，第二次！这一次，我藏在一个小房子里，里面住满了兄弟姐妹们，只是它们脾气不好，一被刺激就会……"

洋洋的话甚至都没有说完，宁秋水便抢答道："火柴盒。"

洋洋的声音消失了，气氛突然变得微妙起来。郑少锋面色古怪，眼中夹杂着震惊、狐疑和尴尬。它拿起房间角落里的火柴盒，还没有打开，洋洋那扭曲的身体就从里面一点点爬了出来！

"无聊！无聊！"它鼓着腮帮子抱怨了一声，然后又消失了，"第三次！我藏在一个你们明明能看见，却总是看不见的地方。"

明明能看见？却又总是看不见？

郑少锋一听，直接放弃思考，转头看向宁秋水。宁秋水指了指自己的鼻子。郑少锋恍然，垂眸一看，果然在自己的鼻子上看到半张恐怖的脸！饶是作为诡物的它，也被吓得一个激灵。没办法，洋洋比它厉害太多了。真要动起手来，对方分分钟就能弄死它。

"啊啊啊……"见到自己就这样被轻松找到，洋洋发出了一声哀号，"不跟你们玩啦！不跟你们玩啦！好气！"

它矮小瘦削的身影再次出现在宁秋水面前，幽绿色的眸子里带着恼怒，但还是从身上拿出了一样特殊的东西，递给了宁秋水。后者一看，竟然是一盒烟。烟一共有三根。

"拿走吧，这是我们的'补偿'。"

宁秋水心头一动，直接拿走了这盒烟。不出意外的话，这应该是效果极其强力的诡器。郑少锋倒是没什么反应，毕竟解密不是它完成的，而且它也不抽烟。

"我还想问你们一个问题……书院周五放学，准确时间是多久？"

听到宁秋水的问题，洋洋的眼睛转了转，模糊的脸上挂着一种诡异的笑容："你想逃出去？"

宁秋水耸了耸肩："是啊，我不太适合书院。"

洋洋的语气带着一种意味深长的不怀好意："真是天真……你不会真的以为，书院会好心放学生们离开吧？"

宁秋水闻言，眉头微微一皱："什么意思？"

洋洋扭动了一下身子，嘻嘻笑道："知道血云书院准确放学时间的学生可不少哦，但是……"

言及此处，它的语气骤然变得极为沉森："从来没有任何一个学生'逃'出过血云书院！"

宁秋水赢下了洋洋的游戏，但是洋洋却告诉他一个重要的消息——从来没有人成功离开过血云书院。

"如果你想知道书院放学的确切时间，那就去班主任的办公室看课程表吧。这是符合规定的，班主任没有拒绝的理由。"洋洋说完，蹦蹦跳跳地又回到了宿管身边。

宿管似乎被它用某种力量控制住了，先前强势蛮横的宿管此刻竟然动弹不得。

"这么说，书院确实会在那个时间开门？"宁秋水问。

"会的。"洋洋想了想，露出一个灿烂的笑容，"书院的规定是书院自己定下的，它不会违反规定。到了该打开校门的时候，校门一定会打开。但是……学生能不能出去，那就是另一回事了。我能告诉你的只有这些。如果还想知道更多，你得自己去找班主任。班主任在书院里的权限比你想象的更大，它们知道很多。"

宁秋水向洋洋和其他两名诡物道谢后，便和郑少锋离开了地下室。

"宿管出事了，书院应该不会坐视不理吧？"地下室外，宁秋水问郑少锋。

"那是必然的。"郑少峰答道，"书院比你想象的要可怕得多。老实说，我只是想解放董老师，至于黄婷婷的计划，我不是很了解，也觉得她大概会失败。不过，她是个勇敢又坚定的女孩。这么多年，书院只有她站出来了，我很佩服她。"

宁秋水沉默片刻，问道："我能跟她见一面吗？"

郑少锋迟疑了一下，说："可以是可以，但必须先经过她的同意。现在的黄婷婷和以前……不大一样。"

宁秋水点点头："我可以等，你今夜帮我知会一下。"

郑少锋应允下来，临走时还特意嘱咐："虽然我们现在认识了，但我得警告你，之后的考试不要考班级第一。否则，我还是会淘汰你。"

宁秋水比了一个"OK"的手势。一人一诡物分开后，他回到宿舍，发现刘春正倒在床上睡得香甜。

听着刘春的鼾声，宁秋水失笑。这家伙，在睡眠质量这方面，跟刘承峰倒是挺像的……巧的是，两人都姓刘。

他也回到自己的床上，闭上眼睛休息。

翌日清晨，铃声响起，唤醒了所有人，宁秋水迷糊了一会儿，还是起身洗漱。虽然今天早上没有宿管催促，但铃声可不会响第二次，如果他们睡过了时间，麻烦就大了。

四人在食堂集合，一边吃饭，一边交流情况。

"昨夜又有两人被淘汰。"白潇潇咬了一口大白馒头，"还剩八个人。除了我们之外，还有五名诡客。现在人人自危，大家搜集到的线索都不愿意公开……哦对了，之前来找我们换信息的那个女人，谢娟，她也被淘汰了。"

宁秋水眉头微微一挑:"谢娟也被淘汰了?"

白潇潇点头,语气带着一抹说不出的惋惜:"是的。其实这个女人还不错,活着对我们的价值更大,但她昨夜为了调查什么,听说去了教学楼的校长办公室,然后没回来,多半出了事。"

听到这个消息,宁秋水道:"那她一定发现了什么特别重要的线索,否则也不会晚上冒着这么大的风险跑出去。"

作为一个经历了至少四扇门的诡客,对于一些基本的隐藏规则不可能不熟知。诡门背后的夜晚是最危险的时候,除非特殊情况,诡客一般不会在夜晚行动。宁秋水觉得,谢娟一定是得到了一些和生路有关的信息,才会忙不迭去确认。

想到这里,他忽然对一旁的刘春道:"春儿,吃完饭你带我们去一趟班主任办公室。"

正在喝豆浆的刘春一口喷了出去。白潇潇就坐在他的对面,但白潇潇的反应速度显然比刘春更快,在刘春还没有喷出来之前,她就已经给了刘春一巴掌。

啪!不算响亮,但一定够痛。刘春整张脸都被扇向了一边,嘴里的豆浆也朝着旁边吐了出去,丁点儿没有溅到白潇潇身上。

"对不起。"白潇潇真诚地道歉。

刘春感觉到自己的脸颊火辣辣地痛,但也没有责怪白潇潇。毕竟,这个女人说要给他一笔钱。

"没关系没关系。"刘春摆手。然后他才一脸震惊地看向了宁秋水:"不是,秋水哥,你咋想的?昨天要去小黑屋,今天就要去班主任的办公室。你是真想进小黑屋里玩玩啊?"

宁秋水笑眯眯地看着他:"这你就别管了。带我们去就成。"

刘春叹了口气:"好吧……总跟着你们,我怎么感觉我迟早要玩完?"

吃完饭后,刘春带着宁秋水三人来到班主任办公室。站在门口时,他似乎格外忌惮:"就这里,我不进去了。你们去吧。"

宁秋水三人走进办公室,发现里面有几个人面色惨白,正坐在自己的位置上,抬头直勾勾地看着他们。

"你们是哪个班的学生?"有人冷声问道。

面对这冰冷的询问,宁秋水很想回一句"关你们鸟事"。但他还是谨记着学生手册上的内容,非常礼貌地说道:"想看看课程表。"

离他们比较近的一名教师目光锐利:"马上就要到早读的时间了,看什么课程表?赶快回去!"

宁秋水没有被他的眼神吓住，不卑不亢地说道："老师，我记得这个应该是符合书院规定的吧？为什么不给我看？"

门外，刘春暗中观察，被宁秋水的从容感染，一时间热血上头，然后换了个姿势，继续暗中观察。

"我说了，赶紧回去！"那名教师站起身，眼神愈发冰冷，仿佛要将宁秋水盯穿。

宁秋水耸耸肩："抱歉，老师，我想看课程表。"

一旁的白潇潇似乎察觉到了杨眉的恐惧，伸手握住了她的手，示意她不要害怕。白潇潇相信，宁秋水敢这么有恃无恐，一定有所依仗。而且，从他的态度中，白潇潇也隐约感觉到，那张所谓的课程表，一定隐藏着重要的信息。

宁秋水几人吃完早饭后来到班主任的办公室，想查看课程表。然而，办公室里的其他教师对此似乎十分排斥，不仅不给他们查看，还想直接将几人赶出去。

面对这些教师的咄咄逼人，宁秋水既没有生气，也没有退缩。他知道，一旦这次退了，以后再想查看课程表恐怕会更困难。

"你们是不是听不懂人话？"

办公室里，更多的教师站了起来，冰冷的压迫感瞬间充斥整个空间，让人几乎喘不过气。站在后面的杨眉哪里见到过这场面？她只觉得心脏跳得快要从嗓子眼儿蹦出来。如果不是白潇潇在旁边一直握着她的手，她恐怕早就拔腿跑了。

那些教师的目光冰冷得像利刃，似乎要剥开她的皮，切开她的骨头。

"秋水哥……要不算了吧？"杨眉看着宁秋水的背影，声音小得几乎只有她自己能够听见。

后者显然没有听清她在说什么，一把将她拉到身边，对那些教师说道："你们瞧，她说她也想看。而且，我记得这应该是不违反书院规定的吧？"

杨眉直面这些教师如刀的目光，只感觉大脑一片空白，身体僵硬。她在心里叫苦：你这家伙，听话倒是听仔细啊！她什么时候说她也想看了？

杨眉嗫嚅着，才准备说自己不想看，结果身后的白潇潇先开口了："没错，我们三个人都想看。"

白潇潇这句话，直接断绝了杨眉解释的可能。此时此刻，她只觉得嘴唇发麻，心想：如果今天能平安离开，回去指定得给老天爷磕几个头。

见到三人的态度如此强硬，办公室里的气氛逐渐从剑拔弩张变得微妙而沉寂。宁秋水说的没错，看课程表这件事并不违反书院的规定。它属于学生们应该享有的权益。

这些老师咄咄逼人，其实是装腔作势。对峙了片刻后，那些站起来的老师又一一坐回了座位。

　　"课程表在后门，自己去看。"冰冷的声音从几人背后传来。

　　宁秋水回头看去，发现班主任左老师不知何时站在了他们身后，目光淡漠。宁秋水对它说了一声"谢谢"，便带着杨眉和白潇潇走向办公室的后门。

　　后门紧锁，上面果然贴着一张课程表，上面列有每天的安排和具体时间。值得一提的是，课程表上的安排比较模糊，只标注了课程科目，没有具体内容。而周五下午，果然标有"放学"二字。只不过这两个字是用鲜红色的墨迹写下的，红得有些不正常，像是血。

　　整张课程表将时间安排得极为严密，包括学生的休息时间，但唯独放学时间没有标明，一个时间点都没有。

　　"看完了？"左老师已经回到座位上，平静地整理上课要用的试卷，今天有物理考试。

　　"嗯，看完了。"宁秋水点头。

　　"看完了就赶紧回教室吧。"左老师催促道。

　　然而，宁秋水并未离开，而是问道："左老师，我有一个问题，为什么周五放学没有时间标注？"

　　在地下室的时候，洋洋明确告诉过他，学校有不少学生都知道具体的放学时间。这说明以前的课程表上，周五的放学时间被详细标明过。可是现在，课程表上的放学时间却没有记录，唯一的解释就是这张课程表被人换过。那么，为什么要换课程表？

　　面对宁秋水的问题，左老师没有回答，装作没有听见的样子，略显急促地拿起了手里的试卷，来到三人面前："好了，赶快回教室吧……马上要考试了，好好复习一下，争取考个好成绩。"

　　左老师似乎完全不知道郑少锋的事情，催促着三人。宁秋水扫视了一圈办公室，发现其他教师虽然仍旧坐在原地，但是眼神都直勾勾地盯着他们，显得不怀好意。

　　"好。"他没有再问，而是转身就走。

　　三人出门，门口的刘春已经先回去了。刚才班主任进来的时候，似乎和他打了个照面。

　　从办公室走回教室的路上，宁秋水对着一直沉默不语的班主任再一次问道："左老师，办公室里的那张课程表被换过吗？"

　　班主任走在前面，脚步微顿："好好念书，不要胡思乱想。"

　　宁秋水显然并没有把他的忠告听进心里："为什么会换课程表？是因为不想要

学生知道放学的时间吗？我听说，之前想要在放学时间逃出书院的学生……最后都被关进了小黑屋。"

啪嗒。

宁秋水话音刚落，走在最前面的班主任停下脚步，转过头看着宁秋水，神色冰冷又复杂："谁告诉你的？"

宁秋水耸耸肩："一些……没能离开书院的学长。左老师，你好像很紧张？"

班主任站在原地，语气有些古怪："是为了保护你们。"

"保护？还是囚禁？"

"囚禁就是保护。书院可一点儿不安全。但至少你们按着规矩走，能活下来。"

"你说得对，左老师，以前或许可以……但是现在不行了。"

班主任的眉头一皱："为什么？"

宁秋水眯着眼："你没发现咱们班的人越来越少了吗？"

听到这句话，班主任的身子微微一僵："违反书院的规定，当然会——"

宁秋水打断了他的话，认真道："跟书院的规定没有一点儿关系，每次班级考试的第一名……都会莫名消失。而你，只是看不见那只诡物。你以为是在保护自己班级的学生，殊不知，他们会一个个全部因你而消失在这里！"

班主任的脸色变了："不可能！书院禁止学生相互打闹！"

宁秋水继续紧逼："是吗？书院只怕管不了诡物。而且……你应该比我们更清楚，书院并不在乎学生们的安危，它只在乎业绩。不然也不会有小黑屋的存在了，不是吗？左老师，小黑屋里面的火烧了这么多年……还没烧够吗？"

面对宁秋水的质问，班主任沉默不语。他一贯对众人的学业要求非常严格，在书院的规矩面前显得异常刻板。但此时他的沉默，却印证了宁秋水的一个猜测。

那就是，他们的这个班主任并不像宿管那样是一个傀儡。其实严格来讲，班主任并不是他们遇见的第一个NPC，同班的同学才是，但班主任绝对是第一个最重要的NPC。而现在，这个重要的NPC有了自己的想法。这意味着他很可能会是一个帮助诡客找到生路的关键人物！

"左老师，为什么不回答我的问题？"宁秋水追问道。

面对宁秋水的紧追不舍，班主任脸上并没有露出任何不耐烦的神色，只是语重心长地规劝道："既然你已经知道，曾经试图趁放学时间离开书院的学生都失败了，那就不应该心怀侥幸。"

"我也不想心存侥幸，但是已经被逼到绝路了……这样吧，左老师，咱们打个赌。"

"赌什么？"

"今天考试的第一名，会在不违反任何书院规则的情况下被淘汰。如果我对了，你就把书院放学的真相告诉我。"

"如果你输了呢？"

"我输了就老老实实学习考试，毕竟我付出什么代价，对你而言都没有好处。与其说是在打赌，不如说我只是想证明我刚才说的事情是真的。"

他有点儿赖皮。如果说这是一场赌局，那对班主任来说显然是不公平的。但宁秋水说的也没错。无论他付出怎样的代价，班主任都不可能从中得到实际的好处。

"好吧。"班主任最终答应了。

回到教室时，教室里已经坐满了学生。见到宁秋水三人跟着班主任一同回来，其他诡客的脸上都流露出一丝异样的神色。这已经是第三天，马上要到周五放学的时间了。

这几天，他们已经从同学或其他地方搜集到了一些关于放学的线索。这一次的任务比较奇怪——周五放学，离开血云书院既是生路，也是绝路。

在诡门的任务说明中也明确指出，一定要活到周五下午放学，才能离开书院。那么，他们究竟要怎样才能确保安全地离开呢？而且，宁秋水三个人又是怎么回事，为什么会跟在班主任的身后？

他们都知道，班主任一定是一个非常重要的NPC，但他也十分危险。不到万不得已，没人愿意冒着巨大的风险去找他。看宁秋水他们三个人现在的情况，要么就是犯了错，要么就是从班主任那里获得了重要的信息。

到了这个时候，能够坚持下来的人都比较谨慎，且更注重主动出击。一些人已经打起了三人的主意，目光带着审视。

回到了自己的座位上，简单自习后，便开始了今天的物理考试。这一次，诡客们的神情十分凝重。活到今天的人都不是傻子，他们基本已经弄清楚了，谁考到班级的第一名就会被诡物盯上。而谁考试不及格，也会被送到小黑屋里。

当然，宁秋水根本不在意后者。因为他知道被送进小黑屋里，并不代表着出局。他有信心可以从班主任那里要到一张保命的字条，也有信心能够靠着洋洋给他的诡器从黑屋里面活下来。更何况，他的身上还有郑少锋留给他的一根手指。太多的东西可以让他从黑屋里面活下来。

此前，宁秋水也跟白潇潇和杨眉讲过，必要的时候，她们可以直接不及格。他和白潇潇这一次严格来讲是带杨眉过门，所以一定程度上自然会保护杨眉的安全。

沉重的考试过程终于结束了，依然是当场阅卷。坐在下面的学生个个神色紧张，仿佛等待审判降临的囚犯，哪怕他们根本没有犯罪。

这一次，班主任阅卷的速度非常快，仅用了半个小时便结束了。与以往不同的是，他这次省去了开场白，或许是因为之前宁秋水和他说过的一些话，他听进去了。

"这次大家的考试成绩总体平均分是70。第一名，岳平忠，74分。倒数第一，宁秋水，59分。"

唰！几乎是一瞬间，全班的目光都集中在了这两人身上。

倒数第一本不至于引起这么大的关注，但问题在于，宁秋水这次考试没有及格，而没有及格的学生会被送进小黑屋。在这些学生的认知中，小黑屋几乎等同于绝境。

"接下来是自习时间。宁秋水，你跟我来。"

细心的人已经观察到了班主任的语气和之前不同。面对不及格的刘春，班主任更多的是一种责骂以及严厉。可是现在，面对同样不及格的宁秋水，班主任竟然少见地没有表现出什么情绪波动。

宁秋水跟着班主任离开了教室。昨夜，他已经让郑少锋提前通知了黑屋里的黄婷婷。至于黄婷婷到底同不同意见面，宁秋水并不介意。这件事，黄婷婷说了不算。他说了算。

宁秋水非常想知道黄婷婷究竟要做什么？从昨夜地下室里诡物洋洋的反应来看，血云书院的恐怖应该远超他们的想象。目前为止，他们经历的不过是冰山一角。真正的恐怖，他们还接触不到。

在这种情况下，宁秋水不认为黄婷婷联合小黑屋里的诡物就能解决掉书院所有的教职工，那完全就是以卵击石。黄婷婷应该也知道这一点。所以她的目标，应该不是清除血云书院里的教职工。

"等会儿你先跟我去一趟办公室，我会给你一张字条。你带着字条去小黑屋，按照字条上的指示完成任务，然后直接出来就行。"班主任说道。

宁秋水跟在他的身后，盯着他的背影，忽然开口："左老师，黄婷婷是不是就是靠着你的字条，一直活在小黑屋里？"

听到这个熟悉的名字，班主任停住了脚步。当他再次转过头时，宁秋水看见班主任的眼里带着前所未有的冰冷和肃杀之意："你到底……知道些什么？"

宁秋水提到了黄婷婷，似乎戳中了班主任的软肋，让他一下子像是变了一个人。原本还准备通过小字条保下宁秋水的他，却在下一刻露出了对宁秋水的敌意。

"看来我猜得没错，你也参与了黄婷婷的计划。不过我猜你和郑少锋一样，都

325

只是黄婷婷计划里的一小环,所以你知道的事情和他一样,都只有很少的一部分。"

宁秋水并不介意班主任对他的敌意,血云书院被束缚的不仅仅是他们这些学生,也包括里面的教职工。他们不犯事,作为教师不能对他们这些学生出手。也就是说,班主任唯一能够对付他的方法,就是借助小黑屋。但即便他不给宁秋水小字条,宁秋水也有办法从小黑屋里活下来。这是宁秋水有恃无恐的根源。

看着宁秋水那丝毫不惧的眼神,班主任站在原地许久没动。虽然他的脸上没有表现出来,但内心早就已经翻江倒海,方才宁秋水所说的那些话,几乎是一点儿不差。

"你见过黄婷婷了?"班主任缓缓收敛了自己的敌意。他已经感觉到,面前这个学生并不像其他人那么容易对付。

宁秋水笑道:"还没有……这不正要去见见她吗?左老师,请记住我们之间的约定。"

班主任深深看了他一眼,没有再说什么,带着宁秋水来到了办公室。他拿出一张特殊的便条,写下了一行字:"宁秋水同学负责这一次的小黑屋卫生打扫。"

便条和刘春之前拿到的没有什么区别。宁秋水拿着这便条,对他说了一声"谢谢",然后转身离开。

目送宁秋水离开的背影,班主任冰冷的眸子里隐约闪过了什么……

教室内,班主任走后不久,岳平忠便逃了出去。他已经看见了那只诡物,如果再不逃走,那个胖子就是前车之鉴。

"潇潇姐,秋水哥不会有事吧?"杨眉表情焦虑。她得知宁秋水只考了59分的时候,心头猛地一沉,脑子里一片空白。

她本来就不擅长在诡门的背后生存,这扇诡门里,基本就靠宁秋水和白潇潇。而到目前为止,宁秋水的表现一直是游刃有余,这让她对活下去充满信心。可是今天,宁秋水却出事了。

她有些慌张,她记得白潇潇曾经跟她说过,带来的那个"朋友"是一个比她还厉害的家伙。如果连宁秋水都出事了,那她们还能活下来的概率岂不是更低了?

"不用担心。"白潇潇只回了她这四个字。

她跟宁秋水进入诡门已经有好几次了,知道宁秋水不会冒无谓的风险,考59分这种事情,显然是宁秋水故意为之。

此时此刻,白潇潇的注意力更多是放在了她右后方的两个同学身上。那好像是一对情侣,男的叫王塔,女的叫彭萝,丢在人群里就没什么存在感。他们也是诡客,从今天早晨进入教室开始,这两人的目光就一直在他们三人身上游移不定,似乎有话想说，但又迟迟没有开口。

白潇潇是个心思细腻的人，大概猜到了他们的意图。就在王塔准备离开座位朝她走来的时候，班主任出现在了门口。不过他似乎有心事，只是瞪了王塔一眼，没有责骂他。目光在教室里扫视了一圈后，他忽然皱眉道："岳平忠去哪里了？"

教室里无人回应，沉默了有一会儿，白潇潇才开口道："他逃出去了。出去的时候，嘴里还大叫着'有诡物'。"

班主任闻言，眼神顿时锐利起来。之前他和宁秋水打赌的时候，白潇潇就在旁边，所以他并不知道这是不是白潇潇他们一起做的局。

但很快，一道凄厉的惨叫声就从窗外传来："别……别淘汰我……我已经……很努力地……不考第一了……"

听到这惨叫声，班上的诡客们都忍不住打了个寒战，不过他们并没有动。反倒是班主任第一时间走到窗边，朝窗外看去，目光正好落在地上躺着的那道身影上——正是岳平忠。

他手里紧紧攥着一面小镜子，镜面已经四分五裂，身体姿态扭曲不已，脸上满是惊恐之色。

见到这一幕的班主任站在原地许久，目光有些出神，似乎陷入了某种思考。他回过神后，第一件事情就是朝教室外面走去，只留下了一句话："今天上午自习，不要到处乱跑，中午如果我还没有回来，你们就自己去吃饭。"

说完，班主任就消失在了教室门口。

他走后，教室里的压迫感骤减。王塔呼出一口气，起身走到白潇潇身边，低声道："还剩最后三天了，合作吗？"

白潇潇问："为什么找我？"

王塔回答："已经没有选择了。其他人，要么没有合作的价值，要么根本就不信任我们。"

白潇潇眼神微动："你想怎么合作？"

王塔压低声音道："很简单，我们先交换一下彼此得到的信息，然后等中午吃饭的时候，我们趁着这个时间去一趟教务处，找一样很重要的东西。"

"很重要的东西？"

"我也不瞒你了，算是我的诚意……我们要找的，是课程表。"

白潇潇不动声色道："课程表啊……班主任办公室就有。"

王塔环顾了一下四周，又看了看门口，才低声道："办公室的那张课程表被换过了，上面没有周五具体的放学时间。既然你去过了办公室，看到了那张课程表，那就应该知道这一点。"

他停顿了一下，又补充道："而原来的那张课程表，被替换到了教务处。"

"你怎么知道最初的那张课程表现在就在教务处？"

对方显然掌握了不少信息，而且也能和白潇潇已知的事情对上号，但白潇潇没有这么容易就轻信对方的话。在以前的诡门里，她已经不知道被人算计过多少次，再笨的人也该学聪明了。

王塔的表情有些古怪："你知道谢娟吗，就是我们班上的那个纪律委员，昨天晚上她出去了，后来没有回来。所有人都以为她已经淘汰了，但实际上，她并没有被淘汰，而是被困在了财贞楼里。消息，是她传给我们的。"

白潇潇沉默了片刻，回道："中午下课再说吧……时间还够。"

王塔点头。现在说话的确不太方便。教室里比较安静，他们的谈话内容如果不想被其他人听见，就必须将声音压得非常低。

回到了自己的座位上，王塔深吸了一口气，目光时不时还会在白潇潇的背影上打量几下，似乎在思考着什么。而坐在他身旁的彭萝，则一直低着头，似乎对周围的一切都不关心。

宁秋水独自拿着字条，来到了小黑屋前。周围的树木还和之前一样萧瑟。

虽然现在是白天，小黑屋的周围也没有阴影，但看上去就是莫名地让人后背发冷。它有一种独到的诡异感，就好像在那个破旧的铁皮房子里，关着无数可怕的阴影。

宁秋水来到了小黑屋的门口，门内又突兀地响起了敲门声。

咚咚咚——

宁秋水在心里比对了一下，发现这敲门声和昨天听到的几乎一模一样，无论是频率还是力道。不出意外的话，应该是同一个人。

咚咚咚——

敲门声又一次响起。这一次，宁秋水也抬起了手，模仿着门内的人敲了敲铁皮门。

咚咚咚——

这一敲，当场让门内的人陷入了沉默。

门内没有传来任何的回应，仿佛被抽离了一切生气般冷寂。宁秋水不甘心，抬起了手，又对着铁门敲了几下。

咚咚咚——咚咚咚——咚咚咚——

他感觉到自己的手都敲痛了，可是小黑屋里仍然没有人来开门。

"糟糕，有点儿失策了……"宁秋水捏了捏自己的太阳穴。他想到了一件事情——之前被关小黑屋的学生，应该是班主任亲自送过来的，所以班主任有能力打开这扇铁门。但他不一样。班主任并不担心他逃走，因为宁秋水这一次本来就是奔着小黑屋去的，所以压根就没有来送宁秋水。

"有人吗，麻烦开一开门！"无奈之下，宁秋水直接对着小黑屋喊了起来。

远处，一个似乎刚请假去医务室看病回来的学生，看见宁秋水正在疯狂敲小黑屋的门，眼睛瞪得滚圆。他暗自嘀咕，自己是不是高烧把脑子烧糊涂了？

就这么诡异的地方，他们平时路过的时候都不敢多看一眼，现在竟有人在外面这么用力地敲门？难道这个学生并不是人，而是小黑屋里的那些……？

想到这里，他的两条腿莫名有些发软。就在他准备转身离开时，宁秋水似乎察觉到了他的注视，回过头来对他露出了一口白牙，还带着礼貌的笑容。

那学生当场被吓得脸色煞白，连滚带爬地朝远处逃走了。

站在小黑屋前敲门的宁秋水忍不住摸了摸鼻子："我有这么吓人？"

他表情疑惑，抬手又准备敲门。这时，门内传来一个冰冷的声音："谁？"

宁秋水不假思索地回道："我。"

这答案像是给门内的人造成了短暂的困惑，沉默了好久才又问："你是谁？"

宁秋水解释道："我是被指派过来打扫卫生的学生，麻烦开一下门。"

小黑屋里的人并没有立刻开门。他们似乎非常谨慎，谨慎得像是在躲避着什么。

"你们班主任没有送你过来吗？"

"没有，他今天有事，我自己来的。"

"让班主任过来开门。"

"哎，这位同学，你就通融一下吧。我这里还有班主任给的字条呢，你要不看看？"

"嗯，把字条从门缝里塞进来。"

听到这话，宁秋水想也没想，直接将字条从下方的门缝里塞了进去。片刻之后，铁门传来了锁被打开的声音。

小黑屋里和它的名字一样，黑得伸手不见五指。而且明明里面很热，阵阵热浪扑面而来，可宁秋水站在门外，却有一种后背发凉的感觉。

他感觉到，小黑屋里有数不清的目光正在注视着他。人类对于黑暗的恐惧从来没有消退过。想要如同宁秋水这样肆无忌惮地走入小黑屋内，可不是一件容易的事情。勇敢是最简单的一关，也往往是最难的一关。

进入小黑屋后，宁秋水非常礼貌地顺手把门带上。铁门发出了一阵刺耳的摩擦声，随着"吱呀"一声，他的眼前彻底失去了光明。

不过他进入小黑屋里时，虽然能明显体会到那灼热的气息，但并没有受到伤害。这是一种奇妙的感觉，像是你将手伸进火炉里，明明能感受到火焰的高温，但身体却出奇地能够适应。

宁秋水知道，这不是因为他有什么特殊能力，而是那张班主任给的字条生效了。

"扫把在墙角……扫完就赶紧出去……你摸哪儿呢？"

宁秋水声音带着歉意："对不起，我实在是看不见。不过你一个男的，为什么胸这么大？"

黑暗中，那个冰冷的声音咬牙切齿地回答："那是我女朋友！"

宁秋水诚挚地道歉："冒犯了！"

他放慢了动作，按照黑暗中那个冰冷声音的指引，慢慢找到了小黑屋的角落，并拿到了扫把。

心不在焉地扫了一会儿，小黑屋里冰冷的声音传来了不耐烦的催促："行了，已经扫得够干净了，出去吧。"

宁秋水回答："这才扫了哪儿啊？虽然我看不见，但能感觉到地面上全是灰。我给你们扫干净，你们住得也舒服一点儿，不是吗？"

那黑影面对宁秋水的诚意，却没有理会，反倒愈发不耐烦起来："跟你说了，小黑屋里非常干净，让你走就走！哪来那么多废话？"

宁秋水叹了口气："好吧……"

他将扫把放回原位，不过并没有离开，而是将手揣进了裤兜里。两只手，两个裤兜，两件东西。

宁秋水先掏出了左边裤兜里的那根手指："你们认得这根手指吗？"

他将手指拿出来后，抛到了小黑屋的地面上。周围一片寂静，没有任何回应。

宁秋水并没有着急，他静静地等待着。许久之后，那个声音终于再次出现："这根手指你是从哪里拿到的？"

"郑少锋给我的。"宁秋水如实回答，"千万别跟我说你们不认识郑少锋。我这一次来小黑屋，是想见一个人。"

"谁？"

"黄婷婷。"

随着他说出那三个字，小黑屋里陷入了一种诡异的沉默。

宁秋水见没人说话，又说道："昨夜，郑少锋应该跟你们讲过，有个人要见见黄婷婷……"

他话还没有说完，黑屋子里立刻传来了另一个冰冷的声音："很抱歉，我们这里没有叫黄婷婷的人。你一定是弄错了。"

宁秋水微微蹙眉:"大家都是同学,希望各位能够坦诚一些。"

那个声音依然冰冷,没有发怒,也没有显得焦躁:"我们已经为你确认过两次了,小黑屋里没有叫黄婷婷的人。"

这个回答让宁秋水的脑海里闪过了各种各样的想法。其中最直接的,自然是小黑屋的这些人在欺骗他。

"那请问,小黑屋里之前有没有一个叫黄婷婷的人来过?"宁秋水的声音也很平稳。

"没听说过。"黑影答道。

"既然这样的话……"宁秋水说着,轻轻叹了口气,"那我只能让学校的教职工进来查查,说小黑屋里藏着一个试图'逃避惩罚'的学生。"

他话音刚落,无数道令人窒息的目光几乎是在瞬间锁定了他!被数不清的诡物在黑暗中窥视是一种怎样的体验呢?那感觉就像是四面八方的刀斧加身,身体周围全是隐匿的尖刺,稍不注意就会千疮百孔。

不过,宁秋水并不慌张。一来,小黑屋是书院管控之地,受规则约束。他既然拿着班主任的字条,证明自己不是"因为考试不及格而进来"的学生,那么小黑屋里的人按理说就不能对他动手。其次,就算是小黑屋里真的有突发情况,他另一只手上握着的那盒香烟也绝对能够保他无虞。宁秋水虽然还没有试过这件诡器,但他知道其威力一定超乎想象,甚至可能比黑衣夫人的那本相册还强!

毕竟能够轻松应对小黑屋内诡物的宿管,在地下室里却被那三个恐怖诡物轻松拿下,足以可见它们和小黑屋里这些诡物的实力差距。从它们手里拿到的诡器,绝对不简单!

"你们不要用这样的眼神看着我。郑少锋的那根手指可以证明我不是你们的敌人。如果我真的想对黄婷婷不利,现在我就不是一个人来了。毕竟学生手册里有一条规则明确记录着——如果发现违反规则的学生,可以及时举报,书院会专门派人查证。我对你们很坦诚,也希望你们坦诚一点儿。"

他说完之后,小黑屋的某个角落里忽然传来了一道脚步声。

"我是黄婷婷,你找我做什么?"

宁秋水说:"你是黄婷婷?我要确认你的身份。"

黄婷婷问:"你想要怎么确认?"

"把门打开,我要看看你。"

"我不能离开小黑屋。"

"不需要你离开,你只需要站在小黑屋的门口就行。"

沉默了片刻，黄婷婷同意了。她依旧按照惯例，在小黑屋门口敲了敲门。

咚咚咚——

几乎是一模一样的声音。这下宁秋水确定了，之前在小黑屋里敲门的就是黄婷婷。

确认门外附近没有人之后，黄婷婷才小心地打开了一条门缝。外面的光透了进来，她似乎太久没有见过阳光，显得有些不适应，一只苍白的手遮掩着眼睛，脸色蜡黄而消瘦。

而此刻，宁秋水站在她的身后，静静看着黄婷婷的背影。

他不需要看脸。之前一个夜晚，他在宿舍外的路灯下看见过黄婷婷和郑少锋会面。那道特别的身影，宁秋水记得非常清楚。感觉，有时候比眼睛来得更靠谱。

"好吧，我确认是你了。"宁秋水走到黄婷婷身后，伸手拉上了小黑屋的房门。

吱呀——

轻微响动之后，小黑屋再度陷入了彻底的黑暗。

"你找我什么事？"黄婷婷再次问。

宁秋水说："我想了解几个问题……一些关于你，一些关于书院。你解答了我的疑惑，我马上就走，而且绝对为你们保密……必要时，我也可以帮助你们，就像我帮助郑少锋那样。"

黄婷婷沉默了一下，答道："你问吧。"

宁秋水整理了一下思绪："首先，办公室后门上的那张课程表，为什么没有了周五的放学时间？"

"被换了。"

"为什么要换？换到了哪里？"

"换到了财贞楼的教务处。至于换那张课程表的原因……其实是为了限制学生。"

"限制吗？"宁秋水眉头微蹙，"可班主任告诉我，那是为了保护学生。"

黄婷婷的语气中带上了一丝波动："如果你不渴望自由，如果你甘愿成为一个被操纵的木偶，那的确是一种保护。"

宁秋水若有所思："再说详细点儿，爱听这个。"

黄婷婷叹了口气："……它们就是通过这样的方式来腐化'轩都市'的。书院的两年学习是一种'筛选'，最终成功参加'市考'的学生，会被它们彻底同化，变成它们的一部分。"

"它们？它们是谁？"

"我不知道，但一些诡异现象的起源与它们有关……以前轩都市并不是这样。"

黄婷婷似乎对于"它们"也知之甚少，没有多提，语气之中带着厌恶和忌讳。

"好吧，下一个问题，周五几点放学？"宁秋水终于还是问出了这个问题。

而黄婷婷听到这个问题之后，语气居然变得有些错愕："你问这个做什么？"

"你说呢？"

"周五下午六点三十分放学，校门会打开五分钟，其间可以离开书院。"

"这么简单？那为什么以前想要趁放学时间离开书院的学生……都出现了意外？"

黄婷婷沉默了片刻，低声说道："看来，你知道的事情还不少。好吧……如果你打算离开书院，那的确不是我们的敌人。我可以告诉你那些学生为什么在放学的时候出了意外，不过……你要帮我去做一件事。"

宁秋水的眼底闪过一丝亮光："说来听听。"

"我们需要教导处的一张'特批表'。"

"那是什么？"

"你去找郑少锋，它知道那东西长什么样子……当然，教务处究竟有什么危险，它也会告诉你，关于那个地方，它知道的要比我更加详细。"

宁秋水思考了片刻，同意了："可以。所以——"

黄婷婷打断了他的话："你找到特批表，然后来小黑屋，我就告诉你怎么才能安全离开书院。你或许有所疑虑，但整座书院的学生里，只有我才知道怎么离开。想要在周五安全离开血云书院，你必须要来我这里。"

宁秋水深深看了她一眼，又问道："最后一个问题，既然你知道怎么在周五的时候离开书院，为什么要留下来？"

黄婷婷回答："我有不得不留下来的理由。"

"我能知道吗？"

"如果你拿到了那张特批表并且平安回来，我会告诉你的。"

二人的交涉到此结束。

推开小黑屋的门，宁秋水迎着阳光走了出去，黄婷婷则站在屋内，像刚才宁秋水看她那样看着他。

恍惚间，她已经分不清楚，那是宁秋水的背影还是光。

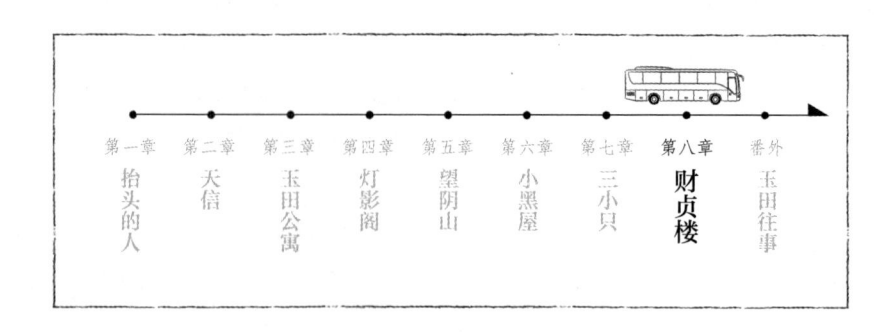

第一章 抬头的人
第二章 天信
第三章 玉田公寓
第四章 灯影阁
第五章 望阴山
第六章 小黑屋
第七章 三小贝
第八章 财贞楼
番外 玉田往事

中午放学,班主任还是没有回到教室。

教室里大部分学生已经去食堂吃饭,而王塔和彭萝已经坐在白潇潇旁边,开始交流一些在书院里找到的重要信息。

白潇潇隐瞒了一些和宁秋水有关的事情,仅将一些基本细节告诉了对方。

王塔敢主动来找她们交流信息,显然手上握着不少线索。如果她撒谎,很可能会被当场识破,从而摧毁彼此之间脆弱的信任。

事实上,白潇潇对交换信息这种事并不反感,毕竟她的最终目的是平安离开这里。

其中,她告诉王塔和彭萝最重要的信息是:血云书院从未有学生在周五放学时间成功离开过书院。而从王塔那里,她得到了一个关键线索——离开书院的生路在财贞楼里。

而这个线索,来自被囚禁在财贞楼里的谢娟。

"谢娟不是一个只懂莽撞的人。在进入那里之前,她曾经来找过我们,留给了我们一个特殊的通讯器。这个通讯器一共有两头,可以无视距离单向传递三次信息。此前,她用过一次,在这扇诡门里又用了一次。"

王塔说着,从身上拿出一个纸杯。纸杯的底部有一个小孔洞,上面连着一根若隐若现的血丝,看上去并不明显。

看着这个纸杯,无论是白潇潇还是杨眉,都有一种回到了儿时的错觉。小孩子会用两个纸杯和一根线假装电话聊天。而此刻,她们从纸杯中听到了谢娟的声音。那是一段求救的信息:"我被困在财贞楼最东边的教导主任办公室,这里有逃出书院的生路，过来救我出去，小心……后背……"

白潇潇认真听了好几遍，皱眉问："为什么后面有一段杂音？"

王塔摇头："我也不清楚。"

杨眉说出了自己的忧虑："这的确是谢娟的声音，不过她说的未必就是真话。如果她不这么说，我们肯定不会去救她，不是吗？财贞楼能够将她困住，必然有无法预料的危险。如果我们过去，也被困住了怎么办？"

谢娟好歹还有一个诡器可以向外求救，而他们如果被困在了财贞楼，恐怕连求救的机会都没有。

王塔看了杨眉一眼，说："你说得对，但阿萝有办法确认谢娟话语的真假。"他指了指彭萝，"不然的话，我也不会以身冒险。"

王塔的第一句话有撒谎的可能。但后面的话却又可以基本打消二女的疑惑。如果不是真的确定那里存在生路，没人会主动往那个地方去。王塔总不能就为了谋害她们两个无冤无仇的人，以身犯险。

"我们两个人去，危险程度太高，多两个人，遇见麻烦可以相互照应，怎么样？"

似乎被王塔说动，杨眉指了指王塔身边那个女人，问道："她也去吗？"

王塔点头："阿萝也去。"

杨眉咬着嘴唇，看向白潇潇，后者沉默片刻后同意了："好，什么时候行动？"

"现在。"王塔不想拖得太久，"晚上只会更加危险，现在是白天，中午阳气最旺盛，反而还好一些。"

几人一商量，立刻行动了起来。离开教室后，他们一路朝着书院的更深处走去。而此时，班主任忽然带着刘春出现在空无一人的办公室内。

"上次去，她什么都没跟你说？"

刘春脸上露出一抹狡黠："是的。黄……她说，计划正在稳步推进中，只是可能稍微出了点儿岔子。"

唰唰唰——

左韦华快速写了一张字条，递给刘春："再去一趟小黑屋。跟她说，我不想再看到小黑屋里的学生白天出现在书院。如果让我再发现一次，我会亲自处理掉她！"

刘春看着手里的字条，陷入了一瞬间的失神。

"怎么了？"

左韦华看了他一眼，刘春身子一抖，随后立刻笑道："但宁秋水不是去了吗？"

左韦华淡淡说道："我并没有跟他说这些事。他不知进退，知道的事情太多会很麻烦……而她,也不会让他轻易回来。"

刘春闻言点头:"我这就去!"

他屁颠颠地跑出办公室的门,脸上谄媚的笑容立刻消失了,取而代之的是一抹诡异的神情。

"左老师……自由,真是让人魂牵梦绕的气息。爸爸以前说赌博不是好习惯,但这次,我真的忍不住了。这么多年,无数渴求自由的学长学姐们前仆后继,也该有人出去了。"

财贞楼。

这里周围完全没有任何学生活动,冷寂异常,像是一座冰冷的空楼。内部阴影重重,外面的阳光似乎难以照射进去。四人蹑手蹑脚来到了财贞楼的外面,没有立刻进入,而是在外面观察了一会儿。他们发现财贞楼越往上层,阴影越深,一层最为明亮,只笼罩着一层淡淡的灰雾。到了第二层楼,光线便明显变暗。至于四楼、五楼,几乎完全被黑暗吞噬,只能偶尔从阴影的波动中猜测,里面的确可能有人。

"奇怪……为什么财贞楼的前三层都没人?"杨眉发出了疑惑。

没人回答她。

白潇潇接着问:"这种情况,昨天谢娟提到过吗?"

两人对视了一眼,都摇了摇头:"没提过。"

"昨晚情况危急,谢娟可能没来得及观察那么仔细吧。"白潇潇看了他们一眼,说道,"走吧,进去看看。"

王塔点点头,提醒道:"把诡器都准备好,里面指不定会遇到什么危险。"

几人的表情都严肃了不少,小心翼翼地踩着阶梯进入了财贞楼。这幢楼与其他教学楼不同,被建得特别高,光是进入大门的阶梯就足足有三十级。

刚一进门,莫名的阴冷便攀上了他们的脊背,仿佛背上有一只趴着的诡物,正对着他们吹气。走廊昏暗,他们谨慎地向楼上走去。

"不留个人下来守着吗?"杨眉低声问道。她知道自己的问题显得非常愚蠢,但还是问了。她忍不住担心:如果他们上去后,楼下突然出现什么状况。回头他们遇到危险想要撤离时,岂不是腹背受敌?

王塔瞥了她一眼:"我知道你在担心什么。但现在的情况更适合抱团行动,单独留下一个人,风险更大。说不定我们刚上去,他就出事了。"

杨眉叹了口气:"好吧。"

她还是第一次主动参与这种冒险行动,紧张得额头冒汗,脑海中不停演练着下一步该怎么办，可无论怎样都觉得不安稳。

一路上楼，四人来到了三楼。在王塔的带领下，他们朝教务处走去。

"我还有一个问题……"白潇潇开口说道，"之前那件谢娟留下的诡器里，有一段关键的录音我们都没有听到，可似乎那是有关于我们安危的信息。你们什么都不知道，就贸然闯进来，是不是太草率了？"

王塔看了她一眼，回道："都已经走到这儿了，马上我们就能够找到离开书院的办法，岂不闻风浪越大鱼越贵？说不定，那里还有重要的诡器。冒一点儿险是值得的。"

白潇潇和他对视："那找到了诡器算谁的？"

王塔："谁找到就算谁的。"

很公平。

四人站在教务处门口，没有立刻进去，白潇潇低声叮嘱了杨眉两句，然后俯身贴在地面，静静地聆听着。的确有许多脚步声，但不是从他们这层楼传来的，而是楼上。至于他们这层楼，安静得有些诡异。

王塔没有敲门，而是直接将手放在门把手上，小心地扭动着。彭萝，这个女人很奇怪，在团队里从来不说话，也不发表意见，只是一路紧紧跟着王塔，几乎寸步不离。杨眉打量过她几次，觉得不对劲，但现在大家毕竟在一个团队，说对方坏话似乎不利于团队的和睦，所以她也就忍住了，只是暗自留了一个心眼。

随着王塔将门扭开，教务处里立刻传出一股浓重的灰尘气息，隐隐夹杂着刺鼻的味道。几人闻到后，几乎是下意识地提高了警觉。教务处里……怎么会有血？

王塔和其他三人交换了一个眼神，然后缓缓把门推开。他握住门把的手有些发白，足以体现他内心的紧张。不过，好在预想中那恐怖的场景没有出现——门后没有突然出现一张诡物的脸来吓他们。

教务处的门完全推开后，刺鼻的气味已经弥漫了整个空间，不过四人都已经适应了。王塔回头对自己的女朋友彭萝说道："阿萝，一会儿我和她们进去，你在门口看着，别让门关上。附近只要有人过来，你立刻提醒我们！"

面对王塔的安排，彭萝还是一言不发，只是轻轻点头。随后，王塔对白潇潇和杨眉说道："你们跟我进去，诡器拿在手上。里面可能有危险，东西不要乱碰。先找人，人找到之后，再一起寻找能保护我们离开书院的东西。然后，我们尽快离开这个地方！"

白潇潇瞟了一眼彭萝，点了点头。彭萝独自走到门口，白潇潇则和杨眉则手持诡器，跟在王塔的身后走进了教务处内部。

房间里有六张办公桌，桌上堆满了各种杂乱的资料。地面上没有任何血渍，

337

墙壁上也是一片苍白。杨眉眉头一皱，没有血……那血腥味从何而来？她的目光迅速锁定了房间里能够藏人的地方。

由于办公室比较大，王塔进入后径直朝另一头走去，杨眉趁机靠近白潇潇，低声说道："潇潇姐，我觉得……他们两个人不大对劲。"

白潇潇没有回答，只是朝着王塔相反的方向走去，同时低声嘱咐："不要碰柜子，也不要碰一些被藏起来的东西。"

杨眉微微一怔，脑子没有转过来，不太明白白潇潇的意思，但还是下意识地点了点头："嗯，不过潇潇姐，你不觉得奇怪吗？屋子里怎么会有血腥味？明明没有人啊……难道说，我们过来的时候，藏在房间里的谢娟已经出事了？"

说到这里，杨眉有些害怕，忍不住扫视着房间里的隐蔽角落，生怕某个地方会忽然窜出来一只诡物，要害他们！

白潇潇不动声色地瞥了一眼门口一动不动的彭萝，说道："他们撒了谎，谢娟早就出局了。"

杨眉一听这话，吓得急忙用手捂住嘴："谢娟……出局了？不可能啊！她的诡器还没有失效啊！"

白潇潇在房间里踱步，目光扫过桌面上那些资料，一边查看，一边用只有二人能够听见的声音说道："有没有一种可能……那根本不是谢娟的诡器，而是他们的？"

白潇潇冷不丁的一句话，让杨眉感觉从头凉到了脚趾缝里。那件诡器不是谢娟的，而是王塔他们的？这么一想的话……似乎也成立啊！毕竟，他们对于这件诡器其实了解得并不够，究竟有什么具体的作用，只有王塔他们知道。有些事情细思极恐，越想越让人后背发凉。

如果说谢娟早就已经被淘汰了，那王塔他们为什么还要欺骗她们，还主动涉险，冒着危险来这个地方？无论答案是什么，可以确定的是，王塔一定不安好心！

"潇潇姐，你一早就知道，为什么还要跟着王塔来这里？"杨眉忍不住低声问。

在发现自己临时组建的小团队里有两个队员其实不安好心时，杨眉的心脏都提到了嗓子眼儿。白潇潇却显得很平静，继续在教务处寻找着什么。

"他有一句话没说错……风浪越大，鱼越贵。"她语气冷淡，"彼此利用而已。不管他究竟要什么，都可以确定，这个地方一定有非常重要的'道具'，而重要道具存放的地方，也很可能会出现诡器。而且……"

白潇潇瞟了一眼门口站着不动的彭萝，眼底闪过一道精光，但没有继续说下去。因为，王塔已经开口叫她们了："你们过来看看！"

二人闻声立刻朝着王塔那头走去，王塔正站在一个特别的保险柜前，那保险柜是纯金属质地，磨砂外表不反光，外面用钥匙锁着，缝隙间渗出了一些鲜红的液体，缓缓滴落在地，被桌子挡住。

"这……"杨眉目光中露出一抹惊恐，"难道是谢娟？"

王塔点头："有可能。不过谢娟留下的诡器还能够使用，这说明谢娟本人没什么事。看这保险柜这么大，应该完全能藏得下人，里面估计还有很重要的东西。你俩帮我盯着点儿，我来开锁。"

二人闻言点头，靠近了一些，走到王塔身边。后者拿出两根特别的铁丝，插入锁孔里。

开锁是一门技术活，理论上传统的锁都可以用铁丝打开，但有些对于开锁人的技术要求非常高。王塔一边用铁丝撬弄着，一边偏头用耳朵靠近锁孔，脸对向门口，静静听着保险柜发出的声音。

"你俩盯紧点儿……里面大概率有危险。我把锁一打开，搞不好就会发生意外，到时候就靠你们了！"

王塔似乎对二人十分信任，推心置腹，甚至将自己的安危都交给了她们。如果换成别人，也许会被这一份真诚和信任打动。但不巧的是……白潇潇是一个长了八百个心眼子的人精。

她的右手在王塔看不见的位置，掏出了那柄栀子赠予她的特殊匕首。匕首的表面反射着寒光，映出了身后一张挂着诡异笑容的女人脸！那女人一步步悄无声息地靠近她们。

平日里她一直垂着头，外人几乎只能够看见她的脸，看不见她的眼睛，这时她抬起了头，白潇潇才看见，彭萝的眼睛根本没有瞳孔，只有眼白！原来，这个叫彭萝的女人……根本不是人！

一旁的杨眉拿着诡器，紧盯着王塔面前的保险柜，丝毫没有注意到自己身后已经有"人"来了。

"你打开了吗？"杨眉催促道。

王塔的脸上尽量装出一副认真的样子："别急，这锁不难开……快了。"

白潇潇手中的匕首翻转："但是你已经没有时间了。"

王塔闻言，脸色微怔："……什么意思？"

白潇潇的脸上露出一个妩媚的笑容："没什么……你快开。"

看着白潇潇脸上的笑容，王塔心里掠过了不祥的预感，总觉得身上有些凉意，但事情都已经发展到了这一步，他没有回头的可能了："别急……快了……就快了……"

他看着彭萝已经迅速逼近二女的身后，努力用言语稳住她们的情绪。

终于，彭萝到达了目标位置。

王塔手中的铁丝轻轻挑开锁内的一根锁芯，伴随着细微的响动，锁随即打开。保险柜的门弹开，露出了里面被挤压得极为扭曲的一团物体。

最外面依稀显现出一张脸，表情满是怨恨、惊恐和愤怒。那正是谢娟的面容。也正是这一刻，二女身后的诡物彭萝伸出了苍白的手，猛地推向二女！

然而，白潇潇的动作比它想的更加迅捷！她一个低头闪身，同时一脚踹开了杨眉，手中的匕首翻转，迅速横在王塔的脖子上；另一只手控制住了王塔的左手关节。王塔一声痛呼，感受到脖子上传来的强烈压迫感，额头顿时渗出冷汗。

这一切都发生在电光石火之间！

王塔和彭萝似乎都没有想到会有这样的变故。当然，最重要的是……彭萝的动作并不快，虽然它是诡物，但受到的限制似乎特别多，面对人类没有优势。

"杨眉，用你的诡器控制这只女诡物！"

几乎是同一时间，白潇潇对着杨眉大喊。杨眉虽然笨，但是反应不慢，知道这是生死攸关的时刻，直接将手中的镣铐甩向了彭萝！

手铐击中彭萝后化为了一道白光，下一刻便铐住了它的双手。彭萝站在原地冷冷地看着她，却一动不动！

做完了这些，白潇潇低头对怀里的男人笑道："挺有能耐啊，居然搞到了一只类似傀儡的诡器。"

王塔的面色苍白，眼中除了震撼还有惊恐："你……你……"

他想说什么，却说不出来。因为旁边的保险柜开始震动起来，里面被揉成了一团的谢娟，居然开始蠕动了！

它的嘴里发出怪异的笑声，一双怨毒的眼睛死死地盯着王塔。后者见到这一幕，惊恐大叫道："快！快放开我！它要出来了！别让它出来，否则我们都要完了！"

白潇潇冷笑道："你觉得我像傻子吗？是你害了谢娟吧……想让我放你走？可以，告诉我你为什么要害她，又为什么要害我们！"

说着，她长腿一挑，直接掩上了保险柜的门。

王塔呼吸急促，他咬着牙，踌躇了片刻，最终急忙开口："有张很重要的'通行证'在里面，但是教导主任就在教务处，想要拿到通行证，必须要抓住三个不听话的学生交给教导主任……"

面对因他所害而出局，并被藏在保险柜里的谢娟，王塔十分恐惧。虽然谢娟还没有完全从保险柜里挣脱出来，但是那股诡异的阴冷和怨恨已经将他彻底包裹住！他当然知道，在诡门背后犯下这样的事会有什么严重的后果。一旦谢娟从保险柜中挣脱，他就完了。谢娟的怨念会缠上他，直到他被彻底淘汰！

为了能够活下去，王塔不得不将所有事情和盘托出。

白潇潇眯起眼睛："谁告诉你的这些？"

"教导主任。"

"他在这里？"

"在……保险柜里。"

白潇潇的表情有些古怪，突然，脚下传来一阵剧烈的冲击，让她整条腿都发麻。

"快！它要出来了！"王塔的声音嘶哑而急促，"关上保险柜的门，我带你们离开这里，算是我的补偿，这财贞楼里藏着极大的危险，没有'权限'的人几乎不可能活着离开！我没有骗你们！"

白潇潇注视着王塔的眼睛，突然露出一个奇怪的笑容："抱歉，哪怕你说的是真的，我也不会信了。"

言罢，她在王塔绝望的目光中收回了抵住保险柜的腿。

"不……！"王塔的眼里满是恐惧，身体颤抖着挣扎起来。

白潇潇见时候差不多了，也不再束缚他，直接松开了擒拿。王塔想也没想，直接朝着保险柜撞去！

砰！他的身体狠狠撞在保险柜上，发出剧烈的声响。本来以为这一下可以将开着的保险柜门重新撞合，但他没有想到，一只苍白的手已经从保险柜里伸了出来，死死抓住了柜门！

这个保险柜的门，已经合不上了。

王塔内心的恐惧如决堤的洪水般爆发，他一次又一次用力撞击柜门，牙齿几乎要被咬碎。然而，这根本无济于事，保险柜里的女人正在逐渐伸展它的肢体，不断向外爬着！

直到那张破碎的脸露出半张时，王塔似乎心有愧疚，不敢与那只怨毒的眼睛对视。他惨叫一声，转身就朝外面逃去！

而保险柜中的女人也宛如蜘蛛一般，从柜中迅速爬出，追着王塔逃离的方向而去。

白潇潇冷眼旁观，没有阻止，彭萝也在手铐失效后离开了这里。偌大的教务处，只剩下白潇潇和杨眉两人。

"潇潇姐，你……你快看！"杨眉的声音微微颤抖，手指指着保险柜的方向，仿佛看到了什么可怕的东西，眼睛瞪得滚圆。

白潇潇后退几步，绕到正面，看向保险柜的内部。那里面……竟然还有一个人!

不,确切地说,是一堆红泥和纸币的混合物。它盯着两人,脸上露出了诡异的笑:"你们来教务处,有事吗?"

这家伙身上的气息极度诡异,但他开口说话时,语气中丝毫没有一般诡物的阴冷,反而透着一种难以言喻的温和。

"你们怎么不说话了?"柜中人继续说道,"是不是你们的班主任欺负你们了?如果班主任违规欺负学生,你们可以直接跟我讲,我会帮你们争取应有的权益。不用害怕,血云书院是一个讲求公平的地方。来到这里的,无论是学生还是老师,都要遵守规定!"

他循循善诱,语气中竟透出一丝阳刚和正气。或许是受到神秘力量的影响,两人的眼神中渐渐浮现出些许迷茫。

"真的可以跟您讲?"杨眉喃喃地问道。

"当然,我的孩子,我就是专门负责处理这些事情的。"

柜中人蜷缩在保险柜里,身体缓缓挪动着,像在挣脱某种束缚。随着一阵细微的摩擦声,他的脸慢慢从柜门口探了出来:"我就是血云书院的教导主任,孟巍。"

杨眉和他对视了一会儿,嘴唇微微翕动:"在书院里,学生可以拥有自己的权益?"

孟巍一笑:"当然。我说过了,书院的规定,所有人都要遵守。没有人可以在这里只手遮天!"

杨眉眼神一亮,瞳孔外像是蒙上了一层淡淡的灰色:"那我们周五可以正常放学,离开书院吗?"

听到这句话后,孟巍的笑容变得微妙起来,带着几分有些古怪和诡异:"当然可以,孩子。放学回家,这是很正常的事情,也完全符合书院的规定。不过,你们想要离开书院的话,需要一张通行证。"

孟巍说着,伸出了一只血迹斑斑的手,将一张苍白的表格递给两人:"拿到这张通行证后,填上你们自己的名字,等到周五放学时,你们可以在书院门口将这张表格交给那里的保安。只要有了通行证,你们就可以在放学时间离开书院了。"

杨眉闻言,脸上的表情透出了欣喜,她上前一步,正要接过那张通行证,却被身后的白潇潇猛地拉住了手腕!

就在杨眉还没反应过来的时候,白潇潇先一步开口说道:"抱歉,教导主任,我们并不想离开书院。刚才只是随口问问而已。"

白潇潇的话音刚落,孟巍脸上的笑容顿时僵住,隐隐透出几分冷意:"是吗?

可是我看这位同学已经归家心切了……"

孟巍话音未落，白潇潇又斩钉截铁地说道："我说过了，我们并不想离开书院。之所以来教导处，是因为刚才逃走的那个叫王塔的学生骗了我们。既然误会已经解除，我们也该回去继续学习了。"

孟巍死死盯着白潇潇，脸上的笑容愈发冰冷，整个人显得愈发诡异："是吗？那你们就赶快回去吧，记住哦，一定要在下午上课之前回到教室……千万不要违反书院的规定！"

听到它的话，二人的心里浮现出了一股浓郁的不祥预感。之前王塔就已经跟她们讲过，如果没有权限，想要离开财贞楼会非常麻烦。而现在，教导主任那诡异的语气让二人意识到，一旦进入了财贞楼，想要再离开就没那么简单了。

"谢谢您的提醒，孟主任。"

秉持着不能冲撞学校老师的原则，白潇潇的语气还是非常客气。说完这些，她准备直接将保险柜的柜门关上。在柜门即将完全闭合的瞬间，里面传出了教导主任那带着诱惑意味的声音："慢慢来，不要着急，等你们想通了，随时可以再来找我……如果你不知道怎么打开保险柜的柜门，也可以直接对着柜门敲三下……"

话还没说完，白潇潇就已经把保险柜的柜门关上了，教导主任的声音随即消失在这偌大的办公室中。

她转身，看到杨眉的脸色变得难看至极："潇潇姐……接下来咱们怎么办？"

"先去一楼看看情况。"

不到万不得已，白潇潇绝对不愿意跟教导主任合作。虽然不知道对方的目的是什么，不过对方一定不安好心。

二人小心地退出了教导主任的办公室，关上房门后朝财贞楼的大门口走去。当她们来到一楼时，才终于明白为什么教导主任刚才会用那么奇怪的语气对她们说那句话。原本门户大开的门口，此刻竟然密密麻麻站着不知道多少黑影！

它们全都堵在门口，面无表情，眼神冷漠地盯着二人。一旦靠近，这些黑影立刻就会围上来！

杨眉手持诡器想要上前试试，然而这些黑影半步不退。她刚靠近它们，手里的诡器竟然自动触发了！手铐铐在了其中一个黑影的手上，那只黑影随即让开，退到了一旁。然而还有数不清的黑影堵在门口！

见到这一幕，二人的心都沉到了谷底。显然，堵在财贞楼门口的这些黑影全都是诡物。它们虽然不会对白潇潇和杨眉直接动手，但只要站在这里，阻止二人出去就足够了。等到下午上课时间，二人要是没有出现在教室座位上，就算违反书院的院规，而违反这条院规之后，就会受到相应的惩罚！

白潇潇看着面前的这些黑影，手中拿出了栀子送给她的那把匕首。她轻轻摩挲着匕首的刀把，似乎在做某种抉择。

　　"潇潇姐……怎么办？"杨眉这回是真的慌了。

　　一名诡客在一扇诡门中，只能够使用三次诡器，而她已经用了两次，只剩下最后一次了。无论如何，不能再轻易消耗自己诡器的次数了，因为这是她最后的保命手段！

　　"你不要慌，我有办法可以送我们出去。"白潇潇说道。

　　她握紧了匕首，准备朝这些黑影走去。随着她走向门口，那些黑影围拢上来跟她对峙。许久之后，白潇潇刚扬起握住匕首的手，那些黑影竟然真的让开了一条路！

　　杨眉见状，惊喜道："潇潇姐厉害……"

　　话还没说完，杨眉就看见门外出现了两张熟悉的面孔——一个是宁秋水，另一个是刘春。

　　门内门外的人对视了一眼，白潇潇立刻道："不要进来！这个地方一旦进来了，想要出去就难了！"

　　门外的宁秋水和刘春对视了一眼，想也没想，直接就踏入了财贞楼。

　　"我的天，你俩是真的不听劝啊！"杨眉捂着脸，语气绝望。

　　如果说二人在外面还有救援她们的可能，那现在他们都进来了，最后岂不是会团灭在这个地方？

　　"不用担心，我有办法！"刘春嘿嘿一笑，原本憨傻的脸上流露出和以往完全不同的精明。

　　听到他这么说，杨眉的表情才稍微好看了一些，但她还是将信将疑："你认真的？"

　　"不然我进来干什么？"刘春翻了个白眼。

　　"对了，你们两个为什么会来这儿？"进门之后，宁秋水向二女问道。

　　听到她们的解释后，宁秋水目光闪过一道光，脸上露出"果然如此"的表情。

　　"你好像一点儿都不惊讶……"白潇潇瞟了一眼宁秋水。

　　后者耸了耸肩："刘春跟我讲过了，这种事情已经不是第一次发生了。教导主任之所以会出现在保险柜里，并且将自己锁在了里面，是因为担心有人偷他的'钱'。"

　　听到这里，二女的表情都有些轻微的讶异："它这么爱财？"

　　刘春冷笑道："恐怕不是爱……而是怕。"

　　"怕？"

"你猜猜它为什么要用保险柜把这些钱锁起来？"

二女闻言，立刻听懂了刘春在说什么。

"保险柜里藏着的那些钱是……不义之财？"

刘春笑了笑："义不义的我倒是不大清楚，但肯定是不符合书院规定的。里面有很大一部分钱财属于书院，但是被它私藏了起来！"

杨眉闻言，眼睛一亮："这么说的话，我们可以去举报它？"

刘春摇头："我们不能去，学生根本接触不到书院真正的掌权者。这也是它敢这么肆无忌惮的原因。"

杨眉皱眉："不过就算把那些东西藏在保险柜里又有什么用呢？两根铁丝就撬开了……"

她没想明白，白潇潇似乎先明白了过来："那个保险柜根本就不是铁丝撬开的……用铁丝撬锁只是一个幌子，吸引我们上钩，将注意力集中在保险柜上。之前教导主任已经跟我们讲过了，要找它只需要轻轻敲三下保险柜就行了，但显然王塔不能这么做，因为他需要时间让那只女诡物傀儡走到我们的身后来！"

杨眉一听，心里"咯噔"一下，暗道一声"原来如此"！

"是的，这才是真实的情况。除了教导主任以外，没有人可以打开那个箱子，哪怕是班主任来了也不行！"刘春语气沉重，"教导主任拥有很大的权力，虽然这种权力不能够动摇书院的根基，但已经可以让它偷偷瞒着上面做很多事……其实知道这些事情的人也很少，还是以前黄婷婷告诉我的。"

说来说去，又提到了黄婷婷这个女人。

白潇潇若有所思地看了宁秋水一眼："你们来这个地方也是因为她？"

宁秋水点头："我要去教务处帮她取一样非常重要的东西，然后黄婷婷会告诉我们离开书院的办法。"

有了刘春这个家伙在，事情似乎变得简单了起来。他的确不像表面上看上去的那么简单，关于这座偌大的书院，他知道很多秘密。

四人来到了教导主任的办公室，刘春上前敲了敲那个保险柜。果不其然，柜门就这么打开了。教导主任孟巍那张鲜血斑驳的脸出现在几人面前，还挂着温和的笑容，似乎它已经预料到了他们会回来。

"孩子们，想通了？"

刘春说道："主任，我想找您要件东西。"

"找我要东西……你说，只要不是什么违反书院规则的，该给的主任都会给。"他表现得格外慷慨。

"我们想要一张特批表。"

听到"特批表"三个字,孟巍的脸色发生了轻微的变化:"哦……特批表?"

"嗯……"

"你们要这个东西做什么?"

一旁的宁秋水说道:"目前我们还没想好,不过一定会有用的。主任,您要是愿意把这张特批表给我们,那我们可以帮您做很多事。"

保险柜里,孟巍的笑容变得越来越古怪:"我可以理解你们是在贿赂我吗?"

宁秋水道:"不,身为书院的学生,帮助教导主任做事是天经地义的事。"

孟巍笑得越来越灿烂了。它根本不在乎自己的行为是否违规,因为这些学生根本就威胁不到它。就算他们把一些它违规的事情举报给了班主任,班主任也不敢管。因为它的手里握着绝大部分班主任的把柄!一荣俱荣,一损俱损。

"你们能有这样的想法,可真是太好了,书院没有白白地培养你们……我可以把特批表给你们,但你们也必须要答应我一件事。"

宁秋水问:"什么事?"

孟巍说道:"两天之内,我要看到十六名违反学校规定的学生……"

它话音还未落下,刘春开口了:"抱歉,教导主任,书院目前没有这么多不听话的学生……"

说到这里,他话锋一转:"不过如果你愿意帮我们,我们倒是可以帮你揪出一个滥用私权的教师。"

本来孟巍的脸色还有一些僵硬,一听到这话,只是愣住了小片刻,便突然露出了一个极其夸张的笑容:"你是认真的?"

它的语气已经带着一种急切。刘春点头:"我知道这里的规矩,可以跟您写'保证书'。"

孟巍盯着刘春好一会儿,才说道:"我感受到了你的诚意,不过……保证书要所有人一起写!"

它依然谨慎,没有被突如其来的喜悦冲昏了头脑。

宁秋水给了二女一个眼神,随即说道:"没问题,我们都可以写保证书。"

保险柜里,教导主任很快便吐出了四张表格:"写吧,保证书。写完了保证书,我就把特批表交给你们。"

刘春带头,他先写了保证书,之后便递给了三人:"你们照着我的抄就行了,把名字改成你们自己的。"

三人照做。完事之后,他们还割破了自己的手指,将手指印在了保证书的后面。有了这张保证书,他们就必须完成上面的事,否则……

教导主任看了看保证书，非常高兴："哎呀……好好好，书院能够教出你们这样的学生，实在是好！行吧，特批表我可以给你们一张，但是不可以乱用！回头要是惹出了什么麻烦，可不要怪我翻脸！"

刘春接过了特批表，认真地看了看，然后递给了宁秋水。

"放心孟主任，最迟后天，我就会带着自己搜集到的证据来找你。"

简单的交涉结束之后，他们关上了保险柜的柜门，然后一同离开了财贞楼。这一次，一楼的那些黑影没有再出现了。

"奇怪，那些诡物……都是听命于教导主任的？"离开了财贞楼，杨眉回头看了一眼，脸上写满了好奇。

"是的，它们生前和我们一样，都跟教导主任签订了'卖身契'。"

"卖身契？"

"是的，就是我们刚才跟它写的保证书。一旦我们没有办法完成上面的事情，就会成为它的傀儡。"

一听到这里，杨眉的脸都绿了："天哪，那你不是害我们吗？上面写的那东西怎么可能……"

刘春转过身，看着她非常认真地回道："保证书虽然写了，但也未必需要完成。第一，我们承诺的截止时间是在放学时间之后的六个小时。如果我们提前离开了书院，那这份保证书对我们就没有效果了。第二，如果在这期间我们能够拿回自己的保证书，又或者说它已经不再是教导主任，被处理掉了，那保证书上的事情，我们也可以不用完成。"

白潇潇揉了揉眉心："我其实有挺多疑惑的……你要怎么处理掉它呢？"

刘春道："一般的学生不行，我们根本没有资格接触到书院真正的掌权者……但是班主任可以。有人想要上位，那就必须要踩着上面的人。我们现在的班主任左韦华，就是一个很想上位的人。这里的教职工想要上位只有两种方法：一种是抓住足够多违规的学生，另一种是抓住违反规则的同行……"

听到这里，白潇潇虽然有很多细节没有得知，但也隐约间明白了什么，眸子里浮现了巨大的震惊："我们现在的班主任……是故意让黄婷婷活在小黑屋里的？"

刘春用反问的语气，说出了一句让三人后背发凉的话："作为一个捕快，抓不到贼就没有业绩，可他所管辖的区域偏偏就没什么贼，或者说没有让他升官发财的大贼，可是他又想升官，那怎么办呢……"

说到这里，刘春的嘴角扬起了一个诡异的弧度，语气带着一种浓郁的悲悯和嘲讽:"当然是自己养一个'大贼'出来。"

先养贼,再抓贼。

原本宁秋水以为班主任是黄婷婷计划里的一环,却没有想到黄婷婷竟然也是班主任计划中的一部分。左韦华从来没有真正想要帮助黄婷婷。他之所以这么做,不是被黄婷婷说服了,而是恰好黄婷婷需要他的时候,他也需要黄婷婷。

"根据我了解到的一些和书院有关的情况,教职工想要在书院升职并不是一件容易的事情。毕竟违反书院规定的后果十分严重,学生们也都不是傻子。而教职工若想升职,获得更多书院的'资源',抓住足够多不听话的学生非常重要。这就造成了狼多肉少的情况。"刘春解释着,"当然,如果是一个对书院有一些威胁,或是犯下比较严重错误的学生,他们的'价值'就会大一些。譬如黄婷婷,只要她闹的事情够大,那最后左韦华清理掉她的时候,就很容易升职。不过现在,左韦华有了更好的选择。"

说着,他还专门回头看了一眼财贞楼。

白潇潇皱眉:"如果教导主任手里有左韦华的把柄该怎么办?到时候,左韦华反将咱们一军,把咱们的一些想法跟教导主任说了,那我们不就……"

刘春道:"你还真是聪明……不过这一点你不用担心。首先,左韦华和教导主任孟巍是竞争关系。他想要升职到教导主任的位置,必须要先把孟巍踩下去,否则想要坐到孟巍的位置几乎是痴人说梦。就算孟巍手里真的有左韦华的把柄,左韦华也不可能出卖我们。他不会让孟巍再往上爬了。这些年孟巍通过一些非正规手段稳定诱骗了许多学生上当,再将它们挨个儿处理,积累了不知道多少的'功绩'。如果他再往上爬一步,那手段只会更多。接下来要针对的……只怕就是班主任了。他和左韦华都是同一种人,都是在养贼然后自己宰。左韦华心里比谁都清楚这种人究竟有多危险,不会帮孟巍的。"

他很耐心地解答了白潇潇的这个疑惑,后者听完,目光中闪过了一抹异色。她过了这么多扇诡门,还是第一次看到同一扇诡门里有这么多聪明的NPC!

"了解了。"走在旁边的宁秋水道,"另外,今天在财贞楼里经历的所有事情,都不要对外说。"

这话,他是说给杨眉听的。他不了解这个女人,随口给她提个醒。

回到教室里,已经快要到午休结束,班主任提前坐在了教室里。宁秋水第一个走进教室里,班主任看了看自己的手表,对着宁秋水问道:"宁秋水,白潇潇她们没跟你一起吗?"

听到这话,宁秋水有些讶异地回头,脸上表情古怪:"她们为什么会跟我一起？我是才从小黑屋里出来的，老师。"

早晨的时候，他因为考试不及格被迫去了小黑屋，这一点班主任是清楚的，毕竟那张字条还是他给宁秋水的。

不久前从刘春嘴里得知了左韦华的想法时，宁秋水还有一些轻微的讶异，左韦华居然没有趁机把他除掉。后来他想明白了，班主任是想把这个机会留给黄婷婷。班主任认为黄婷婷会帮他除掉宁秋水，而且是通过不符合规定的方式。毕竟宁秋水的手里还拿着一张属于书院的字条，在小黑屋里，他们是没办法直接对宁秋水动手的。

但由于宁秋水不知进退，黄婷婷为了保护自己的秘密，一定会想办法把宁秋水干掉，而且这种方式本身也不符合书院的规定，会让黄婷婷的"价值"继续增加。到时候他处理黄婷婷时增加的功绩就会更多！一箭双雕！

不过让班主任没有想到的是，宁秋水居然活着回来了。对视的时候，宁秋水明显能够看见对方的脸色不太好。

"好吧，你先回去坐着。"

没过多久，刘春也走了回来。直到下午即将上课的前一刻，白潇潇和杨眉才回到了教室，坐回了自己的位置上。

"下次不要把时间卡得这么死，早点儿回到教室学习！看看你们班……分数是越来越低了！"班主任的声音非常不爽，带着一种极端的严厉。

上了一下午的漫长自习，教室里的所有学生都学得头昏脑涨，好不容易挨到了下课的时间，班主任拿起了自己的东西，走出了教室门口。宁秋水和刘春对视了一眼，独自追了上去。

班主任是一个十分危险的角色，没有必要的话，不能让他知道有其他人的参与，尤其是刘春，否则他一定会认为刘春背叛了他，那刘春的处境就会变得十分危险。

"左老师，不想聊聊吗？"

走廊上，突兀的声音从身后传来。左韦华眉头微微一皱，转过苍白的脸，盯着宁秋水："你想跟我聊什么？"

宁秋水微笑："我想跟你聊两件事情，一个是完成我们的赌约，另一个是关于你升职的事。"

听到"升职"两个字，左韦华的表情确实发生了变化，但却不是欣喜，而是一种冰冷、充满戒备的眼神。他非常不喜欢别人知道他的目标，因为那会暴露自己的弱点。

"你想跟我聊？行，跟我来吧。"

将宁秋水带回办公室后，左韦华不动声色地挪到自己的座位，打开一个上锁的抽屉，伸手似乎想拿出什么。然而，他的手刚伸进去，身后便传来锁门的声音。

这个轻微的声音让他愣住了。他回头看了一眼，发现是宁秋水锁了门。

左韦华的面色有些古怪，迟疑了片刻后，还是将手拿了出来，并把抽屉关上。他扬起嘴角，似笑非笑："我还是第一次看到有学生敢主动关上班主任办公室的门。看来你要说的事……有点儿见不得光啊。"

宁秋水无视了他的调侃，开口说道："岳平忠早上考了第一名，他已经被淘汰了吧？"

面对这个疑问，左韦华只是沉默了片刻，随后笑了一声，淡淡地说道："你说的没错，我或许是应该查一下班上的情况，看起来有个不听话的小子在给我添乱。"

宁秋水目光微动，接着问道："所以，现在您是不是也该告诉我周五放学的事情了？"

左韦华眼皮微微一挑："放学的事啊，简单。周五傍晚六点半放学，其间校门会打开五分钟，你们只要趁着这个时间离开就行了。"

六点半，五分钟。和黄婷婷说的时间对得上。

"事情没这么简单吧？我怎么听说书院里曾有很多学长学姐想趁这个时间离开书院，最后都出了意外。"

左韦华给自己点了一根烟："我很喜欢抽烟，但是在办公室里几乎不抽，因为这里有明确的规定。如果这个时候有一个同行在办公室里看见我抽烟，他就能去举报我，那我就会受到严重的惩罚，而他也会获得相应的奖励。你明白我的意思吗？"

他似笑非笑，脸上的神情甚是诡异。

宁秋水沉默了一会儿。这几乎是一种赤裸裸的威胁了。他攥紧了自己的双拳，感到一种由衷的愤怒。他听懂了左韦华的话——学生在这座书院里，真的算不上人。

"你还有别的事吗？"

宁秋水与他对视了片刻，开口道："有。关于你升职的事，左老师。"

左韦华脸上的笑容变得奇怪，甚至有些嘲讽："你好像很确定我特别想要升职？"

宁秋水淡淡道："左老师，我跟黄婷婷见过面，有些事情她看不出来，不代表我看不出来。如果你不想要升职的话，黄婷婷不可能活到今天。钓鱼佬想要钓鱼卖钱，可是池塘里没有鱼，他得自己养呀……"

唰！宁秋水话音落下的一瞬间，诡异的冷风吹来，下一刻，左韦华竟然就出现在了他的面前，那双眼睛里遍布着狰狞的血丝！

"谁告诉你这些的？"他咧开嘴，表情越来越扭曲，压迫感越来越强大！

然而，面前的宁秋水并没有被他吓到，他直视着左韦华，一字一句地说道："养贼花的时间太长了，时间长就意味着容易出纰漏，容易出纰漏就意味着危险！我这里有一个可以让你在很短的时间内升职上位的'贼'，就看你敢不敢碰了。"

左韦华被人看穿了心事，失去了之前的风度，变得急躁起来。但或许是宁秋水的话起了作用，他的呼吸声变得急促了许多："你说的'贼'是哪个贼？"

宁秋水身子微微向前倾，凑近了他的脸，低声说道："左老师，大贼！"

"多大？"

"比您还大。"

左韦华认真地盯着宁秋水，想确认他到底是不是在说真话。但从对方的眼神中，他实在看不出任何撒谎的痕迹。渐渐地，在二人沉默的对视中，左韦华的神情发生了微妙的变化。他开始变得疯狂，甚至有些热切："你勾起了我的兴趣。我希望这不要是一个玩笑，不然我会非常生气。"

宁秋水将教导主任做的事情一五一十地讲了出来。左韦华听完之后，身体竟然轻微地颤抖起来。

宁秋水问："你害怕了？"

左韦华大笑了三声："害怕？我这是兴奋！兴奋！"

宁秋水不动声色道："孟巍能够安然无恙活到今天没有被书院清算，绝对不是因为没有学生敢向班主任举报他。不难猜到，孟巍的手里有着不少班主任的把柄。只是不知道，这里面的班主任……包不包括您。"

左韦华脸上的笑容愈发灿烂："真要说起来，他倒也的确抓住过我的小辫子，不过……他那可是妥妥的大罪。我那点儿小错误和他相比，简直不值一提！"

他的心里已经有了一套完美的计划。宁秋水有些讶异，笑道："书院对于学生的性命这么看重？"

这倒是让他没想到。没想到一个堂堂教导主任，会因为残害了一些学生就被书院判定为不可原谅。这跟之前宁秋水对于书院的了解简直天差地别。

不过接下来左卫华的话，就让宁秋水知道自己错得有多离谱。

"那倒不是。他利用职权陷害学生的确违反书院规定，但不至于影响他的地位……相比之下，私吞书院财物才是最致命的一刀。哪怕只是一分钱，但凡被查出来……"

左韦华的笑容愈发得意，而宁秋水脸上仅存的一丝笑容却消失了。

"左老师，你说我这算不算是帮你钓了一条大鱼？"

左韦华看着宁秋水，语气没有了先前的阴冷，压迫感也淡了很多。至少，表面上如此。

"的确是一条大鱼……说吧，你想用这条鱼换什么？你之前的问题我已经回答过了，再详细的我也不能说了，你要是听不明白也怪不得我。"

宁秋水目光微动："我还想要一张去小黑屋的字条。"

左韦华目光中闪过一道精芒："你还要去找黄婷婷？"

宁秋水笑了起来："对。她对我撒了谎，害得我差点儿在财贞楼里出不来，我要去找她算账。"

左韦华嗤笑："那里现在可是她的地盘，就凭你，还不够她塞牙缝的。"

宁秋水语调忽变："左老师……你要不要猜猜，我是怎么从财贞楼里出来的？"

听到这里，左韦华脸上的笑容立刻消失，转而渐渐阴沉下来。刚才宁秋水已经告诉过他，教导主任孟巍会故意拦住进入财贞楼的学生，不让他们离开，等他们违反了书院的规定，再处理掉他们。所以，如果没有特别的原因……宁秋水也不可能出来。

"你把我养的黄婷婷卖给了孟巍？"左韦华的声音中透出一丝寒意。

宁秋水平静道："不管是谁的棋，重要的是在正确的时间，发挥正确的作用。它动黄婷婷……不是对您更好吗？棋子是您的，您大可以用来做局。毕竟，当一个人有了污点，任何一瓢脏水都是致命的。"

左韦华盯着宁秋水许久，眼中的寒意逐渐褪去，笑颜顿开："你这样的人才……我都舍不得动你了。书院开了这么久，你怎么才来？"

宁秋水帮助班主任完善了他的计划，并顺利从班主任那里拿到了一张进入小黑屋的字条。离开办公室后，他径直前往小黑屋，没有与其他人碰面。

来到了小黑屋门前，宁秋水将那张字条塞进门缝。随后，小黑屋的门打开了，宁秋水直接走了进去，顺手将门关上。

"看上去倒是很顺利啊……"

黄婷婷的声音从一旁传来。黑暗中，宁秋水能够感觉到小黑屋内明显的炽热气息。

"东西我已经拿到了，现在是你兑现承诺的时候了。"

说话间，宁秋水一只手紧紧攥着兜里的香烟盒，另一只手拿出了从财贞楼教导主任那里获取的特批表。

黄婷婷冷哼了一声，语气带着几分意外："没想到你还真的拿到了……财贞楼教务处那个躲在保险柜里的家伙不好对付吧？"

宁秋水耸耸肩，语气轻松："是不太好对付，还好它够贪。"

黄婷婷的笑意转冷："好吧……我来告诉你，为什么那些曾经尝试离开书院的学生最后都出了意外。原因很简单，书院的确无法直接阻止学生离开，但保安会以其他理由强制扣留他们三分钟。这期间，书院会给学生家长打电话，而家长通常会立刻赶来。"

听到这句话，宁秋水心中一沉。他知道黄婷婷说的基本是真的。在办公室里时，左韦华也这么跟他讲过。只不过左韦华的描述更为委婉。

事情归根结底就两个字：告状。这是书院教师惯用的手段。当他们遇到难以处理的事情，就会打电话向学生家长"反映情况"。而能把孩子送进血云书院的家长，其为人如何，已无需多言。

对于这些家长来说，放学离开书院，就等同于逃学。

"所以……那些在周五离开书院的学生，并不是被书院处理掉的，而是被自己的父母'清算'的？"

黄婷婷的嘴角掠过一抹冷漠的笑："是的。就在书院门口，当场解决。"

宁秋水想到了白潇潇先前提到的"通行证"，便问道："可是，为什么孟巍告诉我，想要在周五离开书院需要一张通行证？"

黄婷婷道："孟巍的阴谋罢了。以前，周五下午放学时间会贴在班主任办公室后门，学生只要去看一眼就能得知具体时间。但与此同时，这些学生最后被'清算'时，其'功绩'是记在班主任名下的。过去，受不了书院的学生可不少，这些学生就是移动的功绩，给班主任提供了升职的可能性，同时也对教导主任的位置造成了威胁。

"孟巍当然不会坐以待毙，眼睁睁地看着手下的人往上爬。他以保护学生为由，将办公室里的那张课程表换成了没有周五放学时间的版本，还专门嘱咐了其他的班主任和老师，不允许告诉学生周五的具体放学时间。而它自己私藏了那张有具体周五放学时间的课程表，这样一来，学生们想要知道周五的准确放学时间就会更难，而其中的一小部分不敢询问班主任的学生，会选择主动去教导处寻找那张原来的课程表，这样就遇上了教导主任孟巍。

"孟巍一般会给学生一张'通行证'，有了那张通行证，那些试图在放学时间离开书院的学生，最后被'清算'的时候，功绩就算在了孟巍的头上。"

宁秋水听着这里面的门道，不禁在心里感叹：这些家伙玩起手段来真是一个比一个精明。

353

黄婷婷道:"我只会告诉你那些企图离开书院的学长学姐们出意外的原因,并不为你提供解决方式。"

宁秋水眨了眨眼,虽然在黑暗中什么也看不见,却轻声回应:"了解。现在,我要知道你为什么要留下来。"

黑暗中,黄婷婷的声音平静得如一潭死水:"如果你的目的是离开学校,那这个问题你可以不用问,我们之间不会有什么冲突……而且,你也会更加安全。"

黄婷婷的语气很真诚,但宁秋水并不打算就此放弃。他坚持道:"这是你答应过我的事情,你有责任做到。"

感受到了宁秋水的坚持,黄婷婷淡淡地说道:"好吧,我告诉你,我想要做什么……我要毁掉血云书院。"

她的声音很轻很淡,在小黑屋里不停地回荡。这本来应该是一句非常荒谬的话。但是宁秋水听到这句话后,却毫无理由地相信了,他从黄婷婷几乎没有任何感情的淡漠声音中,听出了一种近乎绝望的坚持。

"这听上去似乎很难做到……血云书院的力量太强大了,光是一个宿管就让小黑屋里的诡物们无计可施。你想要向书院更高层动手,只怕是以卵击石……"

黄婷婷随口说道:"我也没打算直接清除它们……总有其他方法,不是吗?"

宁秋水一怔。来到这个副本后,他经历了不少事情,也对血云书院和轩都市有了一点儿基本了解,他快速在脑海中过了一遍现有的信息,随后猛然反应过来!

"你……是想让书院里的学生彻底'失去竞争力'?"

这个念头在脑海中冒出的一瞬间就被宁秋水抓住了,同时,他感到后背有一种莫名的凉意!

黄婷婷没有立刻回答,空旷的小黑屋里,一片死寂。沉默了很久,一直冷静的宁秋水,此时手心里也渗出了汗水。他发现这个叫黄婷婷的女人远比自己想象中更可怕。这种可怕不仅仅体现在她的想法上,还在于她真的有将这些念头付诸行动的胆量。

许久之后,黑暗中传来了黄婷婷的笑声,轻柔却诡异,令人头皮发麻:"咯咯咯……被发现了呢。你害怕了吗?"

宁秋水没有直接回答黄婷婷的问题,而是将她的计划一点点剖析开来:"之所以每年有这么多学生被送进血云书院,是因为它的口碑和名气,书院并不在乎学生的成长,而是他们是否能成为'合格的产品'。那些'不合格'的学生,当场就会被处理掉。而只要它每年能够输出足够多合格的'产品',它的声誉和地位就不会受到动摇。如果你能设法让书院里的学生全面'失去竞争力',书院短时间内将无法补充足够的资源。市考之后,它的口碑就会一落千丈。送进去这么多学生,最后连一件合格的'产品'都没有……"

黄婷婷幽幽地接话："你还真是聪明呢……没错，和你想的基本一样。血云书院的力量正是来自这些学生和家长。只要它失去了口碑，就会以我们难以想象的速度衰弱。"

宁秋水眯着眼："听上去似乎是一个残忍但有效的方法。所以你应该也猜到了左韦华在利用你？"

黄婷婷笑了笑，反问道："所有学生都会消失在书院里，包括我。你觉得我会在乎谁利用我吗？"

宁秋水沉默了一会儿，问道："可是这么做……真的值得吗？所有的学生都因为你的一念之差被抹去了，而血云书院没了，轩都市还会出现更多的血云书院，一座、两座，层出不穷，就像雨后春笋……"

听到这句话，黄婷婷脸上的笑容渐渐消失："你说的对，可这是唯一能够反抗它们的方式了……总有人要站出来，只不过那个人恰巧是我。让书院里所有的学生消失，对他们而言的确是一个残酷的结局，但是让他们活着参加完市考，成为它们永久的傀儡，难道就不残酷了吗？他们的命运，从来都没有掌握在自己手中。只不过是换了一个人掌控而已。"

宁秋水叹了口气："我并非是在指责，也绝非劝导，未经他人苦，勿劝他人善……我只是觉得很可惜，像你这么聪明厉害的人，如果想要离开书院，应该早就成功了，却选择留下来孤注一掷。"

黄婷婷冷冷地说道："我觉得不可惜。我消失了，还会有更多的人站出来。一座血云书院倒下了，还会有更多的书院紧随其后。总要分个胜负，不是吗？"

宁秋水问道："东西已经交给你了，什么时候动手？"

黄婷婷道："这周五的晚上。"

宁秋水沉默了一会儿："谢谢。"

黑暗中他们看不见彼此的脸，但是黄婷婷却嫣然一笑。

"我只是觉得可惜，像你这么聪明的人，本该有更广阔的未来，而不是将一切都止步于书院。"宁秋水转过身子，一步一步走向小黑屋的门口。推门之前，他又开口道，"我用你当鱼饵，钓了一条鱼上来……确切一点儿说是两条，对你威胁最大的两个人很快就会内斗起来。必要的时候，你可以将计划提前一点儿。别动我的人就行。"

说完，他推门而出。小黑屋外的空地上，星月皎洁。他没有关门，因为这个时间点不会有人再来小黑屋了。

黄婷婷看着宁秋水踩着月光远去的背影，眸光微动，渐渐地，嘴角浮现出

355

了一丝诡谲的笑容："领导们，狂欢即将开始……你们一定想不到，这么多年来小黑屋里究竟有多少学生被当成垃圾一样处理掉了吧？没关系，你们很快就会知道了。"

回到宿舍后，刘春、白潇潇和杨眉都在，宿管没了后，宿管的位置暂时空缺了，这让这里的学生稍微松了口气。

"秋水哥，你总算回来了！"看见宁秋水安然无恙，杨眉长舒了一口气。

白潇潇看着宁秋水，问道："秋水，情况怎么样？"

宁秋水靠在一旁的桌子上，说道："基本弄清楚了。"

接着，他把之前学生们意外出事的原因告诉了三人。刘春听后，想起了自己"和蔼可亲"的母亲，心中一紧，脸色变得微妙起来："你别说，你还真别说！我妈要是知道，我自己一个人偷偷溜出了书院……"

杨眉不理解："在正常的放学时间离开书院有什么不对？这也要被清算？"

刘春一拍手："你说得对，但事情没这么简单。如果大家都在放学时间离开，书院也默认，那就没有问题。可如果书院特意给你们家里人打电话，说您孩子不想学习，还趁放学时间偷偷溜出书院，那事情就不一样了！"

杨眉用一种同情的眼神看着刘春："你从小到大都生活在这样的环境里？"

刘春点头："嗯。"

杨眉拍了拍刘春的肩膀："好兄弟，受苦了！"

刘春一脸蒙："啊？"

宁秋水沉声说道："不管怎样，想要顺利离开书院，必须解决保安的问题……"

杨眉提出疑问："可是我们几个没有家长吧？诡客都没有，我们直接出去不就行了？主要是要帮刘春解决这个问题。"

靠墙而立的白潇潇轻轻摇头："没你想得那么简单，小眉。按照诡门的套路，它很可能会为每一位诡客临时设置一对'父母'。不解决这个问题，我们很可能会在书院门口被拦下。"

白潇潇是三人中进入诡门次数最多的，单从经验上来说，她比宁秋水更靠谱。杨眉自然不敢忽视她的意见。

"这……也太离谱了吧！"杨眉忍不住感慨，"这根本就是个死局。保安能拦住我们三分钟，而三分钟内，我们的'家长'一定会赶到书院……"

想到可能要见到那素未谋面的"家长"，杨眉额头不禁渗出冷汗。旁边的刘春还是亲生的，他妈都这么可怕，那自己这边的"家长"岂不是更加恐怖？

"正常来说，这的确是个死局。"宁秋水分析道，"搞不好一般的诡器对我们的'家长'也没什么作用，所以想要活着离开书院，一定得想个办法周旋一下。"

四人陷入沉默。同一间宿舍里，所有人大眼瞪小眼，谁都没有说话。

"如果……"杨眉试探着开口。

三人齐齐看向她。

"我们帮助班主任上位，然后让他帮我们跟家长说是正常下课……有没有可能？他应该会知恩图报吧……应该吧……应该？"杨眉越说声音越小，连自己都觉得这个想法离谱。这不就是把命交到了一个反派NPC手里吗？

宁秋水揉了揉眉心，说道："明天我们去书院门口看看吧。进来都快四天了，还没去过那个地方呢……"

打通了小黑屋和班主任这两条关系线后，宁秋水几人已经完全不用担心考到第一名而被淘汰出局的风险了。他们可以直接不及格，事后只要找班主任开一张条子即可。

当然，第四天的时候，还有一个倒霉蛋似乎发现了什么，模仿着宁秋水他们考试不及格。只不过他的运气不是很好，并没有在班主任那里拿到小字条，而是被班主任直接送进了小黑屋。

宁秋水他们亲眼看见，这个人在小黑屋中被焚烧成了一堆灰烬。没有人出手去救，并不是因为他们太冷漠，而是他们不能跟黄婷婷翻脸。那家伙没有拿到班主任给予的保命字条，所以必须被淘汰，这是书院的规定。黄婷婷不可能因为和宁秋水的交情而与书院起正面冲突。

从小黑屋出来后，几人趁着中午吃饭的时间来到了书院门口晃悠。这里的确有不少保安，全副武装。他们知道这是书院，要是不知道的，还以为是某个军事重地。

几十名保安站在书院门口，双手背在身后，严阵以待。宁秋水他们只要一接近校门口，立刻就会遭到保安冰冷目光的注视。

"我的天，这书院也太离谱了……这真的不是监狱吗？"杨眉忍不住吐了吐舌头，后退几步，躲在宁秋水和白潇潇的身后。那些保安冰冷的目光仿佛能将她从里到外看穿一样，让她顶不住。

"这些保安明显不是活人，它们的战斗力恐怕非常强，寻常诡器对它们或许效果微乎其微。"白潇潇的表情异常凝重。她从这些保安身上感受到了一种极其强大的气息，这意味着，他们凭借诡器和蛮力强行冲破保安封锁线的可能几乎为零。

"秋水哥，你怎么看？"杨眉转头问道。

宁秋水摇了摇头，目光扫过拦在门口的那些保安："这些家伙应该是书院最忠实的傀儡，跟它们没什么交流的可能。它们会在放学时间强行扣留学生三分钟，并且给学生家长打电话，这应该是书院的规定。从这个地方入手，基本就是死局。毕竟血云书院的强大远超我们的理解。想想小黑屋，里头那么多可怕的诡物都没办法正面对抗书院教职工。甚至如果不是宿舍地下室关着的那三只厉害诡物，它们想对付一位宿管都很吃力……眼前这些保安的战斗力未必有宿管那么强大，但数量太多。"

宁秋水说着，脑海中回忆起之前遇到的所有重要NPC。他费了很大的力气，找到了之前想在放学时间离开书院的学生出意外的原因，但现在却发现，没有办法解决。

危险不仅来自书院，还有外面的世界。书院和家长沆瀣一气，里应外合。对他们这些学生而言，简直就是绝杀。

临近最后一天，四人心情没有丝毫轻松，反而愈发凝重。对他们而言，出局的日子也要到了。解决不了眼下的问题，他们必败无疑。

随着班主任和教导主任开始内斗，它们很快就会发现，宁秋水利用了它们。到那时，无论谁胜谁负，第一时间要做的，就是找宁秋水复仇。

"先回去吧。"宁秋水没有多说。他们还有时间，至少到明天放学之前，他必须顶住压力，寻找到唯一的生路。如果到那时依然没有办法，他们就只能倾尽家底，与门口的这些保安背水一战了。

回到教室的白潇潇。神情有些迷茫。

从这扇诡门开始到现在，他们能做的似乎已经都做了，本以为即将找到生路，没想到真正的危险竟然来自书院外面！

难道他们真的要用诡器对付自己的"家长"？这显然不是诡门给予的"生路"。就算他们最后能硬活下来，那也是凭借自己之前的积累和本事。但这么做的风险很大，而且他们的损失也很大。

"还有什么重要NPC没有碰过吗……"教室里，宁秋水埋头盯着书本，双目出神。

生路不在刘春身上，不在左韦华身上，也不在教导主任或黄婷婷身上……那么，生路到底在哪儿？

难道……关键时刻，一个模糊的黑影浮现在宁秋水的脑海里。

他不知道那个人长什么样子，甚至不知道对方的姓名，只知道对方姓"董"。这个人，正是他们班级的前班主任。

从黄婷婷和郑少锋的遭遇来看，这个班主任应该对学生不错，而且知道不少血云书院的秘密。如果他愿意帮忙，或许事情会有转机！

想到这里，宁秋水将目光看向教室的最后方。那里站着一只诡物，正是郑少锋。

郑少锋和其他学生最大的区别在于：郑少锋是自杀，没有违反书院的规定，因此，书院里的规则管不着它。这也是它可以潜入书院许多地方而没有被发现的原因。

宁秋水和它对视了一眼，然后起身，对班主任说道："左老师，我想去上厕所。"

左韦华抬眸瞟了他一眼，轻轻挥了挥手。

宁秋水朝教室外走去，而他的身后……跟着郑少锋。

宁秋水借着上厕所的机会，与郑少锋进行了一次私人会面。一般人是看不见郑少锋的，包括左韦华。这其中一个重要原因是，郑少锋并没有违反书院的规定，所以书院的许多规则对它无效。只要它有意隐匿，其他人很难察觉到它的存在。

宁秋水进入厕所后，走进其中一个隔间，对郑少锋说道："老郑，你之前说，你自杀是为了救董老师？"

郑少锋点头："对。"

"可以联系上他吗？"

郑少锋冷冷地盯着宁秋水："你想做什么？"

宁秋水答道："我帮你，你帮我。这周五，我想试着离开书院。如果顺利，我应该能带董老师一起离开。"

郑少锋闻言，冰冷的眼神中闪过一丝亮光。

它跟宁秋水不是第一次合作了，自从宁秋水帮助它解决了宿管后，郑少锋对宁秋水的信任达到了一个新的高度。

解决宿管，解救地下室的三只诡物，只是黄婷婷告诉郑少锋计划的第一步，后面还有后续的计划。不过，留给郑少锋的时间已经不多了。黄婷婷虽然没有向郑少锋透露计划的具体内容，却警告过它要加快进度。这给了郑少锋压力。

受限于诡门的规则，它白天的活动范围有限，而书院的夜晚时间又很短，这让郑少锋十分苦恼。就算宁秋水不来找它，晚一点儿它也会去找宁秋水。

"你愿意帮忙，那确实太好了！"郑少锋长舒了一口气，"董老师现在被关在教职工宿舍七楼的仓库里。我倒是能潜入进去，但是没办法救他。书院给董老师打造了一个铁笼子，把他和一些违规教职工一起关在了里面，外面有很多保安看守。"

宁秋水沉默了片刻："所以……需要一把钥匙？"

郑少锋点头，又摇了摇头："目前来说，我们的确需要拿到那把可以打开笼子的钥匙……但董老师似乎并不想出来。我之前见过他一次，告诉他我会想办法救，并带他离开书院，可他却拒绝了。他让我不要去做这些'没有意义'的事情。"

宁秋水思索了片刻："我明白了。但你有你的坚持，对吧？"

郑少锋点头："他是因为我才沦落到现在这个地步的。我不能就这么看着他被关在那个铁笼子里，像一条狗。"

宁秋水说道："我有办法改变他的心意，不过在此之前，我们必须要拿到打开铁笼子的钥匙。那把钥匙现在在什么地方？"

郑少锋回答："在外面那些保安手里。它们很强，非常难对付。"

"和宿管相比呢？"

"战斗力方面稍微逊色一些。我之前和黄婷婷提过，想借用小黑屋的力量，但她拒绝了。"

宁秋水笑了起来："我要是她，我也会拒绝你。"

郑少锋冷着一张脸看着宁秋水，似乎没有听懂他在说什么。

宁秋水解释道："你不用紧张，跟你没什么关系，跟她要做的事情有关。"

郑少锋眼睛一亮："你知道黄婷婷要做什么了？"

"嗯。"

"做什么？"

"别问了，反正不是什么好事，而且跟你没太大关系。"宁秋水并不打算告诉郑少峰真相。他转而问道："之前不是从地下室里救出了三个很厉害的诡物吗？它们应该还欠你一份人情，为什么不帮你？"

郑少锋脸色更加惨白："它们不让我再进地下室了。而且，这些天它们一直在地下室里，没有出来过。"

宁秋水摸了摸下巴："我知道了。今天下午下课后，我会去找它们。另外，你把我的事情讲给董老师听，你告诉他，有一群学生需要他的帮助。今夜事情做完后，来宿舍楼找我，我会等你到八点钟。"

郑少锋点头同意。

短暂的交流结束后，宁秋水直接从厕所出来，回到教室。整个下午，他能明显感觉到讲台上左韦华那不怀好意的眼神，一直在他身上晃悠。

宁秋水清楚，左韦华不可能让他真的活下去。一旦计划实施并且完成，无论最后左韦华有没有"解决"教导主任，他都会来找自己复仇。

退一万步讲，左韦华这样的人，即使没有发现宁秋水算计了他，最后也不可能让宁秋水安然无事。因为在他踩着别人往上爬时，宁秋水贡献了太多的力，这也意味着宁秋水知道了很多不该知道的事。

　　如果宁秋水一直忠于他，当然很好，但倘若日后宁秋水忽然反水，想要倒打一耙……他就麻烦大了。为了避免这样的事情发生，最好的办法，就是在计划完成后第一时间"清除后患"。

　　不过，宁秋水对此并不在意。反正那个时候，他已经离开了。

　　熬到了下午下课，众人依次从教室离开。宁秋水告诉白潇潇，让她帮忙拖住左韦华，最好让他在九点之前无法回到教职工宿舍楼。

　　这绝对不是一项简单的任务，但宁秋水对白潇潇的能力十分信任，后者听完也没有拒绝，直接带着杨眉离开了。

　　她们走后，宁秋水又对刘春说道："春儿，你盯着她们，如果她们实在绷不住了，你就顶上去，尽量帮我拖一拖左韦华的时间。"

　　刘春沉默了一会儿，然后问道："秋水哥，你今晚要去教职工宿舍？"

　　宁秋水"嗯"了一声，说道："我有事情要处理。顺利的话，一个小时足够了；如果不顺利……拖再久也没用。"

　　宁秋水给白潇潇三人分别分配了任务，让他们去拖住左韦华，确保其晚上无法按时回到教职工宿舍。

　　其实，宁秋水并不惧怕与左韦华正面交锋。对方的战斗能力并不算强。根据前些天他处理掉小黑屋里一只诡物却受伤的情况来看，明显不及被书院力量腐化的宿管。然而，宁秋水不希望对方看穿自己的计划。

　　左韦华绝对是个聪明的NPC，拥有自己的想法和算计。

　　宁秋水必须在离开书院前表现得乖一些、不那么惹事，这样才能降低对方对他的注意。

　　确认时间差不多后，宁秋水立刻快速赶往了学生宿舍楼。

　　教职工宿舍楼，第七层。

　　这里的建筑格局与下面的楼层完全不同。中间没有任何房间，而是一个巨大的空旷空间。空间正中悬挂着一个特殊的铁笼，笼中关押着十几名教职工。他们身上伤痕累累，不知道之前经受过怎样的折磨。

　　这正是诡门背后的世界。如果是在外面的世界，这些人的伤势早就够他们死上好几回了。

　　角落里，一个戴着枷锁的男人正埋头休息。忽然，他似乎察觉到了什么，偏头一看,发现了一张熟悉的脸。

"老师……"郑少锋轻声呼唤,面带愧疚。

董勇语气平静:"我不是让你不要再来了吗?你救不了我,没必要把自己搭进去。"

郑少锋看着董勇那张波澜不惊的面容,以及他脖子上的镣铐,深深呼出一口气:"这一次来找您,是想让您帮忙的……"

他按照宁秋水的指示,将外面的情况一五一十地告知董勇。

听完之后,董勇依然面无表情地盯着地面,淡淡地回道:"我帮不了他。"

话语简单而直接。郑少锋没有继续劝说,因为宁秋水告诉过他,只需要将事情讲一遍,其他的话不必多说。

郑少锋对宁秋水抱有高度信任,虽然它猜不透宁秋水到底在想什么,但还是选择照做。

"好吧,老师,那我先走了。"

叹了一口气,郑少锋离开了这里。

学生宿舍楼,地下室。

沿着潮湿阴冷的石阶一步步走下去,宁秋水闻到了地下室里传来的浓郁气味。阴暗幽冷的地下室里,不仅透着刺骨的寒意,还回荡着让人头皮发麻的笑声。

"嘻嘻嘻……又有人来了呢……"

"好玩好玩,又有人来跟咱们玩游戏了……"

"让我先来……"

这些让人头皮发麻的声音刚响起,头顶的陷阱门便被一股神秘力量笼罩,紧接着"啪"的一声紧紧锁上了。

熟悉的声音带着刺骨的寒意不断向宁秋水靠近,但他却没有丝毫惊慌,只是站在原地未动。

当对方近到只有三步之遥时,宁秋水忽然听到了一声怪叫:"怎么是你?"

这个声音是洋洋发出的,咬牙切齿中还带着一丝慌乱。宁秋水上前一步,伸出温暖的大手按在它的肩膀上:"今天玩什么游戏,我陪你们。"

洋洋感到一阵恶寒,想起了上一次宁秋水跟它们一起玩游戏的场景,顿时抖了抖肩膀,后退了几步:"不跟你玩!快滚!"

宁秋水摸了摸鼻子,感觉原本阴冷的气氛竟变得有些尴尬。他笑了笑,说道:"我们也算熟人了,别这么见外啊。今天玩什么?"

洋洋磨着牙齿,原地跳脚:"我们不跟你玩!你听不懂人话吗?"

宁秋水顺着声音又往前走了几步，忽然被脚下的东西绊了一下。他低头仔细摸了摸，才发现这东西竟然是一颗头颅。从其特征来看，正是之前被囚禁在这里的宿管的头。

看来他不在的这段时间，地下室的情况发生了反转。囚禁人的人变成了囚徒。

"你不跟我玩游戏也行，帮我个忙。"宁秋水十分坦诚。不管是因为规则还是因为情分，对方确实没有直接对他动手。这说明，这三只强大的诡物还是可以继续谈谈的。

"你找我们帮忙？真有意思，我们能帮你什么？难道去帮你考试吗？"东北处的黑暗角落里，传来一道带着疑惑的冰冷声音。

宁秋水摆了摆手，笑着说道："考试这种事情，我自己来就行了。我让你们帮我做的事……没那么可怕。"

三只小诡物逐渐围拢过来，语气中带着几分揶揄："嗯，听上去真的是一件小事呢。说吧，想要我们帮你做什么？"

宁秋水："帮我解决六个保安。"

三只小诡物："？"

三小只一听宁秋水居然是让它们去干这事，脑袋摇得跟个拨浪鼓似的。

"不去，不去！"

"我们就待在地下室里，挺好的。"

宁秋水语重心长地劝说道："人不能总是活在这么阴暗的地方，还是要出去看看阳光。"

洋洋龇牙道："我们是诡物！"

宁秋水大手一挥："诡物好啊！咱们人诡物合作，事半功倍！"

看着宁秋水逐渐逼近，洋洋又往后退了几步："你干什么，不要过来！警告你啊，虽然你救过我们，但这里是书院，不是你为所欲为的地方！"

显然，这几只诡物受到了规则的限制，不能随便对宁秋水动手，否则以它们身上的怨气和力量，根本不会跟宁秋水废话。

感受到它们浓郁的抵触，宁秋水反问了一句："明天下午就是书院放学的时候了，你们不想出去吗？"

听到"放学"两个字，三小只罕见地沉默了一会儿。

"我们出不去。"这回开口说话的是阿明，"被宿管囚禁在这里反复折磨时，我们被书院的力量侵蚀了。这也是我们能够解决它的原因——这些力量并不属于我们，而是属于书院。"

一旁的洋洋不爽地说道："阿明，你跟他说这些干什么？他懂个屁！"

宁秋水目光一动："那倘若你们被发现了，会被处理掉吗？"

洋洋冷哼一声："跟你有什么关系？"

宁秋水认真道："当然有关系，如果你们帮助我，那我和其他学生就有可能从书院逃出去。"

洋洋闻言，眼睛都瞪直了："哇！你这人！你逃出去，我们也捞不着好处吧？"

宁秋水说道："话不能这么讲，有时候也不是非得看重利益的。我问你们，以前书院有学生逃出去过吗？"

三小只摇头。

"那如果明天有学生逃出去了，是不是一件很酷的事？"

三小只点头。

"那你们参与这些学生的逃跑计划，并且奉献出了一份力，你们是不是很酷的诡物？"

三小只再次点头。

"那你们想不想成为很酷的诡物？"

三小只又点头。

很快，洋洋忽然意识到了什么，迷茫的小眼睛里闪过一道光："哎……哎哎哎！不对啊，不是这么个事儿！你等一下……你小子，是想空手套白狼是吧？"

宁秋水摊手："我不是，我没有。之前我救你们，你们不是还欠我一个人情吗？"

洋洋瞪眼："可是我们已经给你一包香烟作为补偿了！"

宁秋水面露疑惑："有道理，但不完全有道理……那烟不应该是我和你们玩游戏赢来的吗？"

洋洋张了张嘴，竟什么也说不出来。

三小只沉默地看着宁秋水许久，最终，矮矮胖胖的童童站了出来："从来没听说过有学生在周五放学时间成功离开书院，后果会非常严重，你想清楚了？"

宁秋水反问道："在书院这么久，你们反抗过吗？"

三小只摇头。

"没有意义，书院不是书院，书院是人山，是人海，我们对抗不了。"

"那你们想过吗？"

"你说的是上课的时候望着窗外意淫吗？"阿明咧嘴一笑，"我幻想过自己成为一个内裤外穿、穿着红披风的男人，从天而降，眼睛滋滋滋地冒绿光，一下就把书院给烧了。"

宁秋水指着他："而你，我的朋友，你是真正的英雄。你现在的眼睛也在冒绿光。"

他话音刚落，阿明的双眼一下子就不发光了，像关掉了手电筒一样。

"你看错了。"阿明语气委婉。

宁秋水无奈："被揍了不还手，这是最可悲的。"

洋洋闻言蹙眉："你为什么一定要对教职工宿舍楼的那几名保安动手？"

宁秋水道："救一群教职工。"

洋洋一听，心里的疑惑更甚，脸上竟浮现出错愕："教职工？它们可都是书院的走狗，在书院里活得好好的，哪里还需要你去救？"

宁秋水双手揣进兜里："大部分如你所说，但也有例外。有一名姓董的老师，为了救自己的学生，被书院囚禁在了一个铁笼子里，我得把他救出来。"

洋洋愣住，随后语气带着一种莫名的情绪："没想到，你居然这么有情有——"

他的赞美还没说完，宁秋水就打断了它："那名老师也许有办法可以帮助我离开书院。"

洋洋："……"

它沉默了一会儿，问道："如果失败，你的下场会很惨，这一步迈出，就没有回头路了。"

宁秋水坚定地说道："我不喜欢囚禁和像傀儡一样被支配。死亡和自由，我总要有一个。"

洋洋叹了口气："好吧，好吧……我们的确欠你一个人情，这是该还的，我们不会赖账。解决那六名保安，没问题。但是，我们不会为了你的愚蠢和执拗去冒险，所以事情做完后，我们会立刻离开那里，之后的事情也与我们无关。"

看得出来，即便强大如三小只，也不想轻易和书院发生正面冲突。

宁秋水微微一笑："成交。"

"什么时候出发？"

"现在。"

和三小只达成合作，宁秋水立刻带着它们离开地下室，来到宿舍楼外面。

郑少锋已经在这里等了许久，见到宁秋水后，它明显松了口气："我还以为你挂里面了……"

宁秋水无语："你就不能盼我点儿好的？交代你的事情做完了？"

郑少锋点头："做完了，不过董老师说，他帮不了你。"

宁秋水道："意料之中。我需要亲自跟他谈谈。"

宁秋水早已经预料到董勇不会那么容易答应，但他不准备就这么放弃，至少

365

要跟董勇当面谈一次。有了郑少锋帮忙踩点，宁秋水去到教职工宿舍楼时安全了很多，一路上基本避开了所有可能带来麻烦的人。

来到七楼后，通往上方的楼梯口有一扇铁门拦住了他们。

"准备好了吗？"郑少锋压低了声音，"开门之后上行两层就会遇见两名保安，距离最近的保安大概二十米，我们必须想办法在两秒之内干掉它们，不然接下来的行动会越来越麻烦……"

洋洋说道："两秒之内干掉保安有点儿难度啊，不过让它们失去战斗力倒是很容易。"

有了洋洋的保证，郑少锋安心了不少。它掏出一把不知道从哪里偷来的钥匙，打开了铁门，将钥匙递给了宁秋水。

吱呀——

铁门被打开了，上面神秘的禁锢力量消失，四个诡物直接冲了上去，宁秋水走在最后，拿着郑少锋给他的钥匙，缓缓将这扇铁门关上。这道铁门来自书院，上面带有特别的力量，不但能够防止诡物进入，还可以隔断两边的声音。当然，这么做也有一个坏处，那就是宁秋水他们这一次的营救行动一旦失败，这扇铁门很可能会成为他们逃跑的阻碍。

即便有诡器保护，在诡门背后的世界，也绝对不是百分之百安全的。

人类的生命太脆弱了。关上门，是宁秋水的决心！

铁门刚刚锁上，头顶就传来了激烈的战斗声，还有两声惨烈的哀号。单论战斗力，保安并不如宿管，但宿管似乎受到书院力量的腐蚀比较严重，完全丧失了神志。相反，三小只或许因为诡门的影响依然保持着清醒的神志，这为这场战斗提供了极大的便利。

宁秋水踏上最后一层阶梯时，地面上已经有三名保安倒地了。不过，这三名保安并没有被立刻干掉，它们已经不再是人了，想要清除它们需要一点儿时间，而此刻宁秋水他们最缺的，正是时间。

与此同时，另外三名保安已经来到了他们的面前。不过这一次，三小只和它们对抗时明显处于下风。为了控制先前遇到的三名保安，三小只分出了一部分力量，这就导致它们面对剩下的三名保安时，没有办法发挥出全力。

"老郑，你去帮忙！"见三小只陷入苦战，宁秋水立刻对郑少锋下了命令。

郑少锋点头："好！"

事情发展到现在这一步，已经是箭在弦上，不上也得上了！

郑少锋宛如一阵疾风冲进了三小只和三名保安的战斗中，身影犹如游龙一般，被拳打脚踢得东倒西歪，不时传来痛苦的哀号声。

看到它的表现，宁秋水以手抚额。

他发现自己还是高估了郑少锋。这家伙的战斗力，实在是让人难以恭维。当然，这也只是纵向对比于其他的诡物，真要和他们这些外来的诡客相比，那郑少锋绝对称得上是死神一般的存在。

趁着四只诡物和三名保安缠斗的时候，宁秋水蹲下身子检查了一下地面躺着的三名保安，从其中一名保安的身上摸到了一把钥匙。随后，宁秋水便来到了这层楼中央的大铁笼处，用那把钥匙直接打开了铁笼。

"喂，董老师……"

被禁锢在铁笼里的教职工，大部分身上都戴着枷锁和镣铐。他们身上的伤势比较重，看上去十分狼狈。而待在巨大铁笼一角的某个男人，与宁秋水目光对上之后，有些诧异地抬头："你……认识我？"

宁秋水摇了摇头："不认识，不过我叫董老师的时候，只有你下意识地看向了我。这已经足以证明你的身份了。"

董勇微微一顿："你真聪明。"

宁秋水指着远处被像破皮球一样打来踢去的郑少锋，说道："你的学生在挨揍，不去帮忙吗？"

董勇的双拳握紧，镣铐发出哗啦啦的响声。沉默了很久之后，他还是做出了自己的决定："帮我解开。"

宁秋水拿着钥匙走进笼子，一路走向董勇，蹲下身子，将钥匙插入董勇身上镣铐的锁孔内。只需要轻轻一拧，董勇身上的镣铐就会打开。

"不是我计划了这一切，但我的确是一个搅局者。解开镣铐之前，我有一个问题要问你。"

董勇听着宁秋水的话，惨白的脸缓缓抬起："你想问什么？"

宁秋水盯着他，语气平静："如果给你一次重来的机会，你还会不会救郑少锋和黄婷婷？董老师，你不要说谎，也不必说谎。"

董永看着面前的宁秋水，眼皮竟然在微微地颤动。对方是血云书院里普通得不能再普通的学生，但这样的学生却带给他如此强烈的压迫感。上一次有这种感觉，还是帮助郑少锋之后，直面教导主任孟巍时。

他知道孟巍不会放过他，会想方设法地将他的罪行放大，然后处置他。

董勇害怕吗？

他一直都不是一个胆大的人。他怕教导主任，怕教导主任上面的掌权者，怕书院本身，更怕那些如狼似虎的家长。

所以，当他决定帮助黄婷婷和郑少锋时，他很快就后悔了。他付出了很大的代价，但其实根本没有解决问题。有时候，董勇甚至想，如果黄婷婷和郑少锋在他的帮助下能够离开书院，远离这残酷的是非之地，他或许会好受一些。至少他知道，他用自己的力量做了一件有意义的事情，真正保护了自己的学生。

可是诡物郑少锋的出现，险些击溃了他。那个让他拼尽一切保护的学生，最终还是没能离开这座书院。

与宁秋水的对视时间并不长，但董勇的脑海里却掠过了许多回忆。最终，他没有回答宁秋水的问题，而是自嘲地笑了笑：“我谁也没救，也救不了谁。”

"咔嚓"一声，锁开了。看着突兀脱落在地的镣铐，董勇有些失神。

"你现在可以救它了。"宁秋水伸出手指，指着不远处，"看见那六个保安了吗？解决掉他们，你就能救下它……也能救下我。"

董勇挣脱镣铐之后，直接加入了战场。他的战斗力倒是比宁秋水想的要更加强大，作为诡门背后的NPC，董勇应该是属于"怪"的范畴，能够正面与一名保安对抗。相比起在战场中被人像皮球一样踢来踢去的郑少锋，董勇的加入的确给三小只减轻了巨大的压力。原本对它们不利的战局，很快便陷入了一边倒的优势。剩下的三名保安很快也被制服。

"要处理掉它们吗？"浑身已经破破烂烂的郑少锋踢了一脚面前的保安，偏头对着走来的宁秋水问道。

宁秋水耸耸肩："当然，如果可以的话。"

这个时候，一旁的董勇开口了："不行。一个两个还好，一下清除六个，书院一定有所察觉。把它们关进笼子里吧，那个笼子是特制的，短时间内不会有人发现。"

在董勇的建议下，众人将地面上被束缚住的六个保安关进了笼子里。至于其他的教职工，宁秋水并没有将他们放出来。他不知道哪些人是可信的，哪些人不可信。之前帮助过学生的教职工，不代表他们会一直站在学生的立场上。有些人可能只是一时心中善念起了，做了冲动的事情，然后受到了惩罚便后悔自己的行为，想要戴罪立功。这种人一旦放出来，对于宁秋水几人而言，就是莫大的灾难。

只剩下最后一天了，他不想发生任何的意外。

"时间应该差不多了，咱们赶紧走。"

宁秋水让郑少锋带头先去楼下探路。由于天色已晚，个别教职工即便发现有学生在这幢楼里面晃悠，也看不清楚宁秋水胸口的校牌和几人的具体长相。现在是属于学生的自由安排时间，书院也没有明确规定学生不能够进入教职工宿舍，所以即便看见了宁秋水几人，也没有人去阻拦。只要不遇见熟人，问题都不大。

这也是宁秋水要让白潇潇他们拦住左韦华的原因。从概率上来讲，他们在宿舍撞到左韦华的概率其实很低。但事关他们的安全，宁秋水不想有丝毫的纰漏。

"老郑，你先回避一下，我跟董老师想单独谈谈。"

三小只回到了地下室里，而宁秋水则带着董勇来到了学生宿舍的天台。这里夜风吹拂，明亮的月光洒在二人的头发丝上，将先前带出来的紧张驱散了不少。

"你的下一步计划是什么？"董勇问道。

宁秋水靠着栏杆，眼神平静："我们怎么才能在周五放学的时候顺利离开书院？书院为了留住学生，那一套流程你应该比我更清楚。"

面对宁秋水的询问，董勇却又再度陷入了沉默之中。他偏过头，一直望着书院的大门。

"时间。"许久后，董勇忽然开口，"书院是用时钟的时间来控制保安和大部分教职工的。如果有办法修改保安室的时间，就可以赶在家长来到书院之前先一步离开。"

董勇此话一出，宁秋水的脑海里一根断裂的线忽然被修复了。那是来自诡门对他们的提示："提示3：书院的时间很珍贵，请争分夺秒。"

直到这个时候，宁秋水才真正弄明白诡门这是想要提示他们什么。

"真是够抽象的。"饶是宁秋水，此刻也忍不住低声抱怨了一句。

董勇好奇地看向了宁秋水："什么抽象？"

宁秋水摆了摆手："没有……你跟我一起出去吧。"

董勇笑道："你不相信我，又为什么要救我？"

宁秋水回应："我并非不相信你，只是答应了你的一个学生要带你一起离开书院，仅此而已。"

董勇的眼神微动，有一丝莫名的感慨和情绪在里面："郑少锋？"

宁秋水点点头："对。这家伙也是年少轻狂，当初黄婷婷说你被书院关押起来，受到了严厉的惩罚，它以为你已经无法脱身，于是便在黄婷婷的指引下自杀，化为了一只诡物游荡在书院内部，企图寻找机会解救你被束缚的灵魂。不过现在看来，情况倒是有些反转，你没事，它却回不来了。"

董勇闻言，靠着天台上的一根柱子坐了下来，表情颓废："所以我才跟你说，我谁也没救，谁也救不了……甚至还害了他。"

宁秋水看着董勇狼狈的模样，踱步来到了他面前："你救了他。对于郑少锋，对于这些学生而言，血云书院就是一个巨大的黑屋，黑得深不见底。黑暗中出现的一缕光，就是他们的救赎。"

董勇嗤笑了一声："有什么用？他们还是被困在了这里，而且是永远。"

宁秋水道："不，不是永远。血云书院很快就会燃起一把烈火，把这里烧得精光。"

董勇似乎听明白了宁秋水在说什么，微微抬头，目光中流露出巨大的震撼："黄婷婷……真的去做了那件事？"

宁秋水与他对视，脸上渐渐浮现出笑容："你果然是知道黄婷婷计划的。看来我的猜想没有错，如果没有班主任的帮助，一个学生怎么可能会知道这么多重要的关于书院的事？"

董勇的手指指尖在轻微地颤抖："她怎么能真的去做这件事……会万劫不复的！我当时只是，只是一时冲动才告诉她的那些！她不可能成功的！"

发现了董勇的表情有些不对劲，宁秋水似乎也意识到了什么，收敛了脸上的笑容，对着他问道："你对她隐瞒了什么？"

董勇面色发白："书院也不是傻子，它怎么可能真的放任自己的学生被全部清除？一旦学生的消失数量超过某个阈值，书院一定会在第一时间采取行动的！书院每年必须定期向轩都市输送足够数量的'优等生'，这些优等生是它们的摇钱树。只要书院剩下的学生数量接近了这个'阈值'，血云书院高层立刻就会警觉。"

身为班主任，董勇对血云书院内的规章制度十分熟悉，因此他知道黄婷婷的计划成功的可能性很小。

"它们反应来得及吗？"宁秋水蹙眉。

董勇点头："来得及。书院一旦启动学生保护计划，血云书院的学生几乎可以抵御所有外来的威胁，他们无法再彼此伤害，甚至连班主任和学校的教职工都不能对他们造成任何伤害。而这些学生，书院会集中保护起来进行特训，不惜代价将他们全部培育成'优等生'。"

宁秋水听到这里，眼皮跳了跳。倘若事情真如董勇所说，那黄婷婷的计划注定要失败。当然，到那个时候，宁秋水已经离开血云书院了。这件事本来就和他关系不大。

"你去跟黄婷婷说吧，她在小黑屋。我帮她拿到了特批表，不过她的计划应该要明天晚上才会开始。你现在去的话，也许能够阻止她。"

董勇点头，朝着宿舍楼下方走去，到了楼梯口，他忽然回头，冲着宁秋水扬了扬双手的手腕："哎，谢谢。"

宁秋水微微点头。

董勇走后，宁秋水站在天台上，看见漆黑的书院林荫小道上，有三个熟悉的身影正在往回赶。见到这三个身影，他立刻回到了自己的宿舍里，不一会儿，白潇潇三人就出现了。

"怎么样？"

刘春拍了拍胸脯，嘿嘿一笑："妥妥的！我们甚至超额完成了任务半小时！左韦华那家伙，被俺忽悠得一愣一愣的，还真以为俺是个好学生呢！"

"就是！那呆瓜真是太好骗了！"

他和杨眉脸上挂着兴奋的笑容，而宁秋水一眼就注意到了白潇潇。与二人不同，白潇潇的表情有些凝重。

"怎么了，潇潇？"

白潇潇轻咬着右手大拇指的指甲，眸子不断闪烁："感觉很怪，说不上来。我总觉得……之前我们去找左韦华的时候，他的脸上一直挂着一缕诡异的笑容。那种感觉就像是他知道我们要做什么，只是在配合我们演戏而已。"

听到白潇潇的话，另外二人的笑容僵了僵。

"不……不会吧，潇潇姐？"

白潇潇轻叹一声："希望只是我的错觉吧，也许是我太紧张了。"

宁秋水深深看了她一眼："不管怎样，不能放松警惕。左韦华绝对不是一个简单的角色，他很聪明，野心也很大。只要平安度过了明天……我们就安全了。"

一夜过去。翌日清晨的光芒洒进窗内，诡客们从床上苏醒，最后一天终于来临。十三人（包括一个诡物傀儡），如今只剩下了最后四人。

除了宁秋水三人，唯一剩下的便是杨一博文。他的脸色十分难看，因为他不知道如何面对最后一天的考试。宁秋水三人不及格可以进入小黑屋，之后还能安然无恙地出来，而他却不行。

之前那个模仿宁秋水进入小黑屋的人，就再也没有见到过了。

杨一博文在座位上瑟瑟发抖，眼神不时扫向宁秋水三人，眼球上布满血丝。

"他们，他们到底是怎么从小黑屋里活着出来的？"

此时此刻，杨一博文的内心只有这个问题。可他没法开口去问，因为三人才进教室不久，班主任也随即出现了。不过今天，他的手上竟然没有试卷。

"好好复习历史，明天考试。"

听到了这几个字，杨一博文脸上的紧张渐渐变成了一些扭曲而僵硬的狂喜。

今天不考试！

这是什么天大的好消息？至于明天考什么，那又与他有什么关系呢？反正到了今天晚上，他就会离开这座书院！

具体的放学时间，他其实已经打听好了。

"谢天谢地，谢天谢地……"杨一博文狂喜之后，擦了擦额头上的汗水，心头默念道，"真是山重水复疑无路，柳暗花明又一村。"

自习时间总是无聊的，大约过了快两个钟头，班主任忽然站起身，咳嗽了一声。学生们抬头一看，发现他一直盯着宁秋水。二人对视一眼，班主任转身离开了。

"我要去上个厕所，你们在教室里不要打闹，好好自习。如果回来让我看到谁违反纪律……"他冷冷地警告了一句，目光再次扫过宁秋水，然后离开了教室。

这一次，哪怕宁秋水再迟钝，也该明白左韦华的意思了。没过多久，宁秋水也站起身，直接朝着教室外走去。

"宁秋水，你要去哪里？"新任的纪律委员冷冷开口。

宁秋水回头看了他一眼，发现对方掏出一个小本本，似乎要写下他的名字。

正如左韦华曾告诉他的那样，举报自己的同行或同学，一旦对方被惩罚，他就能从中获得好处。

看着纪律委员那充满恶意的眼神，宁秋水微微一笑，吐出四个字："关你屁事。"

说完，他便在对方错愕又震怒的目光中离开了教室。

宁秋水径直来到厕所，左韦华已经在这里等他有一会儿了。

"左老师，你找我？"

左伟华脸上挂着一抹不易察觉的笑，那笑容皮笑肉不笑，正如白潇潇昨晚描述的模样。

"是啊，昨晚我回到教职工宿舍楼，心血来潮去看门员房间转了转，结果发现打开最上层那扇铁门的钥匙不见了……"

宁秋水面色不变："左老师，教职工宿舍楼丢失钥匙的事情，为什么跟我讲？我对破案可没什么天赋。"

左韦华向前一步："书院倒是有备用钥匙，只不过需要跟上面申请。到时候，一群保安会带着钥匙来到教职工宿舍，打开那扇铁门，上去查看情况。我是担心啊，担心有个捣蛋的诡物，趁我不注意偷偷潜入了那里，搞不好还留下了一些不该留下的痕迹。这要是让书院知道了，你猜猜他的下场会是怎么样的？"

厕所里，二人对视许久，宁秋水脸上露出释然的笑容，双手揣进兜里："果然，让他们去拦你，实在有些多此一举了。左老师，我还是低估你了。说吧……想要我帮你做什么？"

（未完待续）

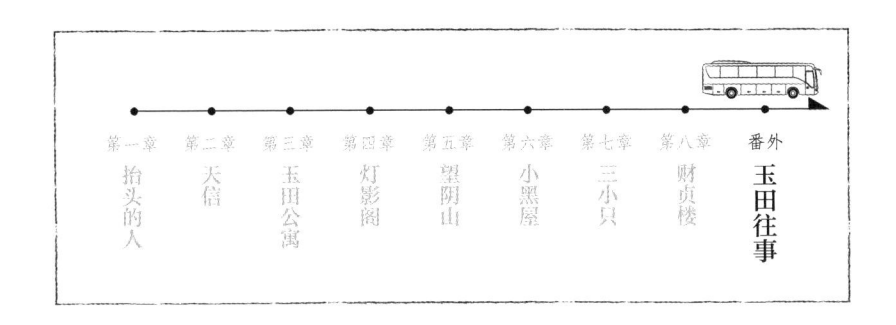

第一章 抬头的人　第二章 天信　第三章 玉田公寓　第四章 灯影阁　第五章 望阴山　第六章 小黑屋　第七章 三小贝　第八章 财贞楼　番外 **玉田往事**

"姓名。"

"王芳。"

"什么症状？"

"睡眠不好，常做噩梦，生活健忘。"

"什么时候出现这种症状的？"

"忘记了。"

"去照照X光（X射线）吧，估计大脑里面长了东西，必要的话，及早治疗。"

"……"

"王女士，你的脑子里有个肿块，已经开始严重压迫你的神经群了，我们目前为您规划了开颅治疗和梦境疗法，但开颅有一定风险性，需要经过您的签字……"

"请问，什么是梦境疗法？"

"这是本公司推出的一款新型治疗手段，通过特殊的仪器来使您陷入深度睡眠，接着通过我们的引导，使您的潜意识不断暗示强化自己的免疫系统，最终清除异常肿块。通常来说，这种治疗方式会更加稳定安全，但是治疗周期会比较长，而且需要病人的全权配合。"

"如何配合？"

"我们需要您先经过我们的洗脑式催眠，使您的潜意识放下对我们的戒备，接着我们才能够进行下一步。"

"时间来得及吗？"

"如果您主动配合的话，完全来得及。"

"那……就选择梦境疗法吧。"

"好的王女士，请您稍等一天，我们这就联系医院的医师……"

一处地下秘密培养厅内，一行一行存放着数不清的巨型椭圆罐子，高约三米，直径一米，罐子密密麻麻地放着，将这原本宽阔的空间堆得拥挤，而这些罐子里注满了半透明的不明红色液体，液体中浸泡着一个又一个被开颅后的人，一些宛如触手般的细密线管连接着他们的大脑，去向了天花板上的一颗巨大的、跳动的黑色心脏。

那颗心脏每分钟跳动一次，每次都会淌下大量的黑色黏液。

不知过了多久，阴暗的空间忽然明亮，地面的灯被打开，远处有一群推着移动铁床的人员从大门匆匆进入，铁床上躺着一名被开颅的、身材臃肿的女人。

正是王芳。

进入门口后，他们在机器上核实了自己的身份信息，接着这些人员中的头领来到了看护间旁，跟那里的看守人员交涉道："这个实验体的序号往前靠些，她的适配度很高，目前没有任何排斥反应，非常适合成为炮制信的载体。"

看守人员简单查看了一下王芳的个人信息。

"她的记忆清除完全了吗？"

"还没有，目前一切进展顺利，应该一个月内就可以彻底处理完成。"

"行，把她和编号4573换一换吧。"

他拿出了一个特制的牌子，递给了穿着白色胶衣的人员头领，后者立刻推着王芳去了编号为4573的罐子，并且将王芳放入了罐中。

随着这群人离开，秘密培养厅内的灯光再度熄灭，一切又回归了绝对的冷寂。

玉田公寓。

王芳推开了公寓的大门，迈入此处区域，双目失神，宛如行尸走肉。

她麻木地进入了玉田公寓后，身后还跟着一个跟她长相一模一样的女人，只不过这个女人的身上全是黑色血纹，密密麻麻遍布全身，脸上还带着诡异的笑容。

它走路的姿势很怪，像是在刻意模仿王芳的走路姿势，而王芳对此似乎无所察觉。

她领着它一路朝上，最终来到了五楼的尽头房间，那里楼牌的标号已经有些模糊不清。

王芳站在门口旁，将钥匙递给了身后的它，它拿着钥匙打开了门，房间里是一片温馨的粉红，一个穿着蓝色小熊睡衣的男孩子站在那里，面朝外，胸口还紧紧抱着一个长手猴子布偶。

它咧嘴一笑，面容扭曲狰狞，化为了极为贪婪可怕的模样，一步一步进入了房间。

房间里的小男孩一动不动，只是直直地看着外面，直到面前的诡物张开血盆大口时，他才脆生生地对着门外喊了一声"妈妈"。

站在门外的王芳听到这声"妈妈"之后，整个人的身体猛地一震！

她倏然回神，一步迈到门口，却看见了令她心碎的一幕，看见了飞溅的猩红。

王芳的瞳孔凝实，震惊很快便被莫大的悲伤填满，她无比愤怒，惨叫了一声，冲进了房间里和诡物撕扯起来！

愤怒给予了她难以企及的力量，诡物在坚持了一时半会儿之后竟然被她撕扯得七零八碎，眼看着自己就要被彻底毁灭，诡物竟直接无视了发狂的王芳，转而对着小男孩……

"嗡！"

一道奇异的响动顷刻间传遍了整个房间，房间里温馨的粉红、家具、装修全都消失不见。

她即将摧毁诡物的双手也忽然停下，王芳悲伤的眼睛里情绪一阵晃动，一切情绪似乎在这一刻全都融为了一体，化归于混沌。

便是趁着这个间隙，诡物拖着残躯，从王芳的身侧蹿出，一路冲向了楼下！

它来到了四楼，挨个儿敲门，王芳的脚步声响在头顶，宛如催命的钟声，诡物心里比谁都焦急，眼见四楼房门全都紧闭，它准备离开，忽然402的房门传来了开门的声音，诡物见状，也不管里面究竟是谁，一个箭步直接冲了进去！

在王芳的脚步踏上楼梯的那一刻，402房间已经被轻轻合上，仿佛从来都没有打开过一般。

王芳随后来到了四楼，目光扫视了楼层一眼，眸中熊熊燃烧的焰火已经熄灭，剩下的残垣断壁中带着一种难以言喻的可怕、死寂和疯狂。

她用着地狱一般冰冷的目光审视着目之所及的一切，直至许久后，她才终于缓缓转身离开。

走时，她的手中还拿着一个染着鲜血的长手猴子玩偶。

"我会找到你。"

"等着。"

王芳的声音响彻在玉田公寓的每一个角落。